HEYNE<

Das Buch
Anno Domini 1177: Hilflos muss das Bauernmädchen Robin mit ansehen, wie ihr Dorf von Fremden niedergemetzelt wird. Für den Überfall sollen die Tempelritter verantwortlich gemacht werden, aber Robin, die das zweite Gesicht hat, kennt die Wahrheit und wird somit zu einer Gefahr für Gernot von Elmstatt und seine Handlanger. Sie wird von dem stolzen Tuareg Salim gerettet und flüchtet mit seiner Hilfe als Knappe verkleidet in die Komturei des Ordens der Tempelritter.

Während Robin von Salim in den Waffen und im Reiten ausgebildet wird, rüsten sich die Tempelritter für einen Kreuzzug ins Heilige Land. Doch was passiert, wenn Bruder Horace herausfindet, dass sich ein Mädchen in den geweihten Mauern der Komturei befindet? Zudem schürt ein nach Rache dürstender Feind Intrigen in den Reihen des Ordens, und ohne es zu wollen, gerät Robin zwischen die Fronten …

Der Autor
Wolfgang Hohlbein, 1953 in Weimar geboren, ist einer der erfolgreichsten deutschsprachigen Autoren. Seit er 1982 gemeinsam mit seiner Frau den Roman *Märchenmond* veröffentlichte, hat er sich mit seinen zahlreichen phantastischen Romanen eine große Fangemeinde erobert. Ein Großteil seines Werkes liegt im Heyne Verlag vor.

WOLFGANG HOHLBEIN

DIE TEMPLERIN

Roman

WILHELM HEYNE VERLAG

MÜNCHEN

HEYNE ALLGEMEINE REIHE
Band-Nr. 01 / 13199

Umwelthinweis:
Dieses Buch wurde auf
chlor- und säurefreiem Papier gedruckt.

10. Auflage

Taschenbucherstausgabe 11 / 2000
Copyright © 1999 by Wolfgang Hohlbein und Medienagentur Görden
Copyright © 1999 der deutschen Ausgabe
by Wilhelm Heyne Verlag GmbH & Co. KG, München
Printed in Germany 2003
Umschlaggestaltung: Nele Schütz Design, München,
unter Verwendung des Gemäldes
GOTISCHE KIRCHE AUF EINEM FELSEN AM MEER, 1815,
von Karl Friedrich Schinkel
Satz: Leingärtner, Nabburg
Druck und Bindung: Ebner & Spiegel, Ulm
ISBN 3-453-17738-X
http://www.heyne.de

KAPITEL 1

Robins Welt war klein. Ausgehend von dem Dorf, in dem sie geboren und aufgewachsen war, maß sie weniger als einen Tagesmarsch in jede Richtung und im Norden sogar noch sehr viel weniger, denn dort hörte die Welt gewissermaßen auf. Wenn man zwei Stunden in scharfem Tempo in diese Richtung marschierte, erreichte man die Dünen, niedrig, unregelmäßig und von kärglichen Flecken borstigen Grüns bewachsen, und wenn man sie überquerte und sich dem Wind stellte, der selbst im Sommer manchmal eisig war, dann sah man das Meer: eine unendliche, manchmal blaue, zumeist aber schmutzig graue Ödnis, die nirgendwo anfing und nirgendwo endete.

Im Westen führte der Weg schon weiter. Brach man um die Osterzeit bei Sonnenaufgang auf, so erreichte man am späten Nachmittag den Fluss. Er war nicht sehr breit, aber tief und reißend. Die Bewohner des Dorfes auf der anderen Uferseite lagen mit denen aus Robins Dorf im Streit, was in gewisser Weise ungemein praktisch war: So kam niemand in Versuchung, den Fluss zu überqueren und dabei das Risiko einzugehen, in null Komma nichts zu ertrinken. Im Süden und Osten schließlich erhoben sich dicht bewaldete Hügel, durch die nur eine einzige, schmale und meist verschlammte Straße führte. Gerüchten zufolge wurden sie mitunter von Wegelagerern und wilden Tieren heimgesucht, aber Robin vermutete, dass diese Gräuelmärchen maßlos übertrieben waren. Überprüfen konnte sie das allerdings nicht: Niemand aus ihrem Dorf hatte diese Straße je benutzt; jedenfalls nicht, solange sie sich zurückerinnern konnte.

Robin verdankte ihren etwas ungewöhnlichen Namen ihrem Vater. Er war Engländer – vielleicht auch Schotte, so genau hatte sie diesen Unterschied nie begriffen – und hatte nur einen einzigen Winter in ihrem Dorf verbracht. Zusammen mit einer Hand voll Kameraden war er eines Morgens vor fünfzehn Jahren plötzlich aus dem Wald getorkelt. Dem halben Dutzend zerlumpter, blutüberströmter, aber auch schwer bewaffneter Gestalten erging es ganz offensichtlich nicht viel besser als ein paar Hasen bei einer Treibjagd: Sie waren vollkommen am Ende ihrer Kräfte und sahen so gehetzt aus, als ob sie schon das Hufgetrappel der Verfolgermeute hören würden.

Nachdem sich die erste Aufregung gelegt und die Dorfbewohner begriffen hatten, dass ihnen von den fremden Soldaten zumindest keine unmittelbare Gefahr drohte, hatten es sich die Fremden unter der großen Linde auf dem Dorfplatz einigermaßen gemütlich gemacht, ihre Wunden versorgt, etwas getrunken und gegessen und währenddessen begonnen, ihre Geschichte zu erzählen. Sie gehörten zu einem Heer, das sich auf dem Weg ins Heilige Land befand und nicht weit vom Dorf entfernt vorbeigezogen war. Während eines plötzlichen Schneesturms – so erzählten sie wenigstens – waren sie vom Haupttross getrennt worden, und kaum hatte sich das Wetter gebessert, da waren sie in einen Hinterhalt geraten, dem sie nur mit knapper Mühe entkommen konnten. Nun war ihr Heer fort und sie hatten keine andere Wahl, als auf das Frühjahr zu warten, um sich dann auf eigene Faust auf den Weg ins Land des Heilands zu machen.

Das war jedenfalls die Geschichte gewesen, die sie erzählten. Niemand im Dorf hatte sie wirklich geglaubt. Wahrscheinlicher war wohl, dass es das Heer, von dem sie gesprochen hatten, zwar gab, sie selbst aber nichts anderes als Deserteure waren. Aber welcher der einfachen Bauern und Fischer hätte schon den Mut gehabt, das einem halben Dutzend schwer bewaffneter Soldaten ins Gesicht zu sagen?

Dabei hätten sie es vermutlich ohne große Gefahr gekonnt. Die Leute im Dorf sprachen selten über den Winter, in dem die englischen Soldaten da gewesen waren. Aber wenn sie es taten, dann war in ihren Stimmen keine Bitterkeit oder gar Zorn, sondern vielmehr ein Ton, als spräche man über liebe alte Freunde, die man gerne einmal wiedersehen würde. Robin hatte nicht erfahren, was sich in jenem Winter vor fünfzehn Jahren wirklich zugetragen hatte, aber als die Schneeschmelze einsetzte und die Soldaten wieder abzogen, waren sie und viele Dorfbewohner Freunde gewesen.

Vier Monate später war Robin geboren worden.

Niemand im Dorf hatte Robins Mutter diesen Fehltritt wirklich übel genommen. Sie war damals schon seit zehn Jahren Witwe und führte ein einfaches, aber gottesfürchtiges Leben und Robin vermutete, dass der englische Soldat – ihre Mutter nannte niemals seinen Namen, wenn sie über ihn sprach, so nannte sie ihn stets nur *den Soldaten* –, dass dieser namenlose englische Soldat also ihrer Mutter etwas gegeben hatte, worauf sie zu lange hatte verzichten müssen.

Robin dachte an nichts von alledem, als sie sich an jenem Abend der leer stehenden Kapelle am Ortsrand näherte. Es war der vierzehnte Juli, aber obwohl es der Tag war, der Robins Leben in so vollkommen andere Bahnen lenkte, dass sie kurz darauf ein völlig neuer Mensch zu werden schien, wusste sie nicht einmal das Datum. Niemand im Dorf zählte das Verstreichen der Zeit anhand von Kalendertagen, und wozu auch? Das Leben im Dorf wurde von den Jahreszeiten bestimmt – Frühling, Sommer, Herbst, Winter – und vom sonntäglichen Kirchgang, nicht von Jahres*zahlen*.

Außerdem war Robin aufgeregt. Sehr aufgeregt. Sie war unterwegs, um ihren neuen Freund zu treffen, den sie vor vier Wochen kennen gelernt hatte; Jan, den Knappen, der im Dienst eines richtigen Ritters stand und stets spannende und aufregende Geschichten zu erzählen hatte.

Es war purer Zufall gewesen, dass sie sich getroffen hatten – oder, um genau zu sein, eine Kombination aus Zufall und Robins übergroßer Neugier, die ihr schon mehr als einmal gehörigen Ärger eingebracht hatte. Die alte Kapelle lag ein gutes Stück außerhalb des Dorfes, gerade weit genug, um den Weg lästig werden zu lassen, und niemand wusste mehr genau, warum man sie ausgerechnet dort errichtet hatte, und als sei damit alles gesagt, brachte man ihr auch nicht unbedingt den Respekt entgegen, den sie als ein Gotteshaus zweifellos verdiente. Ganz im Gegenteil: Düstere Geschichten rankten sich um die aufgelassene Kapelle. Es hieß, dass dort heidnische Riten abgehalten worden seien, und einige der Alten behaupteten sogar, dass der Teufel selbst dort nachts sein Unwesen treibe. Darüber hinaus war es ein offenes Geheimnis, dass die Kapelle den Liebespaaren aus dem Ort als verschwiegener Treffpunkt diente. Robin hatte sich oft gefragt, was sie dort eigentlich taten, und sie hatte diese Frage sogar einmal ihrer Mutter gestellt, aber eine so rüde Abfuhr erhalten, dass sie es fortan nicht mehr gewagt hatte, das Thema anzusprechen.

An jenem Abend vor vier Wochen befand sie sich auf dem Rückweg ins Dorf. Sie hatte Kräuter gesammelt, aus denen ihre Mutter allerlei Salben und Tinkturen herzustellen wusste, aber auch wohlschmeckende Tees, und sie hatte nicht auf die Zeit geachtet und musste sich nun sputen, um noch vor Einbruch der Nacht nach Hause zu kommen. Ihr Korb war schwer, denn sie hatte außer den Kräutern auch noch eine große Anzahl Pilze entdeckt, die sie kurzerhand eingesammelt hatte. Obwohl sie spät dran war und ahnte, dass ihre Mutter sie schelten würde, war sie guter Dinge, denn sie wusste auch, wie sehr sich ihre Mutter über die Pilze freuen würde. Sie stellten eine willkommene Abwechslung in ihrem sonst doch recht eintönigen Speiseplan dar, der aus Haferbrei, einem gelegentlichen Stück Fladenbrot und Rüben in jeder nur erdenklichen Form der Zubereitung bestand; drei- oder viermal im Jahr auch aus einem Stück Fleisch, wenn es ihnen gelang, einen Hasen zu erlegen, oder ein Nachbar ein Schwein schlachtete und ihnen großzügiger Weise etwas abgab.

Um dem Unmut ihrer Mutter nicht mehr Nahrung als unbedingt nötig zu geben, entschloss sie sich, die Abkürzung durch den Wald zu nehmen, der auf halbem Wege zwischen dem Dorf und der alten Kapelle lag. Normalerweise mied Robin das kleine Wäldchen. Das dichte Unterholz, die finstere Kühle unter den ineinander verwobenen Baumkronen und seine düsteren Schatten machten ihr Angst. Sie glaubte zwar nicht wirklich an den Teufel und die Existenz von Dämonen, aber andererseits... man konnte nie wissen. Außerdem standen die dornenbewehrten Himbeer- und Brombeersträucher so eng, dass sie Gefahr lief, sich ihr sowieso schon mehrfach geflicktes Gewand zu zerreißen – sollte das passieren, das wusste sie aus bitterer Erfahrung nur zu gut, würde ihre Mutter sie so lange mit sorgenvollen Vorwürfen überhäufen, bis Robin vor Scham am liebsten im Boden versinken würde.

Sie hatte den Waldrand fast erreicht, als sie ein verräterisches Knacken hörte; das typische Geräusch eines brechenden Zweiges. Seiner Lautstärke nach zu urteilen musste es sich um einen ziemlich kräftigen Zweig gehandelt haben, was wiederum bedeutete, dass es sich nicht um ein Eichhörnchen oder einen Hasen gehandelt haben konnte, und Robin erstarrte für die Dauer eines Herzschlags. Gleichzeitig sah sie sich erschrocken und sehr hastig nach einem Versteck um – nach einem Baum, auf den sie klettern konnte. Zwar hatten sich seit langer Zeit keine Wölfe, Bären oder andere gefährliche Raubtiere in die unmittelbare Umgebung verirrt, aber erst im vergangenen Jahr war ein Mann aus dem Dorf von einem Wildschwein angegriffen und schwer verletzt worden.

Sie hatte gerade einen Baum entdeckt, der ihr geeignet schien, als sich das Knacken – näher diesmal – wiederholte, und praktisch gleichzeitig sah sie einen Schatten. Nicht sehr weit entfernt, links von ihr war ganz eindeutig der Umriss eines Menschen. Robin atmete erleichtert auf und wollte sich gerade durch lautes Rufen zu erkennen geben, als ihr etwas bewusst wurde: Wer immer dort vor ihr am Waldrand entlang schlich, bewegte sich so vorsichtig und langsam, als wollte er jedes unnütze Aufsehen vermeiden. Er blieb immer wieder stehen, sah sich um und schlich dann geduckt und hastig weiter. Auch achtete er darauf, wohin er seine Schritte lenkte, denn er zerbrach keine weiteren Äste mehr. Das war sonderbar, fast schon unheimlich.

Robin setzte ihren Korb ab, ließ sich in die Hocke sinken und bog vorsichtig das Unterholz auseinander …

… und erlebte eine Überraschung.

Aus dem Umriss wurde eine Gestalt, die Robin nur zu gut kannte. Es war Helle, die Frau des alten Olof. Olof war Fischer, hatte die vierzig schon weit hinter sich gelassen und war im Dorf nicht besonders beliebt, denn er hatte ein griesgrämiges

Wesen und neigte zur Gewalttätigkeit, vor allem, wenn er getrunken hatte. Ganz anders Helle. Sie hätte Robins ältere Schwester sein können und sie war eine wirkliche Schönheit. Olof hatte sie vor fünf Jahren eines Tages einfach mitgebracht, ein halbes Kind noch, und ihre nachtschwarzen Augen und das nicht zu bändigende, rotbraune Haar hatten schon Anlass zu mancherlei Spekulationen gegeben, was ihre Herkunft anbelangte. Heute war sie die mit Abstand schönste Frau im Dorf und Robin wäre nicht einmal erstaunt gewesen, wenn man ihr erzählt hätte, sie sei die Schönste im ganzen Land. Selbst jetzt, vom Gegenlicht der untergehenden Sonne zu kaum mehr als einer bloßen Silhouette reduziert, kam sie Robin wie ein schwebender Engel vor. Das rote Licht schien ihr Haar in Brand zu setzen und stand in wundervollem Kontrast zu ihrem farbenprächtigen Sonntagskleid und dem bunt bestickten Wollschal, den sie sich über die Schulter geworfen hatte und den Robin noch nie an ihr gesehen hatte.

Sie war nicht allein. Eine zweite, etwas größere Gestalt folgte ihr mit wenigen Schritten Abstand. Es war ein schlank gewachsener Junge, den Robin noch nie zuvor gesehen hatte. Er trug ein einfaches, graues Gewand, das von einem groben Strick um die Taille zusammengehalten wurde und ganz gut eine Mönchskutte hätte sein können, hätte unter dem Kragen nicht die Kapuze eines fein gewobenen Kettenhemdes hervorgeschaut und unter dem Saum nicht Stiefel aus fein gegerbtem Leder. Als er näher kam, erkannte Robin, dass der Junge schwarzes, zu einem Topfschnitt frisiertes Haar und ein kantiges, aber trotzdem nicht unsympathisches Gesicht hatte. Auf seinen Wangen lag der erste, noch zarte Flaum eines Bartes, aber er konnte trotzdem nicht sehr viel älter als Robin sein. Er sah sich immer wieder nervös und sehr aufmerksam um. Einmal fiel der Blick seiner dunklen Augen genau auf den Busch, hinter dem sich Robin versteckt hatte, und sie war fast sicher, dass er sie einfach sehen *musste*. Doch dann drehte er den Kopf weiter und sah wieder zum Dorf zurück.

Robin sah den beiden nach, bis sie außer Hörweite waren. Dann stand sie auf, ging vorsichtig zum Waldrand und spähte in die Richtung, in der die beiden gingen. Sie war nicht einmal besonders überrascht, als sie dort die verlassene Kapelle entdeckte.

Robins Gedanken rasten. Wenn sie jetzt sofort loslief, dann würde sie vielleicht gerade noch rechtzeitig nach Hause kommen, um dem schlimmsten Zorn ihrer Mutter zu entgehen. Andererseits... Helle war mit einem Fremden unterwegs, und das noch dazu in aller Heimlichkeit. Sie war es nicht nur ihrer Mutter, sondern dem ganzen Dorf schuldig, den beiden nachzugehen und herauszufinden, was der Grund für ihre Heimlichtuerei war.

Zumindest schob sie das vor, um sich nicht selbst eingestehen zu müssen, dass sie vor Neugier nahezu platzte. Außerdem fand Robin, dass das Risiko einer Tracht Prügel die Gefahr längst nicht aufwog, die ein Fremder bedeuten mochte, der sich in aller Heimlichkeit hier herumtrieb, und folgte den beiden.

Es fiel ihr nicht besonders schwer, unerkannt zu bleiben. Bis zur Kapelle hin war das Gelände mit hüfthohem Heidekraut, Gras und wild wuchernden Büschen bewachsen und Robin kannte praktisch jeden Strauch wie einen persönlichen Freund. Geschickt huschte sie von Deckung zu Deckung, wobei sie sorgsam darauf achtete, den Abstand zwischen sich und Helle und dem Fremden nicht kleiner werden zu lassen. Zwei- oder dreimal blieb der dunkelhaarige Junge stehen und blickte aus misstrauisch zusammengekniffenen Augen in ihre Richtung, ging aber jedes Mal weiter.

Robin war sich ziemlich sicher, kein verräterisches Geräusch verursacht zu haben, und auch die Natur kam ihr nun zu Hilfe: Mit Einbruch der Dämmerung war ein leichter Wind aufgekommen, der für genügend Bewegung sorgte und sie mit seinem leisen Raunen und Säuseln tarnte. Trotzdem blieb sie auf dem letzten Stück lieber etwas zurück. Tief in sich glaubte sie zwar selbst nicht daran, aber falls der Fremde wirklich Übles im Sinn hatte, so war er ganz bestimmt nicht begeistert, verfolgt zu werden.

Schließlich kauerte sie sich hinter einen Busch und beobachtete aus seinem Schutz, was weiter geschehen würde. Der Fremde steuerte mit raschen Schritten auf die Kapelle zu und verschwand darin. Helle folgte ihm dichtauf, allerdings nicht, ohne einen weiteren langen Blick zum Dorf zurück geworfen zu haben. Danach geschah eine ganze Weile lang nichts. Weder Helle noch der Junge kamen wieder aus der Kapelle heraus, aber nachdem es jetzt zu dunkeln begann, nahm Robin einen schwachen rötlichen Lichtschein wahr, der durch die beiden Fenster drang. Dort drinnen brannte eine Kerze oder eine kleine Fackel, deren Schein allerdings sorgsam abgeschirmt wurde. Aus ihrem Versteck heraus, das vielleicht zwanzig Schritte entfernt war, war dieses Licht schon fast nicht mehr wahrnehmbar, etwas weiter weg war es sicherlich nicht mehr zu sehen.

Lange Zeit rührte sich nichts, so lange, dass Robin schließlich zu dem Schluss kam, dass sie nichts Interessantes mehr zu sehen bekommen würde und sie hier hocken konnte, bis sie schwarz wurde. Was also sollte sie tun? Zurückgehen und das Donnerwetter, das mit Sicherheit über sie hereinbrechen würde, für nichts und wieder nichts in Kauf nehmen? Das erschien ihr nicht sinnvoll. Was sie erwartete, konnte schwerlich viel schlimmer werden, wenn sie sich um einige weitere Minuten verspätete. Also löste sie sich behutsam aus ihrer Deckung und näherte sich geduckt der Kapelle.

Unter einem der beiden schmalen Fenster auf dieser Seite kauerte sie sich schwer atmend zusammen und lauschte. Im ersten Augenblick hörte sie nichts außer dem Schlagen ihres eigenen Herzens, das ihr so laut vorkam, dass man es eigentlich bis zum Meer hinunter hören musste. Dann aber identifizierte sie zwei Stimmen, die miteinander flüsterten. Eine davon gehörte Helle, also musste die andere folglich die des Jungen sein.

Und nun, wo sie schon einmal so weit gekommen war, würde sie natürlich auch nachsehen, was die beiden da drinnen eigentlich trieben. Sie schob sich vorsichtig an der rauhen Wand entlang in die Höhe und hatte das Fenster fast erreicht, als eine harte Hand sie im Genick packte und so abrupt zurückriss, dass sie einen keuchenden Schrei ausstieß – allerdings nur für einen kurzen Moment, denn schon im nächsten Augenblick legte sich ihr eine zweite, ebenso starke Hand über

Mund und Nase und erstickte nicht nur ihren Schrei, sondern nahm ihr auch den Atem.

Robin begann verzweifelt mit den Beinen zu strampeln und um sich zu schlagen, wurde aber trotzdem in die Höhe gerissen und grob herumgezerrt.

»Jan, was ist los?«, drang eine dunkle Stimme aus dem Haus.

»Nichts, Herr«, antwortete die Gestalt, die sie gepackt hielt. Nach einem kurzen Lachen fügte sie hinzu: »Nur ein streunender Köter, wie ich vermutet habe.«

Robin wurde von der Kapelle fortgezerrt. Nach ein paar Sekunden hörte sie auf, sich zu wehren, und dann gab sie auch den Versuch auf, einen hohen spitzen Hilfeschrei auszustoßen. Sie bekam keine Luft mehr. Wenn der Bursche sie nicht bald losließ, würde sie ersticken.

Der Fremde tötete sie nicht, aber er war kurz davor, ehe er Robin endlich losließ und grob zu Boden warf. Sie fiel, rollte, verzweifelt nach Luft ringend, auf den Rücken und sah eine riesige, verzerrte Gestalt über sich aufragen. Etwas Helles, Silberfarbenes schimmerte in der Hand des Angreifers und kaltes Metall berührte Robins Kehle.

»Nein!«, keuchte sie. »Bitte, Herr, ich ...«

»Nicht so laut«, zischte der schwarzhaarige Riese. »Wenn du weiter so schreist, muss ich dir die Kehle durchschneiden. Willst du das?«

Robin schüttelte stumm den Kopf. Sie hätte vor lauter Angst mittlerweile sowieso keinen Ton mehr herausgebracht, aber sie erkannte immerhin, dass ihr Bezwinger alles andere als ein Riese war. Ihre eigene Angst hatte ihn dazu gemacht. Es war kein anderer als der schwarzhaarige Junge, den sie zusammen mit Helle gesehen hatte. Aber das silberfarbene Metall in seiner Hand war ein Schwert und die rasiermesserscharfe Klinge drückte mit solcher Kraft gegen ihre Kehle, dass sie kaum zu atmen wagte.

»Sind wir uns einig?«, fragte Jan.

Robin deutete ein Nicken mit den Augen an und wies mit der linken Hand auf das Schwert an ihrem Hals. Jan ließ die Klinge jedoch noch einige Augenblicke lang, wo sie war, und musterte sie in dieser Zeit ebenso aufmerksam wie misstrauisch. Dann aber zog er es mit einem Ruck zurück und schob es in die lederne Scheide, die er samt des dazugehörigen Waffengurts in der linken Hand hielt.

»Für dich brauche ich keine Waffe«, sagte er abfällig – was vermutlich der Wahrheit entsprach. Robin hatte ja gerade am eigenen Leibe erfahren, um wie vieles stärker er war als sie.

Sie setzte sich vorsichtig auf, betastete ihren Hals und betrachtete anschließend ihre Fingerspitzen. Es klebte kein Blut daran.

Jan lachte leise. »Keine Angst, Bursche – dein Kopf sitzt noch auf deinem ungewaschenen Hals. Aber das muss nicht unbedingt noch lange so bleiben«, fügte er in übertrieben gespielt drohendem Ton hinzu. »Wie ist dein Name?«

»Robin«, antwortete Robin. »Und du bist ... Jan?«

»Jedenfalls hast du gute Ohren«, sagte Jan. »Hast du auch so gute Augen, Kerl?«

Offensichtlich hielt er sie für einen Jungen und Robin sah in diesem Augenblick keine Veranlassung, diesen Irrtum richtigzustellen. Sie glaubte zwar zu spüren, dass Jans auftrumpfendes Gehabe nur gespielt war, aber man konnte schließlich nie wissen. Das Leben eines Mädchen galt nun einmal weniger als das eines Jungen, das war schon immer so gewesen und würde wohl auch immer so bleiben. Vielleicht saß das Schwert doch nicht ganz so locker in seiner Scheide, wenn er sie für einen Jungen hielt.

Robin betrachtete die Waffe nervös. Seltsam – sie war fast sicher, dass Jan sie vorhin nicht bei sich gehabt hatte.

»Bist du zu stur, mir zu antworten, oder einfach nur blöde?«, herrschte Jan sie an.

»Nein«, antwortete Robin hastig.

»Nein – was?«, fragte Jan. »Du *bist* blöde.«

»Ich habe nur nicht verstanden, was ... was du überhaupt meinst«, antwortete Robin stockend. »Ich habe nichts gesehen.«

»Deshalb bist du uns auch nachgeschlichen«, sagte Jan spöttisch.

»Ich habe dich zusammen mit Helle gesehen«, gestand Robin. »Und ... und weil du ein Fremder bist und Fremde so selten in unser Dorf kommen ...«

»... hast du dir gedacht, du spionierst uns mal ein bisschen hinterher, um zu sehen, was wir in dieser alten Kapelle so treiben«, führte Jan den Satz zu Ende. Er griente. »Na, was glaubst du denn, was im Moment da drüben in der Kapelle so alles passiert?«

Er lachte, aber er tat es auf eine ganz bestimmte Art und Weise, die Robin spüren ließ, dass er eigentlich von ihr erwartete, in dieses Lachen einzustimmen. Zugleich aber setzte der Scherz, für den er seine Worte offensichtlich hielt, ein Wissen voraus, das sie einfach nicht besaß.

»Helle ist dort drinnen«, sagte sie so. »Zusammen mit ... noch jemandem.«

Jan starrte sie für die Dauer eines Atemzuges eindeutig fassungslos an, dann begann er zu lachen – nicht besonders laut, aber dafür umso ausdauernder.

»Ja«, sagte er kichernd. »So könnte man es nennen. Sie ist mit jemandem zusammen.« Er schüttelte den Kopf. »Hat dein Vater dir eigentlich gar nichts übers Leben beigebracht? Über das, was Männer und Frauen miteinander so treiben?«

»Mein Vater ist tot«, antwortete Robin.

»Oh«, sagte Jan. »Das tut mir Leid.«

»Ich habe ihn gar nicht gekannt«, sagte Robin. »Er ist gestorben, bevor ich zwei Jahre alt war.« Sie war selbst ein wenig erstaunt, wie glatt ihr diese Lüge von den Lippen ging, aber sie las in Jans Gesicht, dass es ganz das war, was er in diesem Moment hören wollte.

»Und deine Mutter hat dir natürlich alles Lebenswichtige unterschlagen.« Jan schmunzelte noch immer, schüttelte aber dann den Kopf und wurde schlagartig wieder ernst. »Trotzdem haben wir ein Problem, Robin. Was soll ich jetzt mit dir tun?«

»Tun?«

»Tun«, bestätigte Jan ernst. »Mit dir, Robin. Ich meine, ich kann dich nicht einfach gehen lassen.«

»Warum nicht?«

Jan sah kurz zur Kapelle hin, ehe er antwortete. »Du hast vollkommen Recht. Deine Helle trifft sich dort mit jemandem – mit meinem Herrn nämlich.«

»Und wer ist dein Herr?«

»Das kann ich dir nicht sagen. Aber niemand darf von diesem Treffen wissen. Euer ganzes Dorf könnte in Gefahr geraten, wenn es bekannt würde. Und mein Herr übrigens auch. Als sein Leibwächter kann ich das natürlich nicht zulassen.«

»Leibwächter?«, fragte Robin. »Was ist denn das?«

Jan maß sie mit einem Blick, der ganz deutlich fragte: *Weißt du denn eigentlich gar nichts, du Dummkopf?*, antwortete aber trotzdem: »Ich habe geschworen, das Leben und das Wohlergehen meines Herrn zu schützen. Wenn es sein muss, mit meinem eigenen Leben.«

Das klang so ehrlich und aufrichtig, dass Robin gar nicht anders konnte, als den schwarzhaarigen Jungen einen Moment lang bewundernd anzustarren. Dann blickte sie wieder das Schwert an, das Jan achtlos neben sich ins Gras gelegt hatte.

»Dein Herr ist ein Ritter«, murmelte sie.

»Ein Tempelritter sogar.« Robin kannte den Begriff nicht, aber so, wie Jan ihn aussprach, schien es sich dabei um etwas ganz Besonderes zu handeln. »So wie ich auch.«

»Du bist ein... *Ritter*?« Es gelang Robin nicht ganz, den Zweifel aus ihrer Stimme zu vertreiben, aber Jan lachte nur.

»Du glaubst, ich wäre zu jung dazu? Nun, du würdest dich wundern. Es gibt Könige, die jünger sind als du.«

»Das glaube ich nicht!«, sagte Robin impulsiv.

»Aber es ist die Wahrheit.« Jan hatte ihren Blick bemerkt und nahm nun das Schwert in die Hand. Er drehte es herum und hielt ihr die Waffe mit dem Griff voran hin.

»Möchtest du es einmal anfassen?«

Robin war viel zu verdattert, um überhaupt antworten zu können. Sie hatte noch nie ein Schwert aus solcher Nähe gesehen, aber sie wusste natürlich, welch ungeheuren Wert eine solche Waffe darstellte – und ganz besonders *diese* Waffe. Soweit sie das beurteilen konnte, bestand der mit feinstem Leder umwickelte Griff aus kunstvoll besetztem Gold. Knauf, Schaft und auch die lederne Scheide waren mit grünen, blauen und roten Edelsteinen besetzt. Robin vermochte seinen Wert nicht einmal zu erahnen, aber ihr war klar, dass dieses Schwert einem sehr, sehr reichen Mann gehören musste. Und einem entsprechend mächtigen.

»Nur zu, mein Freund«, sagte Jan aufmunternd. »Zieh es ruhig heraus. Es beißt nicht.«

Robin griff zögernd nach dem Schwertgriff, schloss die Hand darum und zog die Waffe aus ihrer Umhüllung. Es gab einen hellen, schleifenden Laut, ganz anders, als sie erwartet hatte. Fast wäre ihr das Schwert gleich wieder aus der Hand gerutscht, so schwer war es. Mit einem erschrockenen Ausruf nahm sie auch noch die zweite Hand zur Hilfe, um es Jan nicht vor die Füße knallen zu lassen. Der junge Ritter runzelte die Stirn, sagte aber nichts. Ganz offensichtlich sonnte er sich in der Bewunderung, die sie dem prachtvollen Schwert – und damit auch ihm – zollte. Schließlich hielt er die Scheide in die Höhe und forderte sie mit einer Kopfbewegung auf, das Schwert hineinzuschieben.

»Sei vorsichtig«, sagte er. »Die Klinge ist sehr scharf.«

Das hatte Robin schon am eigenen Leib gespürt. Sie schob das Schwert behutsam in seine lederne Umhüllung zurück und Jan legte die Waffe ins Gras.

»Also, was mache ich jetzt mit dir?«, fragte er. »Das Treffen zwischen Helle und meinem Herrn muss auf jeden Fall geheim bleiben. Ich müsste dich eigentlich töten.«

Robin starrte ihn an. Mit einem Male war sie gar nicht mehr so sicher, dass Jan sich nur einen derben Scherz mit ihr erlaubte oder sie nur einzuschüchtern versuchte. Vielleicht waren Ritter so. Vielleicht stellten sie die Pflicht ja tatsächlich über ihr Gewissen oder das, was sie dafür hielten.

»Ich werde niemandem etwas sagen, das schwöre ich«, sagte sie feierlich.

»Die Frage ist nur, was der Schwur eines Bauerntölpels wert ist, der weder schreiben noch lesen kann und einen Gottesdienst vermutlich nicht von einer Schweinehatz unterscheidet«, antwortete Jan. Seine Hand strich währenddessen in einer fast zärtlichen Geste über das Schwert.

»Andererseits ... irgendetwas sagt mir, dass du ein ehrlicher Bursche bist. Wenn du mir also dein Wort gibst, niemandem etwas zu verraten, dann könnte ich dich vielleicht am Leben lassen. Aber ich meine wirklich niemandem, verstehst du? Auch nicht deiner Mutter oder deinen Freunden.«

»Das verspreche ich«, sagte Robin hastig. »Ich schwöre es, bei allem, was mir heilig ist!«

»Ja«, knurrte Jan. »Fragt sich nur, was das wohl sein mag.« Er wedelte mit der Hand. »Also los. Ich habe zwar das Gefühl, dass ich es bereuen werde, aber verschwinde. Und schnell, bevor ich es mir anders überlege.«

Das ließ sich Robin nicht zweimal sagen. Sie sprang auf, wirbelte auf der Stelle herum und verschwand mit weit ausholenden Schritten in der Dunkelheit, so schnell sie nur konnte.

KAPITEL 2

Es *hatte* das erwartete Donnerwetter gegeben, und auch wenn ihre Mutter sie nicht geschlagen hatte, so war es doch schlimmer ausgefallen als erwartet. Am Schluss hatte Robin ihrer Mutter natürlich doch von Helle und dem fremden Ritter erzählt; schon, weil ihr Treffen mit dem jungen Tempelritter weitaus mehr Fragen aufgeworfen als beantwortet hatte und sie vor lauter Neugier schier platzte.

Am Anfang hatte ihre Mutter ihr gar nicht geglaubt und ihr auf den Kopf zugesagt, dass sie sich das alles nur ausgedacht habe, um einer Bestrafung zu entgehen, aber nachdem Robin hartnäckig bei ihrer Geschichte blieb, wurde sie immer nachdenklicher und ernster. Schließlich hatte sie Robin aufgefordert, die ganze Geschichte noch einmal und in aller Ausführlichkeit zu erzählen, und nachdem sie das getan hatte, wurde sie noch stiller. Robin fasste all ihren Mut zusammen und fragte ihre Mutter, was Helle und der fremde Ritter denn nun eigentlich taten. Zu ihrer Überraschung hatte ihre Mutter dieses Mal nicht unwillig reagiert, sondern, im Gegenteil, gelacht. Dann war sie sehr ruhig geworden und hatte Robin beiseite genommen. Sie hatten lange und in einem für Robin neuen, sehr vertrauten Ton miteinander gesprochen. Danach wusste Robin eine Menge mehr über den Unterschied zwischen Männern und Frauen, der wohl doch größer war, als sie bisher angenommen hatte. Sie hatte längst nicht alles verstanden, denn ihre Mutter hatte oft in Andeutungen und Umschreibungen geredet und den meisten direkten Fragen war sie ausgewichen, fast als wäre ihr die Antwort peinlich. Immerhin hatte sie begriffen, dass es da noch eine ganz andere, aufregende und vielleicht sogar ein bisschen verbotene Welt zu entdecken gab.

Und schon drei Tage später hatte sie Jan wiedergesehen.

Diesmal war es ganz und gar kein Zufall. Im Gegenteil: Robin, die das Gefühl hatte, an einem wichtigen Wendepunkt ihres Leben angelangt zu sein, war nun wild entschlossen, auch die letzten Geheimnisse des Lebens zu ergründen. Jeden Abend kurz vor Sonnenuntergang versteckte sie sich am Dorfrand und wartete auf Helle und schon am dritten Tag wurde ihre Geduld belohnt, als die hübsche junge Frau erschien und sich aus dem Ort schlich. Robin folgte ihr und eine halbe Stunde später verschwand Helle in dem verlassenen Gotteshaus. Robin wartete, bis Jan wieder herauskam, um ihn anzusprechen.

Wie sie erwartet hatte, war er alles andere als begeistert, sie wiederzusehen. Aber immerhin bedrohte er sie nicht mehr mit dem Schwert und er machte auch keine Anstalten, ihr den Kopf abzureißen.

Ganz im Gegenteil: Er war sogar froh, sie zu sehen. Immerhin hatte er nichts anderes zu tun, als herumzusitzen und darauf zu warten, dass das Treffen zwischen Helle und seinem Herrn seinem Höhepunkt und damit auch seinem Ende zutrieb – was meistens zwei oder auch schon mal drei Stunden dauern konnte. Ihn plagte schlichtweg die Langeweile und dazu kam, dass Robin keinen Hehl aus ihrer Bewunderung für ihn machte. Immerhin war er ein richtiger Ritter und wer aus dem Dorf konnte sich schon rühmen, einen der Krieger Gottes persönlich zu kennen?

Wie sich zeigte, trafen sich Helle und Jans Herr regelmäßig zweimal die Woche – immer dienstags und freitags. Wie selbstverständlich folgten auch Robins und Jans Begegnungen diesem Rhythmus. Robin überschüttete den jungen Tempelritter nur so mit Fragen, die er allesamt geduldig und sehr ausführlich beantwortete. Robin begriff rasch, dass Jan große Freude daran hatte, Geschichten zu erzählen. Und er kannte eine Menge spannender Geschichten! Er erzählte von seiner Erziehung zum Ritter, von wilden Kämpfen und abenteuerlichen Reisen und vor allem von Outremer, dem Königreich Gottes im Heiligen Land. Robin klebte geradezu an seinen Lippen und sog jedes Wort in sich auf und im Laufe der Zeit geschah etwas Erstaunliches: Ihre Welt wurde größer. Zwar begann sie nach einer Weile zu argwöhnen, dass vielleicht nicht alles stimmte, was Jan ihr erzählte – der schwarzhaarige Ritter war gerade einmal siebzehn Jahre alt und somit zwar schon Manns genug, um an der Seite anderer Ritter in die Schlacht zu reiten und gegen die Heiden zu kämpfen, aber zugleich auch noch genug Kind, um sich in der Bewunderung eines Jüngeren zu sonnen und seine eigenen Heldentaten vielleicht etwas mehr herauszustreichen, als angemessen war.

Aber das spielte keine Rolle. Niemand konnte sich Geschichten wie diese ausdenken, ohne wenigstens etwas davon wirklich erlebt zu haben, und Robin begriff zumindest eines mit erschütternder Gewissheit: dass die Welt größer war, als sie bisher geglaubt hatte. Unendlich viel größer. Sie endete immer noch am Meer im Norden, dem Fluss und den Hügeln, aber sie wusste nun, dass sie dahinter weiterging und voller unbekannter, exotischer Länder war, voller Abenteuer und Geheimnisse, die es zu ergründen gab, aber auch voller schrecklicher Gefahren und großer Herausforderungen. Und mit jedem Wort, das sie hörte, jeder neuen Geschichte, die Jan erzählte – gleich ob ausgedacht oder wahr –, wuchs in ihr der Entschluss, diese Welt eines Tages kennen zu lernen. Sie wollte – sie *musste*! – mit eigenen Augen sehen, wie es dort draußen zuging!

Und an jenem schicksalhaften Abend stellte sie Jan die Frage, die ihr schon seit ihrem zweiten oder dritten Treffen wie keine andere auf der Zunge brannte, die sie aber bisher nicht auszusprechen gewagt hatte.

»Was muss ich tun, um Ritter zu werden?«

Jan starrte sie an, als hätte sie ihn gefragt, warum die Sonne morgens aufgog. Es dauerte eine geraume Weile, bis er seine Sprache wiederfand, und auch dann war seine Antwort nicht besonders geistreich: »Was ... hast du gesagt?«

»Ich will Ritter werden«, sagte Robin noch einmal und mit großem Ernst. »Genau wie du.«

»Du weißt nicht, was du da redest«, sagte Jan. Er klang plötzlich fast unwirsch, fast als hätte sie etwas gesagt, worüber er sich ärgerte. Robin verstand das nicht.

»O doch«, beharrte sie. »Ich habe es mir genau überlegt. Ich will all diese fremden Länder und Menschen sehen, von denen du erzählt hast. Ich will ins Heilige Land! Ich will gegen die Sarazenen kämpfen und ... und die Kirche sehen, in der unser Heiland zu Grabe getragen wurde.«

Jan sah sie lange und sehr ernst an, dann sagte er leise: »Du glaubst doch gar nicht an ihn.«

Robin war schockiert, nicht ob dieser ungeheuerlichen Unterstellung – die vielleicht gar keine war –, sondern weil sie einfach nicht verstand, woher er das wissen konnte! Tatsächlich war Robin kein besonders gläubiger Mensch. Sie versammelte sich sonntags zusammen mit allen anderen zum gemeinsamen Gebet und selbstverständlich betete sie auch mit ihrer Mutter vor den Mahlzeiten und vor dem Schlafengehen. Aber es waren nur Worte, die sie sprach. Mit dem Herzen war sie niemals wirklich dabei gewesen. Sie hatte Mühe, sich mit einem Gott anzufreunden, der zuließ, dass ehrliche Menschen im Winter verhungerten und Neugeborene ertränkt wurden, nur weil sie das falsche Geschlecht hatten.

Aber wie um alles in der Welt konnte Jan das wissen?

Der junge Tempelritter sah sie noch einige Augenblicke auf die gleiche, unangenehm durchdringende Weise an, aber er war dann doch diplomatisch genug, nicht auf einer Antwort zu bestehen. Er sagte nur noch einmal: »Du weißt ja gar nicht, was du da sagst.«

»Aber du selbst hast mir doch ...«

»Ich habe dir von meinen Abenteuern erzählt«, fiel ihr Jan ins Wort. »Von den Reisen, die ich zusammen mit meinem Herrn unternommen habe, und all den fremden Menschen und Ländern, die wir gesehen haben. Vielleicht war das ein Fehler.«

»Wieso?«, fragte Robin. »Ist es denn nicht wahr?«

»Doch«, antwortete Jan. Dann zuckte er mit den Schultern, rettete sich in ein verlegenes Lächeln und fügte hinzu: »Mehr oder weniger.«

Robin schwieg. Sie wollte Jan nicht unnötig in Verlegenheit bringen. Außerdem hatte sie das Gefühl, dass Jan mehr erzählen würde, wenn sie ihn einfach reden ließ. Sie hatte mit ihrer Frage irgendetwas in ihm angerührt.

Jan riss einen Grashalm aus, steckte ihn zwischen die Lippen und lehnte sich mit geschlossenen Augen gegen die große Buche, in deren Schutz sie sich niedergelassen hatten, vielleicht zwanzig oder dreißig Schritte von der Kapelle entfernt und damit weit genug, um drinnen nicht gehört zu werden, aber zugleich auch nah genug, dass Jan seiner Aufgabe gerecht wurde.

»Du machst dir ein falsches Bild vom Leben eines Ritters, Robin«, sagte er leise. »Die Erziehung ist hart und sie dauert Jahre. Ich war acht, als ich zu Bruder Abbé kam, und es wird wahrscheinlich noch einmal so lange dauern, bis meine Ausbildung wirklich abgeschlossen ist ... wenn überhaupt.«

»Das würde mich nicht schrecken«, behauptete Robin.

»Du willst kämpfen lernen«, sagte Jan. »Du willst lernen, wie man mit dem Schwert umgeht, dem Morgenstern und der Lanze. Du würdest dabei verletzt werden.«

»Ich habe mich schon oft verletzt«, sagte Robin leichthin.

»Du wirst dir Schnittwunden einhandeln, Prellungen und Knochenbrüche«, fuhr Jan unbeirrt fort. »Du wirst Schmerzen und Entbehrungen erleiden, die du dir jetzt nicht einmal *vorstellen* kannst! Und das ist noch der angenehmste Teil der Erziehung.«

»Aber du ...«

»Du musst deine Familie verlassen«, fuhr Jan fort. »Du liebst doch deine Mutter?«

»Natürlich«, antwortete Robin impulsiv.

»Du würdest sie nie wiedersehen«, sagte Jan ernst. »Und auch alle anderen nicht, die du kennst. Du würdest dein ganzes Leben hinter dir lassen, um es gegen endlose Jahre harter Arbeit und Entbehrungen einzutauschen. Du müsstest die niedrigsten Arbeiten verrichten, von Sonnenauf- bis Sonnenuntergang. Würde es dir Freude bereiten, drei Jahre lang Pferdeställe auszumisten, bevor du das erste Mal auch nur ein Schwert *anrühren* darfst?« Er schnaubte wütend. »Und in der Zeit dazwischen, wenn du gerade keinen Pferdemist schaufelst oder Feuerholz hackst, bis dir die Hände bluten, endlose Exerzitien und Gebete.« Er sah Robin streng ins Gesicht: »Betet ihr vor dem Essen, deine Mutter und du?«

»Natürlich«, antwortete Robin.

»Sag mir ein Vaterunser auf«, verlangte Jan. Als sie nicht sofort gehorchte, fügte er noch hinzu: »Auf Französisch.«

»Das kann ich nicht«, antwortete Robin.

»Du müsstest es aber«, beharrte Jan grimmig. »Und zwar nicht nur eines, sondern dreißig, vor jeder Mahlzeit. Vor Sonnenaufgang musst du eine Stunde beten und eine weitere nach Sonnenuntergang. Bei der kleinsten Verfehlung wirst du hart bestraft – manchmal nur für ein Lachen oder einen falschen Blick. Für einen unkeuschen Gedanken musst du dich stundenlang kasteien, und wenn dein Herr es von dir verlangt, dann stehst du einen halben Tag mit nackten Füßen im Schnee und betest zweihundert Ave Maria.«

»Warum?«

»Allein für diese Frage würdest du zehn Klafter Holz hacken, mit einem stumpfen Beil«, antwortete Jan. Er schüttelte heftig den Kopf, stockte plötzlich und starrte einen Moment aus misstrauisch zusammengekniffenen Augen in die Dunkelheit hinter Robin – als hätte er etwas gehört, was seine Aufmerksamkeit erweckte. Seine Hand tastete nach dem Schwert, das neben ihm im Gras lag, zog sich aber zurück, bevor sie die Waffe erreichte, und er entspannte sich und ließ den Hinterkopf wieder gegen den Baum sinken, als habe er nur ein Tier gehört.

»Aber du ... du hast doch dieses Leben auch gewählt!«, sagte Robin verständnislos. Die Bitterkeit, die plötzlich in Jans Stimme war, erschreckte sie zutiefst. Sie war verwirrt. Bisher hatte sie geglaubt, dass der junge Ritter nicht nur stolz auf das war, was er war, sondern sein Leben als Tempelritter auch über alles liebte. War es möglich, dass er all diese Geschichten und Abenteuer nicht nur erfunden hatte, um sie zu beeindrucken, sondern auch und vielleicht sogar vor allem, um sich selbst etwas vorzumachen, sich ein Leben einzureden, das es in Wahrheit gar nicht gab? Und wenn ja, warum? Weil er die Wirklichkeit nicht ertragen hätte?

»Das habe ich nicht«, sagte Jan bitter. »Mein Vater hat die Entscheidung für mich getroffen. Und glaube bloß nicht, dass ich sie nicht schon bereut hätte. Jeden, jeden und jeden Tag, seit ich diese verfluchte Komturei das erste Mal betreten habe!«

»Aber ich dachte, du wärst stolz darauf, ein Ritter zu sein!«

»Ein Ritter?« Jans Stimme wurde bei diesen beiden Worten schrill, aber er lachte nicht. »Du glaubst, das wäre ich? Ich will dir sagen, was ich bin: Ich bin sein Büttel!« Er deutete auf die Kapelle. »Ich bin nichts als ein Laufbursche, der den Dreck wegräumen darf. Und meine bisher größte Belohnung besteht darin, darauf zu achten, dass das schmutzige Geheimnis eines geilen alten Bocks nicht an den Tag kommt!«

Darauf wusste Robin nun gar nichts mehr zu erwidern. Zum zweiten Mal innerhalb weniger Tage war ihre Welt aus den Fugen geraten. Sie hatte gerade erst angefangen zu begreifen, dass es jenseits der Wälder und des Flusses noch eine andere, viel aufregendere und größere Welt gab, und nun sollte sie glauben, dass sie vielleicht schlimmer war als die, die sie bisher kannte? Das konnte und *wollte* sie nicht.

Als sie wieder zu Jan hoch sah, hatte er sich beruhigt. Der Zorn auf ein Schicksal, gegen das er vollkommen machtlos war, war so schnell wieder verraucht, wie er gekommen war. Er kaute auf seinem Grashalm herum und lächelte sogar – auch wenn sie nun argwöhnte, dass das, was sie bisher für den Ausdruck eines tiefen inneren Friedens in seinen Augen gehalten hatte, in Wahrheit nichts anderes als Resignation darstellte.

»Aber selbst wenn du dumm genug wärst, all das auf dich zu nehmen, Robin, so gibt es noch zwei weitere Gründe, die es dir vollkommen unmöglich machen, ein Tempelritter zu werden. Der eine ist deine Herkunft. Nur wer adeligen Geblüts ist, darf ein Tempelritter werden.«

»Adelig? Bist du das denn?« Robin blinzelte verwirrt. Der einzige Edelmann, den sie kannte, war der Lehnsherr, der alle paar Jahre ins Dorf kam, um sich huldigen zu lassen, und sich mit seinem Gefolge über einen Gutteil der ohnehin knappen Vorräte hermachte, bevor er wieder verschwand und die Dörfler drei Kreuze hinter ihm her machten in der Hoffnung, dass sein nächster Besuch möglichst lange auf sich warten lassen würde. Doch dafür kamen dann seine Steuerschätzer und -eintreiber umso öfter. Nein, der Lehnsherr war kein guter Mensch, und nach allem, was Robin aus den Gesprächen der

Erwachsenen aufgeschnappt hatte, waren die meisten anderen Adeligen auch nicht besser. Es fiel ihr schwer zu glauben, dass auch Jan zu dieser Sorte von Menschen gehören sollte. Trotzdem musste sie sich beherrschen, um nicht ganz instinktiv ein Stück von ihm wegzurücken.

»O ja, das bin ich. Wenn auch nur...« Er lächelte und deutete einen winzigen Zwischenraum zwischen Daumen und Zeigefinger der linken Hand an. »...ein ganz Kleiner. Mein vollständiger Name lautet Jan von Tronthoff.«

»Tronthoff?« Robin runzelte die Stirn und tat so, als müsse sie angestrengt nachdenken. »Davon habe ich noch nie gehört.«

»Und was besagt das?« Jan hob besänftigend die Hand, obwohl sie gar nicht auf seine Frage reagiert hatte. »Das war gemein. Verzeih. Es besagt wirklich nichts, ob du von Tronthoff gehört hast oder nicht. Niemand hat das, weißt du? Das Baronat meines Vaters liegt hoch oben im Norden, fast schon im Dänischen, und es besteht aus nicht viel mehr als einem zugigen Turm auf einer Felsspitze, den mein Vater sein Schloss nennt, und einem halben Dutzend Bauernhöfe und einer Hand voll Fischer, aus denen er gerade genug herauspressen kann, um das Dutzend Halsabschneider zu bezahlen, das er seine Armee nennt. Ich glaube, die Summe, die er dem Orden stiften musste, damit sie mich aufnehmen, hat sein gesamtes Vermögen verschlungen.«

»Aber warum hat er es dann getan?«, wunderte sich Robin. Sie wunderte sich auch noch über etwas anderes – nämlich über den Hass, den sie in Jans Stimme vernommen hatte, als er über seinen Vater sprach.

»Weil er ein geltungsbedürftiger alter Narr ist«, antwortete Jan, nun scheinbar leidenschaftslos. »Es hat ihm wohl alles bedeutet, seinen einzigen Sohn zu einem Tempelritter gemacht zu haben. Ein von Tronthoff, der nach Jerusalem zieht, um gegen die Heiden zu kämpfen! Pah!«

Er spie seinen Grashalm aus, zupfte sich einen neuen und sagte: »Sei froh, dass du nicht adelig bist, Robin. Du wirst vielleicht immer arm bleiben, aber dein Leben ist dafür um vieles einfacher.«

Robin wusste nicht, was sie sagen sollte. Das Gespräch bereitete Jan sichtlich Unbehagen, vielleicht sogar Schmerz, und das wollte sie nicht. Vielleicht nur, um das Thema zu wechseln, sagte sie: »Du ... hast von zwei Gründen gesprochen, warum ich kein Tempelritter werden kann. Was ist der andere?«

»Nur Männer können Tempelritter werden«, antwortete Jan, »und du bist ein Mädchen.«

»Woher...« Robin brach ab und biss sich ärgerlich auf die Unterlippe. Jans Worte hatten sie so überrascht, dass sie sich nun praktisch selbst verraten hatte. Trotzdem versuchte sie noch ein letztes Mal, sich herauszureden. »Ich meine: Wie kommst du auf diese verrückte Idee?«

Jan seufzte. »Du hältst mich für dumm, wie? Ich könnte dich jetzt auffordern, dein Gewand hochzuheben, um mich vom Gegenteil zu überzeugen, aber das ist gar nicht nötig.« Er lächelte. »Hat dir noch nie jemand gesagt, dass du hübsch bist?«

»Hübsch? Ich?« Jan nahm sie auf den Arm. Helle war hübsch und Gese, die Frau des Müllers. Vielleicht noch ihre Mutter – aber sie doch nicht!

»Du wirst einmal eine sehr schöne Frau«, behauptete Jan, »und es wird nicht einmal sehr lange dauern. Aber das ist es nicht allein. Es gibt auch hübsche Knaben. Nur«, fügte er nach einem Blinzeln und grinsend hinzu, »dass man ihre Brüste nicht sieht, wenn sie sich vorbeugen.«

»Oh«, machte Robin verlegen. Sie sah an sich herab. So, wie sie jetzt dasaß, in das grobe und viel zu große Gewand gehüllt, das nicht nur vom Stoff her weit mehr Ähnlichkeit mit einem Sack als einem wirklichen Kleidungsstück hatte, sah man absolut nichts. Tatsache war aber, dass ihre Brüste vor bereits gut zwei Jahren angefangen hatten zu sprießen. Sie hatten noch längst nicht die Größe wie die ihrer Mutter oder gar die Helles, waren offensichtlich aber bereits verräterisch genug – jedenfalls für einen solch aufmerksamen Beobachter wie Jan von Tronthoff.

»Und noch etwas«, sagte Jan. »Bei einem unserer Treffen neulich war Blut im Gras, dort, wo du gesessen hast. Es gibt nur zwei Möglichkeiten: Entweder, du leidest an dem schlimmsten Fall von Hämorrhoiden, von dem ich je gehört habe, oder du bist ein Mädchen.«

Er schien auf eine ganz bestimmte Reaktion zu warten, aber als diese nicht kam, sondern Robin ihn nur weiter betroffen anblickte, wurde er wieder sehr ernst und fragte leise und kopfschüttelnd: »Hat dich deine Mutter denn gar nichts über deinen Körper gelehrt?«

»Doch«, antwortete Robin. »Nur ...«

»Nur nicht genug, scheint mir«, seufzte Jan. »Gerade das, was unumgänglich notwendig war, und wahrscheinlich nicht einmal das. Es ist immer dasselbe. Also nimm einen guten Rat von mir an, Robin – ist das überhaupt dein richtiger Name?«

Robin nickte. Ohne dass sie etwas dagegen tun konnte, begannen ihre Hände und Knie leicht zu zittern. Sie fühlte sich ertappt und das Gefühl, ausgerechnet Jan belogen zu haben, machte es besonders schlimm.

»Bleib ruhig dabei, dich für einen Jungen auszugeben, wenigstens Fremden gegenüber, von denen du nicht weißt, ob du ihnen trauen kannst. Aber du solltest dich schnüren, und wenn du fühlst, dass sich ... gewisse Tage ankündigen, dann sorge dafür, dass dein eigener Körper dich nicht verrät.«

Auch darauf sagte Robin nichts. Sie konnte es gar nicht. Alles, was sie zustande brachte, war ein angedeutetes Nicken, von dem sie nicht einmal wusste, ob Jan es überhaupt zur Kenntnis nahm. Die ganze Situation war ihr so peinlich, dass sie am liebsten vor Scham im Boden versunken wäre.

»Und was ... was wirst du jetzt tun?«, fragte sie schließlich. Sie warf einen raschen, ängstlichen Blick zur Kapelle hin. Wenn Jan seinem Herrn erzählte, wie dreist sie ihn belogen hatte, dann war es um sie geschehen.

Auch Jan sah in die gleiche Richtung, aber er schien an etwas vollkommen anderes zu denken, denn er runzelte kurz die Stirn, sah dann wieder Robin an und schüttelte den Kopf. »Das eine oder andere scheint dir deine Mutter ja doch über Männer verraten zu haben«, sagte er. »Aber keine Angst. Ich habe ein Keuschheitsgelübde abgelegt und *ich* halte mich daran.«

Er seufzte, hob beide Hände vor die Augen und drehte sie ein paarmal hin und her, ehe er mit einem schiefen Grinsen, das Robin nicht verstand, hinzufügte: »Na ja. Meistens.«

Er lachte. Robin stimmte aus reiner Höflichkeit in dieses Lachen ein, als aus der Dunkelheit hinter ihr eine Mistgabel geflogen kam, deren rechte Zinke sich in Jans linkes Auge bohrte und seinen Schädel an den Baum nagelte.

Robin erstarrte. Sie begriff weder wirklich, was geschah, noch war sie in der Lage zu schreien, einen klaren Gedanken zu fassen oder sich gar zu bewegen. Jan spuckte röchelnd Blut und Schleim und noch mehr Blut lief aus seiner ausgestochenen Augenhöhle, seiner Nase und seinen Ohren, und plötzlich begannen seine Glieder wie wild zu zucken, seine Blase und sein Darm entleerten sich gleichzeitig und endlich fiel auch die Lähmung von Robin ab. Sie war immer noch nicht in der Lage, auch nur den mindesten Laut von sich zu geben, aber sie konnte sich wenigstens wieder bewegen.

Hilflos streckte sie die Arme nach der Mistgabel aus, aber sie wagte es nicht, sie herauszuziehen. Trotz seiner grässlichen Verletzung *lebte* Jan noch immer, und obwohl sie ganz genau wusste, wie absurd dieser Gedanke war, hatte sie Angst, ihm Schmerzen zuzufügen.

Die Entscheidung wurde ihr abgenommen. Sie hörte schwere Schritte, wandte den Blick und sah Olof heranstürzen. Allerdings hatte Robin im allerersten Moment fast Mühe, ihn überhaupt zu erkennen. Er stürmte mit gesenkten Schultern und vorgestrecktem Schädel heran, schnaubend wie ein wütender Stier. Sein Gesicht war hochrot und zu einer Grimasse verzerrt, die Robin mit blankem Entsetzen erfüllte, denn sie begriff mit unerschütterlicher Gewissheit, dass er auch sie töten würde. Sie wollte schreien, aber sie konnte es nicht. Ihre Kehle war noch immer wie zugeschnürt.

Olof stürmte heran, riss die Mistgabel aus Jans Schädel und traf Robin dabei – vermutlich nicht einmal mit Absicht – mit dem Stiefel an der Schläfe. Vielleicht rettete ihr das sogar das Leben, denn Robin fiel wie vom Blitz getroffen zur Seite, so dass Olof sie möglicherweise für tot hielt.

Sie verlor jedoch nicht einmal das Bewusstsein, war für einen kurzen Moment jedoch vollkommen gelähmt, so dass sie nicht einmal mehr atmen konnte. Olof würdigte sie keines Blickes, sondern packte seine Forke dicht hinter der Gabel, drehte sich schwerfällig herum und begann breitbeinig und schnaubend auf die Kapelle zuzustapfen. Er bewegte sich nicht sehr schnell, aber auf eine Art, die es ihm irgendwie unmöglich zu machen schien, auch nur einen Moment innezuhalten.

Endlich konnte Robin wieder atmen und im gleichen Moment erwachte auch ein grässlicher, hämmernder Schmerz in ihrem Kopf. Mit einem gedämpften, keuchenden Schrei sog sie die Lungen voller Luft, setzte sich auf und wimmerte, als die plötzliche Bewegung den Schmerz zwischen ihren Schläfen zu nie gekannter Schärfe explodieren ließ. Blut lief über ihr Gesicht und auch ihre Hände waren voller Blut. Sie wusste nicht einmal, ob es ihr eigenes war, aber sie wagte es auch nicht, in *seine* Richtung zu sehen, aus der furchtbaren Angst heraus, er könnte noch am Leben sein. Stattdessen hob sie – durch schlechte Erfahrung gewarnt, diesmal sehr vorsichtig – den Kopf noch ein Stückchen höher und hielt nach Olof Ausschau.

Sie hatte Schwierigkeiten zu sehen. Ihr eigenes Blut lief ihr in die Augen und der Schmerz war so schlimm geworden, dass alles zu verschwimmen schien. Trotzdem sah sie, dass er die Kapelle mittlerweile erreicht hatte, aber Schwierigkeiten zu haben schien, die Tür zu öffnen.

Sie musste Helle und den Tempelritter warnen. Olof hatte den Verstand verloren. Er würde jeden töten, den er dort drinnen fand, und wahrscheinlich würde er hinterher zurückkommen und sie auch noch umbringen, wenn er feststellte, dass sie doch noch am Leben war. Vielleicht würde er gar das ganze Dorf auslöschen. Zuzutrauen war es ihm in seiner Raserei.

Sorgsam darauf bedacht, nicht in Jans zerstörtes Gesicht zu blicken, streckte sie die Hand aus und griff nach Jans Schwert. Sie wusste nicht, warum. Sie konnte mit dieser Waffe rein gar nichts anfangen und war ohne sie vermutlich weit besser dran als mit ihr. Das einzig Sinnvolle, was sie in diesem Moment überhaupt hätte tun können, wäre sich umzudrehen und davonzulaufen, um im Dorf nach Hilfe zu rufen. Aber das hätte den sicheren Tod für Helle und Bruder Abbé bedeutet.

So sprang sie zwar auf, stürzte aber nicht davon, sondern packte Jans Schwert und rannte ebenfalls auf die Kapelle zu, im gleichen Moment, in dem es Olof offenbar gelungen war, die Tür einzuschlagen und hindurchzustürmen. Nur einen Augenblick später hörte sie Helle drinnen schrill aufschreien und fast gleichzeitig hörte sie auch das zuerst wütende, dann erschrockene Schreien eines Mannes. Ihre Stimme funktionierte mittlerweile wieder, aber nun war es zu spät, um einen Warnschrei auszustoßen.

Stattdessen beschleunigte sie ihre Schritte noch mehr und erreichte nach drei oder vier schweren Herzschlägen den Eingang.

Das Grauen, das sich ihr darbot, stand dem draußen keinen Deut nach. Zwar gingen wohl die meisten Verwüstungen, die sie sah, eher auf das Konto der Zeit oder auf das von Bruder Abbé, der in dem kleinen Raum Platz für Helle und sich geschaffen hatte – die drei Bankreihen waren zerschlagen und zu zwei unordentlichen Haufen beiderseits der Tür aufgeschichtet und der kleine Altar stand schräg, als wollte er jeden Moment zusammenbrechen – aber auch Olof hatte durch sein Wüten zu der Zerstörung beigetragen. Bruder Abbé, der ein überraschend kleiner, fettleibiger Mann war und ganz nebenbei vollkommen nackt, hockte benommen zwischen den Überresten des Betstuhls und betastete mit der linken Hand sein Gesicht. Es war blutüberströmt und begann bereits anzuschwellen. Vermutlich hatte es ebenfalls Bekanntschaft mit Olofs Forkenstiel gemacht. Helle lag mit ausgebreiteten Armen auf dem Bauch und Olof stand mit gespreizten Beinen über ihr und stützte sich mit aller Gewalt auf die Mistgabel, deren Zinken er fast zur Gänze in ihren Rücken gerammt hatte. Gerade, als Robin die Tür erreichte, riss er sie heraus und stieß einen Schrei aus, der kaum noch etwas Menschliches hatte. Dann wirbelte er seine Waffe herum und richtete sie gegen Bruder Abbé.

Die Reaktion des Ritters überraschte Robin. Sie hätte geschworen, dass er keine Chance hatte, dem heimtückischen Angriff auszuweichen, nicht in der unglücklichen Lage, in der er sich befand, und noch dazu verletzt. Aber Bruder Abbé wich der Mistgabel mit einer unerwartet geschickten Drehung des Oberkörpers aus, so dass sich die Zinken dicht neben seiner Schulter in die Wand gruben, statt ihn zu durchbohren, und er tat noch ein Übriges und streckte blitzschnell den Arm aus, um Olof die Forke zu entreißen.

Seine Kraft reichte nicht dazu. Olof war ein Bulle von einem Mann und die Raserei, in die er verfallen war, gab ihm noch zusätzliche Kraft. Bruder Abbé knurrte wütend, trat ihm mit dem nackten Fuß vors Schienbein und erschütterte ihn diesmal immerhin so weit, dass er ins Wanken geriet. Der Tempelritter ließ keinen weiteren Angriff folgen, sondern nutzte die Atempause, um auf die Füße zu kommen und rasch zwei, drei Schritte Abstand zwischen sich und den Tobenden zu bringen. Darüber hinaus raffte er noch eine abgebrochene Armlehne an sich, um sich damit zu verteidigen.

Eine Aufgabe, die er mit überraschender Bravour meisterte. Trotz allem konnte Robin nicht anders, als ihn einfach bewundernd anzustarren. Was er tat, sah schlechterdings lächerlich aus – Robin bot sich der Anblick eines kleinen, dicken und sehr blassen nackten Mannes, der wie ein Ball hin und her hüpfte und an dem es überall wabbelte und schlackerte, der aber der Forke seines Gegners fast wie durch Zauberei immer wieder entging. Nicht Olof war es, der ihn traf, sondern er, der mit seinem Knüppel eine Anzahl harter Schläge auf Olofs Händen und Schulter landete, einmal sogar am Kopf. Hätte er es mit einem normalen Gegner zu tun gehabt, so hätte am Ausgang des Kampfes wohl kaum ein Zweifel bestanden. Schon nach kurzer Zeit blutete Olof aus einem Dutzend übler Platzwunden und seine Hände und Unterarme waren total zerschlagen.

Bruder Abbés Pech war, dass Olof offenbar vollkommen tollwütig geworden war und anscheinend keinen Schmerz mehr spürte. Es war kein sehr fairer Kampf und schließlich kam es, wie es kommen musste: Olofs Mistgabel fand ihr Ziel.

Eine der doppelt handlangen Zinken durchbohrte Abbés rechten Unterarm und der Tempelritter taumelte zurück und ließ seinen Knüppel fallen. Olof schrie triumphierend auf und stocherte mit der Mistgabel nach seinem Gesicht. Abbé entging dem Angriff durch einen blitzschnellen Sprung, verlor dadurch aber das Gleichgewicht und wäre um ein Haar gestürzt. Der Kampf war entschieden, begriff Robin. Olof würde womöglich an den Verletzungen sterben, die Abbé ihm zugefügt hatte, aber zuvor würde er den Templer töten, daran bestand nicht mehr der geringste Zweifel.

Bruder Abbé taumelte, prallte gegen die Wand und wich einem weiteren Stoß der Forke aus. Dabei fiel sein Blick das erste Mal auf Robin, die noch immer unter der Tür stand. Seine Augen weiteten sich.

»Junge!«, schrie er. »Mein Schwert!«

Robin reagierte ganz automatisch. Sie riss den rechten Arm in die Höhe und schleuderte das Schwert in Abbés Richtung, und der Tempelritter überraschte sie – und wohl auch Olof – ein zweites Mal, indem er ihren ungeschickten Wurf durch um so größeres eigenes Geschick wettmachte und der Waffe nicht nur habhaft wurde, sondern sie sogar am Griff auffing. In einer weit ausholenden, halbkreisförmigen Bewegung schleuderte er die Scheide davon und nun, da er ein Schwert in der Hand hatte, wendete sich das Blatt schnell und endgültig.

Der Tempelritter ging zum Angriff über und er tat es kompromisslos und mit einer Brutalität, die Robin schockiert hätte, wäre sie überhaupt noch in der Lage gewesen, irgendetwas zu empfinden. Abbé schlug dreimal hintereinander blitzschnell zu. Sein erster Hieb kappte Olofs Mistgabel dicht über den Zinken. Sein zweiter Hieb kostete Olof den größten Teil des verbliebenen Stiels und sämtliche Finger der rechten Hand. Aber vermutlich spürte er nicht einmal Schmerz, denn Abbés dritter Hieb folgte unmittelbar darauf und spaltete seinen Schädel. Olof fiel wie ein nasser Sack zu Boden und Bruder Abbé ließ schwer atmend sein Schwert sinken, legte die Waffe dann gänzlich zu Boden und presste die Hand auf seinen durchstochenen Unterarm. Er gab jedoch keinen Schmerzenslaut von sich, sondern ging mit schnellen Schritten zu Helle hin, ließ sich neben ihr auf ein Knie sinken und drehte sie auf den Rücken. Helles Augen standen weit offen, waren aber ohne Leben. Erstaunlicherweise war auf ihren Zügen weder Schmerz noch Schrecken zu lesen; allerhöchstens so etwas wie Erstaunen.

Robin ging vorsichtig näher. »Ist sie ... tot, Herr?«, fragte sie stockend.

Abbé nickte abgehackt. »Ja. Was für eine Verschwendung! Sie war so ein verdammt hübsches Frauenzimmer.« Er schüttelte den Kopf, sah dann wieder zu Robin hoch, machte dann eine befehlende Geste zum Altar hin und sagte: »Hol meine Kleider, Junge!«

Ganz automatisch gehorchte Robin; vielleicht, weil da etwas in Abbés Stimme war, was es ihr einfach unmöglich gemacht hätte, nicht zu gehorchen. Autorität. Sie hatte niemals eine solche Autorität in der Stimme eines Menschen gehört. Auch Jan hatte nicht annähernd so geklungen. Rasch brachte sie Abbé seine Kleider, die er neben denen Helles achtlos zu Boden geworfen hatte, senkte aber beschämt den Blick, bis sie an dem entsprechenden Geräusch hörte, dass der Tempelritter wohl dabei war, sein Kettenhemd überzustreifen.

Als sie den Kopf hob, begegnete sie Abbés Blick und ihr wurde klar, dass der Templer sie die ganze Zeit über angestarrt hatte.

»Mein Wappenrock«, befahl er.

Robin sah sich suchend um. Sie entdeckte das Kleidungsstück erst nach einigen Augenblicken. Abbé hatte es nicht zu Boden geworfen, wie den Rest seiner Kleidung, sondern über das kleine Kruzifix über dem Altar gehängt; wie um das, was er hier tat, vor den Augen des geschnitzten Heilands zu verbergen. Sie reichte es ihm und sah zu, wie Abbé den Wappenrock überstreifte. Es war ein schlichtes, weißes Gewand, dessen einziger Schmuck aus einem blutroten Kreuz mit gespaltenen Enden auf der Brust bestand. Nachdem Abbé es angelegt hatte, suchte er seinen Waffengurt, band ihn um und hob als Letztes sein Schwert auf. Ebenso ruhig wie bisher trat er auf Robin zu und setzte ihr die Schwertspitze an die Kehle.

»So, und jetzt will ich wissen, wer du bist, Bursche«, sagte er. »Und vor allem, wie du an mein Schwert kommst.«

Robin wich keuchend zurück, bis sie mit dem Rücken gegen die Wand stieß, aber Abbé und vor allem sein Schwert folgten ihr unbarmherzig. »Ich ... ich wusste nicht, dass es Euer Schwert ist, Herr!«, stammelte sie. »Wirklich! Das ist die Wahrheit!«

»Und woher hast du es?«

»Von Jan«, antwortete Robin hastig. »Ich dachte, es wäre sein Schwert!«

»Und das hat er dir einfach so gegeben? Du lügst!«

»Er ist tot«, antwortete Robin. »Olof hat ihn mit seiner Mistgabel erstochen. Er hat mich auch niedergeschlagen!«

»Tot?« Auf Abbés Gesicht erschien ein betroffener Ausdruck. Er machte das Kreuzzeichen, trat einen halben Schritt zurück und senkte das Schwert – aber nur ein kleines Stückchen. »Gott sei seiner armen Seele gnädig. Aber das ist keine Antwort auf meine Frage: Wer bist du? Und was suchst du hier überhaupt?«

Robins Gedanken überschlugen sich. Was würde Abbé tun, wenn sie ihm die ganze Geschichte erzählte? Möglicherweise würde er sie töten, und sei es nur, um sein Geheimnis zu bewahren. Zugleich aber spürte sie, wie gefährlich es war, diesen Mann belügen zu wollen. Bruder Abbé wirkte selbst in Rüstung und Wappenrock nicht sehr viel beeindruckender als vorhin – er hatte einen Kahlkopf und einen kurz geschnittenen, etwas löcherigen Vollbart, der sich zwar redliche Mühe gab, seine hängenden Speckwangen aber nicht wirklich verbergen konnte. Seine wulstigen Lippen und die kleinen, glitzernden Schweinsäuglein, die in der Masse seines Gesichtes fast unterzugehen schienen, ließen ihn verschlagen wirken. Trotzdem spürte sie, dass dieser Mann über einen messerscharfen Verstand verfügte und nicht leicht zu hintergehen wäre.

Sie entschloss sich, die Wahrheit zu sagen. Mochte Abbé hinterher mit ihr machen, was er wollte. Sie befand sich ohnehin in einem Zustand, in dem sie sich kaum noch vorstellen konnte, den nächsten Morgen zu erleben.

Was sie zu erzählen hatte, schien Abbé zumindest nicht unmittelbar dazu zu bewegen, ihr die Kehle durchzuschneiden. Er hörte ihr einige Augenblicke lang zu, steckte dann sein Schwert ein und wandte sich um, gab Robin jedoch mit einer Geste zu verstehen, dass sie weiterreden sollte. Er ging zu Helles Kleid hinüber, ließ sich in die Hocke sinken und riss einen langen Streifen aus dem Stoff. Dann schob er den Ärmel seines Kettenhemdes in die Höhe und Robin sah, dass die Stichwunde in seinem Unterarm noch immer heftig blutete. Sie überlegte, ob sie ihm ihre Hilfe anbieten sollte, aber Abbé kam auch mit einer Hand ganz gut damit zurecht, sich einen Verband anzulegen. Er schien eine Menge Übung in solcherlei Dingen zu haben.

Als er seinen Verband fertig angelegt hatte, war auch Robin mit ihrem Bericht zu Ende – sehr viel hatte es ja ohnehin nicht zu erzählen gegeben.

Abbé betrachtete sie kopfschüttelnd. »Jan«, murmelte er und verzog missbilligend das Gesicht. »Ich bin enttäuscht. Ich hatte große Hoffnungen in ihn gesetzt. Ich hätte niemals geglaubt, dass er so pflichtvergessen sein könnte. Wäre er nicht so ein vielversprechender Knappe gewesen, müsste ich zufrieden sein, dass Gott ihm seine gerechte Strafe für seine Pflichtvergessenheit hat zuteil werden lassen. Acht Jahre Ausbildung! Was für eine Verschwendung!«

Er seufzte, drehte sich um und sah einen kurzen Moment auf Helles leblosen Körper hinab. »Hilf mir, ihr das Kleid anzuziehen!«

Natürlich gehorchte Robin ohne Widerspruch. Mit vereinten Kräften streiften sie der Toten das Kleid über und legten sie dann wieder dorthin, wo Robin sie am Anfang gesehen hatte.

»Wer ist das?« Abbé deutete auf Olof.

»Olof«, antwortete Robin. »Helles Mann.«

»Das habe ich mir fast gedacht«, sagte Abbé finster. »Was für ein ... Tier. Es ist nicht schade um ihn.«

»Er hat Helle oft geschlagen«, sagte Robin unsicher. »Und auch andere. Er war in unserem Dorf nicht sehr beliebt.« Das war zwar die Wahrheit, aber sie kam sich trotzdem schäbig dabei vor, denn sie wollte damit dem Tempelritter im Grunde genommen nur nach dem Munde reden.

»Dieses Mal hat er sich den Falschen ausgesucht.« Abbé rieb sich versonnen den verletzten Arm, während er sich aufmerksam im Raum umsah. Nacheinander hob er einen Leinenbeutel, ein silbernes Tablett mit Brot, Käse und Weintrauben und zwei ebenfalls silberne Trinkgefäße vom Boden auf, die er allesamt in seinem Beutel verstaute. Dasselbe tat er mit zwei der drei Kerzen, die die Kapelle beleuchteten. Endlich verstand Robin auch, was er da tat: Er verwischte sorgfältig alle Spuren seines Hierseins.

Schließlich brannte nur noch eine einzige Kerze. Abbé nahm sie in die Hand, löschte die Flamme aber noch nicht, sondern wandte sich wieder zu Robin um.

»Kannst du reiten?«, fragte er.

»Reiten? Nein.«

»Dann wirst du es lernen müssen«, sagte der Tempelritter gleichmütig. »Ich habe wenig Lust, den ganzen Weg zu deinem Dorf neben dir herzuschleichen.«

»Zu meinem ... Dorf?«, wiederholte Robin verständnislos.

»Natürlich zu deinem Dorf.« Abbé blies die Kerze aus und nahezu vollkommene Dunkelheit senkte sich über das Innere der Kapelle. »Wir haben noch ein paar Dinge zu besprechen, aber dafür ist unterwegs noch Zeit genug. Geh voraus.«

Robin tastete sich durch die Schwärze zum Ausgang. Draußen blieb sie stehen und wartete auf Abbé.

»Du wartest hier«, befahl er barsch. »Lass dir nicht einfallen wegzulaufen, ich bin sofort zurück.«

Er verschwand hinter der Kapelle, kehrte aber tatsächlich schon nach einigen Augenblicken zurück. Er trug jetzt einen weißen Mantel, auf dem sich das Kreuzsymbol mit den gespaltenen Enden wiederholte, und führte zwei Pferde am Zügel.

»Jan?«, fragte er.

Robin deutete stumm in die Richtung, in der der tote Junge lag. Um nichts auf der Welt wollte sie noch einmal dorthin, aber Abbé fragte sie nicht nach dem, was sie wollte, sondern machte eine befehlende, grobe Geste und Robin gehorchte auch diesmal.

Sie gingen zu dem Baum, unter dem Jans Leichnam lag. Abbé band die Zügel der beiden Pferde an einen tief hängenden Ast, ging hin und ließ sich neben Jan auf die Knie sinken. Er drehte den Toten auf den Rücken, setzte dazu an, das Kreuzzeichen auf seiner Stirn zu machen, und sog plötzlich und scharf die Luft zwischen den Zähnen ein.

»Großer Gott!«, keuchte er. »Er lebt ja noch.«

Robin fuhr entsetzt zusammen. »*Was?!*«

»Er ist noch am Leben«, wiederholte der Tempelritter. Einen Atemzug lang starrte er reglos auf Jan hinab, dann stand er auf, zog sein Schwert und stieß es ihm ins Herz.

Robin wandte sich schaudernd ab. Ihr wurde übel vor Entsetzen und sie musste sich mit aller Macht beherrschen, um sich nicht zu übergeben. Sie war fest davon überzeugt gewesen, dass der junge Tempelritter tot war, tot sein *musste*! Nun begriff sie, dass sie es sich wohl nur eingeredet hatte. Großer Gott, was hatte sie ihm angetan!

Sie konnte hören, wie Abbé eine Zeit lang hinter ihr herumhantierte, wagte es aber nicht, sich umzudrehen, bis der Templer sie grob an der Schulter packte und zu einem der Pferde stieß. Robin sträubten sich im wahrsten Sinne des Wortes die Haare, als sie sah, dass Abbé Jans Leichnam vor dem Sattel über den Pferderücken gelegt hatte.

»Nein«, murmelte sie. »Bitte nicht!«

Statt auf ihren Protest zu reagieren, ergriff Abbé sie kurzerhand bei den Hüften und hob sie auf das Pferd. Im allerersten Moment schlug nackte Panik in ihr hoch, so heftig, dass sie um ein Haar sofort aus dem Sattel gesprungen und davongerannt wäre. Aber dann begegnete sie Abbés Blick und wagte es nicht.

»Du musst dich einfach nur festhalten«, sagte Abbé. »Es ist nicht schwer. Um alles andere kümmere ich mich.«

Robin konnte nur nicken. Sie war noch immer wie gelähmt. Auch als Bruder Abbé sich neben ihr mit einer kraftvollen Bewegung in den Sattel schwang, sich zur Seite beugte und nach den Zügeln ihres Reittieres griff, schwieg sie weiter.

Sie legten auch den größten Teil des Weges zum Dorf in bedrückendem Schweigen zurück. Wie Abbé gesagt hatte, war das Reiten gar nicht so schwer – wobei sie ja eigentlich gar nicht wirklich ritt, sondern ihre Schenkel mit aller Kraft gegen den Pferdeleib presste und mit den Händen den Sattelknauf umklammerte. Alles andere übernahm Bruder Abbé.

Erst, als sie das kleine Wäldchen auf halber Strecke passierten, brach der Tempelritter das Schweigen. »Du hast Jan gemocht?«, fragte er.

Robin nickte. Als Abbé nach einem Augenblick nicht reagierte, wurde ihr klar, dass er die Bewegung gar nicht gesehen hatte, und sagte: »Ich glaube, ja.«

»Und ihr habt euch gut unterhalten.« Abbé seufzte. »Er hat dir von seinem Leben als Ritter erzählt, seinen Abenteuern und Reisen... das war schon immer sein grösster Fehler. Er war ein Aufschneider. Das Gebot der Bescheidenheit hat ihm nicht viel bedeutet.«

»Er hat Euch sehr bewundert, Herr«, sagte Robin. Das war gelogen, aber irgendwie hatte sie das Gefühl, Jan diese kleine Unwahrheit schuldig zu sein.

»Und das ging jetzt schon seit vier Wochen so«, fuhr Abbé fort, ruhig und in nachdenklichem, fast gelassenem Ton. »Vermutlich war ihm einfach nur langweilig. Und so ist es dann passiert... er hat dir von mir erzählt. Und du? Wem hast du von ihm erzählt? Deinen Eltern? Deinen Freunden? Alles natürlich unter dem Siegel der Verschwiegenheit.«

»Niemandem!«, protestierte Robin. »Ich schwöre, dass ich niemandem...«

»Lüg nicht!«, herrschte Bruder Abbé sie an. »Und hüte dich, einen falschen Eid abzulegen!«

Robin schwieg einen Augenblick, dann sagte sie leise: »Nur meiner Mutter. Aber die hat es bestimmt niemandem verraten. Sie hat mir versprochen, es niemandem zu sagen!«

Der Tempelritter lachte rau. »O ja. Außer ihrer besten Freundin vielleicht, natürlich gegen deren Ehrenwort, niemandem etwas zu sagen. Und die wiederum hat es ihrer besten Freundin erzählt, selbstverständlich gegen das heilige Versprechen, kein Sterbenswörtchen davon weiterzugeben.« Er schüttelte den Kopf. »Es wundert mich fast, dass es so lange gedauert hat, bis die Geschichte schließlich bei Olof angekommen ist.«

Robin starrte ihn an. »Ihr meint ...«

»Ich meine«, unterbrach sie Bruder Abbé, »dass du dir Folgendes für den Rest deines Lebens merken solltest: Wenn du willst, dass etwas möglichst schnell die Runde macht, dann erzähle es einem Weibsbild, am besten unter dem Siegel der Verschwiegenheit. Wenn du nicht willst, dass es bekannt wird, dann erzähl es ihr erst gar nicht.«

Das hatte Robin nicht gemeint. Was Bruder Abbé mit seinen Worten *wirklich* gesagt hatte, war, dass es ihre Schuld war. Hätte sie ihr Versprechen nicht gebrochen, dann hätte Olof niemals von dem geheimen Treffen zwischen Helle und dem Tempelritter erfahren und wäre nicht heute hier aufgetaucht, um dieses fürchterliche Blutbad anzurichten. Ebenso gut, dachte sie bitter, hätte sie Jan und Helle auch gleich selbst erschlagen können.

Sie wollte etwas sagen, aber in diesem Moment drangen gedämpfte Laute aus der Dunkelheit zu ihnen, und als Robin erschrocken hochsah, glaubte sie etwas (jemanden?) davonhuschen zu sehen. Vielleicht nur ein Tier, das vor ihnen floh, vielleicht aber auch etwas anderes. Waren das nicht ... Schritte gewesen?

Auch der Tempelritter schien das Geräusch gehört zu haben, denn er richtete sich kerzengerade im Sattel auf. Seine Hand senkte sich auf das Schwert und der Blick seiner kleinen Schweinsäuglein bohrte sich in die Dunkelheit. Nach einem Moment ließ seine Wachsamkeit allerdings schon wieder nach.

Robin entspannte sich dagegen überhaupt nicht. Im Gegenteil. Sie wurde immer nervöser, sah sich immer hektischer um. Als sie das letzte Mal ein solches Warnsignal ignoriert hatte, hatte es Jan und Helle das Leben gekostet.

»Hast du Freunde, Junge?«, fuhr Bruder Abbé fort. »Geschwister?«

»Nein«, antwortete Robin. »Ich habe keine Geschwister. Nur meine Mutter. Mein Vater lebt schon lange nicht mehr.«

»Aber du hast doch sicher Freunde in eurem Dorf«, bohrte Bruder Abbé weiter. »Jungen in deinem Alter – oder vielleicht gar schon ein Mädchen?« Er lächelte. »Nur keine Scheu. Du hast ja selbst gesehen, dass auch ich der Liebe nicht ganz abgeneigt bin.«

»Judith«, gestand Robin. »Die Tochter unseres Nachbarn ... und Gese. Aber sie ist schon älter. Ungefähr wie Helle.«

»Dann halte dich an sie«, sagte Bruder Abbé. »Eine erfahrene Frau kann dir eine Menge beibringen ... liebst du deine Mutter?«

»Natürlich.«

»Und natürlich liegt dir auch viel an deinen Freunden, dem Nachbarsmädchen und an dieser Gese. Und wahrscheinlich auch noch an dem einen oder anderen. Euer Dorf ist sehr klein. Da kennt jeder jeden. Also hör mir zu: Wenn wir jetzt in dein Dorf kommen, dann wirst du gar nichts sagen. Ich rede und du wirst einfach nur zuhören. Und wenn man dich fragt, ob das, was ich sage, die Wahrheit ist, dann wirst du es bestätigen. Wenn ich dabei bin und auch später. Wenn du nicht sicher bist, was du sagen sollst, dann sagst du, dass du dich nicht mehr erinnerst, weil alles so schrecklich war und du so große Angst hattest. Hast du das verstanden?«

Robin nickte.

»Das will ich hoffen«, sagte Abbé mit einem dünnen, angedeuteten Lächeln. »Denn wenn nicht, dann werde ich wiederkommen. Ich werde dir kein Haar krümmen, aber ich werde deine Mutter töten, deine kleine Freundin, Gese und jeden anderen aus deinem Dorf, der dir etwas bedeutet.«

KAPITEL 3

Ihre Annäherung blieb nicht unbemerkt. Obwohl die meisten Dorfbewohner kurz nach der Abenddämmerung zu Bett gingen, kam ihnen eine kleine Abordnung der Bewohner entgegen, als sie sich den ersten Häusern näherten – unter ihnen auch Robins Mutter, die ob der Verspätung ihrer Tochter offenbar schon in großer Sorge gewesen war. Außer ihr gehörten noch ein gutes halbes Dutzend weiterer Männer und Frauen zu der kleinen Abordnung, die Robin und Abbé fünfzig Schritte vor den ersten Häusern erwartete. Die meisten hielten brennende Fackeln in den Händen. In ihrem hell flackernden Licht erkannte Robin nicht nur besorgte Gesichter, sondern auch mindestens zwei bewaffnete Männer, eine Tatsache, die auch Bruder Abbé keineswegs entgehen konnte: Gero, Geses Mann, hatte einen armlangen Knüppel dabei, durch dessen oberes Ende er eine Anzahl langer Nägel getrieben hatte, und der Bauer Hark hatte sich passender Weise mit einem Dreschflegel bewaffnet.

Sie warf einen raschen Blick zu Bruder Abbé hinüber. Der Tempelritter schien völlig gleichmütig, aber er konnte nicht vollkommen verhindern, dass sich ein dünnes, verächtliches Lächeln auf seine Lippen stahl. Sie musste daran denken, wie mühelos er Olof getötet hatte, nachdem er erst einmal wieder im Besitz seines Schwertes gewesen war, und sie war plötzlich sicher, dass er selbst jetzt, verletzt wie er war, ganz allein das halbe Dutzend Männer und Frauen erschlagen könnte.

Leider fürchtete sie auch, dass ihm der Tod einiger einfacher Bauern nicht besonders nahegehen würde ...

Als sie dicht genug heran waren, um ins Licht der Fackeln zu reiten, machte sich Unruhe unter den Dorfbewohnern breit.

Robin sah, wie ihre Mutter erschrocken zusammenfuhr, die Hand vor dem Mund schlug und unverzüglich auf sie losrennen wollte, aber von Hark daran gehindert wurde. Auch auf den Gesichtern der anderen machten sich die unterschiedlichsten Emotionen breit: Erstaunen, Überraschung, zum allergrößten Teil aber Schrecken und Furcht.

Sie mussten auch einen erschreckenden Anblick bieten, wie sie so aus der Dunkelheit auftauchten. Robins Gesicht und auch ihr Gewand waren voller eingetrocknetem Blut und Schmutz. Quer vor ihr lag ein Toter über dem Pferderücken und auch Bruder Abbé hatte eine hässliche, dick verkrustete Platzwunde an der Schläfe. Dazu begann sein Gesicht nun deutlich anzuschwellen und sich in allen nur denkbaren Schattierungen blaugrün zu färben. Trotzdem bot der Tempelritter in seinem Wappenrock und hoch oben auf dem Rücken seines gewaltigen Schlachtrosses einen beeindruckenden Anblick. Das flackernde rote Licht der Fackeln schien seine ganze Gestalt in Blut zu tauchen, so dass er trotz des Kreuzsymbols auf seiner Brust mehr wie ein Dämon aussah, der direkt aus dem Schlund der Hölle geritten kam, aber keinesfalls wie ein Krieger Gottes.

Dasselbe musste auch für sie gelten, denn der Schrecken, mit dem Hark und die anderen – einschließlich ihrer Mutter! – sie musterten, beinhaltete kein Mitgefühl, sondern eher das Entsetzen von Menschen, die sich plötzlich und unerwartet mit dem Leibhaftigen konfrontiert sehen.

Ihre Mutter beherrschte sich, bis Robin und der Tempelritter fast vor ihr waren, dann aber machte sie sich gewaltsam aus Harks Griff los und stürmte auf sie zu. »Robin!«, schrie sie. »Großer Gott, Robin! Was ist geschehen?!«

Abbé hielt sie mit einer herrischen Geste zurück und warf Robin einen raschen, eindeutig drohenden Blick zu, ehe er sich an ihre Mutter wandte: »Seid Ihr seine Mutter, Weib?«

»Robin ist meine Tochter, ja«, antwortete Robins Mutter. In ihren Augen blickte es kampfeslustig auf. Weder Abbés Kleid noch sein überheblicher Ton schienen sie in diesem Moment sonderlich zu beeindrucken.

Abbé blinzelte überrascht und warf Robin einen schnellen, völlig verwirrten Blick zu. »Eure... Tochter?«

»Was habt Ihr mit ihr gemacht?«, fragte Robins Mutter erregt. »Was habt Ihr ihr angetan?«

»Hüte deine Zunge, Weib«, sagte Abbé kühl. »Deiner Tochter ist nichts geschehen.«

»Aber all das Blut...«

»...ist nicht ihres.« Abbés Stimme wurde schneidend. »Es ist das Blut meines treuen Knappen, der sein Leben geopfert hat, um meines zu beschützen. Und so ganz nebenbei auch das deiner Tochter, Weib.«

Robins Mutter schwieg. Sie war kein bisschen beruhigt, aber offensichtlich hatte Abbé sie nun doch eingeschüchtert. Ihr Blick irrte unstet zwischen Robins Gesicht und dem des Tempelritters hin und her, doch bevor sie weitersprechen konnte, sagte Robin rasch: »Er sagt die Wahrheit, Mutter. Ich bin nicht verletzt. Nur ein Kratzer. Aber ich wäre tot, wenn er nicht gewesen wäre.«

»Danke, Robin«, sagte Abbé spöttisch. »Ich bin wirklich froh, dass du meine Version bestätigst.« Er wandte sich an das halbe Dutzend Männer und Frauen, das noch immer in einigen Schritten Entfernung dastand und ihn misstrauisch beäugte. »Wer von euch hat hier das Sagen?«

Im allerersten Moment rührte sich niemand, dann aber trat Gero zögernd vor und sagte: »Wir haben keinen Dorfschulzen, wenn Ihr das meint, hoher Herr. Aber Ihr... könnt mit mir reden, wenn Ihr es wünscht.«

Abbé antwortete erst einmal gar nicht, sondern starrte mit schräg gehaltenem Kopf den nagelbesetzten Knüppel an, den Gero noch immer in der Hand hielt. Als dieser seinen Blick bemerkte, ließ er seine improvisierte Waffe hastig sinken. Robin hatte das Gefühl, dass er sie am liebsten hinter dem Rücken versteckt hätte, wie ein Kind, das einen Apfel gestohlen hatte und auf frischer Tat ertappt worden war.

»Nun, dann werde ich das tun«, sagte Bruder Abbé schließlich. »Aber nicht hier.« Er wies auf Robins Mutter. »Deine... *Tochter* hat eine Menge Gutes über dich erzählt. Und ich brauche einen Ort, um mich ein wenig auszuruhen... Welches Haus ist deines?«

»Gleich das erste links«, antwortete Robins Mutter automatisch. »Aber was ...?«

»Also gut, dann treffen wir uns dort«, sagte Bruder Abbé. Er deutete auf Gero. »Du kommst ebenfalls. Und falls es außer dir noch jemanden in eurem Dorf gibt, mit dem ich *reden* kann, soll er auch kommen.«

Damit ritt er weiter und nahm auch Robins Pferd am Zügel mit, so dass ihre Mutter hastig aus dem Weg springen musste, um nicht über den Haufen geritten zu werden. Sie erreichten das Dorf, das nur aus einer kurzen Straße und einer Hand voll einfacher Häuser bestand, die sich rechts und links davon zusammendrängten, obwohl es ringsum Platz im Überfluss gab. Die Nachricht von ihrem Kommen schien bereits die Runde gemacht zu haben, denn nun brannte in den meisten Häusern Licht. Nahezu das ganze Dorf war auf den Beinen, aber nur sehr wenige wagten es, ihnen nahe zu kommen.

Abbé lenkte sein Pferd zu dem Haus, das Robins Mutter ihm bezeichnet hatte, stieg aus dem Sattel und winkte den am nächsten stehenden Mann herbei. »Du gibst auf die Pferde Acht«, sagte er barsch. »Bring ihnen zu trinken, und Hafer. Ich habe noch einen langen Weg vor mir.«

Er drehte sich zu Robin um und erwartete ganz offensichtlich, dass sie aus dem Sattel stieg, machte aber diesmal keine Anstalten, ihr irgendwie zu helfen. Robin kletterte umständlich vom Rücken des Pferdes. Da sie vor allem darauf achtete, Jans toten Körper nicht zu berühren, stellte sie sich weitaus ungeschickter an, als sie andernfalls vermocht hätte, und wäre beinahe gestürzt. Nur mit einem hastigen Schritt zur Seite fand sie ihr Gleichgewicht wieder. Bruder Abbé sah ihr kopfschüttelnd zu, enthielt sich aber jeden Kommentars, sondern machte nur eine Geste zur Tür.

Robin betrat das Haus als Erste. Bruder Abbé folgte ihr dichtauf. Obwohl er nicht besonders groß war, musste er sich bücken, um sich nicht an der niedrigen Tür zu stoßen. Drinnen angekommen, drehte er sich einmal um seine Achse und unterzog dabei das Innere der Hütte einer schnellen, aber sehr aufmerksamen Musterung.

»Hier lebst du also«, sagte er.

Robin spürte, wie ihr Schamesröte ins Gesicht stieg. Abbés Stimme war vollkommen ausdruckslos; es war weder Spott noch Überheblichkeit darin. Dennoch machte die Hütte auf ihn bestimmt einen erbärmlichen Eindruck. Vermutlich war er sogar entsetzt. Immerhin war er ein Ritter, wahrscheinlich unermesslich reich, und aß nur von goldenen Tellern und schlief auf Betten aus feinstem Linnen.

Die Hütte bestand aus einem einzigen, nicht sehr großen Raum. Es gab einen Tisch mit einer Bank und zwei niedrigen Schemeln sowie eine große, hölzerne Truhe, in der Robins Mutter ihre wenigen Habseligkeiten verwahrte. Als Bett diente eine breite Ofenbank, auf der zwei strohgefüllte Säcke und einige Decken lagen, und damit erschöpfte sich die Einrichtung auch schon fast. Einziger Zierrat waren das schlichte Holzkreuz über der Tür sowie ein runder, lederbezogener Schild und ein Schwert in einer groben, hölzernen Scheide, die über der Ofenbank an der Wand hingen.

Robin schämte sich ihres Zuhauses immer stärker. Sie wusste, dass sie arm waren, aber da nur wenige im Dorf wesentlich wohlhabender als ihre Mutter waren – oder gar reich! –, hatte ihr das bisher nichts ausgemacht. Jetzt wünschte sie sich fast, im Boden versinken zu können.

»Ein eigenartiger Wandschmuck für eine Witwe, die allein mit ihrer Tochter lebt«, sagte Abbé, während er nachdenklich Schild und Schwert an der Wand betrachtete.

»Das hat meinem Vater gehört«, sagte Robin. Der Soldat hatte seine Waffen damals zurückgelassen, als er und seine Kameraden das Dorf wieder verließen. Ihre Mutter hatte ihr erzählt, dass er ihr geraten hatte, sie zu verkaufen, falls sie einmal in Not geraten sollte, denn obwohl es sich um einfache Waffen handelte, stellten sie doch einen enormen Wert dar. Sie hatten seither mehr als ein schlechtes Jahr erlebt, aber ihre Mutter hatte niemals auch nur daran gedacht, diese Waffen zu verkaufen.

»Dein Vater«, sagte Abbé nachdenklich. »Das sind englische Waffen... daher auch der Name. Robin. Sag, Kind – habt ihr einen Pfarrer in eurem Ort?«

»Nein.«

»Und natürlich auch keine Kirche.« Bruder Abbé seufzte. »Großer Gott – und wir ziehen ins Heilige Land, um dort Gottes Wort zu verkünden!«

Robin verstand nicht wirklich, was er damit meinte, aber sie spürte sehr wohl die verletzende Absicht dahinter und das machte sie wütend. Der Tempelritter wusste rein gar nichts über sie und ihr Leben und erst recht nicht über das ihrer Mutter. Wieso maßte er sich an, über sie zu richten?

Sie war so zornig, dass sie diesen Gedanken vielleicht sogar laut ausgesprochen hätte, wäre nicht in diesem Moment die Tür aufgegangen und ihre Mutter hereingekommen, gefolgt von Gero, Hark und der alten Janna, die zwar nicht ihr gewähltes Oberhaupt war, wohl aber die Dorfälteste und dazu eine sehr kluge, alte Frau.

Abbé drehte sich zu ihnen herum und trat dann zwei Schritte zurück, um den Eintretenden Platz zu machen. Trotzdem herrschte in der Hütte eine fast drückende Enge, als Hark die Tür hinter sich schloss. Das Haus war wirklich nicht sehr groß.

»Gut, dass ihr kommt«, sagte Abbé, bevor einer der anderen das Wort ergreifen konnte. »Ich brauche Wasser. Und ein sauberes Tuch.«

Während Robins Mutter eine Holzschale auf den Tisch stellte und zum anderen Ende des Raumes eilte, um Wasser aus dem Eimer zu schöpfen, der dort immer stand, nahm Abbé am Tisch Platz und begann den Ärmel seines Kettenhemdes hochzustreifen. Robin sah jetzt erst, dass Blut durch das feinmaschige Kettengewebe tropfte. Der Verband, den er darunter trug, war nass und schwer geworden.

»Ihr seid verletzt, Herr!«, sagte Hark erschrocken.

»So etwas kommt vor, wenn man gezwungen ist zu kämpfen«, antwortete Abbé gleichmütig. Er löste den Verband und der Stoffstreifen fiel mit einem schweren Klatschen auf den Tisch. Die Stichwunde darunter blutete noch immer, und das erschreckend heftig. Robin warf einen prüfenden Blick in sein Gesicht. Sie fand, dass er jetzt deutlich blasser war als vorhin in der Kapelle. Er musste eine Menge Blut verloren haben.

»Das sieht nicht gut aus«, sagte Gero besorgt. »Ich werde meine Frau rufen. Sie versteht sich auf die Behandlung von Wunden.«

»Bleib«, sagte Abbé rasch. »So schlimm ist es nicht. Ich werde die Wunde reinigen und einen festen Verband anlegen, das muss reichen.«

Robins Mutter kam zurück, goss Wasser in die Schale und reichte dem Tempelritter ein sauberes Tuch. Dabei betrachtete sie die Wunde in Abbés Arm stirnrunzelnd. Dann wandte sie sich um, ging zu ihrer Truhe und kam mit einem kleinen Beutel aus Tuch zurück.

»Legt diese Blätter auf die Wunde, Herr«, sagte sie. »Sie lindern den Schmerz und sie verhindern, dass Ihr Wundbrand bekommt.«

Abbé nahm den Beutel zwar entgegen, öffnete ihn aber nicht, sondern wog ihn nachdenklich in der unversehrten Hand. »Was bist du, Weib?«, fragte er. »Eine Hexe?«

»Nur eine Frau, die die heilenden Kräfte von Gottes Natur kennt«, sagte Janna, bevor Robins Mutter antworten konnte. Nach einer viel zu langen Pause, um das Wort zu irgendetwas anderem als Spott werden zu lassen, fügte sie hinzu: »Herr.«

In Bruder Abbés Augen blitzte es für einen Moment auf, aber Robin vermochte nicht zu sagen, ob es Zorn oder widerwillige Anerkennung war. Schließlich lächelte er nur, tauchte das Ende des Stoffstreifens, den Robins Mutter ihm gegeben hatte, ins Wasser und begann seine Wunde zu reinigen. Es musste ziemlich weh tun. Trotzdem zuckte er nicht einmal mit der Wimper.

Hark räusperte sich unbehaglich. »Verzeiht, hoher Herr«, sagte er. »Ich will nicht drängen, aber was ... was ist geschehen? Ihr seid verletzt und Robin ist voller Blut, und draußen auf Eurem Pferd liegt ein Toter.«

»Und wenn ihr zu der alten Kapelle südlich eures Dorfes geht, dann werdet ihr zwei weitere Tote finden«, sagte Abbé ruhig. »Einen tollwütigen Hund und eine arme Frau, die wohl sein erstes Opfer war.«

Hark und Gero tauschten einen erschrockenen Blick und Bruder Abbé fuhr fort: »Jan und ich waren auf dem Weg zur Komturei. Es war spät geworden, unsere Pferde waren müde und wir waren hungrig, als wir die Lichter eures Dorfes sahen. Also beschlossen wir, hier einzukehren und euch um ein Nachtlager zu bitten. Auf halbem Wege kamen wir an der alten Kapelle vorbei und mein Knappe wollte absitzen und ein Gebet sprechen. Aber kaum hatten wir die Kapelle betreten, da wurden wir angegriffen. Ich wurde niedergeschlagen und Jan...«

Er schwieg einen Moment und in dieser Zeit traten ein Schmerz und eine Leere in seinen Blick, die beinahe auch Robin überzeugt hätten. Eines war er auf jeden Fall: ein sehr guter Schauspieler.

»Als ich wieder zu mir kam, war Jan bereits tot«, fuhr Bruder Abbé fort. »Er hatte keine Chance, denn er war waffenlos und wohl genauso überrascht wie ich. Dieser Verrückte hätte sicherlich auch mich getötet, hätte er richtig getroffen.« Er hob seinen verwundeten Arm. »So bekam ich die Gelegenheit, mein Schwert zu ziehen. Ich habe ihn erschlagen. Leider zu spät, wie sich herausstellte. Nachdem ich eine Kerze gefunden und angezündet hatte, fand ich eine tote Frau. Sie wurde mit der gleichen Mistgabel erstochen, der auch mein Knappe zum Opfer fiel – und um ein Haar ich selbst.« Er deutete auf Robin. »Dieses Mädchen lag unter einem Baum, nur ein paar Schritte von der Kapelle entfernt. Es war bewusstlos. Auf dem Weg zurück erzählte es mir, dass es gesehen hat, wie dieser Wahnsinnige die Frau mit einer Mistgabel in der Hand verfolgt hat. Sie wollte ihr wohl helfen und hätte um ein Haar selbst mit dem Leben dafür bezahlt.«

Er brachte es wirklich fertig, Robin ein warmes, fast väterliches Lächeln zu schenken, und nicht nur er, sondern auch alle anderen starrten sie fragend und bestürzt an. Niemand wagte es, etwas zu sagen oder Abbés Geschichte gar durch eine entsprechende Frage in Zweifel zu ziehen, aber sie spürte, dass wohl jeder etwas ganz Bestimmtes von ihr erwartete; Bruder Abbé eingeschlossen.

Aber sie war gar nicht fähig, sofort zu antworten. Sie konnte den Tempelritter einfach nur fassungslos anstarren. Sie wusste so gut wie nichts über Bruder Abbé, aber immerhin war ihr klar, dass er über einen scharfen Verstand und große Klugheit verfügte. Die Geschichte aber, die er nun erzählte, war so durchsichtig, dass nicht einmal die achtjährige Tochter Geses sie geglaubt hätte. Es dauerte eine Weile, bis ihr klar wurde, dass Abbé keineswegs aus Dummheit so schlecht log. Er machte sich gar nicht die *Mühe*, sich eine überzeugendere Geschichte einfallen zu lassen. Ja, mehr noch: Sie hatte beinahe das Gefühl, dass der Tempelritter *wollte*, dass seine Lüge durchschaut wurde. Aber warum?

»Ich habe Helle schreien gehört«, sagte sie, lahm und erst, als ihr Schweigen bereits drückend zu werden begann. »Ich war im Wald, um Pilze zu sammeln. Helle rannte davon und dann... habe ich gesehen, dass Olof sie verfolgt hat. Er hat seine Mistgabel geschwenkt und immer wieder geschrien. Ich... ich glaube, er war betrunken. Ich wollte Helle helfen, aber da hat er mich niedergeschlagen. An mehr erinnere ich mich nicht. Ich... hatte Angst.«

Hark starrte sie verwirrt an. Der Blick ihrer Mutter sprach Bände, aber Abbé sah sie durchdringend an und nickte fast unmerklich. *Gut gemacht. Aber bleibe dabei und vergiss nicht, was ich dir gesagt habe.*

»Olof«, murmelte Gero. »Großer Gott, wir... wir wussten, dass er gefährlich war, aber keiner von uns hätte... hätte mit so etwas gerechnet.«

Hark fiel auf die Knie. Er zitterte vor Nervosität, vielleicht auch vor Angst. »Bitte verzeiht uns, Herr«, sagte er. »Olof war ein schlechter Mann, aber ich bitte Euch, schließt nicht von ihm auf uns alle!«

»Verzeihen?« Abbé wirkte ehrlich verwirrt. »Aber was denn? Ihr habt nichts getan.«

»Es war immerhin ein Mann aus unserem Dorf, der Euch angegriffen hat«, sagte Gero nervös.

»Ein Mann aus eurem Dorf...« Abbé nickte nachdenklich. Dann sah er der Reihe nach erst ihn, dann Hark und etwas länger die alte Janna an. »Das ist wohl wahr... aber sagt: Wie viele Einwohner hat euer Dorf?«

»Achtund...«, begann Gero, stockte einen Moment und verbesserte sich dann: »Sechsundvierzig, jetzt wo Helle und Olof tot sind.«

»Sechsundvierzig«, wiederholte Abbé. »Nun, guter Mann, sag mir eines: Was sollte mir das Recht geben, über sechsundvierzig gute Menschen den Stab zu brechen, nur weil einer von ihnen offenbar vom Teufel besessen war?«

Robin sah aus den Augenwinkeln, wie Gero heftig zusammenfuhr. Der Tempelritter hatte diese Formulierung nicht durch Zufall gewählt, da war sie sicher. Sie glaubte nicht, dass Bruder Abbé überhaupt *irgendetwas* zufällig tat oder gar gedankenlos.

Nachdem Abbé sich durch einen weiteren Blick in die Runde davon überzeugt hatte, dass seine Worte auch die beabsichtigte Wirkung erzielt hatten, fuhr er in etwas versöhnlicherem Ton fort: »Werft ihr einen Korb voller Äpfel weg, nur weil einer von ihnen faul ist? Wohl kaum.«

Auf Geros Gesicht begann sich so etwas wie Erleichterung breit zu machen. Trotzdem sagte er: »Aber der Angriff auf einen Tempelritter ...«

»... ist ein todeswürdiges Verbrechen«, fiel ihm Abbé ins Wort. »Es wurde mit dem Tod des Angreifers gesühnt. Belassen wir es dabei. Wenn ihr Buße tun wollt, so opfert der Jungfrau Maria und betet fünfzig Vaterunser an jedem Tag in den nächsten vier Wochen. Von meiner Seite aus ist der Zwischenfall damit erledigt.«

Er stand auf und schüttelte mit einer raschen Bewegung den Ärmel seines Kettenhemdes wieder herunter. »Und nun entschuldigt mich bitte – auch ich bin nur ein sterblicher Mensch, der dann und wann auf die Bedürfnisse seines Körpers hören muss. Sechsundvierzig Einwohner ... ich nehme an, dann braucht ihr kein Gasthaus?«

»Nein«, antwortete Gero. »Aber Ihr könnt bei mir schlafen, wenn Euch mein Heim nicht zu bescheiden ist. Ich habe das größte Haus im Ort!«

»Gott liebt die Bescheidenen«, antwortete Bruder Abbé lächelnd. Er war wirklich sehr blass. Seine Hände zitterten leicht. Offenbar hatte er sehr viel mehr Blut verloren, als Robin bisher klar gewesen war. »Zeig mir den Weg zu deinem Haus.«

Gero verließ das Haus so schnell, dass es schon beinahe wie eine Flucht aussah, und der Tempelritter folgte ihm – langsamer und auch nicht, ohne Robin im Vorbeigehen das Haar zu zerstrubbeln. Robin musste an sich halten, um nicht erschrocken zur Seite zu springen. Es war eine eindeutig gutmütige, väterliche Geste – aber sie konnte nicht vergessen, was diese Hand, die sie nun so spielerisch neckte, noch vor kurzem getan hatte.

Ihre Mutter nahm die Schale mit Wasser, schüttete sie draußen aus und füllte sie neu, nachdem sie wieder hereingekommen war. Ohne ein Wort nahm sie dasselbe Tuch, mit dem Bruder Abbé gerade seine Wunde gesäubert hatte, tauchte sein sauberes Ende in die Schale und begann damit Robins Gesicht abzuschrubben. Sie ging dabei nicht besonders sanft zu Werke und Robin verzog ein paarmal schmerzhaft das Gesicht, vor allem, als sie die Stelle säuberte, an der sie der Forkenstiel getroffen hatte. Ohne danach tasten zu müssen, spürte Robin, dass sich über ihrer Schläfe eine gewaltige Beule entwickelt hatte, die wohl spätestens morgen in allen Farben des Regenbogens schillern würde. Ihre Mutter betrachtete die Schwellung kritisch, tastete anschließend mit den Fingern darüber – was Robin noch erheblich mehr Schmerzen bereitete, die sie aber tapfer unterdrückte – und legte die Stirn in Falten.

»Das sieht nicht gut aus«, sagte sie. »Du wirst es überleben, aber du wirst ein paar Tage lang ordentliche Kopfschmerzen haben.« Ihr Blick verfinsterte sich. »Das geschieht dir ganz recht. Vielleicht wird es dir eine Lehre sein, in Zukunft auf mich zu hören, du dummes Kind. Du hättest tot sein können, weißt du das? Was hast du dir nur dabei gedacht? Ich hatte dir verboten, bei der alten Kapelle herumzuschleichen und dich mit diesem Jungen zu treffen!«

Robin senkte beschämt den Blick. Ihre Mutter sagte zwar die Wahrheit – aber zugleich musste sie auch ganz genau gewusst haben, wo sie war, wenn sie regelmäßig zweimal die Woche später als sonst nach Hause kam, und hatte es stillschweigend geduldet. Vielleicht war ihr Zorn einfach nur Ausdruck ihrer Angst oder sie wollte vor Hark und der alten Janna einfach das Gesicht wahren.

Janna lachte leise. »Lass es gut sein, Thea. Ich kann mich an ein Mädchen erinnern, das genauso störrisch und unbelehrbar war.«

»Ja«, antwortete Robins Mutter ärgerlich. »Und ich weiß besser als du, was aus ihr geworden ist.«

»Hört auf, euch zu streiten«, mischte sich Hark ein. »Wir haben wirklich andere Sorgen.«

Janna wiegte in einer schwer zu deutenden Geste den Kopf, schlurfte zur Bank und ließ sich neben Robin darauf niedersinken. Ihre Hand legte sich auf die Robins und es war ein sonderbares, fast unangenehmes Gefühl. Jannas Haut fühlte sich gar nicht an wie richtige Haut, sondern trocken und rau, so dass Robin fast Angst hatte, sich daran zu verletzen. Zugleich war ihre Hand so dürr, dass sie fast das Gefühl hatte, von einem Skelett berührt zu werden. Und sie war *kalt*.

»Warum erzählst du uns nicht, was wirklich passiert ist, Kind?«, fragte sie.

Robin blickte sie an. Sie konnte nicht antworten. Sie konnte an nichts anderes denken als an das, was Bruder Abbé auf dem Rückweg zu ihr gesagt hatte, und sie hatte einfach nur Angst.

»Lass sie in Ruhe«, sagte ihre Mutter. »Du siehst doch, dass sie vollkommen durcheinander ist!«

»Ist sie das?«, fragte Janna. »Oder weiß sie nur nicht, was sie antworten soll?«

Robin zog die Hand zurück und verbarg sie im Schoß. »Es ... es war alles so, wie der Ritter gesagt hat«, sagte sie, ohne die Alte dabei anzusehen. Sie hörte selbst, wie sehr ihre Stimme bei diesen Worten zitterte, aber sie konnte nichts dagegen tun.

»Lass sie in Ruhe«, sagte nun auch Hark. »Wenigstens, bis Gero zurück ist!«

Sie mussten nicht einmal lange warten. Gero kam schon nach wenigen Augenblicken zurück. Er war außer Atem, als wäre er das Stück von seinem Haus bis hierher gerannt. Wahrscheinlich war er es auch.

»Nun?«, empfing ihn Janna.

Gero zog eine Grimasse. »Er ist anspruchsvoll, unser hoher Gast«, sagte er. »Ich habe ihm mein und Geses Bett zugewiesen, aber ihr hättet den Blick sehen sollen, mit dem er mich bedacht hat. Und er hat nach einem Schlaftrunk gefragt ...

Wein, versteht sich.« Er schüttelte den Kopf und wandte sich an Robins Mutter. »Seine Wunde sah schlimm aus. Er wird uns doch nicht wegsterben?«

»Er hat viel Blut verloren und wird lange und sehr tief schlafen«, antwortete Robins Mutter. »Aber das ist auch alles. Ein Mann wie Bruder Abbé stirbt nicht an einer solchen Verletzung.«

Nun war Robin vollkommen überrascht. Sie war vollkommen sicher, dass der Tempelritter seinen Namen bisher nicht genannt hatte – und sie hatte es ganz bestimmt nicht getan!

»Ich wünsche ihm, dass er Wundbrand bekommt«, sagte Janna. »Und das würde geschehen, wenn sein Gott auch nur halb so gerecht wäre, wie er behauptet!«

»Versündige dich nicht, Janna!«, sagte Hark erschrocken, aber die alte Frau lachte nur.

»Versündigen? Wer versündigt sich hier? Ich oder dieser ...«

»Schweig!«, sagte Gero streng und Janna verstummte tatsächlich. Jedenfalls sagte sie nichts mehr. Aber die Blicke, mit denen sie Gero maß, sprühten vor Spott und verhaltenem Zorn.

»Wir sollten Gott danken, dass alles so glimpflich verlaufen ist«, fuhr Gero fort. »Ein paar Vaterunser und ein kleines Opfer für die Jungfrau Maria sind weiß Gott kein hoher Preis für das Leben eines Tempelritters. Abbé hätte zehn von uns erschlagen können und kein Hahn hätte danach gekräht! Seien wir froh, dass er sich mit Olofs Leben zufrieden gegeben hat!«

»Aber ... aber es war doch alles ganz genau so, wie er es erzählt hat!«, mischte sich Robin ein. Sie wusste selbst, dass sie jetzt besser nichts gesagt hätte. Es geziemte sich nicht, sich einzumischen, wenn Erwachsene miteinander redeten – schon gar nicht in einer Situation wie dieser. Aber sie konnte nicht anders. Sie hatte Bruder Abbés Worte keinen Moment lang vergessen. Wenn es ihr nicht gelang, ihre Mutter und die anderen irgendwie davon zu überzeugen, dass der Tempelritter die Wahrheit sprach, dann stand deren *Leben* auf dem Spiel!

»Olof hat Helle umgebracht!«, fuhr sie fort, stammelnd, hastig und so schnell, dass sie die Hälfte der Silben fast verschluckte und ihren Worten im Grunde schon damit jede Glaubwürdigkeit nahm. »Und er hat auch Jan erstochen und den Ritter verletzt und ... und auch mich.«

»Niemand bezweifelt das, Kind«, sagte Janna ruhig. »Nur den Rest der Geschichte, den er erzählt hat, glaubt niemand hier.« Sie machte eine zitternde, deutende Geste, die alle im Raum einschloss. »Aber es spielt keine Rolle, was wir glauben und was nicht. Und es spielt auch keine Rolle, was *du* glaubst und was nicht – oder was du sogar weißt. Dein Freund, der Ritter, hat uns gesagt, was wir zu glauben haben, und das ist alles, was zählt.« Sie stand auf. »Du hast vollkommen Recht, Gero – wir sind noch einmal glimpflich davongekommen und um Olof ist es nicht schade. Niemand hier wird ihm auch nur eine Träne nachweinen. Und nun bin ich müde. Es ist spät geworden und ich brauche mehr Schlaf als ihr jungen Leute.«

Damit ging sie, ohne ein weiteres Wort des Abschieds. Gero sah ihr kopfschüttelnd nach, aber Hark sagte: »Sie hat Recht. Belassen wir es so, wie es ist. Was geschehen ist, kann nicht rückgängig gemacht werden. Um Olof ist es nicht schade und nichts, was wir tun können, macht Helle wieder lebendig.« Er drehte sich herum und sah Robin durchdringend an. »Und es war wirklich alles so, wie er erzählt hat?«

Robin nickte. Sie verstand nicht, was hier vorging. Wenn ihr eines im Laufe des Gesprächs klar geworden war, dann, dass niemand hier auch nur ein Wort von dem glaubte, was der Templer erzählt hatte – und ebenso wenig ihre eigene Geschichte. Und trotzdem machte Harks Frage ganz klar, dass er nichts anderes als ein eindeutiges »Ja« als Antwort von ihr hören wollte. Aber hatte ihre Mutter ihr nicht immer und immer wieder erzählt, wie wichtig es war, die Wahrheit zu sagen? Warum also logen all diese Erwachsenen plötzlich und verlangten noch dazu von ihr, dasselbe zu tun?

»Jetzt ist es genug«, sagte ihre Mutter streng. »Ihr habt gehört, was Robin gesagt hat, und damit soll es gut sein. Sie ist noch ein Kind und sie wäre heute um ein Haar ums Leben gekommen! Ich meine, das reicht für einen Tag!« Sie deutete zornig zur Tür. »Geht jetzt! Es ist spät.«

Hark wollte auffahren, aber Gero legte ihm rasch und besänftigend die Hand auf den Unterarm. »Lass sie«, sagte er ruhig. »Sie hat Recht. Es war alles zuviel für einen Tag. Und Robin wird bei der Geschichte bleiben – nicht wahr?«

Die beiden letzten Worte hatte er direkt an Robin gerichtet. Sie antwortete mit einem wortlosen Nicken darauf. Alles war so schrecklich verwirrend. Nichts schien mehr Sinn zu ergeben.

»Dann lass uns jetzt gehen«, fuhr Gero fort. »Es ist spät und ich muss mich um meinen hochwohlgeborenen Gast kümmern.«

KAPITEL 4

Robins Mutter löschte das Licht, kaum dass Gero und Hark gegangen waren, und sie legten sich nebeneinander auf der Ofenbank schlafen, so wie sie es in den letzten fünfzehn Jahren an jedem Abend getan hatten. Ihre Mutter stellte keine einzige Frage und sie schimpfte auch nicht mit ihr, aber Robin wäre es fast lieber gewesen, sie *hätte* es getan. Sie selbst machte sich schwere Vorwürfe – so schwere, dass sie nicht wusste, wie sie mit der Schuld, die sie ganz eindeutig auf sich geladen hatte, überhaupt noch weiterleben sollte.

Irgendwann schlief sie doch ein – aber es war kein erholsamer Schlaf. Sie hatte üble Träume und irgendwann spät in der Nacht wachte sie schweißgebadet und mit heftig klopfendem Herzen auf; nicht von selbst, wie ihr nach einem Moment klar wurde, sondern weil ihre Mutter heftig an ihrer Schulter rüttelte.

Eine Kerze brannte und sie konnte brennendes Holz riechen. Ihre Mutter musste schon eine Weile wach sein, denn sie saß neben ihr, hatte die linke Hand beruhigend auf ihre Schulter gelegt und hielt einen Trinkbecher in der Rechten, aus dem es heftig dampfte.

»Was …?«, murmelte sie benommen. Sie wollte sich aufsetzen, aber ihre Mutter drückte sie mit schon deutlich mehr als sanfter Gewalt zurück und hielt ihr den Becher an die Lippen.

»Du hast im Schlaf geweint«, sagte sie. »Trink das.«

Robin öffnete gehorsam die Lippen und leerte den Becher im ersten Ansatz fast zur Hälfte. Das Getränk war so heiß, dass sie sich fast die Lippen daran verbrühte, und schmeckte nach Kräutern; ein wenig bitter, aber nicht einmal unangenehm. Robin glaubte sich zu erinnern, dass ihre Mutter es ihr schon zwei- oder dreimal verabreicht hatte. Aber damals war sie krank gewesen.

Ihre Mutter forderte sie mit einem Nicken auf, auch den Rest auszutrinken, und sie gehorchte. Sie hätte etwas darum gegeben, hätte die einschläfernde Wirkung des Trunks sofort eingesetzt, aber zugleich hatte sie beinahe Angst davor. Wenn sie einschlief, dann kamen die Träume wieder. Sie erinnerte sich nicht einmal, was sie geträumt hatte. Nur, dass es schlimm gewesen war.

»Danke«, murmelte sie. Ihre Mutter nahm ihr den Becher aus der Hand und stellte ihn auf den Tisch, und als Robin diesmal versuchte, sich aufzusetzen, hinderte sie sie nicht mehr daran. Im Gegenteil. Sie setzte sich neben sie, zog die Knie an den Körper und legte Robin den Arm um die Schulter. Robin schmiegte sich an sie und plötzlich war es, als wäre etwas in Robin zerbrochen. Von einem Moment auf den anderen füllten sich ihre Augen mit Tränen, die sie weder zurückhalten konnte noch wollte. Sie wusste nicht einmal genau, warum sie weinte. Die Tränen liefen in Strömen über ihr Gesicht und plötzlich brach alles über ihr zusammen; jeder Moment der Angst, den sie ausgestanden hatte, jeder Schmerz, der ihr zugefügt worden war, jeder Augenblick der Furcht, den sie durchlitten hatte. Sie weinte lange, laut und heftig schluchzend, später dann leise, aber kaum weniger intensiv. Ihre Mutter hielt sie die ganze Zeit über stumm im Arm und drückte sie an sich, während sie ihr mit der anderen Hand zärtlich übers Haar strich.

Erst als ihre Tränen allmählich zu versiegen begannen, sagte sie: »Ich dachte schon, dass es gar nicht mehr passiert.«

»Was?«, fragte Robin. Sie zog die Nase hoch und versuchte anschließend, sich mit dem Ärmel ihres Kleides die Tränen aus den Augen zu wischen, aber es misslang. Sie füllten sich sofort wieder mit neuer, brennender Nässe.

»Dass du weinst«, antwortete ihre Mutter. »Weinen ist wichtig. Tränen, die nicht geweint werden, brennen dir Narben in die Seele. War es wegen des Jungen?«

»Welcher Junge?«

»Jan – das war doch sein Name, oder?«

»Nein.« Robin schüttelte den Kopf. Jans Tod – vor allem die grausame Art und Weise, auf die er ihn ereilt hatte – hatte sie entsetzt. Aber sie trauerte nicht wirklich um ihn. Dazu hatte sie ihn gar nicht gut genug gekannt.

»Ich dachte, dass du…« Ihre Mutter suchte nach Worten. »Dass ihr beiden euch mögt. So wie Mann und Frau.«

»In meinem Alter?«

»Du bist *fünfzehn*«, sagte ihre Mutter betont. »Das ist mehr als alt genug. Ich war jünger, als ich meinen Mann kennen lernte. Nicht den Soldaten.« Ein Ausdruck unbestimmter Trauer begann sich auf ihrem Gesicht auszubreiten. Ihre Stimme wurde leiser. »Aber es ist meine Schuld. Ich hätte viel eher mit dir über gewisse Dinge reden sollen. Schon vor Jahren.«

»Zwischen Jan und mir war nichts«, beharrte Robin. »Wirklich. Er hat… gar nicht gewusst, dass ich ein Mädchen bin.«

»Dann war er ein Dummkopf«, sagte ihre Mutter. »Aber nun verstehe ich auch, warum der Tempelritter glaubte, du wärst mein Sohn. Es war sehr schlimm, nicht wahr?«

Robin nickte. Sie sagte nichts.

»Was ist wirklich passiert?«, wollte ihre Mutter wissen. »War es so, wie Bruder Abbé behauptet hat?«

Was sollte sie sagen? Sie wollte ihre Mutter immer noch nicht belügen, aber als sie ihr das letzte Mal die Wahrheit gesagt hatte, da hatte sie großes Unheil damit heraufbeschworen.

Schließlich sagte sie. »Ja. Beinahe jedenfalls. Jan und ich waren draußen und der Tempelritter war zusammen mit Helle in der Kirche. Olof hat erst Jan erschlagen und ist dann in die Kapelle gerannt. Als ich dazu kam, war Helle bereits tot und Abbé kämpfte mit ihm. Das ist alles.«

Das war längst nicht alles und sie log nicht besonders überzeugend. Aber ihre Mutter beließ es dabei.

»Und du glaubst, das alles wäre deine Schuld«, stellte sie fest.

»Ich habe ihm mein Wort gegeben, nichts zu verraten«, antwortete Robin. Sie flüsterte nur noch und hielt den Blick schamhaft gesenkt, aber sie konnte fühlen, dass ihre Mutter sie ansah. Sie konnte sogar die Trauer in ihrem Blick spüren.

»Und du hast dein Wort gebrochen und nun glaubst du, dass das alles nur passiert ist, weil du mir alles verraten hast.« Ihre Mutter seufzte. »Das ist nicht wahr.«

Robin sah hoch. Sie suchte vergeblich in den Augen ihrer Mutter nach einem Anzeichen dafür, dass sie die Unwahrheit sagte. Obwohl Ehrlichkeit zwischen ihnen immer das höchste Gebot gewesen war, wusste sie natürlich trotzdem, was eine barmherzige Lüge war.

»Wenn Olof nichts davon erfahren hätte...«, begann sie, wurde aber sofort von ihrer Mutter unterbrochen.

»Er wusste es schon lange«, sagte ihre Mutter. »Jeder im Dorf wusste es, schon lange, bevor du mir davon erzählt hast. Der Tempelritter und Helle haben sich seit Monaten getroffen. Eigentlich hätte ihm klar sein müssen, dass sein Geheimnis nicht lange ein Geheimnis bleiben wird. Mach dir keine Vorwürfe. Es ist nicht deine Schuld, glaub mir. Gestern Abend ist im Grunde nur das passiert, was wir alle schon lange Zeit befürchtet haben. Und es hätte schlimmer kommen können.«

»Schlimmer?« Was konnte denn schlimmer sein als der sinnlose Tod von gleich drei Menschen?

»Wäre Bruder Abbé nicht der Mann, der er gottlob ist«, bestätigte ihre Mutter. »Doch selbst wenn wir es nicht besser gewusst hätten, so hätte ihm wohl niemand die haarsträubende Geschichte abgenommen, die er zum Besten gab.«

»Er ist kein guter Lügner«, sagte Robin. Sie begann sich allmählich schläfrig zu fühlen. Der Kräutertrank, den ihre Mutter ihr eingeflößt hatte, begann seine Wirkung zu tun, und das gleich in mehrfacher Hinsicht: Ihre Glieder fühlten sich nun auf angenehme Weise schwer und matt an, auch der bohrende Schmerz in ihrem Inneren war zu einem dumpfen Pochen geworden; so wie ein schlimmer Zahn, der noch nicht wirklich wehtat, sich aber bereits bemerkbar machte.

»Das muss er auch nicht sein«, antwortete ihre Mutter. »Er hat uns eine goldene Brücke gebaut, verstehst du? So ist es am besten. Für ihn, aber vor allem für uns. Und auch du solltest bei dieser Geschichte bleiben. Ich bin froh, dass du mir die Wahrheit gesagt hast, aber es ist wohl für uns alle das Beste, wenn wir diesmal der Lüge den Vorzug geben statt der Wahrheit.«

»Aber hast du mir nicht selbst gesagt, dass man immer die Wahrheit sagen muss?«

»Ja. Aber in diesem Fall könnte die Wahrheit großen Schaden anrichten. Ein Mordanschlag auf einen Tempelritter ist ein schweres Verbrechen, das auf uns alle zurückfallen würde.« Sie fuhr Robin sacht mit dem Handrücken über die Wange. »Und nun schlaf. Wenn du morgen früh aufwachst, dann wird dir alles nur noch wie ein böser Traum erscheinen.«

Robin war mittlerweile viel zu müde, um noch zu antworten – und außerdem klangen die Worte ihrer Mutter einfach zu verlockend, als dass sie sie *nicht* glauben wollte.

Sie schlief ein.

KAPITEL 5

In den darauffolgenden Tagen begann sich Robins Leben allmählich wieder zu normalisieren und das Gleiche galt auch für alle anderen im Dorf. Ihre Mutter hatte sie am nächsten Morgen nicht geweckt und der betäubende Trank hatte wohl noch ein Übriges getan, so dass sie erst spät am Vormittag von selbst erwachte. Sie hatte einen schlechten Geschmack im Mund und leichte Kopfschmerzen, und als sie sich aufsetzte, wurde ihr im ersten Moment schwindelig; vermutlich ebenfalls eine Nachwirkung des Kräutertees. Aber sie erinnerte sich auch nicht an weitere, böse Träume.

Sie war allein. Ihre Mutter war sicherlich schon auf dem schmalen, abgesteckten Rechteck, das sie im Laufe der letzten zehn Jahre Stück für Stück dem steinigen Boden abgerungen hatte, und sie musste sich sofort auf den Weg machen, um ihr bei der schweren Feldarbeit zur Hand zu gehen. So dankbar sie ihrer Mutter auch war, dass sie sie hatte ausschlafen lassen, so sehr plagte sie auch ihr schlechtes Gewissen, sie mit der Arbeit allein gelassen zu haben.

In aller Eile verließ sie das Haus und hatte schon kurz darauf den Acker erreicht. Aber ihre Mutter war nicht da. Überhaupt fiel ihr erst jetzt auf, wie sonderbar ruhig der ganze Ort war. Normalerweise wäre es gar nicht möglich gewesen, zu dieser Zeit des Tages aus dem Haus zu gehen, ohne auf irgendeinen Nachbarn zu treffen. Jetzt lag der Ort wie ausgestorben da. Nicht einmal die Kinder waren zu sehen. Wahrscheinlich gab es ein Dutzend harmloser Erklärungen dafür – aber mindestens auch ebenso viele, die ganz und gar nicht harmlos waren. Robin wollte sich gerade wieder umwenden, um ins Dorf zurückzugehen und nach den anderen zu suchen, als sie eine Bewegung in der Ferne wahrnahm.

Ungefähr auf halbem Wege zur Kapelle.

Die Erinnerungen waren wieder da. Bisher war es ihr irgendwie gelungen, den Gedanken an den gestrigen Abend und alles, was geschehen war, zu verdrängen, aber nun waren sie wieder da und mit ihnen die Furcht, die sich in ihr Herz krallte. Sie hatte gehofft, dass es vorbei war. Ihre Mutter hatte es ihr *versprochen*. Aber wenn sich nun schon wieder etwas bei dieser verfluchten Kapelle rührte, dann konnte das nichts Gutes bedeuten. Ohne auch nur darüber nachzudenken, was sie tat, rannte sie los.

Natürlich ging ihr der Atem aus, noch bevor sie auch nur die halbe Strecke zurückgelegt hatte. Trotzdem erreichte sie die Kapelle in einem Bruchteil der Zeit, die sie normalerweise gebraucht hätte – und erlebte eine Überraschung.

Als sie sich der Kapelle näherte, begriff sie, warum der Ort an diesem Morgen wie ausgestorben dagelegen hatte: Alle Einwohner waren hier; ihre Mutter, Gero, Janna und Hark, Gese und alle anderen, selbst die Kinder. Die Einzige, die bislang fehlte, war sie selbst.

Robin schlug einen weiten Bogen, um die große Buche zu umgehen, unter der Jan gestern Abend zu Tode gekommen war, und als sie noch näher kam, erlebte sie eine zweite, diesmal aber eindeutig unangenehme Überraschung: Zwischen all ihren Nachbarn und Freunden erhob sich eine untersetzte, sehr breitschultrige Gestalt, die einen weißen Mantel mit einem blutroten Kreuz trug. Sie hatte bisher ganz automatisch angenommen, dass Bruder Abbé das Dorf schon lange verlassen hätte, um sich auf den Rückweg zur Komturei zu machen. Selbst gestern Abend hatte er ja eigentlich nicht bleiben wollen, sondern war nur durch den großen Blutverlust und die dadurch hervorgerufene Schwäche dazu gezwungen worden. Nun musste es fast Mittag sein und er war immer noch hier.

In diesem Moment begriff sie, warum.

Hark und einige andere Männer hatten unweit der Kapelle drei rechteckige, tiefe Gruben ausgehoben und daneben lagen drei in weiße Tücher eingeschlagene Körper. Gräber. Sie hatten Gräber ausgehoben. Und Bruder Abbé war hier geblieben, um Helle, Olof und ganz offensichtlich auch Jan hier zu beerdigen. Aber warum hier? Sie *hatten* einen Friedhof, aber der lag auf der anderen Seite des Dorfes.

Ihre Mutter kam ihr entgegen. Sie lächelte und schien wirklich guter Dinge, was Robin angesichts der Situation wenig angemessen erschien, aber Robin ließ sie gar nicht erst zu Wort kommen, sondern fragte: »Was geht hier vor?«

Ihre Mutter blinzelte. Robin hatte niemals zuvor in einem solchen Ton mit ihr gesprochen und sie erschrak auch fast selbst, als sie ihre eigene Stimme hörte. Seltsamerweise wurde sie jedoch nicht zornig, sondern lächelte im Gegenteil erneut und beantwortete dann Robins Frage. »Wir beerdigen sie, Kind.«

»Hier? Wieso hier? Wir haben doch einen Friedhof.«

»Der Tempelritter wollte es so«, antwortete ihre Mutter. »Und es ist besser, wenn wir ihm nicht widersprechen.«

»Wollte er auch, dass ich nicht dabei bin?«, fragte Robin.

Allmählich zeigte sich doch eine Spur von Unmut auf den Zügen ihrer Mutter. »Nimm dich nicht zu wichtig, kleines Mädchen«, sagte sie. »Von dir war überhaupt nicht die Rede. Du hast geschlafen und nach allem, was du gestern Abend durchgemacht hast, hielt ich es einfach für das Beste, dich weiterschlafen zu lassen. Und nun beherrsche dich bitte – oder geh zurück ins Haus und warte dort auf mich.«

»Aber gestern Nacht ...«

»Gestern Nacht war gestern Nacht und heute ist heute«, schnitt ihr die Mutter das Wort ab. Robin war jetzt nicht mehr sicher, ob sie nun wütend oder vielleicht vielmehr besorgt klang. »Willst du mitkommen und Helle und deinem Freund die letzte Ehre erweisen oder zurück ins Dorf gehen?«

»Ich komme mit«, antwortete Robin.

»Gut«, sagte ihre Mutter. »Ich wusste, dass du vernünftig bist. Aber bleib es auch. Und vergiss eins nicht, bei allem, was du tust oder sagst: Unser aller Leben liegt allein in der Hand des Tempelritters. Und nun komm.«

Diesmal widersprach Robin nicht mehr, sondern folgte ihrer Mutter wortlos. Als sie die anderen erreichten, hatten die

Männer zwei der drei Toten bereits in ihre Gräber gelegt und Bruder Abbé wachte höchstpersönlich darüber, dass auch der dritte verhüllte Körper mit dem gebührenden Respekt in seine Grube hinabgelassen wurde. Nachdem die Männer wieder herausgeklettert waren, sorgte der Tempelritter mit einer knappen Geste für Ruhe und Robin erlebte eine weitere Überraschung – vielleicht die größte überhaupt, denn der Tempelritter begann eine Predigt zu halten; am Anfang in einer Sprache, die Robin noch nie gehört hatte und die sie für Latein hielt, später aber auf Deutsch, so dass sie jedes Wort verstand.

Die Predigt war nicht lang, aber vollkommen anders, als Robin – und der allgemeinen Reaktion nach auch alle anderen – erwartet hatten. Bruder Abbé hatte sich offensichtlich über Helle und Olof informiert, denn seine kurze Ansprache bezog sich auch auf Dinge, die er als Fremder im Grunde gar nicht wissen konnte, und er verlor kein einziges schlechtes Wort über Olof. Nichts darüber, dass er Helle ermordet und seinen Knappen erschlagen hatte, nicht einmal ein Wort davon, dass er auch versucht hatte, ihn selbst umzubringen. Er machte keinen Hehl daraus, dass Olof kein guter Mensch gewesen war, aber wenn man ihm nur lange genug zuhörte, kam man ohnehin zu dem Schluss, dass es keine guten Menschen gab, sondern nur Sünder verschiedener Abstufungen.

Als er über Jan sprach, begann Robin lautlos zu weinen. Anfangs verstand sie selbst nicht einmal wirklich, warum. Sie hatte Jan nur ein paarmal gesehen, und wenn der junge Tempelritter einen Eindruck bei ihr hinterlassen hatte, dann vor allem den, ein fürchterlicher Aufschneider zu sein. Vergangene Nacht, als sie ihrer Mutter gegenüber behauptet hatte, Jan hätte ihr nichts bedeutet, da war sie selbst der festen Überzeugung gewesen, dass das die Wahrheit war. Aber jetzt spürte sie, dass tief in ihr doch irgendetwas sein musste, denn sie empfand eine große, ehrlich empfundene Trauer um Jan. Es war so, wie Abbé gestern Abend gesagt hatte: Sein Tod war eine furchtbare Verschwendung. Der Tempelritter mochte die Jahre der Ausbildung gemeint haben, für die er keine Gegenleistung mehr bekommen würde, aber Robin benutzte das Wort in einem gänzlich anderen Zusammenhang. Jans Leben war gewaltsam beendet worden, bevor es noch richtig begonnen hatte. Er hatte einen Vater gehabt, eine Mutter und vielleicht Freunde, die nun um ihn trauern würden, und sein Tod war so vollkommen sinnlos gewesen. Er nutzte niemandem und er war die Strafe für etwas, was er selbst gar nicht getan hatte.

Abbé beendete seine Predigt, indem er die drei offenen Gräber und auch den umliegenden Boden segnete, dann trat er zwei Schritte zurück und wandte sich wieder zu ihnen um. »Ihr könnt die Gräber nun schließen«, sagte er. »Meine Aufgabe hier ist beendet und ich muss nun weiter. Ich danke euch für eure Gastfreundschaft.«

Er trat zwei weitere Schritte zurück, straffte seine Gestalt und wollte sich umwenden, blieb dann aber mitten in der Bewegung noch einmal stehen und sah zu Robin hin. Für alle anderen mochte es den Anschein haben, dass sein Blick noch einmal prüfend über die Gesichter der versammelten Menge glitt, aber Robin spürte genau, dass er nur ihr galt, und sie verstand auch die Drohung, die darin geschrieben stand, so deutlich, als stünde Bruder Abbé neben ihr und flüstere ihr die Worte ins Ohr. Sie antwortete mit einem fast unmerklichen Nicken darauf und so sacht die Bewegung auch gewesen war, der Tempelritter hatte sie gesehen, denn etwas in seinen Augen änderte sich und er führte die begonnene Drehung zu Ende und ging dann langsam und ohne Hast auf die beiden Pferde zu, die er ein Stück abseits angebunden hatte. Beide waren bereits gesattelt und aufgezäumt.

Anders als gestern Abend trug das Pferd des Tempelritters nun eine prachtvolle weiße Schabracke, auf der das rote Kreuzsymbol prangte. Sie sah nun, dass Abbés Tier tatsächlich viel größer und kräftiger als das seines Knappen war; ein muskulöses, breitbrüstiges Schlachtross, dessen Bewegungen pure Kraft, aber auch damit gepaartes großes Geschick ausdrückten, während das Pferd, das Jan geritten hatte, fast noch ein Pony zu sein schien: Es hatte ein schwarzweiß und ein wenig braun geschecktes Fell, eine weiße Mähne und schlanke, ebenfalls weiße Fesseln, und es tänzelte nervös auf der Stelle, als Abbé sich in den Sattel seines eigenen Tieres schwang und nach seinen Zügeln griff.

Der Anblick des Tieres ließ sie wieder an Jan denken und sie spürte, wie sich ihre Augen schon wieder mit heißen Tränen füllten. Diesmal kämpfte sie sie nieder, wenn auch nicht mit so großem Erfolg, wie sie es sich gewünscht hätte. Aber immerhin brach sie nicht mehr in lautes Schluchzen aus, und nachdem er sein Pferd gewendet hatte und endgültig losgeritten war, hob sie unauffällig den Arm und wischte sich die Tränen aus dem Gesicht.

Niemand sprach. Eine sonderbare Art von Beklemmung hatte von den Menschen Besitz ergriffen, eine Mischung aus Trauer, Furcht und einer vagen Hoffnung, die so empfindlich schien, dass sie sie sich vielleicht nicht einmal selbst einzugestehen wagten, aus Angst, sie allein dadurch zunichte zu machen.

Robin erwartete, dass ihre Mutter jetzt wieder etwas zu ihr sagte, vielleicht ihre Warnung wiederholen oder das, was sie über Bruder Abbé gesagt hatte, bekräftigen würde, aber das geschah nicht. Als sie aufsah und ins Gesicht ihrer Mutter blickte, stellte sie fest, dass auch diese mit den Tränen kämpfte, und erst jetzt, zum ersten Mal seit Beginn dieser schrecklichen Ereignisse, wurde ihr klar, dass sie nicht die Einzige hier war, die einen Verlust erlitten hatte. Es war schon so, wie Gero gestern Abend gesagt hatte: Niemand trauerte wirklich um Olof. Er war ein gewalttätiger, brutaler Mann gewesen, mit dem fast jeder im Dorf schon einmal in Streit geraten war, vor dem viele Angst gehabt hatten und den niemand wirklich vermissen würde. Doch dafür hatte sich seine Frau um so größerer Beliebtheit erfreut; am Anfang aus Mitleid, weil natürlich jeder wusste, wie Olof sie behandelte, später aber, weil die Menschen im Dorf ihr fröhliches Wesen und ihr ansteckendes Lachen mochten. Ein Lachen, das nicht einmal die jahrelangen Demütigungen und Schläge Olofs ganz zum Verstummen hatten bringen können. Ihre Mutter und Helle waren gute Freundinnen gewesen, bessere vielleicht, als Robin bis zu diesem Moment überhaupt bewusst gewesen war.

Alle blieben schweigend stehen, während die Männer drei schlichte Holzkreuze aufstellten, die sie wohl während der Nacht angefertigt hatten. Es standen keine Namen darauf. Sie unterschieden sich weder in Größe noch Form voneinander, aber Robin war auch fast sofort klar, dass das Absicht war – ebenso, wie sie mit einem Male begriff, warum Bruder Abbé darauf bestanden hatte, diese drei hier und nebeneinander zu beerdigen statt auf dem kleinen Friedhof des Dorfes. Bei aller Grausamkeit, die das Schicksal ihnen zugefügt hatte, waren sie nun doch im Tode vereint worden. Sie würden nun für die Ewigkeit nebeneinander ruhen und vielleicht fanden ihre Seelen auf diese Weise Zeit, einander zu vergeben.

Und sie selbst? Würde sie sich jemals selbst vergeben? Ganz egal, was ihre Mutter – oder irgendein anderer aus dem Dorf – auch sagte, sie *fühlte* sich schuldig und sei es nur, weil sie irgendwie an dieser furchtbaren Geschichte beteiligt gewesen war.

Sie standen noch eine Weile schweigend an den frischen Gräbern, dann wandte sich einer nach dem anderen um und ging zurück in Richtung Dorf. Auch ihre Mutter drehte sich wortlos um und machte eine auffordernde Geste.

»Ich möchte noch … ein paar Blumen auf das Grab legen«, murmelte Robin. »Wenn ich darf.«

»Natürlich«, antwortete ihre Mutter.

Robin entfernte sich ein Dutzend Schritte von der Kapelle und kam nach wenigen Minuten mit einem Arm voll frischer Wildblumen zurück, die in großer Anzahl hier wuchsen. Die fröhlichen Farben erschienen ihr dem Anlass nicht angemessen, aber es gab hier nur diese Blumen. Außerdem hatte sie wenig Erfahrung in solcherlei Dingen. Es war nicht das erste Mal, dass sie bei einer Beerdigung dabei war, aber sie hatte noch nie jemanden zu Grabe getragen, der ihr wirklich etwas bedeutet hatte.

Ihre Mutter hatte sich einige Schritte entfernt und sah ganz bewusst nicht in ihre Richtung, aber als sie den Blumenstrauß auf das mittlere der drei Gräber legte, fragte eine Stimme hinter ihr: »Warum ausgerechnet auf dieses Grab?«

Robin musste sich nicht herumdrehen, um zu wissen, dass ihre Freundin Carla hinter ihr stand; das Nachbarmädchen, dessen Erwähnung Bruder Abbé zu einer anzüglichen Bemerkung provoziert hatte.

»Weil es Helles Grab ist«, sagte sie, ohne den Blick zu heben.
»Woher willst du das wissen?«, fragte Carla. »Sie sehen doch alle gleich aus. Und die Toten hatten sie in Tücher eingewickelt.«

Robin sah nun doch hoch. Carla stand so hinter ihr, dass sie genau in die Sonne blinzeln musste und ihr Gesicht fast nur als Umriss sah. Aber sie konnte sich den leicht abfälligen, zweifelnden Ausdruck auf Carlas sommersprossigem Gesicht ebenso gut vorstellen wie ihr Naserümpfen. Carla war ein Jahr älter als sie und hielt sich für furchtbar erwachsen und sie war nicht unbedingt für ihre Einfühlsamkeit bekannt.

»Ich weiß es eben«, sagte sie kurz angebunden. Sie wusste es wirklich. Sie hatte die Blutflecken auf den Leinentüchern gesehen, in die man die Toten eingeschlagen hatte, und anders als Bruder Abbé gestern Abend behauptet hatte, hatte sie genau gesehen, auf welche Weise Helle, Jan und Olof gestorben waren.

Carla zuckte mit den Schultern. »Wenn du meinst ... bist du denn jetzt fertig? Ich meine: Können wir gehen?«

»Wieso? Hast du noch eine Verabredung mit einem Prinzen auf einem weißen Pferd?«, fragte Robin spitz. Sie hätte gerne noch andere Dinge gesagt, aber sie schluckte alles, was ihr auf der Zunge lag, herunter. Carla hätte es sowieso nicht verstanden und sie wollte sich nicht hier an Helles Grab mit ihr streiten. So stand sie mit einem Ruck auf und drehte sich herum, um zu ihrer Mutter zurückzugehen. Diese hatte sich jedoch bereits auf den Rückweg zum Dorf gemacht und war schon ein gutes Stück entfernt, so dass sie hätte rennen müssen, um sie einzuholen. Vielleicht war sie der Annahme, dass Robin jetzt mit ihrer Freundin allein sein wollte.

Robin wollte in diesem Moment nichts weniger als das, aber sie fühlte sich viel zu erschöpft, um sich jetzt auch noch mit Carla herumzuzanken. Und wenn sie einfach losrannte und sie stehen ließ, dann verschob sie den Streit nur auf später. Carla war nicht nur altklug und vorlaut, sie war auch ziemlich nachtragend. So ging sie zwar schnell, aber doch so, dass ihre Freundin sie nach ein paar Schritten problemlos einholen konnte.

»Was ist eigentlich los mit dir?«, fragte Carla, nachdem sie neben ihr angelangt war.

»Los? Was soll los sein? Nichts.«

»Das ist nicht wahr«, beharrte Carla. »Ich dachte immer, wir wären Freundinnen.«

»Das sind wir doch auch.« Robin warf einen fast sehnsüchtigen Blick zu ihrer Mutter hin. Sie holten allmählich auf, aber nicht annähernd so schnell, wie sie es sich gewünscht hätte. Schneller gehen konnte sie jedoch nicht. Carla schnaufte jetzt schon vor Anstrengung, mit ihr Schritt zu halten.

»Gute Freundinnen haben keine Geheimnisse voreinander«, sagte Carla schmollend.

Gute Freundinnen, dachte Robin ärgerlich, *respektieren auch die Trauer der anderen*. Aber auch das sprach sie nicht laut aus, denn Carla hätte es ebenso wenig verstanden. Sie ging nun doch ein wenig schneller – nicht viel, aber doch gerade genug, dass Carla ab und zu einen hastigen zusätzlichen Schritt einlegen musste, um nicht zurückzufallen.

»Warum hast du mir nichts von diesem jungen Ritter erzählt?«, fragte Carla, nachdem sie eine Weile vergeblich darauf gewartet zu haben schien, dass Robin von sich aus weitersprach.

»Da gibt es nichts zu erzählen«, antwortete Robin. »Ich habe ihn ja kaum gekannt.«

»Lüg mich nicht an«, sagte Carla. »Ihr habt euch vier Wochen lang getroffen. Jeder im Dorf hat das gewusst. Und ich habe ein paarmal gesehen, wie du dich nach Sonnenuntergang ins Dorf zurückgeschlichen hast.«

»Und warum hast du nichts davon gesagt – wenn wir doch so gute Freundinnen sind und Freundinnen doch angeblich keine Geheimnisse voreinander haben?«, wollte Robin wissen.

Carlas Augen wurden schmal. »Ich fange an zu überlegen, ob wir wirklich so gute Freundinnen sind, wie ich immer dachte«, sagte sie. Aber dann siegte natürlich die Neugier und ein verschmitztes Lächeln drängte den ärgerlichen Ausdruck aus ihrem Gesicht.

»Nun erzähl schon«, drängelte sie. »Wie war es? Ich meine: Habt ihr euch geküsst oder sogar …?«

»Nein«, unterbrach sie Robin. »Wir haben uns nicht geküsst. Und *sogar* schon gar nicht.« Was immer Carla damit meinen mochte.

»Du lügst«, behauptete Carla. »Oder du bist dumm. Aber ich glaube, dass du lügst. Man sieht dir doch an, wie nahe dir sein Tod geht. Und jetzt erzähl mir nicht, dass du um Helle trauerst. Das glauben dir vielleicht alle anderen, aber ich nicht. Hast du ihn geliebt?«

Robin hatte endgültig genug. Sie griff so schnell aus, dass sie ihre Mutter nun doch nach wenigen Schritten eingeholt hatte, und es war ihr jetzt auch egal, was Carla von ihr dachte.

Immerhin ließ sie sie für den Rest des Rückwegs in Ruhe.

KAPITEL 6

Schon am nächsten Tag kehrte sie zu der alten Kapelle zurück. Niemand im Dorf hatte auch nur ein einziges Wort über den Zwischenfall verloren und das Leben war scheinbar wieder zu seinem gewohnten Ablauf zurückgekehrt.

Für alle – außer für Robin.

Sie hatte noch zweimal versucht, mit ihrer Mutter zu reden, sich aber jedes Mal eine Abfuhr eingehandelt – das zweite Mal in so scharfem Ton, dass sie keine Lust mehr auf einen dritten Versuch verspürte.

Immerhin hatte sie eines begriffen: Niemand im Dorf war an der Wahrheit interessiert. Möglicherweise war sie die Einzige hier, die wusste, was in jener Nacht *wirklich* passiert war. Aber keiner wollte es wissen. Die durchsichtige Lüge, die Bruder Abbé ihnen aufgetischt hatte, war alles, was sie interessierte. Robin glaubte sogar zu verstehen, warum – aber was war mit dem, was ihre Mutter ihr immer und immer wieder über die Wahrheit erzählt hatte? War sie plötzlich nicht mehr das höchste Gut – das Einzige, was selbst die Reichen und Mächtigen armen Leuten wie ihnen nicht nehmen konnten?

Vielleicht war sie auch nur deshalb hierher gekommen. Diesmal hatte sie ihre Mutter um Erlaubnis gefragt – und sie zu ihrer Überraschung auch bekommen. Sie hatte gesagt, dass sie frische Blumen auf Helles Grab legen wollte, und ihre Mutter hatte so getan, als ob sie ihr diese Version glaube, aber sie wussten beide, dass es nicht die Wahrheit war.

Dabei wusste sie nicht einmal selbst genau, warum sie hierher gekommen war. Vielleicht einfach, um allein zu sein.

Carlas Worte – so lächerlich sie ihr im ersten Augenblick vorgekommen waren, gingen ihr nicht mehr aus dem Sinn.

Hast du ihn geliebt?

Noch vor zwei Tagen hätte sie diese Frage empört zurückgewiesen, aber nun hätte die ehrliche Antwort gelautet: Ich weiß es nicht. War dieser dumpfe Schmerz, der sie jedes Mal überkam, wenn sie an Jan dachte, wirklich nur Trauer oder vielleicht doch mehr? Sie versuchte, sich zu erinnern, was sie in Jans Gegenwart empfunden hatte, musste sich aber zu ihrem Erschrecken eingestehen, dass sie es nicht konnte.

Liebe ...

Wenn sie ganz ehrlich zu sich selbst war, dann musste sie gestehen, dass sie gar nicht genau wusste, was dieses Wort bedeutete. Natürlich liebte sie ihre Mutter – aber das war nicht dasselbe. Konnte es denn sein, dass es ... verschiedene Arten der Liebe gab? Und wenn es so war – was war dann an dieser anderen Art der Liebe so erstrebenswert, wenn es sich doch um ein Gefühl handelte, dessen man sich erst dann bewusst wurde, wenn man es im Grunde bereits verloren hatte?

Fragen über Fragen, und so wenige Antworten. Sie wusste eigentlich nur eines mit absoluter Sicherheit: dass ihr Leben nicht wieder dasselbe sein würde wie vor dem Tag, an dem sie Jan kennen gelernt hatte.

Sie tauschte die Blumen, die sie auf Helles Grab gelegt hatte, gegen frische aus und machte sich auf den Rückweg ins Dorf, um noch vor dem Sonnenuntergang wieder zu Hause zu sein, wie sie es ihrer Mutter versprochen hatte.

Aber schon am Abend danach kehrte sie zur Kapelle zurück und ebenfalls am folgenden und auch am darauffolgenden. Sie blieb nie lange, einige Minuten nur, gerade lange genug, um einen frischen Blumenstrauß auf das Grab zu legen und einige Augenblicke lang in sich hineinzulauschen. Aber der Schmerz war immer noch da; und ein Sehnen nach etwas, von dem sie nicht einmal wusste, was es war.

Als sie sich von Helles Grab abwandte, sah sie sich ihrer Mutter gegenüber. Sie erschrak. Sie hatte nicht einmal gemerkt, dass ihre Mutter ihr gefolgt war, und sie fragte sich, warum.

»Du solltest damit aufhören, Kind«, sagte ihre Mutter.

Robin wusste sehr genau, was sie meinte. Trotzdem legte sie den Kopf auf die Seite und fragte: »Womit?«

»Dich zu quälen.«

»Ich quäle mich nicht«, behauptete Robin. »Ich bin nur hier, um Helles Grab zu pflegen. Ich habe frische Blumen gebracht.«

Ihre Mutter bedachte das Grab mit einem langen, nachdenklichen Blick. Robin hatte im Laufe der vergangenen vier Tage genug Blumen darauf gehäuft, dass die nähere Umgebung der Kapelle leer gepflückt sein musste.

»Du lügst«, sagte sie ruhig. Sie klang nicht zornig, aber sehr traurig.

»Aber ich ...«

»Und das Schlimme ist, du weißt es nicht einmal«, fuhr ihre Mutter leise fort. Sie schüttelte den Kopf, sah sich anscheinend nach einem Platz um, an den sie sich setzen konnte, und beließ es dann bei einem Achselzucken. »Wir müssen miteinander reden, Robin.«

»Warum?«

Ihre Mutter lächelte traurig. Sie antwortete jedoch nicht gleich, sondern drehte sich halb herum und sah erst auf das linke, dann auf das rechte der beiden Gräber hinab, die das Helles flankierten.

»Welches der beiden ist das von Jan?«

»Ich weiß es nicht«, antwortete Robin wahrheitsgemäß. Bei diesen Worten fühlte sie einen dünnen, aber tief gehenden Stich.

»Das ist schlimm«, sagte ihre Mutter leise. »Am Grab eines geliebten Menschen zu stehen und nicht zu wissen, ob vielleicht er darin liegt oder der, der für seinen Tod verantwortlich ist ...«

»Geliebt? Ich habe ihn ...«

»Natürlich warst du in ihn verliebt«, unterbrach sie ihre Mutter. »Du hast es vielleicht selbst nicht gemerkt, aber du warst es. Und wie könntest du auch nicht? Du bist ein einfaches Mädchen, das noch nie aus seinem Dorf herausgekommen ist, und er war ein Ritter. Ein Mann, der die Welt gesehen hat und der spannende und aufregende Geschichten zu erzählen wusste. Natürlich bist du ihm erlegen.«

»Das bin ich nicht«, antwortete Robin scharf – schärfer, als sie selbst beabsichtigt hatte. Sie dämpfte ihren Ton, fuhr aber trotzdem fort: »Er hat mich nicht angerührt!«

»Das habe ich auch nicht gemeint«, sagte ihre Mutter. »Es wäre schlimm genug, hätte er es getan – aber er hat etwas viel Schlimmeres getan.«

Robin war kurz davor, sich einfach herumzudrehen und ihre Mutter stehen zu lassen – ein Gedanke, der so ungeheuerlich war, dass ihr bei der bloßen Vorstellung der Atem stockte.

Und als hätte ihre Mutter ihre Gedanken gelesen, sagte sie: »Ich sehe, du weißt, was ich meine.«

»Nein«, antwortete Robin feindselig. »Ich weiß nur, dass wir dieses Gespräch schon einmal geführt haben.«

»Und dass du da offenbar genauso wenig verstanden hast wie jetzt, was ich meine.« Ihre Mutter seufzte. Sie zwang sich zu einem Lächeln und streckte die Hand aus, aber Robin rührte sich nicht von der Stelle. Nach einem Moment ließ sie den Arm enttäuscht wieder sinken.

»Oh, Robin«, seufzte sie. »Glaubst du denn wirklich, dass ich nicht genau wüsste, was du fühlst? Ich weiß es.« Sie zögerte einen winzigen Moment. »Ich weiß es, weil ich dasselbe durchgemacht habe.«

»Du?«, fragte Robin erstaunt.

»Ich hatte gehofft, dir dies niemals erzählen zu müssen«, sagte ihre Mutter leise. »Manchmal ist es leichter, Dinge nicht zu wissen, glaube mir. Aber vielleicht stimmt das auch nicht. Vielleicht habe ich nur dasselbe getan wie du und mich selbst belogen.«

»Was ist passiert?« fragte Robin.

»Dasselbe, was dir passiert ist«, antwortete ihre Mutter. »Ich habe einen Mann kennen gelernt. Deinen Vater.«

»Den Soldaten?«

»Ja.«

»Aber du hast doch erzählt, dass ihr glücklich miteinander wart!«

»Das waren wir auch«, antwortete ihre Mutter. »O ja, ich war glücklich. Es waren die glücklichsten sechs Monate in meinem Leben, glaub mir. Ich möchte sie um nichts auf der

Welt missen. Aber ich habe einen sehr hohen Preis dafür bezahlt ... vielleicht einen zu hohen. Ich möchte nicht, dass es dir eines Tages genauso ergeht wie mir. Alles, was ich will, ist, dir den gleichen Schmerz zu ersparen, mit dem ich seit fünfzehn Jahren leben muss.«

»Seit fünfzehn Jahren ...«, wiederholte Robin leise. »Seit dem Tag meiner Geburt, meinst du.«

»Was für ein Unsinn«, antwortete ihre Mutter. »Ganz im Gegenteil – ich weiß nicht, wie ich all diese Jahre ohne dich durchgestanden hätte. Ich weiß, was man sich im Dorf erzählt – dass er mich sitzengelassen hat, nachdem er dich gezeugt hat. Und ich nehme an, du hast das auch gehört.«

Robin reagierte nicht. Niemand hatte es jemals in ihrer Gegenwart so deutlich ausgesprochen, aber natürlich hatte ihre Mutter Recht.

»Es ist nicht wahr«, fuhr ihre Mutter fort. »Er hat mich nicht im Stich gelassen. Ich wusste von Anfang an, dass die Männer nur bis zum Frühstück bleiben würden und dass der Soldat mit ihnen gehen würde. Deshalb wurdest du geboren.«

Nun war Robin regelrecht schockiert. Sie starrte ihre Mutter aus aufgerissenen Augen an.

»Es ist die Wahrheit«, bestätigte ihre Mutter. »Alle im Dorf glauben, dass du ...« Sie lächelte flüchtig. »... eine Art Unfall warst. Dass ich nicht aufgepasst habe. Aber es war Absicht. Ich hätte nicht gewusst, wie ich weiterleben sollte, nachdem er fortgegangen war.«

»Warum?«

»Weil er mir dasselbe angetan hat, was du dir im Moment selbst antust, Robin«, antwortete ihre Mutter. »Nicht aus böser Absicht. Der Soldat hätte mir niemals bewusst geschadet. Ich weiß nicht, ob er mich geliebt hat, aber ich weiß, dass er ein sehr sanftmütiger Mann war – obwohl er ein Krieger war. Es war allein mein Fehler.«

»Aber was denn nur?«, fragte Robin verstört. Da war etwas wie ... wie Zorn in ihr. Aber sie verstand einfach nicht, warum.

»Erinnere dich an Jan«, sagte ihre Mutter, anstatt direkt zu antworten. »Ich weiß, es tut weh, aber versuch es. Erinnere dich an das, was du gefühlt hast, als er dir seine Geschichten erzählt hat.«

»Aber die waren doch... alle nicht wahr«, sagte Robin stockend. Sie versuchte zu lachen, aber es blieb bei dem Versuch. »Er hat sich doch alles nur ausgedacht.«

»Das spielt keine Rolle«, behauptete ihre Mutter. »Trotzdem wolltest du diese Welt kennen lernen. Du hättest alles darum gegeben, sie nur ein einziges Mal zu sehen. Und du willst es immer noch. Dieser Junge hat deine Seele vergiftet, Robin. So wie der Soldat die meine. Es war keine böse Absicht. Ich bin sicher, dass Jan ein guter Mensch war, der dir nicht schaden wollte. Aber er hat es getan.«

»Das verstehe ich nicht.«

»Es ist auch nicht zu verstehen«, sagte ihre Mutter traurig. »Du haderst mit deinem Schicksal, Kind. Ich hatte gehofft, dass dieser Moment nie kommt, aber vielleicht war diese Hoffnung naiv. Du bist jetzt kein Kind mehr, Robin. Bisher warst du mit dem Leben zufrieden, das du führst – das wir alle führen. Es ist ein einfaches Leben, aber du hast nie etwas anderes kennen gelernt und deshalb warst du zufrieden damit. Jan hat dir gezeigt, dass es noch mehr gibt, und es ist nur natürlich, dass du dich zu fragen beginnst, warum du nicht dieses andere Leben führen kannst.«

»Was ist so schlimm daran?«, fragte Robin. Das Gespräch begann ihr immer unangenehmer zu werden. Sie wusste im Grunde längst, worüber ihre Mutter sprach.

»Du quälst dich nur selbst, Robin«, sagte ihre Mutter. »Die Wahrheit tut manchmal weh. Das hier ist unsere Welt, Robin. Unser Dorf, dieses Land ... es ist der Platz, den Gott uns zugewiesen hat, und es steht uns nicht zu, seinen Willen in Frage zu stellen. Du wirst nur Schmerz und Leid finden, wenn du versuchst, dich ihm zu widersetzen. Ich habe es versucht und ich habe mehr Schmerz gefunden, als ich dir jemals erzählt habe. Das möchte ich dir ersparen.«

Diese Worte entsprachen der Wahrheit, das spürte Robin genau. Aber genauso sicher spürte sie, dass es bereits zu spät war. Wenn Jan wirklich *ihre Seele vergiftet hatte*, wie ihre Mutter behauptete, dann tat dieses Gift bereits seine Wirkung.

Aber das wollte sie nicht glauben. Ihre Mutter sagte zweifellos die Wahrheit von ihrem Standpunkt aus. Aber es war gerade dieser Standpunkt, den Robin weder akzeptieren konnte noch wollte. Ihrer Mutter war wehgetan worden, sehr weh, und vielleicht konnte sie gar nicht mehr anders, als sich verbittert zurückzuziehen.

Was Jan ihr gezeigt hatte, war jedoch etwas vollkommen anderes. Ihre Mutter glaubte, dass sie mit dem Schicksal haderte, aber das stimmte nicht. Nicht so, wie sie selbst es seit fünfzehn Jahren tat. Ihre Mutter war unzufrieden mit ihrem Leben. Sie hatte Jahrzehnte der Gleichförmigkeit hinter sich, Jahre und Jahre und Jahre, in denen die einzige Abwechslung der Wandel der Jahreszeiten war und in denen es einen einzigen, flüchtigen Höhepunkt gegeben hatte, das Liebesabenteuer mit dem englischen Soldaten.

Aber sie fühlte sich anders. Sie haderte nicht mit dem Schicksal, wie ihre Mutter es ausgedrückt hatte – sie glaubte einfach nicht, dass es eine übergeordnete Macht im Universum gab, die jedem Menschen seinen festen Platz im Leben zugewiesen hatte. Sie war nicht bereit, sich damit abzufinden, und das war ein Unterschied.

»Je eher du verstehst, dass es sinnlos ist, sich gegen das Unvermeidliche aufzulehnen, desto leichter wird es für dich, glaub mir«, sagte ihre Mutter sanft. »Was du jetzt spürst, ist ganz normal. Du hast einen geliebten Menschen verloren und du trauerst um ihn, aber du bist auch zornig. Der Schmerz wird vergehen und es wird nicht das letzte Mal sein, dass du ihn spürst.«

Und plötzlich war der Zorn verflogen. Robin sah ihre Mutter an und alles, was sie noch fühlte, war Mitleid. Es war nicht gerecht von ihr gewesen, zornig auf ihre Mutter zu sein, und sie schämte sich ihrer eigenen Gedanken.

»Ich möchte nicht, dass du weiter hierher kommst«, fuhr ihre Mutter nach einer Weile fort. »Ich verbiete es dir nicht. Du bist zu alt, als dass ich das könnte. Aber es... wäre besser, wenn du es nicht mehr tätest. Willst du mir das versprechen?«

Robin zögerte lange, ehe sie nickte, aber schließlich tat sie es. Sie wusste nicht einmal, ob sie dieses Versprechen wirklich halten würde, aber sie spürte, wieviel es ihrer Mutter in diesem Moment bedeutete.

»Darf ich noch ... ein wenig bleiben?«, fragte sie stockend.

»Aber natürlich«, erwiderte ihre Mutter mit einem warmen Lächeln. »Bleib ruhig, so lange du willst, und nimm Abschied von deinen Freunden. Ich werde mit dem Essen auf dich warten.«

Und damit wandte sie sich um und ging mit raschen Schritten in Richtung Dorf davon. Robin sah ihr verwirrt nach. Dass die letzten Worte ihrer Mutter etwas so Gewöhnlichem wie dem Abendessen gegolten hatten, erschien ihr unangemessen, aber dann wurde ihr klar, warum sie das getan hatte: Es war die Rückkehr zur Normalität, zu ihrem täglichen, genau festgelegten Tagesablauf, in dem kein Platz für fremde Ritter, exotische Länder und ausgedachte Abenteuer war, und auch nicht für englische Soldaten.

Vielleicht wäre es das Beste, wenn sie ihrer Mutter jetzt sofort folgte. Robin war klar, dass sie insgeheim darauf wartete. Stattdessen blieb sie einfach stehen und sah zu, wie die Gestalt ihrer Mutter allmählich kleiner wurde und dann mit dem grünen Schatten des Hains auf halber Strecke verschmolz.

Es war das letzte Mal, dass sie ihre Mutter sehen sollte. Hätte sie es in diesem Moment geahnt, dann wäre sie ihr nachgelaufen. So aber wartete sie einfach ab, wandte sich dann um und ging nach kurzem Zögern zur Kapelle hinüber. Sie hatte ihrer Mutter versprochen, nicht mehr hierher zu kommen, und auch wenn sie ahnte, dass sie dieses Versprechen auf die Dauer nicht halten würde, so würde sie zumindest für lange Zeit nicht hierher zurückkehren, Wochen, wenn nicht Monate – eine Ewigkeit, wenn man fünfzehn war und gerade angefangen hatte, das Leben zu entdecken. Doch nun wollte sie noch einmal die Kapelle sehen, um die kostbaren Erinnerungen, so grausam sie auch gewesen sein mochten, für alle Zeiten in sich einzuschließen.

In der Kapelle schien die Nacht bereits hereingebrochen zu sein. Es war spürbar kälter als draußen und durch die schmalen, noch dazu zum Teil mit Brettern vernagelten Fenster drang nur wenig Sommerlicht in schrägen Bahnen herein, in denen der Staub tanzte wie eine Armee winziger Elfen und Feen. Robin wusste natürlich, dass es hier drinnen immer dunkler war als draußen, sogar an einem heißen Sommertag, aber heute erschien ihr diese Düsternis – die von den Erbauern dieses Gebäudes zweifellos beabsichtigt gewesen war – wie ein böses Omen, ein Vorbote auf kommendes, noch größeres Unheil als das, das diesen Ort bereits heimgesucht hatte.

Sie versuchte, den Gedanken abzuschütteln, aber es gelang ihr nicht. Im Gegenteil – der Versuch schien es nur schlimmer zu machen, als hätte sie unabsichtlich an etwas tief in sich gerührt, das nun erwacht war und mit jedem Moment an Stärke zunahm.

Was war das? dachte sie verwirrt. Spürte sie nun die Gewalt und den Tod, die diesen Ort heimgesucht hatten, oder fühlte sie tatsächlich eine drohende, neue Gefahr, die sich über ihr zusammenballte?

Es wäre nicht das erste Mal.

Vor zwei Jahren, als sich Malte selbst mit dem Beil ins Bein gehackt hatte, da hatte sie es vorher gespürt; nicht genau was, aber *dass* etwas passieren würde, etwas Schlimmes, das mit Schmerzen und Blut und großer Aufregung zu tun hatte. Und im darauffolgenden Herbst, als Geros Scheune abbrannte, war sie eine Stunde zuvor mit klopfendem Herzen und schweißgebadet aufgewacht, ohne zu wissen, warum. Sie hatte sogar gewusst, dass das Feuer *nicht* auf den Rest des Dorfes übergreifen würde, wie eine Zeit lang alle befürchteten. Und sie hatte davor und danach eine Anzahl anderer, kleinerer Unglücksfälle vorausgeahnt – ein- oder zweimal sogar früh genug, um sie verhindern zu können. Jedenfalls nahm sie das an. Da ja nichts passiert war, hatte sie keinen Beweis dafür, dass etwas passiert *wäre*. Tatsache aber war, dass sie offenbar – wenn auch nur in begrenztem Maße – über die Gabe verfügte, kommendes Unheil vorauszusehen. Es geschah nicht oft, was zu einem gut Teil daran liegen mochte, dass das Dorf in seiner isolierten Lage von all den größeren und kleineren Katastrophen weitest gehend verschont blieb, die die Welt draußen heimsuchen mochten, aber es geschah.

Robin hatte niemals mit irgendjemandem über diese Gabe gesprochen, nicht einmal mit ihrer Mutter. Zum einen, weil es für sie gar nichts Besonderes war und sie anfangs glaubte, dass es jedem Menschen so erginge, zum größeren Teil aber wohl, weil ihr schon sehr früh klar geworden war, dass die Menschen Furcht vor allem empfanden, was fremd war, und je weniger sie es verstanden, um so größer war die Furcht. So hatte sie zum Beispiel einmal ein Gespräch zwischen ihrer Mutter und einigen anderen belauscht, bei dem es um eine Frau aus dem Nachbardorf ging, die angeblich das zweite Gesicht haben sollte. Robin hatte damals nicht einmal gewusst, was das bedeutete, aber ihr war sehr wohl aufgefallen, dass ihre Mutter und die anderen zwar gelacht und ihre Scherze gemacht hatten, sich aber auch ein sachter Unterton vor Furcht in ihre Stimmen geschlichen hatte. Auch das Wort *Hexe* – so glaubte sie sich zu erinnern – war ein paarmal gefallen. Das musste nicht unbedingt etwas bedeuten; niemand mochte die Leute aus dem Nachbardorf und es gab für den Tratsch im Ort nichts Schöneres, als schlecht über sie zu sprechen. Trotzdem hatte Robin ihre Lehre aus diesem Gespräch gezogen. Es war besser, wenn niemand von ihrer Gabe erfuhr. Das zweite Gesicht – mittlerweile wusste sie, was damit gemeint war – mochte ja ganz praktisch sein, aber wer würde schon jemanden mögen, der stets nur Unheil voraussagte? Außerdem meldete sich ihr sechster Sinn in letzter Zeit immer seltener. Und an jenem schrecklichen Abend, an dem Jan gestorben war, hatte er sie sogar ganz im Stich gelassen, so dass sie schon fast angefangen hatte, ihn zu vergessen.

Nun aber war er wieder da; so intensiv, als stünde jemand hinter ihr und flüstere ihr unverständliche, aber düstere Worte ins Ohr.

Etwas würde geschehen.

Etwas Schreckliches.

Bald.

Robin rieb sich fröstelnd die nackten Oberarme. Durch das dicke Mauerwerk und die kleinen Fenster war es hier drinnen nicht nur stets dunkler, sondern auch kühler als draußen, aber plötzlich schien es regelrecht *kalt* zu sein, als hätte sich in den

Schatten jenseits des schräg einfallenden Sonnenlichts eine unsichtbare Tür in den Winter geöffnet, durch die nun ein eisiger Luftzug zu ihr herüberwehte. Sie versuchte, diese Dunkelheit mit Blicken zu durchdringen, um sich selbst davon zu überzeugen, wie absurd diese Vorstellung war, aber es gelang ihr nicht.

Vorsichtig bewegte sie sich weiter in die Kapelle hinein. Als sie am Fenster vorbeiging, spürte sie tatsächlich die Wärme des Sonnenlichtes auf dem Gesicht, was ihr die zuvor empfundene Kälte noch bewusster machte. Unter ihren Füßen klapperte zerbrochenes Holz, dann stieß sie gegen etwas aus Metall, das mit einem leisen Klimpern davonrollte. Sie versuchte, ihm mit Blicken zu folgen, ließ sich in die Hocke sinken und sah ein flüchtiges, goldfarbenes Aufblitzen unter den Überresten einer zerbrochenen Bank. Sie tastete danach, zog die Hand wieder hervor und hielt eine kleine, goldene Münze in den Fingern. Vermutlich hatte Bruder Abbé sie verloren, als er in aller Hast seine Sachen zusammengerafft hatte.

Robin richtete sich wieder auf und drehte sich zum Fenster um, und als sie durch die schmalen Lücken zwischen den Brettern nach draußen sah, da wusste sie, dass ihr Gefühl sie diesmal nicht getrogen hatte.

KAPITEL 7

Am Anfang zählte sie nur drei Reiter, aber es wurden rasch mehr – vier, fünf, sechs, schließlich acht; große, gepanzerte Gestalten, die auf gewaltigen Schlachtrössern herangesprengt kamen. Die Sonne ging hinter ihnen unter und verwandelte sie in bedrohliche schwarze Schatten, den Geisterreitern gleich, von denen ihre Mutter ihr früher manchmal erzählt hatte; gequälte Seelen, die keine Ruhe fanden und bei Einbruch der Dunkelheit über das Land ritten, immer auf der Suche nach anderen, die sie in ihr düsteres Zwischenreich entführen konnten.

Aber das waren Geschichten gewesen, Märchen, mit denen man Kinder erschreckte und sie auf diese Weise davon abhielt, sich nach der Abenddämmerung noch in den Wäldern herumzutreiben. Diese Reiter dort draußen waren keine Geister. Sie waren höchst real und Robin hätte ihre besondere Gabe nicht einmal gebraucht, um die Bedrohung zu spüren, die von dem dreiviertel Dutzend riesiger Gestalten ausging. Manchmal brach sich ein Sonnenstrahl auf Metall und dann blitzte es silbern und rot auf, und Robin glaubte sogar zu spüren, wie der Boden unter dem Donnern der Pferdehufe vibrierte.

Im ersten Augenblick drohte sie in Panik zu geraten und ihr erster Gedanke war, sofort aus der Kapelle zu stürzen und ins Dorf zurückzurennen. Praktisch im gleichen Moment wurde ihr aber auch klar, dass das nicht mehr ging: Die Reiter näherten sich nicht nur sehr schnell, sondern hielten auch direkt auf die Kapelle zu, und *sie* hatten die Sonne im Rücken, so dass sie sie sofort sehen würden, sobald sie die Kapelle verließ.

Irgendetwas sagte ihr, dass das ihr Tod wäre.

Robin trat zwei Schritte zurück und sah sich gehetzt nach einem Versteck um, fand es aber heute so wenig wie vor vier Tagen. Die Kapelle war einfach zu klein, um auch nur einem Kind ein Versteck zu bieten. Schließlich quetschte sie sich zwischen einen der offenstehenden Türflügel und die Wand; ein erbärmliches Versteck, aber zugleich auch das einzige, das ihr blieb.

Wie sich zeigte, war es jedoch gar nicht nötig, sich zu verbergen. Die Reiter näherten sich rasch. Bald hörte sie das Donnern der Pferdehufe wirklich, nicht nur in ihrer außer Rand und Band geratenen Fantasie, und dann auch das Schnauben der Pferde, das schwere Knarren von Leder und das Klirren von Metall. Die Reiter hatten die Kapelle erreicht und sie konnte hören, wie sie abstiegen. Aber der Laut, auf den sie mit vor Angst klopfendem Herzen wartete, nämlich das Geräusch von Schritten, die sich der Kapelle näherten, kam nicht. Sie hörte nur gedämpfte Stimmen, konnte die Worte aber nicht verstehen.

Nach einer Weile schob sie sich behutsam aus ihrem Versteck heraus und näherte sich wieder dem Fenster. Sie hatte furchtbare Angst. Wenn jetzt jemand hereinkam, würde er sie sofort sehen, aber sie versuchte, sich mit dem Gedanken zu beruhigen, dass sie ohnehin entdeckt werden würde, denn wenn einer der Männer hereinkam, dann gewiss nicht, um zu beten, sondern um die Kapelle zu durchsuchen.

Ihr Herz hämmerte so laut, dass sie sich fragte, ob die Reiter draußen es nicht hören mussten. Trotzdem ging sie weiter. Sie musste erfahren, was die Männer sagten. Dass sie nichts Gutes im Schilde führten, sagte ihr mittlerweile nicht nur ihr Gefühl, sondern auch die pure Logik. Die Reiter hatten ihre Pferde auf der dem Dorf abgewandten Seite der Kapelle angehalten, was gewiss kein Zufall war – sie wollten verhindern, dass sie gesehen wurden.

Robin erreichte das Fenster, ließ sich auf die Knie sinken und spähte mit klopfendem Herzen nach draußen. Die Dunkelheit hier drinnen gewährte ihr Schutz; sie wusste, dass niemand sie sehen konnte, selbst wenn er direkt in ihre Richtung blickte. Trotzdem war sie fast wahnsinnig vor Angst. Von den

Reitern ging etwas Unheimliches aus, ein Odem der Gewalt, der sie wie ein unsichtbarer Schatten umgab und seine Fühler längst schon in ihre Richtung ausgestreckt hatte.

Nun, als sie näher herangekommen waren, konnte Robin auch mehr Einzelheiten erkennen. Aber sie verstand nicht, was sie sah.

Vier der acht Männer trugen die weißen Mäntel und Wappenröcke der Tempelritter. Fast erschrocken hielt sie nach Bruder Abbé Ausschau, aber er war nicht unter den vier Männern. Sie waren ausnahmslos groß, hatten dunkle Haare und struppige Bärte und ein Gesicht fiel Robin ganz besonders auf. Der Mann musste zwischen dreißig und vierzig Jahre alt sein, hatte ein breites kantiges Gesicht und eine auffällige Narbe, die auf seiner Stirn begann, über Auge und Wange nach unten lief und schließlich in seinem schwarzen Vollbart verschwand. Sein Auge war jedoch unversehrt.

Die Reiter waren weitaus schwerer bewaffnet, als es Bruder Abbé gewesen war. Außer den Schwertern, die sie alle am Gürtel trugen, hatte jeder noch einen Morgenstern und trug einen dreieckigen Schild mit dem obligaten Kreuzsymbol am linken Arm. Sie hatten sich gerüstet, um in den Kampf zu ziehen. Sie warf einen Blick auf die Pferde und war nicht überrascht, Lanzen in ihren Steigbügeln stecken zu sehen. Eines der Pferde war ein schwarzweißer Schecke mit weißen Fesseln und einigen wenigen braunen Tupfen. Jans Pferd. Es gab gar keinen Zweifel: Die Templer stammten aus der Komturei, aus der auch Jan und Bruder Abbé gekommen waren.

Die anderen Männer waren, soweit sie erkennen konnte, keine Templer. Alle schienen etwa im selben Alter zu sein – jedenfalls die drei, deren Gesichter sie erkennen konnte. Der vierte lag weit nach vorne gebeugt über dem Hals seines Pferdes. Sein Gesicht, das dem Fenster abgewandt war, war halb in der Mähne des Tieres vergraben und seine Arme hingen so schlaff herab, dass er ebenso gut hätte tot sein können.

Die drei anderen standen den Tempelrittern an Größe und Muskulösität um nichts nach. Auch sie waren bewaffnet, wenn auch nicht annähernd so schwer wie die vier Ritter, und zumindest einer von ihnen trug etwas, das einer Rüstung wenigstens nahekam: ein kurzes Kettenhemd, das lose über seinem Gürtel hing, und einen zerschrammten Brustharnisch. Er hatte schulterlanges, lockiges blondes Haar und sein Bart war scharf ausrasiert. Auf dem Schild, den er am linken Arm trug, war auf dunklem Grund ein einfaches Symbol zu erkennen, das ein zweiköpfiges Fabeltier darstellte. Das Wappen sagte Robin nichts, aber das Gesicht kam ihr vage bekannt vor – sie wusste nicht, wer dieser Mann war, aber sie glaubte, ihn schon einmal gesehen zu haben.

»Also merkt euch«, sagte der Blonde in diesem Moment. »Ihr wartet, bis wir den Wald erreicht haben, dann folgt ihr uns. Nicht eher, aber auch nicht später. Wenn ihr unterwegs auf einen dieser dummen Bauern trefft, dann erschlagt ihn. Aber gebt Acht, dass man ihn auch findet.«

Robin fuhr in ihrem Versteck so erschrocken zusammen, dass ihr Fuß gegen ein Holzstück stieß, das klappernd davon rollte. Vor Schrecken hielt sie für einen Moment den Atem an, fest davon überzeugt, dass sie nun entdeckt werden musste und es um sie geschehen war. Aber keiner der Männer draußen reagierte auch nur auf das Geräusch. Der blond gelockte Ritter ging ruhig zu seinem Pferd, schwang sich mit einer kraftvollen Bewegung in den Sattel und hatte Mühe, das nervöse Tänzeln des Pferdes wieder unter Kontrolle zu bekommen.

»Alles hängt davon ab, dass sich jeder an den Plan hält«, fuhr er fort. »Begeht auch nur einer von uns einen Fehler, dann ist es um uns alle geschehen. Ihr kennt meinen Vater. Er wird keine Gnade walten lassen, weder euch noch mir gegenüber.«

»Eure Bedenken kommen ein bisschen spät«, sagte der Templer mit der Narbe. Er deutete auf die reglose Gestalt auf dem Pferd. »Ich glaube nicht, dass wir jetzt noch zurück können.«

»Es sind auch keine Bedenken«, antwortete der Blonde ernst. »Und ein Zurück gibt es für keinen von uns – für mich am allerwenigsten. Ich will nur sicher sein, dass ich nicht der Einzige bin, dem das klar ist. Unser Plan wird erfolgreich sein oder wir werden alle sterben, so einfach ist das.« Er gab seinen beiden Begleitern ein Zeichen, woraufhin sich auch diese auf die Rücken ihrer Tiere schwangen. Dann lachte er und schlug sich mit der flachen Hand auf den linken Oberarm. »Und denk daran, Otto – es soll echt aussehen, aber ich möchte den Arm nach einer Weile wieder benutzen können.«

Seine Worte riefen ein allgemeines, raues Gelächter hervor, das aber nur wenige Augenblicke anhielt und die Nervosität der Männer auch nicht ganz verhehlen konnte.

Der Blonde beugte sich vor, löste einen zerschrammten Helm von seinem Sattelgurt und setzte ihn auf. Das Scharnier quietschte hörbar, als er das Visier des Helmes mit einiger Mühe aufklappte. Der Helm war offenbar schon lange Zeit nicht mehr benutzt worden.

»Also dann – denkt an meine Worte«, sagte er. »Wir treffen uns um Mitternacht, auf halbem Wege zur Burg.«

Er riss sein Pferd roh herum und sprengte davon, und seine beiden Begleiter folgten ihm. Die Templer sahen ihm wortlos nach, saßen aber nicht auf, wie Robin insgeheim (wenn auch wider besseres Wissen) gehofft hatte. Einer von ihnen begab sich zur jenseitigen Ecke des Gebäudes, wohl um den Reitern nachzusehen, die drei anderen blieben, wo sie waren.

»Was machen wir mit ihm?«, fragte einer der Templer.

»Wir lassen ihn gleich hier«, antwortete der Narbige – Otto – nach kurzem Zögern.

»Hier? Wo schon einmal ...«

»Genau hier«, bestimmte Otto. »Diese dummen Bauern werden es als Omen betrachten oder als Fingerzeig Gottes. Hebt ihn vom Pferd und legt ihn genau dort hin.«

Zwei seiner Begleiter gehorchten wortlos. Sie hoben den reglosen Körper aus dem Sattel – Robin sah nun zweifelsfrei, dass der Mann tot war, denn die Brust seines ehedem gelben Gewandes war ein einziger dunkler Blutfleck – und warfen ihn achtlos zu Boden. Das Geräusch des Aufpralls ließ das Pferd erschrocken wiehern und ein paar Schritte davonlaufen; aber wirklich nur ein paar Schritte.

»Vielleicht sollten wir das Pferd anbinden«, sagte einer der Templer, aber Otto schüttelte heftig den Kopf. »Es wird schon hier bleiben«, sagte er. »Und wenn nicht, dann läuft es höchstens nach Hause. Umso besser.«

»Sie sind am Wald«, drang die Stimme des vierten Ritters zu ihnen.

»Also gut.« Otto nickte grimmig, ging zu seinem Pferd und stieg mit einer umständlichen Bewegung in den Sattel. Robin hatte das Gefühl, dass ihn seine Kleider behinderten. Sie konnte sich nicht vorstellen, wieso, aber es kam ihr beinahe so vor, als wäre es der Tempelritter nicht gewohnt, sich in Kettenhemd und Rüstung zu bewegen.

Die vier Templer ritten davon, in die gleiche Richtung wie die drei Männer gerade, aber deutlich langsamer. Robin wartete lange genug, um sicher sein zu können, dass sie auch wirklich weg waren, dann verließ sie die Kapelle und sah sich vorsichtig um.

Die vier Reiter waren mittlerweile zu daumennagelgroßen Punkten zusammengeschrumpft, die sich rasch dem Wald näherten – und damit auch dem Dorf. Robin hatte nicht einmal eine *Vorstellung* davon, was diese Männer im Dorf suchten. Während sie in ihrem Versteck gesessen und gelauscht hatte, hatte sie sich vergeblich den Kopf darüber zerbrochen. Zwar ließ das Gespräch, dessen Zeuge sie geworden war, keinen Zweifel daran, dass diese Männer in böser Absicht hier waren, aber sie konnte es drehen und wenden, wie sie wollte, es ergab einfach keinen Sinn.

Sie musste zurück, um ihre Mutter und die anderen zu warnen. Und sie musste *vor* den Fremden dort ankommen, ganz gleich, wie. Einen Moment lang dachte sie ernsthaft daran, einfach loszurennen. Sie war eine gute Läuferin, sehr schnell und auch ziemlich ausdauernd, und allein das Wissen, worum es ging, würde sie sicher zu noch größerer Schnelligkeit anspornen. Aber der Weg ins Dorf war weit. Zu weit, als dass sie sich ernsthaft einbilden konnte, ein Wettrennen mit einem Pferd gewinnen zu können, selbst wenn dieses nur gemächlich trabte.

Es gab nur einen einzigen Weg: Sie musste ebenfalls reiten.

Auch wenn sie es gar nicht konnte.

Sie ging zu dem Toten hin, ließ sich neben ihm auf das linke Knie sinken und unterzog ihn einer flüchtigen Untersuchung. Er schien erst vor kurzer Zeit verstorben zu sein – sein Blut war noch nicht geronnen, und als sie nach seiner Hand griff, stellte sie fest, dass seine Glieder noch nicht steif waren. Ein weiteres Rätsel: Warum hatten die Männer diesen Mann umgebracht?

Während sie noch immer fassungslos auf den Toten starrte, wurde ihr bewusst, dass ihr auch das Gesicht dieses Mannes vage bekannt vorkam, so wie das des Blonden – sie hatte das Gefühl, ihn schon einmal gesehen zu haben, war sich aber zugleich ziemlich sicher, dass das gar nicht sein konnte.

Verwirrt stand sie auf, drehte sich herum und suchte nach dem Pferd. Wie der Tempelritter gesagt hatte, war es nur ein paar Schritte weit davongelaufen und stand nun da und zupfte an dem saftigen Gras, das hinter der Kapelle wuchs, äugte zwischendurch aber immer wieder zu ihr herüber.

Robin betete, dass es ihr nicht davonlaufen würde, atmete tief ein und bewegte sich mit kleinen Schritten auf den schwarzen Hengst zu. Als sie sich ihm bis auf drei Schritte genähert hatte, hob er den Kopf, sah sie aus seinen großen, klugen Augen an und begann unruhig die Ohren hin und her zu drehen. Sein rechter Vorderlauf scharrte nervös im Boden.

»Bitte lauf nicht weg«, murmelte Robin. Sie blieb stehen, hob den Arm und versuchte, einen freundlichen Ton in ihre Stimme zu zwingen, hörte aber selbst, dass sie viel zu sehr vor Nervosität zitterte. Sie hatte so verzweifelt wenig Zeit! Mit jedem Augenblick, den sie hier stand und mit diesem Pferd redete, kamen die Reiter dem Dorf näher. Aber wenn sie das Tier erschreckte und es davonlief, dann hatte sie überhaupt keine Chance mehr, ihre Mutter und die anderen zu warnen.

»Bleib bitte stehen«, flehte sie. »Ich brauche dich!«

Als hätte das Pferd ihre Worte verstanden, sprengte es nicht davon, sondern kam im Gegenteil sogar langsam näher. Robin atmete vorsichtig auf, streichelte mit der linken Hand seine Nüstern und griff mit der anderen nach dem Sattel. Sie erschrak, als sie sah, wie riesig das Pferd war – viel, viel größer als Jans Schecke, auf dem sie vor ein paar Tagen geritten war. Und dabei stand ihr das Schwerste noch bevor. Eine Weile im Sattel zu sitzen, während das Pferd von einem anderen am Zügel geführt wurde, bedeutete schließlich nicht, dass sie auch *reiten* konnte ...

In den Sattel zu steigen erwies sich als Abenteuer für sich. Sie benötigte drei Anläufe, bevor sie sich dann erinnerte, wie Bruder Abbé aufgestiegen war, setzte den linken Fuß in den ledernen Steigbügel und schwang sich mit einer kraftvollen Bewegung auf den Rücken des Pferdes.

Vielleicht mit einer etwas *zu* kraftvollen Bewegung, denn sie wäre um ein Haar auf der anderen Seite gleich wieder heruntergefallen und stürzte nur deshalb nicht, weil sie sich instinktiv mit der linken Hand in die schwarze Mähne des Hengstes krallte. Zu ihrem Glück ließ das Tier die grobe Behandlung klaglos über sich ergehen.

Und jetzt? Robins Erleichterung, einigermaßen erfolgreich aufgesessen zu sein, bekam einen kräftigen Dämpfer, als ihr klar wurde, dass sie nicht einmal wusste, wie sie dem Tier die Richtung zeigen sollte, in das es gehen sollte. Hilflos griff sie nach den Zügeln und zupfte daran. Das Pferd hob den Kopf und verdrehte den Hals, um ihr einen fast mitleidigen Blick zuzuwerfen.

Dann setzte es sich ganz von selbst in Bewegung.

Robin war im ersten Moment so überrascht, dass sie ganz instinktiv die Zügel mit aller Kraft umklammerte und die Schenkel gegen den Pferdeleib presste. Diesmal ließ der Hengst ein unwilliges Wiehern hören, wurde aber nur noch schneller und fiel schließlich in einen raschen, gleichmäßigen Trab. Er schlug den Weg zum Ort hin ein, als hätte er Robins Gedanken gelesen. Dann begriff sie, dass die Wahrheit viel simpler war: Der Hengst lief einfach hinter den anderen Tieren her, wie er es gewohnt war.

Der Weg zum Dorf zurück schien kein Ende zu nehmen. Das Pferd folgte getreulich der Spur, die die anderen Tiere im Gras hinterlassen hatten, und wahrscheinlich bewegte es sich langsamer als sie; Robin würde den Ort niemals rechtzeitig erreichen. Sie dachte einen Moment lang daran, das Pferd irgendwie zu einer rascheren Gangart anzutreiben, wagte es schließlich aber doch nicht – sie hatte jetzt schon alle Mühe, sich im Sattel zu halten. Wenn das Pferd schneller lief oder gar in Galopp fiel, würde sie garantiert abgeworfen. Ihr blieb nichts anderes übrig, als sich in Geduld zu fassen und zu hoffen, dass sie nicht zu spät kam.

Aber diese Hoffnung erfüllte sich nicht.

Sie *kam* zu spät.

KAPITEL 8

Robin sah das Feuer schon von weitem. Die Dämmerung hatte eingesetzt, während sie sich dem Dorf näherte, und sie sah am Anfang nur einen winzigen roten Funken, wie ein düsterrotes Auge, das ihr aus der hereinbrechenden Dämmerung entgegenblinzelte. Schon nach wenigen Momenten aber änderte sich sowohl seine Farbe als auch seine Helligkeit und dann wuchs der einzelne, rote Funke zu einem lodernden, weißgelben Flammenmeer, das rasend schnell um sich griff. Eines der Häuser am Ortsrand brannte.

Den Gedanken, der ihr praktisch sofort durch den Kopf schoss, ließ sie nicht zu. Es durfte einfach nicht ihr Haus sein. So grausam war das Schicksal nicht.

Das Pferd wurde von selbst schneller und änderte sogar die Richtung um eine Winzigkeit, um nun direkt auf das brennende Haus zuzuhalten – als hätte es noch nie davon gehört, dass Tiere eine angeborene Furcht vor Feuer hatten. Es war tatsächlich ein Schlachtross und offensichtlich so gut trainiert, dass es wie von selbst den Weg ins Zentrum des Kampfes suchte, statt seinen angeborenen Reflexen zu gehorchen und davor zu fliehen. Robin musste sich mittlerweile mit aller Gewalt in seiner Mähne festkrallen, um nicht runterzufallen.

Nach einigen weiteren Augenblicken wurde ihr klar, dass sie tatsächlich mitten in eine Schlacht hineinritt. Das Feuer hatte mittlerweile auf mindestens ein weiteres Haus übergegriffen und Robin erkannte voller Entsetzen, dass eines davon tatsächlich das ihrer Mutter war. Sie hörte Schreie, das schrille Wiehern von Pferden und dumpfe, krachende Laute. Menschen rannten kopflos hin und her und wurden vor dem Hintergrund der brennenden Häuser zu schwarzen, sich hektisch

bewegenden Scherenschnitten. Und Schreie, immer wieder
Schreie; ein Laut, als schlüge Metall auf etwas Weiches, das
unter dem Aufprall zerbrach.

Hitze und der Geruch von verkohltem Holz und brennendem Stroh schlugen ihr entgegen, als das Pferd ins Dorf hin-
einsprengte. Robin nahm nichts von dem schrecklichen Geschehen rings um sich herum wahr. Sie sah nur das brennende
Haus am Ortsrand, mittlerweile schon eins von dreien, deren
Dächer lichterloh in Flammen standen, und sie konnte an
nichts anderes denken als daran, dass es ihr Haus war, ihres
und das ihrer Mutter, und dass ihre Mutter nirgendwo zu sehen und vielleicht sogar noch dort drinnen in dieser Flam-
menhölle war.

Das Pferd begann nun doch zu scheuen. Robin zerrte kopflos an den Zügeln, machte dadurch alles aber nur noch
schlimmer; das Tier schnaubte erschrocken und begann nervös auf der Stelle zu tänzeln. Robin versuchte nicht, es wieder
in ihre Gewalt zu bekommen, sondern ließ sich ebenso hastig
wie ungeschickt aus dem Sattel rutschen. Sie fiel prompt hin,
rappelte sich aber sofort wieder hoch und stolperte auf das
brennende Haus zu.

Obwohl sie noch zehn Schritte entfernt war, nahm ihr die
Hitze bereits jetzt den Atem. Das gleißende Licht trieb ihr die
Tränen in die Augen, so dass das Haus vor ihr zu verschwimmen schien, fast als betrachte sie nur seine Spiegelung auf einer
bewegten Wasseroberfläche. Das niedrige Strohdach stand
lichterloh in Flammen und auch hinter der offenstehenden
Tür und dem Fenster zuckte bereits grelles, Unheil verkün-
dendes Licht. Dort drinnen konnte niemand mehr leben.

Trotzdem taumelte sie weiter. Glühende Funken senkten
sich auf sie herab, brannten kleine, rauchende Löcher in ihr
Kleid und ihre Haut und versengten ihr Haar und die Luft
war so heiß, dass sie nicht mehr atmen konnte.

Sie wäre in den sicheren Tod gelaufen, hätten sich nicht
plötzlich zwei starke Hände von hinten auf ihre Schultern gelegt und sie zurückgerissen. Robin schrie verzweifelt auf und
begann um sich zu schlagen, aber der Mann, der sie gepackt
hielt, war viel zu stark für sie. Mühelos zog er sie ein gutes

Stück von den brennenden Häusern fort, drehte sie herum und schüttelte sie dann so heftig, dass ihr Kopf hin und her flog.

»Robin! Robin, um Gottes Willen! So beruhige dich doch!«

Robin begriff überhaupt erst jetzt, dass sie die ganze Zeit geschrien hatte. Sie verstummte zwar, wehrte sich aber trotzdem weiter mit aller Kraft gegen Geros Griff, bis der Müller schließlich ausholte und ihr kraftvoll mit dem Handrücken ins Gesicht schlug.

»Lass mich los!«, schluchzte sie. »Bitte! Meine Mutter! Ich muss meine Mutter suchen!«

»Deine Mutter ist tot«, sagte Gero hart. »Genau wie viele andere! Und wir werden es auch bald sein, wenn wir nicht verschwinden!«

»Tot?!« Robin starrte Gero aus aufgerissenen Augen an. Sie sah erst jetzt, dass er verletzt war. Er blutete aus einer üblen Schnittwunde im Gesicht und auch auf seiner Hand war ein hässlicher, roter Fleck, der so schnell größer wurde, dass man dabei zusehen konnte.

»Tot?«, murmelte sie noch einmal, ebenso hilf- wie verständnislos. Zum ersten Mal sah sie sich wirklich um, statt nur Augen für ihr brennendes Haus zu haben. Nicht nur das Haus ihrer Mutter und die beiden benachbarten Gebäude standen in Flammen, auch aus einigen anderen Dächern stieg bereits grauer Rauch und hier und da sah sie bereits erste, noch winzige Flämmchen. Niemand versuchte zu löschen, aber dafür gewahrte sie zuerst eine, dann zwei und schließlich sogar viele reglose Gestalten, die in ihrem Blut auf dem Boden lagen. Und jetzt, schlagartig, fielen ihr auch wieder die Bilder und Geräusche ein, die sie bei ihrer Annäherung an das Dorf so aufgeschreckt hatten.

»Die Templer«, antwortete Gero gepresst. »Dieser verfluchte Abbé hat gelogen, um uns in Sicherheit zu wiegen. Aber jetzt sind sie zurück und bei Gott, ich glaube, sie wollen das ganze Dorf auslöschen!« Er warf einen gehetzten Blick über die Schulter zurück. »Wir brauchen ein Versteck!«

Er ließ endlich Robins Arme los und wollte aufstehen, aber seine Kraft reichte nicht mehr. Mit einem schmerzerfüllten

Keuchen fiel er auf die Knie zurück und presste beide Hände gegen den Leib. Robin stellte entsetzt fest, um wie vieles größer der Blutfleck auf seiner Hand in den wenigen Augenblicken geworden war, die sie miteinander geredet hatten.

»Was ist los mit dir?«, fragte sie erschrocken. »Was hat du? Gero!«

»Lauf weg!«, stöhnte Gero. »Für mich ist es zu spät, aber du ... kannst noch entkommen. Sie bringen ... alle um!«

Aber vielleicht war es auch für sie schon zu spät. Robin sah hoch und schrie vor Schrecken, als sie einen der Tempelritter genau auf sich zuspringen sah. Sie wusste nicht, welcher es war, denn sein Gesicht verbarg sich nun hinter dem kreuzförmigen Schlitz eines wuchtigen Topfhelms, aber sie erkannte ihn eindeutig als einen der vier, die sie hinter der Kapelle beobachtet hatte. Er hatte sich im Sattel weit nach vorne und zur Seite gebeugt und galoppierte direkt auf Gero und sie zu. In der rechten Hand schwang er einen gewaltigen, dreikugeligen Morgenstern.

»Lauf!«, schrie Gero. Er versetzte ihr einen Stoß, sprang gleichzeitig in die Höhe und rannte dem Ritter schreiend entgegen. Der Templer machte eine fast beiläufige Bewegung mit dem Morgenstern und eine der drei wuchtigen Eisenkugeln traf Geros Stirn und tötete ihn auf der Stelle.

Robin stand da wie gelähmt. Gero hatte sein Leben geopfert, um sie zu retten, aber sie stand einfach nur da und starrte die riesige weiße und rote und silberne Gestalt an, die auf sie zugerast kam und ihren Morgenstern zu einem weiteren, tödlichen Hieb schwang. Sie hatte nicht einmal Angst. Sie hoffte nur, dass es schnell gehen würde.

Plötzlich aber spie die Dunkelheit einen weiteren Reiter aus. Ohne zu zögern, lenkte er sein Tier zwischen Robin und den herangaloppierenden Tempelritter, riss seinen Schild in die Höhe und fing den heruntersausenden Morgenstern damit ab. Die Wucht des Hiebes war so gewaltig, dass der Reiter fast aus dem Sattel geworfen wurde und sein Pferd mit einem schrillen Wiehern auf die Hinterläufe stieg. Trotzdem schlug er fast gleichzeitig mit seinem eigenen Schwert zu. Funken stoben auf. Der Hieb war aus seiner unglücklichen Position heraus schlecht gezielt und mit zu wenig Kraft ausgeführt und die Klinge prallte vom Kettenhemd des Tempelritters ab, ohne es zu durchdringen. Trotzdem ließ seine schiere Wucht den Tempelritter wanken. Er ließ seinen Morgenstern fallen und hatte für einen Moment Mühe, sein Pferd unter Kontrolle zu behalten.

Als er die Gewalt über sein Tier zurückerlangt hatte, hatte sich auch das Pferd des anderen Ritters wieder beruhigt. Der Schild des Mannes war unter dem Hieb des Morgensternes gerissen. Er schüttelte ihn ab, ergriff stattdessen sein Schwert mit beiden Händen und erwartete den Angriff des Tempelritters, der ebenfalls sein Schwert zog.

Der erwartete Angriff kam jedoch nicht, denn in diesem Moment tauchten zwei weitere Reiter aus der Nacht auf und diese Übermacht schien selbst dem Templer zu groß zu sein, denn er riss sein Tier mit einer brutalen Bewegung herum und sprengte davon. Robin erwartete, dass die drei Reiter ihn auf der Stelle verfolgen würden, aber stattdessen drehte sich der, der zuerst aufgetaucht war, im Sattel herum und wandte sich an sie.

»Was um alles in der Welt geht hier vor?«

»Sie ... sie sind tot«, murmelte Robin. »Meine Mutter. Carla und ... und Gero. Sie haben sie ... alle erschlagen.«

»Sie?« Der Ritter deutete in die Richtung, in der der Templer verschwunden war. »Dieses verdammte Templerpack?«

Robin nickte. Sie konnte nicht antworten. Ihre Kehle war wie zugeschnürt. Obwohl das Helmvisier des Reiters geschlossen war, erkannte sie ihn sofort. Es war der Blonde – der gleiche Mann, der den vier Tempelrittern vorhin an der Kapelle Befehle erteilt hatte. Alles war gelogen.

Sie wurde Zeugin eines sorgsam in Szene gesetzten Theaterstücks, dessen Einsatz wirkliche Menschenleben waren und dessen Sinn sie mit jedem Moment weniger verstand. Aber es gab keinen Grund, Menschen zu töten. Es gab keinen Grund, *ihre Mutter zu töten!* Sie hatte niemandem etwas getan.

Sie starrte den Ritter weiter wortlos und aus aufgerissenen Augen an und natürlich deutete der Krieger ihren Blick falsch. »Hab keine Angst, Kind«, sagte er grimmig. »Wir werden dem ein Ende bereiten. *Los!*«

Das letzte Wort galt seinen beiden Begleitern, die daraufhin ihre Waffen zogen und zusammen mit ihm losgaloppierten. Es war noch nicht vorbei, dachte Robin benommen. Sie hatten noch nicht erreicht, was sie wollten. Noch mehr Tote. Noch mehr Zerstörung.

»Nein«, flüsterte sie mit tränenerstickter Stimme. »Aufhören. Hört doch ... endlich auf!« Und dann schrie sie, so laut sie nur konnte: »Aufhören! *Es ist alles Lüge*!« und rannte hinter den Reitern her, so schnell sie nur konnte.

Sie brauchte nicht lange, um sie einzuholen. Die vier Tempelritter hatten die gesamte Einwohnerschaft des Dorfes, die noch lebte, auf dem großen Platz in der Mitte zusammengetrieben. Sie sah, dass einige von ihnen verletzt waren, aber trotzdem machte sich für einen Moment eine wilde, verzweifelte Hoffnung in ihr breit. Vielleicht hatte sich Gero ja geirrt. Vielleicht hatten ihm Schmerzen und Feuerschein etwas vorgegaukelt, was nicht wahr war, und vielleicht...

Ihr Blick tastete verzweifelt über die Gesichter der Menschen, die sich angstvoll in der Mitte des Platzes zusammengedrängt hatten.

Ihre Mutter war nicht darunter.

Ein Gefühl furchtbarer Leere begann sich in ihr auszubreiten. Ihre Mutter war tot. Ihre beste Freundin war tot und so viele andere, die sie gekannt und geliebt hatte, und rings um sie herum ging die Welt, in der sie geboren und aufgewachsen war, in Flammen auf, aber sie empfand nichts von alledem, was sie erwartet hätte. Keinen Schmerz, keinen Zorn, nicht einmal Trauer. Sie fühlte nur Leere, eine schreckliche, kalte Betäubung, als wäre alles in ihr, was einmal menschlich gewesen war, in einem einzigen Moment gestorben. Beinahe teilnahmslos sah sie zu, was weiter geschah.

Was immer die Tempelritter mit den Dorfbewohnern vorgehabt hatten, sie kamen nicht mehr dazu, denn die drei anderen Reiter hatten ihre Tiere zwischen sie und ihre Opfer gelenkt und drohend die Waffen erhoben. Dass die Tempelritter nicht nur besser bewaffnet, sondern auch in der Überzahl waren, schien sie nicht zu beeindrucken.

»Was geht hier vor?«, fragte der Blonde kalt. Obwohl seine Stimme nur dumpf unter dem geschlossenen Visier seines Helmes hervordrang, erkannte Robin sie zweifelsfrei wieder – ebenso wie die des Narbigen, als er in rüdem Ton antwortete:

»Nichts, was Euch anginge, Gernot von Elmstatt. Mischt Euch nicht in unsere Angelegenheiten!«

»Eure Angelegenheiten?« Robin glaubte Gernots hämisches Grinsen regelrecht zu hören. Plötzlich wusste sie auch, wieso ihr das Gesicht des blond gelockten Ritters so bekannt vorgekommen war. Sie hatte ihn tatsächlich noch nie gesehen, wohl aber seinen Vater, Gunthar von Elmstatt. Die Familienähnlichkeit war nicht zu übersehen.

»Eure Angelegenheiten?«, fragte Gernot noch einmal, als er keine Antwort bekam, sondern die Tempelritter ihn nur schweigend anstarrten. »Ich glaube nicht, dass es sich um Eure Angelegenheiten handelt, Sire. Dieses Dorf gehört zum Lehen meines Vaters. Was gibt Euch das Recht, seine Bewohner zu erschlagen und seine Häuser anzuzünden?«

»Sie haben einen der unseren erschlagen!«

»Und das gibt Euch das Recht, mit Feuer und Schwert hierher zu kommen und diese braven Leute abzuschlachten wie Vieh?« Gernot schüttelte wütend den Kopf. »Wenn diese Menschen ein Verbrechen begangen haben, dann wendet Euch an ihren Lehnsherrn, meinen Vater – ihm allein obliegt es, Recht zu sprechen!«

»Es handelt sich um eine Angelegenheit der Kirche, nicht weltlicher Gerechtigkeit«, antwortete der Tempelritter kalt. »Ich sage es Euch nur noch ein einziges Mal, Gernot: Mischt Euch nicht ein, oder...«

»Oder?«, fragte Gernot lauernd.

»Oder tragt die Konsequenzen«, führte der Templer seinen begonnenen Satz zu Ende.

Gernot wollte antworten, aber der Reiter zu seiner Linken kam ihm zuvor: »Ihr wagt es, meinen Bruder zu bedrohen?«, fragte er wütend. »Was erdreistet Ihr Euch, Drohungen gegen einen von Elmstatt auszusprechen?«

Er wollte sein Schwert heben, aber sein Bruder legte ihm rasch und beruhigend die Hand auf den Unterarm und drückte die Waffe herunter. »Lass ihn, Gundolf«, sagte er. »Für einen Tag ist genug Blut geflossen. Sie werden gehen und unser Vater soll entscheiden, was weiter geschieht.«

Der Tempelritter lachte böse. »Wie edel. Man könnte fast glauben, dass Euch dieses Bauernpack wirklich etwas bedeutet.«

»Ihr tätet besser daran, es zu glauben«, sagte Gernot drohend.

»Genug, um Euer Leben für sie einzusetzen?«

Gernot verstand die Herausforderung und er nahm sie an. Er machte eine Geste zu seinen beiden Begleitern, die wohl bedeutete, dass sie sich nicht einmischen sollten, lenkte sein Pferd ein Stück zur Seite und hob herausfordernd sein Schwert.

Der Tempelritter griff, ohne zu zögern, an.

Obwohl der Platz für die beiden Pferde kaum ausreichte, um Anlauf zu nehmen, schien der Boden unter dem Zusammenprall der beiden gewaltigen Schlachtrosse zu erzittern. Funken stoben auf, als die Schwerter der beiden Ritter klirrend aufeinanderprallten. Sowohl Gernot als auch der Templer wankten in ihren Sätteln, drangen aber sofort wieder aufeinander ein. Es war ein Kampf der Giganten, aber er dauerte nicht lange. Gernot und der Tempelherr hatten im Grunde genug damit zu tun, ihre scheuenden Pferde im Zaum zu halten, und tauschten nun drei oder vier wuchtige Hiebe. Dann traf das Schwert des Tempelritters Gernots linken Oberarm und drang durch sein Kettenhemd.

Denk daran, ich will den Arm nach einer Weile wieder benutzen können.

Gernot schrie auf, ließ sein Schwert fallen und schlug die Hand gegen seinen verletzten Oberarm. Blut quoll in einem dicken, zähflüssigen Strom zwischen den Fingern seines Kettenhandschuhes hervor. Er stöhnte, wankte im Sattel und wäre um ein Haar vom Pferd gefallen. Der Schlag war wohl härter gewesen, als er erwartet hatte, oder der Schmerz schlimmer.

Für den Moment war er wehrlos, und wäre der Kampf echt gewesen, hätte der Tempelritter ihn jetzt ohne Probleme aus dem Sattel werfen können oder auch töten. Aber er verzichtete darauf, sondern ließ sein Schwert nur noch einmal wuchtig durch die Luft zischen, um die Klinge vom Blut zu befreien. Dann stieß er sie mit einem verächtlichen Lachen in die lederne Scheide zurück.

»Ihr seid ein tapferer Mann, Gernot von Elmstatt«, sagte er abfällig. »Aber dumm. Bleibt bei Eurem Bauernpack, wenn Ihr es doch so liebt. Ich schenke es Euch!«

Und damit streckte er blitzschnell den Arm aus und stieß Gernot die flache Hand mit solcher Wucht gegen die Brust, dass er rücklings aus dem Sattel kippte und schwer zu Boden fiel.

Gernot schrie auf und riss sein Schwert in die Höhe, aber der Templer drehte nur lachend sein Pferd herum und sprengte davon und seine drei Begleiter folgten ihm nur einen Augenblick später.

»Bleibt hier!«, schrie Gundolf. »Verdammte Feiglinge! Stellt euch zum Kampf!«

Aber die vier Tempelritter waren längst in der Dunkelheit verschwunden.

»Feiglinge!«, heulte Gundolf noch einmal, hieb wütend mit seinem Schwert in die leere Luft und ließ die Zügel knallen, so dass sein Pferd sich mit einem erschrockenen Sprung in Bewegung setzte.

»Gundolf!«, keuchte Gernot. »Nicht! Komm zurück! Komm zurück!«

Die beiden letzten Worte hatte er geschrien, doch sein Bruder hatte sie wahrscheinlich gar nicht mehr gehört. Die trommelnden Hufschläge seines Pferdes verklangen rasch in der Nacht und Gernot richtete sich mit einem Fluch auf und zerrte sich den Helm vom Kopf. Sein Gesicht war schweißüberströmt, aber so bleich wie das eines Toten.

»Otto!«, befahl er. »Hol diesen jungen Narren zurück, bevor er sich selbst umbringt!«

Gernots verbliebener Begleiter – auch er trug Kettenhemd, Schild und einen Helm mit geschlossenem Visier, das sein Gesicht vollkommen verbarg – stieß sein Schwert in den Gürtel zurück und ließ sein Pferd antraben. Gernot richtete sich keuchend weiter auf, machte einen taumelnden Schritt und wäre um ein Haar wieder gestürzt. Seine Augen waren trüb vor Schmerz, und als er die Hand herunternahm, konnte Robin die klaffende, bis auf die Knochen reichende Wunde in seinem Oberarm erkennen. Der vermeintliche Tempelritter hatte seine eigene Kraft wohl unterschätzt. Nur eine Winzigkeit mehr und er hätte Gernot den Arm glatt abgehauen.

»Ein Tuch, Kind«, murmelte Gernot. »Bring mir ein Tuch. Und etwas zum ... Abbinden.«

Robin starrte ihn an. Sie bewegte sich nicht und sie empfand auch immer noch nichts. Sie hätte diesen Mann hassen sollen. Sie hätte ihn hassen *müssen*, denn er trug die Schuld am Tod ihrer Mutter und aller anderen. Wie viele ihrer Freunde waren an diesem Abend gestorben? Fünf? Zehn? Ja, sie hätte ihn hassen müssen, aber sie empfand noch immer rein gar nichts. In ihr war immer noch diese schreckliche, kalte Leere, die vielleicht nie wieder weichen würde.

Ihr Blick bohrte sich noch für die Dauer eines weiteren, schweren Herzschlages in den Gernots, dann drehte sie sich herum und ging langsam davon.

KAPITEL 9

Zeit hatte für die Menschen im Dorf noch niemals viel bedeutet. Die Leute draußen in den Städten und Burgen und Gehöften mochten ihr Verstreichen in Stunden messen, in Minuten und vielleicht sogar Sekunden, aber hier hatten allenfalls Tageszeiten gegolten, darüber hinaus nur die Jahreszeiten.

Nun schien sie ihre Bedeutung vollends verloren zu haben.

Robin saß seit Stunden im Gras und starrte die Ruine ihres niedergebrannten Hauses an. Es mussten Stunden sein, denn es war den Dorfbewohnern mittlerweile gelungen, die meisten Brände zu löschen und ein Übergreifen des Feuers auf den Rest der Ortschaft zu verhindern. Nur Robins Heim und die beiden benachbarten Häuser waren vollkommen zerstört worden, alle anderen Brände waren gelöscht oder zumindest so weit eingedämmt worden, dass nicht mehr die Gefahr bestand, dass sie erneut aufflackerten. Eine Zeit lang war es sehr laut und hektisch ringsum geworden. Überall waren Menschen gewesen, die verzweifelt gegen die Flammen ankämpften, Wasser in die brennenden Gebäude gossen oder die Flammen mit Decken oder Sand zu ersticken versuchten, vor Schmerz schrien, wenn sie sich verbrannten und sich gegenseitig Warnungen zuschrien.

Später dann, als der Kampf gegen das Feuer gewonnen schien, war es etwas ruhiger geworden und nun hatten die Menschen damit begonnen, die Toten wegzuschaffen. Robin war ein paarmal angesprochen worden, aber sie hatte nicht reagiert und sie wusste nicht einmal, von wem (obwohl sie sich schemenhaft zu erinnern glaubte, dass es einmal sogar Gernot von Elmstatt gewesen war). Schließlich hatten die anderen wohl begriffen, dass sie in ihrem Schmerz einfach allein sein wollte.

Stunden, Minuten, vielleicht die ganze Nacht... sie wusste nicht, wie lange sie schon hier saß und aus blicklosen Augen auf das starrte, was von ihrem Geburtshaus übrig geblieben war. Das Dach und eine der Wände waren verschwunden, als hätten sie sich in der immensen Hitze einfach aufgelöst, und die stehen gebliebenen Wände waren zu geschwärzten Ruinen zusammengesackt. Hier und da glühte es noch und manchmal ertönte ein scharfes Knacken und ein glühender Funkenschauer erhob sich in die Luft.

Robin sah es kaum. So wenig, wie sie das Verstreichen der Zeit registrierte, so wenig sah sie die Einzelheiten der Zerstörung. Sie saß reglos da, umklammerte ihre an den Leib gezogenen Knie mit den Händen und wartete darauf, dass der Schmerz kam. Er kam nicht. Die Betäubung, von der sie gehofft hatte, dass sie irgendwann einmal vergehen würde, hielt noch immer an. Vielleicht würde sie nie wieder imstande sein, irgendetwas anderes zu spüren als diese schreckliche, alles verschlingende Leere. Warum konnte sie nicht einfach sterben?

Sie hörte Schritte, dann das Rascheln von Stoff und jemand setzte sich ächzend neben sie ins Gras. Robin ließ noch einige Augenblicke verstreichen, ehe sie langsam den Kopf drehte. Die alte Janna. Seltsam – sie hatte wie ganz selbstverständlich angenommen, dass sie tot sein müsse. Aber sie schien nicht einmal verletzt. Sie hatte zwar Blut im Gesicht, aber Robin sah auch sofort, dass es nicht ihr eigenes war.

Janna schien darauf zu warten, dass sie etwas sagte, aber Robin blickte sie nur einen kurzen Moment lang ausdruckslos an und starrte dann wieder zur Ruine hin.

Nach einer Weile sagte Janna leise: »Ich weiß nicht, ob es ein Trost für dich ist. Aber sie hat nicht gelitten.«

Robin begriff im ersten Moment nicht einmal, was die alte Frau überhaupt meinte. Nicht nur all ihre Gefühle waren erloschen, auch ihre Gedanken bewegten sich sonderbar träge und schwerfällig. »Wer?«

»Deine Mutter«, antwortete Janna. »Sie war die Erste, die die Tempelritter erschlagen haben, einfach so. Sie kamen ins

Dorf geritten, zogen ihre Schwerter und haben sie und Carla erschlagen, ohne auch nur ein einziges Wort zu sagen. Ich glaube, sie haben es nur getan, weil sie einfach die Ersten waren, die ihren Weg kreuzten.«

Jannas Stimme war sehr leise, fast nur ein Flüstern, aber auch voller Bitterkeit. Der Schmerz, den Robin in sich selbst vermisste, war überdeutlich darin zu hören.

»Warum ... kann ich nicht weinen?«, fragte Robin stockend.

»Die Tränen werden kommen«, antwortete Janna. »Später.«

»Aber ich fühle ... *gar nichts*«, sagte Robin. »Mutter ist tot. Carla und Gero und so viele andere. Aber da ist ... gar nichts.«

»Und deshalb machst du dir Vorwürfe«, sagte Janna nickend. »Aber das ist ganz normal, glaub mir.«

»Dass ich keine Trauer empfinde?«

»Oh, du empfindest Trauer«, behauptete Janna. »So viel Trauer, dass du dir selbst nicht gestattest, sie in ihrer ganzen Tiefe zu spüren, weil dein Verstand daran zerbrechen würde.«

Robin sah sie fragend an. »Ist das denn immer so?«

»Nein«, antwortete Janna. »Nur wenn der Schmerz zu schlimm ist, und auch nicht bei jedem. Ein jeder hat seine eigene Art, damit fertig zu werden, weißt du? Manche fressen es in sich hinein und werden bitter und böse. Andere zerbrechen daran. Mach dir keine Sorgen. Es liegt nicht daran, dass du herzlos wärest. Die Trauer wird kommen. Später. Und dann die Wut und der Zorn.«

Sie wollte nach Robins Hand greifen, aber Robin zog ihren Arm zurück und Janna beließ es bei einem Achselzucken.

»Die Mörder werden bezahlen«, fuhr sie fort. »Wir sind vielleicht nur einfache Leute, deren Leben nicht viel zählt, aber Freiherr von Elmstatt ist ein gerechter Mann. Er wird dieses Verbrechen nicht auf sich beruhen lassen.«

»Er wird gar nichts tun«, sagte Robin leise.

»Du tust ihm Unrecht, Kind«, beharrte Janna. »Er ist ein harter Mann, der selten Gnade vor Recht ergehen lässt, das ist wohl wahr. Aber gerade deshalb wird dieses Verbrechen nicht ungesühnt bleiben. Seine Söhne haben ihr Leben riskiert, um uns zu beschützen.«

»Es ist alles Lüge«, murmelte Robin.

Janna sah sie verständnislos an. »*Was* ist Lüge?«

»Alles«, antwortete Robin. »Der Überfall, der Kampf. Es war alles abgesprochen. Ich wusste, dass Gernot am linken Arm verletzt werden würde.«

»Wie hättest du das wissen können?«, fragte Janna. Ihre Stimme klang beunruhigt, aber vielleicht aus einem anderen Grund, als Robin annahm. Ihre alten Augen wirkten plötzlich sehr wach.

»Weil ich sie belauscht habe«, antwortete Robin. »Ich war draußen bei der Kapelle. Gernot und die Tempelritter haben sich dort getroffen und alles abgesprochen. Sie haben einen Toten dort hingelegt, aber ich weiß nicht, warum.«

Janna seufzte. Sie sagte nichts, aber Robin war natürlich klar, dass sie ihr nicht glaubte. Sie war nur ein junges Mädchen, dessen Wort gegen das eines Adligen stehen würde. Bestenfalls würden sie denken, dass der Schmerz über den Verlust ihrer Mutter ihr den Verstand verwirrt hatte. Vermutlich dachte Janna dasselbe.

Sie sagte auch nach einer Weile nichts, aber plötzlich spürte Robin eine Berührung und Janna sank schwer gegen ihre Schulter. Ganz instinktiv fing sie sie auf, ließ die alte Frau behutsam zu Boden sinken und keuchte vor Schrecken, als etwas Warmes, Klebriges über ihre Finger lief. Jannas Augen waren weit geöffnet, aber es war kein Leben mehr darin. Jemand hatte ihr die Kehle durchgeschnitten.

Ein Schatten beugte sich über sie. Robin sah erschrocken hoch und blickte in ein bärtiges, von einer auffälligen Narbe entstelltes Gesicht.

»Also hatte Gernot doch Recht«, sagte der Tempelritter kopfschüttelnd. »Du hast uns belauscht. Du hast alles gehört und gesehen.« Er seufzte. »Weißt du denn nicht, dass Neugier eine schwere Sünde ist, mein Kind?«

Robin sah den Schlag nicht einmal kommen, mit dem die gepanzerte Faust des Tempelritters ihre Schläfe traf und ihr Bewusstsein auslöschte.

KAPITEL 10

Sie erwachte mit hämmernden Kopfschmerzen und einem Gefühl der Übelkeit, das wie mit glühenden Klauen in ihren Eingeweiden wühlte und langsam ihre Kehle hinaufzukriechen begann.

Robin lag bäuchlings über einem Pferderücken. Das Pferd bewegte sich über offensichtlich unebenen Boden und das rhythmische Schaukeln ließ die Übelkeit in ihren Gedärmen noch schlimmer werden. Sie kämpfte noch einen Moment vergeblich dagegen an, dann übergab sie sich mit einem qualvollen Würgen und eine eindeutig amüsierte Stimme in ihrer unmittelbaren Nähe sagte: »Ich glaube, unser Gast ist wach.«

Raues Gelächter antwortete darauf. Robin würgte noch ein wenig bittere Galle hervor, aber in ihrem Magen war jetzt nichts mehr, was sie noch von sich geben konnte. Die Übelkeit war immer noch da, nun aber nicht mehr so schlimm. Sie stöhnte leise und wollte sich ein wenig aufrichten, bekam aber sofort eine solche Kopfnuss verpasst, dass sie um ein Haar wieder das Bewusstsein verloren hätte.

»Rühr dich nicht«, sagte eine drohende Stimme, »oder ich schneide dir gleich den Hals ab!«

»Sei nicht so grob, Otto«, mischte sich eine andere Stimme ein. »Wir müssen ihn noch befragen. Tote reden nicht viel... Es wird ohnehin Zeit für eine Rast... Reitet zu den Bäumen dort drüben.«

Robin wagte es nicht, noch einmal den Kopf zu heben, aber sie öffnete vorsichtig die Augen. Sie sah nichts als mit Gras bewachsenen Boden, der gleichmäßig unter ihnen entlang zog, aber sie stellte immerhin fest, dass es bereits wieder zu dämmern begonnen hatte. Sie mussten die ganze Nacht unterwegs gewesen sein.

Nach einigen Augenblicken hielten die Pferde an. Sie konnte hören, wie der Reiter hinter ihr aus dem Sattel stieg, und erwartete, nun ebenfalls vom Rücken des Pferdes gehoben zu werden. Der Mann tat jedoch nichts dergleichen, sondern griff nach ihrem Handgelenk und zerrte so kräftig daran, dass sie vom Pferd fiel und kopfüber im Gras landete. Instinktiv spannte sie alle Muskeln an, um den Aufprall abzufedern, aber er war trotzdem so hart, dass ihr für einen Moment schon wieder schwarz vor Augen wurde.

Das Erste, was sie sah, als sich ihr Blick wieder klärte, war eine ganz in mattes Silber und fließendes Weiß gehüllte Gestalt, die riesig und drohend über ihr emporragte. Es war der Narbige. Sein Blick taxierte kalt Robins Gesicht. Als er zu dem Schluss zu kommen schien, dass sie bei Bewusstsein und klarem Verstand war, beugte er sich vor, grub seine in Eisen gehüllte Hand in ihre Schulter und riss sie so grob in die Höhe, dass sie einen halblauten Schmerzensschrei ausstieß. Fast schon brutal drehte er sie herum und versetzte ihr einen weiteren Stoß mit der flachen Hand zwischen die Schulterblätter, der sie ungeschickt auf den Baum zutorkeln ließ, unter dessen überhängenden Ästen sie angehalten hatten. Es war eine mächtige Ulme, deren Stamm so gewaltig war, dass vermutlich nicht einmal drei Männer mit ausgestreckten Armen sie hätten umfassen können. Ihre Krone war groß genug, ihnen allen Schutz zu bieten, und die weit ausladenden Äste berührten hier und da fast den Boden. Ein ausgezeichnet gewähltes Versteck. Im noch schwachen Licht der Dämmerung konnte ein eventueller Verfolger selbst in unmittelbarer Nähe daran vorbeireiten, ohne sie auch nur zu sehen.

Die Männer schienen sich jedoch keine Sorgen um irgendwelche Verfolger zu machen. Sie waren alles andere als leise, unterhielten sich laut und lachten sogar, was Robin geradezu obszön vorkam nach dem Gemetzel, das sie erst vor wenigen Stunden angerichtet hatten.

Während der Kreuzritter sie grob auf den Baumstamm zustieß, sah sich Robin unauffällig um. Sie befanden sich eindeutig nicht mehr in der Umgebung des Dorfes, aber die Gegend war auch nicht menschenleer. Irgendwo, sehr weit im Norden, gewahrte sie das rote Funkeln eines Feuers, vielleicht ein erleuchtetes Fenster, vielleicht auch ein größeres Feuer, das nur weiter entfernt war. Im Osten begann ein verwaschener heller Umriss aus der Dämmerung aufzutauchen, ein Gut oder vielleicht auch ein sehr großer Bauernhof, der von einem überproportional hohen Turm überragt wurde. Er war vielleicht eine halbe Meile entfernt, vielleicht auch viel weiter; das graue Zwielicht machte es schwer, Entfernungen zu schätzen. In dem Gebäude brannte kein Licht.

Sie hatten den Baum erreicht. Der Templer machte eine drohende Geste. »Du wartest hier«, sagte er. »Rühr dich nicht von der Stelle.«

Damit drehte er sich einfach um und ließ sie stehen, um zu seinen Kameraden zurückzugehen. Die Gleichgültigkeit, mit der die Männer sie behandelten, verblüffte Robin im ersten Moment – bis sie begriff, dass sie sich deshalb wohl eher Sorgen machen sollte. Wenn ihr eines klar war, dann das, dass diese Männer *gefährlich* waren. Sie ließen nicht zu, dass ihnen jemand in die Quere kam – und wenn, dann brachten sie ihn kaltblütig um.

Mit klopfendem Herzen sah sie zu den gepanzerten Gestalten hin. Sie waren zu weit entfernt, als dass sie verstehen konnte, was sie redeten, aber sie sah an ihren Gesten, dass sie offenbar hitzig miteinander debattierten, und ihre Stimmen wurden manchmal lauter und klangen eindeutig verärgert. Vielleicht, dachte Robin verzweifelt, konnten sie sich nicht einigen, auf welche Weise sie sie umbringen sollten.

Sie sah wieder zu dem weißen Schemen hinüber. Der Hof war vielleicht doch näher, als sie im allerersten Moment geglaubt hatte. Vielleicht nahe genug, dass man sie hören würde, wenn sie nur laut genug schrie.

Sie verwarf den Gedanken fast sofort wieder; ebenso wie den, alles auf eine Karte zu setzen und einfach loszurennen. Beides hätte ihren sicheren Tod bedeutet. Wie wenig diesen Männern ein Menschenleben bedeutete, hatte sie ja mit eigenen Augen gesehen.

Die Männer stritten noch eine Weile miteinander, dann wandten sich zwei von ihnen um und kamen mit gemächlichen Schritten auf sie zu – es waren Otto und Gernot, der Sohn des Lehnsherren. Er trug die linke Hand jetzt in einer improvisierten Schlinge. Ein durchgebluteter Verband zierte seinen Oberarm und als er näher kam, sah Robin, dass sein Gesicht noch immer kreidebleich war.

»Nun zu dir«, begann er übergangslos. »Wie ist dein Name?«

»Robin«, antwortete sie. Sie senkte den Blick und fügte hinzu: »Herr.«

»Robin, so.« Gernot runzelte die Stirn. »Ein ungewöhnlicher Name... aber sei's drum. Und sieh mich gefälligst an, wenn ich mit dir rede!«

Robin hob gehorsam den Kopf und sah Gernot ins Gesicht. Sie hatte Angst, aber es fiel ihr kein bisschen schwer, Gernots Blick standzuhalten. In den dunklen Augen des Ritters war etwas, das ihre schlimmsten Befürchtungen bestätigte. Sie wusste, dass dieser Mann sie töten würde.

»Ich weiß nicht genau, was ich mit dir anfangen soll, Robin«, fuhr Gernot fort. »Du hast uns belauscht, nicht wahr? Ich meine: Du warst draußen bei der kleinen Kirche, als wir uns dort getroffen haben. Du kannst es ruhig zugeben – wir wissen es sowieso. Du hattest Gundolfs Pferd, als du ins Dorf gekommen bist.«

Robin nickte stumm.

»Du musst keine Angst haben«, fuhr Gernot fort, aber der Ausdruck in seinen Augen sagte das genaue Gegenteil. »Es ist nicht schlimm, dass du uns belauscht hast. Kinder sind nun einmal neugierig.«

»Was hattest du dort draußen zu suchen?«, fragte Otto.

»Ich... ich habe nur Blumen auf Helles Grab gelegt«, antwortete Robin stockend. »Ich wollte Euch nicht belauschen, wirklich. Ich wollte gerade wieder gehen, aber dann habe ich Euch gesehen und... und Angst bekommen. Ich habe mich in der Kapelle versteckt.«

»Und uns ausspioniert«, fügte Otto hinzu. Er senkte die Hand auf das Schwert und trat einen halben Schritt auf sie zu, aber Gernot hob rasch die Hand.

»Nicht, Otto«, sagte er. »Du erschreckst ihn nur. Ich glaube nicht, dass das nötig ist. Robin scheint mir ein ganz vernünftiger Bursche zu sein.« Er sah Robin durchdringend an und für einen kurzen Moment erschien sogar so etwas wie ein Lächeln auf seinem Gesicht. Es hätte Robin nicht einmal überzeugt, wenn sie nicht gewusst hätte, was er kurz zuvor getan hatte. »Das bist du doch, oder?«

»Ja«, antwortete Robin. »Ich ... ich sage die Wahrheit.«

»Dann hast du auch nichts zu befürchten«, behauptete Gernot. »Aber du musst verstehen, wie wichtig es für uns ist, zu entscheiden, ob wir dir glauben können oder nicht. Wenn du lügst, dann ...«

»Dann werdet Ihr mich töten«, fügte Robin den begonnenen Satz zu Ende. »So wie Janna und die anderen.«

Gernot schwieg und nach einigen schweren Herzschlägen fügte Robin hinzu: »Warum habt Ihr das gemacht? Sie hat niemandem etwas getan. Und die anderen auch nicht!«

Gernot seufzte. Er wurde nicht zornig, wie sie im ersten Moment fast befürchtet hatte, sondern senkte für einen Augenblick den Kopf und sah zu Boden. Als er sie wieder anblickte, lächelte er traurig. »Das glaube ich dir sogar, Kind«, sagte er. »Aber so ist das nun einmal. Manchmal müssen Menschen sterben, obwohl sie unschuldig sind. Glaube nicht, dass es uns leicht gefallen ist. Ihr Tod lastet schwer auf unserem Gewissen.«

Robin bezweifelte, dass Gernot so etwas wie ein Gewissen hatte. Aber sie hütete sich natürlich, das laut auszusprechen. Wider besseren Wissens hatte sie immer noch die verzweifelte Hoffnung, diesen Morgen vielleicht doch noch zu überleben: Wenn sie Gernot nur davon überzeugen konnte, ein naives kleines Kind zu sein.

»Warum?«, fragte sie.

»Davon verstehst du nichts, Robin«, sagte er. »Das ist Politik.«

»Politik?« Diesmal musste sie nicht so tun, als verstünde sie nicht, was dieses Wort bedeutete.

»Es ist kompliziert«, seufzte Gernot. »Selbst ich verstehe es nicht immer. Aber es ist nun einmal so.«

»Und deshalb werdet Ihr mich auch töten.«

»Nicht, wenn du uns die Wahrheit sagst«, antwortete Gernot ernst. »Es macht uns keinen Spaß, Menschen zu töten, Robin. Wir haben getan, was getan werden musste, aber wir hatten gewiss keine Freude daran.«

Vielleicht sagte er sogar die Wahrheit, dachte Robin, von seinem eigenen, verschrobenen Standpunkt aus. Aber was für ihn galt, das traf auf Otto ganz gewiss nicht zu. Der vermeintliche Tempelritter war ein durch und durch böser Mann, dem es Freude bereitete zu töten und vielleicht noch größere Freude, anderen Schmerzen zu bereiten.

»Du hast diese alte Frau gemocht, nicht wahr?«, fragte Gernot.

»Janna?« Robin schüttelte heftig den Kopf. »Sie war eine alte Hexe. Niemand im Dorf hat sie gemocht. Alle haben nur darauf gewartet, dass sie stirbt.«

»Aber die anderen, die getötet wurden«, fuhr Gernot fort. »Es waren doch bestimmt Freunde von dir darunter oder Verwandte.«

»Ich habe keine Freunde«, log Robin. »Und auch keine Verwandten. Meine Eltern sind vor drei Jahren gestorben.«

Gernot tauschte einen langen, nachdenklichen Blick mit Otto. Robin hoffte, dass sie nicht zu dick aufgetragen hatte. Aber ein einziger Blick in Ottos Augen machte ihr klar, dass das überhaupt keine Rolle spielte.

»Mit wem hast du gesprochen?«, wollte Gernot wissen. »Wem außer der alten Frau hast du von dem erzählt, was du gehört und gesehen hast?«

»Niemandem«, sagte Robin. »Wirklich, ich sage die Wahrheit! Ich ... ich wollte es, ja. Ich habe das Pferd genommen und bin ins Dorf zurückgeritten, um alle zu warnen, aber es war schon zu spät. Ihr ... Ihr habt mich doch selbst gesehen! Ihr habt mich gerettet, als der Tempelherr Gero erschlagen hat!«

»Zum Ende des Kampfes hin, ja«, sagte Gernot. »Aber was war danach? Du hattest genug Zeit, um mit anderen zu reden. Ich muss wissen, ob du es getan hast!«

»Nein!«, versicherte Robin. »Ich habe mit niemandem gesprochen, wirklich! Ich ... ich schwöre es!«

Gernot seufzte. »Ich würde dir gerne glauben, Robin. Aber wie kann ich das?« Er drehte sich halb herum und sah Otto an und der Tempelritter schlug so schnell zu, dass Robin es nicht einmal sah.

Diesmal zielte er nicht nach ihrem Gesicht. Seine Faust bohrte sich in ihren Magen, trieb ihr den Atem aus den Lungen und ließ einen dumpfen, grausamen Schmerz in ihren Eingeweiden explodieren. Robin krümmte sich, fiel auf die Knie und schlug die Hände vor den Leib. Sie konnte nicht einmal schreien, denn sie bekam keine Luft mehr.

Otto riss sie an den Haaren in die Höhe und schlug ihr so hart mit dem Handrücken ins Gesicht, dass sein Kettenhandschuh ihre Wange aufriss. Robin öffnete den Mund zu einem verzweifelten Schrei, bekam aber immer noch keinen Laut heraus. Vielleicht würde sie jetzt sterben. Vielleicht hatte Ottos Hieb etwas in ihr zerbrochen und sie würde einfach ersticken.

»Und jetzt wirst du uns die Wahrheit sagen, Bursche!«, sagte Otto. »Mit wem hast du gesprochen und was hast du ihm erzählt?« Um seinen Worten noch mehr Nachdruck zu verleihen, schlug er ihr noch einmal ins Gesicht und Robin verlor beinahe das Bewusstsein. Sie sank gegen den Baum und wäre in die Knie gegangen, hätte Otto nicht die Hand in ihr Kleid gekrallt und sie festgehalten.

»Ich will mich ja nicht einmischen, Otto«, sagte Gernot. »Aber wie soll er antworten, wenn du ihm den Atem aus dem Leib prügelst?«

»Er wird schon noch genug Luft bekommen«, sagte Otto. »Und wenn nicht ...« Er brach plötzlich und mitten im Satz ab, runzelte die Stirn und blickte seine eigene Hand an, die Robin gegen den Baumstamm presste. Dann hob er auch die andere Hand, griff mit ihr in den Ausschnitt ihres Gewands und riss es mit einer einzigen Bewegung bis zum Bauchnabel hinab auf.

»Na, so eine Überraschung – unser kleiner Junge ist ein kleines Mädchen. Und ein recht ansehnliches außerdem«, fügte er mit einem anzüglichen Grinsen hinzu.

Gernot runzelte die Stirn. »Das überzeugt mich nicht unbedingt von deiner Ehrlichkeit, Robin«, sagte er.

»Aber ich sage die Wahrheit!«, keuchte Robin. »Wirklich! Ich ... ich habe nichts gesagt, weil ich so große Angst hatte!«

Otto schlug sie wieder und noch härter. Ihre Nase begann zu bluten. »Du sollst uns jetzt endlich die Wahrheit sagen!«, herrschte er sie an. »Mit wem hast du gesprochen? Wer in deinem Dorf weiß von uns?«

»Niemand!«, wimmerte Robin. »Ich schwöre es! Ich …«

Sie brach mit einem Schrei ab, als Ottos eisenbehandschuhte Hand ihre linke Brust ergriff und mit grausamer Kraft zusammenpresste.

»Sag uns jetzt die Wahrheit oder es wird schlimmer«, sagte Otto kalt.

»Aber ich sage die Wahrheit«, wimmerte Robin. Tränen des Schmerzes liefen über ihr Gesicht. »Wirklich! Ihr müsst mir glauben!«

Der Schmerz war unbeschreiblich. Otto drückte mit so gewaltiger Kraft zu, dass sie meinte, ihre Brust würde in Stücke gerissen. Nie zuvor hatte sie so entsetzliche Schmerzen erlitten. Ihr wurde schwarz vor Augen und das Nächste, was sie wahrnahm, war, dass Otto sie wieder brutal gegen den Baumstamm stieß.

»Lass es gut sein, Otto«, sagte Gernot. »Ich glaube, sie sagt die Wahrheit.«

»Und wenn nicht?« Otto grunzte. »Wir sollten zurückreiten und auch noch den Rest von diesem Bauernpack umbringen!«

»Das wäre nicht opportun«, sagte Gernot. »Wir brauchen sie noch. Außerdem: Wer würde ihr schon glauben? Mein Wort gegen das eines kleinen Bauernmädchens. Hör auf, sie zu quälen. Wir reiten weiter.«

Otto zuckte mit den Schultern. Er wirkte enttäuscht. Er schlug Robin nicht noch einmal, aber seine Hand blieb weiter auf ihrer Brust liegen; wenn jetzt auch, ohne ihr Schmerzen zuzufügen.

»Sie ist wirklich ein hübsches Kind«, sagte er mit einem anzüglichen Grinsen. »Vielleicht noch ein bisschen jung, aber trotzdem ganz ansehnlich.«

»Beherrsche dich, Otto«, sagte Gernot streng. »Für so etwas ist jetzt keine Zeit. Wir müssen weiter. Es wird bald hell.«

»Schade«, sagte der Tempelritter. Das Bedauern in seiner Stimme klang durchaus echt.

»Ich schenke dir zehn davon, wenn unser Plan erst einmal aufgegangen ist. Jetzt beeile dich. Schneid ihr die Kehle durch!«

Robin bäumte sich entsetzt auf und begann mit verzweifelter Kraft auf Otto einzuschlagen und zu treten, aber der Tempelritter lachte nur. Sie wollte schreien, aber Otto legte ihr lachend eine riesenhafte, eisenverhüllte Hand auf den Mund und presste sie gegen den Baumstamm. Gleichzeitig griff er mit der anderen Hand nach unten und zog einen Dolch aus dem Gürtel. Robin mobilisierte noch einmal alle Kräfte, rammte dem Tempelritter das Knie zwischen die Beine und fuhr ihm mit den Fingernägeln durchs Gesicht.

Das Ergebnis war weniger spektakulär, als sie gehofft hatte. Otto taumelte zwar mit einem schmerzhaften Grunzen einen halben Schritt zurück und nahm auch die Hand von ihrem Mund, griff aber sofort wieder zu und drehte Robin brutal den Arm auf den Rücken, als sie davonstürzen wollte. Sie hatte ihm ein paar üble Kratzer auf Stirn und Wange beigebracht. Blut lief über sein Gesicht. Aber er lachte nur.

»Kleine Wildkatze! Schade, dass du keine Gelegenheit hast, noch ein bisschen älter zu werden. Wir beide hätten bestimmt eine Menge Spaß miteinander.«

Robin schrie. Otto drängte sie mit seinem eigenen Körper so fest gegen den Baum, dass sie keine Gelegenheit hatte, noch einmal nach ihm zu treten, näherte sein Gesicht dem ihren und erstickte ihren Schrei mit einem brutalen Kuss. Mit der anderen Hand hob er den Dolch und zog die Klinge mit einer raschen Bewegung durch Robins Kehle.

Es tat nicht einmal besonders weh. Robin begriff im allerersten Moment nicht einmal, was geschah – sie fühlte nur die Berührung von kaltem Eisen und dann ein sanftes Brennen, keinesfalls einen so grausamen Schmerz, wie sie ihn erwartet hätte. Aber plötzlich lief etwas Warmes, Zähflüssiges ihre Kehle hinunter, und sie bekam keine Luft mehr und dann füllte sich ihr Mund mit ihrem eigenen, salzig schmeckenden Blut.

Otto presste seine Lippen noch für einige weitere Augenblicke auf ihren Mund, dann trat er lachend zurück, ließ endlich Robins Arm los und fuhr sich mit dem Handrücken über die Lippen. Sie waren rot von Robins Blut. Er sagte irgendetwas, aber sie verstand ihn nicht mehr. In ihren Ohren war plötzlich ein immer lauter und lauter werdendes Dröhnen und Rauschen, das jeden anderen Laut verschluckte und immer noch weiter zunahm.

Mit letzter Kraft schlug sie die Hände gegen den Hals. Warmes, klebriges Blut quoll in einem breiten Strom zwischen ihren Fingern hindurch und dasselbe Blut lief in ihre Kehle hinein und versuchte, sie zu ersticken. Sie wollte schreien, wenigstens einen einzigen, allerletzten Atemzug tun, aber sie konnte nichts von alledem. Blut und roter, blasiger Schaum traten über ihre Lippen. Otto drehte sich langsam herum und ging davon, aber sie sah ihn nur noch als verzerrten Schemen, der ständig seine Form zu verändern schien und schließlich ganz verschwand. Das also war der Tod. Sie hatte ihn sich anders vorgestellt; schmerzhafter, schlimmer, vor allem aber *schneller*. Wieso dauerte es so lange?

Sie fiel jetzt langsam nach vorne. Etwas in ihr klammerte sich noch immer mit verzweifelter Kraft an den erlöschenden Lebensfunken, denn sie löste die linke Hand vom Hals und fing den begonnenen Sturz auf. Immer verzweifelter versuchte sie zu atmen, und für einen winzigen Moment war es ihr fast, als füllten sich ihre Lungen mit kostbarer, unendlich süßer Luft.

Aber es war nur ein verzweifelter Wunsch, nichts als kindlicher Trotz, der sich selbst gegen das Unausweichliche noch auflehnte.

Sie konnte nicht atmen.

Ihr Arm gab unter dem Gewicht ihres Körpers nach und sie fiel endgültig nach vorne.

Alles wurde warm. Eine große Dunkelheit begann von ihren Gedanken Besitz zu ergreifen. Robin rollte auf die Seite. Ihr letzter, fast absurder Gedanke war, dass sie wenigstens noch einmal den Himmel über sich sehen wollte, ehe sie starb. Aber über ihr war kein Himmel, nur das lichte Blätterdach der Ulme.

Die Welt rings um sie herum erlosch.

Es begann eine Zeit der Pein. Es war kein körperlicher Schmerz – das auch, aber er war, obgleich schlimm, seltsam unwirklich, als wäre es gar nicht wirklich sie, die ihn fühlte –, sondern etwas viel, viel Schlimmeres, eine Qual, die ihre Seele heimsuchte und die entsetzlicher war als alles, was sie sich jemals hatte vorstellen können. In den wenigen Augenblicken, in denen sie nicht mehr als ein bloßer Lebensfunke war, der in einem Ozean reiner Qual trieb, wurde ihr plötzlich erschreckend klar, dass sie sich wohl im Fegefeuer befinden musste, jenem Vorhof der Hölle, von dem die alte Janna so oft gesprochen und mit dem ihre Mutter ihr manchmal (aber nicht im Ernst) gedroht hatte. Dieser schreckliche Ort konnte nicht der Himmel sein und sie hatte in ihrem kurzen Leben nichts getan, was schlimm genug gewesen wäre, sie zu ewiger Verdammnis in der Hölle zu verurteilen. Aber sie war tot. Otto hatte ihr die Kehle durchgeschnitten, und wenn dieser Ort weder der Himmel noch die Hölle war, dann musste es zwangsläufig das Fegefeuer sein.

Trotz aller Schrecken und allen Leids hatte der Gedanke etwas Beruhigendes. Jede Sekunde, die sie existierte, war pure Qual, aber sie wusste nun, dass es nicht für die Ewigkeit war.

Zumindest schien es sich jedoch um einen gut Teil der Ewigkeit zu handeln, denn die Qual nahm kein Ende. Sie wurde von Fieber und Krämpfen geschüttelt und manchmal wachte sie mit dem grauenhaften Gefühl auf, ersticken zu müssen – was vollkommen absurd war, denn sie war schließlich schon tot. Nur manchmal, ganz selten, und in Abständen von Jahren oder auch Jahrhunderten, glaubte sie ein Gesicht zu sehen, das nicht in diesen Vorhof der Hölle zu passen schien. Es war ein junges, fremdartiges Gesicht mit hohen Wangenknochen, kupferfarbener Haut und Augen, in denen sich das Wissen um uralte Geheimnisse mit großer Sanftmut, aber auch mindestens ebenso großer Stärke paarte; ein sehr schönes, aber trotzdem auch sehr männliches Gesicht. Wahrscheinlich das Antlitz eines Engels, der von Zeit zu Zeit vorbeikam, um nachzusehen, ob ihre Seele schon weit genug geläutert war, damit man sie aus dem Fegefeuer entlassen könnte.

Und irgendwann war es dann schließlich so weit. Ihr Bewusstsein klärte sich wieder, aber diesmal fand sie sich nicht am Grunde eines Ozeans aus rotem Schmerz und erstickender Qual wieder, sondern an einem ihr vollkommen unbekannten Ort. Allerdings bezweifelte sie, dass es sich um den Himmel handelte.

Wenn dies das Paradies war, dann war es vollkommen anders, als irgendein Mensch auf der Welt es sich je vorgestellt hatte.

Sie lag auf einem schmalen, nicht besonders bequemen Bett. Aus irgendeinem Grund war sie nicht in der Lage, auch nur einen Muskel zu rühren, geschweige denn den Kopf zu drehen, so dass alles, was sie sah, die Decke über ihr war. Irgendwann einmal musste sie wohl weiß getüncht gewesen sein, aber viele Jahre hatten sie in ein unansehnliches Durcheinander aus Schmutz- und Wasserflecken verwandelt. Es war sehr warm und ein unangenehmer, strenger Geruch lag in der Luft, der Geruch nach Krankheit und menschlichen Ausscheidungen, aber auch nach bitterer Medizin und Kräutern.

Sie hörte Geräusche: ein Klappern und Hantieren, Schritte und das Rascheln von grobem Stoff. Dann eine Stimme: »Ich habe Euch doch gesagt, dass sie heute Morgen wach wird, Bruder. Sie ist erwacht. Aber bitte strengt sie noch nicht zu sehr an. Sie ist noch sehr schwach.«

Schritte näherten sich und sie spürte, wie jemand neben ihr Bett trat, konnte aber nur einen Schatten ganz am Rande ihres Gesichtsfeldes erkennen. Sie versuchte noch einmal und jetzt mit aller Energie, den Kopf zu drehen, aber es war, als wäre sie vollkommen gelähmt. Vielleicht war sie es.

»Es ist ein Wunder«, sagte die Stimme links neben ihr. Sie kam ihr vage bekannt vor, aber sie wusste nicht, woher. »Gott der Herr hat uns wieder einmal seine Allmacht demonstriert und an diesem Menschenkind ein Wunder gewirkt!«

Ein Räuspern, dann sagte die erste, leisere Stimme: »Vielleicht mit ein ganz klein wenig Mithilfe ärztlicher Kunst.«

»Versündigt Euch nicht, Bruder Tobias. Gott der Herr verabscheut Hoffärtigkeit. Und ich auch, nebenbei bemerkt.«

Der Schatten verschwand aus ihrem Augenwinkel. Schritte

umkreisten das Bett, und als die Gestalt auf der anderen Seite in ihr Blickfeld trat, wusste Robin endgültig, dass sie nicht im Himmel war.

Das Gesicht, das unter einem fast kahlen Schädel hervor auf sie herabblickte, gehörte Bruder Abbé. Das hier *konnte* nicht der Himmel sein.

Dabei hatte sie im ersten Moment fast Mühe, ihn überhaupt wiederzuerkennen. Ohne sein Kettenhemd und den weißen Wappenrock wirkte er vollkommen verändert. Er trug nur ein schlichtes, graues Gewand, das an eine Mönchskutte erinnerte, und als einzigen Schmuck ein – allerdings sehr großes – goldenes Kreuz, das an einer ebenfalls goldenen Kette vor seiner Brust hing. Irgendwie war er immer noch eine beeindruckende Erscheinung, nun aber auf eine vollkommen andere Art als zuvor, als sie ihn das erste Mal gesehen hatte.

Bruder Abbé ließ ihr ausreichend Zeit, um sein Gesicht zu betrachten und sich davon zu überzeugen, dass er auch tatsächlich der war, für den sie ihn hielt, dann lächelte er und sagte: »Du siehst richtig, mein Kind. Gottes Wege sind manchmal unergründlich, meinst du nicht auch?«

Sie wollte antworten, aber ihre Stimme versagte ihr ebenso den Gehorsam wie der Rest ihres Körpers. Als sie es trotzdem versuchte, war das einzige Ergebnis ein heftiger Schmerz, der ihre Kehle zu zerreißen schien.

»Versuche nicht zu sprechen, Kind.« Ein zweiter, etwas älterer Mann in einer grauen Mönchskutte erschien neben Bruder Abbé und lächelte sie an. Er hatte ein schmales, fast asketisch wirkendes Gesicht, aber sehr freundliche Augen und schmale Hände, die ständig in Bewegung waren und einen äußerst geschickten Eindruck machten. »Es wäre nicht gut, wenn du dich zu sehr anstrengst.«

»Hör nicht auf Bruder Tobias«, sagte Abbé grinsend. »Er ist ein alter Schwarzseher. Wenn es nach ihm ginge, dann stünde der Jüngste Tag bevor, und zwar *jeden* Tag.«

»Ich sage nur, dass sie sich nicht anstrengen darf«, sagte Tobias beleidigt. »Und schon gar nicht reden.«

»Es wäre aber besser, wenn sie es könnte«, erwiderte Abbé. »Ich meine: Es könnte von einiger Wichtigkeit sein zu erfahren, warum ein Mädchen aus einem Dorf, das einen halben Tagesritt entfernt ist, mit durchgeschnittener Kehle vor den Toren unserer Komturei gefunden wird – neben einem Pferd, das am Tag zuvor von unserer Weide gestohlen wurde.« Er wandte sich wieder direkt an Robin. »Nun, mein Kind? Ich weiß, ich verlange viel, aber vielleicht nur einige winzige Worte?«

Tobias verdrehte die Augen. »Abbé! Sie kann nicht reden, selbst wenn sie es wollte! Es wird Wochen dauern, bis sie wieder sprechen kann. Wenn überhaupt.«

Abbé sah ganz so aus, als wolle er auffahren, aber dann beherrschte er sich mit einiger Mühe und zwang sich sogar wieder zu einem Lächeln. »Also gut, dann versuchen wir es auf eine andere Art. Wenn du mich verstehst, dann schließ einfach die Augen. Einmal für ja, zweimal für nein. Hast du das verstanden?«

Robin blinzelte einmal.

»Wunderbar!« Bruder Abbés Gesicht hellte sich auf. »Dann beantworte mir nur einige wenige Fragen, mein Kind, danach übergebe ich dich wieder in Tobias' Obhut.«

»Zwei«, sagte Tobias. »Nur zwei, danach werdet Ihr sie in Ruhe lassen, Bruder Abbé.«

»Muss ich dich wirklich daran erinnern, wer der Vorsteher der Komturei ist, Tobias?«, seufzte Abbé.

»Ihr, Bruder«, antwortete Tobias mit einem Lächeln, das sich nicht einmal die Mühe machte, irgendetwas anderes als Spott auszudrücken. »Gleich nach Gott – und mir, wenn es dem Herrn in seiner übergroßen Güte gefällt, einen der unseren mit einer Krankheit heimzusuchen, um seinen Glauben auf die Probe zu stellen. Bitte bedenkt, wer Euch einen heilsamen Trank braut, wenn Euch wieder einmal die Galle plagt oder die Winde drücken.« Er seufzte. »Das ist das Problem mit der Heilkunst, Bruder Abbé: Sie ist unberechenbar. Manchmal wirkt meine Medizin, manchmal nicht. Manchmal schmeckt sie süß und manchmal sehr bitter.«

Abbé starrte ihn an. In seinen Augen funkelte etwas, das pure Mordlust sein konnte. Aber er nickte. »Du bist ein gemeiner Erpresser, Tobias. Aber gut – zwei Fragen.« Er drehte sich wieder zu Robin um. »Die Männer, die dir das angetan haben, mein Kind – ich nehme nicht an, dass sie aus deinem Dorf stammen. Hast du sie schon einmal gesehen?«

Robin blinzelte einmal. Das entsprach möglicherweise nicht ganz der Wahrheit, wohl aber dem, was Bruder Abbé meinte. Und sie kannte ja immerhin die Identität von mindestens einem der Männer.

»Gut«, sagte Abbé. »Und würdest du sie wiedererkennen?«

Robin blinzelte erneut, was Abbés Lächeln noch ein wenig zufriedener werden ließ. »Das ist gut«, sagte er. »Und jetzt sag mir, haben sie nur dich überfallen?«

Robin schloss zweimal rasch hintereinander die Augen.

»Dann war es euer ganzes Dorf?«

Ein einzelnes Blinzeln. *Ja.*

»Waren es Räuber?«

Robin schloss zweimal die Augen. Sie war sehr müde. Die Lider wieder zu heben bereitete ihr fühlbare Mühe.

»Das waren jetzt bereits vier Fragen«, sagte Tobias.

»Ich kann selbst zählen«, fuhr ihn Bruder Abbé an. Seine Stimme war plötzlich scharf. Jeder Unterton von gutmütigem Spott war daraus verschwunden. »Und jetzt hör gefälligst mit diesem Unsinn auf! Hier geht es um mehr als die Gesundheit dieses Mädchens. Jemand hat versucht, sie zu töten, und wie es aussieht, nicht nur sie. Jemand, der sich eigens die Mühe gemacht hat, sie vor unsere Tür zu legen. Und ich möchte gerne wissen, warum!«

»Ihr werdet es nicht erfahren, wenn Ihr sie überanstrengt«, antwortete Tobias.

»Wird sie daran sterben?«

»Das nicht. Aber ...«

»Dann werde ich es ihr wohl zumuten müssen«, schnitt ihm Abbé das Wort ab. »Hör mir zu, Robin. Ich weiß, was ich von dir verlange, und ich würde es nicht tun, wenn es nicht wirklich wichtig wäre. Vielleicht hängt das Leben vieler weiterer Menschen davon ab. Willst du mir also helfen?«

Robin schloss die Augen, um ihre Zustimmung zu signalisieren, aber sie hob die Lider nicht mehr. Und noch bevor Bruder Abbé eine weitere Frage stellen konnte, war sie eingeschlafen.

KAPITEL 11

Sie träumte und diesmal war ihr sogar klar, dass es nur ein Traum war, der aus Fieber und Schwäche geboren wurde. Bruder Abbé spielte darin eine Rolle und sie durchlebte die schrecklichen Geschehnisse zum Teil noch einmal, aber sie sah auch den Engel wieder, dessen Antlitz sie erblickt hatte, als sie fiebernd dalag und glaubte, im Fegefeuer gefangen zu sein.

Sie schlief sehr unruhig und wachte drei- oder viermal in der Nacht auf, weil sie sich im Schlaf herumwälzte. Mindestens einmal war sie sicher, eine schmale, kühle Hand zu fühlen, die sich an ihrem Hals zu schaffen machte und ihr den Schweiß von der Stirn tupfte, und jedes Mal, wenn sie einschlief, kam der Alptraum zurück. Sie glaubte Bruder Abbés Stimme zu hören, die immer und immer wieder denselben Satz sagte, ohne dass sie ihn verstand.

Endlich erwachte sie, schweißgebadet und mit klopfendem Herzen, aber endgültig. Ihr Hals tat weh und sie hatte entsetzlichen Durst. Noch bevor sie die Augen öffnete, wurde ihr klar, dass früher Morgen sein musste, denn durch das Fenster fiel nun warmer Sonnenschein, der ihr Gesicht streichelte.

Sie öffnete die Augen und der Engel aus ihrem Traum saß an ihrem Bett und lächelte sie an.

Robin blinzelte, aber der Engel war immer noch da.

Sie schloss die Augen und presste die Lider so fest zusammen, dass bunte Sterne auf ihren Netzhäuten tanzten, und zählte in Gedanken bis drei, und als sie die Lider wieder hob, da saß der Engel noch immer an ihrem Bett und lächelte sie jetzt fast verschmitzt an. Natürlich war es nicht wirklich ein Engel. Er hatte weder Flügel noch trug er ein weißes Gewand. Er hatte einen dunkelblauen Mantel aus einem sehr schweren, groben Stoff an, der sich zu einer Art kompliziert gewickeltem Kopftuch fortsetzte, das auch einen Teil seines Gesichts bedeckte. Das, was sie dennoch davon sehen konnte, war von fremdländischem, aber edlem Schnitt und gehörte einem vielleicht siebzehn- oder achtzehnjährigen Jungen. Er hatte dunkle Haut. Noch nie hatte Robin einen so dunkelhäutigen Menschen gesehen.

Ihr Traum hatte sie auf schreckliche Weise betrogen. Sie saß keinem Engel gegenüber, sondern dem leibhaftigen Teufel!

Robin fuhr erschrocken hoch und prallte vor der Gestalt in dem blauen Mantel zurück. Ein scharfer Schmerz schoss durch ihren Kehlkopf und die plötzliche Bewegung ließ sie schwindeln. Trotzdem rutschte sie hastig noch ein weiteres Stück von dem Fremden fort und wäre vielleicht sogar von dem schmalen Bett gefallen, hätten sich nicht in diesem Moment zwei starke Hände auf ihre Schultern gelegt und sie festgehalten.

»Beruhige dich, Kind«, sagte Tobias. »Es gibt keinen Grund, Angst vor Salim dem Sarazenen zu haben. Er stammt zwar aus einem fremden Land, aber er ist ein Freund.«

Robin hob verwirrt den Blick und sah ins Gesicht des alten Mönchs, aber sie sah keine Spur von Falschheit darin. Tobias war blass und er wirkte sehr müde, aber das war auch alles. Trotzdem presste sie sich enger an ihn und warf dem Sarazenen hektische, angsterfüllte Blicke zu.

»Du musst wirklich keine Angst vor ihm haben«, versicherte Tobias. »Wahrscheinlich hat man dir schlimme Geschichten über die Muselmanen erzählt und es hat wohl keinen Zweck zu leugnen, dass Salim ein Araber ist. Aber die meisten dieser Geschichten sind übertrieben. Die Leute reden sehr viel. Salim ist ein Freund, glaub mir. Er hat dir das Leben gerettet.«

Er? Robin blickte Tobias und Salim abwechselnd und zutiefst verwirrt an. Der junge Araber hatte aufgehört zu lächeln und sah sie jetzt ernst und fast ein bisschen traurig an, aber Tobias nickte nur noch heftiger und sagte: »Er hat dich gefunden. Wenn er dich nicht rechtzeitig zu mir gebracht hätte, dann wärst du verblutet.«

Hatte sie sein Gesicht vielleicht deshalb im Traum gesehen? Alles war so verwirrend. Sie wusste einfach nicht mehr, was sie noch glauben, geschweige denn, wem sie noch *trauen* konnte. Sie wusste nicht einmal, was sie noch *denken* sollte!

»Glaub ihm kein Wort«, sagte Salim. »Er ist ein Christ und jedermann weiß, dass Christen lügen, wenn sie den Mund aufmachen.«

»Salim!«, sagte Tobias streng.

»Ich bin ein Tuareg«, fuhr Salim fort und bemühte sich, ein möglichst finsteres Gesicht zu machen. »Wir sind die Herren der Wüste. Wir töten christliche Krieger, wo immer wir sie sehen, und ihre Frauen braten wir lebendig und fressen sie dann!«

Robin fand, dass er zwar ein guter Schauspieler war, aber maßlos überzog. Wenn sie es gekonnt hätte, hätte sie wahrscheinlich laut gelacht. Tobias aber sagte:

»Salim! Das reicht jetzt aber wirklich! Bitte erschreck unseren Gast nicht! Sie ist noch schwach und darf sich nicht aufregen.« Er schüttelte den Kopf. »Wenn unsere Schwerter euch nicht vernichten werden, dann werdet ihr euch zweifellos selbst irgendwann einmal um Kopf und Kragen reden. Ein so sonderbarer Humor wie der deine kann tödlich sein, weißt du das?«

Robin spürte plötzlich wieder, wie durstig sie war. Sie hob die Hand an ihre Lippen und Tobias verstand sofort. Er wandte sich um und kam nach nur einem Augenblick mit einem Becher zurück, den er Robin an die Lippen setzte.

»Trink«, sagte er. »Aber sei vorsichtig. Verschluck dich nicht.«

Natürlich trank sie den ersten Schluck trotz Tobias' Warnung viel zu schnell und voller Gier und natürlich verschluckte sie sich prompt. Es tat sehr weh. Bitterer Schleim drang in ihre Kehle. Sie musste husten und das tat noch sehr viel mehr weh. Sie krümmte sich, ließ den Becher fallen und schlug beide Hände gegen den dicken Verband, der um ihren Hals lag.

Tobias runzelte die Stirn, sagte aber nichts, sondern wartete geduldig, bis der Hustenanfall vorüber war, und reichte ihr dann einen neuen Becher. Robin nahm ihn mit zitternden Fingern entgegen und trank, diesmal mit kleinen, vorsichtigen

Schlucken. Trotzdem tat es so weh, dass ihr die Tränen in die Augen schossen.

»Das tut weh, ich weiß.« In Tobias' Stimme klang echtes Mitleid, im wahrsten Sinne des Wortes: Er fühlte ihren Schmerz und spürte ihn in diesem Moment wahrscheinlich tatsächlich selbst. »Aber es muss sein. Du hast viel Blut verloren und musst viel Flüssigkeit zu dir nehmen. Nachher werden wir es mit einer Schale heißer Suppe versuchen. Du musst wieder zu Kräften kommen.«

Robin reichte ihm den Becher zurück. Sie war noch immer durstig, aber der schlimmste Durst war gestillt und es war ihr einfach zu unangenehm, weiterzutrinken. Das Wasser löste Blut und bittere Galle in ihrem Hals und gab ihr das Gefühl zu ersticken.

»Du wirst noch eine Menge Schmerzen erleiden, armes Kind«, sagte Tobias mitfühlend. »Aber du wirst wieder gesund – wenn du dich schonst und tust, was ich sage. Du wärst um ein Haar gestorben, ist dir das klar? Hätte das Messer auch nur um die Dicke eines Fingernagels tiefer geschnitten, dann wärst du jetzt tot.«

Und vielleicht wäre das sogar besser so, dachte Robin. Sie wusste nicht, ob Gott ihr wirklich eine Gnade erwiesen hatte, als er sie leben ließ. Sie spürte selbst, dass sie weiterleben würde – und vermutlich nicht einmal so schwer verletzt war, wie Tobias gestern noch behauptet hatte – aber wozu eigentlich? Sie hatte nichts mehr. Alle Menschen, die sie geliebt oder die ihr auch nur etwas bedeutet hatten, waren tot. All ihre weltliche Habe – so gering sie auch gewesen sein mochte – war zerstört. Ihre Welt war buchstäblich in Flammen aufgegangen. Es gab keinen Platz mehr, an den sie gehörte. Keinen Menschen mehr, dem sie wirklich noch trauen konnte. Gerne hätte sie zum Beispiel Bruder Abbé getraut – aber sie hatte nicht vergessen, was der Tempelritter auf dem Rückweg ins Dorf zu ihr gesagt hatte.

Und selbst, wenn sie lebendig hier herauskam – sobald die Männer, die schon einmal versucht hatten, sie zu töten, herausfanden, dass sie nicht erfolgreich gewesen waren, war ihr Leben keinen Pfifferling mehr wert.

Bruder Tobias las in ihrem Gesicht, schien den Ausdruck darauf aber vollkommen falsch zu deuten. »Du musst keine Angst haben«, sagte er. »Ich habe gestern ganz absichtlich ein wenig übertrieben, als ich mit Bruder Abbé gesprochen habe. Deine Verletzung ist nicht so schwer, wie du vielleicht glaubst. Ein übler Schnitt, aber mehr auch nicht. Du wirst bald wieder gesund sein. Und du wirst auch wieder reden können – selbst wenn es eine Weile dauert.« Er lächelte beruhigend und machte eine entsprechende Geste. »Leg dich hin. Es wird Zeit, deinen Verband zu wechseln. Salim, geh hinaus.«

Salim erhob sich gehorsam und verließ den Raum und Robin ließ sich bereitwillig zurücksinken. Tobias kam mit einer Schale Wasser und sauberem Verbandszeug an ihr Bett und schlug die Decke zurück. Darunter war sie nackt, was ihr bisher noch gar nicht aufgefallen war.

»Das wird jetzt ein bisschen wehtun«, sagte Tobias. »Beiß die Zähne zusammen.«

Er hatte nicht übertrieben. Obwohl er sehr behutsam zu Werke ging, liefen Robin die Tränen über die Wangen, als er den Verband gelöst und die Wunde an ihrem Hals mit Wasser und einem sauberen Tuch gereinigt hatte.

»So«, sagte er. »Das Schlimmste hast du überstanden. Die Wunde sieht gut aus. Ich glaube nicht, dass sie sich entzündet. Du scheinst gutes Heilfleisch zu haben.« Er lächelte aufmunternd. »Wenn du dich nicht überanstrengst, dann bist du schon in wenigen Tagen wieder auf den Beinen.«

Er trug eine wohlriechende Salbe auf Robins Hals auf, die nicht nur angenehm kühl war, sondern den Schmerz nach einem Moment auch zu einem fast angenehmen Prickeln werden ließ. Anschließend legte er einen sauberen Verband an, stand danach jedoch nicht gleich auf, um seine Schale wegzubringen, sondern sah stirnrunzelnd auf Robins Brust hinab. Robins Blick folgte dem seinen.

Sie erschrak. Ihre linke Brust war angeschwollen und man konnte deutlich den blau angelaufenen Abdruck einer riesigen Hand erkennen.

»Gütiger Gott«, flüsterte Tobias. »War das derselbe, der versucht hat, dich zu töten?«

Robin nickte. *Ja. Ein Mann in Rüstung und Wappenrock eines Tempelritters. Ein Mann wie Bruder Abbé.*

»Gott wird ihn dafür strafen«, sagte Tobias. »Und wenn nicht er, dann wir. Bruder Abbé ist sehr zornig, musst du wissen. Er ist entschlossen, die feigen Mörder zu finden. Und er pflegt normalerweise immer zu erreichen, was er sich vornimmt, auch wenn man es vielleicht nicht glauben mag, wenn man ihn so sieht.« Er stand auf. »Es wird Zeit für das Gebet. Kann ich dich so alleine lassen?«

Robin nickte matt. Obwohl sie praktisch gerade erst aufgewacht war, war sie schon wieder müde. Sie signalisierte Bruder Tobias mit Blicken, dass er ruhig gehen könne, und zog die Decke wieder hoch. Tobias trug seine Schale zum Tisch und verließ das Zimmer. Robin schloss erschöpft die Augen.

Wahrscheinlich wäre sie schon in der nächsten Minute eingeschlafen, hätte sich nicht mit einem Male eine sonderbare Unruhe in ihr breit gemacht. Ihr Herz begann zu klopfen und sie hatte das Gefühl, dass sich etwas wie ein unsichtbarer, kalter Schatten über das Zimmer gelegt hatte.

Es war ihre Gabe, die sich wieder meldete. Etwas Schlimmes geschah oder würde gleich geschehen.

Sie öffnete die Augen, sah zum Fenster und richtete sich nach kurzem Zögern auf. Ihre Müdigkeit war wie weggeblasen. Sie zögerte noch einmal, dann schwang sie die Beine aus dem Bett, schlang die Decke um die Schultern und ging zum Fenster.

Im ersten Moment konnte sie kaum etwas sehen. Die Sonne stand noch nicht sehr hoch und ihre fast waagerecht einfallenden Strahlen stachen schmerzhaft in ihre Augen und ließen sie blinzeln. Aber das Gefühl einer unsichtbaren Bedrohung wurde immer stärker.

Sie blinzelte, fuhr sich mit dem Handrücken über die Augen und wartete voller Ungeduld darauf, dass sie sich an das grelle Sonnenlicht gewöhnten. Immerhin sah sie jetzt, dass die Kammer, in der sie aufgewacht war, sich in einem sehr hohen Gebäude befinden musste; vielleicht in einem Turm. Unter ihr lag ein grob rechteckig geformter Hof, der von einer Ansammlung unterschiedlich großer, mit Holzschindeln gedeckter Gebäude eingerahmt war. In gerader Linie vor dem Fenster, an dem sie stand, befand sich ein wuchtiges Torhaus. Das unheimliche Gefühl von Bedrohung und Gefahr kam von dort. Und es wurde mit jedem Moment stärker.

Eine Bewegung auf der anderen Seite des Hofes zog ihren Blick an. Sie beugte sich vor, sah genauer hin – und fuhr erschrocken zusammen. Die Gestalten wirkten über die große Entfernung winzig, aber Robin hätte sie wohl auch erkannt, wenn sie noch viel weiter fort gewesen wären. Sie trugen mattes Silber, Weiß oder Rot... *Tempelritter!* Das waren Tempelritter!

Plötzlich, von einem Augenblick auf den anderen, war alles wieder da. Die Nacht, in der ihr Dorf gebrannt hatte. Die schrecklichen Minuten unter der alten Ulme. Die riesenhafte Gestalt des Tempelritters, die sie gegen den Baum presste... Robin begann am ganzen Leib zu zittern. Sie war verloren! Ihr Alptraum war kein Alptraum gewesen. Sie war im Fegefeuer und die Dämonen der Hölle machten sich dort unten bereit, um ihre Seele zu holen und...

Robin kämpfte die aufkommende Panik mit aller Gewalt nieder. Ihr Innerstes war in Aufruhr. Sie ballte die Hände so fest zu Fäusten, dass es wehtat, klammerte sich mit aller Macht an den dünnen, stechenden Schmerz, als wäre er das Einzige, was ihren Geist noch davor bewahren konnte, endgültig in die Abgründe des Wahnsinns abzugleiten.

Es gab keinen Grund, in Panik zu geraten, hämmerte sie sich selbst ein. Sie hatte schließlich gewusst, wo sie sich befand. Bruder Abbé war der Erste gewesen, den sie nach ihrem Erwachen gesehen hatte. Sie hatte gewusst, dass er ein Tempelritter war – und wo einer von ihnen war, da konnten schließlich auch noch mehr sein, oder? Es gab nicht den mindesten Grund, beim Anblick der Templer zu erschrecken!

Aber es war eine Sache, etwas zu wissen, und eine ganz andere, es mit eigenen Augen zu sehen...

Robin zwang sich, tief einzuatmen – es tat weh, aber dieser neuerliche Schmerz half ihr im Moment, wieder festen Boden unter den Füßen zu spüren –, schloss für die Dauer eines Atemzuges die Augen und öffnete die verkrampften Fäuste.

Es half. Als sie wieder auf den Hof hinabsah, hatten die gepanzerten Gestalten einen Großteil ihres Schreckens eingebüßt.

Sie erkannte jetzt, dass es sich bei einer von ihnen um Bruder Abbé handelte. Der kahlköpfige Tempelherr war selbst über die große Entfernung hinweg nicht zu verwechseln. Er war ein gutes Stück kleiner als seine Begleiter, schlug jeden einzelnen von ihnen dafür aber mit Leichtigkeit, was den Leibesumfang anging. Hätte Robin nicht mit eigenen Augen gesehen, wie sich dieser kleine, kurzbeinige Mann im Kampf zu bewegen vermochte, so wäre er ihr schlichtweg lächerlich vorgekommen, vor allem zwischen den anderen, ausnahmslos hoch gewachsenen Kreuzrittern.

Die Tempelritter bewegten sich in einer geraden Linie und ohne Hast über den Hof und auf das Tor zu. Als sie es fast erreicht hatten, tauchten vier Reiter darunter auf. Alle waren schwer bewaffnet und trugen Lanzen und Schild, auf denen ein Robin nur zu vertrautes Symbol prangte: ein zweiköpfiges Fabeltier. Einer von ihnen trug den linken Arm in einer Schlinge. Robins Atem stockte. Schließlich wusste sie genau, wen sie vor sich hatte.

Die Reiter kamen nicht etwa gemächlich auf den Hof geritten, sondern sprengten in vollem Galopp herein und hielten auf Abbé und die anderen Tempelritter zu, so schnell, dass Robin kaum noch überrascht gewesen wäre, hätten sie ihre Lanzen angelegt, um die Männer in Weiß und Rot einfach über den Haufen zu reiten. Erst im buchstäblich allerletzten Moment rissen sie ihre Pferde zurück. Es hätte beeindruckend ausgesehen, hätte nicht eines der Tiere gescheut und wäre ausgebrochen und ein zweites mit einem protestierenden Wiehern auf die Hinterläufe gestiegen, so dass sein Reiter plötzlich alle Mühe hatte, nicht aus dem Sattel zu rutschen. Die wild ausschlagenden Vorderhufe schnitten kaum eine Handbreit vor Bruder Abbés Gesicht durch die Luft, aber der Tempelritter wich nicht um einen Schritt zurück. Diese Runde, dachte Robin mit einer Mischung aus Schadenfreude und widerwilliger Bewunderung, ging eindeutig an Bruder Abbé.

Es vergingen noch einige Augenblicke, bis die Reiter ihre Tiere wieder vollends in der Gewalt hatten, was den mit Sicherheit geplanten dramatischen Auftritt nun vollends zunichte machte. Die Reiter nahmen in einer geraden Reihe vor den Templern Aufstellung und eigentlich hätten sie beeindruckend wirken müssen, hoch zu Ross und mit aufgereckten Lanzen, deren Wimpel im Wind flatterten.

Das genaue Gegenteil war der Fall. Gegen die reglos dastehende Reihe der Tempelritter wirkten die Reiter geradezu erbärmlich; wie Kinder, die versuchten, Erwachsene nachzuäffen.

Hinter ihr erklang das Geräusch der Tür, aber Robin drehte sich nicht herum; sicherlich war es nur Bruder Tobias, der sein Gebet beendet hatte und zurückkam, um nach dem Rechten zu sehen. Robin konzentrierte sich ganz auf das Geschehen im Hof. Sie hätte ihre rechte Hand dafür gegeben, zu hören, was dort unten besprochen wurde. Aber sie war viel zu weit entfernt, um auch nur die Stimmen zu hören, geschweige denn die Worte.

Das war aber auch nicht notwendig, um zu erkennen, dass dort unten auf dem Hof ein heftiger Streit im Gange war. Die Reiter gestikulierten immer heftiger und ein- oder zweimal senkte einer von ihnen auch die Hand auf das Schwert. Der Ausbruch von Gewalttätigkeiten stand unmittelbar bevor.

»Er spielt mit seinem Leben, dieser Narr«, sagte eine Stimme neben ihr.

Robin wandte nun doch den Blick und fuhr leicht zusammen, als sie sah, dass sie sich getäuscht hatte – es war nicht Bruder Tobias, der hereingekommen war, sondern Salim.

»Verzeih«, sagte der junge Tuareg. »Ich wollte dich nicht erschrecken. Aber du solltest dich wieder hinlegen. Tobias trifft der Schlag, wenn er hereinkommt und dich hier stehen sieht.«

Robin machte eine wegwerfende Geste und deutete fast gleichzeitig auf den Hof hinab. Salim verstand. »Ich verstehe auch nicht genau, was dort passiert«, sagte er stirnrunzelnd. »Ich weiß nur, dass dieser Dummkopf mit seinem Leben spielt – oder zumindest mit seiner Gesundheit. Abbé ist kein Mann, der sich bedrohen lässt. Er ist nicht so geduldig, wie viele glauben.«

Robin gestikulierte weiter auf den Hof hinab, dann drehte sie sich ganz zu Salim um, machte ein fragendes Gesicht und fuhr mit dem Zeigefinger von der Stirn abwärts über Auge und Wange hinab.

Salim runzelte die Stirn. »Ich verstehe nicht...«

Robin wiederholte ihre Bewegung, schneller und hektischer diesmal, dann deutete sie wieder auf den Hof hinunter.

»Ich weiß nicht, was du meinst«, sagte Salim hilflos. Er blickte an ihr vorbei auf den Hof hinunter, hob seufzend die Schultern und nickte dann. »Ich werde hinuntergehen und nachsehen«, sagte er. »Auch wenn ich immer noch nicht weiß, *wonach* überhaupt.«

Er ging. Robin sah ihm nach, bis er die Tür hinter sich geschlossen hatte, und ihr fiel auf, wie elegant und schnell sich der Tuareg bewegte. Er schien kaum wirklich zu gehen, sondern rasch und fast lautlos zu gleiten, als wäre er nicht mehr als ein Schatten, dem der Blick kaum zu folgen vermochte. Der Anblick löste etwas in ihr aus, das sie nicht verstand, das aber keineswegs unangenehm war.

Sie verscheuchte den Gedanken und konzentrierte sich wieder auf das Geschehen auf dem Hof. Die Debatte schien sich ihrem Ende zuzuneigen. Zwei der vier Reiter hatten ihre Pferde bereits gewendet, während die beiden anderen noch hitzig mit Bruder Abbé stritten. Salim würde zu spät kommen, aber Robin wusste nicht einmal, ob sie das bedauern sollte oder nicht. Manchmal war die Ungewissheit viel leichter zu ertragen als die Wahrheit.

Sie wartete, bis sich auch die beiden anderen Reiter herumgedreht hatten und der ganze Trupp den Hof verließ, dann wandte auch sie sich mühsam um und ging auf etwas wackeligen Beinen zum Bett zurück. Sie spürte plötzlich wieder, wie müde sie war. Die Anstrengung, am Fenster zu stehen, und vor allem wohl auch die Aufregung und die Furcht hatten sie zusätzlich erschöpft. Beinahe mit letzter Kraft erreichte sie das Bett und ließ sich darauf fallen. Als Bruder Tobias wenige Minuten später die Kammer betrat, war sie bereits in einen tiefen und diesmal traumlosen Schlaf gesunken.

KAPITEL 12

Es musste wohl so sein, wie Bruder Tobias gesagt hatte – Schlaf war immer noch die beste Medizin. Sie dämmerte den ganzen Tag – und auch noch einen gut Teil des darauffolgenden – mehr oder weniger vor sich hin. Ein paarmal wachte sie auf, wenn Bruder Tobias sich zum Beispiel an dem Verband an ihrem Hals zu schaffen machte oder sie weckte, um ihr einen Schluck Wasser oder einen Löffel lauwarme Suppe einzuflößen, und jedes Mal, wenn sie die Augen öffnete, blickte sie als Erstes in Salims Gesicht. Später erfuhr sie, dass der junge Tuareg die ganze Zeit an ihrem Bett gesessen und Wache gehalten hatte. Er wurde auf diese Weise innerhalb eines einzigen Tages nicht nur zu einem Vertrauten, sondern beinahe zu so etwas wie einem lieben alten Freund, ganz einfach, weil sein bronzefarbenes Gesicht immer da war, wenn sie die Lider hob, und das Erste, was sie sah, stets der besorgte Blick seiner braunen Augen war. Ohne dass es ihr bewusst wurde, begann Salim zu einem ruhenden Pol des Vertrauens und der Wärme für sie zu werden; vielleicht zu dem einzigen sicheren Fels in dem tobenden Ozean einander widerstrebender Empfindungen, in den sich ihr Leben verwandelt hatte.

Einmal erschien auch Bruder Abbé an ihrem Krankenlager, begleitet von einem weiteren, dunkelhaarigen Mann, den sie kannte und der die Rüstung eines Tempelritters trug; zweifellos einer der fünf, die sie zusammen mit Abbé unten auf dem Hof gesehen hatte. Abbé wirkte sehr besorgt und bestürmte sie mit Fragen und sie gab sich auch redliche Mühe, sie zu beantworten – schon weil sie spürte, von welch großer Wichtigkeit sie für Abbé waren. Aber es fiel ihr sonderbar schwer, sich auf die Fragen zu konzentrieren. Müdigkeit stieg in Wogen in ihr empor und manchmal hätte sie selbst nicht sagen können, ob sie nun zur Antwort schon ein- oder zweimal die Augen geschlossen hatte. Schließlich gab Abbé es auf und ging.

Erst um die Mittagsstunde des nächsten Tages wachte sie wirklich auf. Ihre Müdigkeit war wie weggeblasen und sie fühlte sich ausgeruht und frisch wie schon lange nicht mehr. Ihr Hals schmerzte und sie hatte einen üblen Geschmack im Mund; den mittlerweile schon vertrauten Geschmack von Blut und Schleim, aber auch noch von etwas anderem, Unbekanntem. Erst jetzt, im Nachhinein, erinnerte sie sich, diesen Geschmack die ganze Zeit über gespürt zu haben. Sie nahm an, dass Tobias ihr irgendetwas eingeflößt hatte, was sie müde werden ließ, um ihren Heilschlaf zu fördern, und vielleicht auch ein bisschen, um sie vor Abbés allzu großer Neugier zu schützen.

Sie setzte sich auf – die Bewegung fiel ihr erstaunlich leicht angesichts dessen, was sie in den letzten Tagen gespürt hatte –, fuhr sich mit dem Handrücken über die Augen und reckte sich ausgiebig. Das Gähnen, das in ihr emporstieg, unterdrückte sie im letzten Moment, denn vermutlich hätte es nur die Schmerzen in ihrem Hals weiter angestachelt.

»Ich muss gestehen, dass Bruder Tobias nicht übertrieben hat.«

Robin drehte vorsichtig den Kopf und blinzelte verwirrt. Salim saß neben ihrem Bett und grinste sie geradezu unverschämt an. Seine Anwesenheit war für sie schon so vertraut geworden, dass sie ihn einfach vergessen hatte.

»Du bist wirklich ein hübsches Mädchen.« Salims Grinsen wurde noch breiter, während sein Blick ganz unverhohlen an ihrem Körper hinabglitt. Auch Robin senkte den Kopf und fuhr dann erschrocken zusammen. Als sie sich aufgesetzt hatte, war die Decke von ihren Schultern gerutscht, und darunter trug sie immer noch nichts. Hastig verhüllte sie sich wieder und warf Salim einen gespielt ärgerlichen Blick zu.

Salims Grinsen wurde nun eindeutig unverschämt. Seine Zähne, die von einem so strahlenden Weiß waren, wie Robin es noch nie zuvor gesehen hatte, blitzten regelrecht. Er legte die flachen Hände über Kreuz auf die Brust und neigte in einer demütigen Geste das Haupt so tief, dass seine Stirn die Bettkante berührte. »Bitte verzeiht mir, Herrin«, sagte er spöttisch. »Ich bin nur ein dummer, unwissender Heidenjunge, der nichts von den Sitten und Gebräuchen der Christen weiß. Ich bin einfach der Verlockung eines schönen Weibes erlegen. Bitte lasst mich nicht auspeitschen – wenigstens nicht so heftig.«

Ob Robin wollte oder nicht – sie musste einfach lachen. Es war keine besonders gute Idee – ihr Hals schien zerreißen zu wollen und aus dem Lachen wurde ein qualvoller Hustenanfall.

Salim lächelte noch immer, aber in seinen Augen stand auch ein deutlicher Ausdruck von Sorge, als sie endlich wieder halbwegs zu Atem gekommen war. »Versuche nicht zu sprechen«, sagte er. »Bruder Tobias hat Recht, weißt du? Deine Heilung macht so gute Fortschritte, dass es ihm schon fast unheimlich ist. Aber übertreibe es nicht.«

Er stand auf, kramte einen kurzen Moment in einer Truhe herum und kam mit einem Hemd aus grobem hellgrauem Stoff zurück, das er ihr reichte.

»Zieh das an«, sagte er. »Bruder Abbé wird gleich kommen, um mit dir zu reden.«

Robin griff zögernd nach dem Hemd. Der Stoff fühlte sich so rau und grob an, wie er aussah. Es musste sehr unangenehm sein, es zu tragen. Salim wiederholte seine Aufforderung jedoch mit einem bekräftigenden Nicken, wandte sich dann um und trat ans Fenster, um auf den Hof hinunterzublicken. Er blieb reglos so stehen, bis Robin aufgestanden war und das graue Büßergewand überstreifte. Kaum hatte sie es getan, da drehte er sich auch schon wieder herum und maß sie mit einem langen, kritischen Blick. Dann grinste er wieder.

»Vorher hast du mir besser gefallen.«

Robin schnitt eine Grimasse und Salim lachte kurz, aber sehr herzhaft und fuhr dann mit einem Kopfschütteln fort: »Nein, nein, ich meine es nicht so, wie du glaubst. Aber ich verstehe euch Christen einfach nicht. Ihr werft uns vor, ungebildete Wilde zu sein, aber wir kleiden unsere Frauen in feinste Stoffe. Wir schenken ihnen kostbare Kleider und behängen sie mit Schmuck und den wertvollsten Edelsteinen. Wir stecken sie nicht in *Säcke!*«

Glaubte er etwa, dass sie dieses ... *Ding* gerne trug? Robin blickte stirnrunzelnd an sich herab und konnte Salims harsches Urteil nur bestätigen. Das Gewand war so schwer und kratzig auf der Haut, wie sie befürchtet hatte, und es sah tatsächlich aus wie ein Sack, an den jemand mit wenig Geschick eine Kapuze und viel zu breite Ärmel genäht hatte. Sie nahm sich vor, Tobias nach dem Verbleib ihres eigenen Gewands zu fragen, sobald sie wieder sprechen konnte.

»Es ist zu schade, dass du nicht reden kannst«, sagte Salim. »Ich hätte zu gerne gewusst, was in jener Nacht dort draußen wirklich geschehen ist ... und Bruder Abbé übrigens auch. Er ist in großer Sorge, weißt du? Niemand sagt mir etwas, denn schließlich bin ich nur ein Sklave, der sich nicht in die Angelegenheiten seines Herrn zu mischen hat, aber ich müsste schon blind sein, um nicht zu sehen, wie besorgt er seit dem Besuch des Freiherrn ist.« Er schüttelte den Kopf. »Würde ich ihn nicht besser kennen, würde ich sagen, dass er Angst hat.«

»Und damit kämst du der Wahrheit ziemlich nahe, du verlogener, doppelzüngiger Sohn eines Kameltreibers!« Bruder Abbé kam herein und maß Salim mit einem Gesichtsausdruck, der Robin vor Schrecken hätte erstarren lassen, hätte er ihr gegolten – und wäre da nicht ein spöttisches Glitzern in seinen zornig zusammengezogenen Augen gewesen.

»Glaub ihm kein Wort«, fuhr er fort. »Die Muselmanen sind dafür bekannt zu lügen. Dieser nichtsnutzige Abkömmling eines Wüstenskorpions ist kein Sklave. Wir halten keine Sklaven, sondern nehmen allenfalls Gefangene, denen wir die unendliche Gnade zuteil werden lassen, sie mit in unsere Heimat zu nehmen, wo sie die christlichen Tugenden und die Segnungen abendländischer Zivilisation kennen lernen dürfen.«

Robin sah Abbé stirnrunzelnd an. Sie konnte einfach nicht sagen, ob diese Tirade ernst gemeint oder vielleicht nur Teil eines komplizierten Spieles zwischen ihm und dem Tuareg war. Salims Gesichtsausdruck jedenfalls konnte ebenso gut tiefsten Schrecken wie ein nur noch mühsam unterdrücktes Lachen bedeuten.

»Nun zu dir, mein Kind.« Abbé machte eine entsprechende Geste. »Bitte nimm Platz. Wir haben einiges miteinander zu besprechen und ich habe wenig Lust, mir wieder endlose Vorhaltungen unseres übereifrigen Bruders Tobias anhören zu müssen, dass ich dich überanstrengt hätte.«

Robin setzte sich gehorsam auf die Bettkante und stellte erst jetzt fest, dass Abbé nicht allein gekommen war. In seiner Begleitung befand sich der zweite, dunkelhaarige Tempelritter, den sie schon am Tag zuvor gesehen hatte. Wie auch Abbé selbst trug er keine Mönchskutte, sondern Kettenhemd, Wappenrock und Mantel. Tobias hatte sich neben der Tür gegen die Wand gelehnt und die Hände vor dem Bauchnabel gefaltet. Er lächelte zwar beruhigend, aber irgendwie spürte Robin, dass sie diesmal keine Unterstützung von ihm zu erwarten hatte. Trotz seines durchaus humorvollen Auftretens strahlte Abbé einen spürbaren Ernst aus.

»Das ist Bruder Jeromé.« Abbé deutete auf den zweiten Tempelritter. »Du kennst ihn ja bereits ... erinnerst du dich?«

Robin nickte.

»Das ist gut.« Abbé nickte zufrieden. Er gab sich zwar Mühe, es zu überspielen, aber Robin spürte genau, wie nervös er war. »Dann kommen wir zur Sache. Salim hier hat mir erzählt, dass du uns gestern beobachtet hast, draußen auf dem Hof. Weißt du, wer die Männer waren, die uns gestern ... sagen wir, *besucht* haben?«

Robin nickte erneut. Sie warf Salim einen fast Hilfe suchenden Blick zu, aber der Tuareg schien plötzlich geradewegs durch sie hindurch zu sehen.

»Und du weißt auch, was sie hier wollten?«

Diesmal zögerte Robin einen kurzen Moment, aber dann schüttelte sie den Kopf.

»Nun, sie kamen mit einer geradezu ungeheuerlichen Geschichte hierher. Du weißt, wer Freiherr von Elmstatt ist? Euer Lehnsherr und der zahlreicher anderer Ortschaften und Ländereien hier – und im Grunde ein sehr vernünftiger Mann. Jedenfalls schien er mir das bis gestern zu sein. Aber nun scheint er mir entweder den Verstand verloren zu haben – oder es geht etwas vor, dessen ganzes Ausmaß noch keiner von uns versteht. So oder so: Ich muss jetzt wissen, was in jener Nacht in eurem Dorf wirklich passiert ist. Es geht möglicherweise um unser aller Leben. Vielleicht sogar um noch viel mehr. Ist es wahr, dass dein Dorf überfallen worden ist?«

Robin nickte.

»Und ist es weiter wahr, dass es Männer wie wir waren? Tempelritter?«

Robin nickte erneut und schüttelte praktisch in der gleichen Bewegung den Kopf. Sie überlegte verzweifelt, wie sie Abbé klar machen konnte, was geschehen war – was *wirklich* geschehen war. Aber wie sollte man etwas erklären, das man selbst kaum verstand, wenn man nicht einmal in der Lage war zu *sprechen*?

Sie drehte sich zu Salim um und gestikulierte einen Moment hilflos. Dann machte sie wieder die Bewegung, mit der sie die Narbe im Gesicht des angeblichen Tempelritters beschrieb.

»Ich verstehe immer noch nicht, was du mir sagen willst«, sagte Salim bedauernd.

»Einen Moment!«, mischte sich Jeromé ein. »Aber ich vielleicht. Hat sie das schon einmal gemacht?«

»Gestern, als der Freiherr hier war.«

Jeromé wandte sich direkt an Robin. »Eine Narbe«, murmelte er. »Du meinst, einer der Männer hatte eine Narbe im Gesicht, habe ich Recht? Eine Narbe, die von seiner Stirn bis zum Kinn reicht?«

Robin nickte aufgeregt. Endlich jemand, der sie verstand.

»Ein sehr großer, brutaler Kerl?«

»Das klingt, als ob du den Mann kennst«, sagte Abbé stirnrunzelnd.

Jeromé schnaubte. »Es wundert mich, dass Ihr ihn nicht kennt, Bruder. Otto. Er ist Gunthar von Elmstatts Waffenmeister. Ein brutaler Kerl. Jeder, der ihn kennt, hasst ihn oder hat Angst vor ihm. Meistens beides.« Er sah wieder Robin an. »Er war also dabei?«

Robin nickte, sah Abbé, Jeromé und Salim nacheinander und sehr ernst an und machte dann mit dem Daumen eine eindeutige Geste ihre Kehle entlang.

Jeromé sog überrascht die Luft zwischen den Zähnen ein. »Hat er dir das angetan?«, fragte er ungläubig. »Otto? Er hat versucht, dir die Kehle durchzuschneiden?«

Robin nickte, aber Bruder Abbé wiegte zweifelnd den Kopf. »Das ergibt keinen Sinn«, sagte er. »Warum sollte Otto sie töten wollen? Gernot von Elmstatt hat sein Leben riskiert, um die Menschen aus ihrem Dorf zu schützen. Er wurde schwer verletzt und sein Bruder Gundolf fand sogar den Tod! Warum sollten sie dieses Mädchen umbringen wollen?«

»Das weiß ich nicht.« Jeromé seufzte tief. »Gütiger Gott, wenn sie doch nur reden könnte!«

Robin versuchte es. Sie wusste, dass sie mit Schmerzen dafür würde bezahlen müssen, dennoch bemühte sie sich mit aller Kraft, wenigstens ein einziges Wort hervorzuwürgen – aber das einzige Ergebnis war auch diesmal wieder ein qualvoller Hustenanfall, unter dem sie sich krümmte. Sie sah aus den Augenwinkeln, dass Bruder Tobias auf sie zueilen wollte, von Jeromé jedoch mit einer raschen Bewegung daran gehindert wurde.

»Du willst uns etwas sagen, nicht wahr? Etwas, das wichtig für dich ist.«

Robin nickte, aber sie war nicht ganz sicher, dass Jeromé die Bewegung wirklich als das erkannte, was sie war, denn sie wurde noch immer von einem heftigen Hustenkrampf geschüttelt. Allmählich bekam sie es mit der Angst zu tun. Der Husten wollte nicht aufhören und irgendetwas in ihrer Kehle schien wieder aufgerissen zu sein, denn sie schmeckte frisches Blut.

»Ich denke, dass das jetzt genug ist«, mischte sich Tobias ein. »Seht Ihr nicht, wie schlecht es ihr geht?«

Jeromé wollte abermals auffahren, aber diesmal kam Robin ihm zuvor. Mühsam stemmte sie sich hoch, kämpfte den Hustenanfall mit aller Kraft nieder und streckte die Hand in Jeromés Richtung aus. Der Tempelritter machte zwar ein fragendes Gesicht, hob aber dann die Schultern und kam gehorsam näher. Robin griff mit der rechten Hand nach seinem Rock, zupfte zweimal daran und deutete gleichzeitig wieder auf ihren Hals. Sie schüttelte heftig den Kopf und riss und zerrte weiter an Jeromés Rock.

»Was ... was soll das?«, fragte Jeromé verwirrt, aber auch in leicht ärgerlichem Ton. Er griff nach ihrer Hand, um sie zur Seite zu schieben, aber Robin riss sich los und fuhr fort, immer hektischere, pantomimische Gesten zu machen.

»Was ist in dich gefahren?«, fragte Jeromé. Er klang nun wirklich zornig. Geduld gehörte offenbar nicht zu seinen großen Stärken. »Hast du den Verstand verloren?«

»Warte, Jeromé.« Abbé hob besänftigend die Hand und trat zugleich mit einem raschen Schritt zwischen sie; wohl, um den direkten Blickkontakt zwischen ihnen zu unterbrechen. »Ich glaube fast, ich ... ich weiß, was sie uns sagen will.« Er schüttelte ein paarmal den Kopf. »Aber es fällt mir schwer zu glauben.«

»Was?«, fragte Jeromé scharf.

Abbé ignorierte ihn. »Dieser Mann mit der Narbe im Gesicht«, sagte er. Seine Stimme wurde leiser, aber zugleich auch eindringlicher. Etwas in seinen Augen ... flackerte. »Es war der, der versucht hat, dich zu töten, nicht wahr?«

Robin nickte.

»Aber du willst uns sagen, dass er nicht ... zu Gernots Leuten gehörte.« Das winzige Stocken in seiner Stimme war kein Zufall. Abbé blieb äußerlich ruhig, aber Robin spürte, dass es hinter dieser Maske vollkommen anders aussah. Abbé hatte längst begriffen, was sie ihnen sagen wollte – aber er weigerte sich anscheinend mit aller Macht, es sich selbst einzugestehen.

»Was soll das heißen: nicht zu Gernots Leuten?«, fragte Jeromé. »Er ist der Waffenmeister auf Burg Elmstatt!«

»Aber in dieser Nacht war er es nicht«, antwortete Abbé düster. »In der Nacht, in der Robins Dorf überfallen wurde, trug er die gleiche Kleidung wie wir. Die Kleidung eines Tempelritters. Das ist es doch, was du uns sagen willst, oder?«

Robin nickte.

»Das ... das ist unmöglich«, sagte Jeromé. »Sie muss sich irren. Das – oder sie lügt.«

»Welchen Grund sollte sie haben?« Abbé schüttelte müde den Kopf. »Ich fürchte, sie sagt die Wahrheit.«

»Unsinn!«, widersprach Jeromé. Er begann heftig zu gestikulieren; vielleicht ein wenig *zu* heftig. Seine Stimme war zu laut. »Dann fantasiert sie! Sie war dem Tode näher als jeder von uns! Vielleicht hat das Fieber ihren Verstand verwirrt oder sie hat Angst!«

»Vielleicht sagt sie aber auch die Wahrheit«, sagte Abbé.

»Welchen Sinn sollte das ergeben?«, gab Jeromé heftig zurück. »Niemand würde es wagen, sich für einen der unseren auszugeben ...«

»... und in der Maske eines Tempelritters ein Gemetzel unter unschuldigen Bauern und Fischern anzurichten?«, unterbrach ihn Abbé. »Das stimmt. Niemand, der nicht verrückt ist – oder dem nicht sehr viel daran gelegen ist, uns zu diskreditieren.«

»Aber warum sollte Gunthar von Elmstatt das wollen?«, protestierte Jeromé. »Burg Elmstatt und unsere Komturei sind seit langen Jahren in Freundschaft verbunden! Ihr selbst habt seinem ältesten Sohn die Weihen erteilt, als er in den Orden aufgenommen wurde! Das ergibt ... überhaupt keinen Sinn!« Er wies anklagend auf Robin. »Ihr wollt doch Freiherr Gunthar nicht mit einer so ... so ungeheuerlichen Anschuldigung konfrontieren, nur auf das Wort eines Bauernmädchens hin, das niemand von uns kennt!«

»Und das vor zwei Tagen mit durchgeschnittener Kehle praktisch vor unserer Haustür gefunden wurde«, fügte Abbé hinzu, schüttelte aber sofort beruhigend den Kopf, als Jeromé abermals auffahren wollte.

»Natürlich hast du Recht«, sagte er rasch. »Es wäre ... nicht besonders klug, Gunthar vor den Kopf zu stoßen. Er ist im Moment zornig genug. Trotzdem dürfen wir nicht einfach so tun, als hätten wir Robins Geschichte nicht gehört.« Er überlegte einen Moment. »Gunthar von Elmstatt hat seinen Besuch für heute Nachmittag angekündigt, zusammen mit seinem Sohn und einem Zeugen, der den Überfall auf das Dorf überlebt hat. Ich möchte, dass Robin dabei ist.«

»Unmöglich!«, sagte Tobias.

»Das ist lächerlich!«, sagte Jeromé.

»Natürlich ohne sein Wissen«, fuhr Abbé fort. »In diesem Punkt gebe ich dir Recht, Jeromé. Es wäre nicht klug. Selbst wenn sie sprechen könnte – es wäre nur das Wort eines Bauernmädchens gegen das eines Ritters.«

Jeromé schwieg einen Moment, währenddessen er Robin und Abbé finster anstarrte. Aber Robin spürte auch, dass sein Zorn – der keineswegs gespielt war – in Wirklichkeit gar nicht ihr galt und auch nicht Bruder Abbé. Genau wie er hatte Jeromé tief in sich längst begriffen, dass sie die Wahrheit sagte.

»Und was genau habt Ihr vor?«, fragte er schließlich.

»Das liegt ganz bei Robin«, antwortete Abbé, nicht nur zu Robins Überraschung. Sie sah ihn fragend an.

»Gunthar von Elmstatt wird heute nach dem Mittagsgebet hierher kommen«, fuhr Abbé fort, nun wieder direkt an sie gewandt. »Fühlst du dich kräftig genug, bei diesem Treffen dabei zu sein? Ich weiß, was ich von dir verlange, aber es ist wichtig. Du musst keine Angst haben. Er wird dich nicht sehen. Ich möchte auch nicht, dass du irgendetwas tust oder sagst. Du musst einfach nur zuhören.«

Sowohl Jeromé als auch Tobias spießten ihn mit Blicken regelrecht auf, zwar aus vollkommen unterschiedlichen Gründen, aber beide mit der gleichen Intensität, und auch Robin sträubten sich die Haare allein bei dem Gedanken, dem Mann gegenüberzutreten, der nicht nur versucht hatte sie umzubringen, sondern auch für den Tod ihrer Mutter und noch so vieler anderer verantwortlich war.

Aber schließlich nickte sie.

KAPITEL 13

Zum ersten Mal seit zwei Tagen durfte sie ihr Gefängnis verlassen – nicht allein, sondern in Begleitung Salims und Bruder Tobias'. Im ersten Moment war sie fast ein wenig beleidigt. Nachdem sie gut und gerne achtzehn Stunden hintereinander geschlafen hatte, fühlte sie sich ausgeruht und bei Kräften wie schon seit langem nicht mehr und kam sich deshalb ein bisschen gegängelt vor. Vielleicht war es auch einfach so, dass Bruder Abbé ihr nicht traute. Er bemühte sich zwar – vor allem im Beisein anderer –, den väterlichen Beschützer herauszukehren, aber sie spürte, dass sich hinter dieser Freundlichkeit, auch wenn sie durchaus echt sein mochte, noch etwas anderes verbarg. Vielleicht machte sie ihn einfach nur nervös. Aber vielleicht war da auch noch mehr. Mit großer Wahrscheinlichkeit war es einfach so, dass sie eine zumindest potenzielle Bedrohung für Abbé darstellte, denn immerhin war sie nun die Einzige, die das kannte, was Jan Abbés *schmutziges kleines Geheimnis* genannt hatte.

Schon auf halbem Wege nach unten wich ihr Groll jedoch der Einsicht, dass sie vielleicht gut daran getan hatte, ihr Zimmer nicht allein zu verlassen. Die neue Kraft, die sie spürte, erwies sich nämlich als äußerst trügerisch. Der Turm hatte sieben oder acht unterschiedlich hohe Etagen, und ihre Energie reichte nicht einmal, die Hälfte dieser Strecke zu überwinden. Sie bekam – wenigstens am Anfang – nicht viel von der Umgebung zu sehen, auf die sie so neugierig gewesen war. Eine einfache Holztreppe, deren Stufen noch dazu unterschiedlich hoch waren, führte an ausnahmslos verschlossenen Türen vorbei in engen Kehren nach unten. Die Wände mussten einmal weiß gewesen sein, starrten aber nun mancherorts geradezu vor Schmutz und in der Luft lag der trockene Geruch nach Kleie und altem Hühnerdreck. Hätte sie es nicht besser gewusst, so hätte sie angenommen, sich auf einem Bauernhof oder einem alten Gut zu befinden – aber wer hätte je von einem Bauerngehöft mit einem fünfzehn Manneslängen hohen Turm gehört?

Bevor sie losgegangen waren, hatte Salim ihr angeboten, sie die Treppe hinunterzutragen; etwas, das sie natürlich empört von sich gewiesen hatte. Verletzt oder nicht, sie war schließlich kein kleines Kind mehr. Doch bevor sie die halbe Treppe hinter sich gebracht hatte, wünschte sie sich fast, sein Angebot angenommen zu haben, und als sie im ersten Stock angelangt waren, zitterten ihre Knie so stark, dass sie sich hinsetzen musste, um einen Moment auszuruhen.

»Wenn es nicht geht, dann gehe ich zu Bruder Abbé und sage ihm, dass er auf deine Hilfe verzichten muss«, sagte Bruder Tobias ernst. Robin schüttelte den Kopf, aber er fuhr unbeirrt fort: »Ich weiß, dass du glaubst, ihm diesen Gefallen schuldig zu sein – aber nichts ist so wichtig, dass es sich lohnt, sein Leben dafür aufs Spiel zu setzen.«

So, wie er es sagte, klangen seine Worte wirklich überzeugend und Robin musste wieder an den nicht ganz ernst gemeinten Streit zwischen ihm und Abbé denken, dessen Zeuge sie vor ein paar Tagen geworden war. Sie war aber plötzlich gar nicht mehr so sicher, dass es sich tatsächlich nur um ein scherzhaftes Geplänkel gehandelt hatte. Zweifellos war Bruder Abbé derjenige, der hier das Sagen hatte – aber ebenso zweifellos endete seine Autorität dort, wo es um das Wohl derer ging, die ihr Leben und ihre Gesundheit in Tobias' Hände gelegt hatten. Zumindest schien der Mönch mit den schlanken Händen und dem asketischen Gesicht fest entschlossen, es schlimmstenfalls auf eine Konfrontation ankommen zu lassen.

Das wollte sie nicht. Tobias hatte ihr das Leben gerettet. Abgesehen von ihrer Mutter war er vielleicht der einzige Mensch auf der Welt, der jemals ganz selbstlos etwas für sie getan hatte. Sie stand schon jetzt so tief in seiner Schuld, dass der Rest ihres Lebens wohl nicht reichen würde, um sie wieder zurückzuzahlen. Sie gab ihm mit Gesten zu verstehen, dass mit ihr alles in Ordnung sei und sie nur einen Moment bräuchte, um wieder zu Atem zu kommen.

»Wie du willst«, sagte Tobias. Er wirkte wenig begeistert, versuchte aber nicht noch einmal, sie zu überreden. »Aber wir haben nicht sehr viel Zeit. Abbés *Officium* liegt auf der anderen Seite des Hofes und es ist schon fast Zeit für das Gebet.«

Robin streckte die Hand nach dem Treppengeländer aus, um sich in die Höhe zu ziehen, aber nun kam ihr Salim zur Hilfe.

»Dann eilt Euch doch, um rechtzeitig zu Eurem Gebet zu kommen, Tobias«, sagte er. »Ich bleibe hier bei ihr, bis sie wieder zu Kräften gekommen ist.«

Tobias wirkte unschlüssig. »Bruder Abbé hat mir eindeutig aufgetragen, sie nicht aus den Augen zu lassen«, sagte er.

»Aber ich bin doch Euer Auge und Euer Ohr«, sagte Salim lächelnd. »Wovor fürchtet Ihr Euch? Dass ich sie entführe und ein Lösegeld für sie fordere? Oder dass ihre Genesung plötzlich auf wundersame Weise Fortschritte macht und sie sich auf ein Pferd schwingt und davonreitet?« Er schüttelte den Kopf. »Geht zu Euren Brüdern und betet mit ihnen zusammen zu Eurem Christengott, Tobias – bevor Ihr am Ende noch eine Sünde begeht, für die Ihr in der Hölle schmoren müsst.«

Er lachte bei diesen Worten, aber es war seltsam: Für einen ganz kurzen Moment schien es Robin, als hätte sich alles ins Gegenteil verkehrt, als wäre plötzlich er der Herr und Tobias der Sklave. Irgendetwas, das sich hinter seinem fast kindlichen Lachen verbarg, machte seine Worte zu einem Befehl, dem Tobias nahezu widerspruchslos gehorchte.

»Also gut«, sagte er. »Aber du haftest mit deinem Leben dafür, dass sie im *Officium* ist, sobald wir das Gebet beendet haben.«

»Das werde ich«, versprach Salim feierlich, senkte sein Haupt und fügte halblaut und mit einem Grinsen in Robins Richtung hinzu: »Was immer das Leben eines Sklaven wert sein mag.«

»Hüte deine Zunge, Sarazene«, grollte Tobias. »Bevor du sie verlierst.«

Er ging, am Anfang noch langsam und gemessenen Schrittes, dann, kaum dass er außer Sichtweite war, polterte er regelrecht die Treppe hinunter und schien zu rennen. Robin hatte keine Ahnung von den Gepflogenheiten der Tempelritter, aber ein Gebet musste hier wohl einen vollkommen anderen Stellenwert haben, als sie es gewohnt war.

»Ich dachte schon, er geht gar nicht mehr!« Salim ließ sich mit einem Seufzen auf die gleiche Treppenstufe sinken wie Robin und blickte stirnrunzelnd in die Richtung, in der Tobias verschwunden war.

»Wie ist es – reicht dir eine kleine Pause oder soll ich dich den Rest des Weges tragen? Es macht mir nichts aus. Ich bin stark genug.«

Robin schüttelte heftig den Kopf und Salim lachte. »Du gefällst mir, weißt du das? Du könntest fast eine Tuareg-Frau sein. Natürlich sind sie viel schöner, als ein Christenweib jemals sein könnte – aber du bist genauso stolz und stark wie eine von uns.« Er schwieg einen Moment, dann fuhr er fort: »Wenn wir eure Eroberungsheere endlich geschlagen haben und unsererseits hierher kommen, um euch den wahren Glauben zu bringen – was zweifellos in wenigen Jahren der Fall sein wird –, dann werde ich dich in meinem Harem aufnehmen. Natürlich nicht als meine Lieblingsfrau, aber …«

Was immer er noch hatte sagen wollen, ging in einem schmerzerfüllten Japsen unter, als Robin ihm wuchtig den Ellbogen in die Rippen stieß. Salim keuchte, rutschte hastig so weit von ihr weg, wie es auf der schmalen Treppe möglich war, und rieb sich die Seite.

»Oder vielleicht auch nicht«, murrte er.

Robin musste lachen, ob sie wollte oder nicht. Salim war ihr immer noch ein bisschen unheimlich, aber vielleicht lag das nur an seinem fremdartigen Äußeren – und natürlich an dem Umstand, dass er ein Heide war.

Sie streckte erneut die Hand nach dem Geländer aus. Salim sprang rasch auf, um ihr zu helfen, sagte aber trotzdem: »Wir haben Zeit. Die Gebete unserer Wohltäter dauern immer endlos. Ich habe nie verstanden, wie ihr auch nur eine einzige

Stadt erobern konntet – wo ihr doch fast den ganzen Tag mit Beten beschäftigt seid.«

Er griff nach Robins Hand, zog sie mit einer kraftvollen Bewegung in die Höhe und legte vielleicht ein wenig zu viel Schwung in die Bewegung, denn Robin kam zwar auf die Füße, verlor aber prompt das Gleichgewicht und stürzte gegen ihn. Salim legte rasch den Arm um sie und hielt sie fest – ein wenig *zu* fest nach Robins Dafürhalten und mehr als nur *ein wenig* zu lang. Für einen Moment waren sich ihre Gesichter ganz nahe, so nahe, dass ...

Robin stieß ihm die flachen Hände so kräftig vor die Brust, dass Salim sie nicht nur losließ, sondern auch überrascht einen Schritt nach hinten taumelte und um ein Haar tatsächlich die Treppe heruntergefallen wäre.

»He!«, protestierte er. »Warum so grob? Ich wollte doch nur ... mein Eigentum zurück!«

Nicht, dass Robin verstand, was er damit meinte – aber sie glaubte sehr wohl zu wissen, was er von ihr *wollte*. Sie hätte nicht einmal sagen können, ob es ihr unangenehm war oder nicht.

Aber nicht jetzt. Es war zu früh. Viel zu früh.

Sie deutete die Treppe hinab und Salim hob die Schultern; enttäuscht, aber vielleicht auch ein bisschen trotzig. »Ganz wie du meinst. Wenn du es nicht abwarten kannst, zu deinen frommen Freunden zu kommen ...«

Sie gingen weiter. Salim war nicht gekränkt genug, um seine Pflichten zu vernachlässigen, und stützte sie, bis sie das Ende der Treppe erreicht hatten und aus dem Turm hinaus ins Freie traten.

Robin blinzelte. Die Sonne stand hoch an einem wolkenlosen Himmel und es kam ihr ungewöhnlich warm vor, selbst für einen Hochsommertag. Robin beschattete die Augen mit einer Hand, während Salim das Gesicht direkt in die Sonne hob; wie jemand, der nach einem viel zu langen Winter endlich wieder einmal einen sonnigen Morgen erlebte.

»Dort drüben.« Salim deutete auf ein langgestrecktes Gebäude auf der anderen Seite des Hofes. »Schaffst du das?«

Robin war nicht ganz sicher, aber sie nickte trotzdem. Sie fühlte sich schwach, aber die wärmenden Strahlen der Sonne und die überraschend klare, sauerstoffreiche Luft taten ihr ungemein wohl. Ihr wurde erst jetzt richtig bewusst, wie stickig und düster es trotz des großen Fensters in Tobias' Turmkammer gewesen war.

Während sie auf Salims Arm gestützt langsam über den Hof ging, sah sie sich neugierig um. Das Anwesen war groß, aber vollkommen anders, als sie erwartet hatte. Nach allem, was sie von Abbé – und vor allem von Jan! – gehört hatte, hatte sie sich diese Komturei nicht anders denn als eine gewaltige Trutzburg vorgestellt, zehnmal so groß wie Burg Elmstatt (die sie ebenfalls noch nie gesehen hatte und nur aus Erzählungen kannte), mit gewaltigen Türmen und trutzigen, zinnengekrönten Mauern, auf deren Wehrgängen hunderte schwergepanzerte Ritter patrouillierten. Was sie sah, war allerdings das genaue Gegenteil: ein zwar großer, mit Ausnahme des Turms aber ganz gewöhnlicher Bauernhof, der von einem halben Dutzend Stallungen, Scheunen, Remisen und Wirtschaftsgebäuden gebildet wurde, sowie dem zweistöckigen Haus, zu dem Salim sie jetzt führte und von dem sie nicht genau sagen konnte, ob es sich nun um eine Kirche, ein ganz normales Wohnhaus oder eine sonderbare Mischung aus beidem handelte. Die einzige Bewegung, die sie im Moment wahrnahm, wurde von einem struppigen Hund und einem Dutzend Hühnern verursacht, die auf dem Hof nach Futter pickten. Es roch nach Mist, schmorender Holzkohle und frisch gemähtem Heu. Wo waren all die Ritter? Wo waren die Krieger, von denen Jan erzählt hatte, das mächtige Heer, das hier ausgebildet wurde, um das Heilige Land und die Stadt Christi aus der Tyrannei der Muselmanen zu befreien?

Salim registrierte ihre neugierigen Blicke, deutete sie aber vollkommen falsch. »Sieh dich nur gründlich um«, sagte er. »Diese Gelegenheit wirst du so schnell nicht wieder bekommen. Normalerweise darf keine Frau diesen Ort betreten. Deine gottesfürchtigen Freunde sind da ziemlich eigen. Wenn Bruder Abbé nicht ein gutes Wort für dich eingelegt hätte, dann hätte ich dich vorgestern Nacht nicht einmal hierher bringen dürfen. Die anderen Tempelherren sind nicht begeistert von deinem Hiersein. Bruder Jeromé schäumt immer noch vor Wut – aber das hast du ja schon selbst gemerkt.« Er sah sie fragend an. »Woher kennst du Bruder Abbé?«

Die Frage kam so überraschend, dass Robin sie vermutlich ganz automatisch beantwortet hätte, wenn sie in der Lage gewesen wäre zu sprechen.

»Ich weiß, ich weiß, du kannst nicht antworten«, fuhr Salim fort. »Und wenn du es könntest, würdest du es nicht tun. Vielleicht ist es sogar besser so. Aber ich wüsste zu gerne, woher Abbé dich kennt. Ich habe sein Gesicht gesehen, als ich dich hereingebracht habe ... Ich glaube, er wäre nicht unbedingt vor Kummer vergangen, wenn es Tobias nicht gelungen wäre, dein Leben zu retten.«

Robin war regelrecht erleichtert, dass sie in diesem Moment ihr Ziel erreicht hatten und Salim verstummte. Allmählich wurde ihr der junge Tuareg fast unheimlich. Entweder war er ein wirklich scharfsinniger Beobachter oder es stimmte, was man über die Muselmanen erzählte, dass sie über dämonische Kräfte verfügten.

Im Inneren des Gebäudes war es so kühl, dass sie im ersten Moment fror. Durch die Tür fiel helles Sonnenlicht herein, aber als Salim sie hinter ihr schloss, schien die Nacht zurückzukehren, denn es gab nur ein einziges, schmales Fenster. Immerhin konnte sie erkennen, dass sie sich in einer weitläufigen, allem Anschein nach vollkommen leeren Halle befanden, von der zahlreiche Türen abzweigten. Einziger Wandschmuck war ein doppelt mannsgroßer, weißer Teppich, auf dem das blutrote Tatzenkreuz der Tempelritter prangte. Eine breite Treppe aus Holz führte im hinteren Teil der Halle nach oben und in der Luft lag eine verwirrende Mischung der gegensätzlichsten Gerüche: Weihrauch und frisches Heu, eine sachte Spur des offenbar allgegenwärtigen Pferdemists, aber auch der Geruch von gebratenem Fleisch, der Robin nicht nur auf der Stelle das Wasser im Mund zusammenlaufen ließ, sondern ihren Magen auch zu einem hörbaren Knurren veranlasste. Immerhin hatte sie in den letzten Tagen so gut wie nichts gegessen.

Salim grinste, enthielt sich aber jeden Kommentars und deutete stumm auf die Treppe. Er streckte die Hand aus, aber Robin ignorierte sie und ging aus eigener Kraft weiter, wenn auch mit etwas wackeligen Knien. Dabei hätte sie in diesem Moment selbst nicht einmal sagen können, warum. Es war keineswegs so, dass ihr Salims Hilfe oder gar seine Berührung unangenehm gewesen wäre. Aber vielleicht war ja auch ganz genau das der Grund.

Langsam, aber aus eigener Kraft, ging sie die Treppe hinauf. Salim bot ihr nicht noch einmal seine Hilfe an, ging aber dicht neben ihr her, um im Notfall rasch zugreifen zu können. Er maß sie mit verstohlenen Blicken, in denen sich Überraschung mit einer Art widerwilliger Bewunderung mischte. Robin ihrerseits erfüllte dieser Blick mit Stolz.

Die Treppe endete auf einem hohen, ebenfalls sehr düsteren Flur, der sich in beiden Richtungen über die gesamte Länge des Gebäudes zu erstrecken schien. Es gab keine Fenster, sondern nur eine Anzahl schmaler Türen, in die in Augenhöhe kleine Gucklöcher eingelassen waren. Das wenige Licht, das durch diese Öffnungen hereindrang, reichte kaum aus, um in beiden Richtungen bis zum Ende des Flures sehen zu können.

Salim deutete nach links und legte dann unsinnigerweise den Zeigefinger über die Lippen. Dann fuhr er zusammen, machte eine entschuldigende Geste und grinste verlegen.

Sie setzten sich in Bewegung. Salims Ziel war offensichtlich die geschlossene Tür ganz am Ende des Korridors, aber Robin ließ natürlich die Gelegenheit nicht verstreichen, einen Blick in einen der angrenzenden Räume zu werfen, als sie an einer offen stehenden Tür vorbeikamen.

Die Kammer, in die sie blickte, war winzig – kaum breiter als die Tür selbst und höchstens fünf Schritte lang. Sie bot gerade Platz für ein Bett, das alles andere als bequem aussah, einen niedrigen dreibeinigen Schemel und eine hölzerne Truhe. Ein großes, geschnitztes Kreuz hing an der dem Bett gegenüberliegenden Wand. Das war alles. Selbst das Haus, in dem sie aufgewachsen war, kam ihr gegen diese winzige Zelle großzügig und luxuriös vor. Und das sollte der sagenhafte Reichtum der Tempelritter sein, von dem Jan erzählt hatte?

Wo waren all das Gold, die Edelsteine und kostbaren Stoffe, von denen der junge Ritter ihr vorgeschwärmt hatte?

Auch als Salim die Tür am Ende des Flures öffnete und sie den dahinterliegenden Raum betraten, entdeckte sie wenig von all den erwarteten Schätzen. Der Raum war sehr viel größer als die Zelle, die sie gesehen hatte, aber kaum weniger bescheiden eingerichtet. Es gab einen langen, aus schweren Eichenbalken gefertigten Tisch, der Platz genug für ein halbes Dutzend Stühle an beiden Seiten und einen etwas größeren Stuhl mit geschnitzten Lehnen am Kopfende bot, und an der Wand neben der Tür das allgegenwärtige Holzkreuz, diesmal gut mannsgroß. Ein kleiner Altar an der gegenüberliegenden Wand und ein großer Schrank mit geschnitzten Türen vervollständigte die Einrichtung. Immerhin war es der erste Raum, den sie hier sah, dessen Wände nicht vor Schmutz starrten.

Salim schloss die Tür und machte eine weit ausholende Geste. »Bruder Abbés *Officium*.« So wie er das sagte, schien es sich wohl um etwas ganz Besonderes zu handeln, aber Robin konnte an diesem Raum nichts Außergewöhnliches erkennen. Geros Stube war größer gewesen und weitaus besser eingerichtet.

»Komm.« Salim machte eine einladende Geste, ging mit schnellen Schritten voraus und öffnete zu Robins Verwirrung den Schrank. Er war vollkommen leer, viel größer, als sie erwartet hatte, und er war in Wahrheit auch gar kein Schrank. Er hatte keine Rückwand. Wo sie sein sollte, lag ein kleines, fensterloses Zimmer, das gerade Platz für einen einzelnen Stuhl bot.

»Eins von Bruder Abbés kleinen Geheimnissen«, sagte Salim spöttisch, als sie keine Anstalten machte, den Schrank zu betreten, sondern ihn nur fragend ansah. »Er hat eine Menge davon, aber ich fürchte, sie sind nicht alle so harmlos wie dieses. In diesem Raum werden manchmal Dinge von großer Wichtigkeit besprochen. Da erweist es sich schon einmal als recht nützlich, wenn einer zuhört, ohne dass es jedermann weiß.« Er wiederholte seine einladende Geste. »Keine Sorge. Niemand kann dich sehen, wenn du dort drinnen bist.«

Robin gehorchte zögernd, nicht nur weil sie ohnehin keine andere Wahl hatte, sondern weil sie mittlerweile auch kaum noch stehen konnte. Der Weg über den Hof und hier herauf hatte sie doch sehr ermüdet. Sie musste sich mit einer Hand an der Tischkante festhalten, während sie zum Schrank ging, und als Salim ihr diesmal seine Hand entgegenstreckte, schlug sie sie nicht aus.

Salim stellte den Stuhl unmittelbar hinter den Schranktüren auf, wartete, bis sie darauf Platz genommen hatte, und zog die Türen dann zu. Es wurde dunkel, aber nicht stockfinster. In die Tür war eine Anzahl kleiner Öffnungen eingelassen, durch die man nahezu den ganzen Raum auf der anderen Seite überblicken konnte und durch die überraschend viel Licht hereinfiel.

Robin spürte, wie Salim hinter sie trat, dann legte sich seine schmale, aber sehr kräftige Hand auf ihre Schulter. Robin wollte sie abstreifen, überlegte es sich dann aber anders.

Sie warteten.

KAPITEL 14

Es verging noch mindestens eine halbe Stunde, bis die Tür auf der anderen Seite des Raumes aufging und zwei Männer in der Kleidung der Tempelritter hereinkamen – Bruder Jeromé und ein etwas jüngerer, kräftig gebauter Mann, den Robin nicht kannte. Sie nahmen auf den Stühlen rechts und links des Kopfendes Platz und nur wenige Minuten später betrat auch Bruder Abbé das *Officium*. Auch er trug das Gewand eines Tempelritters, hatte jedoch, im Gegensatz zu den beiden anderen, keine Waffen bei sich – aber vielleicht wirkte er gerade dadurch viel beeindruckender als sie. Eine stumme Autorität ging von ihm aus, wie sie Robin bisher schon öfter an dem Tempelherrn aufgefallen war: etwa an dem Morgen, an dem sie Jan und die beiden anderen zu Grabe getragen hatten.

Neben ihr raschelte grober Stoff, dann berührte etwas Hartes und Kühles ihre Lippen: ein Becher mit kaltem Wasser, den Salim ihr hinhielt. Während der letzten halben Stunde hatte er das drei- oder viermal getan, nicht nur, weil es in der winzigen, fensterlosen Kammer immer stickiger geworden war, sondern vor allem, damit sie nicht im unpassenden Moment husten musste.

»Trink«, zischte seine Stimme an ihrem linken Ohr. »Und dann keinen Laut mehr! Wenn sie uns hier finden, ist es um uns geschehen!«

Robin hielt das für übertrieben, aber im Prinzip war Salims Warnung mehr als berechtigt: Wenn sie hier drinnen entdeckt wurden, würde das Abbé in eine mehr als unbequeme Lage bringen. Vielleicht konnte sie danach nicht mehr auf seinen Schutz vertrauen.

Falls sie das überhaupt jemals gekonnt hatte.

Sie leerte den Becher und kaum hatte Salim ihn zu Boden gesetzt, da betrat ein Mann in einer grauen Mönchskutte den Raum auf der anderen Seite der Schranktüren und wandte sich mit ehrfurchtsvoll gesenktem Haupt an Abbé.

»Bitte verzeiht die Störung, Bruder«, sagte er. »Gunthar von Elmstatt und sein Sohn Gernot sind eingetroffen und wünschen Euch zu sprechen.«

»Dann führ sie herein, Bruder«, sagte Abbé. »Wir wollen unsere Gäste nicht unnötig warten lassen. Es wäre unhöflich.«

Der Mönch entfernte sich rückwärts gehend und Abbé nahm auf dem Stuhl am Kopfende des Tisches Platz. Robin konnte sein Gesicht nun nicht mehr sehen, aber sie spürte die Anspannung fast körperlich, die nun von dem untersetzten Tempelherrn ausging. Obgleich für jeden im Raum unsichtbar, war sie Abbé so nahe, dass sie ihn mit der ausgestreckten Hand hätte berühren können, wäre die Schranktür nicht zwischen ihnen gewesen.

Schritte näherten sich draußen auf dem Flur, dann traten rasch hintereinander vier Männer in das *Officium*. Robin fuhr so erschrocken zusammen, dass Salim ihr besorgt die Hand auf den Unterarm legte. Sie nickte in der Dunkelheit, um ihm zu zeigen, dass alles in Ordnung sei. Salim konnte die Bewegung schwerlich sehen, aber wahrscheinlich spürte er sie.

Dabei war rein gar nichts *in Ordnung*. Drei der vier Männer, die hereingekommen waren, kannte sie. Es waren Gernot von Elmstatt, der den linken Arm noch immer in einer Schlinge trug, sowie der Bauer Hark aus ihrem Dorf. Er hatte einen schmutzigen Verband um die Stirn und war sehr blass, aber es ließ sich nicht sagen, ob das an seiner Verwundung lag oder nicht vielmehr an der Ehrfurcht, mit der ihn seine Umgebung erfüllte – wobei Robin nicht sicher war, ob die Betonung eher auf *Ehre* oder *Furcht* lag. So oder so war sie erleichtert, ihn lebend wiederzusehen. Nachdem so viele, die ihr nahegestanden hatten, vor ihren Augen zu Tode gekommen waren, hatte sie ganz instinktiv angenommen, dass auch er nicht mehr am Leben sei.

Dafür traf sie der Anblick des dritten Mannes um so härter. Es war ein dunkelhaariger, bärtiger Riese mit einer hässlichen Narbe im Gesicht. Otto, der Waffenmeister Gunthar von Elmstatts. Der Mann, der versucht hatte, sie zu töten. Sie begann am ganzen Leib zu zittern.

Salim legte ihr nun auch die andere Hand auf die Schulter, und obwohl sie wusste, dass es nur eine Illusion war, gab ihr seine Berührung ein Gefühl von Schutz und Sicherheit, das sie vielleicht allzu lange vermisst hatte. Sie hob den Arm und griff ihrerseits nach seiner Hand. Er ließ die Berührung zu und es war, als könnte sie sein Lächeln in der Dunkelheit hinter sich spüren.

»Seid willkommen, Gunthar von Elmstatt.« Bruder Abbé machte sich nicht die Mühe, sich aus seinem Stuhl zu erheben, um seine Gäste zu begrüßen, sondern machte nur eine knappe Bewegung mit der Hand; eine subtile Demonstration seiner Macht, die ihre Wirkung auf die Angesprochenen aber vollkommen zu verfehlen schien.

Gunthar, der ein grauhaariger starker Mann um die fünfzig war, verzog das Gesicht zu einer Grimasse. »Bitte verzeiht, *Bruder* Abbé«, sagte er, wobei er das Wort *Bruder* so betonte, dass es einer Beleidigung gleichkam. »Aber wir sind nicht gekommen, um Freundlichkeiten auszutauschen.« Er nahm unaufgefordert Platz – was nach allem, was Robin wusste, nun wirklich einer Ohrfeige für seinen Gastgeber gleichkam, – und machte eine auffordernde Geste zu seinen Begleitern, es ihm gleichzutun. Sie gehorchten. Einzig Hark trat unbehaglich von einem Fuß auf den anderen und wartete, bis Abbé ihm mit einem angedeuteten Nicken sein Einverständnis signalisierte.

»Ich war mit diesem zusätzlichen Treffen einverstanden, um unser aller Freundschaft willen«, begann Gunthar. Als er das Wort *Freundschaft* aussprach, huschte ein verächtlicher Ausdruck über das Gesicht seines Sohnes, aber er schwieg.

»Das weiß ich«, antwortete Abbé. »Und ich weiß auch, wie schwer es Euch gefallen sein muss, insbesondere nach dem herben Verlust, den Ihr erlitten habt. Es ehrt Euch, dass Ihr die Gerechtigkeit über die Stimme Eures Blutes stellt, die zweifellos nach Rache schreit.«

»Gerechtigkeit...« Gunthar seufzte, aber in Robins Ohren klang es eher wie ein kleiner Schrei. »Nun, ganz wie Ihr meint, Abbé.« Er deutete auf Hark. »Ich nehme an, Ihr kennt diesen Mann?«

»Wir sind uns nie begegnet«, antwortete Abbé ruhig. »Doch ich vermute, er stammt aus dem Dorf, das überfallen wurde?«

Robin konnte Abbés Gesicht nicht erkennen, sehr wohl aber die Reaktion auf Harks Gesicht, und die machte jede Antwort im Grunde überflüssig. Den Ausdruck auf seinen Zügen mit *Entsetzen* zu beschreiben wäre noch untertrieben gewesen.

»Er hat eine interessante Geschichte zu erzählen«, sagte Gunthar, während er sich mit einer schwerfällig wirkenden Bewegung auf seinem Stuhl herumdrehte und sich direkt an Hark wandte. »Sprich. Du hast nichts zu befürchten. Erzähl einfach die gleiche Geschichte, die du uns berichtet hast.«

Hark wand sich einen Moment wie unter Schmerzen. Er hatte weder die Kraft, Abbé noch Gunthar von Elmstatt anzusehen. »Sie... sie kamen mit Einbruch der Nacht«, begann er stockend. »Vier... vier Tempelritter, Herr. Sie waren gekleidet wie... wie Ihr. Und zu Pferde und in Waffen.«

Er stockte. Gunthar warf einen scharfen Blick in Abbés Gesicht, dann nickte er Hark auffordernd zu. »Red weiter. Nur keine Furcht. Solange du die Wahrheit sagst, kann dir nichts geschehen.«

»Ich weiß nicht, was die Wahrheit ist, Herr«, antwortete Hark gequält und noch immer, ohne irgendjemanden im Raum direkt anzusehen. »Ich meine, ich... ich weiß nicht, warum sie es getan haben. Niemand bei uns kann es sich erklären.«

»*Was* getan, mein Sohn?«, fragte Abbé. Seine Stimme war autoritär, aber plötzlich fast sanft; die Stimme eines Vaters, der mit einem verängstigten Kind spricht.

»Sie haben uns angegriffen, Herr«, antwortete Hark, beinahe im Flüsterton. »Sofort und ohne auch nur ein Wort zu sagen. Sie haben... acht von uns erschlagen und Feuer gelegt und die Überlebenden haben sie in der Mitte des Dorfes zusammengetrieben.« Er begann mit den Händen zu ringen. »Wenn... wenn die Söhne des Lehnsherrn nicht gekommen wären, dann hätten sie uns vielleicht alle getötet. Wir haben versucht, uns zu wehren, aber sie ... sie waren viel zu stark.«

»Einfach so, ohne ein Wort zu sagen?«, hakte Abbé nach.

Hark nickte nervös. Er versuchte nun doch, Abbé anzusehen, hielt seinem Blick aber nicht einmal für die Dauer eines Lidschlages stand. »Männer, Frauen und Kinder«, bestätigte er. »Sie haben jeden niedergemacht, der ihren Weg kreuzte. Sie ... sie waren wie die Teufel.«

Robin sah, dass der ihr unbekannte Tempelritter auffahren wollte, aber Abbé brachte ihn mit einer raschen Geste zur Räson. »Sag mir, Hark«, fragte er, noch immer in jenem sanften, aber trotzdem bestimmten Ton, »siehst du hier im Raum einen der Männer, die dein Dorf überfallen haben?«

Hark verneinte und Abbé fuhr fort. »Ich lasse gern meine anderen Brüder kommen, damit du ...«

»Welchen Sinn sollte das haben?«, mischte sich Gernot ein. »Die Männer trugen Helme! Er würde sie nicht einmal erkennen, wenn sie vor ihm stünden. Nicht einmal ich würde sie wiedererkennen, obwohl ich mit einem von ihnen gekämpft habe!«

Abbé hob besänftigend die Hand. »Ich bitte Euch, Gernot. Eure Erregung ist verständlich, aber sie hilft uns nicht bei der Wahrheitsfindung.«

»Wahrheit?« Gernot schnaubte. »Sie dürfte jedem hier im Raum ...«

Diesmal war es sein Vater, der ihn zum Schweigen brachte. »Gernot!«, sagte er scharf. Dann wandte er sich an Hark. »Sprich weiter.«

»Es war, wie Euer Sohn gesagt hat«, fuhr Hark mit gesenktem Blick fort. »Er und ... und Euer jüngster Sohn kamen im letzten Augenblick, um uns zu retten. Sie haben sich mit ihren eigenen Leben zwischen uns und die Tempelritter geworfen, um uns zu beschützen.«

»Wieso?«, fragte Abbé.

»Wieso?« Gernot riss ungläubig die Augen auf. »Das fragt Ihr im Ernst? Sollten wir tatenlos zusehen, wie ...«

Abbé unterbrach ihn. »Ihr habt mich missverstanden, Gernot«, sagte er. »Natürlich hätte niemand tatenlos zugesehen, wie ein solch ruchloses Verbrechen verübt wird. Nein, was ich meine, ist etwas ganz anderes. Wie kommt es, dass Ihr just in diesem Moment dort aufgetaucht seid? Harks Dorf liegt sehr einsam. Niemand kommt zufällig dort vorbei.«

Gernot verzog die Lippen. Er hatte die Frage erwartet. »Es war kein Zufall«, sagte er verächtlich. »Mein Bruder Gundolf und ich waren auf dem Weg nach Burg Elmstatt. Wir fanden die Spuren von Reitern. Wir sind ihnen gefolgt. So einfach ist das.« Er machte ein abfälliges Geräusch. »Dann sahen wir das Feuer und später hörten wir die Schreie. Wir ritten, so schnell wir konnten ...«

»... und seid gerade noch rechtzeitig gekommen, um das Allerschlimmste zu verhindern«, fiel ihm Abbé ins Wort. Es klang spöttisch. »Da können wir Gott dem Herrn ja dafür danken, dass er Euch gerade im richtigen Moment dorthin geschickt hat.«

»Vielleicht wollte er nur verhindern, dass in seinem Namen ein noch größeres Verbrechen geschieht«, sagte Gernot düster. »Acht der braven Leute waren bereits tot und die Templer hatten die anderen wie Vieh zusammengetrieben, um auch sie abzuschlachten.«

»Aber Ihr habt sie daran gehindert, indem Ihr sie in die Flucht geschlagen habt«, vermutete Jeromé. Seine Stimme triefte vor Hohn.

»Ich habe ihren Anführer zum Kampf gefordert«, sagte Gernot.

»Und zweifellos besiegt.«

Diesmal verging ein kurzer Moment, ehe Gernot antwortete. »Nein«, gestand er widerstrebend und mit einer Kopfbewegung auf seinen verletzten Arm. »Ich habe es versucht, aber ich war ihm nicht gewachsen. Er hat mich am Arm verwundet. Er hätte mich töten können, aber er hat darauf verzichtet. Stattdessen sind er und seine Begleiter abgerückt. Ich war verwundet und Otto blieb bei mir, um mich zu beschützen. Aber Gundolf ...«

Er sprach nicht weiter, aber nach einer Weile sagte Otto mit leiser, fast tonloser Stimme: »Er hat die Mörder verfolgt. Ich wollte ihn noch zurückrufen, aber er hat nicht auf mich gehört.«

»Zwei Männer aus dem Dorf fanden ihn am nächsten Morgen«, sagte Hark leise. »Bei der alten Kapelle.« Bei diesen Worten sah er Abbé an. »Er war tot. Sie haben ihn erschlagen.«

»Er hatte keine Chance, allein gegen vier«, fügte Otto grollend hinzu. »Es ist meine Schuld. Ich hätte ihn nicht allein gehen lassen dürfen.«

»Du wärst nur ebenfalls getötet worden«, sagte Gunthar. Seine Stimme war so leer wie seine Augen. Bei all den Lügen und Halbwahrheiten, die in den letzten Minuten in diesem Raum gesprochen worden waren, dachte Robin, war er vielleicht der Einzige, dessen Kummer echt war.

»Das spielt keine Rolle«, antwortete Otto. »Ich war für sein Leben verantwortlich. Ich habe geschworen, Euer Leben und das Eurer Familie zu beschützen. Ich habe versagt.«

Abbé seufzte. »Das ist eine ... ungeheuerliche Geschichte«, sagte er. »Und zugleich eine schwere Anschuldigung, die du da vorbringst, Hark, darüber bist du dir doch im Klaren.«

Hark nickte. Er hatte große Angst. »Aber ... aber es ist ... ist die Wahrheit, Herr«, stammelte er. »Das schwöre ich.«

»Niemand bezichtigt dich der Lüge«, sagte Abbé sanft. »Aber wir fragen uns, warum du mit dieser Geschichte ausgerechnet zu uns kommst.« Er wandte sich an Gunthar. »Ein offenes Wort, mein Freund. Ihr glaubt doch nicht etwa, dass wir irgendetwas damit zu tun haben?«

Gunthar antwortete nicht direkt auf diese Frage und er sah Abbé auch nicht an, sondern starrte an ihm vorbei ins Leere – und dabei so genau in Robins Richtung, dass sie für einen Moment fast glaubte, er hätte sie in ihrem Versteck gesehen.

»Diese Komturei ist die einzige im Umkreis von sieben Tagesritten«, sagte er leise. »Und es waren Tempelritter, die das Dorf überfallen haben.«

Robin sah, wie sich Jeromés Hand auf das Schwert an seiner Seite senkte, aber Abbé kam ihm auch jetzt zuvor. »Und nun meint Ihr, wir wären an diesem feigen Überfall beteiligt gewesen?« Er seufzte. »Mein lieber Freund, ich kann Euren Schmerz verstehen. Es gibt nichts Schlimmeres für einen Vater, als sein Kind zu verlieren. Aber ich bitte Euch, im Namen unserer alten Freundschaft, sagt mir, warum wir so etwas tun sollten! Es gibt keinen Grund! Elmstatt und wir sind in Freundschaft verbunden, seit diese Komturei besteht, und die braven Menschen in diesem Ort haben uns nichts getan!«

Gunthars Gesicht war wie Stein. »Sprich weiter, Hark«, sagte er.

»Ich habe ... eines der Pferde«, murmelte Hark. »Das Pferd, das einer der Tempelritter ritt. Ich habe es schon einmal gesehen. Es ... es war eine Schecke. Eher ein Pony und eigentlich viel zu klein, um einen Mann in Rüstung zu tragen.«

»Und?«, fragte Jeromé.

»Ein solches Pferd steht draußen auf Eurer Weide, Abbé«, sagte Gunthar.

»Und was heißt das?«, wollte Jeromé wissen. »Es gibt Dutzende solcher Schecken, wenn nicht Hunderte!«

»Nicht dieses ganz besondere Tier«, beharrte Gunthar. »Auch ich kenne es. Ich habe es oft genug gesehen. Es gehört Eurem Knappen, Abbé – wie war doch gleich sein Name?«

»Jan von Tronthoff.« Abbés Stimme blieb unverändert, aber seine Haltung versteifte sich ein wenig.

»Jan von Tronthoff ... ja, ich erinnere mich. Ein freundlicher junger Mann. Ist er zufällig hier?«

»Ich fürchte nein«, antwortete Abbé.

»Aber Ihr könnt ihn ohne Zweifel herbeirufen lassen.«

»Auch das wird nicht möglich sein, fürchte ich«, sagte Abbé. »Gott dem Herrn hat es in seiner unergründlichen Gnade gefallen, Jan zu sich zu rufen.«

»Er ist tot.« Gunthar klang kein bisschen überrascht.

»Er bekam ein schlimmes Fieber und starb nach wenigen Tagen.« Abbé bekreuzigte sich. »Seither hat niemand mehr sein Pferd geritten. Ihr habt Recht: Es ist nicht kräftig genug, um einen erwachsenen Mann in Rüstung und Waffen zu tragen.«

»Und doch hat Hark es gesehen«, sagte Gernot. »Und ich auch.«

»Das ist unmöglich«, sagte Jeromé scharf und Abbé fügte in nur wenig versöhnlicherem Ton hinzu: »Es sei denn, jemand hätte es von unserer Weide gestohlen ...«

»...um es pünktlich am nächsten Morgen zurückzubringen.« Gernot lachte böse. »Was soll dieser Unsinn?«

»Hark hat dieses Pferd nicht erst vor zwei Tagen gesehen«, sagte Gernots Vater rasch. »Er kennt es schon länger. Ebenso wie seinen Reiter.«

»Was soll das heißen?«, fragte Jeromé lauernd.

Gunthar wandte sich mit einem auffordernden Nicken an Hark. Es dauerte lange, bis der Bauer sprach, aber als er es tat, da sprudelten die Worte nur so aus ihm heraus; fast als hätte er Angst, dass ihm die Kraft für einen zweiten Anlauf fehle.

»Da war dieser Tempelritter, Herr. Er ... er kam seit drei Monaten, fast regelmäßig zweimal die Woche.«

»Dieser Tempelritter?«, fragte Jeromé. »Von welchem Tempelritter redest du?«

Hark streifte Abbé mit einem nervösen Blick, ehe er antwortete. »Ich weiß es nicht. Ich meine, ich ... ich habe sein Gesicht nie gesehen und auch kein anderer in unserem Ort. Aber seinen Begleiter und ... und vor allem sein Pferd.«

»Und was hat *dieser* Tempelritter drei Monate lang getan?«, fragte Abbé.

»Er ... er hat sich mit einer Frau getroffen«, stieß Hark hervor. »Einer Frau aus unserem Dorf.«

Für ein paar Augenblicke wurde es fast absolut still in Abbés *Officium*. Dann keuchte Jeromé: »Ist dir klar, was du da gerade gesagt hast, Kerl?«

Hark sah nervös auf. Er zitterte. Der Blick, den er Bruder Abbé zuwarf, war fast flehend. »Es ist ... wahr, Herr«, stammelte er.

»Und das ist weiß Gott noch nicht alles«, fügte Gernot hinzu. »Wie es aussieht, war der Mann des Frauenzimmers, mit dem sich der Tempelritter traf, nicht besonders begeistert darüber. Vor einer Woche nahm er eine Mistgabel, ging hinaus und erschlug seine Frau und auch den Begleiter des Tempelritters, bevor es diesem gelang, ihn zu töten.«

»Was für eine absurde Geschichte«, sagte Jeromé. »Der Mann ist nicht bei Verstand!«

»Ich war gestern bei dieser Kapelle«, sagte Gunthar leise. »Ich wollte den Leichnam meines Sohnes holen. Es gibt dort drei frisch ausgehobene Gräber. Sie sind keine Woche alt.« Er atmete hörbar ein. »Ich habe sie öffnen lassen. In einem lag der Leichnam Eures Knappen, Abbé. Er ist nicht am Fieber gestorben. Jemand hat ihm den Schädel eingeschlagen.«

»Das ist ungeheuerlich!« Jeromé sprang auf und griff nach seinem Schwert.

»Bruder Jeromé!« Abbé machte eine besänftigende Geste mit beiden Händen. »Bitte beruhigt Euch! Ich bin sicher, dass wir alles aufklären können.«

»Was gibt es da aufzuklären?«, fragte Gernot böse. »Selbst ein Blinder wäre fähig, die Wahrheit zu sehen!«

»Welche Wahrheit?«, fragte Jeromé schneidend.

»Die einzige«, antwortete Gernot. »Jemand hat einen Tempelritter erschlagen. Ein todeswürdiges Verbrechen, nicht wahr?«

»Nicht schlimm genug, um ein ganzes Dorf auszulöschen«, sagte Abbé. »Das wisst Ihr, Gernot.«

»Aber vielleicht willkommener Anlass, sich lästiger Zeugen zu entledigen«, gab Gernot zurück. »Zeugen für etwas, das vor allem einem Mann sehr peinlich sein muss, der ein Keuschheitsgelübde abgelegt hat.«

Jeromé erbleichte. »Das ist genug. Ihr werdet mir für diese ungeheuerliche Unterstellung Genugtuung gewähren, hier und jetzt!« Er zog sein Schwert.

Auch Gernot und Otto sprangen fast im gleichen Moment auf und zogen ihre Schwerter und für einen Augenblick schien ein Kampf unvermeidlich. Jeromé trat drohend auf die beiden Männer zu und Otto nahm breitbeinig und mit grimmiger Miene Aufstellung zwischen ihm und seinem Schützling.

»Jeromé! Gernot!« Abbé sprang auf und machte eine herrische Geste. »Ich befehle Euch aufzuhören!«

Jeromé senkte zögernd sein Schwert. Er stand noch für einen kurzen Moment in vorgebeugter, aggressiver Haltung da, dann drehte er sich mit einem Ruck herum und nahm neben Abbés Stuhl Aufstellung. Er setzte sich weder noch steckte er seine Waffe ein.

»Sprechen wir offen, Gunthar«, sagte Abbé. Jede Spur von Freundlichkeit war aus seiner Stimme verschwunden. »Bezichtigt Ihr mich, dieser Tempelritter gewesen zu sein?«

»Wart Ihr es denn?«, fragte Gunthar.

»Nein«, antwortete Abbé. »Ich schwöre im Angesicht Gottes, dass ich hier und jetzt das erste Mal von dieser Geschichte höre. Und ich habe auch nicht gewusst, dass Jan gewaltsam ums Leben gekommen ist. Man hat mir erzählt, er wäre am Fieber gestorben.«

»Man?«

»Niemand von uns«, beharrte Abbé. »Das muss Euch genügen.«

»Aber das tut es nicht«, antwortete Gunthar. »Ihr habt es selbst gesagt: Es gibt im Umkreis vieler Tagesreisen nur diese eine Komturei. Ich glaube Eurem Wort, Abbé, wenn Ihr sagt, dass Ihr nichts davon wusstet. Aber ich glaube ebenso, dass der Mörder meines Sohnes in diesen Mauern lebt – und dass Ihr wisst, um wen es sich handelt. Ich verlange seine Auslieferung.«

»Wozu?«, fragte Jeromé. »Wir unterstehen nur Gottes Urteil. Eure weltliche Gerechtigkeit gilt in diesen Mauern nicht.«

»Dann werden wir sie wohl niederreißen müssen, diese Mauern«, sagte Gernot.

»Ich verlange Gerechtigkeit«, sagte Gunthar noch einmal, ohne Jeromé anzusehen und weiter direkt an Abbé gewandt. »Und wenn Ihr wirklich der Mann seid, für den ich Euch halte, Abbé, dann werdet Ihr sie mir gewähren. Und wenn nicht, dann muss ich sie mir selber nehmen.« Er hob die Stimme. »Ihr werdet mir Gundolfs Mörder ausliefern. Oder ich schwöre bei der Seele meines toten Sohnes, dass ich morgen bei Sonnenaufgang mit einem Heer zurückkommen und diese Komturei dem Erdboden gleichmachen werde!«

»Mit was für einem Heer?« fragte Jeromé höhnisch. »Ihr habt keines.«

Gunthar schwieg. Er starrte Abbé an.

»Für diese Drohung allein könnte ich Euch hinrichten lassen«, sagte Abbé leise. Er schüttelte traurig den Kopf. »Ich gebe Euch mein Ehrenwort, dass weder ich noch einer meiner Brüder etwas mit dem Überfall auf das Dorf zu tun haben – und schon gar nicht mit dem Tod Eures Sohnes!«

»Ihr habt Zeit bis morgen früh«, sagte Gunthar. »Bis dahin verlange ich die Auslieferung des Mörders oder die Waffen werden sprechen.«

Er wollte sich herumdrehen und gehen, aber zur allgemeinen Überraschung rief ausgerechnet Jeromé ihn noch einmal zurück.

»Auf ein Wort, Freiherr!«

Gunthar blieb stehen und sah den Tempelritter stirnrunzelnd an.

»Wir haben uns Eure Geschichte geduldig angehört«, sagte Jeromé. »Aber sie scheint mir ... noch nicht ganz zu Ende erzählt zu sein.«

Gunthars Stirnrunzeln vertiefte sich. Er sagte immer noch nichts.

»Ihr sagtet, die Tempelritter hätten acht Männer und Frauen aus dem Dorf erschlagen?«

»Und viele andere verletzt«, bestätigte Gernot, ehe sein Vater antworten konnte.

»Und das ist alles?«, fragte Jeromé. »Ich meine: Es wurde niemand ... verschleppt?«

Robins Herz machte einen erschrockenen Sprung in ihrer Brust und auf Gernots Gesicht erschien ein Ausdruck, der zwischen Bestürzung und unterdrücktem Schrecken schwankte. »Verschleppt?«, wiederholte er zögernd.

Jeromé wandte sich mit einem zugleich fragenden wie herausfordernden Blick an Hark. Nach kurzem Zögern nickte der Bauer.

»Ein Mädchen«, sagte er achselzuckend. »Ihre Mutter wurde bei dem Überfall getötet.«

»Und sie selbst?«, hakte Jeromé nach. Robins Herz begann zu klopfen. Was hatte der Tempelritter vor?

»Sie war noch am Leben«, sagte Hark achselzuckend. »Ich habe sie gesehen. Aber am nächsten Morgen war sie verschwunden.«

»Sie wird weggelaufen sein«, sagte Gernot.

»Oder sie haben sie mitgenommen, um ihren Spaß mit ihr zu haben«, fügte Otto hinzu. »Worauf wollt Ihr hinaus?«

»Sie könnte ebenso gut noch am Leben sein«, antwortete

Jeromé. Robin sträubten sich die Haare. In der Dunkelheit neben ihr sog Salim scharf die Luft ein. Was hatte Jeromé vor?

»Und wenn?«, fragte Gernot. Seine Augen wurden schmal. Es gelang ihm nicht ganz, seine plötzliche Nervosität zu überspielen.

»Vielleicht wurde sie ja auch verschleppt, weil sie etwas gesehen oder gehört hat, was sie besser nicht gesehen oder gehört hätte«, antwortete Jeromé. Er lachte. »Ich kann Euch versichern, dass das Mädchen am Leben ist, Gernot. Man hat versucht, es zu töten, aber die Mörder waren nicht gründlich genug.«

»Sie ... lebt?«, fragte Gernot zweifelnd.

»Was für ein Unsinn«, sagte Otto. »Selbst wenn sie am Leben wäre, was für einen Unterschied sollte das schon machen?«

»Einen entscheidenden«, antwortete Jeromé. »Ich kann Euch versichern, Otto, dass das Mädchen lebt und sich in unserer Obhut befindet. Und dass es die wahre Identität der Mörder kennt.«

Und dann tat er etwas, das nicht nur Robin für einen Moment vor Entsetzen schier das Blut in den Adern gerinnen ließ: Er drehte sich herum, streckte den Arm aus und öffnete die Tür zu Robins Versteck, noch bevor Abbé ihn daran hindern konnte. Robin hob erschrocken die Hand, um ihre Augen vor der plötzlichen, ungewohnten Helligkeit zu schützen. Salim stieß ein überraschtes Keuchen aus und auch Abbé sog hörbar die Luft zwischen den Zähnen ein.

»Robin«, murmelte Hark überrascht.

»Was uns die Frage nach ihrer Identität beantwortet«, sagte Jeromé spöttisch. »Du kennst das Mädchen.«

Hark nickte nur, offensichtlich völlig überrascht von Robins plötzlichem Anblick. Gernot sah einfach nur fassungslos aus, während auf Ottos Gesicht das blanke Entsetzen erschien.

»Was soll das?«, fragte Gunthar. Er wirkte eher unwillig als erschrocken. »Was bedeutet das, Abbé? Ein Versteck, um uns zu belauschen? Wer ist dieses Mädchen? Und wer ist dieser Muselmane?«

Er deutete anklagend auf Salim, der wie Robin überrascht in die plötzliche Helligkeit blinzelte, sich aber trotzdem schützend zwischen sie und die anderen geschoben hatte.

»Salims Anwesenheit hat nichts zu bedeuten«, sagte Abbé lahm. Er war vollkommen verunsichert. Jeromés Eingreifen hatte ihn ebenso überrascht wie alle anderen. »Er ist nur zu ihrem Schutz hier. Komm heraus, mein Kind. Du hast nichts zu befürchten.«

Er hatte sich wieder halbwegs gefangen, trat auf Robin zu und streckte auffordernd die Hand aus. Robin gehorchte ganz automatisch. Sie war viel zu schockiert, um irgendetwas anderes zu tun. Sie hatte Angst und sie verstand einfach nicht, warum Jeromé das getan hatte – so wenig wie ganz offensichtlich auch Abbé. Er wirkte äußerlich gefasst, aber Robin spürte, wie es hinter seiner Stirn arbeitete. Er versuchte verzweifelt, einen Ausweg aus dieser Situation zu finden.

»Was bedeutet das?!«, fragte Gernot scharf. »Ich verlange Aufklärung! Auf der Stelle!«

Robin sah mit klopfendem Herzen zur Tür hin. Weder Gernot von Elmstatt noch Otto hatten sich bisher gerührt. Gernot wirkte nach wie vor einfach zu Tode erschrocken, aber das Entsetzen auf Ottos Gesicht hatte mittlerweile einer grimmigen Entschlossenheit Platz gemacht. Seine rechte Hand lag auf dem Schwert, das er gerade erst wieder eingesteckt hatte.

»Dieses Mädchen weiß, was wirklich geschehen ist«, antwortete Jeromé. »Sie hat die Mörder gesehen.«

»Dann soll sie sie uns nennen!«, verlangte Gunthar.

»Ich fürchte, das ist im Moment nicht möglich.« Abbé legte Robin in einer beschützenden Geste die Hände auf die Schultern. »Wie Ihr seht, ist sie verletzt. Man hat versucht, Ihr die Kehle durchzuschneiden. Es ist uns mit Gottes Hilfe gelungen, ihr Leben zu retten, aber sie kann nicht sprechen.«

Otto lachte. »Was für eine famose Zeugin, die nicht sprechen kann!«, höhnte er. »Was soll das beweisen?«

»Robin kennt die Gesichter der Mörder, die Euren Sohn getötet haben, Gunthar«, sagte Abbé. »Und ich glaube, sie weiß auch, warum es geschehen ist.«

»Wie schade, dass sie nicht reden kann«, sagte Otto böse.

»*Noch* nicht«, verbesserte ihn Abbé, blickte dabei aber weiter seinen Herrn Gunthar an. »Bruder Tobias ist sicher, dass ihre Sprache zurückkehren wird. Aber wir müssen ihr Zeit geben.«

»Zeit? Wozu?«, fragte Otto. »Damit Ihr ihr ganz genau erklären könnt, was sie zu sagen hat?«

Gunthar machte eine ärgerliche Geste in Richtung seines Waffenmeisters, ließ Robin dabei aber keinen Moment aus den Augen.

»Ist das wahr, Kind?«, fragte er. »Die Männer, die dir das angetan haben – waren es dieselben, die dein Dorf überfallen haben?«

Robin nickte. Der Druck von Abbés Händen auf ihren Schultern verstärkte sich ein ganz kleines bisschen. Sie wirkten vollkommen ruhig, aber sie konnte durch seine Haut hindurch spüren, wie sein Puls raste.

»Und du...« Gunthar atmete hörbar ein. »Du hast auch gesehen, wer meinen Sohn getötet hat?«

Robin nickte erneut. Es kostete sie fast all ihre Kraft, Gunthars Blick standzuhalten, und fast noch mehr, nicht zu Gernot und vor allem Otto hinzusehen. Es zu tun wäre womöglich ein tödlicher Fehler. Wenn sie Otto und Gernot jetzt entlarvte, ließ sie ihnen keine andere Wahl, als ihre Waffen zu ziehen.

»Also gut«, sagte Gunthar schweren Herzens. »Eine Woche. Nicht mehr.«

»Es mag länger dauern, bis sie ihre Sprache wiederfindet«, sagte Abbé.

»Eine Woche«, wiederholte Gunthar. »Nicht einen Tag mehr.«

»Vater!«, sagte Gernot. »Das ist absurd! Begreifst du nicht, dass es nichts als ein Trick ist, um Zeit zu schinden? In einer Woche haben sie dieses Mädchen so weit, dass es schwört, die Jungfrau Maria auf einem fliegenden Pferd gesehen zu haben!«

»Schweig!«, sagte Gunthar. »Eine Woche, Bruder Abbé. Nicht eine Stunde mehr.«

Damit ging er, dicht gefolgt von Otto und seinem Sohn.

Kaum waren sie allein, da ließ Abbé Robins Schultern los und fuhr wütend zu Jeromé herum. »Habt Ihr den Verstand verloren?« Er schrie fast. »Wer hat Euch erlaubt, das zu tun?«

»Die Vernunft«, antwortete Jeromé, kaum weniger laut als er. »Habt Ihr nicht zugehört? Er wäre mit einem Heer wiedergekommen. Wir sind nicht stark genug, einer Belagerung standzuhalten.«

»Habt Ihr nicht selbst gesagt, er hätte kein Heer?«

»Er hat ein Dutzend Männer unter Waffen«, antwortete Jeromé. »Nicht genug, um uns zu besiegen, aber genug, um ein großes Blutvergießen anzuzetteln. Wollt Ihr das? Habt Ihr nicht schon genug Schaden angerichtet?«

»Was wollt Ihr damit sagen?«, fragte Abbé lauernd.

Jeromé setzte zu einer Antwort an, aber dann warf er stattdessen nur einen langen Blick in Robins Gesicht und einen etwas kürzeren in Salims. *Nicht vor ihnen. Und nicht jetzt.*

»Wir haben auf diese Weise wenigstens Zeit gewonnen«, sagte er. »Eine Woche, um die Wahrheit herauszufinden. Und vielleicht Hilfe zu holen.«

»Ja«, murmelte Abbé. »Und zu Gott zu beten, dass er ihr bis dahin die Sprache zurückgibt.«

KAPITEL 15

Während der nächsten Tage sah sie weder Bruder Abbé noch einen der anderen Tempelritter wieder und sie durfte auch ihr Zimmer im obersten Stock des Turms nicht verlassen – angeblich, um ihre Genesung nicht zu gefährden, in Wahrheit aber wohl eher, weil Bruder Abbé daran gelegen war, sie von den anderen in der Komturei fern zu halten. Dass sie nicht sprechen konnte, bedeutete schließlich nicht, dass sie nicht in der Lage gewesen wäre, Fragen zu beantworten. Robin war fast selbst überrascht, wieviel man sagen konnte, ohne zu sprechen – schon nach kurzer Zeit hatten Salim und sie eine Zeichensprache aus Nicken, Kopfschütteln und improvisierten Gesten entwickelt, in der sie sich regelrecht unterhalten konnten; auch wenn der Tuareg natürlich einen Großteil dieser Unterhaltung bestritt.

Ihre Genesung machte in dieser Zeit weiter so erstaunliche Fortschritte, dass Bruder Tobias sie manchmal beinahe erschrocken ansah, vor allem dann, wenn er ihren Verband wechselte. Er verlor nicht ein einziges entsprechendes Wort, aber manchmal tauschte er einen besorgten Blick mit Salim und Robin glaubte auch zu spüren, dass ihm die Schnelligkeit, mit der ihre Heilung voranschritt, fast schon ein bisschen unheimlich war. Das Essen war nach wie vor eine Qual, die ihr manchmal die Tränen in die Augen trieb, zumal Tobias darauf bestand, dass sie nicht nur Suppe zu sich nahm, sondern auch kleine Stücke aufgeweichten Brots und Gemüse, die so lange weich gekocht worden waren, bis sie sämtlichen Geschmack verloren hatten. Darüber hinaus hatte sie kaum noch Schmerzen und die reichlichen – und vor allem regelmäßigen – Mahlzeiten, die Tobias ihr aufnötigte, sorgten dafür, dass ihre Kräfte rasch zurückkehrten. Nur ihre Stimme weigerte sich nach wie vor, ihr zu gehorchen.

Obwohl sie praktisch eine Gefangene in der Turmkammer war, entging ihr die Veränderung nicht, die mit der Komturei vonstatten ging. Sie stand oft am Fenster und sah auf das rege Treiben im Hof hinab, das am wenigsten von den Ereignissen der letzten Tage betroffen zu sein schien. Die zahlreichen Bediensteten und Knechte gingen ihrem normalen Tagewerk nach, das sich im Übrigen kaum von der Arbeit auf Harks Hof unterschied, nur dass dieses *Gehöft* ungleich größer war. Von Salim hatte sie erfahren, dass die Komturei mehr als vierzig Menschen beherbergte, die Tempelherren und ihn nicht einmal mitgerechnet; insgesamt also beinahe mehr, als ihr ganzes Dorf Einwohner gehabt hatte.

Die Zeit, in der Abbé und die fünf anderen Tempelritter in Rüstungen und Waffen herauskamen, um zu üben, hielt sie es überhaupt nicht im Bett. Dann stand sie für eine ganze Weile wie fasziniert am Fenster, ohne auch nur einmal den Blick vom Hof zu wenden Für jeweils eine halbe Stunde schien sich der Hof in die Festung zu verwandeln, die sie erwartet hatte. Statt von Hundegebell und dem Meckern der Ziegen hallten die weiß getünchten Wände in dieser Zeit vom Klirren der Waffen und den dumpfen Schreien der Männer wider und Robin vermochte manchmal nicht zu sagen, ob sie wirklich nur einer Übung zusah oder aus dem Spiel für kurze Augenblicke doch manchmal Ernst wurde. Besonders Abbé und Jeromé attackierten sich manchmal mit einem Ungestüm, das Robin erschreckte; einmal sogar so wütend, dass die anderen Ritter sie voneinander trennen mussten.

Und das war längst nicht alles. Es war der einzige *sichtbare* Vorfall, aber Robin konnte die Nervosität und Anspannung, die sich über die Komturei gelegt hatte, fast mit Händen greifen. Vielleicht war es wieder ihre Gabe, die sie vor kommendem Unheil warnte, vielleicht aber hatte etwas in ihr nur zwei und zwei zusammengezählt und die Gefahr erkannt, die ihnen allen drohte.

Es war am Abend des sechsten Tages, den sie in der Komturei zubrachte. Unter ihr im Hof prallten klirrend die Waffen der Tempelritter zusammen und in längstens einer halben Stunde würde die Sonne untergehen. Die Schatten waren bereits länger geworden und der Tag verabschiedete sich mit drückender Schwüle, der vielleicht später in der Nacht ein Sommergewitter folgen würde. Robin hoffte es fast. Selbst hier oben, hinter den dicken Mauern des Turms, war es unerträglich warm und das schwere Büßergewand, das Abbé ihr gegeben hatte, machte es noch schlimmer.

Außerdem liebte sie Gewitter. Sie hatte niemals Angst vor Blitz und Donner gehabt, nicht einmal als kleines Kind, sondern war oftmals in den strömenden Regen nach draußen gelaufen, um sich darin auszutoben. Für Robin lag in dem Wüten der entfesselten Naturgewalten niemals eine Bedrohung, sondern, im Gegenteil, etwas Ehrerbietiges. Sie spürte die Urgewalt der Schöpfung im grellen Gleißen der Blitze und dem Rollen des Donners, aber sie spürte genauso, dass diese ungeheuerliche Kraft ihr nicht feindlich gesonnen war, aber auch nicht freundlich, sondern einfach *da* war; eine gewaltige Macht, die die gesamte Welt umspannte, von der auch sie ein Teil war. Auch wenn sie nicht verstand, wie.

»Du siehst ihnen wieder beim Kämpfen zu.« In Salims Stimme schwang ein schwacher Tadel mit, allerdings auch ein sehr viel größerer Anteil von Resignation. Er war schon vor einigen Minuten hereingekommen. Robin hatte es gehört, sich aber ganz bewusst nicht zu ihm umgedreht. Salim wusste recht gut, dass sie schon lange wieder weit genug bei Kräften war, um nicht den ganzen Tag im Bett verbringen zu müssen. Es war eine Art Spiel zwischen ihnen, das sie mittlerweile amüsierte.

Der Tuareg trat mit leisen Schritten neben sie. Der schwere Stoff seines dunkelbraunen Mantels raschelte, als sich ihre Schultern berührten. Robin hätte Platz genug gehabt, ihm auszuweichen, tat es aber nicht. Obgleich sie sich nicht einmal eine Woche kannten, empfand sie ein Gefühl des Vertrauens ihm gegenüber, das sie zuvor höchstens in der Nähe ihrer Mutter verspürt hatte, und vielleicht – ansatzweise – in der Jans.

Sie standen eine Weile stumm nebeneinander und beobachteten den vorgetäuschten Kampf der Tempelritter. Salim sagte: »Ist dir aufgefallen, dass Jeromé und Bruder Abbé seit zwei Tagen nicht mehr gegeneinander antreten?« Er lachte hart. »Wahrscheinlich haben die anderen Angst, dass sie sich gegenseitig in kleine Stücke hacken.«

Sie nickte. Zumindest einmal *waren* die beiden Tempelritter ernsthaft aufeinander losgegangen und sie hatte schließlich mit eigenen Augen gesehen, welch furchtbaren Schaden schon ein einziger Hieb eines der mächtigen Breitschwerter anrichten konnte; von der noch viel furchtbareren Waffe der Templer, dem Morgenstern, ganz zu schweigen.

»Gönnen würde ich es ihm fast«, sagte Salim. Robin sah ihn fragend an und Salim griff wie selbstverständlich nach ihrer Hand und verschränkte ihre Finger mit den seinen. Er hatte das noch nie getan. Da er praktisch nicht von ihrer Seite wich, blieb es nicht aus, dass sie sich manchmal berührten, aber diese kleine Geste jetzt war irgendwie… *anders*. Robin erschauerte leicht.

»Jeromé«, fuhr Salim fort. »Abbé sollte ihm den Schädel einschlagen – oder ihn wenigstens windelweich prügeln, diesen dreimal vermaledeiten Dummkopf.«

Robins Blick wurde noch fragender. Mit der freien Hand signalisierte sie ihm in ihrer gemeinsamen Zeichensprache ein *Warum?*

Diesmal zögerte der Tuareg zu antworten. Bevor er es tat, warf er einen langen, prüfenden Blick auf den Hof hinab – beinahe als fürchte er, dass die kämpfenden Tempelritter dort unten seine Worte hören könnten.

»Ich glaube, dir ist gar nicht klar, was dieser Narr getan hat«, sagte er schließlich. »Wenn es sich wirklich so verhält, wie es den Anschein hat, dann bleibt Gernot von Elmstatt und seinem Bluthund Otto gar keine andere Wahl, als dich zu töten – bevor du die Sprache zurückerlangst. Abbé hat mir strengstens verboten, mit dir darüber zu sprechen, aber verdammt noch mal, ich bin es dir einfach schuldig.«

Er sagte ihr absolut nichts Neues. Hätte sie es nicht ohnehin gewusst, dann hätte sie dieselben Worte vor drei Tagen in Ottos Augen gelesen. Elmstatts Waffenmeister *konnte* sie nicht am Leben lassen – nicht mit dem, was sie gehört und vor allem gesehen hatte. Sie machte sich über diesen Umstand im Moment allerdings keine allzu großen Sorgen. Solange sie sich in der Komturei befand, war sie in Sicherheit. Und danach ... Sie dachte den Gedanken nicht zu Ende. In den letzten Tagen war so viel Neues und zum größten Teil Schlimmes über ihr Leben hereingebrochen, dass sie es aufgegeben hatte, über die Zukunft nachdenken zu wollen. Es war müßig.

Als hätte er ihre Gedanken erraten, sagte Salim: »Hab keine Angst. Solange du hier bist, kann dir nichts geschehen. Nicht einmal Otto ist verrückt genug, einen Angriff auf eine Komturei zu wagen.« Seine Stimme wurde leiser. »Solange du hier bist.«

Solange ich hier bin?

»Nicht alle sind begeistert von deiner Anwesenheit«, beantwortete Salim die unausgesprochene Frage, die er wohl in ihren Augen gelesen hatte. »Ginge es nach Xavier und Heinrich, dann hätten wir dich schon vor drei Tagen fortgebracht. Es gibt ein Kloster, nur einen halben Tagesritt von hier entfernt, in dem sich fromme Männer um die Kranken und Verwundeten kümmern. Einige hier sind der Meinung, dass du dort besser aufgehoben wärst.« Er drückte ihre Finger und lächelte aufmunternd. »Keine Angst. Ich lasse nicht zu, dass sie dich wegschicken.«

Wie wollte er es verhindern? dachte Robin. Salim war hier im Grunde weniger als sie – ein Sklave, dem Bruder Abbé aus einer Laune heraus ein gewisses Maß an Freiheit gestattete, dessen Meinung aber gar nichts zählte. Aber sie spürte die gute Absicht hinter seinen Worten. Es tat wohl, jemanden in ihrer Nähe zu wissen, der es ganz uneigennützig einfach gut mit ihr meinte.

»Außerdem kann ich dich gar nicht gehen lassen«, fuhr Salim fort. »Nicht, bevor du mir nicht zurückgegeben hast, was mir gehört.«

Es war nicht das erste Mal, dass er das sagte, und Robin wusste auch, dass sie sich jede entsprechende Frage sparen konnte – er würde ihr auch diesmal nicht erklären, was er damit meinte. Sie schnitt ihm eine Grimasse, auf die Salim mit einem übertrieben gespielten zornigen Blick reagierte. Dann lachte er, schüttelte den Kopf und sah demonstrativ wieder auf den Hof hinab.

Etwas dort unten hatte sich geändert. Abbé und die anderen Tempelritter hatten aufgehört, ihre Waffen miteinander zu kreuzen, und versammelten sich zu einem lockeren Halbkreis, um einen Mann in einer grauen Kutte zu empfangen, der im Laufschritt über den Hof herankam. Robin warf ihm nur einen flüchtigen Blick zu und sah dann zum Tor hin. *Jemand kam*. Und er brachte keine guten Nachrichten.

»Das ist Helge«, murmelte Salim stirnrunzelnd. »Jeromé hat ihn eingeteilt, draußen Wache zu halten.«

Das Gefühl nahenden Unheils verstärkte sich. Robin sah nur noch einen kurzen Moment zu Helge hinab, der die Ritter mittlerweile erreicht hatte und heftig gestikulierend mit ihnen zu reden begann, dann wanderte ihr Blick wieder nach Westen, zum Torhaus hin und darüber hinaus. Irgendetwas ging dort draußen vor. Etwas, das nicht gut war. Und es kam näher. Sie begann am ganzen Leib zu zittern. Salim drückte ihre Hand fester und warf ihr einen raschen, beruhigenden Blick zu, konzentrierte sich aber dann wieder ganz auf das Geschehen unten auf dem Hof. Abbé hatte sich mittlerweile ein Stück weit von den anderen Rittern entfernt und schrie unter heftigem Deuten und Armwedeln Befehle über den Hof. Robins Herz klopfte immer stärker. Sie spürte, dass dort unten etwas vorging, was mehr als nur Gefahr bedeutete.

»Da stimmt doch etwas nicht«, murmelte Salim. »Ich muss nachsehen, was los ist!«

Er wollte ihre Hand loslassen, aber Robin hielt seine Finger mit solcher Kraft fest, dass er überrascht die Stirn runzelte und sich noch einmal zu ihr herumdrehte. »Keine Angst«, sagte er. »Ich bin gleich zurück. Ich will nur nachsehen, was geschieht.«

Robin hielt seine Hand nur noch stärker fest und schüttelte verzweifelt den Kopf. Wenn sie doch nur sprechen könnte!

»Robin! So beruhige dich doch!« Salim musste auch die andere Hand zu Hilfe nehmen, um sich mit sanfter Gewalt aus ihrem Griff zu befreien. »Was ist denn nur los mit dir?«

Robin schüttelte immer heftiger der Kopf und klammerte sich mit beiden Händen an ihn. Er durfte nicht gehen. Etwas Schreckliches würde geschehen, wenn er sie verließ!

»Robin! Bitte!« Salim griff nach ihren Handgelenken, um sich loszumachen, und von der Tür her erscholl ein übertriebenes Räuspern.

Bruder Tobias war hereingekommen und sah sie mit eindeutiger Missbilligung in den Augen an. Er hatte niemals auch nur eine entsprechende Andeutung gemacht, aber Robin wusste, dass er es nicht gerne sah, dass Salim und sie sich nähergekommen waren. »Salim!«, sagte er streng. »Was habe ich dir …«

»Helft mir, sie zu beruhigen«, unterbrach ihn Salim. »Ich weiß nicht, was mit ihr los ist!«

Der tadelnde Ausdruck verschwand von Tobias' Gesicht. Er löste sich mit einem Ruck von seinem Platz an der Tür, kam näher und zog sie mit sanfter Gewalt von Salim weg. »Was ist los mit dir, Kind?«, fragte er. »Hast du Schmerzen? Hat dich etwas erschreckt?«

Robin schüttelte immer heftiger den Kopf und deutete nach draußen. Tobias reckte den Hals, um einen Blick aus dem Fenster zu werfen, ließ ihre Schultern dabei aber nicht los.

»Helge ist zurückgekommen«, erklärte Salim. »Er scheint keine guten Neuigkeiten zu bringen. Ich wollte gerade nach unten gehen und nachsehen, aber sie führt sich auf wie von Sinnen!«

»Geh ruhig«, sagte Tobias. »Ich gebe inzwischen auf sie Acht.«

Salim verließ im Sturmschritt das Zimmer und Robin konnte sich selbst nur noch mit Mühe davon abhalten, sich einfach loszureißen und hinter ihm herzulaufen.

»Nun beruhige dich doch, mein Kind.« Tobias ließ sich vor ihr halb in die Hocke sinken, um ihr direkt ins Gesicht zu blicken. »Was ist denn nur mit dir los? Dort draußen ist absolut nichts, wovor du dich zu fürchten bräuchtest! Komm, ich zeige es dir.«

Er richtete sich wieder auf und schob sie vor sich her zum Fenster. »Siehst du?«, fragte er. »Dort unten ist nichts, was dich bedrohen könnte!«

Die Sonne war weiter gesunken und die Dämmerung legte sich wie ein graues Leichentuch über die Komturei und begann alle Farben auszulöschen. Abbé und die anderen Ritter waren zu bleichen Schemen geworden, die einen seltsam lautlosen Tanz in der Dämmerung aufzuführen schienen. Im allerersten Moment erschrak sie, als sie Salim nicht sah, dann wurde ihr bewusst, dass er noch gar nicht unten angekommen sein konnte.

Trotzdem hatte sich die Szene in den wenigen Augenblicken vollkommen verändert. Auf Abbés Befehl hin hatten die Knechte die Pferde herbeigebracht und waren jetzt dabei, sie in aller Hast aufzuzäumen, während andere hin und her hetzten, um die Waffen der Tempelherren zu bringen – wie sie von Salim wusste, übten die Ritter nicht mit den gleichen Schwertern, Schilden und Morgensternen, die sie für einen wirklichen Kampf bevorzugten. Man musste nicht besonders scharfsinnig sein, um zu erkennen, dass sich Abbé und die anderen auf einen solchen vorbereiteten.

»Was bei allen Heiligen geht dort vor?«, murmelte Tobias. »Gunthar wird doch nicht so verrückt sein und ...« Er brach mitten im Wort ab und schüttelte den Kopf. »Nein. Mach dir keine Sorgen, Robin. Wenn ein Angriff bevorstünde, würde Abbé die Komturei nicht verlassen.«

Das klang, als sagte er diese Worte nur aus dem einzigen Grund, um sie zu beruhigen. Aber Robin wusste es besser. Es stand kein Angriff bevor. Die schreckliche Gefahr, die sie spürte, lag irgendwo dort draußen. Abbé und die anderen durften den Hof auf gar keinen Fall verlassen!

Aber sie hatte keine Möglichkeit, sie zu warnen. Selbst wenn sie hätte sprechen können – die Ritter hätten bestimmt nicht auf sie gehört.

Ein erster, noch weit entfernter Blitz zerriss die hereinbrechende Nacht und eine geraume Weile danach rollte ein gedämpftes Donnern heran.

»Ein Gewitter«, murmelte Tobias. »Endlich. Das Land braucht Regen. Und wir auch.« Dann blinzelte er. »Ist es das? Fürchtest du dich vor dem Gewitter?« Er lächelte. »Das musst du nicht. Ein Gewitter ist nichts Böses, weißt du? Es kann dir nichts tun – wenn du ein paar einfache Vorsichtsmaßnahmen beherzigst.«

Ein zweiter Blitz und ein schon etwas rascher nachfolgender und lauterer Donnerschlag schienen seine Worte auf der Stelle ad absurdum führen zu wollen. Tobias fuhr ganz leicht zusammen, sah fast erschrocken zum Horizont hin und schenkte ihr dann ein zweites, noch aufmunterndes Lächeln.

»Das ist wirklich nichts, wovor du Angst zu haben brauchst«, sagte er noch einmal. »Und jetzt solltest du dich wieder beruhigen... möchtest du einen heißen Kräutertee?«

Nein, den wollte sie ganz bestimmt nicht. Tobias' Tee hatte eine gewisse Ähnlichkeit mit dem, den ihre Mutter ihr ein paarmal gegeben hatte, wirkte nur viel stärker. Wenn sie einen einzigen Becher davon trank, würde sie vermutlich bis morgen früh durchschlafen.

Tobias schien das für eine ausgezeichnete Idee zu halten, denn er wartete ihre Antwort nicht ab, sondern nickte heftig und sagte: »Das ist genau das Richtige. Warte, ich gehe nur rasch und hole heißes Wasser.«

Er entfernte sich und Robin wusste, dass er so bald nicht wiederkommen würde. Es gab in diesem Turm keinen Kamin und somit auch keine Feuerstelle. Der einzige Herd befand sich in der Küche, in der für beinahe fünfzig Personen gekocht wurde und die fast das gesamte Erdgeschoss des großen Wirtschaftsgebäudes auf der anderen Seite des Hofes einnahm. Er würde eine Viertelstunde brauchen, um zurückzukommen.

Unten auf dem Hof schwangen sich Abbé und die anderen in die Sättel und Robin beugte sich weiter vor, um mehr sehen zu können. Wieder rollte dumpfer Donner über das Land und ein erster, beinahe warmer Wassertropfen berührte ihr Gesicht. Wind kam auf. Das Gewitter näherte sich sehr schnell und Robin war sich jetzt sicher, dass es ein wirklich schweres Unwetter werden würde.

Als Abbé den Arm hob, um seinen Begleitern das Zeichen zum Aufbruch zu geben, stürmte Salim tief unter ihr aus dem Turm und rannte mit wehendem Mantel und heftig wedelnden Armen auf die Tempelritter zu. Robin war überrascht zu sehen, dass Abbé sein Pferd noch einmal zügelte und sich zu dem Tuareg hinunterbeugte, um mit ihm zu reden. Salim schien nicht begeistert zu sein von dem, was er hörte. Er deutete ein paarmal aufgeregt zum Turm hinauf und gestikulierte dabei immer heftiger und auch Abbés Bewegungen drückten seinen Unmut immer deutlicher aus. Es war nicht zu übersehen, dass sie in einen heftigen Streit geraten waren – was Robin einigermaßen seltsam vorkam. Salim war nur ein einfacher Sklave und Abbé und seine Begleiter in sichtlicher Eile. Wieso wies er ihn nicht einfach in seine Schranken oder ließ ihn kurzerhand stehen?

Bruder Abbé tat nichts dergleichen, sondern debattierte stattdessen noch eine geraume Weile weiter mit dem Tuareg, und schließlich war nicht *er*, sondern Salim es, der das Gespräch beendete und sich wieder herumdrehte – vielleicht aus keinem anderen Grund als dem, dass es mittlerweile stärker zu regnen begonnen hatte. Als die Reiter endlich ihre Pferde in Bewegung setzten und sich dem Tor näherten, stürzte das Wasser bereits vom Himmel und es war spürbar kälter geworden. Am Horizont flackerten die Blitze in immer rascherer Folge und die Donnerschläge krachten jetzt so kurz hintereinander, dass es fast wie ein einziges, ununterbrochen grollendes Rumpeln und Dröhnen klang.

Robin zog sich wieder ins Zimmer zurück, wischte sich das nasse Haar aus der Stirn und versuchte, sich über ihre widersprüchlichen Gefühle klar zu werden. Ihr Innerstes war noch immer in Aufruhr. Vielleicht redete sie sich ja auch alles nur ein. Seit gut einer Woche befand sie sich in einem Ausnahmezustand. In diesen wenigen Tagen war beinahe mehr geschehen als in den fünfzehn Jahren ihres gesamten Lebens zuvor. Sie durfte jetzt nicht anfangen, in jeder kleinen Geste eine Verschwörung und hinter jedem Schatten einen Hinterhalt zu vermuten.

Sie sah nervös zur Tür, sagte sich aber plötzlich, dass Salim noch gar nicht zurück sein konnte. In den letzten Tagen hatte sie sich mehr als einmal gewünscht, wenigstens für eine oder zwei Stunden allein zu sein. Jetzt sehnte sie Salims Rückkehr herbei. Selbst Bruder Tobias mit seinem dreimal vermaledeiten Kräutertee wäre ihr in diesem Moment lieber gewesen als die Einsamkeit, die ganz plötzlich zu ihrem Feind geworden war.

Ein plötzliches, blauweißes Flackern erhellte die Kammer und ließ Robin erschrocken die Augen zusammenpressen. Als es erlosch, war die Dunkelheit ungleich intensiver. Der dazugehörige Donnerschlag erfolgte fast augenblicklich. Das Gewitter schien nun fast unmittelbar über der Komturei zu toben.

Trotzdem ging sie noch einmal zum Fenster, hob schützend die Hand vors Gesicht und sah hinaus. Der Hof war menschenleer. Der Wind war nicht nur spürbar kälter geworden, sondern hatte deutlich an Kraft zugenommen und peitschte den Regen in dichten Schwaden über den Hof; wie große, silberne Spinnweben, die beständig ihre Form wechselten. Eine einsame Gestalt in einer vor Nässe triefenden Kutte hastete mit gesenktem Kopf durch den Regen, das war alles.

Als Robin vom Fenster zurücktrat und sich herumdrehte, erhellte ein weiterer, greller Blitz die Kammer. In dem jäh auflodernden weißblauen Licht erkannte sie eine riesenhafte, schwarze Gestalt, die im Türrahmen erschienen war und drohend auf sie herabsah.

Robin prallte erschrocken zurück, schlug die Hand vor den Mund und schalt sich gleich darauf in Gedanken eine Närrin. Natürlich war es weder ein Riese noch ein Dämon, sondern nur Salim, der zurückkam, um ihr Bericht zu erstatten. Licht und Schatten hatten ihre Augen genarrt, das war alles. Sie atmete erleichtert auf und machte einen Schritt auf den Tuareg zu und die faustgroße Eisenkugel eines Morgensterns schlug Funken und Steinsplitter genau dort aus der Wand, wo sich ihr Kopf befunden hätte, wäre sie stehen geblieben.

Robin keuchte vor Schrecken, warf sich zur Seite und prallte schmerzhaft mit der Hüfte gegen die Bettkante. Sie strauchelte, versuchte ihren Sturz abzufangen und warf sich dann stattdessen mit aller Kraft nach vorne, als sie spürte, dass es ihr nicht gelingen würde. Sie vollführte eine mehr unfreiwillige, trotzdem aber sehr schnelle Rolle übers Bett, in dem sie die letzten sechs Nächte verbracht hatte, griff Halt suchend um sich und landete einen halben Meter tiefer auf dem harten Steinboden. Der Aufprall trieb ihr die Luft aus den Lungen, aber der Sturz rettete ihr vermutlich das Leben, denn der Angreifer hatte keineswegs aufgegeben. Der Morgenstern sauste wuchtig auf das Bett hinab und zertrümmerte es. Holzsplitter, zerrissener Stoff und Stroh regneten auf sie herab und zum ersten Mal gab der unheimliche Angreifer einen Laut von sich: ein unwilliges Knurren, wie das eines tollwütigen Hundes, dem seine schon sicher geglaubte Beute im letzten Moment doch noch zu entkommen drohte.

Irgendwie gelang es Robin, wenigstens halbwegs auf die Füße zu kommen, während der Angreifer noch damit beschäftigt war, seine Waffe aus den Überresten des zusammengebrochenen Bettes zu befreien. Sie stolperte in Richtung Tür, prallte im Dunkeln und orientierungslos vor Angst erneut gegen ein Hindernis und wurde zur Seite geworfen. Hinter ihr näherten sich schwere Schritte. Metall klirrte. Robin warf sich blindlings zur Seite, zog den Kopf zwischen die Schultern und betete, dass sie die richtige Richtung gewählt hatte. Der Morgenstern zertrümmerte den Tisch, gegen den sie gerade gestolpert war, und erneut hörte sie dieses wütende, fast tierhafte Knurren.

Das Flackern eines Blitzes zeigte ihr, dass sie auf dem besten Wege war, gegen die Wand neben der Tür zu rennen. Sie warf sich blitzschnell nach links, spürte eine Bewegung hinter sich und wurde von etwas an der Schulter getroffen; nicht der tödlichen Wucht des Morgensterns, sondern etwas Weicherem, dessen Wucht aber trotzdem ausreichte, sie aus dem Gleichgewicht zu bringen und ungeschickt gegen die Wand prallen zu lassen; vermutlich eine Hand. Robin rollte keuchend herum, riss die Arme vor das Gesicht und sah die Gestalt des Angreifers riesig und verzerrt über sich emporwachsen. Sein Gesicht war mit einem schwarzen Tuch maskiert, so dass sie es nicht erkennen konnte, aber seine Augen blickten mit einer Mischung aus Hass und kalter Entschlossenheit auf sie herab.

Robin wollte sich zur Seite werfen, aber der Mann stieß sie mit solcher Kraft wieder gegen die Wand, dass ihr die Luft weg blieb. Er war zu nahe, um seine heimtückische Waffe einzusetzen, also schlug er ihr mit der flachen Hand so wuchtig ins Gesicht, dass ihr Kopf gegen die Wand prallte und sie halb benommen in die Knie sank. Er schob den Morgenstern unter seinen Gürtel und zog stattdessen einen schmalen, beidseitig geschliffenen Dolch mit einer mehr als handlangen Klinge. Mit einer raschen Bewegung griff er brutal in ihr Haar, riss sie daran in die Höhe und zielte mit dem Dolch in der anderen Hand auf ihr Herz.

Robin trat nach seinem Knie. Sie traf, aber da er unmittelbar vor ihr stand, tat sie ihm wahrscheinlich nicht einmal weh. Immerhin brachte sie ihn aus dem Gleichgewicht, und da sie im gleichen Moment in einer verzweifelten Bewegung den Oberkörper zur Seite drehte, traf das Messer nicht ihr Herz, sondern schrammte nur an ihrem Oberarm entlang und hinterließ eine heftig brennende Spur auf ihrer Haut. Der Kerl grunzte wütend, ließ ihr Haar los und versuchte stattdessen, nach ihrem Gesicht zu greifen.

Robin biss ihm in die Hand. Ihre Zähne gruben sich in seine Finger und pressten mit aller verzweifelten Kraft zu. Der Mann brüllte vor Schmerz, warf sich zurück und versuchte sich loszureißen, aber Robin biss nur noch kräftiger zu. Sie schmeckte Blut und konnte spüren, wie seine Knochen unter dem Druck ihrer Kiefer knackten, und vermutlich hätte sie ihm tatsächlich einen oder gar mehrere Finger abgebissen, hätte er ihr nicht in diesem Moment mit der anderen Hand einen Hieb vor die Schläfe versetzt, der ihr fast das Bewusstsein raubte.

Für einen Moment war sie wehrlos. Sie wankte. Alles drehte sich um sie und sie brach nur deshalb nicht zusammen, weil sie schon halb besinnungslos an der Wand lehnte. Hätte der Angreifer den Moment ausgenutzt, hätte er sie töten können, ohne dass sie auch nur Widerstand leistete.

Der Bursche verzichtete aber darauf. In dem immer hektischer werdenden Flackern der Blitze sah sie, dass auch er zwei, drei Schritte zurückgetaumelt war und die Hand unter die linke Achsel gepresst hatte. Er krümmte sich vor Schmerz. Der Dolch war seiner anderen Hand entglitten und zu Boden gefallen. Seine Spitze war abgebrochen, als er gegen die Wand geprallt war.

»Verdammt! Mistsstück!«, stöhnte er. »Du hast mir fast die Hand abgebissen! Das wirst du mir bezahlen! Ich wollte es schnell tun, aber jetzt wirst du leiden!« Er lachte. »Schreien kannst du ja nicht, nicht wahr?«

Das Dröhnen hinter Robins Schläfen ließ allmählich nach. Ihr Herz hämmerte, als wolle es zerspringen, und sie zitterte noch immer am ganzen Leib, aber ihre Kräfte kehrten rasch wieder zurück. Trotzdem blieb sie in unveränderter Haltung stehen und tat so, als könne sie sich nur noch mit letzter Kraft auf den Beinen halten. Sie hatte nur noch eine einzige, verzweifelte Chance.

Und sie nutzte sie.

Der Angreifer kam wieder näher, maß sie mit einem lauernden Blick und bückte sich, um seinen Dolch aufzuheben. Robin legte jedes bisschen Kraft, das ihr noch geblieben war, in eine einzige verzweifelte Bewegung und trat ihm ins Gesicht.

Der Mann brüllte vor Überraschung und Schmerz und kippte nach hinten und Robin stieß sich von der Wand ab, sprang mit dem Mut der Verzweiflung einfach über ihn hinweg und stürmte aus der Tür.

Nach drei Schritten prallte sie gegen eine Gestalt, die scheinbar aus dem Nichts vor ihr auftauchte.

Diesmal verlor sie das Gleichgewicht. Sie prallte ungeschickt gegen die Wand und fiel auf die Knie herab. Etwas Heißes spritzte auf ihre Hände und ihr Gesicht und in der Dunkelheit vor ihr erscholl ein wütender Fluch. »Was, zum Teufel...?«

Zwei grelle Blitze flammten nahezu gleichzeitig auf und enthüllten ihr die Gestalt von Bruder Tobias, der dicht vor ihr mit fast komisch aussehenden Bewegungen um sein Gleichgewicht kämpfte – ein Unterfangen, das noch zusätzlich dadurch erschwert wurde, dass er einen Krug mit einer dampfend heißen Flüssigkeit in den Händen balancierte. Ein unglaublich lauter, rollender Donnerschlag verschluckte den Rest seiner Worte und bewahrte ihn so davor, sich noch weiter zu versündigen.

Mit einiger Mühe fand er sein Gleichgewicht wieder und Robin rappelte sich mühsam hoch und sah hinter sich. Von dem Angreifer war noch nichts zu sehen, aber sie konnte in den Pausen zwischen den Donnerschlägen *hören*, wie er aufstand und sich polternd durch das Zimmer bewegte. Sie wollte weiterrennen, aber Tobias griff blitzschnell zu und hielt sie mit überraschender Kraft fest.

»Kind, was ist denn nur los?«, keuchte er. »So beruhige dich doch! Du bist ja vollkommen...«

Er brach ab. Ein grellweißer Blitz zerriss die Nacht außerhalb des Turms und verwandelte sein Gesicht in eine wächserne Totenmaske, deren schreckgeweitete Augen auf einen Punkt irgendwo hinter ihr gerichtet waren. Robin riss sich endgültig los, fuhr in der gleichen Bewegung herum und sah den maskierten Angreifer mit gewaltigen Schritten auf sich zustürmen. Seine rechte, heftig blutende Hand hielt jetzt wieder den Morgenstern, dessen stachelbewehrte Kugel sich in ein silbern fließendes, tödliches Rad dicht über seinem Kopf verwandelt hatte. Er war noch zwei Schritte entfernt, dann noch einen, und Bruder Tobias reagierte mit einer Schnelligkeit und vor allem Kaltblütigkeit, die sie ihm niemals zugetraut hatte.

Mit einem blitzschnellen Schritt trat er zwischen sie und den maskierten Mörder, hob seinen Krug und schüttete ihm dessen brühheißen Inhalt ins Gesicht. Der Angreifer heulte vor Schmerz auf und kam ins Stolpern. Die Kugel seines Morgensterns prallte gegen die Wand und die Waffe wurde ihm aus der Hand gerissen und hätte ihn um ein Haar am Kopf getroffen, als sie davonflog.

Bruder Tobias machte einen hastigen Schritt zur Seite, als der Bursche an ihm vorbeistolperte, hob seinen Krug und schlug ihn der maskierten Gestalt mit solcher Gewalt auf den Schädel, dass er zerbrach. Der Angreifer fiel mit weit vorgestreckten Armen aufs Gesicht, schlitterte noch ein kleines Stück weiter und blieb benommen liegen. Tobias ergriff Robins Arm und zerrte sie so schnell hinter sich her auf die Treppe zu, dass sie ins Stolpern geriet und beinahe gestürzt wäre.

»Schnell!«, keuchte er. »Die Treppe hinunter! *Lauf!*«

Robin fand mit einiger Mühe ihr Gleichgewicht wieder, hatte aber trotzdem Schwierigkeiten, mit Tobias Schritt zu halten. Der Mönch war alt genug, um ihr Großvater sein zu können, vermochte sich aber behender und schneller zu bewegen als sie.

Über ihnen erscholl plötzlich ein wütendes Gebrüll, das sich mit dem nunmehr fast ununterbrochen rollenden Donner vermischte und Robin schier das Blut in den Adern gerinnen ließ. Sie warf einen gehetzten Blick über die Schulter zurück und sah, wie der Angreifer die oberste Stufe heruntertaumelte und hastig nach dem Geländer griff, als er das Gleichgewicht zu verlieren drohte. Er brüllte ununterbrochen vor Wut und Schmerz; keine Worte, sondern nur ein unartikuliertes, keuchendes Geschrei, das ihm auch noch den Rest jeglicher Menschlichkeit nahm.

»Schneller!«, keuchte Tobias. »Lauf! Warte nicht auf mich!«

Noch ehe Robin wirklich begriff, was er überhaupt meinte, ließ Tobias ihr Handgelenk los, ergriff sie aber unmittelbar darauf am Ellbogen und schob sie so schwungvoll an sich vorbei die Treppe hinunter, dass sie schon wieder um ihr Gleichgewicht kämpfen musste. Sie legte den Rest des Treppenabsatzes unfreiwillig zurück, indem sie immer zwei, manchmal auch drei Stufen auf einmal übersprang, und fand ihre Balance erst auf dem nächsten Absatz ungeschickt wieder. Sie hielt nicht an, sondern stürmte mit unvermindertem Tempo weiter, sah sich aber im Laufen um.

Tobias stürmte hinter ihr die Treppe herab, war aber schon ein gutes Stück zurückgefallen und entfernte sich immer weiter, obwohl sie wusste, dass er sie mit Leichtigkeit hätte einholen können.

Sie wusste auch genau, warum, und der Gedanke erfüllte sie mit einem Gefühl hilflosen Entsetzens. Sie wollte nicht, dass dieser sanftmütige alte Mann sich für sie opferte, aber alles ging so entsetzlich *schnell*. Die Dinge schienen sich auf furchtbare Weise verselbständigt zu haben, als wäre ihr freier Wille einfach ausgeschaltet und sie selbst nicht mehr als Teil eines Geschehens, dessen Verlauf und Ende längst festgelegt waren. Sie war nicht fähig, stehen zu bleiben oder auch nur langsamer zu laufen. Keuchend erreichte sie den nächsten Absatz, griff nach dem Treppengeländer und sprintete die Stufen hinab. Hinter ihr schienen Tobias und der maskierte Verfolger einen bizarren Totentanz aufzuführen. Blitze zuckten in immer rascherer Folge und tauchten die Treppe in einen Wechsel aus grellem Licht und vollkommener Schwärze, so dass die beiden Männer zu verschwimmen und manchmal zwei, manchmal drei Stufen weiter unten aufzutauchen schienen, wie Dämonen, die aus ihrem Gefängnis im tiefsten Schlund der Hölle ausgebrochen waren.

Sie hatte fast die Hälfte des Weges nach unten zurückgelegt, als der Maskierte Tobias einholte. Er stieß ihn einfach zur Seite, als hätte er gar kein Interesse an ihm. Tobias prallte gegen das Treppengeländer, streckte aber trotzdem die Hand aus und krallte sich in den Mantel des Maskierten. Der Mann riss sich los, kam ins Stolpern und verlor endgültig das Gleichgewicht, als Tobias sich auf ihn warf. Die beiden Männer stürzten aneinander geklammert die Treppe herunter.

»*Lauf!*«, brüllte Tobias noch im Fall. »Versteck ... dich!«

Ein weiterer Blitz zuckte auf und Robin sah das rasche, silberne Schimmern von Stahl, dann hatte sie die nächste Treppe erreicht und jagte sie hinunter, so schnell sie nur konnte. Über ihr erscholl ein Schrei, dann polterten schwere Schritte. Robin jagte wie von Furien gehetzt weiter, erreichte die nächste Treppe und wieder die nächste. Endlich hatte sie das Erdgeschoss und somit den Ausgang erreicht. Vom Schwung ihrer eigenen Bewegung getragen, jagte sie hinaus in den peitschenden Regen. Kalter Schlamm spritzte unter ihren Füßen auf. Sie strauchelte, riss schützend die Hände vor das Gesicht und stolperte beinahe blind weiter.

Es war vollkommen dunkel geworden. Das blau schimmernde Weiß der fast ununterbrochen zuckenden Blitze brach sich in den niederprasselnden Regenschleiern und verwandelte sie in dicht gewobene Vorhänge aus Silber, hinter denen alles verschwand, das weiter als drei oder vier Schritte entfernt war. Sie konnte keines der anderen Gebäude der Komturei sehen. Selbst der Turm, aus dem sie gerade gestürmt war, war zu einem Schemen verblasst, der im fast regelmäßigen Auflodern der Blitze erschien und wieder verschwand.

Der Angreifer war verschwunden. Vermutlich befand er sich nur noch wenige Schritte hinter ihr, konnte sie aber im Toben der entfesselten Naturgewalten so wenig sehen wie sie ihn. Sie musste in Bewegung bleiben. Laufen. Sich irgendwo verstecken. Bruder Tobias' Opfer durfte nicht umsonst gewesen sein.

Sie rannte jetzt nicht mehr mit verzweifelter Kraft weiter, sondern fiel in einen langsameren und – wie sie hoffte – Kräfte sparenden Trab. Sie würde nicht mehr lange durchhalten. Ihr Herz hämmerte. Ihre Lungen brannten bei jedem Atemzug und sie schmeckte schon wieder ihr eigenes, bitteres Blut. Ihre Glieder schienen sich in Blei verwandelt zu haben. Wenn sie vor Erschöpfung zusammenbrach, dann würde der Mann sie finden und zu Ende bringen, was er oben im Turm angefangen hatte.

Der Hof schien viel größer geworden zu sein, als sie ihn in Erinnerung hatte. Robin stolperte durch den eisigen Regen, sah sich wieder gehetzt um und betete, dass sie endlich auf eine Mauer stoßen würde, eine Tür, *Menschen*.

Stattdessen prallte sie jählings mit der Schulter gegen rauen Stein, riss erschrocken die Arme in die Höhe und kippte nach vorne, während ihre Hände ins Leere griffen. Sie schlug schwer auf dem fest gestampften, aber trockenen Boden auf, rollte keuchend auf die Seite und sah im flackernden Licht der Blitze, dass sie den Hof auf ganzer Länge überquert hatte. Fünf Meter über ihrem Kopf erhob sich das gemauerte Gewölbe des Torbogens.

Robin stemmte sich mühsam in die Höhe. Sie war so schwach, dass sie mit beiden Händen an der Wand Halt suchen musste, um nicht sofort wieder zu stürzen. Trotzdem schob sie sich Schritt für Schritt weiter an der Wand entlang. Sie hatte Angst, das Bewusstsein zu verlieren, und ihrer allerersten Erleichterung, vermeintlich in Sicherheit zu sein, folgte eine rasche und um so größere Ernüchterung.

Sie war alles andere als in Sicherheit. Ganz im Gegenteil. Der Mörder konnte es sich nicht leisten, lange nach ihr zu suchen. Wenn er ihre Spur auf dem vom Regen aufgeweichten Hof verloren hatte, dann würde er die Komturei verlassen –

und zweifellos durch genau dieses Tor. Sie hatte sich selbst in eine tödliche Falle hineinmanövriert.

Aber sie brauchte einfach eine Pause und sei es nur eine einzige, kostbare Minute. Das jenseitige Ende des Torweges war noch fünf oder sechs Schritte entfernt, aber ihre Kraft reichte einfach nicht mehr, diese geringe Entfernung zurückzulegen.

Sie blieb stehen. Jeder Atemzug brannte wie Feuer in ihren Lungen und der gesamte Torweg schien plötzlich nach links wegzukippen und sich dann jäh in die entgegengesetzte Richtung zu neigen. Robin fiel schwer auf die Knie.

Als der Schwindelanfall vorbei war, sah sie die Gestalt.

Im flackernden Licht der Blitze schien es, als wäre der Torweg durch einen silbernen Vorhang verschlossen, und die riesenhafte Gestalt ihres Verfolgers tauchte wie ein leibhaftiger Todesengel aus dem versilberten Wasserfall auf. Er stockte einen Moment, überrascht, sie zu sehen, dann fuhr er erschrocken zusammen und stürmte auf sie los.

»Robin! Bei Allah, was ...?«

Robin hob mühsam den Kopf. Der Mann beugte sich über sie, aber es war nicht ihr Verfolger. Es war Salim. Sein Gesicht glänzte vor Nässe und in seinen Augen flackerte etwas, das zwischen Panik und Sorge schwankte. »Was ist denn nur geschehen? Du ... bei Allah, du blutest ja!«

Er wollte nach ihrem verletzten Arm greifen, aber Robin schüttelte müde den Kopf. »Nicht ... schlimm«, krächzte sie. »Mörder. Bruder Tobias ... tot.«

Ihre Stimme war kaum zu verstehen; ein heiseres, qualvolles Krächzen, und jedes Wort war eine pure Qual und schien ihre Kehle zu zerreißen.

Salims Augen weiteten sich. »Du kannst ...« Er fuhr zusammen wie unter einem Peitschenhieb. »Was sagst du?«

»Mörder«, krächzte Robin noch einmal. »Im ... Turm.« Sie wusste noch nicht einmal, ob Salim sie überhaupt verstand. Ihre Stimme hatte keinerlei Ähnlichkeit mehr mit der, an die sie sich erinnerte, und hörte sich in Salims Ohren wahrscheinlich eher wie ein Schrei an. Aber er begriff immerhin, dass etwas nicht stimmte. Sein Kopf flog in den Nacken und seine rechte Hand senkte sich in einer blitzschnellen Bewegung zum Gürtel. Sie griff ins Leere, aber die Bewegung kam so schnell und selbstverständlich, dass selbst Robin in ihrem geschwächten Zustand begriff, dass er dort normalerweise eine Waffe trug.

Für die Dauer von zwei oder drei Herzschlägen starrte er konzentriert in den silbernen Vorhang aus Regen, dann stand er mit einem Ruck auf, beugte sich noch einmal vor und hob Robin, scheinbar ohne Anstrengung, auf die Arme. Sie versuchte schwach, sich zu wehren. Es war absurd, aber selbst jetzt war es ihr noch unangenehm, auf Hilfe angewiesen zu sein. Salim ignorierte ihre ohnehin nur symbolische Gegenwehr allerdings, drehte sich auf dem Absatz herum und trug sie zu einer schmalen Tür in der Mitte des Torbogens. Er stieß sie mit der Schulter auf, trat gebückt in den vollkommen dunklen Raum dahinter und lud Robin behutsam auf dem harten Steinboden ab.

»Du bleibst hier liegen«, sagte er eindringlich. »Ganz egal, was passiert oder was du hörst. Ich schlage Alarm und schicke jemanden, der dich abholt.«

Robin wollte ihn zurückhalten, aber Salim hatte sich bereits herumgedreht und warf die Tür hinter sich zu. Vollkommene Dunkelheit schlug über Robin zusammen; zuerst über ihrem Körper, aber nur einen kurzen Moment später auch über ihren Gedanken.

KAPITEL 16

»Hier, trink das.« Salim schob den linken Arm unter Robins Schultern und zog sie ein Stück weit aus den Kissen in die Höhe. Mit der anderen Hand setzte er einen Becher mit einer wasserklaren, scharf riechenden Flüssigkeit an ihre Lippen. Robin trank vorsichtig davon und konnte gerade noch einen Hustenanfall unterdrücken, denn sie schmeckte noch schärfer, als sie roch, und tat ihrem Hals im ersten Moment sehr weh. Fast sofort aber wurde der Schmerz zu einem Gefühl prickelnder Wärme, dessen Weg sie bis in ihren Leib hinab verfolgen konnte. Der Geschmack war fremd und überaus intensiv, aber nicht unangenehm. Sie hätte gerne noch einen weiteren Schluck davon gekostet, aber etwas warnte sie. Die Flüssigkeit war kein Wasser. Zuviel davon zu trinken mochte gefährlich sein.

Salim grinste – wobei seine Augen allerdings ernst blieben und weiter voller Sorge auf sie herabblickten –, zog den Becher zurück und stellte ihn auf das kleine Tischchen neben ihrem Bett. Der Arm, den er unter ihren Nacken geschoben hatte, um sie zu stützen, ließ er, wo er war. »Trink lieber nicht zuviel davon«, sagte er lächelnd. »Es hilft, aber es ist auch nicht ohne – vor allem, wenn man es nicht gewohnt ist.« Er blinzelte ihr fast verschwörerisch zu. »Ein Zaubertrank aus Bruder Abbés privaten Vorräten.«

Robin stemmte die Ellbogen in die weichen Kissen und arbeitete sich mit einiger Mühe weiter in die Höhe – mühevoll nicht, weil sie so schwach gewesen wäre, sondern weil sie es nicht gewohnt war, in einem derart weichen Bett zu liegen. Sie hatte bisher nicht einmal gewusst, dass es so weiche und bequeme Betten überhaupt *gab*; so wenig, wie sie gewusst hatte, dass ein Zimmer wie dieses in der Komturei existierte. Vor einigen Tagen, als Salim sie in Abbés *Officium* gebracht hatte, da hatte sie geglaubt, die kargen Zellen, an denen sie vorbeikam, wären die Unterkünfte der Tempelritter. Das mochte stimmen oder auch nicht, *dieser* Raum jedenfalls war prunkvoll genug ausgestattet, um einem König zur Ehre zu gereichen.

Allein das Bett, auf dem sie lag, war dreimal so breit wie jedes andere, das sie je zu Gesicht bekommen hatte. Es verfügte über einen gewaltigen Baldachin mit schweren, geschnitzten Pfeilern und war so weich, als hätte jemand eine Wolke vom Himmel geholt und in das kostbare Linnen gestopft. Und auch die übrigen Möbel standen diesem Bett in nichts nach. Schwer, alt und mit kostbaren Schnitzereien wie aus dem Thronsaal eines Kaisers – hätte sie sich einen solchen überhaupt vorstellen *können*. Wertvolle Kerzenleuchter, Teller und Becher aus Gold, Silber und anderen wertvollen Materialien standen überall und über der Tür hing ein Kreuz, das so lang war wie ihr Arm und aus purem Gold zu bestehen schien.

Salim hatte ihren neugierigen Blick bemerkt und beantwortete ihn: »Bruder Abbés Privatgemach. Allerdings benutzt er es nur, wenn keine Gäste in der Komturei sind.« Er lachte. »Er ist ein gottesfürchtiger Mann, aber den kleinen Annehmlichkeiten des Lebens trotzdem nicht ganz abgeneigt.«

Er lachte wieder, dann wurde er plötzlich sehr ernst und beugte sich wieder zu ihr herab, bis sein Gesicht ihr ganzes Blickfeld auszufüllen schien. Der Blick seiner dunklen Augen bannte sie. Es war ihr unmöglich, sich davon loszureißen, genauso hilflos war sie, als er sich noch weiter zu ihr herabbeugte und seine Lippen die ihren berührten.

Robin erschauerte. Ein zugleich unangenehmes wie ungemein wohltuendes Prickeln lief durch ihren gesamten Körper und ein vollkommen neues Gefühl von Wärme begann sich in ihr auszubreiten. Salim zog sie sanft an sich und sein Kuss wurde stärker, fordernder.

Robin drehte hastig den Kopf zur Seite und schob ihn ein kleines Stück von sich weg. Was er tat, erschreckte sie; vielleicht gerade, *weil* es so angenehm war. Ihr Herz klopfte schon wieder so schnell und hart, als wollte es zerspringen.

Salim wirkte enttäuscht, aber kein bisschen zornig. Er lächelte ein wenig verunglückt, rutschte hastig ein kleines Stück von ihr fort und nahm den Arm von ihrer Schulter.

»Entschuldige«, murmelte er.

Robin streckte den Arm aus, berührte lächelnd mit Mittel- und Zeigefinger seine Lippen und wies dann mit der anderen Hand auf ihren Hals. Gleichzeitig zog sie eine Grimasse, als hätte sie Schmerzen. Sie hatte keine, aber sie wollte nicht, dass Salim sich von ihr abgewiesen fühlte. Nicht er, nur der Moment war falsch.

Ein Ausdruck von Bestürzung erschien auf Salims Gesicht. »Oh, ich Dummkopf!«, sagte er. »Bitte verzeih mir! Ich habe dir wehgetan! Das wollte ich nicht.«

»Nicht ... schlimm«, brachte Robin mühsam hervor. Das Sprechen tat *wirklich* weh und sie erschrak erneut, als sie das heisere Krächzen hörte, in das sich ihre Stimme verwandelt hatte. Aber sie konnte sprechen. Selbst wenn ihre Stimme nie wieder so werden würde wie früher, sie war nicht mehr in einer Welt gefangen, die nur aus Nicken, Kopfschütteln und ein paar armseligen Gesten bestand.

»Es ist schlimm«, beharrte Salim. »Ich bin ein rücksichtsloser Dummkopf. Dabei sollte ich froh sein, dass du noch am Leben bist. Und sprich nicht so viel«, fügte er mit leicht erhobener Stimme hinzu, als sie etwas sagen wollte. »Das ist bestimmt nicht gut für deine Kehle.«

Aber sie *wollte* sprechen. Sie hatte so lange in einer Welt aus Schweigen ausharren müssen, dass sie jedes Wort genoss, das sie hervorbrachte, ganz gleich, wie schrecklich es sich anhörte und wie weh es tat.

»Tobias«, sagte sie mühsam. »Was ist ... Tobias?«

Salims Gesicht verdüsterte sich. »Er lebt«, sagte er. »Aber ich weiß nicht, wie lange noch. Der Dolch hat sein Herz nur knapp verfehlt und beim Sturz die Treppe hinab muss er sich wohl ein paar Rippen gebrochen haben. Vielleicht noch mehr.« Er ballte wütend die Faust. »Bei Allah, ich wünschte, wir hätten diesen verdammten Kerl erwischt! Ich hätte ihm bei lebendigem Leib die Haut abgezogen!«

Die Worte ließen Robin erschaudern – zumal sie sich so, wie Salim sie aussprach, vollkommen ernst anhörten. Trotz allem hatte sie ihn bisher stets vor allem für einen großen, freundlichen Jungen gehalten, der gerne lachte und immer zu einem Schabernack aufgelegt war, und zu einem Teil stimmte das sicher. Aber vielleicht eben nur zu einem Teil.

Zugleich konnte sie seinen Zorn aber auch verstehen. Sie hatte ungefähr eine halbe Stunde in ihrem Versteck im Torgang gelegen, bevor Salim mit zwei Männern zurückgekommen war, um sie zu holen und hierher zu bringen. Das Unwetter war in der Zwischenzeit weitergezogen. Blitz und Donner drangen jetzt nur noch von weit her zu ihnen und aus dem Wolkenbruch war ein normaler, nun wieder fast warmer Regen geworden. Salim hatte die gesamte Einwohnerschaft der Komturei geweckt und die Männer waren mit Fackeln und Waffen ausgeschwärmt, um jeden Winkel des Hofes zu durchsuchen.

Den Eindringling hatten sie nicht gefunden, wohl aber einen Toten und einen Hund, dem man den Schädel eingeschlagen hatte.

Salim stand auf, trat ans Fenster und sah einen Moment stumm in die Dunkelheit und den nun fast lautlos fallenden Regen hinaus. Dann wandte er sich um, ging zum Kamin und ließ sich vor dem prasselnden Feuer darin in die Hocke sinken, um die Hände über den Flammen auszustrecken. Robin fiel erst jetzt auf, dass er am ganzen Leib zitterte. Er fror. Sein Gewand klebte in schweren, nassen Falten an seinem Körper. Das Gewitter hatte nach der ersehnten Abkühlung eine für diese Jahreszeit ungewöhnliche Kälte gebracht, die längst durch die Fenster hereingekrochen war.

Salim rieb die Hände so dicht über den Flammen aneinander, dass Robin sich fragte, wieso er sich eigentlich nicht verbrannte, dann stand er mit einer raschen Bewegung auf und begann seinen Mantel auszuziehen. Darunter trug er nur eine kurze, bis dicht über die Knie reichende schwarze Hose.

Während Salim seinen nassen Mantel vor dem Kamin zum Trocknen ausbreitete, musterte Robin ihn mit unverhohlener Neugier. Er war schlank, zugleich aber sehr viel kräftiger, als sie erwartet hatte. Unter seiner Haut, die fast den Ton von frisch poliertem Kupfer hatte, bewegten sich geschmeidige Muskeln, die ihm die Schnelligkeit und Kraft einer Wildkatze verleihen mussten. Alles an ihm strahlte Kraft aus; nicht die brutale Gewalt, wie sie sie bei Bruder Abbé gesehen hatte, sondern eine Mischung aus Eleganz und Stärke, die sie in ihren Bann schlug und es ihr unmöglich machte, den Blick von ihm zu wenden. Auch wenn ihr das Wort in diesem Zusammenhang ungewöhnlich erschien: Salim war auf eine männliche, schwer in Worte zu fassende Weise *schön*.

Obwohl er jetzt wieder vor dem Kamin in der Hocke saß und in die Flammen starrte, war Robin sicher, dass er ihren Blick spürte und er ihm alles andere als unangenehm war. Sie war nicht einmal mehr sicher, dass er seinen Mantel nur ausgezogen hatte, um ihn zu trocknen.

Salims nächste Worte bestätigten ihren Verdacht. »Bist du zufrieden mit dem, was du siehst?«

Die Frage machte Robin ein wenig verlegen – allerdings nicht verlegen genug, um den Blick von seinem muskulösen Rücken zu lösen. »Sind... alle Männer deines Volkes... so wie... du?«, fragte sie mühsam.

»Natürlich«, antwortete Salim. »Wir sind Allahs erwähltes Volk. Wir werden stark geboren und wachsen in wenigen Jahren zu unbesiegbaren Kriegern heran.«

Endlich wandte er den prasselnden Flammen des Kaminfeuers den Rücken zu und sah in ihre Richtung. Ohne sein Kopftuch und den Schleier sah er auf sonderbare Weise verändert aus, ernster und... fremdartiger, obwohl doch eigentlich das Gegenteil der Fall hätte sein müssen. Robin war plötzlich nicht mehr sicher, ob er wirklich noch so jung war, wie sie die ganze Zeit angenommen hatte.

Plötzlich lachte Salim und schüttelte den Kopf. »Nein, das stimmt nicht. Wir sind gar nicht so viel anders als ihr. Es gibt Hübsche und Hässliche bei uns, Starke und Schwache, Kluge und Weise – aber auch eine Menge Dummköpfe... genau wie bei euch. Eigentlich ist der Unterschied gar nicht so groß. Unsere Haut ist ein wenig dunkler und wir sprechen eine andere Sprache. O ja«, fügte er mit veränderter Betonung hinzu, »und wir halten uns nicht für die Herren der Welt.«

Robin entschied, dass sie im Moment gar nicht verstehen wollte, was er mit diesen Worten meinte. Salim war in allem, was er tat und sagte, ungewöhnlich – vor allem für einen Sklaven, der er doch angeblich war.

Ihr fiel noch etwas sehr Ungewöhnliches für einen Sklaven an ihm auf: Im Saum der schwarzen Hose, die er trug, steckten zwei winzige, silberne Dolche.

Salim ließ sich im Schneidersitz vor dem Kamin nieder und streckte die linke Hand aus. »Warum kommst du nicht hierher zum Kamin?«, fragte er. »Du bist nass und das Feuer ist warm.«

Das war die Wahrheit, aber trotzdem ganz und gar nicht der Grund, weshalb er wollte, dass sie zu ihm kam.

Aber warum eigentlich nicht? Sie waren allein. Sie war eine Waise und in einer Welt gestrandet, die ihr nicht nur vollkommen fremd, sondern auch durch und durch feindselig gesonnen war, und sie war niemandem außer ihrem eigenen Gewissen Rechenschaft schuldig. Sie schlug die Decke zurück, setzte sich ganz auf und stellte die Füße auf den kalten Steinboden. Salim hatte so ganz nebenbei Recht: Sie war bis auf die Haut durchnässt und fror erbärmlich und es war ihrer ohnehin noch lange nicht wiederhergestellten Gesundheit bestimmt nicht zuträglich, wenn sie sich erkältete und Fieber bekam.

Aber auch das war nur ein Vorwand, den sie sich selbst gegenüber brauchte, um sich zu rechtfertigen. Aber er tat seinen Dienst.

Sie ging zum Kamin, ließ sich neben Salim nieder und gestattete es, dass er wie selbstverständlich den Arm um ihre Schulter legte und sie an sich zog. Im allerersten Moment versteifte sie sich, aber dann überwand sie ihre letzten Hemmungen und kuschelte sich im Gegenteil eng an seine Schulter. Salims Haut war heiß vom Kaminfeuer und sie spürte selbst durch den groben Stoff ihrer Kutte hindurch, wie glatt und geschmeidig sie sich anfühlte.

»Besser?«, fragte Salim.

Robin war nicht ganz sicher, ob er damit die Wärme oder vielleicht etwas ganz anderes meinte, aber sie nickte trotzdem. Eine ganze Weile saßen sie in vertrautem Schweigen da, dann sagte sie: »Erzähl mir von... deiner Heimat.«

Salim wirkte leicht überrascht, lächelte aber. Vielleicht schmeichelte ihm ihre Frage.

»Es ist wunderschön dort«, antwortete er. »Aber ich weiß nicht, ob es dir gefallen würde.«

Da ihr das Sprechen Schmerzen bereitete, beließ sie es bei einem fragenden Blick, der für Salim aber Anlass genug war, weiter zu reden.

»Meine Heimat ist anders als euer Land. Wir leben in der Wüste... weißt du, was das ist?«

Robin signalisierte ihm mit den Augen ein *Nein*.

»Unser Land ist groß«, sagte Salim. »So unendlich weit, dass du es dir nicht vorstellen kannst, und der Himmel dort ist viel näher als hier. Du kannst tagelang reiten, ohne dem Horizont näher zu kommen. Es ist dort immer warm und die Menschen sind freundlich und heißen Fremde in ihren Zelten willkommen, ohne nach dem Woher und Wohin zu fragen. Aber wir sind auch ein stolzes Volk. Wir haben nicht viel, aber das wenige, das wir besitzen, verteidigen wir mit unserem Leben.« Er seufzte. »Viele von uns verstehen nicht, warum ihr eure Heere in unser Land geschickt habt, um uns zu erobern.«

Robin verstand es ebenso wenig, aber sie maßte es sich auch nicht an, es verstehen zu können. Sie war nur ein einfaches Bauernmädchen, sie würde niemals verstehen, nach welchen Regeln die Welt funktionierte. Die Dinge waren nun einmal so, wie sie waren. Es stimmte sie ein wenig traurig, dass Salims Worte nun diese Wendung nahmen, aber sie spürte auch, dass die Bitterkeit, die plötzlich daraus sprach, schon seit langer Zeit an seiner Seele fraß. Vielleicht war sie nicht die Einzige hier, die verzweifelt nach ein wenig Wärme und Geborgenheit suchte.

»Euer Land ist so reich und ihr wisst es nicht einmal«, fuhr Salim nach einer Pause fort. Er machte eine Kopfbewegung zum Fenster. »Regen. Er ist kalt und meistens flieht ihr ihn. Bestenfalls ist er euch lästig und ihr begreift nicht einmal, welch unvorstellbar kostbares Geschenk euch damit gemacht wird.«

Mit *Regen?* dachte Robin. Nein, sie begriff wirklich nicht, was daran kostbar sein sollte. Sicher, die Felder brauchten von Zeit zu Zeit Regen, aber Salim hatte vollkommen Recht – die meiste Zeit über *war* er einfach nur lästig. Er verwandelte das Land in Morast, weichte Straßen und Plätze auf und ließ harmlose Bäche zu reißenden Flüssen anschwellen, in denen das Vieh ertrank. Nur zu oft war er durch das Strohdach ihrer Hütte getropft und hatte das gesamte Haus mit Feuchtigkeit durchtränkt und gerade heute Nacht hatte er ihr vermutlich das Leben gerettet, es dem feigen Attentäter aber zuvor auch überhaupt erst ermöglicht, ungesehen in die Komturei einzudringen. Ein schönes *Geschenk!*

»In meiner Heimat«, fuhr Salim fort, »vergeht manchmal ein Jahr, ohne dass es regnet, oder auch zwei. Und wenn es regnet, dann feiern die Menschen ein Fest. Sie gehen hinaus in den Regen und tanzen und sie danken Gott für das Geschenk des Lebens, das er ihnen schickt. Die Wüste wird dann grün, von einer Stunde auf die andere. Wo gerade noch Sand war, wachsen Gras und Büsche und blühen die herrlichsten Blumen! Hier bei euch ist es immer grün. Ihr lebt in einem Land, das unvorstellbar reich ist, und was macht ihr mit diesem Reichtum? Ihr tretet ihn mit Füßen. Die meisten von euch wissen nicht einmal, dass sie ihn besitzen.«

»Nicht ... weiter«, bat Robin.

Salim sah sie schuldbewusst an. »Verzeih«, bat er. »Ich bin ein Dummkopf. Du wolltest eine Geschichte aus meiner Heimat hören und ich, was mache ich? Ich mache dir Vorwürfe, als wäre es deine Schuld, dass du hier geboren bist!« Er lächelte. »Dabei gibt es so viel Schönes aus meiner Heimat zu berichten. Und ich werde sie bald wiedersehen.«

Robin blinzelte. *Wie?*

»Abbé und die anderen warten auf das Eintreffen weiterer Tempelherren aus England. Wir ziehen ins Heilige Land – noch in diesem Jahr. Hat Bruder Tobias dir nichts davon erzählt?«

Robin schüttelte den Kopf.

»Wir verlassen das Land noch vor dem Winter«, bestätigte Salim. Er schauderte übertrieben. »Ich liebe euer Land, aber den Winter hasse ich. Schnee! Allah hat euer Volk schon für alle Sünden bestraft, als er euch den Winter mit Schnee und Eis und Hagelschauern gebracht hat.«

»Du gehst ... weg?«, fragte Robin erschrocken.

»Nicht so bald«, sagte Salim beruhigend. »Erst in drei oder vier Monaten. Das ist eine lange, lange Zeit.« Er lächelte, legte die Hand unter ihr Kinn und hob ihren Kopf an.

Diesmal wehrte sich Robin nicht mehr, als er sie küsste.

KAPITEL 17

Es wurde hell, bis Abbé und die anderen Tempelritter zurückkehrten. Eine Stunde vor Sonnenaufgang hatte der Regen ganz aufgehört. Das Gewitter war weitergezogen und zu einem fernen Wetterleuchten am Horizont geworden und das ununterbrochene Rollen des Donners war zu einem leisen Raunen herabgesunken, dem Geräusch ferner Meeresbrandung ähnlicher als Donnergrollen.

Niemand in der Komturei hatte in dieser Nacht noch geschlafen. Robin und Salim hatten noch mehr als eine Stunde vor dem Kaminfeuer verbracht, bis die Wärme ihre Kleider wenigstens halbwegs getrocknet hatte, und waren dann gemeinsam in den Turm hinaufgegangen, um nach Bruder Tobias zu sehen.

Der Anblick des auf den Tod daliegenden Mönches zog Robin das Herz zusammen. Tobias hatte das Bewusstsein verloren, was ihm zumindest den schlimmsten Schmerz ersparte, aber niemand konnte sagen, ob er noch einmal aufwachen würde. Sein Gesicht war weiß, nicht blass, sondern *weiß*, und seine Brust hob und senkte sich in schnellen, unregelmäßigen Atemzügen. Kalter, feinperliger Schweiß bedeckte seine Stirn und er roch schlecht; nach Krankheit und Leid.

Robin spürte, wie sich ihre Augen mit Tränen füllten, aber sie hatte in diesem Moment nicht einmal die Kraft, die Hand zu heben und sie wegzuwischen. Es war ihre Schuld. Tobias hätte dem Mörder mit Leichtigkeit entkommen können, aber er hatte es nicht getan, sondern sich im Gegenteil ganz bewusst geopfert, damit sie eine Chance hatte. Er musste gewusst haben, dass er dem viel größeren und bewaffneten Angreifer nicht gewachsen war.

Tränen liefen über ihr Gesicht. Sie starrte auf den frischen, aber trotzdem bereits schon blutgetränkten Verband über seiner Brust und ihr war, als hätte sie selbst den Dolch genommen und den alten Mönch niedergestochen.

Salim legte ihr die Hand auf die Schulter. »Hab keine Angst«, sagte er. »Er wird es schaffen. Ich kenne Tobias. Er ist ein zäher alter Bursche, den so schnell nichts umbringt.«

Einer der Männer, die sich um Tobias kümmerten, hob kurz den Kopf und sah den Tuareg an. Er sagte nichts, aber sein Blick erzählte dafür umso mehr. Und es war etwas vollkommen anderes als das, was Salim gesagt hatte.

»Komm«, sagte Salim leise. »Wir können hier nichts tun. Lassen wir die Brüder ihre Arbeit tun.«

Die wahrscheinlich nur aus einer vorgezogenen Totenwache bestand, dachte Robin bitter. Viele Mönche hier verstanden ein wenig davon, Wunden und Verletzungen zu behandeln. Abbé und die anderen übten fast täglich mit ihren Waffen und es verging nicht eine Woche, in der nicht mindestens einer der Männer eine kleine oder größere Blessur davontrug, so dass ein kleiner Schnitt, eine Prellung oder auch schon mal ein gebrochener Knochen nichts Besonderes darstellten. Aber Tobias war wirklich *schwer* verletzt und er war der Einzige hier, der *wirklich* etwas von der Heilkunst verstand. Er würde sterben, wenn nicht ein Wunder geschah.

Als sie auf dem Weg nach unten waren, sagte Salim: »Ich war oben in deiner Kammer. Ich verstehe nicht so ganz, wie du überhaupt da rausgekommen bist. Es muss ein höllischer Kampf gewesen sein.«

»Glück«, krächzte Robin.

»Glück«, wiederholte Salim auf eine sonderbare, nachdenkliche Art. Dann schüttelte er den Kopf. »Das hatte nichts mit Glück zu tun. Ich hatte Zeit genug, dich zu beobachten. Du hast jeden Tag am Fenster gestanden und den Rittern bei ihren Übungen zugesehen. Ich wette, du hast nicht eine Stunde verpasst.«

Das war übertrieben, traf aber den Kern der Sache. Sie hatte tatsächlich sehr oft dagestanden und den Rittern bei ihren

Waffenübungen zugesehen, von einer Faszination erfüllt, die sie selber vielleicht am allerwenigsten begriff.

»Es bereitet dir Freude, nicht?«, fragte Salim. »Du siehst einem guten Kampf gerne zu, habe ich Recht? Ich meine: Du bist nicht wie die meisten Weiber, denen beim Anblick eines Mannes das Blut aus dem Gesicht weicht und die sich in die Hosen machen, wenn sie ein blankgezogenes Schwert sehen – und übrigens nicht nur Frauen.«

Nein, das war sie gewiss nicht. Gerade in den letzten Tagen hatte sie mehr als einmal mit ansehen müssen, welch furchtbare Dinge Waffen in den falschen Händen anzurichten vermochten, aber das hatte keineswegs dazu geführt, dass sie nun Angst davor hatte. Ganz im Gegenteil: Sie hatte endgültig begriffen, dass es nicht die Waffen waren, die den Schaden anrichteten, sondern stets nur die Hände, die sie führten.

»Wenn du willst, bringe ich es dir bei«, sagte Salim.

Sie sah ihn fragend an. *Was?*

»Kämpfen.« Salim machte eine wedelnde Handbewegung. »Du hast Talent dafür. Ich weiß das.«

»Woher?«

»Ich bin ein Krieger und ein wahrer Krieger spürt eine verwandte Seele. Du bist eine Frau, aber du hast das Herz eines Kämpfers. Bruder Abbé weiß das auch. Er hat mir erzählt, wie du dich in der Kirche verhalten hast, als dieser Verrückte euch angegriffen hat.«

Robin blieb überrascht stehen. »Er hat dir ...«

»Davon erzählt, ja.« Salim nickte mehrmals hintereinander. »Das wundert dich. Bruder Abbé und ich haben keine Geheimnisse voreinander. Ich bin sein Sklave. Jeder andere an deiner Stelle wäre einfach vor Angst erstarrt oder schreiend davongelaufen. Du nicht. Du bist ihm nachgelaufen und hast ihm sein Schwert zugeworfen, so dass er sich dieses Verrückten erwehren konnte.«

Robin starrte ihn an. Salim wusste von Abbés Geheimnis? Niemand in der Komturei wusste davon, nicht einmal Jeromé und die anderen Ritter. Abbé riskierte einen *Krieg*, damit sein Geheimnis gewahrt blieb – und er sollte es so einfach einem *Sklaven* erzählt haben? Unmöglich! Und plötzlich musste sie wieder daran denken, wie sich Abbé und Salim am vergangenen Abend gestritten hatten, und an den respektlosen Ton, den der Tuareg manchmal Abbé gegenüber anschlug – allerdings immer nur, wenn sie allein waren.

»Ich werde mit Abbé darüber reden.« Salim ging weiter. »Wir werden keinen Ritter aus dir machen, aber vielleicht kann ich dir ein paar Tricks beibringen, damit du dich deiner Haut zu wehren weißt. Das kann nie schaden.«

Sie verließen den Turm und traten in die Dämmerung hinaus. Es war noch nicht richtig hell. Die Gebäude ringsum waren wieder zu bleichen Schemen geworden, die im grauen Zwielicht mehr zu erahnen als zu sehen waren, in denen nun aber zahlreiche rote und gelbe Augen flackerten. Hinter fast jedem Fenster brannte Licht, als hätten die Geschehnisse der vergangenen Nacht die Menschen hier mit einer plötzlichen Angst vor der Dunkelheit erfüllt. Der Regen hatte Kälte und einen Hauch alles durchdringender Feuchtigkeit zurückgelassen und er hatte den Hof in einen rechteckigen, schmutzigen See verwandelt, aus dem nur hier und da der Gipfel einer schlammigen Insel ragte.

Robin rieb sich fröstelnd die Oberarme. Bald würde die Sonne aufgehen und gewiss würde es wieder warm, vielleicht sogar heiß werden, genau wie an den Tagen zuvor, aber im Moment fror sie. Ihr Gewand war noch immer klamm und die Erschöpfung tat ein Übriges. Auch sie hatte in dieser Nacht nicht geschlafen, dafür aber große Gefahren überstanden und noch größere Anstrengungen. Und auch wenn sie es weiter beharrlich leugnete – es *war* ein höllischer Kampf gewesen, den sie im Grunde nicht hätte überleben dürfen.

»Sie kommen zurück!«

Robin legte den Kopf in den Nacken und blinzelte zur Turmspitze hinauf. Eine winzige Gestalt war in einem der erleuchteten Fenster im obersten Stockwerk erschienen und deutete heftig gestikulierend nach Westen. Offenbar war irgendjemand in der Komturei wenigstens jetzt auf den Gedanken gekommen, eine Wache aufzustellen.

»Abbé«, sagte Salim stirnrunzelnd. »Das ist schlimm. Er wird wenig begeistert sein zu hören, was passiert ist, und noch weniger, wenn ihm klar wird, dass er übertölpelt wurde.«

»Übertölpelt?«

Salim lachte humorlos. »Glaubst du, es ist ein Zufall, dass sie ausgerechnet gestern Abend weggerufen wurden? Ganz gewiss nicht! Sie wurden weggelockt – damit der Attentäter leichtes Spiel hat!«

»Womit?«, fragte Robin mühsam. Jedes Wort fiel ihr jetzt schwerer und ihre Kehle schmerzte ununterbrochen. Sie durfte noch nicht zu viel von ihrer gerade erst zurückgewonnenen Stimme verlangen. Wenn sie ihr noch einmal den Dienst aufkündigte, dann vielleicht für immer.

»Das weiß ich nicht«, antwortete Salim. »Abbé wollte es mir nicht sagen – und er hat auch Helge verboten, mit mir zu reden. Gehen wir ihm entgegen und fragen ihn.« Er deutete zum Tor, blieb aber nach einem einzigen Schritt wieder stehen und sah Robin nachdenklich an.

»Vielleicht ist es besser, wenn wir ihm noch nicht verraten, dass du wieder sprechen kannst ... wenigstens nicht gleich.«

Robin nickte. Dieses Versprechen abzugeben fiel ihr nicht schwer. Ihr Hals fühlte sich an, als wäre er mindestens auf das Doppelte seines normalen Umfangs angeschwollen. Wahrscheinlich konnte sie im Moment gar nicht reden, selbst wenn sie es gewollt hätte.

Sie machten sich auf den Weg zum Tor, aber sie hatten kaum mehr als die Hälfte der Strecke zurückgelegt, als Bruder Abbé und die anderen Tempelritter auch schon in gestrecktem Galopp durch das Gewölbe hereinsprengten. Unter den wirbelnden Hufen ihrer Pferde spritzten Wasser und Schlamm so hoch, dass ihre Gestalten kaum zu erkennen waren. Trotzdem sah Robin beinahe sofort, dass mit dem halben Dutzend Reitern etwas nicht stimmte. Etwas stimmte sogar ganz und gar nicht mit ihnen ...

Salim und sie begannen im gleichen Augenblick zu rennen.

Die Templer galoppierten bis zur Mitte des Hofes und brachten ihre Pferde dann so abrupt zum Stehen, dass sich zwei der Tiere mit einem protestierenden Wiehern aufbäumten. Die Reiter befanden sich in einem bemitleidenswerten

Zustand. Ihre Kleider waren verdreckt und hingen in Fetzen und längst nicht alles Rot auf den weißen Gewändern war das der aufgestickten Tatzenkreuze. Die Reiter kehrten geradewegs aus einer Schlacht heim. Einer der Männer sank hilflos nach vorne und brach über dem Hals seines Pferdes zusammen und Bruder Abbé – der Einzige, den sie aufgrund seiner untersetzten Gestalt trotz des geschlossenen Helmes erkannte – glitt mit einer hastigen Bewegung aus dem Sattel und wandte sich heftig gestikulierend an Salim. Hinter ihm flogen die Türen des Haupthauses auf und eine Anzahl grau gekleideter Gestalten näherte sich ihnen im Laufschritt.

»Salim!«, schrie Abbé. »Lauf und hol Bruder Tobias! Ferdinand ist schwer verwundet! Schnell! Es geht um jede Minute!«

»Tobias wird nicht kommen«, antwortete Salim. »Es gab einen Anschlag auf Robins Leben. Sie konnte entkommen, aber Tobias ist schwer verwundet. Er wird vielleicht sterben.«

»Ein Anschlag? Wer …?«

Salim schnitt ihm mit einer Handbewegung das Wort ab. Salim *ihm*, nicht etwa umgekehrt. »Was ist passiert? Wurdet ihr angegriffen?«

»Es war eine Falle«, antwortete Abbé, sprach jedoch nicht sofort weiter, sondern drehte sich mit einer abrupten Bewegung herum und wandte sich an die Männer, die in immer größerer Anzahl aus dem Haus gelaufen kamen. »Kümmert euch um Ferdinand! Aber seid vorsichtig. Und bringt trockenes Holz und Steine! Verschließt das Tor und alle äußeren Fenster und schickt eine Wache auf den Turm! Wir müssen mit einem Angriff rechnen!«

»Ein Angriff?« Salims Augenbrauen zogen sich zusammen. »Was soll das heißen? Abbé!«

»Es war eine verdammte Falle«, sagte Abbé düster.

»Sie haben Euch von hier weggelockt«, bestätigte Salim, aber Abbé schüttelte zornig den Kopf.

»Wenn das alles wäre!« Er ballte die rechte Hand zur Faust, sah sich wild um, als suche er etwas, was er zerschmettern konnte, und ließ den Arm dann mit sichtlicher Anstrengung wieder sinken. Sein Blick flackerte, als er Robins Gesicht streifte. Er drehte sich ganz zu ihr herum, legte ihr die Hand auf die Schulter und sagte mit leiser, mitfühlender Stimme: »Es ... tut mir Leid, Kind, aber ich fürchte, ich habe schlimme Nachrichten. Dein Dorf. Deine Leute. Sie ... sind alle tot.«

»Tot?«, keuchte Salim. »Was ist passiert?«

Robin starrte Abbé an. Sie hatte durchaus verstanden, was er sagte, aber es war, als ginge es sie gar nichts an. Sie wartete darauf, dass sie irgendetwas empfand – Schrecken, Kummer, Schmerz oder wenigstens Zorn –, aber es war genau wie an jenem furchtbaren Abend vor einer Woche, als sie in die Flammen ihres brennenden Elternhauses gestarrt hatte. In ihr war nichts als jene schreckliche, saugende Leere.

»Helge kam gestern Abend«, begann Abbé. »Er erzählte, dass einer der Bauern einen großen Trupp Bewaffneter gesehen hätte. Wir stießen auf ihre Spuren und folgten ihnen. Sie führten geradewegs zu Robins Dorf. Aber wir sind zu spät gekommen. Es ist niedergebrannt. Alle, die darin gelebt haben, wurden erschlagen. Sie sind ... alle tot.«

»Tot? Wer hat das getan?«

Abbé schnaubte. »Wir«, antwortete er. »Zumindest wird jedermann das glauben.« Er drehte sich herum, ging zu seinem Pferd und nahm ein Stück blutgetränkten Stoff aus der Satteltasche. Es kostete Robin einige Mühe zu erkennen, dass es nicht nur ein beliebiger Fetzen war, sondern vielmehr ein Stück aus einem weißen Überwurf, auf den ein rotes Kreuz mit gespaltenen Enden gestickt war.

»Das lag irgendwo zwischen den Ruinen«, sagte er. »Und noch mehr davon. Ein zerbrochener Dolch mit unserem Siegel, ein blutiger Handschuh, wie wir sie tragen ...« Er warf den Fetzen zu Boden und stampfte ihn mit dem Absatz in den Morast. »Jemand hat sich große Mühe gegeben, Beweise zu hinterlassen, wer für diese Gräueltat verantwortlich ist.«

»Aber das ist doch ... Unsinn«, murmelte Salim stockend. »Ich meine: Es ... es ist doch ein Leichtes, nachzuweisen, dass diese Dinge nicht aus Eurem Besitz stammen.«

»Es kommt noch schlimmer«, sagte Abbé düster. »Wir haben das Dorf gründlich durchsucht, in der Hoffnung, vielleicht doch noch einen Überlebenden zu finden. Wir hatten keinen Erfolg, aber gerade, als wir aufsitzen und wieder zurückreiten wollten, tauchten Gunthar von Elmstatt und sein Sohn auf – zusammen mit ungefähr zwanzig Bewaffneten. Sie haben uns sofort angegriffen, ohne auch nur eine einzige Frage zu stellen. Wir konnten ihnen entkommen, aber Ferdinand wurde von einem Speer getroffen und außer mir sind fast alle anderen verletzt.«

»Haben sie Euch verfolgt?«, fragte Salim.

»Nur ein kleines Stück«, antwortete Abbé. »Wir konnten drei von ihnen erschlagen, was ihnen die Lust auf eine Fortsetzung des Kampfes ein wenig vergällt haben dürfte. Sie sind in Richtung Burg davongeritten.« Er hob die Schultern. »Sie dürften jetzt schon dort sein. Gunthar wird eine Stunde brauchen, um alle seine Männer zusammenzurufen und zu bewaffnen, und dann drei oder vier Stunden, bis sie hier sind.«

»Ihr fürchtet, dass er uns angreift?«

»Ich an seiner Stelle würde es tun«, antwortete Abbé traurig. »Für ihn sind die Beweise eindeutig. Er glaubt, dass wir seinen jüngsten Sohn erschlagen haben und nun auch noch die Einwohner eines ganzes Dorfes, nur um unsere Spuren zu verwischen. Er *muss* auf diese Herausforderung reagieren, wenn er nicht vor der ganzen Welt das Gesicht verlieren will. Er wird uns angreifen, kurz nach der Mittagsstunde, wenn nicht früher.«

KAPITEL 18

Obwohl Bruder Abbé persönlich Robin befohlen hatte, sich in ihre Kammer im obersten Stockwerk des Turms zurückzuziehen und zu schlafen, ließ er sie kaum zwei Stunden später wieder zu sich rufen.

Robin hatte nicht geschlafen; natürlich nicht. Der Knecht, der sie aus ihrer Turmkammer holte, führte sie in dasselbe Gemach, in dem Salim und sie einen Teil der vergangenen Nacht verbracht hatten, nicht in Abbés karge Zelle eine Etage höher. Vielleicht war die Zeit des Versteckspielens für Abbé endgültig vorbei. Der Abbé jedenfalls, der Robin in dem luxuriös ausgestatteten Zimmer erwartete, war kein Ehrfurcht gebietender, strahlender Ritter mehr, sondern ein müder, gebrochen wirkender alter Mann.

Abbé hatte seine Rüstung gegen das schmucklose graue Büßergewand getauscht, aber das schwere Kettenhemd und ein sauberer Wappenrock samt dazugehörigem Mantel lagen auf seinem Bett. Abbé selbst kniete in der Ecke neben dem Kamin, hatte die Hände gefaltet und betete lautlos und mit geschlossenen Augen. Erst, als der Knecht gegangen und er mit Robin allein war, stand er auf und ging mit müden Schritten zum Tisch.

»Setz dich, mein Kind«, sagte er.

Robin gehorchte. Sie hatte kein gutes Gefühl. Abbé in einem solchen Zustand zu sehen erfüllte sie nicht mit Befriedigung, sondern mit dem genauen Gegenteil.

Eine Weile sah Abbé sie einfach nur an, so als erwarte er eine ganz bestimmte Reaktion von ihr, dann sagte er leise: »Du kannst also wieder reden.«

Leugnen hatte wenig Sinn, also antwortete Robin mit einem einzelnen, mühsam hervorgewürgten Wort: »Schwer.« Tatsächlich fiel es ihr jetzt sehr viel schwerer zu sprechen als noch in der Nacht; und es bereitete ihr auch sehr viel mehr Schmerzen.

»Streng dich nicht an, mein Kind«, sagte Abbé lächelnd. »Ich habe dich nicht rufen lassen, um dir Vorhaltungen zu machen oder dich zu verhören. Salim hat mir alles erzählt, was in der vergangenen Nacht geschehen ist. Es war klug von dir, auf ihn zu hören und niemandem zu verraten, dass du deine Stimme wiedergefunden hast.« Er lächelte traurig. »Es ist schade, dass Bruder Tobias dieses Wunder nicht mit ansehen kann. Obwohl es wahrscheinlich keinen großen Unterschied mehr macht.«

Wieder kehrte für lange, endlose Sekunden Stille ein. Dann sagte Abbé unvermittelt: »Hast du Angst vor dem Tod?«

Robin verstand den Sinn dieser Frage nicht ganz – nicht in diesem Moment –, aber sie nickte. Natürlich hatte sie Angst vor dem Tod. Jeder hatte das.

»Es mag sein, dass wir alle heute den Tod finden«, fuhr Abbé fort. »Oder doch auf jeden Fall viele von uns. Ein Kampf ist unvermeidlich. Ich habe soeben die Nachricht erhalten, dass Gunthar mit einem Heer von fast hundert Mann auf dem Weg hierher ist. Es wird zur Schlacht kommen.«

Robin nickte ernst.

»Ich erzähle dir das nicht ohne Grund«, fuhr Abbé fort. »Wie ich gesagt habe, ist ein Kampf unvermeidlich geworden. Aber du musst nicht daran teilhaben. Noch ist Zeit für dich, die Komturei zu verlassen. Ich will dir nichts vormachen, Robin: Du wärst auch draußen nicht in Sicherheit, vielleicht noch viel weniger als hier bei uns. Gernot und Otto werden alles daransetzen, dich zu finden und zu töten, denn du bist die einzige noch lebende Zeugin für ihren Verrat. Aber wir können dir einen kleinen Vorsprung verschaffen. Ich gebe dir ein Pferd und einen Begleiter, der dich zu einer befreundeten Komturei im Süden bringen wird. Mit etwas Glück könnt ihr sie erreichen, bevor Elmstatt auch nur merkt, dass du nicht mehr hier bist. Es mag sein, dass er uns besiegt, aber wir werden ihm lange genug standhalten, bis du in Sicherheit bist.«

Robin befeuchtete die Lippen mit der Zunge und sammelte Kraft für die Frage, die sie Abbé stellen musste.

»Aber Ihr ... braucht mich ... doch. Ich kenne ... die Wahrheit.«

»Das ist wahr.« Abbé lächelte. »Leider spielt die Wahrheit schon lange keine Rolle mehr, mein Kind. Gott allein wird entscheiden, welches Schicksal uns erwartet. Es ist zu viel unschuldiges Blut vergossen worden. Zu viele sind gestorben, nur weil ihr Tod den Plänen eines anderen zupass kam. Vielleicht hast du Recht und wir brauchen dich, damit die Wahrheit ans Licht kommt. Aber ich bin es dir schuldig, dein Leben zu retten.«

»Warum?«, fragte Robin.

»Du traust mir nicht«, stellte Abbé mit einem traurigen Lächeln fest. »Und wie könntest du auch? Ich habe dich belogen und ich habe dich bedroht, und nun fragst du dich, ob nicht vielleicht doch ich hinter all dem stecke, nicht wahr?«

Robin sah den Tempelritter einen Herzschlag lang ernst an, aber dann schüttelte sie den Kopf. Nein, das fragte sie sich nicht. Nicht mehr. Sie *hatte* sich diese Frage gestellt, wenn auch nur insgeheim, aber sie wusste nun, dass sie Abbé damit Unrecht getan hatte. Er war ein harter Mann. Ein Krieger, der nicht zögerte, seinen Gegner im Kampf zu töten oder auch hundert in den sicheren Untergang zu schicken, wenn es eine Schlacht zu schlagen galt. Aber eines war er gewiss nicht: ein heimtückischer Mörder.

»Und trotzdem ist es meine Schuld«, sagte Abbé leise. »Vielleicht ist alles nur eine Intrige Gernots, auch wenn ich ihren Grund noch nicht verstehe, aber ich war es, der ihm den Grund dafür geliefert hat. Nichts von alledem wäre geschehen, wäre ich nicht gewesen.« Er stand auf, trat ans Fenster und sah eine geraume Weile aus blicklosen Augen hinaus, ehe er noch leiser fortfuhr. Robin begriff, dass die Worte längst nicht mehr ihr galten. »Womöglich ist alles, was geschehen ist und noch geschehen wird, Gottes Strafe für meine Verfehlung. Ich habe gesündigt. Ich habe mein Gelübde gebrochen und mich der Fleischeslust hingegeben und vielleicht bestraft Gott mich, indem er diese furchtbare Schuld auf meine Seele lädt.«

Robin war ... fassungslos – zumal sie spürte, dass Abbé jedes einzelne Wort, das er sprach, ganz genau so meinte. Aber sie weigerte sich einfach, an einen Gott zu glauben, der so grausam war, mehr als vierzig Leben auszulöschen, um einen einzelnen Sünder zu bestrafen.

Aber es gab noch eine Frage, die sie stellen musste. »Warum ... habt Ihr das ... gesagt?«, flüsterte sie.

Abbé wusste sofort, was sie meinte. Wahrscheinlich hatte er die Frage erwartet. »In jener Nacht, als ich gedroht habe, deine Mutter und alle deine Freunde zu töten, wenn du mich verrätst?« Er schüttelte den Kopf und starrte weiter aus dem Fenster. »Weil ich ein alter Narr bin, deshalb. Weil ich überheblich und eingebildet genug war, mir einzureden, dass es die bequemste Lösung wäre. Weil ich dachte, ich könnte es mir leicht machen und mein Geheimnis wahren, indem ich einem dummen kleinen Bauernmädchen Angst machte. Ich kann dich nur bitten, mir zu vergeben. Wirst du das?«

Am Anfang begriff Robin gar nicht, was er von ihr wollte – aber dann wurde es ihr schlagartig klar. Es war der Grund, aus dem er sie überhaupt hatte kommen lassen.

Er wollte, dass sie ihm die Absolution erteilte.

Doch wie konnte sie das?

»Du vergibst mir also nicht«, murmelte Abbé, nachdem eine Weile Schweigen zwischen ihnen geherrscht hatte. Er drehte sich vom Fenster weg und sah sie an. Sie war nicht ganz sicher, denn die Sonne stand fast genau hinter ihm und blendete sie – aber waren das Tränen in seinen Augen?

»Ich ... vergebe Euch«, sagte sie mühsam. Sie kam sich fast lächerlich vor, bei diesen Worten. Sie war ein halbes Kind, das nicht einmal ganz sicher war, ob es wirklich an Gott glaubte, und er ein heiliger Mann. Aber sie bekräftigte ihre Worte nun noch einmal mit einem Nicken. Sie verzieh eine Sünde, die in ihren Augen keine war, mit einer Lüge. Vielleicht war das sogar etwas, was Abbés verquerer Auffassung von göttlicher Gerechtigkeit nahe kam.

»Ich danke dir«, sagte Abbé. »Und nun wird es Zeit für dich zu gehen.«

Robin schüttelte den Kopf.

»Nein?«

»Ich ... bleibe ... hier«, stieß sie mühsam hervor.

»Hast du dir das auch gut überlegt?«

Die ehrliche Antwort auf diese Frage wäre *nein* gewesen. Aber wohin sollte sie gehen? Ihre Heimat war zerstört. Jeder Mensch, den sie gekannt und geliebt hatte, war tot und der einzige Mensch, der ihr überhaupt noch etwas bedeutete, war hier, in diesen Mauern. Möglicherweise stimmten Abbés düstere Befürchtungen und sie würden dem Ansturm von Gunthars Männern nicht standhalten. Aber sie hatte den Ausdruck in Ottos Augen nicht vergessen. Dieser Mann würde nicht eher ruhen, bis er sie gefunden und getötet hatte, und wenn sie bis ans Ende der Welt vor ihm davonlief.

»Ich bleibe«, flüsterte sie.

»Dann soll es so sein«, antwortete Abbé. Er hätte niemals gewagt, es auszusprechen, aber sie spürte, dass er diese Entscheidung erhofft hatte. Egal, was er gesagt hatte, und ganz gleich, was er ihr schuldig zu sein glaubte – sie war vielleicht alles, was zwischen ihm und dem sicheren Tod stand.

»Geh jetzt zurück in den Turm«, sagte Abbé. »Es ist das sicherste Gebäude hier. Ich werde Salim beauftragen, dich zu beschützen, aber mich musst du jetzt entschuldigen. Ich muss die Verteidigung vorbereiten.«

KAPITEL 19

Sie ging nicht in ihre Kammer im Turm zurück, sondern machte sich auf die Suche nach Salim und sie fand den Tuareg genau dort, wo sie ihn vermutet hatte: am Tor, wo er die Vorbereitung der Verteidigung überwachte.

Der Tuareg hatte sich verändert. Er trug noch immer seinen blauschwarzen Mantel, hatte aber nun den Schleier vor das Gesicht gelegt, so dass beinahe nur noch seine Augen sichtbar waren. Und er war bewaffnet. Er trug einen mattschwarzen runden Schild am linken Arm und in seinem Gürtel steckte ein armlanges Schwert, dessen Klinge auf sonderbare Weise gebogen war. Aus dem Sklaven war endgültig ein Krieger geworden.

Salim unterbrach seine Arbeit, als er sie sah, und kam ihr mit weit ausgreifenden Schritten entgegen. »Du bist bereit?«, fragte er. »Dein Pferd ist aufgezäumt. Karl wird dich begleiten. Du kannst ihm vertrauen. Er ist ein tapferer Mann.«

Robin schüttelte den Kopf.

»Du traust ihm nicht?«

Robin wiederholte ihr Kopfschütteln, machte eine weit ausholende Geste und sagte leise: »Ich bleibe.«

»Ich hatte befürchtet, dass du das sagst«, seufzte Salim, versuchte aber – fast zu ihrer Überraschung – nicht, ihr diese Idee auszureden; obwohl sie ihm ansah, dass er wenig begeistert davon war. Stattdessen drehte er sich auf dem Absatz herum und gab einem Mann, der draußen vor dem Tor gewartet hatte, einen Wink. Der Mann schwang sich ohne ein weiteres Zögern auf sein Pferd und galoppierte davon. Robin blickte fragend.

»Bruder Abbé würde nicht auf einen Mann verzichten, der ein Schwert zu führen vermag, nur um dich in Sicherheit zu bringen«, sagte Salim. »Karl reitet vor allem los, um Hilfe zu holen. Ohne dich wird er schneller ankommen. Und auch schneller zurück sein.« Er deutete auf den Hof. »Du solltest jetzt besser gehen. Wir haben viel zu tun und jeder Moment zählt.«

»Helfen«, krächzte Robin.

»Helfen?« Salim lachte. »Du kannst hier nichts helfen, fürchte ich ... aber meinetwegen bleib hier. Ich würde es auch nicht ertragen, tatenlos in meinem Zimmer zu sitzen und darauf zu warten, dass der Kampf beginnt. Aber bitte stör uns nicht. Unsere Zeit ist wirklich knapp.«

Robin gab sich redliche Mühe, aber natürlich stand sie doch ständig im Weg und musste unablässig beiseite treten, sich entschuldigen, bis es ihr zu bunt wurde und sie einfach mit zupackte. Salim beobachtete sie stirnrunzelnd und mit einiger Missbilligung, sagte aber nichts mehr.

Robin ihrerseits beobachtete Salim nicht ganz so offen, dafür aber umso aufmerksamer. Was ihr schon mehrmals aufgefallen war, bestätigte sich. Salim eilte hierhin und dorthin, gab Anweisungen und erteilte Befehle, griff aber kein einziges Mal selbst zu. Ein Sklave?

Die Männer schlossen das Tor, was mit erheblicher Mühe und Anstrengungen verbunden war, denn sie stellten sich nicht besonders geschickt dabei an, was darauf schließen ließ, dass die beiden gewaltigen Torflügel nicht sehr oft geschlossen wurden. Anschließend legten die Männer einen gewaltigen Riegel vor, der mehrere Zentner wiegen musste. Dieses Tor, dessen war sie sich sicher, würde selbst dem Ansturm einer Armee trotzen.

Salim zeigte sich jedoch wenig begeistert, als er zurückkam. »Das ist vergebene Mühe«, unkte er. »Was nutzt ein starkes Tor, wenn die Mauern schwach sind? Wir werden uns nicht halten können. Das hier ist ein Bauernhof, bei Allah, keine Burg! Ich sage Abbé seit Jahren, dass wir die Befestigungen verstärken müssen, aber nun ist es zu spät.«

»Vielleicht können wir ... reden«, sagte Robin schleppend.

»Reden? Mit wem?«

»Gunthar«, antwortete Robin. »Ich kenne ... die Wahrheit.«

»Er wird dir nicht zuhören«, sagte Salim. Robin teilte diese Auffassung nicht ganz. Sie hatte Gunthar von Elmstatt nur ein einziges Mal gesehen, aber sie hatte trotzdem den Eindruck gewonnen, dass er im Grunde ein sehr vernünftiger und besonnener Mann war, dem Gewalt nicht fremd war, der sie aber nicht liebte.

Trotzdem fuhr Salim fort: »Es gibt eine Zeit zum Reden und es gibt eine Zeit zum Kämpfen. Ich fürchte, die Zeit des Redens ist vorbei.« Er seufzte. »Du hättest mit Karl gehen sollen. Nun ist es zu spät.«

Er legte die Hand auf das Schwert. »Keine Angst. Niemand wird dir etwas tun. Dafür werde ich sorgen.«

Sie hatte keine Angst – wieso nahm eigentlich jeder an, dass das so war? Nur weil sie eine Frau war? Der Gedanke an die bevorstehende Schlacht erschien ihr so weit weg, dass er sie gar nicht berührte. Es war... abstrakt. Ein Wort, das für sie praktisch keine Bedeutung hatte. Sie war ein einfacher Mensch, geboren und aufgewachsen in einer einfachen Welt, die vom Wechsel der Jahreszeiten und der täglichen Sorge um eine warme Mahlzeit und genügend Feuerholz bestimmt wurde. Kriege, Schlachten und Intrigen, Politik... das waren Worte, die einfach nicht zu ihrem Leben gehörten und sie auch nicht wirklich berühren konnten. Sie kam sich vor wie in einem Traum. Einem bösen Traum, aber trotzdem ein Traum.

Salim nahm sie beim Arm und führte sie aus dem Halbdunkel des Torgewölbes wieder in den hellen Sonnenschein auf dem Hof hinaus.

»Und... nun?«, fragte sie.

»Nun?« Salim hob die Schultern. »Nun warten wir.«

Das Heer traf fast auf die Minute pünktlich zu dem Zeitpunkt ein, den Abbé vorausgesagt hatte. Der Ausguck auf dem Turm meldete ihn schon frühzeitig, von dem Heereszug selbst aber war noch lange Zeit nichts zu sehen. Obwohl die Angreifer wissen mussten, dass ihre Ankunft längst kein Geheimnis mehr war, nutzten sie die Wälder als Deckung, um sich der Komturei so weit wie möglich ungesehen zu nähern. Der Tag war so heiß geworden wie die vorhergehenden, aber der ausgiebige Regen der Nacht hatte den Boden aufgeweicht, so dass es keine verräterische Staubwolke gab und – zumindest für Robins ungeübtes Auge – auch keine anderen verräterischen Zeichen.

Trotzdem verzog Salim abfällig das Gesicht, als die ersten Reihen aus dem Wald heraustraten, etwas weniger als eine Meile von der Komturei entfernt. Robin, einige weitere Männer und er hatten hinter den schmalen Scharten über dem Tor Aufstellung genommen, nachdem sie sich hartnäckig geweigert hatte, in die Turmkammer zu gehen und dort wie ein verängstigtes Kind darauf zu warten, dass etwas geschah, und sie hatten nicht lange warten müssen. Robin zählte auf Anhieb gut ein Dutzend Reiter, dann ein zweites und dann gab sie auf. Ihre Zahl schien kein Ende zu nehmen. Hatte Abbé nicht von einem Heer von hundert Mann geredet? Nach ihrem Dafürhalten konnten es genauso gut tausend sein. Der Waldrand war schwarz vor Gestalten und ihre Zahl wuchs noch immer.

Salim zeigte sich weniger beeindruckt als sie. »Was für Dummköpfe!«, sagte er verächtlich. »Eine Reiterarmee, um eine Burg zu stürmen!« Er schüttelte ein paarmal den Kopf, dann ging er mit schnellen Schritten zur anderen Seite des großen, das gesamte Tor überspannenden Raumes und beugte sich aus dem Fenster.

»Schickt mehr Männer zum Pferdestall!«, rief er hinaus. »Verstärkt die Wände und seid auf der Hut! Sie werden dort angreifen! Und jemand soll Abbé und die anderen rufen!« Er drehte sich herum, lehnte sich gegen die Wand neben dem Fenster und fügte etwas leiser hinzu: »Ich fürchte, sie werden ihr Mittagsgebet heute ein wenig abkürzen müssen.«

Robin warf noch einen unsicheren Blick zu Gunthars Heer hinaus. Die Männer kamen im Moment nicht näher, sondern schienen sich am Waldrand zu sammeln.

»Woher ... weißt du ... das?«, fragte sie mühsam.

»Dass sie den Pferdestall angreifen werden?« Salim hob die Schultern. »Ich würde es tun. Es ist der schwächste Punkt. Die Wände sind dünn und das Dach so flach, dass ein geschickter Mann ohne Mühe hinüberklettern kann ... Falls sie uns nicht kurzerhand den ganzen Hof über dem Kopf anzünden«, fügte er nach kurzem Zögern und leiser hinzu.

Robin sah wieder nach draußen. Nun, nachdem sie ihren ersten Schrecken überwunden hatte, sah sie, dass Abbés Einschätzung von Gunthars Kräften durchaus realistisch gewesen war. Es mussten an die hundert Berittene sein, die sich am Waldrand versammelt hatten – eine Zahl, die leicht auszusprechen, aber Furcht einflößend *anzusehen* war. Die Männer waren noch zu weit entfernt, um ihre Bewaffnung zu erkennen, aber es war eine gewaltige Streitmacht; jedenfalls in Robins Augen.

Sie sah sich unsicher um. Auf dem staubigen Dachboden hatte sich ungefähr ein Dutzend Männer versammelt, Köche, Stallburschen, Knechte und einfache Handlanger. Die Anspannung stand ihnen ins Gesicht geschrieben, aber sie hatten sich auch auf eine erstaunliche Weise verändert: Alle waren bewaffnet und Robin sah recht wenige Anzeichen echter Furcht. Die Männer wussten, was auf sie zukam, und sie waren sich auch des Ernstes der Lage bewusst, aber sie waren weit davon entfernt, in Panik zu geraten.

Salim trat neben sie. Er sagte nichts, sondern blickte schweigend und mit großer Konzentration zu Gunthars Männern hin. Sie hatten mittlerweile eine lockere Formation angenommen und näherten sich der Komturei in einer doppelten, weit auseinandergezogenen Reihe. Als sie näher kamen, erkannte Robin Gunthar von Elmstatt und seinen Sohn, die an der Spitze des Heereszugs ritten.

Sie erkannte aber auch noch mehr: Nur vielleicht zwanzig der gut hundert Reiter trugen Rüstungen und Waffen eines Ritters. Der weitaus größere Teil der Truppe unterschied sich kaum von den Männern, die Salim und sie umgaben. Sie waren mit Spießen und Schwertern ausgestattet, manche aber auch nur mit Keulen oder Messern. Einige wenige trugen Schilde und Helme – offenbar hatte Jeromé Recht gehabt, als er behauptet hatte, dass Gunthar über kein Heer verfügte. Elmstatt hatte nichts anderes getan als Abbé auch: Er hatte einfach jeden Mann auf seiner Burg mit Waffen ausgerüstet und auf ein Pferd gesetzt.

Sie mussten ungefähr zehn Minuten warten, bis Bruder Abbé kam. Er trug jetzt wieder Kettenhemd und Rock und jede

Spur von Müdigkeit oder gar Schwäche war aus seinem Gesicht verschwunden. Zu Robins Überraschung kam er allein.

Ohne ein Wort zu sagen, trat er an das Fenster neben Salim und stieß die Läden auf. Goldenes Sonnenlicht floss in Strömen auf den Dachboden und ließ den Staub tanzen. Robin blinzelte.

»Gunthar!«, rief Abbé. Er hatte sich so weit nach vorne gebeugt, dass fast sein gesamter Oberkörper aus dem Fenster hing; ein leichtes Ziel für einen Bogen- oder Armbrustschützen, worüber er sich aber keinerlei Sorgen zu machen schien.

»Gunthar von Elmstatt!«, rief er noch einmal, als er keine Antwort bekam. »Ich will mit Euch reden!«

Robin hatte nicht wirklich damit gerechnet, aber tatsächlich lösten sich Gunthar und einen winzigen Moment darauf auch sein Sohn Gernot aus der Front der Reiter, die einen Steinwurf vor dem Tor angehalten hatte, und kamen näher. Beide trugen Helme mit geschlossenen Visieren, die sie allerdings hochklappten, als sie näher kamen.

»Es gibt nichts mehr zu reden!«, sagte Gunthar, nachdem er sein Pferd fünf Meter vor dem Tor gezügelt hatte. »Es sei denn, Ihr wollt Eure Kapitulation überbringen.«

»Ich bitte Euch!«, antwortete Abbé. »Es muss nicht zum Schlimmsten kommen. Wir …«

»Legt Eure Waffen nieder und kommt heraus«, unterbrach ihn Gunthar. Aus seiner Stimme sprach eine Unversöhnlichkeit, die Robin schaudern ließ. »Wenn Ihr und die übrigen Ritter kampflos aufgebt, bürge ich für Sicherheit und Leben aller anderen in der Komturei. Ihr habt vollkommen Recht, Bruder Abbé: Es müssen nicht noch mehr Unschuldige sterben. Die Entscheidung liegt bei Euch!«

»Ich flehe Euch an, Gunthar!«, antwortete Abbé. »Ihr wisst, dass ich das nicht kann. Es ist alles ganz anders, als es den Anschein hat! Ihr müsst uns einfach Zeit geben, um die Wahrheit ans Licht zu bringen!«

»Zeit?« Gunthar lachte böse. »Wozu? Um Euch eine Ausrede zurechtzulegen? Ich habe genug von Euren Lügen und ich weiß, was ich mit meinen eigenen Augen gesehen habe! Ergebt Euch oder sterbt!«

»Ich mache Euch einen anderen Vorschlag. Meine Brüder und ich sind bereit, uns weltlicher Gerechtigkeit zu unterwerfen!«

Gunthar legte den Kopf schräg. Er schwieg.

»Zieht mit Euren Männern ab und ich schwöre bei Gott, dass es so ist«, fuhr Abbé fort. »Wir werden einen Boten an den Hof des Kaisers schicken, damit er einen Inspekteur sendet, der die ganze Angelegenheit hochoffiziell untersucht. Und ganz gleich, wie dieses Urteil ausfällt, wir werden uns ihm beugen!«

»Oh, selbstverständlich«, sagte Gunthar höhnisch. »Ein Bote zum Hof des Königs! Es dauert zwei Wochen, bis er dort ist, weitere zwei Wochen, bis die hohen Herren entschieden haben, was zu tun ist, und noch einmal zwei, bis der Inspekteur zurück ist – wenn er überhaupt kommt. Und am Ende mischt sich irgendein Kirchenfürst ein, um uns darüber zu belehren, dass dies keine Angelegenheit irdischer Gerechtigkeit ist.« Er schüttelte heftig den Kopf. »Ich habe oft genug erlebt, wie wenig der Kirche an Recht und Ordnung gelegen ist, wenn es um unsereins geht. Nein, ich fürchte, so viel Zeit bleibt uns nicht. Ihr dagegen, Abbé, habt alle Zeit, die Ihr braucht.«

Er drehte sich halb im Sattel um und hob den Arm. Zwei Reiter lösten sich aus dem Heer und kamen in raschem Tempo näher. Einer davon gehörte zu Gunthars Männern. Der andere lag mit auf den Rücken gebundenen Händen über dem Hals des Pferdes. Seine Beine waren unter dem Leib des Tieres zusammengebunden, damit er nicht aus dem Sattel fiel. Er trug ein einfaches graues Gewand und sein Gesicht war blutüberströmt. Robin wusste trotzdem sofort, wer er war.

Gunthar wartete, bis die beiden Reiter neben ihm angelangt waren. Dann zog er einen Dolch aus dem Gürtel, durchtrennte mit zwei raschen Schnitten die Fesseln des Verwundeten und stieß den Mann aus dem Sattel.

»Ich meine nur, falls Ihr auf die Verstärkung wartet, nach der Ihr geschickt habt«, fuhr Gunthar fort. »Sie wird nicht kommen. Nehmt den Umstand, dass wir Euren Mann am Leben gelassen haben, als Zeichen unseres guten Willens.«

»Karl«, murmelte Salim. »Dieser Narr hat sich ergreifen lassen!«

»Dürfen wir den Verletzten hereinholen?«, fragte Abbé.

»Das dürft Ihr«, antwortete Gunthar. »Und ich gewähre Euch eine weitere halbe Stunde. Danach erwarte ich Euch und die anderen fünf vor dem Tor. Ohne Waffen. Wenn nicht, greifen wir an.« Damit riss er sein Pferd herum und sprengte los.

»Das wäre eine gute Gelegenheit«, sagte Salim. Robin sah hoch und registrierte überrascht, dass der Tuareg seinen Schild gegen einen fast mannslangen Bogen eingetauscht hatte, auf dessen Sehne bereits ein Pfeil lag. Ein zweiter steckte griffbereit in seinem Gürtel.

Abbé schüttelte fast erschrocken den Kopf. »Wir sind keine Mörder!«

»*Er* hat *uns* den Fehdehandschuh hingeworfen, nicht wir ihm«, erinnerte Salim. »Und es wäre eine günstige Gelegenheit.«

»Nein!«, sagte Abbé scharf. »Wir sind Soldaten Gottes, keine Assassinen! Wir schießen unseren Feinden nicht in den Rücken!«

»Das werde ich mir merken«, sagte Salim. »Und wer weiß, eines Tages glaube ich es ja vielleicht sogar.«

Abbé funkelte ihn an, aber der Zornausbruch, auf den nicht nur Robin wartete, blieb aus. Stattdessen drehte er sich mit einer abrupten Bewegung herum und fuhr dann den am nächsten stehenden Mann an: »Geh hinunter und hol Karl herein! Er ist verwundet!«

Der Mann entfernte sich hastig. Seinem Gesichtsausdruck nach zu urteilen hatte er in diesem Moment mehr Angst vor Abbé als vor dem feindlichen Heer draußen.

Robin spähte mit klopfendem Herzen durch den Fensterladen. Der Verletzte hatte sich mittlerweile auf Hände und Knie erhoben und versuchte, auf das geschlossene Tor zuzukriechen. Sein Gesicht glänzte rot und auch sein Gewand war zerrissen und wies zahlreiche Schmutz- und Blutflecke auf. Aber immerhin war er am Leben. So schrecklich sein Anblick auch war, so empfand Robin dennoch eine tiefe Erleichterung. Wäre sie zusammen mit ihm aufgebrochen, wie Abbé und

Salim es für sie geplant hatten, dann wäre auch sie Gunthars Häschern in die Hände gefallen. Und *sie* hätten sie bestimmt nicht am Leben gelassen...

»Ihr wollt ihn tatsächlich hereinholen?«, fragte Salim in diesem Moment. Die Frage galt Abbé, der sie nur mit einem zornigen Blick beantwortete, aber der Tuareg fuhr fort: »Es könnte sich als schwerer Fehler erweisen, das Tor zu öffnen. Eine bessere Gelegenheit, den Hof zu stürmen, werden sie kaum finden.«

»Schweig!«, donnerte Abbé. »Gunthar von Elmstatt ist ein Ehrenmann!«

»*Er* vielleicht«, murrte Salim, wurde aber von einem noch zornigeren Blick Abbés schließlich ganz zum Verstummen gebracht.

Betretenes Schweigen kehrte ein und plötzlich lag eine Auseinandersetzung zwischen Salim und Abbé in der Luft, die vielleicht schon lange fällig war, nun aber zum ungünstigsten aller nur denkbaren Momente auszubrechen drohte. Und wieder war es der Tempelritter, der sich am Ende herumdrehte und die Konfrontation abbrach, nicht Salim. Robin hatte tausend Fragen im Kopf, die sie stellen wollte, sobald sie wieder richtig sprechen konnte, aber die nach Abbés und Salims wirklichem Verhältnis zueinander stand nun ganz oben. Vielleicht hatte Bruder Abbé ja mehr als nur *ein* Geheimnis, dachte sie. Und vielleicht war sie ja nicht die Einzige, die davon wusste.

Einige lange Minuten vergingen, dann hörten sie ein dumpfes Poltern, das durch den Boden unter ihren Füßen zu dringen schien. Abbé beugte sich vor und sah gebannt aus dem Fenster und auch Robin nahm ihren Beobachtungsplatz hinter dem Fensterladen wieder ein.

Karl war noch einen oder zwei Meter weiter gekrochen, dann entkräftet wieder zu Boden gesunken. Das Rumpeln und Poltern, das sie hörte, war das Geräusch des Riegels, der zurückgeschoben wurde, um das gerade erst mühsam verschlossene Tor wieder zu öffnen. Zwei Männer erschienen in ihrem Blickfeld, die sich rasch dem Verwundeten näherten und ihn hochhoben.

Es blieb bei dem Versuch. Ein ganzer Trupp von Gunthars Reitern setzte sich jäh in Bewegung und ein ganzer Hagel von Pfeilen senkte sich auf die drei Männer vor dem Tor nieder. Die meisten waren schlecht gezielt und kamen ihnen nicht einmal nahe, aber zumindest zwei der heimtückischen Geschosse trafen: Ein Pfeil durchbohrte Karls Hals und tötete ihn auf der Stelle, der zweite traf einen der beiden Männer, die ihm zur Hilfe geeilt waren, in den Arm und schmetterte ihn zu Boden. Der Mann schrie gellend auf, taumelte auf die Füße und verschwand aus Robins Blickfeld, als er sich dem Tor näherte.

Salim fluchte, riss seinen Bogen hoch und ließ den ersten Pfeil fliegen, beinahe ohne zu zielen. Einer der heranpreschenden Ritter warf die Arme hoch und kippte aus dem Sattel und Salim ließ seinen zweiten Pfeil fliegen, noch bevor der Getroffene den Boden berührte.

»Zurück!«, schrie Abbé. »Weg von den Fenstern!«

Er selbst kam seiner eigenen Warnung beinahe zu spät nach. Er duckte sich und entging einem Pfeil, der durch das Fenster hereinzischte, um Haaresbreite, aber ein zweites Geschoss, das fast im gleichen Moment herangeflogen kam, traf seine Schulter. Der Pfeil zerbrach, ohne sein Kettenhemd zu durchdringen, aber die schiere Wucht des Aufpralls warf den Tempelritter zu Boden. Eine Serie dumpfer Schläge traf die Wände und zwei oder drei Pfeile bohrten sich in die vorgelegten Läden. Dann waren die Reiter heran und die Bogenschützen stellten ihr Feuer ein, um nicht ihre eigenen Kameraden zu gefährden.

»Die Läden!«, befahl Salim. »Schnell!«

Noch während sich Abbé aufsetzte und benommen nach seiner Schulter tastete, ließen die Männer ihre Waffen sinken und begannen in aller Hast schwere, zusätzliche Läden von innen an den Fenstern zu befestigen. Sie gingen dabei vorsichtig zu Werke, um nicht im letzten Moment doch noch von einem Pfeil getroffen zu werden, trotzdem aber mit einem Geschick, welches Robin verriet, dass sie das nicht zum ersten Mal taten.

Unter ihnen begann das Tor unter einer Serie dumpfer, heftiger Schläge zu erbeben, aber nur für einen Moment, dann erscholl ein triumphierendes Gebrüll und das unverkennbare Ächzen schwerer Scharniere. Es war den Verteidigern nicht gelungen, den Riegel wieder vorzulegen. Die Angreifer hatten das Tor aufgestoßen und unter ihnen ertönte das harte Trommeln zahlreicher Pferdehufe, die durch das Torgewölbe galoppierten.

Abbé stand endlich wieder auf den Beinen, massierte mit schmerzverzerrtem Gesicht seine Schulter und eilte dann auf die andere Seite des Dachbodens. »*Jetzt!*«, schrie er.

Robin konnte nicht sagen, wem der Befehl galt, aber nur einen Moment später erscholl ein schweres, eisernes Rumpeln und dann schien das gesamte Gebäude unter ihren Füßen zu erzittern. Ein Chor überraschter Schreie wurde laut und irgendetwas Schweres bohrte sich tief unter ihnen mit einem gewaltigen Knirschen in die Erde.

Robin war mit einem Sprung neben Abbé und Salim am Fenster. Sie erblickte ein knappes Dutzend Reiter, das bis in die Mitte des Hofes gesprengt war und seine Tiere nun abrupt zum Stehen brachte. Aus den umliegenden Gebäuden stürmte eine mindestens doppelt so große Anzahl von Abbés Männern heran. Sie waren ausnahmslos mit langen, gefährlich aussehenden Spießen bewaffnet und nicht einer von Abbés Brüdern war unter ihnen.

Die Reiter hatten keine Chance. Sie wehrten sich nach Kräften, aber die Angreifer waren einfach in der Überzahl und stießen sie mit ihren langen Speeren einen nach dem anderen aus dem Sattel, ohne deren Waffen ihrerseits auch nur nahe zu kommen. Es ging unglaublich *schnell* und vielleicht war es bei aller Grausamkeit trotzdem das, was Robin am meisten schockierte. Die Reiter stürzten nacheinander aus den Sätteln, ohne dass sie im Grunde auch nur die Gelegenheit gehabt hätten, sich zu verteidigen, und nach weniger als einer Minute war ein Dutzend Menschenleben ausgelöscht. Es erschienen keine weiteren Reiter auf dem Hof, obwohl das Tor weit offen stand.

Salim eilte wieder zur anderen Seite und sah durch einen Spalt in den Läden hinaus. »Sie haben sich geteilt«, sagte er. »Jedenfalls kann ich nur noch die Hälfte von ihnen sehen.«

»Das war klar«, knurrte Abbé. »Also gut – alles raus hier, bevor sie auf die Idee kommen, Feuer zu legen oder durch die Decke zu brechen. Salim, du bringst Robin in den Turm, und keine Widerrede diesmal.«

Salim sah nicht so aus, als wollte er widersprechen, und Robin wäre nicht einmal dazu gekommen, wenn sie es gekonnt hätte. Denn auf einen Wink Salims hin ergriffen zwei Männer sie bei den Armen und schleiften sie kurzerhand auf die Treppe zu. Wären die beiden Knechte nicht so eifrig gewesen, Salims Befehl nachzukommen, dann wäre sie freiwillig zwischen ihnen hergelaufen, so schnell sie nur konnte.

Die Furcht, die sie die ganze Zeit über vermisst hatte, war nun da, schlagartig und zehnmal schlimmer, als sie es jemals für möglich gehalten hätte. Bisher war alles – selbst der beeindruckende Aufmarsch von Gunthars Armee – kaum mehr als ein spannendes Abenteuer für sie gewesen, eine jener aufregenden Geschichten, wie Jan sie zu erzählen gewusst hatte. Doch das grauenhafte Gemetzel, dessen Zeuge sie soeben geworden war, hatte alles geändert. Die Szenen, die sie im Dorf mit angesehen hatte, waren ungleich schlimmer gewesen. Was *ihr selbst* angetan worden war, war schlimmer gewesen, und doch war es gerade diese beiläufige, fast gnädige Art, Menschenleben auszulöschen, die aus dem Spiel plötzlich und unwiderruflich grässlichen Ernst gemacht hatte. Sie wollte nicht wissen, was weiter geschah. Sie wollte nur weg und genau das tun, wofür sie sich vor einer Minute noch selbst in Gedanken verachtet hatte: sich wie ein verängstigtes Kind in ihrem Bett verkriechen und die Decke über den Kopf ziehen, bis alles vorbei war, so oder so.

Doch so gnädig war das Schicksal nicht mit ihr.

Die beiden Männer zerrten sie die Treppe hinunter und auf den Hof hinaus und Robin keuchte vor Entsetzen, als sie sah, dass er sich in ein Schlachtfeld verwandelt hatte. Herrenlose Pferde rannten in wilder Panik umher. Diejenigen von Gunthars Männern, die noch am Leben waren – drei oder vier von fast einem Dutzend, wie Robin entsetzt erkannte – wurden gerade gefesselt und roh davongezerrt und überall waren schreiende Männer, hastige Bewegung, Blut. Nur wenige

Schritte neben ihr brach einer von Abbés Soldaten schreiend zusammen, von einem Pfeil getroffen, der scheinbar aus dem Nichts zu kommen schien, und Salim sprang mit einem Wutschrei neben sie und riss seinen Schild dann in die Höhe, um ein weiteres, womöglich besser gezieltes Geschoss abzuwehren.

Die Pfeile regneten aus dem Torhaus auf sie herab. Robin duckte sich hastig hinter Salims hochgerissenen Schild, sah aber trotzdem, warum nur diese wenigen Reiter auf den Hof gekommen waren: Ein gewaltiges Fallgitter hatte sich vor das innere Tor gesenkt und sperrte den Rest von Gunthars Truppen aus, so dass der Innenhof der Komturei zu einer tödlichen Falle für ihre Kameraden geworden war. Dass Abbé auf Gunthars Ehrenhaftigkeit gezählt hatte, hatte nicht bedeutet, dass er nicht auf eine Heimtücke vorbereitet gewesen wäre.

Salim drückte Robins Kopf herunter und zerrte sie im Zickzack auf den Turm zu. Ein Pfeil traf seinen Schild und brachte ihn aus dem Tritt, hatte aber nicht mehr genug Wucht, ihn zu Boden zu schleudern. Die heimtückischen Geschosse waren nicht gezielt, begriff Robin. Gunthars Männer schossen in ihrer Wut einfach auf alles, was sich bewegte, und sie waren gottlob keine besonders guten Schützen. Fast unbehelligt erreichten sie den Turm und Salim beförderte sie so schwungvoll durch die Tür, dass sie das Gleichgewicht verlor und drinnen ungeschickt gegen die Wand torkelte.

»Nach oben!«, befahl er. »Ich ...«

Ein dumpfes Krachen und ein ganzer Chor erschrockener Stimmen schnitt ihm das Wort ab. Salim fuhr blitzartig herum und Robin sah eine gewaltige Staubwolke aus Türen und Fenstern des Pferdestalles dringen. Für einen Moment war ihr, als ob das gesamte Gebäude zitterte, und sie hätte sich nicht gewundert, wäre es vor ihren Augen zusammengebrochen. Stattdessen flogen die Türen des Stalles auf und zahlreiche Pferde sprengten auf den Hof. Fast im gleichen Moment erschien eine geduckte Gestalt auf dem Dach des Pferdestalls.

Ein Pfeil zischte vorbei und ließ ihn rücklings vom Dach kippen, aber schon im nächsten Moment erschienen drei, vier, fünf weitere Angreifer auf dem niedrigen Dach. Abbés Bogenschützen forderten auch von ihnen ihren Tribut, aber ihre Zahl war einfach zu gewaltig. Mindestens ein halbes Dutzend erreichte den diesseitigen Rand des Daches und sprang, ohne zu zögern, in die Tiefe und über ihnen tauchte bereits die nächste Welle Bewaffneter auf. Salims düstere Prophezeiung schien sich zu erfüllen. Gunthar hatte den Schwachpunkt der Verteidigungsanlage ausgenutzt, und das offensichtlich schneller, als der Tuareg befürchtet hatte. Wahrscheinlich war der Angriff seiner Reiter auf das Tor nichts anderes als ein Ablenkungsmanöver gewesen.

»Nach oben!«, brüllte Salim. »Ich halte sie auf!«

Robin starrte noch einen Herzschlag lang an ihm vorbei auf den Hof – gerade lange genug, um zu sehen, wie die Türen des Haupthauses aufflogen und eine Handvoll Gestalten in Rot und Weiß ausspien, die sich unverzüglich auf die eingedrungenen Angreifer warfen – dann fuhr sie herum und raste wie von Furien gehetzt die Treppe hinauf. Unter ihr begann der Hof vom Klirren der Waffen und den Schreien der Verwundeten und Sterbenden widerzuhallen und diese grauenvollen Geräusche wurden nicht leiser, als sie weiter nach oben kam. Die Apokalypse war losgebrochen. Sie konnte die Augen vor dem entsetzlichen Geschehen ringsum verschließen, aber nicht die Ohren, und vielleicht würde sie die Schreie der Sterbenden niemals wieder vergessen können.

Auf halbem Wege nach oben verließen sie die Kräfte. Sie taumelte noch zwei oder drei Stufen weiter, griff mit zitternden Händen nach dem Geländer und sank schließlich kraftlos auf die Treppenstufen hinab. Ihr Herz schien in ihrer Brust zerspringen zu wollen und ihr Atem schmeckte plötzlich bitter, nach Metall und Übelkeit. In ihren Ohren rauschte das Blut, aber auch dieser Laut vermochte den Kampflärm nicht zu übertönen, der immer näher kam.

Sie hörte Schritte, sah hoch und registrierte mit einem Gefühl unendlicher Erleichterung, dass es Salim war, der unter ihr die Treppe heraufstürmte. Sie gab sich Mühe, das Blut auf dem Schwert in seiner Hand nicht zu sehen.

»Alles in Ordnung?«, fragte er, als er sie erreicht hatte und stehen blieb.

Robin machte eine Bewegung, von der sie selbst nicht einmal ganz sicher war, ob sie nun ein Nicken, ein Kopfschütteln oder eine Mischung aus beidem darstellte. Sie wollte antworten, brachte aber nur ein unverständliches Krächzen zustande.

»Streng dich nicht an.« Salim schob das Schwert unter seinen Gürtel und streckte die Hand aus, um ihr in die Höhe zu helfen. »Schnell. Ich muss zurück. So, wie es aussieht, brauchen sie jeden Mann. Ich fürchte, unser guter Bruder Abbé hat seinen Gegner gründlich unterschätzt.«

Robin stützte sich schwer auf seinen Arm, musste aber trotzdem mit der anderen Hand am Treppengeländer Halt suchen, um sich weiter nach oben zu quälen. Sie konnte Salims Ungeduld spüren, aber er beherrschte sich. Vielleicht hatte er erkannt, dass sie einfach am Ende ihrer Kräfte war – nicht nur körperlich.

Gottlob führte Salim sie nicht hinauf bis ins oberste Stockwerk, sondern in eine Kammer, die sich auf halber Höhe des Turms befand und die er – sie war sicher – ziemlich willkürlich aussuchte. Sie war größer als das Zimmer, das sie bisher gehabt hatte, aber bis auf einen Stapel prall gefüllter, nach Kleie riechender Säcke an der Wand neben einem kleinen Guckloch vollkommen leer. Trotzdem drehte sich Salim einmal im Kreis und sah sich sehr aufmerksam um, bevor er ihr mit einem Kopfnicken zu verstehen gab, dass alles in Ordnung sei; fast als fürchte er, dass sich jemand in den Schatten versteckt hätte.

Was für ein unsinniger Gedanke.

»Es ist nicht besonders bequem, aber für den Moment muss es reichen«, sagte er. »Auf jeden Fall bist du hier sicher, bis ich zurück bin.«

Sicher? Vor wem? Trotz ihres schmerzenden Halses wollte Robin diese Frage laut aussprechen, aber Salim hatte sich bereits wieder herumgedreht und zog die Tür hinter sich zu.

»Und leg den Riegel vor!«, rief er von draußen. »Falls es einen gibt.«

Die Tür hatte tatsächlich einen Riegel, der sogar äußerst massiv aussah, und Robin streckte ganz automatisch die Hand aus, um Salims Aufforderung Folge zu leisten. Aber dann ließ sie den Arm wieder sinken, ohne die Bewegung zu Ende geführt zu haben.

Wozu? dachte sie bitter. Solange Abbé und die anderen die Angreifer daran hinderten, den Turm zu stürmen, war sie hier oben in Sicherheit. Und wenn die Verteidiger fielen, dann war es sowieso um sie geschehen. Vielleicht musste es so sein. Vielleicht sollte sie einfach hinuntergehen, auf den Hof hinaustreten und sich Gernot und Otto ausliefern, auch wenn das ihren sicheren Tod bedeutete.

Stattdessen wandte sie sich um und trat ans Guckloch.

Das Zimmer lag auf der nach Osten gewandten Seite des Turms, so dass sie nur einen kleinen Teil des Hofes überblicken konnte. Zumindest auf diesem Teil des Innenhofes wurde nicht mehr gekämpft. Sie sah eine reglose Gestalt, konnte aber nicht sagen, zu welcher Seite sie gehörte, und es spielte im Grunde auch keine Rolle. Sie hörte noch immer Waffenlärm, Schreie, das panische Wiehern von Pferden und regelmäßig dumpfe, krachende Schläge. Obwohl Gunthars Männer den Hof zweifellos schon längst eingenommen hatten, versuchten sie wohl auf der anderen Seite noch immer, das Fallgitter aufzubrechen, und Robin wusste nun, dass Salim Recht gehabt hatte, als er behauptete, dass es eine Zeit des Redens und eine Zeit des Kämpfens gebe. Worte waren sinnlos geworden. Selbst wenn sie ihrem Impuls nachgegeben und sich Gernot geopfert hätte, hätte es nichts geändert. Salim hatte mit seinen Worten nicht übertrieben, sondern der Wahrheit noch geschmeichelt. Der Krieg war ein wildes Tier und dieses Tier hatte sich jetzt von seiner Kette losgerissen und würde nicht eher aufhören zu wüten, bis sein Blutdurst gestillt war.

Und obwohl sie ganz genau wusste, dass es nicht stimmte, wurde sie die ganze Zeit über den grässlichen Gedanken nicht los, dass es ganz allein ihre Schuld war.

KAPITEL 20

Die Schlacht hatte ihren Höhepunkt überschritten und dauerte noch eine halbe Stunde, aber weder im Turm noch auf dem Hof kehrte Ruhe ein. Robin wartete darauf, dass Salim zurückkam, wie er es versprochen hatte, aber sie blieb allein. Draußen auf der Treppe hallten ununterbrochen Schritte, Stimmen schrien durcheinander und irgendwo über ihr hob ein emsiges Hämmern und Sägen an. Von Salim aber zeigte sich immer noch keine Spur und schließlich begriff sie, dass er nicht kommen würde und es wahrscheinlich auch nie wirklich vorgehabt hatte.

Also verließ sie ihren Unterschlupf und machte sich auf den Weg nach unten.

Zum ersten Mal, seit sie hier war, kam ihr der Turm eng und überfüllt vor. Zahlreiche Männer kamen ihr entgegen oder überholten sie auf dem Weg nach unten, alle in Hast und viele mit Holz, Werkzeugen, Eimern oder Bündeln mit Feuerholz und Reisig beladen. Robin wich ihnen aus, so gut sie konnte, und senkte meistens hastig den Blick, wenn ihr jemand von unten entgegenkam. Sie traute Salim durchaus zu, dass er den Befehl gegeben hatte, sie zu ergreifen und wieder in ihrer Kammer einzusperren, sollte sie sie verlassen.

Niemand nahm allerdings Notiz von ihr und je weiter sie nach unten kam, desto klarer wurde ihr, dass sie ihre Wichtigkeit wohl kräftig überschätzt hatte. Salim und auch die anderen Ritter hatten im Moment andere Sorgen, als sich den Kopf über sie zu zerbrechen.

Trotz allem stahl sich ein flüchtiges Lächeln auf Robins Lippen, als ihr bewusst wurde, was sie gerade gedacht hatte: *Salim und die anderen Ritter.*

Sie hatte die untere Etage erreicht, hielt nach Salim Ausschau und sah zwar nicht ihn, wohl aber Bruder Abbé, der langsam und mit erschöpften, kleinen Schritten durch den Raum ging und die Tür und die vorgelegten Läden kontrollierte. Sie hatte nicht das Gefühl, dass diese Vorsichtsmaßnahme nötig war oder Abbé sie als wichtig erachtete. Vielmehr machte er den Eindruck eines Mannes, der einfach nur *irgendetwas* tat, weil er es nicht ertragen hätte, untätig zu sein.

Als er Robin entdeckte, hielt er in seinem ruhelosen Hin und Her inne und winkte sie heran. Robin gehorchte. Abbé maß sie mit einem langen, besorgten Blick und sagte dann: »Verrat mir eines, Kind: Liebt Gott dich nun ganz besonders oder hast du schon so viele Sünden begangen, dass er dich auf diese Weise straft?«

Robin versuchte nicht einmal zu erraten, was Abbé mit diesen seltsamen Worten meinte. Vielleicht hatten sie keinen Sinn. Sie war nicht einmal ganz sicher, ob Abbé überhaupt wusste, wer vor ihm stand. Er war sehr blass. In seinen Augen stand ein schwaches, aber eindeutig gefährliches Flackern und seine Kleider waren zerrissen und voller Blut. Bisher hatte sie angenommen, dass das wenigste davon sein eigenes war, aber nun war sie gar nicht mehr so sicher. Vielleicht war er ja schwer verletzt und redete einfach irre.

»Wenn du auf meinen Rat gehört hättest und mit Karl gegangen wärst, dann wärst du jetzt wahrscheinlich tot«, fuhr Abbé fort. »So wie du tot wärst, hättest du damals meinen Befehl befolgt, nicht wieder zu der Kapelle zurückzukehren.« Er seufzte. »Wenn du trotzdem noch einen Rat von mir haben willst: Hör nie wieder auf mich, wenn ich dir einen Rat erteile.«

Er schmunzelte, aber Robin blieb ernst. Sie fand, dass Abbé einen bizarren Humor hatte, angesichts der Situation, in der sie sich alle befanden.

»Es ist gut, dass du da bist.« Abbé wechselte nicht nur das Thema, sondern auch seine Art zu reden. »Wir können jede Hand gebrauchen. Komm mit mir.«

Er legte die Hand auf ihre Schulter und dirigierte sie vor sich her auf die einzige Tür zu, die es hier unten – abgesehen vom Eingang – gab. Dahinter lag ein großer, lang gestreckter Raum, der normalerweise wohl als Lager genutzt wurde, im Augenblick aber zu einem provisorischen Hospital umfunktioniert worden war. Robin gewahrte zahlreiche Verwundete, die lang ausgestreckt auf zwei großen Tischen, aber auch auf dem nackten Boden lagen. Andere saßen mit hängenden Schultern und leerem Blick vornüber gebeugt auf Stühlen oder krümmten sich vor Schmerz. Ein gedämpftes, aber anhaltendes Stöhnen und Wehklagen erfüllte den Raum und der durchdringende Geruch nach Blut und Leid lag in der Luft.

Robin hätte erleichtert sein müssen, dass ihr erster – im Nachhinein betrachtet absurder – Gedanke, nämlich dass Abbé ihr eine Waffe in die Hand drückte und sie zur Verteidigung des Turms einteilte, nicht wahr wurde, aber das genaue Gegenteil war der Fall. Offenbar erwartete der Tempelritter von ihr, dass sie sich um die Verletzten kümmerte, und *dieser* Gedanke erschreckte sie noch viel mehr. Es war weniger als eine Stunde her, dass die Kampfhandlungen ihren Anfang genommen hatten, aber sie fühlte sich, als tobe die Schlacht seit Tagen. Ihre Welt hatte sich in ein klebriges Gewirr aus Furcht, Schmerzen und Gewalt verwandelt, in das sie sich immer tiefer und tiefer verstrickte, je mehr sie sich bemühte, daraus zu entkommen, und noch während Abbé sie vor sich her durch den Raum bugsierte, wurde ihr klar, dass es durchaus noch etwas Schlimmeres gab, als dem Wüten der Kriegsbestie zuzusehen – nämlich den Anblick ihrer Opfer. Hätte sie in diesem Moment die Wahl gehabt, dann hätte sie, ohne zu zögern, nach Schild und Schwert gegriffen, um sich den Verteidigern anzuschließen, statt in diesem Schlachthaus zu stehen und sich innerlich beim Anblick zerschnittenen Fleisches und zerbrochener Glieder zu krümmen.

Sie hatte diese Wahl nicht. Abbé teilte sie einem Mann zu, der ihr ohne viel Federlesens eine Schale mit Wasser und Verbandszeug in die Hände drückte und ihr auftrug, sich in eigener Regie um die Verletzten zu kümmern. Sie tat es, so gut sie konnte – was vermutlich nicht besonders gut war. Robin hatte wenig Erfahrung in solcherlei blutigem Handwerk. Natürlich hatte es im Dorf auch mancherlei Verletzungen gegeben, Unfälle oder auch pures Ungeschick, so dass ihr der Anblick von Blut nicht vollkommen fremd war, aber es war auch stets jemand dagewesen, der sich darum kümmerte, so dass ihre Rolle auf die einer bloßen Beobachterin reduziert worden war, und auch das meistens nur für einen – wortwörtlichen – Augenblick. Hier nun musste sie zupacken, ob sie wollte oder nicht. Es gab zahlreiche Schnitt- und Stichwunden zu versorgen, Blutungen zu stillen oder manchmal auch einfach nur ein tröstendes Wort zu sprechen, und schon bald begannen Entsetzen und Ekel zu einem dumpfen Druck in ihrem Inneren herabzusinken, der quälend war, sie aber bei ihrem Tun nicht mehr wirklich behinderte.

Und es war eine schauderhafte Arbeit. Bald unterschied sich Robin auch äußerlich nicht mehr von den Verletzten, denen sie half. Sie war genauso blutig und nicht weniger erschöpft und das Entsetzen in ihren Augen war wohl kaum weniger groß als das in den Blicken der Männer. Sie nahm an, dass sie vielen von ihnen zusätzliche und unnötige Schmerzen bereitete, weil sie sich so ungeschickt anstellte, aber niemand beklagte sich und niemand machte ihr Vorwürfe, nicht einmal Abbé, als er einmal ihre Hand beiseite schob und ihr mit einem wortlosen Kopfschütteln zu verstehen gab, dass sie etwas falsch gemacht hatte.

Nach einer halben Stunde, die ihr wie eine ganze Ewigkeit vorgekommen war, betraten zwei Tempelritter den Raum – Xavier und Jeromé, so weit sie das unter all dem Blut und Schmutz auf ihren Gesichtern beurteilen konnte – und traten an einen der Tische, auf denen ein Verwundeter aufgebahrt worden war. Robin hatte es bisher vermieden, mehr als einen flüchtigen Blick auf den Mann zu werfen, aber ihr war klar, dass es sich um einen der besonders schwer Verletzten handeln musste.

Jeromé und Xavier machten jedoch keine Anstalten, sich um seine Wunden zu kümmern. Jeromé faltete die Hände und begann mit leiser Stimme auf Lateinisch zu beten, während Xavier mit schnellen Schritten um den Tisch herumging und die Hand nach dem Gesicht des Mannes ausstreckte. Robin konnte nicht genau erkennen, was er tat, und sie wagte es auch nicht, näher heranzugehen, aber es sah aus, als male er dem Bewusstlosen mit dem Daumen das Kreuzzeichen auf Stirn, Nasenflügel und Wange, wobei auch seine Lippen die lautlosen Worte eines Gebets murmelten.

»Was tun sie?«, fragte Robin.

Abbé, der dicht neben ihr stand und seinen Brüdern bisher schweigend zugesehen hatte, antwortete leise: »Er bekommt die Letzte Ölung, Kind.«

»Er stirbt?«

»Bald wird er vor Gottes Thron knien und seiner Seele werden die ewigen Freuden des Paradieses angedeihen«, antwortete Abbé. »Seine irdischen Leiden sind vorüber.« Er lächelte, auf eine Art, die Robin fast Angst machte; vielleicht, weil sie spürte, dass Bruder Abbé in diesem Moment tatsächlich an das glaubte, was er sagte. »Unsere irdische Existenz ist nicht von langer Dauer, mein Kind, und sie ist nur zu oft ein Jammertal, durch das wir gehen müssen. Aber die, die stark im Glauben sind, belohnt Gott dafür mit den himmlischen Freuden des Paradieses.«

Robin blickte auf ihre blutbesudelten Hände hinab. Wenn das so war, dachte sie, warum machten sie sich dann alle diese Mühe, statt den Verwundeten gleich die Kehlen durchzuschneiden, damit sie früher in den Genuss der *himmlischen Freuden* kamen?

Abbé sah sie erschrocken an und auch Xavier unterbrach sein Tun und warf ihr einen geradezu vernichtenden Blick zu. Robin konnte sich beim besten Willen nicht daran erinnern – aber sie musste die Worte wohl laut ausgesprochen haben. Und zwar laut genug, dass nicht nur Abbé sie verstanden hatte.

»Du ... du bist verwirrt, Kind«, sagte Abbé hastig. Er wirkte verunsichert, erschrocken. »Das ist nur verständlich. Nicht jeder erträgt den Anblick von so viel Schmerz und Leid. Wäre es anders«, fügte er nach kurzem Zögern – und mehr an Xaviers und Jeromés Adresse gewandt als wirklich an sie – hinzu, »so könnte man deine Worte als Ketzerei auslegen, weißt du das?«

Robin schüttelte den Kopf und die Reaktion in Abbés Augen machte ihr klar, dass er innerlich darum gezittert hatte, dass sie diese Antwort gab und nicht etwa eine andere. »Dann bedenke in Zukunft deine Worte, bevor du sie aussprichst«, fuhr Abbé fort, nun schon in etwas strengerem Ton. »Ketzerei ist eine schwere Sünde. Du weißt doch, was eine Sünde ist?«

»Ja«, murmelte Robin. »Bitte verzeiht.«

Nun wirkte Abbé eindeutig erleichtert und nach einem weiteren Moment wandte sich auch Xavier wieder um und fuhr fort, den Sterbenden zu salben. Abbé atmete hörbar auf.

Nur, um überhaupt etwas zu sagen, deutete Robin auf den Sterbenden und fragte: »Wie viele?«

Abbés Blick verdüsterte sich. »Fünf«, antwortete er. »Sechs, mit ihm. Es ist furchtbar.« Er schlug das Kreuzzeichen vor Stirn und Brust.

»Und es könnte noch viel furchtbarer werden.« Salim betrat den Raum, warf seinen Schild mit einer achtlosen Bewegung auf den Boden und riss sich den Schleier vom Gesicht. »Sie bereiten sich auf den nächsten Angriff vor.«

»Diese Narren«, antwortete Abbé und plötzlich war wieder die alte Überheblichkeit in seiner Stimme. »Lassen wir sie sich ihre Köpfe an den Mauern einrennen.«

»Euer Vertrauen in die Festigkeit dieser Mauern in Ehren, Bruder Abbé«, sagte Salim, »aber darf ich Euch daran erinnern, dass sie keine halbe Stunde gebraucht haben, um den Hof zu erobern und dabei ein halbes Dutzend unserer Männer zu erschlagen?«

»Und dreimal so viele von ihnen«, antwortete Abbé. »Der Hof war nicht zu halten. Es wäre dumm gewesen, ein Gebäude verteidigen zu wollen, das nicht zu verteidigen ist. Es war von Anfang an mein Plan, dass wir uns so schnell wie möglich hierher zurückziehen. Wir können wochenlang hier ausharren, wenn es sein muss.«

Salims Blick machte klar, was er von diesen Worten hielt, aber er war klug genug, die fruchtlose Diskussion nicht fortzusetzen und womöglich zu einem ausgewachsenen Streit eskalieren zu lassen.

»Trotzdem solltet Ihr vielleicht einen Blick nach draußen werfen«, sagte er. »Ich weiß nicht genau, was sie tun – aber es gefällt mir nicht.«

Abbé drehte sich zwar vollends zu ihm herum, blieb aber stehen, wo er war, und wartete, bis Jeromé und Xavier mit ihren Gebeten zu Ende gekommen waren; in ziemlicher Eile, wie Robin fand. Sie hütete sich zwar, eine entsprechende Bemerkung zu machen, aber sollte ein Geistlicher nicht bei einem Sterbenden verweilen, bis seine Leiden zu Ende waren? Der Mann jedoch lebte noch, als die beiden Tempelritter von seinem Lager zurücktraten.

Sie verließen den Raum und begaben sich in den zweiten Stock hinauf. Da keiner der Ritter Einwände erhob, schloss sich Robin den Männern (und vor allem Salim) an. Es war noch wärmer im Turm geworden, die Luft roch stickig und war vom Geruch brennenden Holzes und von Rauch durchdrungen.

Den Grund dafür erkannte Robin, als sie hinter Salim in einen großen Raum im zweiten Stock traten, dessen Gucklöcher auf den Innenhof hinaus führten. Beißender Rauch lag in der Luft und sammelte sich zu einer schmutzig grauen Wolke unter der Decke. Sein Ursprung war ein prasselndes Feuer, das unter einem großen Kupferkessel brannte, der zwischen den beiden Fenstern aufgestellt worden war. Es war so heiß, dass Robin sich überwinden musste, um nicht gleich wieder rückwärts aus der Tür zu wanken.

Salim deutete zum Guckloch. Abbé ging wortlos hin, blickte einen Moment hinaus und trat dann kopfschüttelnd zurück.

»Dummköpfe«, sagte er verächtlich.

Robin wartete, bis auch Xavier und Jeromé zum Guckloch hin und wieder zurückgetreten waren, dann schob sie sich vorsichtig an dem heißen Kessel vorbei. Er schien nichts anderes als Wasser zu enthalten, das allerdings kurz vor dem Siedepunkt stand. Ihr war natürlich klar, wozu dieser Kessel diente, aber irgendwie gelang es ihr, den Gedanken nicht an sich herankommen zu lassen.

Gunthars Krieger hatten sich auf der gegenüberliegenden Seite des Hofes versammelt. Nicht alle, vielleicht dreißig an der Zahl, die aber trotzdem einen beeindruckenden Trupp bildeten. Obwohl fast außer Schussweite, trugen die Männer in der ersten Reihe ausnahmslos große Schilde, von denen viele aussahen, als wären sie gerade erst in aller Hast zusammengezimmert worden. Sie hatten sich um etwas geschart, das Robin nicht genau erkennen konnte, aber sehr groß war.

»Ich hätte Gunthar für klüger gehalten«, grollte Xavier. »Er wirft die Leben seiner Männer weg, als wären sie nichts wert.«

»Der Kummer um den Verlust seines Sohnes muss ihm den Verstand verwirrt haben«, sagte Abbé und Jeromé fügte hinzu: »Oder er hat einen schlechten Berater.«

»So schlecht nun auch wieder nicht.« Salim deutete über den Hof, auf das Dach des Pferdestalles. Dort war ungefähr ein halbes Dutzend Männer in Stellung gegangen, die mit großen, gefährlich aussehenden Bögen bewaffnet waren. »Es ist Zeit für Euer Nachmittagsgebet. Sie werden angreifen, wenn sie Euch auf den Knien und tief ins Gebet versunken wähnen.«

Wie um seine Worte zu bestätigen, hoben die Männer auf dem Dach in diesem Moment ihre Bögen und schossen eine erste Pfeilsalve ab. Nur wenige trafen überhaupt den Turm und nicht ein Einziger kam dem Guckloch auch nur nahe, aber die Salve war zugleich wohl auch das Signal zum Angriff gewesen, denn die Krieger unten auf dem Hof setzten sich in Bewegung, und als sich ihre Reihen teilten, sah Robin auch, woran sie während der letzten Stunden offenbar gearbeitet hatten: Durch eine schmale Gasse in dem Schildwall, den Gunthars Soldaten bildeten, rollte ein Leiterwagen heran, den sie offenbar kurzerhand aus dem Fundus der Komturei konfisziert hatten. Mit groben Stricken, aber auch Ketten war ein gewaltiger Balken darauf gebunden worden, in dem Robin beim zweiten Hinsehen den zentnerschweren Riegel erkannte, mit dem zuvor das Tor verschlossen gewesen war. Nun war er zu einem Rammbock geworden, der durchaus massiv genug sein mochte, um die Tür des Turms einzuschlagen.

Abbé zeigte sich von der hastig zusammengebastelten Kriegsmaschine wenig beeindruckt. Er stand wieder am Guckloch und blickte mit einem Gesichtsausdruck hinaus, der irgendwo zwischen Verblüffung und Verachtung schwankte, in dem jedoch keine Spur von Furcht oder auch nur Beunruhigung zu sehen war. Ein Pfeil zerbrach klappernd an der Wand unweit der kleinen Maueröffnung und Abbé trat ohne die mindeste Hast zur Seite, nahm so Aufstellung, dass er nicht mehr getroffen werden konnte, und hob den rechten Arm.

»Haltet euch bereit.«

Die Pfeile hagelten jetzt geradezu auf den Turm und Gunthars Männer stürmten unter gellendem Kriegsgeschrei heran. Abbé hob den Arm noch ein wenig höher und die beiden Tempelritter Xavier und Jeromé ergriffen zwei bereitstehende Stangen und schoben sie durch die Henkel des Kupferkessels.

Robin wandte sich schaudernd ab. Sie wollte nicht sehen, was weiter geschah. Sie lief aus der Kammer und rannte die Treppe hinauf, so schnell sie konnte, und sah nicht mehr, was Abbé und die anderen Tempelritter taten.

Aber eines konnte sie nicht, so sehr sie es auch versuchte: die Ohren vor den gellenden Schmerzensschreien verschließen, die von draußen hereinschallten.

KAPITEL 21

Bis die Nacht hereinbrach, schlugen die Tempelritter drei weitere Angriffe von Gunthars Leuten zurück. Die vierte – und bis dahin schlimmste – Attacke begann mit dem ersten Grau der Dämmerung und dauerte fast eine halbe Stunde. Robin sah davon so wenig wie von den vorangegangenen. Sie hatte sich in ihrem Zimmer verkrochen, aber was sie nicht sehen konnte, das zeigte ihr ihre außer Rand und Band geratene Fantasie dafür umso deutlicher. Der Turm erbebte minutenlang unter gewaltigen, dröhnenden Schlägen, dann setzte wieder der schreckliche Chor gellender Schreie ein und wenig später drang flackernder Feuerschein vom Hof herauf.

Kurz darauf wurde an ihre Tür geklopft und einer von Abbés Männern kam herein und sagte, dass der Tempelritter sie zu sprechen wünschte. Robin stand auf, wischte sich die Tränen aus dem Gesicht und folgte dem Mann hinunter in den ersten Stock des Turms. Die Luft war hier unten noch stickiger geworden. Flackerndes rotes Licht, Hitze und schwerer, Übelkeit erregender, süßlich riechender Qualm schlugen ihr von der Treppe entgegen. Sie hörte Schreie und sah hektische Bewegung. Etliche von Abbés Männern waren damit beschäftigt, aus Brettern und schweren Bohlen und Balken eine Barrikade zu errichten, die den letzten Treppenabsatz blockierte. Anscheinend, dachte sie, teilten nicht alle Abbés Einschätzung, dass sie sich wochenlang ohne Probleme hier halten konnten, wenn es sein musste.

Der Raum, in dem Abbé und die anderen Tempelritter sie erwarteten, ähnelte auf beeindruckende Weise dem Zimmer, in dem sie ihm das letzte Mal begegnet war – er war kleiner und etwas besser möbliert, aber auch er war zu einem Hort des Leids geworden. Sie sah zahlreiche Verletzte und mindestens zwei Männer, deren Weg durch das irdische Jammertal beendet war, wie Abbé es ausgedrückt hätte. Vor allem der Anblick eines der beiden Toten erfüllte Robin mit Bitterkeit. Es war einer von denen, die sie selbst verbunden und so gut es ging versorgt hatte. Ihre Hilfe hatte ihm nicht viel genutzt, sondern ihm, im Gegenteil, vielleicht den Tod gebracht.

»Bitte setz dich, Robin.« Abbé deutete auf den einzigen freien Stuhl, den es noch am Tisch gab. Während sie langsamer als nötig darauf zuging, streifte sie die versammelten Tempelritter mit einem prüfenden Blick. Sie waren nur noch zu viert: Abbé selbst, die Ritter Jeromé und Xavier und Heinrich. Sie wusste, dass Ferdinand schon während der Nacht verwundet worden und im Hauptgebäude zurückgelassen worden war. Vielleicht war Raimund mittlerweile ebenfalls gefallen, aber wahrscheinlicher erschien es ihr, dass er sich irgendwo im Turm aufhielt und die Verteidigung überwachte.

Sie setzte sich und Abbé begann übergangslos: »Wir haben den letzten Angriff zurückgeschlagen, aber ich weiß nicht, ob wir noch einem weiteren standhalten können, Robin. Unser Bruder Raimund hat sein Leben geopfert, um die Feinde daran zu hindern, in den Turm einzudringen, aber sie werden nicht locker lassen. Gunthar ist wie von Sinnen vor Blutdurst. Er will Rache für den Tod seines Sohnes. Ich habe ihn unterschätzt – sowohl das Können seiner Männer als auch seine Entschlossenheit. Er wird nicht eher ruhen, bis er diesen Turm gestürmt und jedes Leben darin ausgelöscht hat.«

Robin sah ihn erschrocken an. Abbé erzählte ihr nichts Neues. Warum verschwendete er kostbare Zeit damit, ihr Dinge zu sagen, die jedermann hier wusste – und sie am allerbesten?

»Es sei denn«, fuhr Abbé nach einer langen Pause fort, »er bekommt, was er will.«

»Was meint Ihr damit?«, fragte Salim. Er wirkte alarmiert; auf eine Art erschrocken, die ihrerseits Robin mit schleichendem Schrecken erfüllte. Allerdings schien er der Einzige am Tisch zu sein, dem die Antwort auf diese Frage nicht klar war – Robin eingeschlossen.

Abbé ignorierte ihn. »Ich möchte dich um etwas bitten, Robin«, fuhr er fort. »Es steht mir nicht zu. Keiner von uns hat das Recht, eine solche Frage zu stellen, und ich wohl am wenigsten. Aber ich muss es tun, wegen all der unschuldigen Leben, die sonst ausgelöscht werden.«

Er sprach nicht weiter und Robin sah ihm auch an, dass er im Moment einfach nicht die Kraft hatte, es zu tun, also nahm sie ihm die Entscheidung ab.

»Ihr wollt, dass ich ... mit Euch ... gehe?«, würgte sie mühsam hervor. Sie musste sich zu jedem Wort zwingen. Es war nicht nur die Verletzung an ihrer Kehle, die ihre Stimme daran hindern wollte, ihr zu gehorchen. Seltsam – sie hatte überhaupt keine Angst, obwohl das, was Abbé von ihr verlangte, praktisch ihren sicheren Tod bedeutete.

»Mit Euch gehen?«, fragte Salim. »Wohin? *Antwortet!*« Das letzte Wort hatte er beinahe geschrien.

Abbé wandte nun doch den Kopf und sah Salim für die Dauer eines Herzschlags mit steinernem Gesicht an. Dann drehte er sich wieder zu Robin herum.

»Ich werde Gunthar geben, wonach er verlangt«, sagte er. »Er glaubt, dass ich die Schuld am Tode seines Sohnes trage. Also werde ich zu ihm gehen und mich seiner Gnade ausliefern.«

»Ihr wollt ... *was?*«, fragte Salim fassungslos. »Seid Ihr ... seid Ihr von Sinnen?«

»Gunthar ist ein vernünftiger Mann, trotz allem«, sagte Abbé. »Ich kenne ihn seit vielen Jahren und ich weiß, dass er dieses Blutvergießen so wenig will wie ich. Vielleicht wird er mich töten, ohne mich anzuhören, aber vielleicht auch nicht. Vielleicht *hört* er mir zu, und wenn Robin hier ihm sagt, was wirklich geschehen ist, dann wird die Wahrheit am Ende doch noch obsiegen, wenn Gott es will.«

»Ja, und vielleicht schickt er Euch auch seine himmlischen Heerscharen, um Euch beizustehen«, sagte Salim böse. »Seid kein Narr, Abbé! Er wird Euch töten, er wird Robin töten und dann wird er hierher kommen und alle anderen umbringen. Und wenn nicht er, dann Gernot und dieser Hund Otto! Ihr wisst das!«

»Gott wird mich beschützen«, sagte Abbé überzeugt. »Mein Entschluss steht fest. Ich werde zu ihm gehen.«

»Das lasse ich nicht zu!« Salim sprang erregt halb von seinem Stuhl auf. »Ihr wisst genau, was ...«

»*Salim!*« Abbés Stimme war nicht einmal besonders laut, aber plötzlich so scharf, dass Salim wie unter einem Peitschenhieb zusammenfuhr. »Was erdreistest du dich? Hüte deine Zunge, verdammter Heide, oder ich lasse sie dir herausreißen!«

Der Tuareg stand noch einen Moment lang erstarrt und mit wutverzerrtem Gesicht da, aber dann ließ er sich zurücksinken. In seinen Augen loderte blanker Zorn, doch plötzlich schien ihm klar zu werden, dass Abbé und er nicht allein waren.

»Bitte verzeiht, Herr«, sagte er mit einem demütigen Senken des Kopfes. Es war keine echte Demut, begriff Robin. Er senkte den Kopf, damit niemand sein Gesicht sah und die Gefühle, die sich darauf spiegelten. »Es tut mir Leid. Es war nur die Furcht um Euer Leben, die mich zu diesen Worten hingerissen hat. Aber ich bitte Euch, eines zu bedenken: Es geht hier nicht nur um Euer Leben. Nicht einmal um die unseren. Hier steht weitaus mehr auf dem Spiel.«

»Schweig!«, donnerte Abbé, aber Salim bekam in diesem Moment Hilfe von unerwarteter Seite.

»Ich fürchte, er hat Recht, Bruder«, sagte Jeromé. Er hob die Hand, als Abbé auffahren wollte. »Es tut mir Leid. Ich kann Euch verstehen. Wir alle hier verstehen und respektieren Eure Beweggründe. Sie ehren Euch, aber ich fürchte, Euer Sklave hat Recht. Gunthar ist von Sinnen vor Schmerz. Er wird Euch nicht zuhören. Und es steht mehr auf dem Spiel als nur Euer Leben. Ihr habt nicht das Recht, es zu opfern.«

»Uns bleibt keine Wahl«, beharrte Abbé.

»Das ist nicht wahr!«, sagte Salim. »Wir können ihnen standhalten. Sie sind nicht mehr als Bauern, die mit Knüppeln bewaffnet sind! Ihre Verluste sind fünfmal so hoch wie unsere.« Er musste spüren, dass seine Worte auf wenig fruchtbaren Boden fielen, denn er fügte nach einem Moment hinzu: »Wir könnten Hilfe rufen!«

»Hilfe? Woher?« Abbé machte eine zornige Geste, so als wolle er Salims Worte einfach vom Tisch fegen. »Die nächste Komturei ist einen halben Tagesritt entfernt!«

»Ich werde hinreiten und noch vor Tagesanbruch wieder zurück sein«, behauptete Salim.

»Unsinn«, antwortete Abbé. »Du hast gesehen, was mit Karl passiert ist.«

»Karl war ein braver Mann«, erwiderte Salim in einem abfälligen Ton, der im krassen Gegensatz zu seinen Worten stand. »Zweifellos mutig und guten Willens, aber er war nur ein Knecht. Ich kann es schaffen. Ihr wisst, dass das so ist. Ich kann mich hinausschleichen und Eure Freunde holen. Wenn Ihr bis zum Morgen aushaltet.«

»In Raimunds Komturei leben vier Ritter«, sagte Abbé traurig. »Von denen einer so alt ist, dass er sich sein Brot in Milch aufweichen muss, um es zu essen. Sie würden auch noch sterben.« Er schüttelte erneut den Kopf. »Uns bleibt keine andere Wahl, Salim.«

»Das will ich nicht einsehen«, beharrte Salim. »Es gibt immer einen Ausweg. Habt ihr Christen nicht ein Sprichwort, in dem es heißt: Hilf dir selbst, dann hilft dir Gott?« Er stand auf. »Ich flehe Euch an, Bruder Abbé, bedenkt Euch noch einmal. Gunthar wird nicht vor Mitternacht wieder angreifen. Er hat schwere Verluste erlitten.«

»So wie wir.«

»Gebt mir eine Stunde«, bat Salim. »Mehr verlange ... mehr *erbitte* ich nicht von Euch.«

»Wir werden keine Stunde mehr haben«, sagte Abbé. »Sieh nach draußen. Sie bereiten bereits den nächsten Ansturm vor. Mein Entschluss steht fest, unwiderruflich. Es ist zuviel Blut vergossen worden. Ich werde dafür sorgen, dass es aufhört.«

»Verzeiht, Abbé ...«, begann Jeromé, wurde aber diesmal sofort und in scharfem Ton von Abbé unterbrochen.

»Genug! Noch bin ich der Vorstand dieser Komturei! Ich habe entschieden, Punktum!«

Der Zorn in Salims Augen loderte noch heller auf – aber er widersprach nicht mehr, sondern fuhr auf dem Absatz herum und stürmte aus dem Raum. Abbé sah ihm kopfschüttelnd nach und erhob sich dann ebenfalls. »Lasst uns beten, meine Brüder«, sagte er. »Und danach bringt mir mein Schwert und meinen Mantel. Ich möchte nicht wie ein Bettler vor Gunthar hintreten.«

Niemand rührte sich. Xavier, Jeromé und Heinrich sahen ihn nur stumm an und auf ihren Gesichtern spiegelte sich eine Mischung aus Trauer, Schmerz und einer bitteren Entschlossenheit, die Robin begreifen ließ, dass es hier um mehr ging, als sie erfassen konnte.

Aber konnte es denn um mehr gehen als um das Leben eines Menschen?

»Meine Brüder!«, sagte Abbé beinahe beschwörend. »Muss ich euch an euren Eid erinnern?«

»Wir haben geschworen, uns gegenseitig mit unseren Leben zu beschützen«, antwortete Jeromé. »Und wir haben Euch die Treue geschworen. Doch wir alle gemeinsam haben auch einen Schwur auf eine größere Sache geleistet. Wir werden nicht zulassen, dass Ihr ihn brecht. Ihr wisst, was auf dem Spiel steht.«

»Dann verdammt ihr mich«, sagte Abbé. Seine Stimme war zu einem Flüstern herabgesunken. »Gott ist mein Zeuge, dass ich nicht getan habe, was Gunthar mir vorwirft. Und doch ist es meine Schuld, denn wäre ich nicht schwach geworden, dann wäre vielleicht nichts von alledem passiert. Ich werde Buße dafür tun, ob ihr es wollt oder nicht.«

»Das können wir nicht zulassen«, sagte Xavier leise.

Robin stockte der Atem. Hatte sie schon Salims dreistes Benehmen in tiefste Verwirrung gestürzt, so weigerte sie sich für den Moment fast zu glauben, was sie hörte und sah. Das war offene Meuterei! Unvorstellbar in einer so festgefügten Gesellschaft wie der der Tempelritter.

Abbé schwieg.

»Zwingt uns nicht, Gewalt anzuwenden«, sagte Xavier.

»Aber ihr würdet es tun«, flüsterte Abbé. Er schloss die Augen; ein gebrochener, besiegter Mann, dem selbst die letzte Gnade noch verweigert worden war.

»Bitte begebt Euch in Eure Zelle, Bruder«, sagte Jeromé. »Wir geben Euch Bescheid, sobald wir ... zu einem Entschluss gekommen sind.«

»Und händigt uns Eure Waffen aus«, fügte Xavier hinzu. So wie auch die beiden anderen hatte er nicht die Kraft, Abbé dabei anzusehen.

Der kahlköpfige Tempelritter stand auf. Langsam, als hingen unsichtbare Zentnergewichte an seinen Gliedern, die jede noch so winzige Bewegung zur Qual machten, zog er Dolch und Morgenstern aus dem Gürtel und legte beides auf den Tisch. Dann griff er mit beiden Händen nach oben und zog eine Kette unter dem Gewand hervor, an der das schwere, goldene Kreuz hing. Er streifte die Kette über den Kopf, küsste das Kreuz und legte es mit einer fast ehrfürchtigen Bewegung auf den Tisch. Ohne noch ein weiteres Wort zu sagen, drehte er sich herum und verließ den Raum. Jeromé nickte fast unmerklich in Xaviers Richtung, woraufhin sich der Tempelritter ebenfalls erhob und Abbé folgte.

Auch Robin wollte aufstehen, um wieder in ihr Zimmer hinaufzugehen. Sie war noch immer vollkommen verstört, aber mittlerweile hatte sie auch ein wenig Angst, und das möglicherweise nicht ohne Grund. Eine Weile hatte sie sich an den Gedanken geklammert, dass die Ritter sie einfach nicht zur Kenntnis genommen hatten. Sie war ein Nichts im Vergleich zu ihnen, so unbedeutend, dass es einfach keine Rolle spielte, ob sie da war oder nicht!

Aber natürlich war das nichts als ein verzweifelter – und bei Lichte betrachtet nicht sehr realistischer – Wunsch. Männer wie Jeromé und Xavier taten nichts ohne Grund. Und sie pflegten auch niemanden zu vergessen.

»Setz dich«, befahl Jeromé.

Robin gehorchte. Ihr Herz begann zu klopfen. Sie hatte große Angst.

»Du hast deine Sprache also wiedergefunden«, begann Jeromé.

»Ein ... wenig«, flüsterte Robin stockend. Sie hob die Hand an den Verband um ihren Hals. »Schmerzen.«

»Das mag sein«, erwiderte Jeromé kalt. »Trotzdem wirst du uns jetzt erzählen, was in jener Nacht in eurem Dorf geschehen ist. In allen Einzelheiten.«

Es gab keinen Widerspruch. Jeromés Stimme war frei von jedweder Drohung, aber vielleicht war es gerade das, was sie so bedrohlich machte.

Robin begann zu erzählen. Jedes Wort bereitete ihr Schmerzen und jedes Wort kostete sie noch ein bisschen mehr Mühe als das vorherige, so dass sie Jeromés Wunsch nach *allen Einzelheiten* sicher nicht nachkommen konnte. Aber sie berichtete, so gut es eben ging, von dem, was sie in der Nacht hinter der alten Kapelle gesehen und gehört hatte, und Jeromés Gesicht verdüsterte sich mit jedem Wort, das er hörte. Aber er unterbrach sie nicht, sondern ließ sie zu Ende erzählen, auch wenn sie noch so lange brauchte, immer wieder stockte, Kraft sammelte und lange, schmerzerfüllte Pausen einlegte.

Dann begann er zu reden.

KAPITEL 22

Noch vor Ablauf der Stundenfrist, um die Salim gebeten hatte, setzten Gunthars Männer zum letzten Ansturm auf den Turm an. Er begann mit einem Chor allmählich anschwellender, lauter werdender Stimmen, Kriegsgeschrei, mit dem die Männer draußen sich selbst aufpeitschten und das keinem anderen Zweck diente, als sie ihre eigene Furcht vergessen zu lassen, aber Robin spürte es schon einen Moment zuvor. Für einen ganz kurzen Augenblick war es, als... hielte der gesamte Turm den Atem an. Eine unheimliche Stille breitete sich aus und Robin hob den Kopf.

Jeromé hatte ihr angeboten, ihr einen Raum zuzuweisen, in dem sie abwarten konnte, aber das hatte sie abgelehnt. Warten worauf? Dass das Unausweichliche geschah und die endgültige Apokalypse über sie alle hereinbrach? Sie war sich der Tatsache vollkommen bewusst, dass sie alle den nächsten Morgen wahrscheinlich nicht mehr erleben würden, aber wenn es etwas gab, was noch schlimmer war als dieser Gedanke, dann war es die Vorstellung, allein in einem Zimmer zu sitzen und tatenlos darauf zu warten. Sie hatte den Templern vorgeschlagen, sich um die Verletzten zu kümmern, und Jeromé hatte dieses Angebot dankend angenommen.

Auch wenn sich ihre Verluste – wie Xavier es zynisch ausgedrückt hatte – *in akzeptablen Grenzen* hielten, so *hatten* sie doch schwere Verluste erlitten und es gab kaum jemanden, der nicht auf die eine oder andere Art verwundet worden war. Eine helfende Hand wurde überall gebraucht, auch wenn es nicht die geschickteste war.

Jetzt ließ Robin den angefeuchteten Stoffstreifen sinken, den sie in den Händen hielt – das Verbandszeug war ihnen längst ausgegangen, so dass sie sich mit allem Möglichen behelfen mussten – und lauschte. Für eine Sekunde wurde es still, vollkommen. Das Schweigen konnte sie erklären: Die Männer, die an den Gucklöchern und Schießscharten standen, sahen, was draußen geschah, und erstarrten für den Moment vor Schrecken, sammelten sich vielleicht und versuchten, irgendwie mit ihrer Furcht fertig zu werden ..., aber unter dieser Stille war noch etwas anderes, eine Anspannung, die stärker und stärker wurde. Die Bestie zerrte wieder an ihrer Kette.

Und zerriss sie.

Draußen hob das Kampfgeschrei der Angreifer an und fast im gleichen Moment hörte man wieder jenen auf so schreckliche Weise harmlos anmutenden Laut, mit dem jeder Angriff begann: das dumpfe Geräusch, mit dem Pfeile und Bolzen gegen die Wände prallten, manchmal ins Holz fuhren, aber auch in Fleisch, ein Geräusch, das dem von Hagel nicht unähnlich war, nur weicher, *bösartiger*. Gunthars Männer waren keine guten Schützen. Sie trafen selten, aber sie trafen.

Der Mann, dessen linkes Bein sie gerade verbunden hatte, stand auf, griff mit grimmiger Miene nach dem Schwert, das neben ihm an der Wand lehnte, und humpelte aus dem Raum. Robin folgte ihm. Es gab noch andere Verletzte zu versorgen, aber plötzlich verließ sie der Mut. Es war so sinnlos. Warum eine Wunde verbinden, die im nächsten Moment wieder geschlagen wurde? Wozu einen Schmerz lindern, wenn das Schwert, das neuen und schlimmeren zufügen würde, schon gezogen war? Dies war der letzte Angriff. Jeder hier wusste es, auch wenn es keiner wagte, die Worte laut auszusprechen. Abbé und die anderen Ritter hatten Gunthars Entschlossenheit ebenso unter- wie die Wehrhaftigkeit dieses Turms überschätzt. Die Angreifer würden die Entscheidung jetzt erzwingen und Robin erkannte auf den Gesichtern der Männer, die sich auf dem Treppenabsatz vor ihr versammelten, dass dies jedem Einzelnen von ihnen klar war.

Die Tür zerbarst schon unter dem ersten Ansturm. Das Holz, so dick wie ihr Arm und hart und schwer wie Stein, zersplitterte wie unter dem Faustschlag eines zornigen Riesen, als es von der improvisierten Ramme getroffen wurde. Einer von Abbés Männern wurde von den Trümmern getroffen und quer durch den Raum geschleudert, ein zweiter brach zusammen, als ein Speer an dem verkohlten Ende des Rammbocks vorbeistieß und seinen Schild einfach durchbohrte. Draußen gellten Schreie auf, ein dumpfes Poltern und Krachen und dann flackernder Feuerschein, als die Verteidiger Steine aus den oberen Fenstern und vom Dach warfen und brennendes Öl auf die Angreifer hinabregnen ließen. Der schmale Bereich vor der Tür, den sie von ihrem Standpunkt aus sehen konnte, schien sich in einen Ausschnitt der Hölle zu verwandeln, schlimmer und erbarmungsloser, als jede Fantasie ihn sich hätte ausmalen können. Robin sah einen brennenden Mann, der kreischend umhertaumelte und dabei fast grotesk mit den Armen schlug, wie ein großer Vogel mit brennendem Gefieder, Krieger, die von Steinen und Pfeilen getroffen zu Boden sanken, manchmal aber auch einfach weiter stürmten, als wären sie plötzlich unempfindlich gegen Schmerzen oder hätten nicht einmal bemerkt, dass sie verwundet worden waren.

Nichts von alledem vermochte die Angreifer aufzuhalten.

Auch der Leiterwagen mit der improvisierten Ramme hatte Feuer gefangen. Seine vordere Hälfte brannte lichterloh und der Turm wirkte wie ein riesiger Kamin, der die Flammen ansog. Von einem Augenblick auf den nächsten verwandelte sich die Tür in eine offenstehende Ofenklappe, durch die Flammen und eine Woge brüllender Hitze hereinschossen. Selbst die Verteidiger oben an der Treppe wichen keuchend und nach Luft ringend zurück und aus dem unteren Geschoss hallte ein Chor gellender Entsetzensschreie herauf.

Dann sprangen die ersten Soldaten durch die Flammenwand herein, Schilde und Arme schützend vor die Gesichter gerissen und brüllend vor Schmerz und Wut, Dämonen gleich, die direkt aus dem Schlund der Hölle kamen. Allein der Anblick reichte wohl, um die verbliebenen Verteidiger endgültig zu demoralisieren. Manche warfen einfach ihre Waffen weg und flohen in Panik die Treppe herauf, und die wenigen, die mutig oder auch verzweifelt genug waren, Widerstand zu leisten, wurden einfach niedergerannt. Nur wenigen gelang es, über die Barrikade nach oben zu klettern und nach den hilfreich ausgestreckten Armen ihrer Kameraden zu greifen.

Die Verfolger waren ihnen direkt auf den Fersen. In Hitze und Rauch schien das gesamte untere Geschoss zu einem See aus schmelzendem Licht zu verschwimmen, in dem Schatten waberten wie tödliche Raubfische. Robin sah nur Schemen, das Blitzen von Metall, und hörte dann erneut gellende Schreie, als der Kampf um die Barrikade losbrach. Noch bevor die letzten Flüchtenden ganz hinübergeklettert waren, wurde sie von einer Hand grob bei der Schulter gepackt und zurückgezerrt.

Es war Xavier. »Weg hier!«, schrie der Tempelritter. »Bring dich in Sicherheit!« Er und die beiden anderen rissen ihre Schilde in die Höhe und bahnten sich fast gewaltsam einen Weg zur Barrikade hin.

»*Deus lo volt!*«, schrie Xavier. Robin wusste nicht, was diese Worte bedeuteten, aber die beiden anderen Templer griffen es auf und schrien es nun ebenfalls, und was immer es hieß, es schien ihnen neuen Mut und neue Kraft einzuflößen, denn die drei Tempelritter allein warfen die erste Welle der Angreifer zurück. Ihre Schwerter fuhren mit furchtbarer Gewalt unter die Männer und warfen sie zurück. Wer nicht unter den Hieben der wie in Raserei kämpfenden Tempelritter fiel, der stürzte schreiend in die Flammen zurück oder suchte sein Heil in der Flucht. Es war tatsächlich, als wäre der Zorn Gottes über die Angreifer gekommen, um sie mit einem einzigen Hieb hinwegzufegen.

Aber es war nur der schiere Mut der Verzweiflung und am Ende war auch er der Übermacht nicht gewachsen. Die Templer warfen auch noch eine zweite Welle zurück, doch der Feuerschein am Fuße der Treppe erlosch jetzt rasch und je mehr die flackernde Helligkeit abnahm, desto größer wurde die Zahl der Angreifer, die die Treppe heraufdrängten. Ein Pfeilhagel schlug den Tempelrittern entgegen. Die meisten gingen fehl oder zerbrachen an den hochgerissenen Schilden der drei Ritter, aber eines der Geschosse streckte einen Mann fast unmittelbar neben Robin nieder, ein anderes bohrte sich mit solcher Wucht in Xaviers Arm, dass der Templer zurückgeworfen wurde und gegen die Wand prallte. Sofort raffte er sein Schwert wieder auf und warf sich in den Kampf, beinahe ohne den Pfeil zu beachten, der in seinem Oberarm steckte.

Doch es war das Ende. Gunthars Männer rissen mit langen Stangen und Seilen, an denen sie eiserne Haken befestigt hatten, die Barrikade auseinander, und hinter ihnen drängten weitere, ausgeruhte Kämpfer heran. Angeführt wurden sie von keinem anderen als Gunthar von Elmstatt selbst.

Jeromé stürzte sich unverzüglich auf ihn, aber Gunthar wich nicht zurück. Sein Gesicht war blutüberströmt und verzerrt vor Hass und Anstrengung und er schien in einen wahren Blutrausch verfallen zu sein. Jeder hätte damit gerechnet, dass Jeromé ihn niederringen würde, denn er war viel größer, jünger und auch stärker als er, doch es war ganz im Gegenteil Gunthar, der den Tempelritter mit einem Hagel wütender Hiebe vor sich her trieb. Jeromé taumelte zurück. Es gelang ihm, die wütenden Schläge mit Schild und Schwert zu parieren, nicht jedoch, einen eigenen Angriff zu starten. Schließlich stolperte er und fiel rücklings zu Boden und Gunthar riss sein Schwert mit beiden Händen hoch über den Kopf, um zu einem letzten vernichtenden Hieb auszuholen, der Jeromés verzweifelt hoch gerissenen Schild vermutlich gespalten hätte.

»*Gunthar! Haltet ein!*«

Der Schrei ertönte irgendwo auf der Treppe über ihnen und er war so durchdringend und laut, dass er selbst das Getöse der Schlacht übertönte und zu Gunthar durchdrang. Gunthar hob mit einem Ruck den Kopf – und erstarrte mitten in der Bewegung. Seine Augen wurden groß.

Auch Robin drehte sich herum, wie fast alle anderen auch, und Salim sagte im gleichen Moment noch einmal: »Haltet ein, Gunthar, oder ich schwöre im Namen Eures eigenen Gottes, dass Ihr auch noch Euren zweiten Sohn verliert!«

Er stand auf halber Höhe der nächsten Treppe und hatte Gernots rechten Arm so weit auf seinen Rücken gedreht, dass Elmstatt vor Schmerz keuchte. Salims andere Hand hielt einen Dolch, dessen Klinge er an Gernots Kehle drückte. Der scharfe Stahl hatte bereits seine Haut geritzt und Blut lief an seinem Hals hinab.

Gunthar stand einen Atemzug lang wie erstarrt da, dann ließ er ganz langsam das Schwert sinken und trat einen Schritt zur Seite. Jeromé stand hastig auf und ergriff wieder sein Schwert, aber Gunthar beachtete ihn gar nicht. Überall rings um ihn herum kam der Kampf zum Erliegen, als die Männer ihre Waffen sinken ließen und zu Salim und seinem Gefangenen emporblickten.

»Lass... ihn los!«, sagte er, mit einer leisen, zitternden Stimme, in der sich Hass, Zorn und Hilflosigkeit miteinander mischten. »Lass ihn los, du verfluchter Heide, oder...«

»Oder was?«, fragte Salim. Er zerrte mit einem Ruck am Arm seines Gefangenen und Gernot keuchte vor Schmerz. Noch eine Winzigkeit mehr, dachte Robin, und er würde seinen Arm brechen. »Wollt Ihr mich töten? Das könnt Ihr gewiss. Aber ebenso gewiss schneide ich Eurem Sohn vorher die Kehle durch!«

Gunthar presste die Kiefer aufeinander, dass man seine Zähne knirschen hören konnte. Sein Waffenmeister Otto erschien neben ihm. Er hatte ein blutiges Schwert im Gürtel stecken und trug einen Bogen und einen einzelnen Pfeil in der Rechten.

»Ich kann ihn treffen.«

Gunthar schüttelte abgehackt den Kopf. »Er würde Gernot trotzdem töten«, sagte er düster. »Was willst du, Sarazene?«

Jeromé antwortete an Salims Stelle. »Legt Eure Waffen nieder, Gunthar«, sagte er. »Befehlt Euren Männern den Rückzug und ich garantiere für Gernots Leben!«

Gunthar lachte böse. »Was ist das Wort eines Templers schon wert?«, fragte er verächtlich. »Ihr werdet ihm nichts tun, aber dieser Wilde dort oben...«

»...wird ihm kein Haar krümmen«, fiel ihm Jeromé ins Wort. »Es ist genug Blut geflossen, Gunthar. Die Wahl liegt jetzt bei Euch – wir können alle sterben oder alle weiterleben.«

»Glaubt ihm nicht«, sagte Otto. »Er ist ein Templer!«

In Gunthars Gesicht arbeitete es und in seinen Augen erschien ein Ausdruck so grenzenloser Qual, dass er Robin trotz allem einfach nur Leid tat.

»Ich garantiere für Euer Leben!«, sagte Jeromé. »Wir wollen nur mit Euch reden, Gunthar. Alles, was wir verlangen, ist ein Gespräch mit Euch, Eurem Sohn und ...« Er deutete auf Otto: »... ihm.«

Gunthar sah ihn unsicher an. Er traute ihm nicht, fürchtete aber auch um das Leben seines Sohnes.

»Ich schwöre bei Gott, dass wir keinen Verrat planen«, rief Jeromé mit erhobener Stimme. »Jedermann hier soll mein Zeuge sein! Schickt Eure Männer fort. Sie mögen ihre Verwundeten mitnehmen und gehen. Ich garantiere Euch freien Abzug, wenn Ihr Euch bereit erklärt zuzuhören, was wir zu sagen haben!«

»Das ist eine Falle!«, sagte Otto. »Hört nicht auf ihn, Herr! Sie werden über uns herfallen, sobald unsere Männer gegangen sind.«

»Schweig!«, sagte Gunthar. Otto brach tatsächlich ab, aber er wurde mit jedem Augenblick nervöser. Sein Blick wollte immer wieder in Robins Richtung wandern.

»Also gut«, sagte Gunthar schweren Herzens. »Zieht Euch zurück. Verlasst den Turm!«

Er musste seine Aufforderung nicht wiederholen. Diejenigen von seinen Männern, die noch gehen konnten, zogen sich hastig zurück oder kümmerten sich um ihre verwundeten Kameraden. Waffen wurden eingesteckt oder auch einfach zu Boden geworfen und Jeromé wandte sich mit einer entsprechenden Geste an Salim.

»Lass ihn los.«

Salim zögerte, einen winzigen Moment nur, aber doch lange genug, dass Jeromé sich zu ihm herumdrehte und ihm einen zornigen Blick zuwarf. Erst dann zog er den Dolch von Gernots Hals weg und versetzte ihm einen Stoß, der ihn haltlos die Treppe hinunterstolpern ließ.

Gernot fand im letzten Moment Halt am Treppengeländer, fuhr wütend zu Salim herum und funkelte ihn an. »Dafür wirst du bezahlen, du Hund!«, drohte er. »Ich reiße dir das Herz aus dem Leib!«

Salim grinste.

»Nicht jetzt, Gernot«, sagte Jeromé. Er schob sein Schwert in die Scheide zurück und wandte sich wieder zu Gunthar um. »Ihr seid verletzt, Gunthar. Soll sich jemand um Eure Wunden kümmern?«

Gunthar wischte sich mit dem Handrücken das Blut aus dem Gesicht und ließ die Bewegung in eine wegwerfende Geste übergehen. »Das ist nichts«, sagte er barsch. »Sagt, was Ihr mir zu sagen habt!«

»Nicht hier.« Jeromé machte eine einladende Bewegung. »Bitte folgt mir.«

Sie gingen die Treppe wieder hinauf. Otto stürmte dicht hinter Gunthar her und er hatte sich nun nicht mehr gut genug in der Gewalt, um sich nicht nach Robin umzusehen, die hinter Xavier den Abschluss bildete.

Sie gingen in einen Raum im nächst höheren Stockwerk, wo Abbé auf sie wartete. Der Tempelritter stand an der zugigen Maueröffnung und blickte hinaus und er drehte sich auch nicht herum, als er die Tür und das Geräusch ihrer Schritte hörte. Robin konnte sein Gesicht nur von der Seite sehen, aber das, was sie darin erblickte, ließ sie schaudern. Abbé war ein gebrochener, besiegter Mann. Er musste dem Verlauf des Kampfes vom Guckloch aus gefolgt sein und natürlich hatte er auch gesehen, dass Gunthars Männer sich zurückzogen, aber sein Blick drückte keine Zufriedenheit aus, nicht einmal Erleichterung. Er wirkte einfach nur ... leer. Robin kannte dieses Gefühl. Sie kannte es nur zu gut.

Salim, der als Letzter hereingekommen war, schloss die Tür hinter sich und nahm mit verschränkten Armen davor Aufstellung, während Jeromé eine einladende Bewegung zum Tisch machte. »Bitte nehmt Platz.«

Gunthar verzog verächtlich das Gesicht. »Danke. Ich bin nicht hier, um Freundlichkeiten auszutauschen.«

»Das trifft sich gut.« Abbé drehte sich mit einer müden Bewegung von der Maueröffnung weg und sah Gunthar an. »Wir alle sind müde, Gunthar. Es ist zuviel geschehen. Ihr erinnert Euch an Robin, das Mädchen aus dem Dorf?«

Er wies auf Robin und Gunthars Blick folgte der Bewegung. Er wirkte überrascht, fast als hätte er ihre Anwesenheit bis jetzt noch nicht einmal bemerkt.

»Ich sagte Euch, dass wir die Hoffnung hätten, sie würde ihre Sprache wiederfinden«, fuhr Abbé fort. »Sie hat sie wiedergefunden und wir wissen nun, was sich in jener Nacht wirklich zugetragen hat.«

»Aus dem Mund einer Bauerndirne?«, fragte Otto verächtlich. Sein Blick irrte durch den Raum, wie der eines verängstigten Tieres, das verzweifelt nach einem Fluchtweg sucht.

»Wenn Ihr gestattet, Gunthar, so werdet Ihr sie aus meinem Mund hören«, sagte Jeromé, ohne Otto auch nur eines Blickes zu würdigen. »Das Sprechen bereitet ihr noch immer große Mühe. Es würde zu lange dauern, so dass Ihr mir gestatten mögt, Euch zu erzählen, was ich aus ihrem Mund erfahren habe. Natürlich könnt Ihr mich jederzeit unterbrechen und Euch selbst mit einer Frage an sie wenden. Seid Ihr damit einverstanden?«

»Das ist grotesk!«, sagte Otto.

Gunthar nickte.

»Das Mädchen war in jener Nacht draußen bei der alten Kapelle, nahe ihres Dorfes«, begann Jeromé. »Wenn ich sie richtig verstanden habe, so hatte sie dort Blumen auf eines der Gräber gelegt. Als sie gerade nach Hause gehen wollte, da sah sie eine Anzahl Reiter, die sich der Kapelle näherten. Sie bekam Angst und hat sich versteckt.«

»Reiter? Wen?« Gunthar sah seinen Sohn an.

»Reiter, die Kleider wie diese hier trugen.« Jeromé deutete auf sich selbst. »Die Kleider von Tempelrittern. Sie legten eine letzte Rast bei der Kapelle ein – um ihre Pläne zu besprechen. Robin hat sie belauscht.«

»Und zweifellos auch erkannt«, sagte Otto. »Wie lange sollen wir uns diesen Unsinn noch anhören?«

»Schweig, Otto«, sagte Gunthar noch einmal. »Lass sie reden.«

»Sie hat sie erkannt«, bestätigte Jeromé. »Und sie hatte große Angst – immerhin musste sie mit anhören, wie diese Männer den Mord an ihrer Familie planten und an allen, die sie kannte.«

»Ist das wahr?«, fragte Gunthar.

Robin nickte und Jeromé fuhr fort: »Sie hat gewartet, bis die Männer wieder fort waren, dann ist sie losgelaufen, um ihre Leute zu warnen. Aber natürlich kam sie zu spät. Sie musste hilflos mit ansehen, wie die vermeintlichen Tempelritter ihre Mutter erschlugen und die Überlebenden wie Vieh zusammengetrieben wurden. Wären Eure Söhne nicht im letzten Moment erschienen, Gunthar, dann hätten sie den Ort zweifellos schon an diesem Abend niedergebrannt und alle seine Bewohner getötet.«

Robin sah, wie Abbé überrascht blinzelte und zwischen Salims Brauen eine steile Falte erschien. Aber sie hielt Gunthars bohrendem Blick eisern Stand. Jeromé hatte ihr eingeschärft, was sie zu sagen hatte – und er hatte keinen Zweifel daran gelassen, dass nicht nur ihr Leben davon abhing, was sie antwortete.

»Warum sollte jemand so etwas tun?«, fragte Gunthar.

»Aus dem gleichen Grund, aus dem er die Geschichte mit dem angeblichen Tempelritter konstruiert hat, der eine Affäre mit einer Frau aus dem Dorf gehabt haben soll«, antwortete Jeromé. »Um uns in Misskredit zu bringen.«

»Das ist doch lächerlich!«, sagte Otto. Seine Stimme war um eine Spur schriller geworden und sein Blick klebte nun regelrecht an Robins Gesicht. Auch Gernot wirkte nervös, aber auf eine vollkommen andere, fast verwirrte Art.

»Ich höre mir das nicht länger an!«

»Nur noch einen kleinen Moment«, sagte er, wobei er seinen Blick zum ersten Mal direkt an Otto wandte. »Wir sind auch gleich am Ende ... Gernots Erscheinen rettete dem Mädchen das Leben, aber den feigen Mördern musste wohl klar gewesen sein, dass sie um ihr Geheimnis wusste, denn nachdem sie Euren Bruder erschlagen haben, Gernot, kamen sie zurück, um Robin zu entführen. Sie verschleppten sie an einen Ort ganz hier in der Nähe, wo sie ihr die Kehle durchschnitten. Sie hielten sie für tot und ließen sie dort liegen – zweifellos, damit man sie findet und uns ihren Tod auch noch anlastet.«

»Was für eine fantasievolle Geschichte«, sagte Otto höhnisch. »Wahrlich, Jeromé, Ihr solltet Euch einen Teppich besorgen und Euch zu Euren muselmanischen Freunden auf einen Basar setzen, um Märchenerzähler zu werden. Wie schade nur, dass Ihr nichts davon beweisen könnt.«

»Aber wir können sie beweisen«, sagte Jeromé.

Otto starrte ihn an und auch Gernot wurde eine Spur blasser.

»Robin hat den Mann erkannt, der versucht hat, sie zu töten«, fuhr Jeromé fort. »Den Anführer der vermeintlichen Tempelritter. Der gleiche Mann, der Gernot verletzt und vermutlich auch Gundolf getötet hat, Gunthar.«

»Wer?«, fragte Gunthar.

Robin hob die Hand und deutete auf Otto. »Er«, sagte sie.

»Das ist grotesk!«, sagte Otto. Seine Stimme wurde schrill. Gunthar sah einfach nur verwirrt aus, während sein Sohn alle Mühe hatte, sich seine Erleichterung nicht offen anmerken zu lassen.

»Sie lügt!«, behauptete Otto. »Ihr ... Ihr werdet ihr diese absurde Geschichte doch nicht etwa glauben!«

»Vergangene Nacht«, fuhr Jeromé fort, »drang ein maskierter Mann in die Komturei ein und versuchte Robin zu töten. Sie konnte entkommen, aber Bruder Tobias wurde schwer verletzt und wird vielleicht sterben. Jemandem war wohl daran gelegen, einen womöglich gefährlichen Zeugen zu beseitigen.«

»Und das war selbstverständlich auch ich«, höhnte Otto.

»Wo wart Ihr vergangene Nacht?«, fragte Jeromé. »Auf jeden Fall nicht bei Gunthar und seinen Männern.«

»Ich war auf Burg Elmstatt«, antwortete Otto nervös. »Dafür gibt es Zeugen.«

»Daran zweifle ich nicht«, erwiderte Jeromé spöttisch. »Aber sagt, Otto: Woher habt Ihr die Verletzung an Eurer rechten Hand?«

Otto hob die Hand und ballte sie zur Faust. Ein schmaler, längst durchbluteter Verband spannte sich über den Handrücken und zwischen Daumen und Zeigefinger. »Von einem Eurer tapferen Krieger«, antwortete er böse. »Leider könnt Ihr ihn nicht mehr fragen – er ist nicht ganz so gut weggekommen, fürchte ich.«

»Abbé – was soll das?«, fragte Gunthar. »Habt Ihr mich herkommen lassen, um mich mit haltlosen Vorwürfen zu konfrontieren oder den Fieberfantasien eines Kindes?«

Abbé wollte antworten, aber Jeromé hob rasch die Hand und wandte sich wieder an Otto. »Noch eine letzte Frage«, sagte er. »Ihr tragt einen wunderschönen Dolch, Otto. Würdet Ihr ihn uns einmal zeigen?«

Otto schürzte nur widerborstig die Lippen, aber Gunthar deutete ein Nicken an und nach einem weiteren Zögern zog Otto die Waffe aus dem Gürtel und warf sie mit einer trotzigen Bewegung auf den Tisch. Es war ein prachtvoller, fast handlanger Dolch mit einer doppelseitig geschliffenen Klinge und edelsteinbesetztem Griff. Seine Spitze war abgebrochen.

»Eine wunderschöne Waffe«, sagte Jeromé. »Schade nur, dass sie beschädigt ist. Aber ich glaube, ich kann Euch behilflich sein.« Er griff unter sein Gewand, zog ein sauber zusammengefaltetes weißes Tuch heraus und legte es neben dem Messer auf den Tisch. Beinahe schon zu langsam faltete er es auseinander. Unter dem weißen Tuch kam ein winziger Metallsplitter zum Vorschein. Es war die abgebrochene Spitze des Dolches.

»Wie es der Zufall will, passt dieses Stück haargenau dazu«, fuhr Jeromé fort. »Aber vielleicht ist es ja gar kein Zufall und vielleicht sollte dieses Stück Eisen jetzt eigentlich in Robins Herz stecken, nicht wahr?«

Otto schwieg, aber Gunthar sog scharf die Luft ein und fragte: »Woher habt Ihr das?«

»Aus Robins Zimmer«, antwortete Jeromé. »Es steckte in der Wand neben der Tür, genau dort, wo der Mörder sie angriff. Er hat sie verfehlt und das Messer fuhr gegen die Wand und brach ab.« Er schüttelte tadelnd den Kopf. »Ich bin sicher, Ihr habt es nicht einmal bemerkt, Otto. Ihr solltet wirklich besser auf Eure Waffen achten.«

»Das ist lächerlich!«, sagte Otto. Seine Stimme war schrill und seine Rechte lag verkrampft auf dem Schwertgriff. »Was soll dieser Irrsinn? Ihr glaubt doch nicht wirklich, dass...«

»Du verdammter Hund!«, heulte Gernot. Er warf sich warnungslos auf Otto, riss ihn herum und stürzte zusammen mit ihm halb über den Tisch. »Du warst es! Du hast Gundolf umgebracht!« Er holte mit der unversehrten Hand aus und schlug Otto drei-, vier-, fünfmal hintereinander mit der geballten Faust ins Gesicht, bevor es Jeromé und seinem Vater gelang, ihn zurückzureißen.

»Lasst mich!«, brüllte er, scheinbar außer sich vor Wut. »Ich bringe ihn um! Ich reiße ihm das Herz aus dem Leib!«

Otto stemmte sich benommen in die Höhe. Seine Lippe war aufgeplatzt und auch aus seiner Nase lief ein dünnes, rotes Rinnsal.

Gunthar ließ den Arm seines Sohnes los, drehte sich langsam zu Otto herum und fragte dann ganz leise: »Ist das wahr?«

Otto schwieg. Gunthar sah ihn noch einen weiteren Augenblick lang starr und fast ausdruckslos an, dann schlug er ihm mit dem Handrücken ins Gesicht. Nicht einmal besonders hart, aber Otto taumelte trotzdem einen halben Schritt zurück und hob die Hand an den Mund.

»Warum?«, fragte Gunthar. »Warum hast du das getan?«

Otto schwieg weiter, aber Gernot versuchte sich loszureißen und keuchte hasserfüllt: »Lasst mich! Lasst mich eine halbe Stunde mit diesem Hund allein und er wird uns alle Fragen beantworten!«

Gunthar schüttelte traurig den Kopf. Er wirkte zutiefst erschüttert. »Er wird reden, Gernot«, sagte er leise. »Aber nicht jetzt. Bringt ihn hinaus.«

Xavier trat zur Tür und rief zwei Bewaffnete herein, die offenbar zu genau diesem Zweck schon bereitgestanden hatten. Es waren große, ausgesucht kräftige Männer, die Otto auf einen entsprechenden Befehl Jeromés hin entwaffneten und seine Hände auf den Rücken banden.

»Bringt ihn zu Gunthars Männern«, sagte Jeromé. »Gernot – Ihr geht besser mit, nur damit es nicht zu einem Missverständnis kommt.«

»Du wirst ihn nicht anrühren«, sagte sein Vater. »Ich rede selbst mit ihm.«

Gernot nickte und drehte sich mit steinernem Gesicht herum, um Otto und den beiden Männern zu folgen. Erst als sie die Tür hinter sich geschlossen hatten, fuhr Gunthar fort:

»Es tut mir Leid. Ich weiß, dass das billige Worte sind, die mein Handeln nicht rechtfertigen können, aber ich kann Euch nur um Verzeihung bitten.«

»Euch trifft keine Schuld«, sagte Abbé. »Ihr wurdet ebenso getäuscht wie wir. Danket Gott, dass die Wahrheit am Schluss doch noch ans Licht gekommen ist.«

»Und bedankt Euch bei diesem Mädchen«, fügte Xavier – nicht nur zu Robins Überraschung – hinzu. »Wäre sie nicht gewesen und hätte unser Herr sie nicht auf wunderbare Weise überleben lassen, so wäre ein noch viel größeres Unheil geschehen.«

»Und Ihr hättet niemals erfahren, wer Euren Sohn wirklich getötet hat«, fügte Jeromé hinzu.

Gunthar starrte fast eine Minute lang aus aufgerissenen, blicklosen Augen und ohne etwas zu sagen ins Leere, dann atmete er tief und hörbar ein und drehte sich mit einer hölzern wirkenden Bewegung zu Robin um.

»Ich danke dir«, sagte er. »Was dir angetan wurde, kann nie wieder gutgemacht werden, doch wenn es dir an irgendetwas fehlt oder du einen Wunsch hast, dann komm zu mir. Elmstatt steht in deiner Schuld, so lange es existiert.«

Er ging ohne ein weiteres Wort. Kaum hatte er die Tür hinter sich geschlossen, da wandte sich Jeromé an Salim und sagte: »Geh und behalte Gernot im Auge, und vor allem Otto. Es wäre nicht besonders glücklich, wenn er entkäme – oder gar einem Mordanschlag zum Opfer fiele.«

Salim verschwand ohne ein weiteres Wort und endlich fand Robin die Gelegenheit, Jeromé die Frage zu stellen, die sie schon die ganze Zeit über quälte, ohne dass sie sie bisher auszusprechen gewagt hätte.

»Warum haben wir das getan?«

»Wir?« Jeromé schmunzelte – aber irgendwie wirkte es drohend, fand Robin.

»Gernot«, sagte sie mühsam und nicht nur Jeromé verstand, was sie meinte. Es war Abbé, der antwortete, nicht Jeromé, obwohl er von dieser neuen Version der Geschichte im ersten Moment mindestens ebenso überrascht worden war wie Otto und Gernot selbst.

»Es war das Einzige, was Sinn machte«, sagte er. »Gunthar hätte die Wahrheit nicht ertragen. Er hätte sie nicht hören wollen oder wäre daran zerbrochen. Du kannst einem Mann nicht innerhalb weniger Tage seinen Sohn nehmen und ihm sagen, dass sein anderer Sohn der Mörder ist.« Er sah hoch. »Ihr habt richtig gehandelt, Bruder Jeromé. Und du auch, Robin.«

»Ich habe gelogen«, flüsterte Robin.

»Die Wahrheit wird an den Tag kommen«, antwortete Abbé. »Aber nicht jetzt. Es ist nicht der richtige Moment dafür.« Er lächelte. »Zerbrich dir nicht den Kopf, mein Kind. Das ist Politik. Davon verstehst du nichts.«

Robin sah ihn wortlos an und plötzlich war ihr kalt. Das waren fast die gleichen Worte, die Gernot gebraucht hatte – nur einen Augenblick, bevor er Otto den Befehl gab, sie zu töten. Und sie begann sich zu fragen, ob der Unterschied zwischen Bruder Abbé und Gernot von Elmstatt wirklich so groß war, wie sie bisher geglaubt hatte.

KAPITEL 23

Gernot und seine Männer verließen die Komturei noch im Laufe der Nacht und noch bevor sie es taten, zogen Freund und Feind eine schreckliche Bilanz des zurückliegenden Tages: Achtzehn von Abbés Männern waren tot oder so schwer verletzt, dass sie den nächsten Morgen wohl nicht mehr erleben würden, und die Verluste der Angreifer waren mehr als doppelt so hoch. Kaum einer auf beiden Seiten, der ganz unverletzt davongekommen wäre, und die Komturei selbst lag zu großen Teilen in Trümmern. Es würde ein Jahr dauern, sie wieder so aufzubauen, wie sie einmal gewesen war. Elmstatt musste es noch schlimmer getroffen haben – irgendwann während der Nacht fing Robin ein Gespräch zwischen Jeromé und Abbé auf, in dessen Verlauf Jeromé die Meinung vertrat, dass Elmstatt sich nie wieder von dieser Schlacht erholen würde; der Freiherr war nie sehr reich gewesen und das Land blutete seit Jahrzehnten aus. Der Kaiser verlangte immer höhere Abgaben und Steuern und die Blüte des Adels fiel entweder in den ebenso törichten wie zahllosen Fehden, die sich Landesfürsten untereinander lieferten, oder zog ins Heilige Land, um nur allzu oft niemals wiederzukehren.

Vieles von dem, was Robin hörte, verstand sie erst sehr viel später und manches auch nie, aber eines begriff sie mit einer Klarheit, die sie diese Erkenntnis für den Rest ihres Lebens nicht mehr vergessen lassen sollte: dass es in einem Krieg niemals wirklich einen Sieger gab und dass eine Schlacht vielleicht manchmal einen Zweck hatte, niemals aber einen Sinn. Gunthar hatte den Kampf um die Komturei gewonnen, ganz gleich, wie sehr die Ritter – allen voran Xavier – auch versuchten, sich ihre Niederlage schönzureden, und doch schien er in Wahrheit der Verlierer zu sein. Die Hälfte seiner Männer war tot, seine Familie zerbrochen, und er nährte eine Natter an seiner Brust und wusste es nicht einmal.

Den größten Teil der Nacht aber verbrachte Robin mit dem gleichen blutigen Handwerk, mit dem der Tag für sie begonnen hatte. Es gab zahllose Verletzte und Gunthar hatte seine am schwersten verwundeten Soldaten ebenfalls zurückgelassen, da manche von ihnen den Weg zurück nach Elmstatt nicht überlebt hätten, so dass sich nunmehr die gesamte Komturei in ein einziges Krankenlager verwandelte. Robin war mehr als einmal an dem Punkt angelangt, an dem sie glaubte, einfach nicht mehr weiter zu können beziehungsweise zu *wollen*. Aber sie gab nicht auf. Irgendwann im Laufe der Nacht verfiel sie in einen Zustand brütenden Entsetzens, der ihr Gefühl und ihre Gedanken zu lähmen schien, nicht aber ihre Hände. Sie wechselte Verbände, wusch Wunden aus, kühlte fiebernde Wangen und versuchte, gebrochene Arme zu richten. Irgendwann während dieser Nacht musste sie wohl einfach vor Erschöpfung eingeschlafen sein, denn das Nächste, was sie bewusst wahrnahm, war ein zugleich unerwartetes wie auch vertrautes Bild: Salim, der auf einem Stuhl neben ihrem Bett saß und auf sie herabsah. Sie musste nicht fragen, wer sie hier heraufgetragen, ins Bett gelegt und zugedeckt hatte.

Sie wollte aufstehen oder sich wenigstens aufsetzen, aber ein einziger Blick in Salims Gesicht reichte, um sie begreifen zu lassen, dass er sie sowieso davon abhalten würde, und so versuchte sie es erst gar nicht. Stattdessen drehte sie den Kopf und sah nach draußen. Helles Tageslicht strömte herein, aber sie sah nur einen kleinen Ausschnitt des wolkenlosen blauen Himmels und konnte nicht sagen, wie hoch die Sonne stand. Auf jeden Fall war es wieder sehr warm. Die Luft war stickig und roch noch immer verbrannt.

»Nur ein paar Stunden«, sagte Salim.

Robin drehte den Kopf in seine Richtung und sah ihn an.

»Du fragst dich, wie lange du geschlafen hast«, sagte Salim. »Es waren nur ein paar Stunden. Nicht annähernd genug, um wieder aufzustehen. Also versuch es erst gar nicht. Du hättest sowieso nicht die Kraft dazu. Außerdem würde ich es nicht zulassen.«

Fast aus Trotz stemmte sie sich auf die Ellbogen hoch. »Und wenn doch?« Sie war ein wenig überrascht, wie leicht ihr das Sprechen fiel – aber vielleicht kam es ihr ja auch nur so vor, denn Salim legte den Kopf schräg und schien einen Moment angestrengt in sich hineinlauschen zu müssen, um den Sinn ihrer Worte zu erfassen.

»Niemandem ist geholfen, wenn du dich überanstrengst«, sagte er. »Heute Nacht bist du buchstäblich über einem armen Burschen zusammengebrochen, den du eigentlich verbinden solltest.«

Robin wusste nicht, ob das stimmte oder ob Salim es nur sagte, um sie zu erschrecken. Sie erinnerte sich nicht. Aber sie erinnerte sich ja auch nicht, wie sie hierher gekommen war.

»Bruder Abbé hat mir persönlich den Befehl dazu erteilt, darauf zu achten, dass du liegen bleibst«, fuhr Salim fort. »Er hat nicht gesagt, wie. Also werde ich dich schlimmstenfalls auch ans Bett binden, falls es nötig ist.«

Das würde es bestimmt nicht sein. In Robin fochten Pflichtgefühl und Müdigkeit einen kurzen, ungleichen Kampf. Sie hatte gar nicht mehr die Kraft, jetzt wieder hinunter zu gehen und sich all diesem Leid und Schmerz zu stellen. Sie hatte buchstäblich bis zum Zusammenbruch gearbeitet und etwas in ihr schien einfach ausgebrannt zu sein.

»Manchmal ist es ganz praktisch, nicht antworten zu können, wie?«, fragte Salim spöttisch.

Robin sah ihn an, sagte ganz klar und deutlich: »Ja« und stemmte sich ein kleines Stückchen weiter in die Höhe. Da Salim keine Einwände erhob, setzte sie sich ganz auf, schlug die Decke zurück und stellte überrascht fest, dass sie nicht mehr das graue Büßergewand trug, das Abbé ihr gegeben hatte, sondern ihr eigenes Gewand, das, in dem sie das Dorf verlassen hatte. Otto hatte es zerrissen, aber nun war es wieder unversehrt. Der Riss, der es fast bis zum Bauchnabel hinunter geteilt hatte, war mit fast filigranen kleinen Stichen geflickt worden und allem Anschein nach hatte man das Gewand auch gewaschen. Früher war ihr dieses Kleidungsstück immer ärmlich und grob vorgekommen, aber nach einer Woche, in der sie sich die Haut am harten Sackleinen des Büßerkleides wundgescheuert hatte, kam es ihr vor, als trüge sie die Robe einer Königin. Außerdem war dieses Gewand das Letzte, was ihr von ihrem ganzen früheren Leben geblieben war. Fragend sah sie Salim an.

»Bruder Abbé wollte es schon wegwerfen«, sagte der Tuareg. »Aber ich habe es gewaschen und ausgebessert. Eigentlich wollte ich es dir geben, wenn du uns wieder verlässt, aber der Moment jetzt erschien mir passender. Das Büßerkleid, das du letzte Nacht getragen hast, sah aus, als hättest du eine Kuh darin geschlachtet und ausgenommen.«

Robin sparte sich die Frage, wer sie aus- und wieder angekleidet hatte. Dafür deutete sie mit zweifelndem Gesicht auf die feinen Stiche. »Du?« Selbst ihre Mutter hätte die Reparatur nicht geschickter ausführen können.

»Ich bin ein Mann mit vielen Talenten«, grinste Salim.

Robin unterdrückte im letzten Moment ein Lachen. Das hätte ihrem Hals nicht gut getan und nach allem, was in der letzten Nacht und am Tag zuvor geschehen war, erschien es ihr unpassend, in diesen Mauern noch einmal fröhlich zu sein.

Sie erhob sich nun vollends. Salim beobachtete sie aufmerksam, erhob aber noch immer keine Einwände, und so begab sie sich mit langsamen, kleinen Schritten zum Fenster und sah hinaus. Das Zimmer lag im oberen Stockwerk des Turms, war aber nicht dasselbe, das sie zuvor bewohnt hatte. Aus der großen Höhe betrachtet, nahmen sich die Spuren des Kampfes so harmlos und unbedeutend aus, dass sie sich für einen Moment fragte, ob nicht vielleicht alles nur ein böser Traum gewesen war.

»Jeromé und Abbé möchten mit dir sprechen«, sagte Salim nach einer Weile. »Ich soll ihnen Bescheid geben, sobald du wach bist. Wenn du willst, sage ich ihnen, dass du zu erschöpft dazu bist.«

»Jeromé?«, fragte sie. Was wollte der Kreuzritter noch von ihr? Sie hatte doch alles gesagt, was er ihr aufgetragen hatte!

»Du musst dich vor ihm in Acht nehmen«, sagte Salim. »Er ist gefährlich. Er war von Anfang an dagegen, dass du hier bist. Wäre es nach ihm gegangen, dann hätte ich dich draußen vor dem Tor verbluten lassen, wusstest du das?«

Sie verneinte. Sie hatte es nicht gewusst, aber es wunderte sie auch nicht.

»Im Augenblick braucht er dich«, fuhr Salim fort. »Gunthar wird wiederkommen und mehr Einzelheiten wissen wollen. Aber sei trotzdem auf der Hut. Sprich nur mit ihm, wenn du musst, und überlege dir jedes Wort genau. Ich glaube, er sieht in dir eine Möglichkeit, Bruder Abbé zu Fall zu bringen ... Hast du ihm ... alles erzählt?«

Sie drehte sich vom Fenster weg und sah Salim lange und prüfend an, ehe sie auf seine Frage reagierte. Salim warnte sie vor Jeromé, und das mit Recht. Aber sie war nicht mehr sicher, ob sie *Salim* trauen konnte. Er war nicht der, der er zu sein vorgab. Schließlich schüttelte sie den Kopf.

»Das ist gut«, sagte Salim. »Dann solltest du es auch dabei belassen. Jeromé ist wirklich gefährlich. Wenn er hat, was er von dir will, dann wird er keinen Moment zögern, sich deiner zu entledigen.«

»Du meinst, er ... wird mich ... töten?«, fragte Robin.

»Das hat er mit seiner Geschichte im Grunde schon getan«, behauptete Salim. »Hast du den Ausdruck in Gernots Augen nicht gesehen? Er *muss* dich töten, weißt du? Gernot ist nicht sicher, ob du gestern Nacht gelogen hast oder ob du dich nur nicht erinnerst. Solange du lebst, bist du eine Gefahr für ihn. Jeromé weiß das – und ich glaube nicht, dass er es sehr bedauert.« Er stand auf, kam aber nicht näher. »Sieh zu, dass du zu Kräften kommst, Robin. Solange du hier in der Komturei bist, kann ich dich beschützen, aber ich weiß nicht, wie lange du noch bleiben kannst.«

KAPITEL 24

Wenn es etwas gab, was Robin im Nachhinein noch mehr erschreckte als die Gräuel jenes schrecklichen Tages und jener nicht minder furchtbaren Nacht, dann die Schnelligkeit, mit der das Leben in der Komturei wieder zu seinem normalen Rhythmus zurückfand. Es vergingen noch einige Tage, in denen sie hauptsächlich damit beschäftigt war, sich um die Verletzten zu kümmern, Verbände zu wechseln oder manchmal auch nur tröstend eine Hand zu halten, deren Besitzer im Fieber schwer daniederlag. Doch schon lange vor Ablauf einer Woche waren die meisten Verletzten – sofern sie nicht gestorben waren – so weit auf den Beinen, dass sie ihrer gewohnten Arbeit wieder nachgehen konnten, und bald waren auch die dringendsten Reparaturen abgeschlossen.

Der gewohnte Tagesablauf nahm Besitz von der Komturei und ihren Bewohnern. Abbé und die drei anderen Ritter verbrachten fast die Hälfte des Tages im Gebet. Schließlich rief Abbé sie zu sich, um ihr mitzuteilen, dass sie seiner Meinung nach weit genug genesen sei, um nicht mehr den ganzen Tag über im Bett liegen zu müssen, sondern sich nun nützlich machen könnte. Robin hatte sich ihrer Meinung nach in der vergangenen Woche mehr als *nützlich* gemacht – um nicht zu sagen, sie hatte bis zum Umfallen gearbeitet –, aber da auch Jeromé und die anderen Ritter bei diesem Gespräch anwesend waren und sie Salims Warnung nicht vergessen hatte, verstand sie Abbés Aufforderung ganz so, wie sie gemeint war: nicht als die, mehr zu arbeiten, sondern als die, zu *bleiben*.

Sie musste sich ohnehin nicht überanstrengen. Abbé trug ihr allerlei kleine Pflichten auf, die fast alle eines gemeinsam hatten: Sie sorgten dafür, dass sie sich oft in seiner Nähe aufhielt oder ihre Wege sich zumindest mehrmals am Tage kreuzten. Anfangs glaubte sie, es wäre nichts als reiner Zufall, danach – in Rückschau des Gespräches, das sie mit Salim geführt hatte –, dass Abbé sie auf diese Weise vor Jeromé und den anderen Rittern schützen wollte. Sie spürte eine zunehmende Unruhe in sich, obwohl sie nicht einmal genau hätte sagen können, warum. Gleichwohl: Das Gefühl war da und es wurde allmählich stärker.

Vielleicht lag es an der Art, auf die Abbé sie manchmal ansah – meistens, wenn er glaubte, sie merke es nicht. Dann war etwas in seinen Augen, was ihr beinahe Angst machte.

Es waren zwei Wochen seit der Schlacht vergangen – mithin war es die dritte, die sie in der Komturei verbrachte – und sie war mit ihrer Arbeit fertig und überlegte gerade, ob sie Bruder Tobias besuchen sollte. Bei allem Schlimmen hatte Gott doch ein kleines Wunder bewirkt und Tobias überleben lassen. Er befand sich bereits auf dem Wege der Besserung und entwickelte sich zu einer Plage für die, die ihn pflegten. Abbé hatte einmal die Bemerkung gemacht, dass Ärzte die schlimmsten Patienten seien, und seit Tobias sich kräftig genug fühlte, um aufzustehen – ohne es indes zu sein –, verstand sie auch, was er damit gemeint hatte.

Bevor sie jedoch zu einer Entscheidung gelangen konnte, kam Salim quer über den Hof auf sie zu und winkte. Sie blieb stehen, erwiderte seinen Gruß und sah ihm fragend entgegen. Seit zwei oder drei Tagen hatte sie Salim kaum gesehen. Er war mit wichtigen Dingen beschäftigt gewesen und hatte oft Stunden mit Abbé und den anderen Rittern im Gespräch verbracht. Robin hatte nicht gefragt, worum es dabei ging; nicht nur, weil sie ohnehin ahnte, dass sie keine Antwort bekommen würde, sondern auch, weil sie es gar nicht wissen wollte. Sicherlich ging es wieder um *Politik*, jenes Wort, dem bisher immer etwas Schlimmes vorausgegangen oder gefolgt war, wenn sie es gehört hatte.

»Hast du Zeit?«, begann Salim übergangslos.

Robin antwortete nicht gleich. Normalerweise stellte Salim solche Fragen nicht, sondern *sagte ihr*, was sie zu tun hatte.

»Bruder Abbé... wollte noch etwas von mir«, antwortete sie. Das Sprechen fiel ihr jetzt leichter, bereitete ihr aber trotzdem noch Mühe und manchmal auch Schmerzen, so dass sie sich angewöhnt hatte, langsam und nicht allzu laut zu reden.

»Bruder Abbé und die anderen haben gerade ihr Gebet begonnen«, sagte Salim. »Sie sind mindestens eine Stunde beschäftigt – falls ihnen nicht noch ein paar zusätzliche Vaterunser oder Ave Maria über die Lippen kommen.« Er verzog abfällig das Gesicht. »Komm mit.«

So selbstverständlich, wie er dies sagte, so selbstverständlich folgte Robin ihm auch. Sie war Gehorsam gewohnt und sie nahm ihm diesen befehlenden Ton nicht übel. Es war eben seine Art. Eine recht sonderbare Art für einen Sklaven – aber dass er das war, daran glaubte Robin sowieso schon lange nicht mehr. Und Salim gab sich im Grunde auch gar keine Mühe mehr, diese Lüge aufrechtzuerhalten.

Sie begaben sich zum Torhaus und Salim führte sie zu der schmalen Stiege, die hinauf zum Dachboden führte, auf dem sie den ersten Angriff von Gunthars Männern erwartet hatten. Robin zögerte, hinter ihm durch die hölzerne Tür zu treten. Was wollten sie dort oben? Der Dachboden wurde mittlerweile wieder zum Heutrocknen genutzt, stand ansonsten aber leer, weshalb sich normalerweise kein Mensch hierhin verirrte.

»Nun komm schon«, sagte Salim. Er klang ein wenig ungeduldig. Sein Blick irrte unstet über den Hof, fast als hätte er Angst, dass sie jemand beobachten könnte. »Keine Angst – ich habe nicht vor, dir etwas anzutun.«

Seine Worte trugen nicht gerade zu Robins Beruhigung bei. Sie selbst war bisher noch gar nicht auf den Gedanken gekommen, dass er ihr gefährlich werden könnte – warum also sagte er so etwas?

Sie verscheuchte das ungute Gefühl, trat hinter ihm durch die Tür und beeilte sich, die schmale Stiege zum Dachboden hinaufzusteigen. Salim schien im Halbdunkel vor ihr zuerst zu einem Schatten zu verschmelzen und dann ganz zu verschwinden. Selbst das Geräusch seiner Schritte und das Rascheln seines Mantels waren kaum noch zu hören. So ungefähr, dachte sie, musste es auch gewesen sein, als er sich in Gunthars Lager geschlichen hatte: ein Schatten, der mit der Nacht verschmolz und so gut wie unsichtbar wurde. Sie hatte ihn nicht gefragt, wie es ihm gelungen war, Gernot praktisch aus der Mitte seiner Armee heraus zu entführen und in den Turm zu bringen, aber sie hatte auch das Gefühl, dass sie es gar nicht wirklich wissen wollte; vielleicht, weil die Antwort sie erschreckt hätte.

Auf dem Dachboden war es heller, als sie es in Erinnerung hatte. Vor den Fenstern lagen jetzt keine Läden mehr und goldenes Sonnenlicht strömte in breiten, staubflirrenden Bahnen herein. Die Luft roch seltsam, aber nicht unangenehm: eine Mischung aus Staub und dem Geruch des Heus, das im hinteren Drittel des Raumes zum Trocknen ausgebreitet war. Es war so warm, dass ihr fast sofort der Schweiß ausbrach.

»Heute Morgen kam ein Bote von Burg Elmstatt«, sagte Salim. »Otto ist entflohen.«

Robin fuhr erschrocken herum. »Wie?«

Salim hob die Schultern. »Wie es aussieht, hatte er Hilfe... du darfst dreimal raten, von wem.«

»Gernot«, sagte Robin düster.

»Gernot«, antwortete Salim, »hat sich zwanzig Männer genommen, um ihn zu jagen. Ich verwette meine linke Hand, dass er ihn nicht findet.« Er seufzte. »Aber wir sind nicht hier, um über Otto zu reden. *Fang!*«

Robin griff automatisch zu, als er ausholte, ein Schwert unter dem Mantel hervorzog und es in ihre Richtung warf. Die Bewegung erfolgte fast ohne ihr Zutun, rein instinktiv, und sie fing die Waffe sogar richtig herum auf. Sie bekam sie am Griff zu fassen, statt in die Klinge zu greifen und sich womöglich ein paar Finger abzuschneiden, wie es sich in einer kurzen, aber sehr lebhaften Vision vor ihrem inneren Auge abspielte.

Um ein Haar hätte sie trotzdem das Gleichgewicht verloren. Sie hatte eine schwere Waffe erwartet, wie die Abbés, und ihre Muskeln entsprechend angespannt, aber das Schwert wog so gut wie nichts. Es war aus Holz geschnitzt. Nur ein Kinderspielzeug. Noch während sie verwirrt auf das Holzschwert in ihren Händen herabsah, sagte Salim:

»Deine Reflexe sind gut. Noch besser, als ich erwartet hatte. Und jetzt – *wehr dich!*«

Wie hingezaubert erschien plötzlich ein zweites, hölzernes Schwert in seiner Hand und von einem Moment auf den anderen schien er sich tatsächlich in einen Schatten zu verwandeln, der einfach verschwand und im gleichen Augenblick unmittelbar vor ihr wieder auftauchte. Sein Holzschwert traf das Spielzeug, das sie in der Hand hielt, und prellte es ihr aus den Fingern. Robin wich mit einem überraschten Sprung zurück – wie es aussah, gerade noch rechtzeitig, denn Salims Holzschwert zuckte in ihre Richtung und hätte sie zweifellos getroffen, wäre sie stehen geblieben.

Salim ließ seine Waffe sinken und trat wieder zwei Schritte zurück. »Das war wirklich gut«, sagte er. »Du überraschst mich.«

»Gut?«, wiederholte Robin verständnislos. »Ich verstehe nicht...«

»Du hast das Schwert aufgefangen«, sagte Salim. »Die wenigsten an deiner Stelle hätten es auch nur versucht. Aber du hast es nicht nur getan, du hast dich sogar gewehrt.«

»Was habe ich?«

»Du hast es wahrscheinlich selbst nicht einmal gemerkt, aber du hast es versucht. Ich hatte Recht. Du bist eine geborene Kriegerin.«

»Unsinn«, widersprach sie. Sie eine Kriegerin? Am Anfang hatte sie vielleicht geglaubt, dass sie das Kriegshandwerk faszinierte. Wenn sie Abbé und den anderen bei ihren Waffenübungen zugesehen hatte, dann hatte sie eine gewisse Bewunderung verspürt, für die sie sich tief in ihrem Innern geschämt hatte, bis ihr klar wurde, dass es nicht die Gewalt war, die sie faszinierte, sondern vielmehr die Eleganz ihrer Bewegung, die Schnelligkeit und das Geschick, mit dem die Ritter ihre Waffen führten, und ihre Kraft. Die Schlacht um die Komturei hatte das alles geändert, denn sie hatte das andere, wahre Gesicht des Kriegers kennen gelernt. Beinahe angewidert schüttelte sie den Kopf.

»Ich erkenne eine verwandte Seele, wenn ich sie treffe«, sagte Salim. »Du *bist* eine Kriegerin. Und wenn nicht, dann musst du zu einer werden – wenn du weiterleben willst.«

»Aber das will ich nicht!«, protestierte Robin.

»Weiterleben?«

»Das Kämpfen lernen!«

»Aber das kannst du doch längst«, behauptete Salim. »Du konntest es vom Tag deiner Geburt an. Wäre es nicht so, dann hätte der Wahnsinnige dich an jenem Abend in der Kapelle schon umgebracht. Und wenn nicht er, dann spätestens Otto, als er in die Komturei eindrang.«

»Ich hatte Glück«, antwortete Robin. Sie fühlte sich hilflos und sie wollte, dass Salim damit aufhörte. Vielleicht, weil sie tief in sich spürte, dass seine Worte mehr Wahrheit enthielten, als sie zugeben mochte.

»Glück?« Salim schnaubte. »So etwas gibt es nicht. Man hat dir die Kehle durchgeschnitten, Robin! Soll ich dir sagen, warum du es überlebt hast? Nicht weil du *Glück* hattest! Weil du eine Löwin bist! Du hast um dein Leben gekämpft. Du wolltest nicht sterben und du hast dem Tod ins Gesicht gelacht und ihn besiegt! Das Kämpfen muss ich dir nicht beibringen – nur noch, wie man ein Schwert führt und auf einem Pferd reitet.«

»Und wenn ich das nicht will?«, fragte Robin.

Salim zog es auf die für ihn typische Art vor, ihren Einwand zu überhören. »Ich habe noch einmal mit Abbé über alles geredet«, sagte er. »Er ist nicht begeistert von der Idee, aber er ist genau wie ich der Meinung, dass dein Leben in Gefahr ist, sobald du diese Mauern verlässt – vor allem jetzt, wo Otto entkommen ist und sich vielleicht irgendwo in der Gegend herumtreibt. Deshalb ist er damit einverstanden, dass ich dir zeige, wie du dich deiner Haut wehren kannst. Wir werden hier üben. Hier sind wir ungestört und es ist besser, wenn die anderen nicht wissen, was wir tun... vor allem Jeromé und die beiden anderen Tempelherren.«

Er ging an Robin vorbei, hob das Schwert auf und reichte es ihr. Sie griff danach, nicht nur, ohne es wirklich zu wollen, sondern beinahe schon gegen ihren Willen, und drehte es hilflos in den Händen.

»Ich... möchte das nicht«, sagte sie leise. »Es gehört sich nicht. Ich bin kein Mann.«

»Sag das Otto, wenn er das nächste Mal mit einem Messer in der Hand vor dir steht«, antwortete Salim. »Was für ein Unsinn! Wo steht geschrieben, dass du dich nicht deiner Haut wehren darfst, nur weil du kein Mann bist?«

»Aber ich... ich hasse Waffen!« Sie warf das Spielzeugschwert zu Boden. »Ich habe gesehen, was sie anrichten!«

»Dann solltest du besser dafür sorgen, dass du es nicht irgendwann am eigenen Leib erfährst«, antwortete Salim hart. Dann tat er etwas, was Robin nicht verstand, was sie aber zutiefst erschreckte: Er versetzte ihr einen so derben Stoß, dass sie drei oder vier Schritte weit zurücktaumelte und nur mit Mühe ihr Gleichgewicht zurückgewann. Für einen winzigen Moment. Dann setzte Salim ihr nach und stieß sie noch einmal, diesmal so hart, dass sie endgültig die Balance verlor und fiel. Salim setzte ihr abermals nach und streckte die Hand aus, als wolle er nach ihrem Haar greifen und sie daran in die Höhe zerren. Jetzt wälzte sich Robin rasch zur Seite, sprang in die Höhe und holte aus, um nach ihm zu schlagen.

Salim fing ihren Hieb ohne Mühe ab, hielt ihr Handgelenk fest und grinste. »Warum hast du das getan?«, fragte er.

»Warum hast *du* das getan?«, gab Robin aufgebracht zurück. »Wieso schlägst du mich?«

»Ich wollte sehen, was du tust«, antwortete Salim. Er hielt ihr Handgelenk immer noch so fest, dass es weh tat, was ihm keineswegs entgehen konnte. Aber er machte immer noch keine Anstalten, sie loszulassen. »Du hast mich nicht enttäuscht. Du hast dich gewehrt. Du hast nicht etwa die Hände vors Gesicht gehoben und angefangen zu wimmern und zu klagen. Du hast dich gewehrt.«

»Und?« Robin versuchte, ihre Hand loszureißen. Salim ließ ihren Arm schließlich auch los, aber erst, als *er* es wollte.

»Warum wehrst du dich so gegen die Wahrheit?«, fragte Salim. »Was ist so schlimm daran? Ich helfe dir!«

»Aber das will ich nicht!« Robin hätte geschrien, wenn sie es gekonnt hätte. »Begreifst du das denn nicht?«

Salim ergriff sie bei den Schultern. »Begreifst du denn nicht, dass du keine Wahl hast?«

»Nein!« Robin versuchte, seinen Arm beiseite zu schlagen, aber ihre Kraft reichte nicht. Salim hielt sie nicht nur weiter fest, sondern begann sie zu allem Überfluss auch noch zu schütteln.

»Wach auf!«, sagte er. »Die Frage ist ganz einfach: Willst du weiterleben oder nicht?«

»Lass mich los!«, keuchte Robin. Sie geriet in Panik. Sie wusste nicht, was mit ihr geschah. Sie wusste nicht, was Salim mit ihr tat, geschweige denn, *warum* er es tat. Sie versuchte noch einmal vergeblich, seine Arme abzuschütteln, dann hob sie die Hände und begann mit beiden Fäusten auf seine Brust einzuschlagen.

Und plötzlich brach alles aus ihr heraus. Tränen liefen in einem heißen Strom über ihr Gesicht und in ihrem Hals war ein bitterer, harter Kloß und ein neuer Schmerz, der ihr fast den Atem nahm. Sie trommelte mit beiden Fäusten auf seine Brust und stammelte dabei unartikulierte, wimmernde Laute. Salim ließ es geschehen. Erst als sie versuchte, auch nach seinem Gesicht zu schlagen, drehte er den Kopf zur Seite, wehrte sich aber immer noch nicht, sondern zog sie nur näher an sich heran, so dass ihr kein Platz mehr blieb, um auszuholen, sondern sie nur noch schwächlich mit den Fäusten gegen seine Brust boxen konnte.

»Lass mich los!«, wimmerte sie. »Lass los! Ich … ich will das nicht! Ich will eure Schwerter und Keulen nicht! Ich will eure Waffen nicht, und eure … eure Mildtätigkeit. Ich will auch nicht hier sein! Ich will zurück nach Hause!«

Und endlich war es heraus. Ihre Kräfte erlahmten und statt weiter auf ihn einzuschlagen, sank sie unter noch heftigerem Weinen plötzlich gegen Salims Brust. All der Schmerz, den sie in den vergangenen drei Wochen in sich hineingefressen hatte, aller Kummer und das ganze Leid, die Hoffnungslosigkeit und Verzweiflung, die bisher einfach nicht hatten kommen wollen, waren mit einem Male da, jäher und hundertmal schlimmer, als sie es sich auch nur hätte vorstellen können. Der Schmerz schien ihre Brust zerreißen zu wollen.

»Allah sei Dank«, murmelte Salim. Er drückte sie noch fester an sich, löste die Rechte von ihrer Schulter und strich zärtlich mit den Fingern über ihr Haar, fast ohne sie dabei wirklich zu berühren. »Ich hatte schon Angst, dass es niemals kommt. Es gibt nichts Schlimmeres als Schmerz, den man nicht herauslässt. Er frisst einen von innen auf.«

»Ich will weg«, schluchzte Robin. »Bring mich fort, Salim! Bitte! Ich möchte nach Hause!«

»Du hast kein Zuhause mehr, Robin«, antwortete Salim leise. »Es existiert nicht mehr. Du kannst nicht dorthin zurück. So wenig wie ich.« Seine Hand hörte auf, über ihr Haar zu streichen, und berührte beinahe noch sanfter ihre Wange. »Ich weiß, das tut weh. Auch ich kenne diesen Schmerz. Ich weiß, wie schlimm er ist und wie tief er geht. Und manchmal glaube ich, dass er niemals ganz vergeht. Aber man gewöhnt sich daran. Und irgendwann spürt man ihn kaum noch.«

Robin löste sich mit sanfter Gewalt aus seiner Umarmung, trat einen Schritt zurück und wischte sich die Tränen aus dem Gesicht. »Und wie passt das zu deiner geborenen Kriegerin?«, fragte sie leise. »Gehört das auch zu den Talenten, die man haben muss?«

»Weinen?« Salim lächelte. »Auch ich weine manchmal.«

»Du?« Es fiel ihr schwer, das zu glauben.

»Ich habe berühmte Helden aus der Schlacht kommen sehen und sie haben wie kleine Kinder geweint«, sagte Salim. Dann hob er die Schultern und das vertraute jungenhafte Grinsen breitete sich wieder auf seinem Gesicht aus. »Ein richtiger Krieger achtet nur darauf, dass die anderen es nicht sehen.«

Ob Robin wollte oder nicht, sie musste lachen – auch wenn ihr dabei noch immer die Tränen übers Gesicht liefen.

»Besser?«, fragte Salim.

Sie blieb ihm die Antwort auf diese Frage schuldig. Sie wusste sie nicht. Der Schmerz in ihrer Brust war noch immer da, aber er war schon jetzt von anderer Art, die leichter zu ertragen war; als hätte ein Messer eine schwärende Wunde aufgeschnitten, so dass Eiter und üble Säfte endlich abfließen konnten und nicht länger ihr Blut vergifteten. Es würde noch lange dauern, bis sie vernarbt war, aber nun konnte die Wunde zu heilen beginnen.

Salim schien ihr Schweigen als Antwort zu genügen, denn er bückte sich, hob das Holzschwert auf und drückte es ihr in die Hand. »Was meinst du – wollen wir es noch einmal versuchen?«

Robin sah das Spielzeugschwert in ihrer Hand noch einen Moment lang nachdenklich an – und rammte es Salim dann mit voller Wucht in den Leib. Der Tuareg ächzte, taumelte zwei Schritte zurück und krümmte sich.

»War das so richtig?«, fragte Robin.

Salim sank auf ein Knie herab und rang japsend nach Luft, so dass Robin im ersten Moment schon befürchtete, ihn ernsthaft verletzt zu haben. An der Spitze des Holzschwertes war aber zumindest kein Blut.

»Oh, du verfluchtes Weibsstück!«, keuchte Salim. »Warte, dafür wirst du mir bezahlen!«

Er sprang sie an, so schnell, dass ihr kaum genug Zeit blieb, um zu erschrecken, prallte mit ausgebreiteten Armen gegen sie und riss sie von den Füßen. Aneinandergeklammert rollten sie über den staubigen Boden, bis er schließlich über ihr zum Liegen kam und sie mit seinem Körpergewicht auf die Dielen drückte.

»Du nichtsnutziges Weibsstück!«, kreischte er in schon fast komisch übertriebenem Zorn. »Weißt du, was man in meiner Heimat mit heimtückischen Schlangen wie dir macht?«

Robin wusste es nicht und sie hätte die Frage auch gar nicht beantworten können, denn Salim lag so schwer auf ihr, dass sie kaum noch Luft bekam. Sie versuchte ihn von sich herunterzustoßen, aber Salim ignorierte ihre Anstrengungen einfach. Erst als ihm auffiel, wie mühsam sie um Atem rang, stützte er sein eigenes Gewicht mit Knien und Ellbogen ein wenig ab; weit genug, dass sie nicht mehr zu ersticken drohte, aber nicht mehr.

»Lektion Nummer eins«, sagte er. »Wenn du einen Feind niederstichst, dann verlass dich nicht darauf, dass er dir nichts mehr tun kann. Lauf weg oder bringe es zu Ende.«

»Aha«, machte Robin. »Und was ... macht man in deinem Land nun mit jemandem wie mir?«

Salim sah sie aus seinen dunklen, unergründlichen Augen an, dann beugte er sich herab und küsste ihr die Tränen von der rechten Wange. »Das«, flüsterte er. »Und das.« Seine Lippen berührten ihre andere Wange und glitten dann sanft hinab zu ihrem Mundwinkel. »Und das.«

Robin erschauerte am ganzen Leib. Sie war wehrlos. Es war der unpassendste aller nur denkbaren Momente, aber sie spürte auch, dass sie tief in sich genau diese Berührung herbeigewünscht hatte, seit dem ersten Augenblick, in dem ihr Salims Gesicht im Traum erschienen war. Ganz gleich, was er jetzt mit ihr tun würde, sie würde sich nicht sträuben.

Doch das Einzige, was Salim mit ihr tat, war, sie noch einmal zu küssen und dann mit einer beinahe hastigen Bewegung aufzustehen.

»Es wird Zeit, dass wir mit der ersten Unterrichtsstunde beginnen«, sagte er.

KAPITEL 25

Später war sie Salim sehr dankbar dafür, dass er den Moment nicht ausgenutzt hatte – obwohl sie im Grunde nicht wirklich verstand, wieso. Aber er hatte sich für den Rest der Zeit darauf beschränkt, ihr zu zeigen, wie sie mit dem Schwert umzugehen hatte, und wenn er die Wahrheit gesagt und ihr nicht nur geschmeichelt hatte, dann musste sie wohl ganz erstaunliche Fortschritte gemacht haben – und weiterhin machen.

Sie gingen nun jeden Tag auf den Dachboden hinauf und noch vor Ablauf der ersten Woche nahm Salim ihr das Kinderspielzeug weg und gab ihr ein richtiges Schwert: eine schartige, alte Klinge, die so stumpf war, dass man sich kaum noch daran verletzen konnte, aber auch so schwer, dass sie Mühe hatte, sie überhaupt zu heben. Aus dem Spiel begann ganz allmählich und fast ohne dass sie es merkte, Ernst zu werden.

In der Mitte der zweiten Woche ließ Jeromé sie zu sich rufen. Robin sah dem Gespräch mit einem unguten Gefühl entgegen. Jeromé hatte in den vergangenen anderthalb Wochen nur sehr wenig mit ihr gesprochen. Es war nicht so, dass er ihr aus dem Weg gegangen wäre, aber er machte auch kein Hehl daraus, dass er ihre Anwesenheit in der Komturei aufs Höchste missbilligte.

»Setz dich, Kind«, begann er. Er hatte Robin in Abbés *Officium* befohlen, was dem Gespräch einen noch offizielleren – und damit bedrohlicheren – Anstrich verlieh, was wahrscheinlich auch ganz seiner Absicht entsprach. Robin nahm gehorsam an dem langen Tisch Platz und sah den Tempelritter mit einer Mischung aus Furcht und Erwartung an.

»Wie fühlst du dich?«, fragte er.

»Gut«, antwortete Robin, was ganz und gar der Wahrheit entsprach. Die Wunde an ihrem Hals schmerzte jetzt kaum noch und die regelmäßige Bewegung und vor allem das gute und reichliche Essen, das sie bekam, hatten ein Übriges dazu getan, ihre Genesung rasche Fortschritte machen zu lassen. Ihre Stimme war immer noch heiser und das Reden ermüdete sie schnell, aber ansonsten fühlte sie sich wohl wie schon lange nicht mehr.

»Das freut mich«, sagte Jeromé. »Aber ich muss dir auch sagen, dass mir Dinge zu Ohren gekommen sind, die mich weniger erfreuen.« Er ging um den Tisch herum und nahm am Ende der langen Tafel Aufstellung. Robin fühlte sich winzig und verloren. Sie wünschte sich, Salim wäre hier.

»Ich halte nichts davon, lange um die Dinge herumzureden«, fuhr Jeromé fort. »Du und Salim, ihr trefft euch täglich auf dem Heuboden über dem Tor. Was tut ihr dort?«

»Herr?«, fragte Robin erschrocken.

»Lüge nicht auch noch!«, donnerte Jeromé. Sein Zorn war nicht gespielt und plötzlich begriff Robin, dass er sie nicht zu einem Gespräch hierher gerufen hatte, sondern zu einem *Verhör*. »Was ihr dort tut, will ich wissen!« Offenbar hatte er eine ziemlich klare Vorstellung davon, was sie und Salim bei ihren täglichen Treffen auf dem Dachboden taten, und als sie den Zorn in Jeromés Augen sah, da war sie um ein Haar versucht, ihm die Wahrheit zu sagen. Doch dann dachte sie wieder an Salims Warnung. Jeromé und die anderen Tempelritter durften auf keinen Fall erfahren, was dort wirklich geschah. Sie senkte wortlos den Blick.

»Du schweigst«, sagte Jeromé. »Es ist dir peinlich, wie? Aber das, was ihr dort treibt, das scheint dir nicht besonders unangenehm zu sein. Schämst du dich denn gar nicht? War deine Mutter eine gottesfürchtige Frau?«

Robin nickte.

»Aber anscheinend nicht gottesfürchtig genug«, donnerte Jeromé, »denn sonst hätte sie dir zweifellos beigebracht, dass das, was ihr treibt, eine Todsünde ist. Weißt du, was eine Todsünde ist?«

Robin nickte abermals, auch wenn sie Jeromés Entrüstung nicht vollständig verstand. Selbst wenn sich Salim und sie der fleischlichen Lust hingegeben hätten, wie Jeromé offensichtlich glaubte, wäre das doch harmlos im Vergleich zu dem Morden und Töten, das in den letzten Wochen stattgefunden hatte, und im Vergleich zu der Lüge, mit der Jeromé höchstpersönlich dafür gesorgt hatte, dass der feige Mörder Gernot von Elmstatt noch immer frei und unbescholten herumlaufen konnte.

Der Tempelritter atmete hörbar ein und schwieg einen Moment. Als er weitersprach, klang seine Stimme merklich ruhiger; beinahe schon versöhnlich. »Mein liebes Kind, ich glaube, du verstehst gar nicht, was ich dir sagen will. Dieser Sklave ist ein Heide. Schlimmer noch, ein *Muselmane*, und damit Gottes und unser aller erklärter Feind! Dich ihm hinzugeben ist mehr als eine kleine Sünde. Man könnte es als Ketzerei bezeichnen. Hast du dich ihm schon gänzlich hingegeben?«

»Nein!«, antwortete Robin erschrocken. »Wir haben nur ...«

Jeromé schnitt ihr mit einer raschen Handbewegung das Wort ab. »Ich will nicht wissen, was ihr getan habt«, sagte er. »Wenn du die Wahrheit sagst und du wirklich noch unberührt bist, dann ist deine Seele vielleicht noch nicht gänzlich verloren. Aber du musst Buße tun. Du wirst dich nicht weiter mit diesem Sklaven treffen und du wirst bis zum nächsten Freitag zweihundert Rosenkränze beten. Was mit Salim zu geschehen hat, werde ich noch entscheiden.«

Er seufzte, schob einen Stuhl zurück und setzte sich nun doch. Er stützte die Ellbogen auf den Tisch, vergrub sein Gesicht in den Händen und seufzte mehrmals hintereinander und sehr tief. Robin vermochte nicht zu sagen, ob er auf diese Weise betete oder einfach nur seine Gedanken sammelte – aber sie hatte zugleich auch das Gefühl, dass es womöglich nichts von alledem war, sondern nur ein genau einstudiertes Schauspiel, um sie einzuschüchtern, und dass er in Wahrheit etwas vollkommen anderes von ihr wollte.

Aber was?

»Was soll ich nur mit dir tun, Kind?«, murmelte er. Erst danach nahm er die Hände herunter, seufzte noch einmal und sah sie bekümmert an. »Kannst du mir das sagen?«

»Ich ... ich verstehe nicht«, sagte Robin stockend.

»Und wie könntest du auch«, seufzte Jeromé. »Sag mir, Kind: Magst du Bruder Abbé?«

Robin sah ihn alarmiert an. Sie nickte, sagte aber nichts. Doch sie spürte, dass sie sich jetzt jedes Wort, das sie sprach, doppelt gründlich überlegen musste; nicht nur um ihretwillen.

»Dann solltest du vielleicht wissen, in welch große Schwierigkeiten du ihn bringst«, fuhr Jeromé fort. »Du bist eine Gefahr für ihn, weißt du das? Für uns alle hier, aber für ihn am allermeisten.«

»Eine ... *Gefahr?*«

»Du verstehst es nicht einmal, wie?«, fragte Jeromé mit einem traurigen Lächeln. »Du dürftest nicht hier sein. Allein deine Anwesenheit hier verstößt gegen unsere Regeln, und das aufs Schwerste. Käme allein diese Tatsache den falschen Leuten zu Ohren, so wäre es um ihn geschehen. Er würde in Ungnade fallen, möglicherweise mit Schimpf und Schande davongejagt – oder Schlimmeres.«

»Wollt Ihr, dass ich fortgehe?«, fragte Robin.

»Wenn es nur so einfach wäre«, seufzte Jeromé und schüttelte den Kopf. »Bei allem ist es doch so, dass wir dich brauchen. Der Mord an deiner Familie und allen anderen aus deinem Dorf darf nicht ungesühnt bleiben und du bist nun einmal die Einzige, die weiß, was wirklich geschehen ist. Es wird eine Untersuchung geben, sowohl von weltlicher als auch kirchlicher Seite. Und jetzt, wo Otto entkommen ist, ist dies nun einmal der einzige Ort, an dem du sicher bist. Siehst du nun das Dilemma, in dem wir uns alle befinden?«

»Ich glaube, ja«, antwortete Robin. »Ich werde wieder lügen müssen.«

In Jeromés Augen blitzte es kurz und zornig auf, aber er beherrschte sich. »Manchmal ist es der Wahrheit dienlicher, sie nicht sofort auszusprechen, sondern den richtigen Moment abzuwarten«, sagte er. »Wichtig ist, dass *wir* die Wahrheit kennen.« Seine Stimme wurde eine Winzigkeit schärfer. »Kennen wir sie?«

»Herr?«

»Ich möchte gerne glauben, dass alles nur gelogen ist«, sagte Jeromé. »Aber ist es das? Diese böse Verleumdung über einen der unseren, der sich angeblich mit einer Frau aus eurem Dorf getroffen hat ... ist es wirklich nur eine Verleumdung?«

»Das weiß ich nicht, Herr.« Robin wich seinem Blick aus.

»Und eben das zu glauben fällt mir schwer«, sagte Jeromé. »Du kannst mir die Wahrheit sagen. Ich habe nicht vor, sie gegen jemanden zu benutzen, wenn es das ist, was du fürchtest. Wenn einer unserer Brüder wirklich vom rechten Weg abgekommen ist, so wird dieses Geheimnis diesen Raum hier nicht verlassen, darauf hast du mein Wort. Aber ich muss die Wahrheit wissen, um uns alle zu schützen.«

»Aber ich sage die Wahrheit!«

Jeromés Stimme wurde wieder eine Spur schärfer. »Du hast schon einmal gelogen«, sagte er.

Das war so ungeheuerlich – und zugleich so *unverfroren!* –, dass es Robin im wahrsten Sinne des Wortes die Sprache verschlug und sie Jeromé nur mit offenem Mund anstarren konnte. Erst nach einer geraumen Weile war sie überhaupt fähig, auch nur ein paar fast gestammelte Worte hervorzubringen. »Aber ... aber Ihr ... Ihr habt es doch selbst von mir verlangt!«

»Und wer hat von dir verlangt, nicht zu verraten, dass du ihn in eurem Dorf gesehen hast?«, wollte Jeromé wissen.

Robin schossen die Tränen in die Augen – Tränen der Wut und des Zorns, nicht der Angst. Jeromé konnte das allerdings nicht wissen und so sah er für einen kleinen Augenblick deutlich zufrieden aus, glaubte er Robin doch nun genau da zu haben, wo er sie haben wollte.

Am liebsten wäre sie aufgesprungen und einfach aus dem Zimmer gelaufen, ganz egal, was Jeromé gesagt hätte. Warum quälte er sie so? Er wusste die Wahrheit doch sowieso!

»Wen willst du schützen?«, fragte Jeromé geradeheraus. Warum sagte sie es ihm eigentlich nicht? Sie war Abbé nichts schuldig. Was er für sie getan hatte, war nichts im Vergleich mit dem, was ihr durch seine Schuld *angetan* worden war. Wenn hier jemand in der Schuld eines anderen stand, dann er in ihrer.

Die Tür flog auf und Abbé stürmte herein. »Was geht hier vor?«, fragte er scharf. Jeromé wollte antworten, aber Abbé ließ ihn gar nicht erst zu Wort kommen, sondern fuhr in noch schärferem, fast schon schreiendem Ton fort: »Wer hat Euch die Erlaubnis gegeben, Robin zu verhören?«

»Ich habe sie nicht verhört«, verteidigte sich Jeromé. »Ich habe lediglich ...«

»Schweigt!«, unterbrach ihn Abbé. Jeromé wollte aufstehen, aber Abbé machte eine zornige Handbewegung, die ihm nicht nur das Wort abschnitt, sondern ihn die begonnene Bewegung auch nicht zu Ende führen ließ, so dass er wieder auf den Stuhl sank. Obwohl er weiter stocksteif aufgerichtet und mit gestrafften Schultern dasaß und mit unbewegtem Gesicht zu Bruder Abbé aufsah, schien er gleichsam in sich zusammenzusinken.

Abbé wandte sich an Robin. »Geh hinaus!«

Robin sprang auf, rannte regelrecht aus dem Raum und warf die Tür hinter sich zu. Als sie weiterstürmen wollte, wäre sie um ein Haar gegen Salim geprallt.

»Das war Rettung im letzten Augenblick, wie?«, fragte er grinsend.

»Ja«, antwortete Robin verwirrt. »Wenn Bruder Abbé nicht gekommen wäre ...« Sie unterbrach sich, als sie Salims Stirnrunzeln bemerkte. »Hast du etwa ...?«

»Wer, glaubst du, hat ihm gesagt, wo er dich findet?«

Robin wollte etwas darauf erwidern, aber Salim schüttelte rasch den Kopf und ergriff sie bei den Schultern. »Nicht hier«, sagte er. »Sie werden es nicht schätzen, belauscht zu werden.«

Das hatte Robin nicht vor. Aber obwohl die Tür hinter ihnen sehr dick war, konnte sie Abbés Stimme mittlerweile wieder deutlich hören, und auch wenn sie die Worte nicht verstand, so war doch deutlich, dass er jetzt wirklich schrie. In jener Nacht im Turm, da hatte sie geglaubt, dass Abbés Kampfeswille ein für allemal und unwiderruflich gebrochen war. Ein fataler Irrtum, dem auch Jeromé offenbar erlegen war.

Sie gingen nebeneinander den Gang hinab, und als sie die Treppe erreicht hatten, fragte Robin: »Du beobachtest mich?«

»Du hast eine komische Art, deine Dankbarkeit auszudrücken«, murrte Salim. »Wenn du es genau wissen willst: Abbé hat mir aufgetragen, ein wenig auf dich und Jeromé zu achten. Nicht umsonst, wie sich ja gerade gezeigt hat. Was wollte er von dir?«

Robin blieb stehen. »Warum willst du das wissen?«

Ganz kurz blitzte es wütend in Salims Augen auf. Aber er beherrschte sich und sagte nur: »Weil er gefährlich ist. Für uns alle. Viel gefährlicher als Gernot und Otto zusammen. Wenn wir ihn gewähren lassen, dann könnte es sein, dass er zu Ende bringt, was die beiden angefangen haben. Man beginnt bereits zu reden.«

»Über dich und mich, ich weiß«, sagte Robin, aber Salim schüttelte nur den Kopf.

»Das meine ich nicht. Es spielt keine Rolle. Aber das Gerücht macht die Runde, dass Bruder Abbé ... ein Auge auf dich geworfen hat.«

»Ist das wahr?«, entfuhr es Robin.

»Keine Sorge«, antwortete Salim grimmig. »Wenn es so wäre, dann würde ich es ihm ausstechen. Ich lasse nicht zu, dass er dich anrührt.«

Robin schauerte. So, wie er es sagte, klang es überzeugend.

»Niemand würde es wagen, es laut auszusprechen«, fuhr Salim fort. »Nicht einmal Jeromé. Aber er ist geschickt in solchen Dingen. Eine Andeutung hier, ein Hochziehen der Braue da, ein wissendes Lächeln im richtigen Moment ... manchmal kann man mehr sagen, wenn man nichts sagt, weißt du? Jeromé ist ein Intrigant.«

»Aber warum denn nur?«

»Er will auf Abbés Stuhl«, antwortete Salim. »Er neidet ihm seine Position, seit er hier ist. Am Ende ist es immer dasselbe. Macht. Es geht immer nur um Macht.«

»Um *Macht?*« Fast hätte Robin gelacht. Sie sah sich demonstrativ in dem kahlen Raum um. Abgesehen von der Größe (und vielleicht Bruder Abbés Privatgemach) unterschied sich die Komturei kaum von dem Dorf, in dem sie aufgewachsen war; manche Häuser dort waren nicht annähernd so ärmlich gewesen.

»Um was für Macht?«

»Vielleicht um die über die Welt«, sagte Salim.

Und es hörte sich kein bisschen scherzhaft an.

KAPITEL 26

Sie erfuhr nie, was sich hinter der verschlossenen Tür zwischen Jeromé und Abbé abgespielt hatte, doch der rebellische Tempelritter musste wohl zumindest einen Teilsieg davongetragen haben. Sie hatte sich an diesem Abend nicht mit Salim getroffen und am darauffolgenden Morgen teilte ihr Abbé mit knappen Worten mit, dass sie sich nicht mehr mit Salim auf dem Dachboden treffen solle; alles weitere würde ihr der Sklave selbst mitteilen. Er benutzte genau diese Worte und Robin glaubte einen verhaltenen Groll aus ihnen herauszuhören, den sie nicht genau verstand.

Der Sklave kam schon am nächsten Morgen zu ihr, gewiss nicht zufällig zu genau der Zeit, zu der die Tempelherren ihr Mittagsgebet begannen, und forderte sie fast schon grob auf, mit ihm zu kommen. Robin war ein bisschen beunruhigt – ein Zustand, den sie mittlerweile schon als fast normal empfand –, folgte ihm aber gehorsam.

Sie verließen die Komturei und gingen an der Pferdekoppel vorbei bis zu einem kleinen, keine hundert Schritte im Geviert messenden Wäldchen, das sich dahinter erhob. Wortlos bahnte er sich einen Weg durch Gestrüpp und Unterholz, bis sie eine kleine Lichtung in der Mitte des Hains erreichten, die natürlichen Ursprungs zu sein schien, offensichtlich aber künstlich vergrößert worden war.

»Unser neuer Übungsplatz«, sagte er und der Stolz in seiner Stimme machte Robin klar, dass er selbst die notwendigen Arbeiten verrichtet hatte. »Hier wird uns niemand sehen. Aber wir müssen trotzdem vorsichtig sein. Wir werden nicht zu gleichen Zeiten hierher kommen und wir werden den Hof auch nicht gemeinsam verlassen. Abbé hat Jeromé in seine

Schranken verwiesen, aber wir müssen den Gerüchten nicht noch neue Nahrung geben.«

»Das ist albern«, sagte Robin. Es gab keine Möglichkeit, Tratsch zu verhindern, aber der sicherste Weg, ihn noch anzuheizen, war, es zu versuchen.

»Möglich«, sagte Salim schulterzuckend. »Aber es ist Abbés Wunsch. Und ich glaube, dass es besser ist. Die Wände dort drinnen haben Ohren. Lass uns beginnen.«

Robin sah sich unbehaglich um. Erst jetzt, nachdem sie die Komturei verlassen hatte, spürte sie, wieviel Schutz und Geborgenheit ihre Mauern ihr vermittelt hatten, trotz allen Schreckens, den sie darin hatte erleben müssen. Sie kam sich so hilflos und allein gelassen vor, als stünde sie mit zusammengebundenen Händen und Füßen im Zentrum einer zu groß geratenen Zielscheibe. Sie hatte geglaubt, das Leben in der Komturei nicht länger ertragen zu können. Jetzt fragte sie sich, ob sie wohl jemals wieder irgendwo anders leben konnte – oder wollte.

Anscheinend gehörte nicht besonders viel dazu, ihre Gedanken zu erraten. »Wir sind hier sicher«, sagte Salim. »Otto und die Bande von Halsabschneidern, die sich ihm angeschlossen hat, ist weit weg. Es heißt, er wäre zuletzt oben im Norden gesehen worden, drei oder vier Tagesritte entfernt.«

»Welche Bande?«, fragte Robin. Das Letzte, was sie gehört hatte, war, dass der ehemalige Waffenmeister von Elmstatt einfach verschwunden sei.

»Eine Hand voll von Elmstatts Männern, die sich ihm angeschlossen haben«, antwortete Salim. »Und dazu noch jeder Halsabschneider und Strauchdieb, der ihm unterwegs begegnet ist. Gunthar hat ihn und seine Begleiter für vogelfrei erklärt, aber er hat Gernot befohlen, die Jagd auf ihn einzustellen.«

»Warum?«

»Er leckt sich noch immer die Wunden aus der Schlacht«, sagte Salim. »Abbé hatte Recht, weißt du? Er hat den Kampf gewonnen, aber er wird lange brauchen, um sich von diesem Sieg zu erholen ... und außerdem glaube ich, dass er Gernot nicht mehr traut. Gunthar ist kein Dummkopf. Und jetzt haben wir genug geredet. Greif mich an!«

Er reichte Robin das Schwert, wich zwei Schritte zurück und nahm gleichzeitig eine geduckte Abwehrhaltung ein. Robin attackierte ihn sofort, aber sie war nicht richtig bei der Sache. Ihre Bewegungen waren fahrig und schlecht koordiniert, so dass es Salim keine Mühe bereitete, sie abzuwehren und ihr schon nach wenigen Augenblicken das Schwert aus der Hand zu schlagen.

Er reagierte verärgert. »Wenn du so in einen wirklichen Kampf gehst, dann bist du tot«, sagte er. »Was ist los? Wo bist du mit deinen Gedanken?«

»Bei Gernot«, antwortete sie offen. »Ich verstehe einfach nicht, was er tut. Er hat Otto kaltblütig verraten.«

»Ein Bauernopfer«, antwortete Salim.

»Ein *was?*«

»Ein Bauernopfer«, wiederholte Salim. »Spielst du Schach?« Er schüttelte den Kopf, um seine eigene Frage zu beantworten. »Nein, natürlich nicht. Wahrscheinlich weißt du nicht einmal, was das ist. Ein Spiel. Es wird in meiner Heimat gespielt, aber auch hier. Abbé ist ein wahrer Meister darin und es würde mich nicht wundern, wenn auch Gernot es beherrschte.«

»Und was hat ein Spiel aus deiner Heimat mit dem zu tun, was er gemacht hat?«

»Es war ein Schachzug«, antwortete Salim. »Ein verzweifelter Zug, aber trotzdem geschickt. Ein Bauernopfer. Hätten wir mehr Zeit, würde ich dir das Schachspielen beibringen und du würdest verstehen, was ich meine. Aber jetzt ist es wirklich genug. Wir haben nur eine Stunde, bis das Gebet vorüber ist. Bis dahin muss einer von uns zurück sein. Nimm!«

Er reichte ihr das Schwert und griff seinerseits an. Robin wehrte sich ebenso ungeschickt, wie sie ihn attackiert hatte, mit genau dem zu erwartenden Ergebnis: Nach nur zwei Hieben wurde ihr das Schwert aus der Hand geprellt und sie fiel rücklings ins Gras.

»Du bist schon wieder tot«, sagte Salim kopfschüttelnd. »Das hat keinen Sinn. Du musst dich schon konzentrieren, wenn du etwas lernen willst.«

»Das Schwert ist zu schwer«, beschwerte sich Robin. »Und viel zu groß für mich.«

Das war zwar im Moment nur eine Ausrede, aber trotzdem die Wahrheit. Die Klinge, die Salim ihr gegeben hatte, war beinahe so lang wie ihr Arm und damit tatsächlich viel zu gewaltig für sie. Sie hatte sich etliche blaue Flecken und Prellungen eingehandelt, weil sie Probleme hatte, das Schwert zu halten, auch ohne dass Salim mit aller Kraft darauf eindrosch.

Salim verdrehte in gespielter Verzweiflung die Augen. »Also gut«, seufzte er. »Dann probieren wir etwas anderes. Es wird ohnehin Zeit.«

»Etwas anderes?« Robin stand auf und wollte sich in der gleichen Bewegung nach ihrem Schwert bücken, aber Salim schüttelte den Kopf. Er steckte sein Schwert ein. An seiner Stelle zog er eine Waffe unter seinem Mantel hervor, deren bloßer Anblick ihr schon einen kalten Schauer über den Rücken laufen ließ. Einen Morgenstern.

Robin starrte die Waffe an, und als Salim sie ihr auffordernd hinhielt, da schüttelte sie impulsiv den Kopf und wich so erschrocken zurück, als hätte er ihr eine giftige Schlange hingehalten.

»Nur keine Angst«, sagte er. »Es ist eine sehr praktische Waffe, vor allem für jemanden, der nicht sehr viel Kraft hat.«

Robin schüttelte den Kopf. Salim mochte Recht haben, aber sie würde sie niemals anrühren. Sie hatte gesehen, was sie anzurichten vermochte, und vor allem *wie*. Es war eine brutale Waffe, ganz anders als ein Schwert, bei dem es hauptsächlich auf das Geschick und die Schnelligkeit seines Trägers ankam und mit dem man einen ritterlichen – oder wenigstens *fairen* – Kampf führen konnte. Ein Morgenstern dagegen war etwas vollkommen anderes, eine brutale, heimtückische Waffe, die nur zum Zertrümmern und Verstümmeln gut war und gegen die es keine Gegenwehr gab. Sie hatte nicht vergessen, wie Gero gestorben war.

»Nun ziere dich nicht«, sagte Salim. »Es ist gar nicht so schwer, wie es aussieht.« Zur Demonstration ließ er die stachelbewehrte Kugel über seinem Kopf kreisen und vollführte dann eine komplizierte, schnelle Bewegung rechts und links seines Körpers entlang, die Kugel und Kette zu einem fast unsichtbaren, silbernen Schemen werden ließen. »Siehst du?

Es ist ganz leicht. Man muss nur darauf achten, dass man sich nicht aus Versehen selbst verletzt.«

»Ich ... will das nicht«, sagte Robin leise. Vielleicht war es Zeit für die Wahrheit. »Ich habe Angst davor.«

»Ein Grund mehr, dass du den Umgang damit lernst«, sagte Salim, griff zugleich aber auch unter seinen Mantel, der an diesem Tag schier unergründlich schien, und zog einen zweiten Morgenstern hervor – oder etwas, das eine gewisse Ähnlichkeit mit einem Morgenstern hatte. Stiel und Kette waren so wie sie sein sollten, aber statt einer mit tödlichen Spitzen gespickten Eisenkugel hatte sie einen faustgroßen Ball aus Sackleinen, der allem Anschein nach mit Sand gefüllt war.

»Vielleicht fangen wir besser damit an zu üben«, sagte er, zwar grinsend, aber trotzdem in einem Ton, der keinen Widerspruch duldete.

Trotzdem schüttelte sie den Kopf und sagte noch einmal: »Ich mag dieses Ding nicht.«

»Dennoch wirst du es nehmen«, beharrte Salim, aber jetzt mit einem Lächeln, das keines mehr war. »Man widerspricht seinem Lehrer nicht.«

Robin resignierte. Sie nahm Salim den Morgenstern aus der Hand und schlug ihm blitzschnell und vollkommen ansatzlos den sandgefüllten Ball auf die Nase. Salim fiel wie vom Blitz getroffen aufs Hinterteil, hob die Hand ans Gesicht und starrte sie aus großen Augen an. Blut begann in einem dünnen Rinnsal aus seiner Nase zu laufen.

Robin ließ den Morgenstern fallen und sagte zum dritten Mal: »Ich will das nicht.«

»Vielleicht hast du ja Recht«, sagte er schleppend. Seine Nase blutete heftiger. »Möglicherweise sollten wir mit etwas weniger Gefährlichem anfangen.«

KAPITEL 27

Die Stimmung in der Komturei verschlechterte sich zusehends. Bruder Abbé und Jeromé gerieten immer öfter ganz offen in Streit und schon am nächsten Morgen erreichte ein Bote aus Elmstatt die Komturei, der allem Anschein nach keine guten Neuigkeiten brachte, denn Abbé wirkte danach noch besorgter als zuvor und die Atmosphäre zwischen ihm und den drei anderen Tempelrittern kühlte noch weiter ab – so weit dies überhaupt noch möglich war, hieß das. Natürlich fragte sie Salim, was geschehen sei, bekam aber diesmal keine Antwort.

Dafür jedoch machte der Tuareg ihr eine Freude, die viel größer war, als er selbst ahnen mochte. Nachdem sie ihm die Nase blutig geschlagen hatte, hatte er tatsächlich nicht mehr darauf bestanden, sie in der Handhabung dieser Waffe zu unterrichten, aber sie hatten auch nicht mit Schwert und Dolch weitergeübt, sondern es für diesen Tag gut sein lassen.

Als sie sich am nächsten Nachmittag trafen, führte Salim sie nicht zur Lichtung, sondern blieb an der Schmalseite der Koppel stehen, auf der die Pferde der Tempelritter tagsüber grasten; ein gutes Dutzend Tiere, das die Templer abwechselnd ritten. Salim steckte Zeige- und Mittelfinger in den Mund und stieß einen schrillen, kurzen Pfiff aus und eines der Tiere hob den Kopf und kam dann zu ihnen gelaufen.

Robin erkannte es sofort: Es war der kleine Schecke, den Jan geritten hatte. Er streckte den Kopf über den Zaun, bewegte die Ohren und sah sie aus seinen großen Augen an, als erkenne er sie tatsächlich wieder. Robin hob den Arm und legte ihm zögernd die Hand auf die Nüstern und der Schecke stieß ein sonderbares, helles Geräusch aus, wie sie es noch nie zuvor von einem Pferd gehört hatte. Es hörte sich freundlich an; so freundlich, wie seine Augen blickten. Robin schloss das Tier sofort in ihr Herz.

»Gefällt er dir?«, fragte Salim.

»O ja«, antwortete Robin mit leuchtenden Augen. »Er ist wunderschön!«

»Ich freue mich, dass du das sagst«, sagte Salim. »Und es triff sich auch ganz gut. Er gehört nämlich dir.«

Robin wandte überrascht den Blick. »Wie bitte?«

»Er gehört dir«, bestätigte Salim. »Er ist ein Hengst – mit allem, was dazugehört. Aber ein bisschen klein. Er könnte Jeromé oder gar Bruder Abbé nie und nimmer tragen, nicht einmal ohne ihre Rüstung. Aber für dich ist er genau richtig.«

»Aber er ... er hat Jan gehört«, sagte Robin. Sie war immer noch vollkommen fassungslos und es war einfach das Erste, was ihr einfiel.

»Jan ist tot«, antwortete Salim. »Er braucht ihn nicht mehr. Und der Hengst wird ihn nicht vermissen. Sein früherer Herr hat ihn nicht besonders gut behandelt.«

Der Hengst wieherte leise, als wollte er Salims Worte bestätigen. Robin strich ihm noch einmal über die Nüstern, dann trat sie ein paar Schritte zurück, um das Tier in seiner vollen Größe zu betrachten. Salim hatte Recht: Für einen Hengst war er wirklich nicht besonders groß und insbesondere zwischen den gewaltigen Schlachtrössern der Tempelritter wirkte er wie ein Pony. Aber unter seinem gescheckten Fell bewegten sich ebenso starke wie geschmeidige Muskeln und alles an ihm schien Eleganz und Schnelligkeit auszudrücken. Der Gedanke an Jan stimmte sie ein wenig traurig, aber die Freude über dieses großzügige Geschenk überwog bei weitem.

»Und er gehört wirklich mir?«, vergewisserte sie sich.

»Wenn du ihn willst«, antwortete Salim. »Aber du musst dich dann auch um ihn kümmern. Ihn füttern, sein Fell striegeln, ihn morgens auf die Koppel bringen und abends wieder zurück – und das alles neben deiner anderen Arbeit. Oh – und natürlich regelmäßig reiten.«

»Reiten?«

»Er ist ein Krieger«, antwortete Salim lächelnd. »Genau wie du und ich. Er muss in Bewegung bleiben, wenn er seine Fähigkeiten nicht verlieren will.«

»Aber ich kann nicht reiten!«, protestierte Robin.

»Da habe ich etwas anderes gehört«, erwiderte Salim. »Aber selbst wenn: Es ist nicht sehr schwer. Ich bringe es dir bei.«

Robin wandte sich wieder zu dem gescheckten Hengst um. Er sah sie aufmerksam an und seine Ohren – ein dunkelbraunes und ein weißes – bewegten sich unablässig, beinahe, als ob er ihrem Gespräch aufmerksam lauschte. Robin fiel erst jetzt auf, dass er bereits gesattelt und aufgezäumt war.

»Hast du Lust auf einen Ausritt?« Salim wartete ihre Antwort nicht ab – wohl, weil sie ihn gar nicht interessierte –, sondern stieß einen zweiten, etwas schrilleren und lauteren Pfiff aus und ein zweites Pferd kam auf sie zugelaufen. Robin hätte auch ohne Salims Pfiff sofort gewusst, wessen Tier es war. Das Pferd war ein wenig größer als ihr (*ihr?*) Schecke, hatte ein rabenschwarzes Fell und Sattel und Zaumzeug in der gleichen Farbe. Ein Schatten, der von einem Schatten geritten wurde.

Salim öffnete das Tor und die beiden Pferde kamen unaufgefordert herausgetrabt. Robin wollte erschrocken nach dem Zaumzeug greifen, um sie festzuhalten, damit sie nicht davonliefen, aber die Pferde blieben nach wenigen Schritten stehen, wandten in einer fast gleichzeitigen Bewegung den Kopf und schienen fast mitleidig auf sie herabzusehen. Sie machten keinen Versuch davonzulaufen.

Salim bemerkte ihr Erstaunen und lachte. »Keine Sorge«, sagte er. »Der Hengst würde niemals ohne sie davonlaufen – und Shalima würde mir nicht davonlaufen. Die beiden sind unzertrennlich.«

Salim deutete auf das schwarze Pferd. »Sie ist eine Stute und er ein Hengst. Ich habe sie als ganz junges Fohlen bekommen und es war Liebe auf den ersten Blick.«

Bei diesen Worten sah er sie auf eine sonderbare Weise an, die Robin begreifen ließ, dass er nun eine ganz bestimmte Reaktion von ihr erwartete, aber Robin deutete nur auf den Hengst und fragte: »Wie ist sein Name?«

»Jan hat ihm einen Namen gegeben«, antwortete Salim, »aber ich finde, du solltest dir selbst einen Namen ausdenken. Er wird sich schnell daran gewöhnen.«

»Aber warum?«

Salim hob die Schultern und ging langsam zu Shalima und dem Schecken hin. »Sein alter Name erinnert ihn vielleicht zu sehr an seinen alten Herrn«, sagte er.

Robin runzelte die Stirn. Es war nicht das erste Mal, dass Salim so über Jan sprach. Meistens reagierte er gar nicht, wenn sie das Gespräch auf Jan zu bringen versuchte, aber er hatte auch schon die eine oder andere Andeutung gemacht, die Robin sicher sein ließ, dass Jan und er keine Freunde gewesen waren – oder ob er vielleicht einfach nur eifersüchtig war? Auf einen Toten?

»Ich suche einen Namen für ihn aus«, sagte sie.

Salim nickte, wedelte zugleich aber auch ungeduldig mit beiden Händen. »Komm. Lass mich sehen, ob du wirklich nicht reiten kannst. Du hast ja schließlich auch behauptet«, fügte er übertrieben vorwurfsvoll hinzu, »du könntest nicht mit Schwert und Morgenstern umgehen.«

»Das kann ich auch nicht.«

Salim seufzte. »Mein Vater hatte Recht, mich vor euch Christen zu warnen. Ihr schreibt in eurer Bibel, dass lügen eine Sünde ist, aber ihr selbst haltet es mit der Wahrheit nicht so genau.«

»Eine Lüge zu einem Moslem ist keine Lüge«, sagte Robin spöttisch. »Jedenfalls keine schlimme.«

Es war nur als Scherz gemeint, eine jener kleinen harmlosen Neckereien, mit denen sie sich ständig gegenseitig hänselten, aber sie sah an seiner Reaktion, dass er ihre Worte überhaupt nicht lustig fand. Im Gegenteil – etwas in seinem Blick erlosch, um etwas anderem, Erschreckendem Platz zu machen. Wut? Das wollte sie nicht glauben. Aber sie spürte sehr deutlich, dass sie ihn verletzt hatte.

Es wäre an ihr gewesen, sich zu entschuldigen, doch stattdessen griff sie nach dem Sattelknauf und setzte den linken Fuß in den Steigbügel. Salim streckte die Arme aus, um ihr zu helfen, aber sie schwang sich mit einer so selbstverständlichen

Bewegung auf den Rücken des Pferdes, als hätte sie ihr Lebtag lang nichts anderes getan. Sie selbst war vielleicht am meisten überrascht.

»Aha«, sagte Salim, drehte sich herum und stieg in Shalimas Sattel. Die schwarze Stute warf den Kopf zurück und wieherte leise, um ihren Herrn willkommen zu heißen.

»Es ist gar nicht so schwer«, sagte Salim. »Wenn du geradeaus willst, dann schnalzt du einfach mit den Zügeln. Willst du nach rechts, dann drückst du leicht mit dem rechten Bein, und nach links mit dem linken. Das ist beinahe schon …«

Er hatte wohl *alles* sagen wollen, aber Robin hörte es nicht, denn sie hatte kaum leicht an den Zügeln gezogen, da setzte sich der Hengst auch schon gehorsam in Bewegung und fiel in einen leichten Trab, so dass Salim sich sputen musste, um zu ihr aufzuholen. Er lenkte Shalima an ihre Seite und maß sie mit einem schwer zu deutenden Blick, war aber für eine ganze Weile still. Erst als sie das kleine Wäldchen hinter sich hatten, hob er die Hand und deutete in östliche Richtung. Das Land stieg dort sacht an und mündete nach einer guten Meile in eine Kette etwas steiler ansteigender, bewaldeter Hügel.

»Wir reiten dort hinauf«, sagte er. »Und dann wieder zurück. Für den ersten Tag ist das genug. Und langsam. Überschätze dich nicht.«

Überschätzen? Robin hätte fast gelacht. Offenbar *unter*schätzte Salim sie, und zwar gewaltig. Den Schecken zu reiten war nicht annähernd so schwer, wie sie gefürchtet hatte. In jener Nacht, als sie auf dem schwarzen Hengst zurück ins Dorf geritten war, hatte sie sich nur mit Mühe und Not im Sattel gehalten, aber das hatte wohl auch viel mit dem Schlachtross zu tun, das sie nicht in den Griff bekommen hatte. Der Schecke dagegen war ein gehorsames und vor allem *kluges* Tier, das ihre Wünsche auf fast schon magische Weise vorauszuahnen schien. Und das sollte das große Mysterium des Reitens sein, eine Kunst, von der alle behaupteten, man brauche ein halbes Leben, um sie wirklich zu erlernen?

Sie trabten einige Minuten wortlos nebeneinander her, das aber auf seltsam unterschiedliche Art: Robin genoss es einfach, auf dem Rücken des Schecken zu sitzen und jede einzelne seiner kraftvollen, geschmeidigen Bewegungen zu spüren, als wäre es ihre eigene. Es war, als wären der Hengst und sie zu einer Einheit verschmolzen, einem einzigen Wesen, das nur noch zufällig in zwei Körpern wohnte.

Vielleicht war sie ein bisschen *zu* begeistert gewesen...

Sie hatten die Hälfte des Weges zu den Hügeln zurückgelegt, als Salim sein schon fast beleidigtes Schweigen brach. »Für jemanden, der nicht reiten kann, kannst du ziemlich gut reiten«, sagte er. »Aber werd jetzt nicht übermütig. Sich im Sattel zu halten ist nur der Anfang.«

»Und wer sagt dir, dass ich mich nur *im Sattel halten* kann?«, fragte Robin spitz.

»Meine Augen«, antwortete Salim.

»Vielleicht sind sie ja nicht so gut, wie du glaubst«, antwortete Robin, die der Hafer stach. »Hol mich ein, wenn du kannst!«

Sie ließ die Zügel etwas lauter knallen und ganz wie sie erwartet hatte, fiel der Schecke aus seinem raschen Trab in einen langsamen (aber trotzdem deutlich schnelleren!) Galopp. Es fiel ihr schwerer, sich im Sattel zu halten, aber noch nicht so schwer, dass sie Grund zur Sorge gehabt hätte.

Salim schien das etwas anders zu sehen. Mit einem ungehemmten Fluch ließ er auch seine Stute schneller ausgreifen, lenkte sie an ihre Seite und beugte sich im Sattel vor, um nach den Zügeln ihres Hengstes zu greifen. »Willst du dich umbringen?«, keuchte er. Die Angst in seiner Stimme war echt.

Für einen winzigen Moment war Robin nahe daran, seine Hand einfach zur Seite zu schlagen; dann wurde ihr plötzlich klar, dass das wahrscheinlich das Dümmste war, was sie in diesem Moment tun konnte. Salim beugte sich weiter vor, aber in diesem Moment warf der Hengst plötzlich den Kopf in den Nacken, vielleicht erschreckt durch die Bewegung, die er im Augenwinkel wahrgenommen hatte, und Salims Hand griff ins Leere. Möglicherweise wäre trotzdem nichts passiert, hätte sich Robin angemessen verhalten und gar nichts getan – aber sie reagierte so falsch, wie es überhaupt nur möglich war: Statt es dem Tier zu überlassen, in seinen gewohnten Rhythmus zurückzufinden, schrie sie erschrocken auf und riss mit aller Gewalt an den Zügeln. Der Hengst wieherte vor Schmerz, als die Trense in sein empfindliches Maul biss und sein Kopf mit brutaler Gewalt zurückgerissen wurde.

Er ging durch.

»Festhalten!«, schrie Salim. »Halt dich fest!«

Robin klammerte sich mit aller Kraft an den Zügeln fest. Wahrscheinlich machte sie damit alles nur noch schlimmer, aber sie konnte nicht anders. Aus ihrer Angst wurde von einem Lidzucken zum anderen nackte Panik. Sie presste die Schenkel mit aller Gewalt gegen den Pferdeleib, krallte sich in die Zügel und beugte sich weit über den Hals des Tieres, um irgendwie ihr Gleichgewicht zu halten.

»*Anhalten!*«, schrie sie. »*Halt an! Sofort!*«

Ihr Schrei schien es eher schlimmer zu machen. Der Hengst griff mit gewaltigen Sätzen aus. Der Boden schien nur noch so unter ihr hinwegzufliegen. Salim spornte Shalima zu noch größerer Schnelligkeit an, streckte den Arm aus, so weit er konnte, und versuchte wieder, nach Robins Zaumzeug zu greifen. Er verfehlte es und der Hengst schien sein Tempo noch einmal zu steigern. Die Hügel und der Waldrand sprengten ihnen regelrecht entgegen. Robin riss und zerrte immer verzweifelter am Zaumzeug, aber das Pferd wurde nur noch schneller und sie konnte sich jetzt nur noch mit allergrößter Mühe im Sattel halten.

Salim versuchte zum dritten Mal, die Zügel zu fassen, aber seine Hand griff auch diesmal ins Leere, dann hatte der Hengst den Waldrand erreicht und Salim musste notgedrungen zurückfallen.

Obwohl Unterholz und Gebüsch gerade am Waldrand so dicht waren, dass ein Durchkommen fast unmöglich schien, preschte der Hengst mit unvermindertem Tempo weiter. Zweige und tief hängendes Geäst schrammten über Robins Arme und Beine, zerrissen ihre Kleider und peitschten ihr Haar. Robin riss schützend den rechten Arm vors Gesicht, aber es nutzte nichts. Der Hengst jagte noch immer wie von Sinnen dahin und der Wald wurde immer dichter. Manchmal schienen die Lücken zwischen den Bäumen kaum breit genug, um das Tier hindurchzulassen, und manche Äste trafen sie mit der Gewalt von Fausthieben. Das Pferd wieherte schrill vor Schmerz und Panik, wurde aber immer noch nicht langsamer. Es konnte nur noch Augenblicke dauern, bis es gegen einen Baum prallte oder Robin einfach von seinem Rücken gefegt wurde. Hinter ihr schrie Salim und sie hörte an dem anhaltenden Splittern und Krachen, dass er seine Stute rücksichtslos durch das Unterholz peitschte, um mit ihr Schritt zu halten.

Schließlich kam es, wie es kommen musste: Der Hengst streifte einen Baumstamm, wieherte vor Schmerz und Schrecken und geriet ins Straucheln, und Robin wurde mit unglaublicher Kraft von seinem Rücken und im hohen Bogen durch die Luft geschleudert. Noch bevor sie zu Boden fiel, sah sie, wie der Hengst endgültig das Gleichgewicht verlor und ebenfalls stürzte.

Sie schlug schwer auf dem Waldboden auf, überschlug sich drei-, vier-, fünfmal hintereinander und wäre wahrscheinlich noch weiter gerollt, hätte nicht ein Busch ihrem Sturz ein jähes Ende bereitet.

Salim sprang aus dem Sattel, noch bevor sein Pferd auch nur sichtbar langsamer geworden war, und war mit wenigen, gewaltigen Sätzen bei ihr. »Robin! Liebste! Bei Allah! Ist dir etwas passiert?«

Robin richtete sich benommen auf und verzog das Gesicht, als ein stechender Schmerz durch ihr verlängertes Rückgrat fuhr. In ihren Ohren rauschte das Blut.

»Ist dir etwas passiert?«, keuchte Salim. »*Robin!*«

Robin schüttelte noch immer benommen den Kopf und griff nach Salims hilfreich ausgestreckter Hand, aber sie ignorierte sowohl seine besorgten Blicke als auch die fast komisch anmutenden Gesten, mit denen er sie zurückzuhalten versuchte, sondern schob ihn einfach zur Seite und humpelte auf den gestürzten Hengst zu.

Das Tier wieherte kläglich, versuchte zwei- oder dreimal vergeblich, auf die Beine zu kommen und schaffte es erst, als Robin nach seinem Zaumzeug griff und ihm half – auch wenn es natürlich nur eine rein symbolische Geste war.

»Ist dir etwas passiert?«, fragte sie. »Du darfst nicht verletzt sein, bitte nicht!« Sie wusste, dass ein Sturz für ein Pferd fatale

Folgen haben konnte, wenn nicht tödliche – vor allem bei dieser Geschwindigkeit. Wenn sich der Hengst ein Bein gebrochen hatte, dann war es um ihn geschehen, und das durfte nicht geschehen, nicht jetzt, nicht, wo sie ihn gerade erst bekommen hatte!

»Verdammt noch mal!« Salim riss sie grob an der Schulter herum. »Was machst du dir Sorgen um dieses Pferd? Ist *dir* etwas passiert?!«

Robin schüttelte den Kopf und versuchte, seine Hände einfach abzustreifen, aber er verstärkte seinen Griff nur, so dass es nun fast wehtat. Er würde sie nicht eher loslassen, bis er eine Antwort bekommen hatte.

»Mir ist nichts passiert«, behauptete sie – ohne ganz sicher zu sein, dass das auch wirklich stimmte. Ihr tat nichts Bestimmtes weh, aber ihr ganzer Körper fühlte sich taub an und ihre Finger- und Zehenspitzen kribbelten fast unerträglich.

»Lass mich los!«, sagte sie wütend. »Ich muss nach Wirbelwind sehen!«

»*Wirbelwind?*«

Da Salim immer noch nicht reagierte, riss sie ihren Arm nun gewaltsam los und wandte sich wieder dem Hengst zu. »Wirbelwind«, bestätigte sie. »Du hast doch selbst gesagt, dass ich mir einen Namen für ihn aussuchen soll, oder?«

Besorgt musterte sie den Hengst. Sein geschecktes Fell war zerschunden und zerkratzt. Aus einigen besonders tiefen Schrammen sickerte Blut und er schien nicht richtig auf der Stelle stehen zu können, sondern zog immer wieder den linken Vorderhuf an. Er war am ganzen Leib in Schweiß gebadet. Flockiger weißer Schaum tropfte aus seinem Maul und sein Atem ging pfeifend.

Salim maß sie mit einem sonderbaren Blick, trat aber dann wortlos an ihr vorbei und ließ sich neben dem Hengst auf die Knie sinken. Mit schnellen, sehr routiniert wirkenden Bewegungen tastete er seine Fesseln ab und stand dann auf, um prüfend mit der Hand über die Flanke und schließlich über den Hals des Tieres zu fahren.

»Er hat sich nichts gebrochen«, sagte er, »und die paar Kratzer sind rasch verheilt. Aber das war pures Glück. Er hätte sich dabei umbringen können. *Du* hättest dich umbringen können, verdammt!« Seine Augen blitzten vor Zorn, als er sich zu ihr herumdrehte.

»Aber ich habe doch gar nichts getan!«, verteidigte sich Robin.

»Du hast die Nerven verloren«, erwiderte Salim. »Du warst leichtsinnig und bist in Panik geraten, als du gemerkt hast, dass du mit der Situation nicht mehr fertig wirst. Und das darf einfach nicht passieren, verstehst du? Ein Pferd spürt die Gefühle seines Reiters ganz genau. Du darfst niemals die Kontrolle über dich verlieren oder du verlierst die Kontrolle über dein Tier. Hast du das verstanden?«

»Ja«, antwortete Robin.

»Gut.« Salim sah nicht überzeugt aus, aber er beließ es dabei. »Dann lass mich jetzt sehen, wie es dir geht.«

Robin wich einen Schritt zurück, als er nach ihr greifen wollte. Salim blinzelte überrascht und sah plötzlich ein bisschen verletzt aus.

»Entschuldige«, sagte Robin. »Aber mir fehlt wirklich nichts. Ich habe Glück gehabt.«

Salim hüllte sich in beleidigtes Schweigen und Robins schlechtes Gewissen begann sich zu regen. Salim war wirklich in Sorge um sie. »Bitte entschuldige«, sagte sie noch einmal. »Ich war nur ... nur erschrocken.«

»Dazu hast du auch allen Grund«, knurrte Salim. »Ich glaube, dir ist gar nicht klar, was für ein Glück du gehabt hast. Als ich gesehen habe, wie du gestürzt bist, da ... da habe ich schon das Schlimmste befürchtet!«

»Zu früh gefreut«, antwortete Robin. »So schnell wirst du mich nicht los.«

Salim blieb ernst und sah sie nur wortlos und auf eine Art an, die Robin fast unangenehm war. Vielleicht, weil sie sie nicht zu deuten vermochte.

Sie legte den Kopf auf die Seite, machte ein nachdenkliches Gesicht und fragte: »Vorhin, als ich vom Pferd gefallen bin – was hast du da zu mir gesagt?«

»Robin«, antwortete Salim. »Wie soll ich dich denn sonst nennen?«

»Nein, das meine ich nicht. Du hast noch etwas gesagt.«

»Ich habe Allah gedankt, dass dir nichts passiert ist«, antwortete Salim, aber sie las in seinen Augen, dass er ganz genau wusste, was sie meinte.

»Liebste«, sagte sie. »Du hast mich *Liebste* genannt.«

»Das ... ist mir nur so herausgerutscht«, behauptete Salim unbehaglich. »Ich war erschrocken. Da sagt man schon mal Dinge ...«

»... die man nicht so meint?«, fiel ihm Robin ins Wort.

»Nein!«, antwortete Salim. »Ich meine ... doch. Ich ...« Er brach ab, biss sich auf die Unterlippe und drehte sich dann mit einem Ruck wieder zu dem Hengst um. »Wirbelwind«, sagte er kopfschüttelnd. »Was für ein alberner Name.«

»Ich finde, er passt ... nach dem, was gerade passiert ist«, sagte Robin.

»Dann sollten wir uns ja vielleicht glücklich schätzen, dass er nur durchgegangen ist«, knurrte Salim, »und nicht etwa plötzlich sein Interesse für Shalima entdeckt hat oder schlimmen Durchfall bekommen hat. Stell dir vor, du müsstest für den Rest deines Lebens auf einem Hengst reiten, der *Rammler* heißt oder *Apfelwerfer*.«

Jetzt musste Robin lachen, ob sie wollte oder nicht.

Salim lachte ebenfalls, drehte sich herum und streckte die Hand nach ihr aus – doch Robin wich erneut vor ihm zurück. Sie wusste genau, was er von ihr wollte, und sie hatte auch nichts dagegen – nur jetzt nicht.

Sie brauchte Zeit und sie war vollkommen verwirrt. Er hatte sie *Liebste* genannt und er hatte es ganz gewiss nicht einfach nur so getan, wie er es behauptete. Was sie vorhin in seinen Augen gelesen hatte, als er vom Pferd gesprungen war und sich über sie beugte, das war viel mehr als bloßes Erschrecken gewesen, sondern eine Sorge, die sie in diesem Moment gar nicht richtig verstanden hatte. *Liebste* ...

Es war das erste Mal, dass dieses Wort zwischen ihnen gefallen war, und es erschreckte Robin im gleichen Maße, in dem es sie in tiefe Verwirrung stürzte. Sie musste sich jetzt über ihre Gefühle dem Tuareg gegenüber klar werden und das konnte sie nicht, wenn sie ihm gestattete, sie zu berühren und zu küssen und zu streicheln, wie er es so oft tat.

War es Liebe, was sie für ihn empfand?

Zum zweiten Mal in ihrem in dieser Hinsicht noch nicht besonders ereignisreichen Leben stellte sie sich diese Frage, aber diesmal fiel ihr die Antwort unendlich viel schwerer als damals bei Jan. Jan war einfach der erste Mann gewesen, den sie kennen gelernt hatte, und was sie für ihn empfand, das war wohl eher eine Mischung aus Abenteuerlust und Neugier – auch wenn ihr das erst jetzt klar wurde. Salim ...

Nun, sie *empfand* etwas für ihn, aber sie wusste nicht mit letzter Sicherheit, was. Sie fühlte sich wohl in seiner Nähe und sie vermisste ihn, wenn sie sich länger als einige Stunden nicht gesehen hatten. Sie mochte es, wenn er sie küsste, und wenn er sie in seinen Armen hielt, dann durchströmte sie manchmal ein so warmes Gefühl von Geborgenheit, dass sie ihn am liebsten nie wieder losgelassen hätte. Aber war das Liebe?

Salim sah sie einen Moment lang vorwurfsvoll an, dann griff er nach Wirbelwinds Zaumzeug und machte mit der anderen Hand eine einladende Geste. »Fühlst du dich kräftig genug, um allein aufzusteigen?«

»Aufsteigen?«, wiederholte Robin irritiert.

»Das muss man, wenn man von einem Pferd gefallen ist«, behauptete Salim. »Du musst sofort wieder in den Sattel steigen oder du wirst es nie wieder tun.«

Er wiederholte seine auffordernde Geste und Robin gab sich einen Ruck und trat neben den Hengst. Wirbelwind scheute leicht, als sie den Fuß in den Steigbügel setzte, aber Salim hielt ihn mit eiserner Hand unter Kontrolle.

Robins Herz klopfte und ihre Hände und Knie zitterten heftig, als sie sich in den Sattel schwang. Sie glaubte plötzlich zu verstehen, was Salim gemeint hatte, als er behauptete, es wäre wichtig, nach einem Sturz sofort wieder aufzusteigen. Wirbelwind tänzelte noch einen Moment, beruhigte sich aber schließlich, so dass Salim ihn auf der Stelle herumdrehte und langsam in Richtung Waldrand ging. Shalima folgte ihnen mit einigen Schritten Abstand, ohne dass Salim ihr eigens dafür einen Befehl erteilen musste.

Robin bückte sich, um einem tief hängenden Ast auszuweichen, und Salim steigerte sein Tempo noch ein wenig. Er blickte starr nach vorne und seine Bewegungen schienen Robin ein wenig zu abgehackt und kraftvoll. Wahrscheinlich war er gekränkt, weil sie ihn zurückgewiesen hatte. Bisher hatte sie das noch nie getan.

Salim führte sie bis zum Waldrand, blieb stehen und sah zu ihr hoch. »Du rührst dich nicht, verstanden?«, sagte er grob. »Lass die Hände von den Zügeln, bis ich aufgesessen bin.«

Sie wartete, bis er auf Shalimas Rücken gestiegen und an ihre Seite geritten war, dann sagte sie unvermittelt: »Ich habe Jan gemocht, weißt du? Aber nicht geliebt.«

Salim schwieg. Ihre Worte hatten ihn überrascht und er sah irgendwie ... ertappt aus.

»Eine Weile dachte ich, es wäre Liebe, aber das stimmte nicht«, fuhr Robin fort. »Es war einfach nur ...« Sie suchte nach Worten. »Es war der erste Fremde, den ich kennen gelernt habe. Der erste Mann. Und er konnte wunderschön erzählen.«

»Er war ein Aufschneider«, sagte Salim. »Er hat dir von seinen Abenteuern erzählt und den fremden Ländern, die er bereist hat?« Er schüttelte den Kopf. »Er hat keines dieser Abenteuer erlebt und er ist niemals länger als eine Woche von der Komturei entfernt gewesen.«

»Du hast ihn wohl nicht besonders gemocht«, sagte Robin fragend.

Salim hob die Schultern und ließ die Stute antraben, bevor er weitersprach. Wirbelwind setzte sich ohne ihr Zutun in Bewegung und Robin musste sich beherrschen, um nicht vor Schrecken die Zügel loszulassen.

»Ich weiß es nicht«, sagte Salim. »Er war kein guter Mensch. Aber er ist vielleicht nur so geworden, weil er keine andere Wahl hatte.«

»Hat Bruder Abbé seinem Vater schon Bescheid gegeben, dass er ... nicht mehr am Leben ist?«, fragte Robin.

»Sein Vater ist schon seit Jahren tot«, antwortete Salim. »Aber ich hatte nicht den Eindruck, dass es Jan das Herz gebrochen hat, als er starb. Er war hart, trotz seiner Jugend, und er wäre ein noch härterer Mann geworden.«

Seltsam: Robin hatte nicht das Gefühl, dass Salim log, nur um schlecht über Jan reden zu können. Aber sie hatte einen vollkommen anderen Eindruck von Jan gehabt. Der Jan, den sie kennen gelernt hatte, war ein fröhlicher junger Mann gewesen, der gerne lachte und trotz seiner Prahlerei im Grunde keiner Fliege etwas zuleide tun konnte. War es möglich, dass ein und derselbe Mensch zwei so grundverschiedene Seiten haben konnte?

Sie sah Salim an und wusste im gleichen Augenblick die Antwort auf ihre eigene Frage. Es war ein eindeutiges Ja.

Nur die Antwort auf die andere, viel drängendere Frage, die sie quälte, wusste sie immer noch nicht.

KAPITEL 28

Auch wenn Salims überschwängliches Lob, ihre angeborenen Talente betreffend, sicherlich zu einem Großteil nichts anderes als pure Schmeichelei war, so hatte es wohl doch zumindest einen wahren Kern. Binnen weniger als einer Woche lernte sie, sich sicher auf dem Rücken eines Pferdes zu halten, und noch vor Ablauf der zweiten konnte sie auf Wirbelwinds Rücken selbst im scharfen Galopp mit Salim mithalten. Natürlich würde sie noch lange brauchen, um sich wirklich mit ihm messen zu können, aber die Schnelligkeit, mit der sie alles lernte, schien Salim manchmal wirklich in Erstaunen zu versetzen.

Ihr Unterricht nahm allerdings immer mehr Zeit in Anspruch, so dass ihr folgerichtig immer weniger Zeit blieb, ihren Pflichten in der Komturei nachzukommen. Abbé entging dieser Umstand natürlich keineswegs, aber da weder er noch einer der anderen Tempelritter auch nur eine entsprechende Bemerkung machten, unterstellte Robin ihnen eine Art stillschweigendes Einverständnis.

Es war eine ziemlich naive Vorstellung und das sollte sie auch bald zu spüren bekommen.

Seit zwei Tagen befanden sich Gäste in der Komturei. Im ersten Moment war Robin fast zu Tode erschrocken, als sie das knappe Dutzend schwer bewaffneter Reiter sah, das unter dem verhassten Banner Elmstatts durch das Tor geritten kam. Sie erkannte sofort Gunthar von Elmstatt selbst und an seiner Seite Sohn Gernot, dessen Arm wieder geheilt zu sein schien, denn er trug ihn nun nicht mehr in einer Schlinge. Zu ihrer nicht geringen Überraschung sah sie unter den Reitern auch einen Mann im unverkennbaren Weiß und Rot der Tempelritter – was so ungefähr das Letzte war, was sie erwartet hätte.

Dann erinnerte sie sich an das, was Jeromé ihr erzählt hatte – es würde eine offizielle Untersuchung der Vorfälle geben, die zu Gunthars Sturm auf die Komturei geführt hatten, und zwar sowohl von weltlicher als auch von kirchlicher Seite. Vielleicht war dies die Untersuchungskommission, oder zumindest ein Teil davon. Und das wiederum würde bedeuten, dass man auch sie wieder herbeizitieren und hochnotpeinlich verhören würde.

Robin beobachtete das Geschehen mit klopfendem Herzen von ihrem Fenster aus. Ihre Gedanken jagten sich und die verschiedensten Ideen schossen ihr durch den Kopf – eine schlechter als die andere und eine so undurchführbar wie die andere. Sie wünschte sich, sie wäre nicht hier – und für einen Moment geriet sie so in Panik, dass sie ernsthaft mit dem Gedanken spielte, einfach davonzulaufen. Aber wie weit würde sie kommen? Und vor allem: In welche Schwierigkeiten würde sie Abbé damit bringen?

Sie sah mit angehaltenem Atem zu, wie Abbé und ein zweiter Tempelritter – sie nahm an, dass es Bruder Xavier war, war sich aber nicht ganz sicher – den Gästen entgegentraten und sie nach einer ebenso umständlichen wie gestenreichen Begrüßung ins Haupthaus führten, während sich eine Anzahl Bediensteter um die Pferde der Besucher kümmerte. Kurz bevor Abbé durch die Tür entschwand, blieb er noch einmal stehen und blickte wie zufällig in ihre Richtung. Wollte er ihr damit etwas sagen? Vermutlich. Aber sie hatte keine Ahnung, was.

Robin musste sich noch eine gute halbe Stunde gedulden, bevor sie die Antwort auf diese Frage bekam.

Es war Salim, der sie ihr übermittelte. Noch bevor er ihre Kammer betrat, erkannte sie seinen leichtfüßigen schnellen Schritt draußen auf dem Gang und aus ihrem ungutem Gefühl wurde für einen Moment so etwas wie echte Angst. Sie war sich fast sicher, dass Salim nur geschickt worden war, um sie zu Abbé und den anderen zu bringen; vielleicht auch, um ihr vorher noch genaue Anweisungen zu erteilen, was sie zu sagen hatte und was sie unerwähnt lassen sollte.

Stattdessen aber trat Salim mit einem strahlenden Lächeln und sichtbar aufgeräumter Stimmung durch die Tür und sagte: »Gute Nachrichten, Liebste. Wir haben den ganzen Tag frei für uns. Vielleicht sogar zwei.«

Robin blinzelte verwirrt. Seit jenem Tag nannte Salim sie oft *Liebste* – allerdings nur, wenn sie allein waren –, aber er tat es stets in einem Ton, der klar machte, dass er sie nur necken wollte, und sie reagierte schon seit langem nicht mehr darauf.

»Wie meinst du das?«

»*Ich* meine gar nichts«, antwortete Salim, während er sich aufmerksam im Zimmer umsah, so als suche er etwas. »Es ist Bruder Abbés ausdrücklicher Wunsch, dass ich dir den ganzen Tag Unterricht im Reiten erteile – oder worin auch immer ich will.« Er nickte und grinste dabei noch breiter, wodurch er nun wieder wie ein zu groß geratener Junge aussah, der sich gerade einen besonders raffinierten Streich ausgedacht hatte. »Das waren ganz genau seine Worte. Und er hat noch hinzugefügt: Hauptsache, ihr lasst euch vor Sonnenuntergang hier nicht wieder blicken.«

Robin war überrascht. Salims Worte erfüllten sie mit großer Erleichterung, aber auch ziemlicher Verwirrung. Hatte Abbé ihr nicht erklärt, dass sie wohl oder übel hier in der Komturei zu bleiben hatte, bis die offizielle Untersuchung der Vorgänge abgeschlossen war? Und nun schickte er sie gerade dann weg, als diese Untersuchung begann?

»Das verstehe ich nicht«, sagte sie.

»Das musst du auch nicht«, antwortete Salim. »Stattdessen solltest du dich freuen. Wir haben den ganzen Tag für uns.« Er drehte sich herum und ging zur Tür. »Ich warte bei der Koppel auf dich. Komm in ein paar Augenblicken nach. Ach ja: Zieh dein Gewand aus. Abbé möchte nicht, dass du auffällst, wenn du über den Hof gehst.«

Robin sah ihm leicht verwirrt nach, tat aber dann, wie ihr geheißen wurde, und schlüpfte aus ihrem Gewand, um stattdessen das graue, sackähnliche Etwas anzuziehen, das Abbé ihr gegeben hatte. Sie hatte das Gefühl, dass sie darin noch mehr auffallen würde, aber sie verstand Abbés Beweggründe durchaus. Sie tat sogar noch ein Übriges und wartete nicht nur eine geraume Weile ab, nachdem Salim gegangen war, sondern verließ die Komturei auch danach nicht durch das Tor, sondern durch eine schmale Tür auf der anderen Seite des Hofes, die schon seit Jahren kaum noch benutzt wurde und die sie nur durch Zufall bei einem ihrer Streifzüge entdeckt hatte.

Sie musste fast den ganzen Hof umrunden, mit dem Ergebnis, dass alles in allem beinahe eine halbe Stunde verging, bis sie die Pferdekoppel erreichte. Salim erwartete sie nicht nur voller Ungeduld, sondern auch mit finsterer Miene, von der sie nicht ganz sicher war, ob sie tatsächlich nur gespielt war oder nicht. So, wie sie sich überhaupt bei vielem nie ganz sicher war, was Salim sagte oder tat.

»Wo bleibst du so lange?«, empfing er sie grob. »Ich war schon in Sorge um dich!«

»Dann solltest du erleichtert sein und mich nicht schelten.« Robin deutete auf Shalima und Wirbelwind, die nebeneinander auf der Außenseite der Koppel angebunden waren. »Wie ich sehe, hast du die Zeit ja nicht unnütz verstreichen lassen.« Die beiden Pferde waren bereits gesattelt und aufgezäumt. Salims Schild hing an Shalimas Sattel und auch der Hengst trug eine kriegerische Last: Waffengurt und Schwert und auf der anderen Seite einen großen dreieckigen Schild mit dem roten Tatzenkreuz der Tempelritter. Robin blickte fragend.

»Wir üben heute den Kampf zu Pferde«, beantwortete Salim ihre unausgesprochene Frage. »Aber es ist besser, wir reiten erst ein Stück. Ich glaube nicht, dass es Abbé recht wäre, wenn uns einer seiner Gäste zufällig dabei beobachtet.«

Robin löste Wirbelwinds Zügel vom Zaum, strich dem Hengst zärtlich mit der Hand über die Nüstern, wie sie es immer zur Begrüßung tat, und nach einer Weile fragte sie:

»Warum tust du das?«

»Was?«

Robin machte eine ausholende Handbewegung. »Das alles hier. Du lehrst mich das Reiten, das Kämpfen ...«

»Das Lieben«, sagte Salim grinsend.

»... mich zu benehmen wie ein Mann«, schloss Robin ungerührt. »Du bildest mich zu einem Ritter aus.«

»Und?«, fragte Salim. »Bisher hatte ich das Gefühl, dass es dir Spaß macht.«

»Das tut es ja auch«, antwortete Robin. »Ich frage mich nur, warum. Es gibt keine weiblichen Tempelritter.«

»Wenn es dir lieber ist, kann ich dir auch zeigen, wie die Weiber in meiner Heimat Stoffe färben und die Kinder wickeln«, sagte Salim spöttisch. »Wer zuerst am Waldrand ist!«

Er ließ die Zügel knallen und Shalima warf den Kopf in den Nacken und schoss wie ein von der Sehne geschnellter Pfeil los und nur einen Moment später ließ auch Robin Wirbelwind losschnellen, so dass sie den Weg zum Wald hin in einem rasenden Galopp zurücklegten, bei dem Robin es schon fast wieder ein bisschen mit der Angst zu tun bekam. Aber sie unterdrückte ihre Furcht; schon deshalb, damit Wirbelwind ihre Gefühle nicht spürte und nervös wurde.

Kurz bevor er den Wald erreichte, schwenkte Salim nach links und ließ das Pferd noch schneller ausgreifen. Auch Robin versuchte – trotz des unguten Gefühls, das sie hatte –, Wirbelwind zu einer noch schnelleren Gangart anzutreiben. Der Waldrand flog nur noch so an ihnen vorüber und als Salim endlich anhielt, da waren nicht nur die Pferde verschwitzt und vollkommen außer Atem, sondern auch ihre Reiter. Der Hengst und die schwarze Stute tänzelten aufgeregt auf der Stelle, so dass Robin und Salim einige Mühe hatten, sie ruhig zu halten.

Sie hatten sich ein gutes Stück von der Komturei entfernt, aber für Salims Geschmack offenbar noch nicht weit genug. Er deutete nach vorne, beugte sich gleichzeitig zur Seite und löste den Schild von seinem Sattelgurt. »Hinter dem Waldrand«, sagte er. »Nimm deinen Schild. Und sei auf der Hut.«

Er sprengte weiter und Robin sah, dass er sein Schwert aus dem Gürtel zog, bevor er hinter dem Grün verschwand. Wenigstens wusste sie jetzt, was er gemeint hatte, als er ihr riet, auf der Hut zu sein. Sie griff nach ihrem eigenen Schild, befestigte ihn mit einiger Mühe an ihrem linken Arm und zog ebenfalls das Schwert, bevor sie Wirbelwind antraben ließ.

Obwohl Salim sie vorgewarnt hatte, traf sein Angriff sie vollkommen überraschend. Ganz in Schwarz gekleidet und auf seinem nachtschwarzen Pferd war er regelrecht mit dem Waldrand verschmolzen und tauchte wie aus dem Nichts auf. Sein Schwert stocherte nach ihr. Robin hob instinktiv den Schild und Salims Klinge glitt mit einem Geräusch daran ab, das ihr ein eisiges Prickeln über den Rücken laufen ließ.

Sie versuchte zurückzuschlagen, aber Salim war bereits wieder außerhalb ihrer Reichweite. Er ließ Shalima zwei oder drei Schritte weit rückwärts tänzeln, kam dann wieder heran und führte diesmal einen geraden Stich aus. Irgendwie gelang es Robin, ihn zu parieren, aber sie verlor durch die hastige Bewegung fast das Gleichgewicht und Salim hätte sie ohne Mühe aus dem Sattel stoßen können, wenn er es gewollt hätte.

Er verzichtete darauf, sondern wich wieder zurück und begann sie zu umkreisen. Seine Hiebe prasselten in immer schnellerem Rhythmus auf sie herab. Schon nach wenigen Augenblicken war ihr linker Arm taub und es fiel ihr schwer, Salims Schwerthiebe abzufangen oder ihnen wenigstens auszuweichen. Dabei gab sich Salim alle Mühe, sie nicht wirklich zu treffen.

Robin war bald nicht nur vollkommen erschöpft, sondern auch der Verzweiflung nahe. Es war bei weitem nicht das erste Mal, dass sie mit Schwert und Schild kämpften, aber es waren zwei grundverschiedene Dinge, dies mit beiden Beinen auf dem sicheren Boden zu tun oder auf einem wild hin und her wankenden Pferderücken. Dazu kam, dass Salim kaum noch Rücksicht zu nehmen schien. Seine Schläge kamen immer schneller und sie wurden spürbar härter. Zwei- oder dreimal traf er sie sogar und sie trug nur deshalb keine schwere Verletzung davon, weil Salim die Waffe jedesmal im letzten Moment drehte, so dass sie nur die Breitseite der Klinge traf. Dabei handelte sie sich jede Menge schmerzhafte Prellungen und blaue Flecken ein.

Schließlich gab sie einfach auf und ließ Schwert und Schild sinken – just in dem Moment, in dem Salim einen weiteren Hieb führte. Im letzten Moment riss er die Klinge zurück und sog erschrocken die Luft ein.

»Bist du verrückt?«, keuchte er. »Soll ich dich umbringen?!«

»Das versuchst du doch die ganze Zeit schon«, schnappte Robin. »Ich kann das nicht!«

»Darauf falle ich nicht rein«, sagte Salim. »Jedes Mal, wenn du das sagst, tun mir hinterher ein paar Tage lang alle Knochen weh. Wehr dich – und noch ein kleiner Tipp: Man kann auch einen Schild als Waffe benutzen.«

Er täuschte einen Schwerthieb an. Als Robin ihren Schild hochriss, um seine Klinge abzulenken, stieß er plötzlich mit seinem eigenen Schild zu. Der Zusammenprall brachte Robin aus dem Gleichgewicht. Sie kämpfte mit wild rudernden Armen und wenig damenhaft fluchend um ihre Balance, erlangte sie irgendwie zurück und schlug in jäher Wut nach Salim.

Der Tuareg lachte und schlug ihr Schwert mit seinem eigenen Schild zur Seite und das war endgültig zuviel. Robin wurde vom Schwung ihrer eigenen Bewegung und vor allem des Gewichts des Schwertes nach vorne gerissen, fiel aus dem Sattel und landete schwer im Gras.

Als sie aufsah, blickte sie direkt in Salims unverschämt grinsendes Gesicht. »Hast du dir wehgetan?«, fragte er fröhlich.

»Kaum.« Robin gab sich Mühe, ihn mit Blicken aufzuspießen, tat so, als spucke sie einen Mund voll Gras aus und stemmte sich in die Höhe. Der Schild war ihr zwar vom Arm geglitten, lag aber unmittelbar neben ihr im Gras, doch das Schwert war ein gutes Stück davongeflogen. Als sie hinüber ging und sich danach bücken wollte, schüttelte Salim den Kopf und sprang aus dem Sattel.

»Lass es liegen«, sagte er. »Ich glaube, du hast Recht – dieses Schwert ist einfach zu schwer für dich. Hier – probier einmal das aus.«

Er löste einen länglichen, in graues Tuch eingeschlagenen Gegenstand von seinem Sattel, warf ihn ihr zu und machte eine auffordernde Kopfbewegung, ihn auszupacken. Als Robin es tat, kam ein nicht ganz armlanges, schmales Schwert zum Vorschein.

Es dauerte einen Moment, bevor sie es überhaupt erkannte. Die beidseitige Schneide war sorgsam poliert und geschärft worden, hatte aber jetzt einen sonderbaren, bläulichen Schimmer. Die Parierstange glänzte in einem Farbton wie Kupfer und Gold und der Griff war mit feinstem Leder neu umwickelt worden.

»Aber das ist doch ...«

»Ich war in deinem Dorf«, sagte Salim. Er hob die Schultern. »Es hat eine Weile gedauert, bis ich es gefunden hatte, und es ist auch nicht mehr ganz so wie früher. Es hat im Feuer gelegen, weißt du? Der Schild ist völlig verbrannt, fürchte ich. Aber wenigstens hast du jetzt das Schwert deines Vaters zurück.«

Es war tatsächlich das Schwert des englischen Soldaten, des Mannes, der ihr Vater gewesen sein sollte. Robin hatte die Waffe noch nie in einem solchen Zustand gesehen, trotz der blauen Verfärbung, die das Feuer darauf hinterlassen hatte. Es hatte zeit ihres Lebens an der Wand über ihrem Bett gehangen, im Laufe der Jahre aber Staub und Flecken angesetzt, so dass es nach und nach unansehnlich geworden war, und obwohl Robins Mutter eine sehr reinliche Frau gewesen war, hatte sie das Schwert niemals sauber gemacht, und Robin hatte auch irgendwann begriffen, warum. Sie hatte nicht gewagt, es zu berühren.

»Probier es aus«, sagte Salim. »Nur keine Angst. Es ist vollkommen in Ordnung. Das Feuer hat es nur härter gemacht.«

Robin warf das Tuch zu Boden und ergriff das Schwert fest mit der rechten Hand. Es war viel schmaler und damit leichter als die wuchtigen Breitschwerter der Tempelritter, mit denen sie bisher geübt hatte, und es fühlte sich ... besser an. Robin ließ die Klinge ein paarmal prüfend durch die Luft sausen. Sie spürte ihr Gewicht kaum.

»Besser?«, fragte Salim.

Ob es *besser* war? Robin war im ersten Moment nicht einmal in der Lage zu antworten. Sie war einfach überglücklich. Gewiss nicht, weil dieses Schwert um so vieles besser in ihrer Hand lag. Salim hatte ihr einen Teil ihrer Vergangenheit zurückgebracht, alles, was ihr von ihrem Leben überhaupt noch geblieben war. Für sie war dieses Schwert niemals eine Waffe gewesen, sondern ein Gegenstand, der zu einer vollkommen anderen, fremden Welt gehörte, und für ihre Mutter zugleich ein Symbol für etwas, das Robin nie verstanden hatte, das für sie aber von ungeheurem Wert gewesen war. Nun aber war es zu etwas anderem geworden; zu einem Erbe, von dem sie niemals geahnt hatte, dass es ihr zuteil werden würde.

»Eigentlich ist es kein Wunder, dass du so bist, wie du nun einmal bist«, sagte Salim. »Immerhin bist du unter dem Schwert geboren und aufgewachsen.«

Er lachte, aber Robin ließen seine Worte erschaudern. Sie drehte die Waffe noch ein paarmal bewundernd in den Händen, aber dann legte sie sie beinahe sacht zu Boden, richtete sich wieder auf und schlang die Arme um Salims Hals, um ihn zu küssen.

Im ersten Moment war er so überrascht, dass er einfach nur stocksteif dastand, aber dann umschlang er sie mit den Armen, erwiderte ihren Kuss und drückte sie mit sanfter Gewalt zu Boden.

Robin wehrte sich nicht, auch nicht, als ihr klar wurde, dass er es diesmal nicht bei einem Kuss bewenden lassen würde. Im Gegenteil.

Diesmal gab sie ihm, was er wollte.

KAPITEL 29

Das Sonnenlicht streichelte ihre Haut wie eine warme, wohltuende Hand und Robin musste ein paarmal blinzeln, als eine leichte Windböe die Zweige über ihr bewegte, so dass die Sonne ihr direkt ins Gesicht schien. Sie fühlte sich... sonderbar, zugleich sehr aufgeregt wie auch schläfrig. Ihr Herz klopfte noch immer bis zum Hals, aber gleichzeitig fühlten sich ihre Glieder auf seltsam wohltuende Weise schwer an. Und sie war verwirrt, vollkommen und zutiefst verwirrt.

Neben ihr regte sich Salim. Sie hatten bestimmt eine halbe Stunde in vertrautem Schweigen nebeneinander im Gras gelegen. Als er sich jetzt aufsetzte, strich das Sonnenlicht über seine nackte Haut und verlieh ihr einen Herzschlag lang tatsächlich die Farbe von polierter Bronze. Er bewegte die Schultern und Robin bewunderte das Spiel seiner Muskeln. Wie schön er war. Trotz seines schlanken Wuchses strahlte er eine Kraft aus, die sie beinahe körperlich spüren konnte, obwohl sie ihn im Moment nicht einmal berührte. Aber sie hatte es getan und allein die Erinnerung daran ließ sie schon wieder erschauern. Ob sie die Berührung seiner starken Arme jemals wieder vergessen würde, und erst recht die seiner sanften, forschenden Hände, die sie zärtlich und an Stellen gestreichelt hatten, an die sie zuvor noch nicht einmal zu *denken* gewagt hätte?

Sie glaubte es nicht und vor allem: Sie *wollte* es auch nicht, sondern wollte diese süßen Momente für alle Zeiten in ihrer Erinnerung aufbewahren wie einen unendlich kostbaren Schatz.

Salim lächelte, beugte sich zu ihr herab und küsste ihre Lippen, dann ihren Hals und schließlich ihre Brust. Robin schloss für einen Moment die Augen, aber dann richtete sie sich auf die Ellbogen auf und schob ihn mit – sehr – sanfter Gewalt von sich.

Salim sah sie fragend an; vielleicht auch ein bisschen enttäuscht. Er wirkte nicht verletzt oder gar verärgert, aber verwirrt: »Was ist los?«, fragte er. »Hat es dir nicht gefallen? Ich habe dir doch nicht etwa wehgetan?«

»Nein«, antwortete Robin hastig. »Es war wundervoll. Es ist nur ...«

»Ich verstehe«, sagte Salim. Was garantiert nicht der Wahrheit entsprach, denn Robin verstand sich selbst nicht so recht. Vielleicht, weil sie sich ihrer eigenen Gefühle einfach nicht mehr sicher war.

Sie hatte die Wahrheit gesagt: Salim hatte ihr nicht wehgetan und es *war* wunderschön gewesen. Aber trotzdem wollte sie in diesem Moment nicht, dass er sie berührte. Gerade weil es so wunderschön gewesen war. Wenn er sie jetzt gleich wieder in die Arme schloss, dann würde er aus etwas Einmaligem und fast Heiligem etwas Alltägliches machen.

Und möglicherweise spürte Salim das auch, denn er küsste nur noch einmal ihre Augenbrauen – und sei es nur, um ihr zu zeigen, dass *er* entschied, wann es genug war und wann nicht –, dann richtete er sich wieder auf und griff nach seinem Mantel und auch Robin drehte sich auf die Seite und streckte die Hand nach ihrer Kutte aus. Sie sah nicht einmal in seine Richtung, aber sie konnte spüren, wie sein Blick unverhohlen über ihren Körper glitt.

Seltsamerweise war es ihr beinahe unangenehm. Sehr viel schneller, als notwendig gewesen wäre, raffte sie die graue Kutte auf und schlüpfte hinein. Salim sah ihr schweigend dabei zu und es war, als wäre der grobe Stoff für seine Augen gar nicht vorhanden. Sie hatte das Gefühl, noch immer nackt zu sein.

»Bedauerst du es?«, fragte Salim unvermittelt.

»Was?«

»Dass du dich mir zum Geschenk gemacht hast«, antwortete Salim ernst. »Du weißt schon, dass du mir etwas gegeben hast, was kein anderer Mann auf der Welt noch einmal bekommen kann.«

»Geschenk? Ich habe eher das Gefühl, dass du es mir genommen hast«, antwortete Robin. Gleichzeitig fragte sie sich, warum sie das jetzt eigentlich gesagt hatte, denn es entsprach schlicht und einfach nicht der Wahrheit. Sie hatte es *gewollt*, auch wenn ihr das eigentlich jetzt erst richtig klar wurde. Wenn es einen Mann auf der Welt gab, dem sie dieses eine, kostbare Geschenk hatte machen wollen, dann hieß er Salim.

Er blickte sie traurig an und sie spürte, diesmal *hatte* sie ihn verletzt. »Du ... bleibst nicht mehr lange hier, nicht wahr?«, fuhr sie leise und mit stockender Stimme fort. »Ihr werdet weggehen. Abbé, Jeromé und die anderen, und du auch. Du hast es mir selbst gesagt.«

»In wenigen Wochen«, bestätigte Salim. »Du hast es nicht vergessen.«

»Und nun hast du etwas, das du nicht vergessen wirst«, sagte Robin. »Und ich auch nicht.« Sie wollte es nicht sagen. Sie versuchte mit aller Macht, die Worte zurückzuhalten, aber sie konnte es nicht, sondern fügte scheinbar unvermittelt hinzu: »Ich möchte nicht, dass du gehst.«

»Ich auch nicht«, antwortete Salim. Er sah sie noch einen Moment weiter auf diese sonderbare, für Robin nicht zu deutende Weise an, dann räusperte er sich, fuhr mit einem übertriebenen Ruck herum und bückte sich nach Schild und Schwert.

»Machen wir weiter?«

»Jetzt?«, fragte Robin erstaunt.

»Warum nicht jetzt?«, gab Salim grinsend zurück. »Deine Chancen waren nie besser. Du hast mir das Mark aus den Knochen gesaugt, Weib. Ich bin schwach wie ein neugeborenes Kind.«

»Du lügst«, behauptete Robin.

»Stimmt«, erwiderte Salim. »Dafür sind wir Muselmanen bekannt. Und jetzt heb dein Schwert auf und verteidige dich, Christenweib, bevor ich dich in Stücke schneide.«

Robin lachte zwar, bückte sich aber trotzdem nach Schwert und Schild und hob beides auf.

Salim täuschte mit wenig Geschick einen Vorstoß an und gab ihr auf diese Weise Gelegenheit, sich an das veränderte Gewicht des Schwerts in ihrer Hand zu gewöhnen.

Es gelang ihr erstaunlich schnell. Schon nach der dritten oder vierten Attacke Salims hatte sie ihre neue Waffe so gut unter Kontrolle, dass plötzlich beinahe sie es war, die ihn vor sich hertrieb, und nicht umgekehrt.

Natürlich kam ihr das nur so vor. Salim war ihr immer noch hoffnungslos überlegen, sowohl an Körperkraft als auch an Gewandtheit, aber auf seinem Gesicht erschien trotzdem ein verblüffter Ausdruck, und als sie nach einer Weile voreinander zurückwichen und ihre Waffen sinken ließen, war er in Schweiß gebadet und sein Atem ging schnell.

»Vielleicht hätte ich dir dieses Spielzeug doch nicht mitbringen sollen«, keuchte er. »Aber ein paar Tricks kenne ich schon noch.«

Er griff so schnell an, dass Robin erst begriff, was geschehen war, als er sie mit seinem Schild bereits regelrecht gegen einen Baum genagelt hatte. Robin japste überrascht nach Luft, bekam sie aber nur für einen winzigen Moment, weil Salim die Gelegenheit nutzte, seine Lippen auf ihren Mund zu pressen und ihr einen Kuss zu stehlen.

Mit einiger Anstrengung schob sie ihn von sich. »Nennst du das vielleicht einen ritterlichen Kampf?«

»Wenn es dir nicht gefällt, dann wehre dich doch«, grinste Salim.

Und das tat Robin. Es gelang Salim noch zweimal, sie so in die Enge zu treiben, dass er ihr einen weiteren Kuss stehlen konnte, aber als er es das dritte Mal versuchte, wich Robin ihm mit einer blitzschnellen Drehung aus und stellte ihm ein Bein, so dass er hilflos auf den Rücken fiel und dann überrascht und erschrocken die Luft einsog, als ihre Schwertspitze seine Kehle berührte.

»Das ... war aber nicht besonders ritterlich«, murmelte er.

»Ich bin kein Ritter«, antwortete Robin, »und ich kann auch niemals einer werden. Ich bin eine Frau – schon vergessen?«

»Wie könnte ich«, sagte Salim – aber er tat es mit einem so anzüglichen Grinsen, dass Robin der Verlockung einfach nicht widerstehen konnte, einen langen, blutigen Kratzer an seinem Hals zu hinterlassen, als sie das Schwert zurückzog.

»Du überraschst mich wirklich immer aufs Neue«, sagte Salim, nachdem er aufgestanden war, seinen Hals betastet hatte und stirnrunzelnd das Blut betrachtete, das an seinen Fingerspitzen klebte. »Du kämpfst wirklich gut, nicht nur für eine Frau.«

»Ich hoffe, dass ich das Gernot und Otto auch irgendwann einmal beweisen kann«, sagte Robin grimmig.

»Werde nicht übermütig«, warnte Salim. »Es wird noch Jahre dauern, bis du dich mit jemandem wie Gernot messen kannst – oder gar Otto. Du beherrschst die Technik, aber dir fehlt noch viel an Erfahrung und du bist einfach nicht stark genug.«

»Warum unterrichtest du mich dann, wenn es doch sinnlos ist?«, fragte Robin.

»Wer sagt, dass ich dir schon alles beigebracht habe?«, fragte Salim. »Greif mich an. Wirklich.«

Robin zögerte zwar eine Weile, aber dann hob sie ihr Schwert, täuschte einen Hieb gegen seine Seite an und drehte die Klinge erst, als er erwartungsgemäß den Schild hochriss. Sie war darauf vorbereitet, den Angriff im letzten Moment abzubrechen, wenn das Schwert durch seine Deckung drang, denn schließlich wollte sie ihn nicht verletzen. Aber ihr Schwert drang nicht durch seine Deckung. Es kam ihm nicht einmal nahe. Salim tat ... *irgendetwas* und plötzlich flog ihr Schwert im hohen Bogen davon und schon im nächsten Moment fand sich Robin hilflos auf dem Rücken liegend vor und Salim stand über ihr und setzte ihr seine Schwertspitze an den Hals.

»Was ... war das?«, murmelte sie verblüfft.

Sie las in Salims Augen, dass er für einen Moment ernsthaft versucht war, es ihr heimzuzahlen und ganz versehentlich auch ihre Kehle zu ritzen, aber dann zog er das Schwert im Gegenteil sehr vorsichtig zurück und half ihr, aufzustehen.

»So kämpfen wir in meiner Heimat«, sagte er. »Auch wir kämpfen mit dem Schwert, aber nicht so brutal und plump wie ihr. Kraft allein bedeutet nichts. Auch der Schwache kann den Starken durchaus besiegen. Selbst mit bloßen Händen. Wenn du willst, bringe ich es dir bei ... Willst du?«

»Ja«, antwortete Robin. »Natürlich!«

»Was für eine Frage«, sagte Salim – zwar in scherzhaftem Ton, aber er blieb trotzdem ernst. »Aber es würde Jahre dauern. Manche brauchen ein Leben, um die Kunst der Schattenkrieger zu erlernen.«

»Schattenkrieger?«

Salim ignorierte ihre Frage. »Uns bleiben keine Jahre, sondern nur wenige Wochen. Ich werde dich in dieser Zeit so viel lehren, wie ich kann. Es wird vielleicht reichen, um dich am Leben zu erhalten.«

Seine Worte zerrissen die Illusion von Glück, die sie bisher so mühsam aufrechterhalten hatte, und plötzlich wurde sie traurig, dann auf eine Weise zornig, die sie verwirrte, denn dieser Zorn hatte kein wirkliches Ziel. Sie haderte mit dem Schicksal – nicht zum ersten Mal – und sie begriff, dass das Schicksal etwas war, das sich mit Zorn nicht bezwingen ließ. Und es war ebenfalls nicht das erste Mal, dass ihr klar wurde, dass diese Einsicht alles nur noch viel schlimmer machte. Warum war ihr so viel Schönes und Neues geschenkt worden, wenn es ihr gleich wieder weggenommen werden sollte?

»Und wenn du nicht gehst?«, fragte sie.

»Nicht gehen? Wohin?«

»Mit Abbé und den anderen«, sagte sie. »Ins Heilige Land.«

»Du meinst, in meine Heimat«, verbesserte sie Salim. »Ich kann endlich nach Hause, nach fast zehn Jahren. Du verlangst wirklich, dass ich darauf verzichte?«

»Vielleicht meinetwegen?« Robin war sich darüber klar, dass das nicht fair war, und sie schämte sich für diese Worte. Aber sie befand sich in einem Zustand, in dem ihr Gerechtigkeit nichts mehr bedeutete. Auch sie wurde ungerecht behandelt.

»Es ist meine Heimat«, sagte Salim hilflos.

»Und du willst zusammen mit Jeromé und Abbé und den anderen dorthin?«, fragte Robin. »An der Spitze eines Heeres, das auszieht, um deine Heimat zu erobern? Das kann nicht dein Ernst sein!«

Salim sah sie ein paar Atemzüge lang fast erschrocken an, dann sagte er: »Allmählich wirst du mir unheimlich.«

»Das ist keine Antwort«, sagte Robin.

»Du kennst die Antwort«, erwiderte Salim. Er klang jetzt beinahe wütend. »Ich muss mitgehen, Robin. Ich habe gar keine Wahl! Selbst wenn ich es wollte, würde Abbé niemals zulassen, dass ich zurückbleibe. Und ich könnte es auch gar nicht.«

»Wieso?«

Salim lächelte melancholisch. »Ich weiß, es mag sich seltsam anhören, aber ... aber er und die anderen sind so etwas wie ... wie meine Familie. Ich bin bei ihnen aufgewachsen. Ich kenne niemanden außer ihnen. Und ich habe auch niemanden außer ihnen. Ich muss bei ihnen bleiben.«

»Du hast mich«, widersprach Robin. Im Grunde hatte sie längst begriffen, dass Salim Recht hatte. Es war eine durch und durch naive Vorstellung und trotzdem sprach sie schnell und in beinahe verzweifeltem Ton weiter: »Wir könnten zusammenbleiben, nur du und ich. Wir könnten einfach hier bleiben.«

»Sie werden die Komturei schließen«, fuhr Salim ruhig fort. »Abbé will es nicht zugeben, aber in Wahrheit weiß er so gut wie ich, dass sie nicht zurückkommen. Der Weg nach Jerusalem ist weit. Ein Jahr, vielleicht länger. Keiner von ihnen wird zurückkommen. Sie werden in irgendeiner sinnlosen Schlacht verbluten oder den Rest ihres Lebens damit zubringen, Menschen ihren Glauben aufzuzwingen, die sie noch nie zuvor gesehen haben und über deren Leben sie nichts wissen. Es wird diese Komturei in wenigen Wochen nicht mehr geben. Welche Zukunft hätten wir?«

»Wir könnten weggehen«, sagte Robin leise.

»Du und ich allein?« Salim schüttelte den Kopf. »Wohin sollten wir gehen? Ein Mädchen und ein Sarazene in eurem Land. Wir wären beide tot, in weniger als einem halben Jahr.«

»Aber du ...«

Salim hob erschrocken die Hand. »Jemand kommt!«, zischte er. »Versteck dich!«

Er verschwand so schnell wie ein Schatten, der von der Nacht aufgesogen wurde, und auch Robin sah sich hastig nach einem Versteck um. Aber es war zu spät. Hufschläge näherten sich und plötzlich wuchs die Gestalt eines Reiters wie ein riesiger, bedrohlicher Schatten empor. Er stand genau in der Sonne, so dass sie ihn im ersten Augenblick wirklich nur als Schatten sah und blinzelnd die Hand über die Augen hob.

Dann erkannte sie sein Gesicht und konnte einen erschrockenen Schrei nicht mehr ganz unterdrücken.

»Was für eine Überraschung«, sagte Gernot von Elmstatt. »Aber warum erschrickst du denn so, mein Kind? Großer Gott, du siehst ja aus, als wäre dir der Leibhaftige persönlich erschienen!«

»Vielleicht ist er das ja«, antwortete Robin. Ihre Stimme zitterte so stark, dass sie die beabsichtigte Wirkung ihrer Worte nahezu ins Gegenteil verkehrte, und ihr Herz hämmerte in ihrer Brust, als wollte es jeden Moment einfach zerspringen.

Gernot lachte. »Du hast eine spitze Zunge, mein Kind«, sagte er. Er machte eine Bewegung, wie um sich aus dem Sattel zu schwingen, ließ sich dann aber zurücksinken und blickte stirnrunzelnd auf etwas, das neben ihr im Gras lag. Sie folgte seinem Blick. Es waren Schild und Schwert.

»Und offensichtlich liebst du es auch, mit spitzen Dingen umzugehen«, fuhr er in nachdenklicherem Tonfall fort. »Ein Schwert, ein Schild und ein aufgezäumtes Pferd… man könnte meinen, du übst den Umgang mit den Waffen eines Ritters.«

Auch sie drehte sich herum und sah zu Wirbelwind zurück. Der Hengst stand in wenigen Schritten Entfernung da und äugte misstrauisch zu dem Neuankömmling hin. Von Shalima war nichts mehr zu sehen. Sie war ebenso spurlos verschwunden wie ihr Herr.

»Kannst du schon damit umgehen?«, fragte Gernot.

»Warum steigt Ihr nicht vom Pferd und probiert es aus?«, fragte Robin trotzig.

Gernot lachte. »Du hast Mut, das muss man dir lassen«, sagte er. »Aber das hast du ja schon mehr als einmal bewiesen. Trotzdem wundere ich mich ein wenig. Du versuchst, das Kämpfen zu erlernen? Glaubst du denn, es wäre nötig?«

Sein Blick suchte misstrauisch den Waldrand ab. Vielleicht hatte er Shalimas Spuren gesehen. Vielleicht spürte er auch einfach nur, dass sie nicht allein waren. »Was ... was wollt Ihr?«, fragte Robin mit zitternder Stimme.

»Oh, nur ein wenig plaudern«, erwiderte Gernot. Er löste mit einiger Mühe seinen Blick vom Waldrand und sah wieder auf Robin herab. Seine Augen wurden schmal. »Du überraschst mich immer wieder aufs Neue, Mädchen«, sagte er. »Ich weiß gar nicht mehr, was ich von dir halten soll. Hast du denn gar keine Angst, so allein hier draußen?«

»Sollte ich das denn?«, fragte Robin.

»Immerhin ist der Verräter noch auf freiem Fuß«, antwortete Gernot. »Otto – du erinnerst dich doch? Er hat schon einmal versucht, dich zu töten ... oder waren es zweimal?«

»Das solltet Ihr wissen, Herr«, antwortete Robin nervös. Ihre Gedanken überschlugen sich. Sie suchte verzweifelt nach einem Ausweg, einer Lücke zwischen den Bäumen, die zu schmal war für sein Pferd, einem Versteck. Für einen winzigen Moment spielte sie sogar mit dem Gedanken, nach ihrem Schwert zu greifen, sah aber im gleichen Augenblick auch ein, wie irrsinnig das wäre.

»Ich?«, fragte Gernot. Er senkte die Hand auf den Gürtel, noch nicht zum, aber in die Nähe des Schwertes.

»Das erste Mal habt Ihr mich gerettet«, sagte Robin.

»Und danach?«

»Ich ... erinnere mich nicht genau, Herr«, antwortete Robin. »Es ging alles so schnell und es war ... so schrecklich. Ich hatte Angst.«

»Du erinnerst dich nicht. In jener Nacht in Abbés Kammer hast du dich ganz gut erinnert.«

»Nur an das, was vorher war«, sagte Robin nervös.

»Vorher?«

»Vor dem Überfall auf das Dorf«, antwortete Robin. »Danach ... ist zu vieles passiert. Es ging alles so schnell. Ich hatte Angst und ... und meine Mutter war tot. Ich weiß kaum noch etwas. Sie haben mich niedergeschlagen und an einen Baum gebunden und ... und dann hat er versucht, mir die Kehle durchzuschneiden.«

»Er?«

»Der Mann mit der Narbe.«

»Otto?«

»Ja«, antwortete Robin. Dann verbesserte sie sich. »Ich glaube. Ich ... ich erinnere mich nicht. Nicht ... genau.«

»Du erinnerst dich nicht«, wiederholte Gernot nachdenklich. »Aber an das, was vorher war, schon. In der Kapelle, meine ich.«

»Nicht an viel«, sagte Robin. »Ich hatte Angst. Ich habe die Reiter gesehen und mich versteckt.«

»Die Reiter. Die Tempelherren, meinst du? Sonst niemanden?« Gernots Augen wurden noch schmaler und Robin konnte regelrecht sehen, wie es hinter seiner Stirn arbeitete. Aber sie spürte auch, wieviel von ihren nächsten Worten abhing. Vielleicht ihr Leben.

»Ich weiß nicht«, sagte sie. »Ich hatte Angst. Ich habe mich versteckt.«

»Und du hast sonst niemanden gesehen und auch nichts gehört?« Gernot seufzte. »Auch später nicht, als sie versucht haben, dich umzubringen ... du bist ein sehr kluges Kind, weißt du das?«

»Herr?«

Gernot lachte. »Weißt du was? Du gefällst mir. Das einzig Schlimme ist, dass ich nicht weiß, ob ich dir trauen kann.«

»Herr?«, fragte Robin noch einmal.

Gernot machte eine herrische Geste. »Du erinnerst dich sehr genau«, sagte er, plötzlich leise, aber in schneidendem, fast drohendem Ton. »Du erinnerst dich an alles. Leugne es nicht.«

»Aber ich ...«

»Ich bin ein Lügner, Robin«, unterbrach sie Gernot kalt. »Du solltest nie versuchen, einen Lügner zu belügen. Du erinnerst dich ganz genau. Du bist nur zu dem Schluss gekommen, dass es besser ist, dich an gewisse Dinge nicht mehr zu erinnern. Besser für mich und auch besser für dich. War es so?«

Robin schwieg.

»Es war so«, sagte Gernot. »Mir scheint, du bist neben allem anderen auch noch ein sehr kluges Kind. Aber wie soll ich dir trauen? Woher soll ich die Sicherheit nehmen, dass du dein Gedächtnis nicht wiederfindest? In einer Woche, einem Monat oder einem Jahr?«

»Weil ich weiterleben will«, sagte Robin.

»Eine kluge Antwort. Aber es bleibt dabei: Du bist eine Gefahr für mich. Was also sollte mich daran hindern, dich zu töten – gleich hier und jetzt?«

Hinter Gernot teilten sich die Schatten des Waldrandes und Salim trat hoch zu Ross hervor. Er hatte den Schild wieder am linken Arm und das Krummschwert in der Rechten. »Ich«, sagte er. »Denn bevor Ihr sie tötet, müsst Ihr erst mich töten, Gernot. Wollt Ihr es versuchen?«

Gernot starrte ihn an. Seine Hand glitt weiter auf das Schwert in seinem Gürtel zu, berührte es aber nicht. Seine Miene blieb ausdruckslos, aber Robin spürte genau, dass er Angst vor Salim hatte.

»Was willst du, Heide?«, fragte er verächtlich.

»Die Frage ist, was *Ihr* wollt, Gernot«, sagte Salim. »Seid Ihr nur hier, um ein unschuldiges Mädchen zu bedrohen? Wenn ja, dann habt Ihr es ja jetzt getan und könnt wieder Eurer Wege gehen.«

»Verstehe ich dich richtig, Sklave?«, fragte Gernot. Er versuchte, seine Stimme wütend klingen zu lassen, aber es gelang ihm nicht. »Du wagst es, mir zu sagen, dass ich verschwinden soll?«

»Lasst es mich anders ausdrücken, Gernot von Elmstatt«, sagte Salim spöttisch. »Vielleicht mit Euren eigenen Worten: Was sollte mich daran hindern, Euch zu töten – gleich hier und jetzt?«

Gernot wurde sichtbar blass. Er ergriff nun sein Schwert, aber es sah vielmehr so aus, als klammere er sich an der Waffe fest, als dass er sie wirklich zücken wollte. »Du wagst es, mich zu bedrohen, Sklave? Dafür könnte ich dich auf der Stelle erschlagen!«

»Macht Euch nicht lächerlich«, sagte Salim.

Gernot schwieg. Seine Kiefer mahlten, so dass Robin sich fast einbildete, seine Zähne knirschen zu hören.

»Seid vernünftig, Gernot«, fuhr Salim fort. »Noch ist kein wirklicher Schaden angerichtet. Robin wird bei ihrer Version bleiben und Ihr solltet Euch damit zufrieden geben. So bleibt sie am Leben – und Ihr auch.«

»Damit ist es nicht vorbei«, grollte Gernot. Er starrte Robin an. »Die Tempelherren werden nicht immer hier sein. Und ihr heidnischer Sklave auch nicht.«

Damit riss er sein Pferd mit einer fast schon brutalen Bewegung herum und sprengte davon. Robin sah ihm besorgt hinterher.

»Hältst du das für klug?«, fragte sie leise.

»Was?«, gab Salim zurück. »Dir das Leben zu retten? Er hätte dich getötet.«

»Ihn zu bedrohen«, antwortete Robin. »Er wird...«

»Ein paar ziemlich unangenehme Stunden erleben«, unterbrach sie Salim. »Und eine schlaflose Nacht oder auch mehr. Ich gönne sie ihm. Aber er wird es nicht wagen, etwas gegen dich zu unternehmen.«

»Wenigstens jetzt noch nicht«, fügte Robin hinzu. »Solange ihr noch hier seid.«

Salim sah sie traurig an, steckte sein Schwert ein und glitt mit einer fast lautlosen Bewegung von Shalimas Rücken. »Ein Grund mehr, den Rest des Tages zu nutzen und noch ein wenig zu üben«, sagte er. »Heb dein Schwert auf.«

KAPITEL 30

Sie wandte sich an den einzigen Menschen in der Komturei, dem sie außer Salim und Bruder Abbé vertraute: Sie waren bis zum Einbruch der Dämmerung im Wald geblieben und dann auf getrennten Wegen und zu unterschiedlichen Zeiten zurückgekehrt. Robin hatte sich kaum Zeit genommen, ihr Abendessen herunterzuschlingen, bevor sie zu Bruder Tobias hinaufging.

Der schlanke Mönch war in den letzten Tagen weiter genesen, aber trotzdem noch weit davon entfernt, gesund zu sein. Als Robin seine karg eingerichtete Kammer betrat, kniete er in einem Winkel neben der Tür und betete mit geschlossenen Augen. Seine Lippen bewegten sich, aber Robin hörte nicht den mindesten Laut. Einen Moment lang überlegte sie, ihn einfach zu unterbrechen, hatte dann aber doch Skrupel. Sie wusste, dass Bruder Tobias wahrscheinlich ruhig und voller Geduld darauf reagieren würde – er gehörte zu den Menschen, die gar nicht wirklich wütend werden *konnten* –, aber sie wusste auch, wie wichtig Tobias das Gebet war. Sie geduldete sich, bis Tobias nach einer Ewigkeit die Augen wieder öffnete.

Ächzend versuchte er, sich aus seiner knienden Position in die Höhe zu stemmen, aber Robin spürte, wie schwer es ihm fiel und so sprang sie rasch hinzu und streckte die Hand aus, um ihm zu helfen. Tobias griff mit einem dankbaren Nicken nach ihrem Arm und stützte sich so schwer darauf, dass Robin leicht schwankte, als sie ihn zu seinem Bett führte.

»Ich danke dir, Kind«, seufzte er. »Es ist eine Schande, wenn einem der eigene Körper den Gehorsam verweigert.« Er streckte eine schmale, zitternde Hand nach dem Tisch aus. »Sei so gut und gieß mir einen Becher Wasser ein, Kind.«

Robin ging gehorsam zum Tisch und füllte einen Becher aus dem bauchigen Tonkrug. Als sie ihn hochhob, stieg ihr ein verräterischer Geruch in die Nase. Sie schnüffelte demonstrativ an dem Becher, drehte sich zu Tobias herum und sagte in leicht vorwurfsvollem Ton: »Wasser?«

Tobias grinste. »Es ist auch Wasser darin«, sagte er. »Tatsächlich besteht Bier zum allergrößten Teil aus Wasser.«

»Was sagt Euer Arzt dazu?«, wollte Robin wissen.

»Welcher Arzt?« Tobias lachte, aber das hätte er vielleicht besser nicht getan, denn sein Lachen ging unmittelbar in ein gequältes Husten über.

»Es gibt hier keinen Arzt«, fuhr er fort, nachdem er wieder halbwegs zu Atem gekommen war – und einen Schluck Bier getrunken hatte. »Nur Dummköpfe, die mir jahrelang nicht richtig zugesehen haben, worunter ich jetzt leiden muss.« Er trank einen weiteren Schluck Bier. »Außerdem steht nirgendwo in der Bibel, dass ein guter Schluck dann und wann verboten wäre. Im Gegenteil: Selbst Jesus Christus hat einen guten Becher Wein zur rechten Zeit nicht verschmäht.«

Robin konnte nicht lesen und wusste folglich auch nicht, was in der Bibel stand und was nicht. Trotzdem sagte sie mit einem angedeuteten Schmunzeln: »Einen guten Schluck. Aber bestimmt kein ganzes Fass.«

Tobias zog eine Grimasse. »Wozu bist du hierher gekommen, Weib?«, fragte er mit gespielter Verärgerung. »Um mich zu verhöhnen oder nur um einem sterbenden alten Mann seine letzte Freude zu vergällen?«

»Ihr sterbt noch lange nicht«, sagte Robin. »Und Ihr seid auch nicht alt.«

»Ich werde sterben«, beharrte Tobias. »Irgendwann. Und ich bin dreiundsechzig und damit dem Sarg ein gutes Stück näher als der Wiege.« Er trank einen weiteren Schluck, und als er den Becher wieder absetzte, war das spöttische Glitzern aus seinem Blick gewichen.

»Du hast Sorgen.«

Es war keine Frage, sondern eine reine Feststellung, bar jeder Wertung, die zeigte, dass sich hinter dem manchmal strengen Auftreten des Mönchs ein sehr empfindsamer Mensch verbarg, der durchaus in der Lage war, auch zwischen den Zeilen zu lesen.

»Gernot«, sagte sie leise. »Ich habe gerade Gernot von Elmstatt getroffen. Draußen im Wald.«

»Was wollte er?«

»Ganz sicher bin ich nicht«, gestand Robin. »Aber ich glaube, er ... er hat gedroht, mich zu töten.«

»Das wundert mich nicht«, sagte Tobias finster. »Aber du musst dir keine Sorgen machen. Solange du hier bist, kann dir nichts geschehen.«

»Aber ich werde nicht mehr lange hier sein«, sagte Robin. »Weil ihr alle nicht mehr lange hier sein werdet.«

Tobias wirkte für einen Moment überrascht, wenn nicht bestürzt. »Davon weißt du?«

Robin nickte nur.

»Und du hast Angst, dass wir einfach weggehen und dich deinem Schicksal überlassen.« Tobias leerte seinen Becher und streckte ihn auffordernd in ihre Richtung. Robin zögerte kurz, aber dann nahm sie gehorsam den Krug vom Tisch und schenkte nach. Der Krug war ohnehin beinahe leer.

»Du brauchst keine Angst zu haben«, fuhr Tobias fort. »Glaubst du denn wirklich, dass Abbé dich einfach deinem Schicksal überlässt? Ohne dich wären wir alle hier jetzt tot. Abbé ist sicher nicht der herzensgute Mensch, als den er sich selbst gerne sähe, aber er ist ein Mann von Ehre und er ist nicht undankbar. Er bezahlt seine Schulden.« Er trank einen – diesmal winzigen – Schluck und fuhr in zugleich beruhigendem wie auch schuldbewusstem Ton fort: »Für dich ist gesorgt, keine Angst.«

Gesorgt ... Seltsam – aber gerade dieses Wort *machte* ihr Sorgen. »Was meint Ihr damit?«

»Du wirst uns begleiten«, sagte Tobias.

»Begleiten?«, wiederholte Robin überrascht. »Nach Jerusalem?«

»Natürlich nicht«, antwortete Tobias mit einem verzeihenden Lächeln. »Aber Abbé hat dafür Sorge getragen, dass du gut untergebracht wirst. Es gibt ein Kloster, nicht sehr weit von hier, wo man sich um die Kranken und Waisen kümmert. Dort wirst du Aufnahme finden.«

»Oh«, sagte Robin.

Tobias lächelte. »Nun spring nicht gleich vor Begeisterung auf den Tisch. Du wirst es dort gut haben.«

Ja, das konnte sie sich lebhaft vorstellen – den ganzen Tag in einem grauen Büßergewand herumlaufen und abwechselnd beten, sich kasteien oder Kranke und Siechende pflegen – wenn sie nicht damit beschäftigt war, im Garten zu arbeiten oder die Fußböden zu schrubben.

»Das ist nicht das Leben, das du dir vorgestellt hast«, sagte Tobias, beinahe als hätte er ihre Gedanken gelesen. Vermutlich war es in diesem Moment nicht besonders schwer. »Das kann ich verstehen. Aber wir müssen uns in unser Schicksal fügen. Es steht uns nicht zu, Gottes Entschlüsse in Zweifel zu ziehen.«

»Gottes Entschlüsse – oder die Bruder Abbés?«, fragte Robin impulsiv. Die Worte taten ihr im gleichen Moment schon wieder Leid, in dem sie sie ausgesprochen hatte, aber Tobias schien sie ihr nicht übel zu nehmen.

»Er führt sich schon manchmal so auf«, sagte er, »aber lass ihn das nicht hören.« Er stand auf und ging mit kleinen vorsichtigen Schritten und stark nach vorne gebeugt zum Tisch, schüttelte aber dann den Kopf, als Robin die Hand ausstreckte, um ihn zu stützen.

»In diesem Fall aber tust du ihm Unrecht«, fuhr er fort, nachdem er den Tisch erreicht und sich gesetzt hatte. »Abbé ist in großer Sorge um dich. Er tut alles, um dich zu beschützen – obwohl ihm deine Anwesenheit hier große Probleme bereitet. Vor allem, seit Bruder Horace hier ist.«

»Der fremde Tempelritter, der heute Morgen kam?«, sagte Robin fragend.

»Ich wünschte, er wäre nur das«, seufzte Tobias. Robin sah ihn an und erwartete nun, dass er diese Bemerkung irgendwie erklären würde, aber er tat nichts dergleichen, sondern goss nur mit zitternden Händen den Rest aus dem Bierkrug in seinen Becher, trank aber nicht. »Ich traue ihm nicht«, fuhr er fort. »Er redet mir zuviel mit Jeromé.«

»Das bedeutet, dass Ihr Jeromé nicht traut«, schloss Robin.

Die Andeutung eines flüchtigen Lächelns huschte über Tobias' Lippen. »Du hast einen scharfen Verstand«, sagte er. »Gib nur Acht, dass es nicht zu viele merken.«

»Ist es verboten, klug zu sein, wenn man eine Frau ist?«, fragte Robin.

»Nein«, antwortete Tobias. »Aber vielleicht klüger, nicht klug zu sein. Oder es zumindest nicht zu zeigen. Männer wie Jeromé fürchten sich insgeheim vor Frauen, die klüger sind als sie... bist du es denn?«

»Klüger als er?«

»Eine Frau«, antwortete Tobias. Sein Blick wurde forschend. Als Robin ihm nicht antwortete, sondern ihn nur ansah, schloss er die Augen und seufzte tief. »Ja, das habe ich mir fast gedacht. Das erspart mir die Frage, wozu Salim und du euch draußen im Wald trefft. Ich glaube, ich kenne die Antwort jetzt – wie übrigens jeder hier.«

»Es ist nicht so, wie Ihr denkt!«, verteidigte sich Robin hastig und Tobias hob noch hastiger die Hände zu einer abwehrenden Bewegung. Sie wäre nicht überrascht gewesen, hätte er das Kreuzzeichen geschlagen.

»Ich denke nichts«, sagte er. »Und verleite mich bitte nicht dazu, es zu tun, denn dann müsste ich zur Beichte gehen und vermutlich fünfhundert zusätzliche Ave Maria beten, wozu mir im Augenblick eindeutig die Kraft fehlt.«

Robin lächelte zwar, wurde aber sofort wieder ernst und stellte ganz leise die Frage, derentwegen sie eigentlich hier heraufgekommen war. »Aber was ist denn so schlimm daran? Ich... ich verstehe nicht viel von der Bibel und Gottes Willen, aber ich kann nicht glauben, dass er die Liebe verboten hat.«

»Ist es das denn?«, fragte Tobias ernst. »Liebe?«

Robin schwieg einige Momente. »Ich... weiß es nicht«, gestand sie dann.

»Verwechsle nicht Liebe mit etwas anderem«, sagte Tobias. »Ich kann verstehen, was jetzt in dir vorgeht. Du bist ganz allein. Du hast furchtbare Angst, auch wenn du viel zu tapfer bist, um es dir selbst einzugestehen, und alles ist fremd und erschreckend für dich. Salim gibt dir genau das, wonach du dich so verzweifelt sehnst, nämlich Geborgenheit, Wärme und Vertrauen.«

»Und wenn das alles ist, was ich will?«, fragte Robin.

»Das ist es nicht«, behauptete Tobias. »Du *brauchst* es, so verzweifelt wie ein Verdurstender einen Schluck Wasser. Aber es ist nicht das, was du willst. Es wird nicht genügen auf Dauer.«

»Dann ist es also keine Liebe«, sagte Robin traurig.

»Das habe ich nicht gesagt«, sagte Tobias. »Das eine gehört zum anderen, doch du musst selbst entscheiden, ob du dir nicht vielleicht etwas vormachst. Wenn du hierher gekommen bist, um mich zu bitten, dir diese Entscheidung abzunehmen, dann muss ich dich enttäuschen. Das kann ich nicht. Niemand kann das.«

Seine Hand bewegte sich über den Tisch und griff nach der Robins und für einen kurzen, schreckerfüllten Moment fühlte sie sich in der Zeit zurückversetzt und wieder vor ihrem brennenden Haus, denn Tobias' Haut fühlte sich fast so an wie die der alten Janna – trocken und rissig, *alt* und auch noch ein wenig fiebrig. Janna war wenige Augenblicke später gestorben. *Getötet worden*.

Nur weil diese Erinnerung so schrecklich war, zog sie die Hand mit einem erschrockenen Ruck wieder zurück und Tobias, der das ja nicht wissen konnte, fuhr leicht zusammen und sah ein bisschen verlegen aus.

»Entschuldigt«, sagte sie hastig. »Ich wollte nicht...«

Sie brach ab und für einen Augenblick wurde die Stille zwischen ihnen noch unangenehmer. Schließlich räusperte sich Tobias unbehaglich und sagte, ohne sie anzusehen: »Ich bin jetzt müde. Das Reden strengt mich doch noch mehr an, als ich wahrhaben will, fürchte ich. Und du hast wohl Recht: Ich sollte nicht so viel Bier trinken.«

Robin hatte verstanden. »Ich muss... sowieso gehen«, sagte sie stockend. »Ich wollte auch eigentlich nur nachsehen, wie es Euch geht.«

Sie rannte regelrecht aus dem Zimmer.

KAPITEL 31

Gunthar, Gernot und ihre Begleiter – einschließlich des fremden Tempelritters – verließen die Komturei am darauffolgenden Nachmittag, ohne dass Robin noch einen von ihnen zu Gesicht bekommen hätte. Sie war sehr erleichtert, zugleich aber auch ein wenig beunruhigt – sie hatte Tobias' eigenartige Reaktion nicht vergessen, als sie ihn auf Horace angesprochen hatte, und als sie Salim auf den Tempelritter ansprach, behauptete er kurz angebunden, nicht zu wissen, wer er sei und warum er gekommen war.

Selbst wenn sie ihn nicht so gut gekannt hätte, hätte sie gespürt, dass er log. Wer immer dieser Horace war – die bloße Erwähnung seines Namens reichte offenbar schon aus, Nervosität zu verbreiten, wenn nicht Furcht.

Salim und sie trafen sich weiter in dem kleinen Wäldchen jenseits der Pferdekoppel, um den Umgang mit Schild und Schwert zu üben, aber etwas hatte sich verändert. Eine fast greifbare Atmosphäre von Nervosität lag über der Komturei und Robin war auch nicht entgangen, dass die Meinungsverschiedenheiten zwischen Abbé und Jeromé immer schneller zu eskalieren schienen. Sie konnte nicht sagen, auf welcher Seite Xavier und Heinrich standen, und sie wagte es auch nicht, einen der beiden – oder gar Abbé selbst – offen darauf anzusprechen. Aber irgendetwas war im Gange und es war nichts Gutes.

Am Ende dieser Woche beschloss Salim ihre täglichen Übungen mit der Ankündigung, dass sie am nächsten Tag etwas Neues beginnen würden, ließ sich aber durch nichts dazu bewegen, ihr zu verraten, was. Robin schlief in der darauffolgenden Nacht schlecht und an dem Tag, der ihr Leben endgültig und noch viel nachhaltiger – und unwiderruflich – umkrempeln sollte, als es bisher schon der Fall gewesen war, wachte sie früh und mit einem Gefühl vager Furcht auf; erfüllt von einer Unruhe, die sie sich nicht erklären konnte – die es ihr aber auch unmöglich machte, einfach die Augen zu schließen und weiterzuschlafen.

Sie hätte es gekonnt. Ihr Gefühl sagte ihr, dass bis Sonnenaufgang noch mindestens eine Stunde Zeit war, aber sie spürte auch ebenso deutlich, dass sie jetzt ohnehin keinen Schlaf mehr finden würde. So stand sie auf, trank einen Schluck Wasser und trat ans Fenster.

Sie war wohl nicht die Einzige, die an diesem Morgen ganz besonders früh aufstand. Hinter mehreren Fenstern des Haupthauses brannte gelbes Kerzenlicht und unten auf dem Hof brannte eine Fackel, in deren Licht sie zwei Gestalten erkannte. Eine von ihnen trug das graue Gewand, das hier allgemein üblich war, aber sie erkannte ihre Statur und vor allem ihren glänzenden Kahlkopf, auf dem sich die Flammen spiegelten, als wäre er poliert. Abbé. Der andere war Jeromé. Er trug Waffenrock, Mantel und Schild eines Tempelritters.

Robin begriff, dass sie nicht von selbst wach geworden war. Vielmehr hatten sie die Unruhe und der Lärm von unten auf dem Hof geweckt. Abbé und Bruder Jeromé stritten miteinander, diesmal ganz offen und ohne irgendeine Rücksicht darauf zu nehmen, ob jemand ihren Streit mitbekam oder nicht. Aber warum um diese Zeit und worüber?

Die Antwort auf wenigstens eine dieser Fragen erhielt sie fast unmittelbar. Die Stalltür ging auf und einer der Knechte führte Jeromés Pferd heraus. Es war bereits aufgezäumt und gesattelt und Jeromé wollte sich auf der Stelle herumdrehen und aufsitzen, wurde aber von Abbé daran gehindert, der ihn am Arm ergriff und ihn fast gewaltsam herumriss. Die Stimmen der beiden wurden lauter, so dass Robin sie nun auch hier oben hören konnte.

Auf diese Weise vergingen einige Minuten, bis sich eine weitere Gestalt in einem nachtschwarzen Mantel zu ihnen gesellte. Der Knecht, der Jeromés Pferd gebracht hatte, hatte längst das Weite gesucht und auch Robin wünschte sich fast, nicht aufgewacht zu sein.

Trotzdem blieb sie natürlich am Fenster stehen und sah zu, was weiter geschah.

Jeromés und Abbés Gestikulieren wurde heftiger und ihre Stimmen immer lauter; für einen kurzen Moment sah es beinahe so aus, als wollten die beiden aufeinander losgehen, und vielleicht hätte Jeromé dies sogar getan, wäre Abbé wie er bewaffnet gewesen. So aber riss er nur seinen Arm mit einer wütenden Bewegung los, schwang sich in den Sattel und sprengte davon. Abbé sah ihm nach, bis er unter dem Tor verschwunden war, dann drehte er sich herum und verschwand mit weit ausgreifenden Schritten im Haus. Salim folgte ihm gleich einem lautlosen Schatten und nur einen Herzschlag später fuhr auch Robin herum und verließ das Zimmer. Was immer zwischen Jeromé und Bruder Abbé vorgefallen war, ging sie nichts an, aber sie spürte, dass es sie *betraf*. Sie musste wissen, warum Jeromé weggeritten war, und wohin.

Ihre Schritte wurden jedoch langsamer, je weiter sie die Treppe hinunter lief, und bevor sie die Tür öffnete und den Turm verließ, blieb sie noch einmal stehen. Die Vorstellung, dass sie nur zu Abbé gehen und ihn um Auskunft bitten bräuchte, war ziemlich naiv. Abbé würde ihr allerhöchstens Vorwürfe machen, dass sie ihn belauscht hatte, und ihr ansonsten bescheiden, dass sie das alles nichts anginge.

Aber sie musste einfach wissen, was vorging. Das schreckliche Gefühl eines bevorstehenden Unglücks war wieder da und es war mit einem Mal stärker denn je. Etwas Furchtbares würde passieren. Noch heute.

Sie versuchte, diesen Gedanken als lächerlich abzutun oder wenigstens so weit niederzukämpfen, dass er sie nicht mehr vor Furcht am ganzen Leib erbeben ließ, aber das eine gelang ihr so wenig wie das andere. Sie öffnete die Tür, trat auf den Hof hinaus und sah sich aufmerksam nach allen Seiten um, um sich davon zu überzeugen, dass sie auch wirklich allein war. Als sie zum Haupthaus hinüber lief, schlug sie einen großen Bogen um die brennende Fackel und achtete auch darauf, nicht in den Lichtschein zu geraten, der aus einigen Fenstern im Untergeschoss fiel. Erst als sie die Tür erreicht hatte und das Gebäude betrat, wurde ihr klar, dass sie sich wie eine Diebin benahm.

Diese Einsicht hinderte sie nicht daran, die Tür so leise wie möglich hinter sich zu schließen und auf Zehenspitzen weiterzuschleichen. Das Haus war still, noch viel stiller, als es ohnehin meistens auch tagsüber war und auf eine fast unheimliche Art. Dieses Gebäude kam ihr oft wie eine Kapelle vor. Jetzt erschien es ihr wie eine Gruft, kalt und abweisend, ja, beinahe *feindselig*, als wolle ihr die Stille zuflüstern, dass sie besser daran täte, nicht hier zu sein. Eine unsinnige Vorstellung, aber sie ließ sich nicht abschütteln. Robin war mehr als erleichtert, als sie endlich wieder den Klang menschlicher Stimmen hörte.

Sie folgte ihnen und war nicht überrascht, sie als die Abbés und Salims zu erkennen. Auf Zehenspitzen ging sie die Treppe hinauf und wandte sich nach links. Die Stimmen wurden lauter und ihr Klang erregter und hinter einer nur angelehnten Tür am Ende des Ganges leuchtete das ruhige gelbe Licht einer Kerze.

Robin Schritte wurden immer langsamer, je weiter sie sich der Tür näherte – und vor allem, je deutlicher sie die Stimmen verstand. Abbé und Salim führten kein angenehmes Gespräch.

»Nein!«, sagte Abbé gerade. »Das ist mein letztes Wort. Ich will es nicht und es ist auch unmöglich!«

»Dann habt Ihr es möglich zu machen«, antwortete Salim. »Wie sagt ihr Christen doch so gerne? Wo ein Wille ist, da ist auch ein Weg!«

Robin war beinahe entsetzt, als sie hörte, in welchem Ton Salim mit Abbé sprach. Er war niemals besonders respektvoll Abbé gegenüber gewesen, nicht einmal in Gegenwart der anderen Tempelritter, aber sie hatte ihn auch noch niemals *so* mit ihm reden hören.

Erstaunlicherweise reagierte Bruder Abbé jedoch nicht zornig, sondern ganz im Gegenteil in verzeihendem, beinahe schon väterlichem Ton. »Ich kann dich verstehen, Salim. Auch ich weiß, was es bedeutet, jemanden zu lieben, mein Junge.

Aber du quälst dich nur selbst. Und auch sie. Du solltest ihr keine Hoffnungen machen, die du nicht erfüllen kannst.«

Robins Herz begann schneller zu schlagen. Abbé und Salim sprachen eindeutig über sie!

»Ich *werde* sie erfüllen«, sagte Salim betont. »Und Ihr werdet mir dabei helfen!«

»Wie stellst du dir das vor?«, fragte Abbé. Seine Stimme war noch immer ruhig, aber vielleicht nicht mehr ganz so geduldig wie noch gerade. »Schon, dass das Mädchen hier ist, kann mich den Kopf kosten! Wenn es Jeromé gelingt, Horace einzuholen, dann *wird* es mich den Kopf kosten, verdammt! Du willst sie mitnehmen? Das ist lächerlich! Es wäre nicht einmal möglich, wenn ich es wollte – und ich will es nicht!«

»Unglücklicherweise steht hier nicht zur Debatte, was Ihr wollt«, antwortete Salim höhnisch und diesmal *wurde* Abbé zornig.

»Was erdreistest du dich, in einem solchen Ton mit mir zu reden, Sklave!«, sagte er scharf.

Salim lachte nur höhnisch. »Ich rede mit Euch, wie ich will«, sagte er. »Spart Euch das für die Gegenwart Eurer Brüder auf, Abbé. Muss ich Euch daran erinnern, wieso ich bei Euch bin und wer mein Vater ist?«

»Nein«, antwortete Abbé. »Aber ich lasse nicht zu, dass unsere Sache in Gefahr gebracht wird, nur weil dich der Hafer sticht. Es ist bereits alles vorbereitet. Für Robin ist gesorgt. Es gibt einen Platz, an dem sie bleiben kann …«

»Wie lange, wenn wir nicht mehr hier sind?«, unterbrach ihn Salim. »Eine Woche? Zwei? Gernot war mehr als deutlich mit seinen Worten.«

»Ich werde nicht zulassen …«

»*Ich*«, fiel ihm Salim scharf ins Wort, »werde nicht zulassen, dass Robin in Gefahr gerät, Punktum! Sie wird mich begleiten, ob es Euch gefällt oder nicht. Sie gehört mir!«

Die Tür flog auf und Robin fand gerade noch Zeit, mit einem hastigen Schritt in den Schatten zurückzuweichen, bevor Salim herausgestürmt kam. Sein Gesicht war wutverzerrt und seine rechte Hand lag verkrampft auf dem Schwert, das er an der Seite trug. Er stürmte mit nach vorne gebeugten

Schultern so dicht an ihr vorbei, dass sie ihn hätte berühren können, und für einen Moment war sie fest davon überzeugt, dass er sie einfach bemerken musste. Aber er lief einfach an ihr vorbei und polterte die Treppe hinunter. Robin blieb zutiefst verwirrt zurück.

Sie wusste für den Moment nicht einmal, was sie denken sollte. Salims Benehmen war... unvorstellbar. Wieso hatte Abbé nicht auf der Stelle sein Schwert gezogen und ihn erschlagen? Und: Was hatte er gesagt? *Sie gehört mir?*

Sie hörte ein Geräusch, drehte sich herum und sah Bruder Abbé, der mit langsamen, müde wirkenden Schritten zur Tür kam. Er sah sie an. Er blickte nicht zufällig in ihre Richtung, sondern sah sie direkt an. Obwohl sie noch immer reglos im tiefsten Schatten stand und eigentlich unsichtbar war, hielt sein Blick den ihren für einen kurzen Moment fest und sie las eine tiefe, schmerzerfüllte Trauer darin.

Er wusste, dass sie da war, und er wusste wohl auch, dass sie jedes Wort gehört hatte. Vielleicht war es kein Schmerz, den sie in seinen Augen las, sondern Scham.

Aber er sagte nichts, sondern drehte sich nur schweigend herum und schloss die Tür.

KAPITEL 32

Es war einer jener Tage gewesen, die kein Ende nehmen zu wollen schienen. Robin hatte versucht, ihre Arbeit so gut wie möglich zu bewältigen, aber sie war so unkonzentriert und fahrig, dass sie alles falsch machte und es schließlich einfach aufgab und sich in ihre Kammer zurückzog, um die Zeit bis zum Mittagsgebet der frommen Brüder abzuwarten. Niemand nahm Anstoß daran; niemand schien es auch nur zu *bemerken*. Die Atmosphäre der Anspannung und Nervosität, die Robin schon am frühen Morgen gespürt hatte, war im Laufe des Tages immer stärker geworden und hatte von allen auf dem Hof Besitz ergriffen. Robin war nicht die Einzige, der am Vormittag ein Eimer Wasser umgekippt oder ein Arm voll Brennholz aus den Händen geglitten war.

Als es still auf dem Hof wurde, verließ sie die Komturei ganz offen durch das Tor – kaum eine Minute, nachdem Salim gegangen war. Es war ihr mittlerweile gleich, ob die anderen sie dabei beobachteten oder nicht. Ihre Freundschaft zu dem Tuareg war ohnehin kein Geheimnis mehr und war es vermutlich auch nie gewesen.

Salim wirkte ein wenig überrascht, sie so schnell zu sehen, verlor aber kein Wort darüber, sondern begrüßte sie so freudig wie immer – oder versuchte es zumindest: Er zog sie an sich und versuchte, sie zu küssen, aber Robin drehte rasch das Gesicht zur Seite und drückte ihn von sich fort.

Salim blinzelte. »Was ist mit dir?«

»Nichts«, log Robin. »Ich habe schlecht geschlafen, das ist alles.«

Und sie log ganz offensichtlich auch ziemlich schlecht. Salim zog die linke Augenbraue hoch und brachte es irgendwie fertig, den Kopf zu schütteln, ohne ihn dabei wirklich zu bewegen. Er wirkte ein bisschen verletzt, aber er beließ es dabei und drehte sich schließlich mit einem Ruck herum.

»Bist du bereit?«, fragte er, ohne sie anzusehen.

Robin antwortete nicht auf die Frage, sondern stellte ihrerseits eine: »Wo sind Shalima und Wirbelwind?« Sie hatte schon von weitem gesehen, dass sich weder der Hengst noch Salims schwarze Stute auf der Koppel befanden.

»Im Wald«, antwortete Salim knapp. »Ich habe sie bereits gesattelt. Komm.«

Er gab sich nun keine Mühe mehr, seinen Missmut zu verhehlen, und Robin war überrascht – aber auch beunruhigt. Er konnte nicht wissen, warum sie plötzlich so abweisend war. Für ihn entsprach ihre Erklärung, dass sie nur müde sei, der Wahrheit. Wieso strafte er sie so mit Verachtung, nur weil sie es wagte, an diesem Tag nicht besonders gut aufgelegt zu sein?

Sie sagte nichts dazu, sondern folgte Salim mit zwei Schritten Abstand, während er auf das kleine Wäldchen hinter der Koppel zuging. Sie wollte an diesem Tag nicht üben. Sie wollte nicht einmal reiten, obwohl sie sich normalerweise den ganzen Tag über darauf freute, sich auf Wirbelwinds Rücken zu schwingen und mit ihm über das Land zu fegen. Sie wollte im Grunde nicht einmal mit Salim reden. Sie wollte ...

Nein: Die Wahrheit war, sie wusste selbst nicht, was sie wollte.

Salim ging nicht zu der kleinen Lichtung, auf der sie normalerweise übten, sondern auf die Rückseite des Haines, wo die beiden Pferde auf sie warteten, wie er es gesagt hatte.

Was er nicht gesagt hatte, war, dass sie sich verändert hatten. Die Pferde waren aufgezäumt und gesattelt, aber Salim hatte auch noch ein Übriges getan: Shalima trug eine schwarze Schabracke und darunter wohl etwas, das eine Art leichter Kettenpanzer zu sein schien. Wirbelwinds Schabracke war von strahlendem Weiß, was das blutrote Tatzenkreuz darauf noch deutlicher hervortreten ließ.

»Was ... soll das?«, fragte sie zögernd.

»Es wird Zeit, dass du lernst, ein gerüstetes Pferd zu reiten«, sagte Salim kühl. »Das ist etwas anderes als die Ausritte, an denen du dich bisher erfreut hast. Ein Pferd, das das Gewicht eines Kettenpanzers zu tragen hat, reagiert viel schwerfälliger.«

»Wozu soll ich das lernen?«, fragte Robin.

Salim sah sie einen Moment lang scharf an, dann sagte er: »Weil ich es für richtig halte.«

Seltsam – aber diese Antwort überraschte sie nicht einmal. Sie hatte sie beinahe erwartet. Sie stimmte sie nur traurig.

Salim drehte sich herum und machte sich an einem Gebüsch am Waldrand zu schaffen.

»Zieh dein Kleid aus«, sagte er.

Robin blinzelte. »Wie?«

»Zieh dieses Ding aus«, sagte Salim noch einmal, »und das hier an.« Er zog etwas aus dem Gebüsch, richtete sich auf, und als er sich wieder herumdrehte, lag ein graues, aus winzigen Gliedern geflochtenes Kettenhemd über seinen Armen. Robin sah ihn verblüfft an.

»Es gehört dir«, sagte Salim, »nur keine Furcht – es beißt nicht.« Er lächelte. Seine Augen strahlten stolz und er schien auf etwas Bestimmtes zu warten. Vielleicht Anerkennung oder wenigstens Dank.

Stattdessen fragte Robin in leicht misstrauischem Ton: »Woher hast du das?«

»Nicht gestohlen, wenn es das ist, was dich beunruhigt«, antwortete Salim gekränkt. Er legte das Kettenhemd vor ihr ins Gras, kramte noch einmal hinter dem Gebüsch herum und förderte ein einfaches braunes Baumwollhemd zutage. »Du musst das hier darunter tragen, sonst scheuert dir das Eisen die Haut wund.«

Er wartete ungeduldig. Robin ließ noch einen Moment verstreichen, dann drehte sie sich herum und streifte mit einer raschen Bewegung die graue Kutte über den Kopf. Sie konnte hören, wie Salim näher kam, und versteifte sich und er musste ihre Ablehnung wohl deutlich spüren, denn gegen ihre Erwartung berührte er sie nicht. Jedenfalls nicht sofort. Erst, als sie sich herumdrehte und nach dem Baumwollhemd griff, versuchte er, sie an sich zu ziehen.

Robin entwand sich seinem Griff und trat einen Schritt zurück. »Ich will das jetzt nicht«, sagte sie.

»Warum nicht?«, fragte Salim. Er war nicht zornig, sondern nur verständnislos.

»Weil ich jetzt nicht möchte, das muss reichen«, antwortete Robin. Sie nahm ihm das Hemd aus der Hand, zog es an und fügte dann hinzu: »Oder muss ich? Ich meine, wo ich doch offensichtlich dein Eigentum bin.«

Sie sah Salim an, dass er nicht die geringste Ahnung hatte, wovon sie überhaupt sprach. »Was redest du da?«

»Sie gehört mir«, zitierte Robin. »Ich habe euch belauscht, heute Morgen. Abbé und dich.«

Einen Moment lang genoss sie es regelrecht, etwas in seinen Augen aufkeimen zu sehen, was beinahe an Entsetzen grenzte. Doch dann kam noch etwas hinzu, etwas, das sie nicht verstand, das sie aber auf schwer in Worte zu fassende Weise verunsicherte. Sie wäre nicht überrascht gewesen, wenn er wirklich wütend geworden wäre oder versucht hätte, alles zu leugnen oder sie auf die gleiche überhebliche Art abzufertigen, wie er es mit Abbé getan hatte. Doch er tat nichts dergleichen, sondern etwas, womit Robin zuallerletzt gerechnet hätte.

»O Robin«, murmelte er – und dann sank er vor ihr auf die Knie und fuhr lauter und in fast beschwörendem Ton fort: »Robin, Liebste! Das habe ich doch nur gesagt, um dich zu schützen! Ich würde doch niemals etwas sagen oder tun, was dich verletzt oder was dir auch nur nicht gefällt!«

Robin war nun vollkommen verwirrt. Von allen denkbaren Reaktionen, mit denen sie gerechnet hatte, war dies die unwahrscheinlichste. Und vor allem: Sie spürte, dass Salims Bestürzung echt war.

Trotzdem antwortete sie, zwar mit leicht zitternder Stimme, aber in immer noch abweisend-schneidendem Ton: »Du hast völlig Recht. Es gefällt mir tatsächlich nicht, wenn mich jemand als sein Eigentum betrachtet.«

»Aber so ist es doch gar nicht!« Salims Stimme wurde fast flehend. »Ich habe es gesagt, das ist wahr. Aber doch nur, um dich vor Abbé zu schützen, aus keinem anderen Grund. Wenn Abbé glaubt, dass ich dich für mich beanspruche, dann wird er es nicht wagen, dich hier zu lassen. Du wirst uns begleiten, verstehst du das denn nicht? Du kannst mich begleiten! Wir werden zusammenbleiben, du und ich! Das wolltest du doch, oder?«

»Ja«, antwortete Robin. »Aber nicht als dein ... *Besitz*.«

Salim stand wieder auf. Er wurde noch ernster und seine Stimme noch leiser. »Es ist der einzige Weg«, sagte er.

»Als deine Sklavin mitzugehen?«, fragte sie bitter.

»Als meine Königin«, verbesserte sie Salim. »Es ist doch gleich, was die anderen denken. Für mich wirst du immer die Einzige auf der Welt bleiben. Ich würde niemals etwas von dir verlangen, was du mir nicht freiwillig gibst oder was du nicht willst.«

Wie gerne sie ihm doch geglaubt hätte! Aber da war so viel, was er ihr nicht gesagt hatte, so viele *Lügen!*

»Du wirst mich begleiten«, sagte er, als sie nicht antwortete. »Und wenn wir in meiner Heimat sind, dann werde ich dich zu meiner Frau machen, ganz offiziell – wenn du das willst. Niemand wird es dann noch wagen, dich anzurühren.«

»Die Frau eines Sklaven?«, fragte Robin. Als Salim nicht antwortete, sondern nur lächelte, fügte sie hinzu: »Aber das bist du ja gar nicht, nicht wahr?«

»In gewissem Sinne schon«, behauptete Salim.

»In gewissem Sinne?« Robin zog die Augenbrauen zusammen. »Heute Morgen, als ich Abbé und dir zugehört habe, da war ich manchmal nicht ganz sicher, wer von euch der Sklave ist und wer der Herr.« Sie atmete hörbar ein, dann stellte sie die Frage, die sie schon seit Wochen quälte: »Wer bist du, Salim? Wer bist du *wirklich?*«

Salim antwortete nicht gleich, sondern starrte zu Boden. Bevor er dann sprach, atmete er so schwer ein und aus, als koste es ihn seine gesamte Kraft, die folgenden Worte auszusprechen. Er flüsterte beinahe.

»Manchmal frage ich mich das selber«, sagte er. »Es ist wahr: Ich *bin* Abbés Sklave. Aber ich bin auch ein Prinz.«

»Ein Prinz?«

Salim nickte. »Es ist nicht das richtige Wort, aber es ist das, das ihr benutzen würdet. Mein Vater ist ein Scheich. Ein sehr mächtiger und einflussreicher Mann. Als Abbé vor zehn Jahren in sein Land kam, da hat er erkannt, dass es für unseren Stamm den sicheren Untergang bedeuten würde, sich den fremden Eroberern zu widersetzen. Andere haben das nicht erkannt und wurden ausgelöscht, aber mein Vater und Abbé schlossen ein Bündnis. Ich bin das Unterpfand dafür.«

»Du?«

Salim hob die Schultern. »Abbé verlangte eine Geisel, um sicherzugehen, dass mein Vater seinen Teil der Abmachung auch nach seinem Weggang einhält, und mein Vater wählte mich.«

»Dich? Dein Vater hat... hat sein eigenes Kind als Geisel weggegeben?« Robin war entsetzt. Sie versuchte sich vorzustellen, wie es gewesen wäre, wären Fremde in ihr Dorf gekommen und hätten von ihrer Mutter verlangt, *sie* als lebendes Unterpfand für irgendein Abkommen herzugeben. Ihre Mutter wäre eher gestorben, bevor sie das zugelassen hätte.

»Es ist eine große Ehre für mich«, antwortete Salim und in seiner Stimme schwang tatsächlich ein hörbarer Ton von Stolz mit. »Und ich bin auch kein gewöhnlicher Sklave. Abbé musste auf das Kreuz des Christengottes schwören, dass mir kein Haar gekrümmt würde. Der Vertrag ist null und nichtig, wenn er mich nicht unversehrt wieder zurückbringt. Schon aus diesem Grund kann ich nicht hier bleiben.«

»Wegen eines Vertrages?«

»Weil sonst Menschen sterben«, antwortete Salim ernst. »Mein Vater ist ein sehr stolzer Mann. Er steht zu seinem Wort und er verlangt dasselbe von anderen. Es könnte Krieg geben, wenn ich nicht zusammen mit Abbé und den anderen zurückkehre. Viele Menschen würden sterben. Menschen deines Volkes, aber auch meines Volkes. Willst du das?«

»Natürlich nicht!«, antwortete Robin impulsiv, aber Salim hob die Hand und unterbrach sie, bevor sie weitersprechen konnte.

»Ich erwarte jetzt keine Entscheidung von dir«, sagte er. »Nicht heute.«

»Aber ich...«

»Ich will, dass du es dir gründlich überlegst«, fuhr Salim fort. »Ich... ich liebe dich, Robin. Ich liebe dich wie sonst niemanden auf der Welt. Ich gäbe mein Leben, um das deine zu beschützen. Aber gerade darum will ich nicht, dass du eine übereilte Entscheidung triffst, die du vielleicht später bedauerst. Wenn du mit mir kommst, dann wird es für immer sein. Unsere Welt ist anders als deine. Die Menschen dort sind anders.«

»Ich weiß«, sagte Robin.

»Nein«, widersprach Salim. »Das weißt du nicht. Sie sind nicht wie ich. Ich bin viel zu lange hier bei euch gewesen, um noch genauso zu sein wie mein Volk. Ich bin von allem etwas, aber vielleicht von nichts genug. Manchmal habe ich Angst vor dem Moment, in dem ich heimkehre. Ich weiß nicht einmal, ob ich dort wirklich noch leben kann, aber ich habe keine andere Wahl. Du hast die Wahl und ich will, dass du gründlich darüber nachdenkst. Ich will nicht, dass du unglücklich wirst.«

Und womöglich, dachte sie traurig, war das sogar der wirkliche Grund, aus dem er wollte, dass sie mit ihm ging: weil er Angst hatte, inmitten seiner Familie und seines eigenen Volkes allein zu sein.

»Entscheide in Ruhe«, sagte Salim. »Nicht jetzt. Morgen, in einer Woche ... lass dir Zeit. Ich werde deine Entscheidung akzeptieren, ganz gleich wie sie ausfällt.« Er gab sich einen Ruck. »Und nun lass uns weitermachen. Shalima und Wirbelwind brennen schon darauf, ihre Kräfte zu messen.«

Er ließ sich in die Hocke sinken, hob das Kettenhemd auf und half ihr, es über den Kopf zu streifen. Es war so schwer, dass sie im ersten Moment wankte und Salim sie stützen musste, und sie fragte sich, wie man sich mit einer solchen Last am Leib bewegen sollte, geschweige denn *kämpfen*.

Salim schien ihre Gedanken wieder einmal zu erraten, denn er sagte: »Es ist nicht so schlimm, wie es im ersten Moment scheint. Du wirst dich rasch daran gewöhnen.«

»Ach?«, ächzte Robin. Selbst das Sprechen fiel ihr schwer. Dieses Gewand aus Eisen musste etliche Pfund wiegen! Wenn sie noch Schild und Schwert an sich nahm und einen Helm aufsetzte, dann würde sie nahezu ihr eigenes Körpergewicht mit sich herumschleppen!

»Und das ist noch nicht einmal alles«, sagte Salim fröhlich. Er zog einen sorgsam gefalteten, blütenweißen Wappenrock, auf dem das rote Kreuz der Templer prangte, unter einem Busch hervor, schüttelte es ohne viel Federlesens auseinander und streifte es ihr über.

»Jetzt siehst du aus wie Abbé«, sagte er grinsend. »Bis auf die Frisur vielleicht.«

Robin trat nach ihm und Salim sprang lachend zurück und fing sie auf, als sie vom puren Gewicht des Kettenhemdes nach vorne gerissen wurde und um ein Haar das Gleichgewicht verloren hätte.

»Ein bisschen daran gewöhnen muss man sich schon«, spöttelte er. »Vielleicht solltest du auch noch den Helm aufsetzen, damit du nicht auf dein hübsches Näschen fällst und es dir blutig schlägst.«

»Pass lieber auf *deine* Nase auf«, grollte Robin. »Auch wenn sie nicht annähernd so hübsch ist.«

»Dazu müsstest du mich erst einmal kriegen«, griente Salim. »Wie ist es – laufen wir um die Wette?«

Robin spießte ihn mit Blicken regelrecht auf, aber dann musste auch sie lachen. Sie alberten eine Zeit lang fröhlich herum, dann zog Salim einen weißen Mantel mit dem schon wohl bekannten roten Kreuz hinter dem Gebüsch hervor und dazu ein paar Stiefel aus feinem weichen Leder. Robin schickte sich in ihr Schicksal, aber als sie auch diese Kleidungsstücke angelegt hatte, sagte sie: »Wenn ich jetzt auch nur noch eine Kirsche esse, versinke ich wahrscheinlich einfach im Boden.«

»Dafür siehst du nun aber auch wirklich aus wie ein Tempelritter«, antwortete Salim. Doch obwohl er bei diesen Worten lachte, hatten sie für Robin etwas Beunruhigendes, und als Salim fortfuhr, wusste sie auch, warum.

»Wir müssen ein bisschen vorsichtig sein«, sagte er. »Es wäre nicht gut, wenn man dich so sieht. Reiten wir zum Wald hinüber.«

Zum ersten Mal musste Salim ihr helfen, auf Wirbelwinds Rücken zu klettern. Sie rechnete damit, dass das Pferd unter ihrem größeren Gewicht taumeln würde, aber der Hengst drehte nur den Kopf und sah sie fast mitleidig an. Als sie nach den Zügeln griff, bewegte er sich so mühelos wie immer. Er war dieses Gewicht gewohnt.

Aber auch Robin gewöhnte sich überraschend schnell an ihre neue Kleidung. Sie ritten in gerader Linie vom Hain fort, nicht direkt auf die bewaldeten Hügel zu, sondern so, dass sie von der Komturei aus nicht gesehen werden konnten. Salim schien seine Warnung durchaus ernst gemeint zu haben.

Aber auch Robin fragte sich mehr und mehr, warum er dieses Risiko eigentlich einging. Wenn einer der anderen Tempelritter sie in dieser Rüstung sah, dann würde auch Bruder Abbé sie nicht mehr vor ihrem Zorn beschützen können.

Schließlich stellte sie Salim eine entsprechende Frage und bekam zur Antwort, dass er nur wissen wollte, wie sie in der Kleidung eines echten Tempelherren aussah – was eine so plumpe Lüge war, dass sie ihm allein die Unterstellung übel nahm, sie könnte darauf hereinfallen. Er gab ihr jedoch auch keine Gelegenheit, eine weitere Frage zu stellen, sondern ließ Shalima schneller laufen, so dass sie sich bemühen musste, mit ihm Schritt zu halten.

Nachdem sie ihn eingeholt hatte, stellte sie keine weiteren Fragen mehr.

KAPITEL 33

Sie hatten die bewaldeten Hügel im Osten erreicht und umgangen und sich dann nach Süden gewandt, um, wie Salim behauptete, genug Abstand zwischen sich und der Komturei zu bringen. Robin ersparte es sich, auf diese Bemerkung auch nur zu antworten. Nachdem sie eine weitere Stunde geritten waren und sie sich im Sattel herumdrehte, konnte sie das Gut der Tempelritter tatsächlich nicht mehr sehen. Die Gefahr, *zufällig* entdeckt zu werden, bestand nun gewiss nicht mehr.

»Wohin reiten wir wirklich?«, fragte sie geradeheraus.

Salim sah sie nachdenklich an und für die Dauer eines einzelnen Herzschlages war sie sicher, dass er entweder gar nicht antworten oder ihre Frage mit einer scherzhaften Bemerkung abtun würde. Aber dann hob er die Schultern und sagte:

»Wir treffen uns mit jemandem.«

»Jemandem?«

»Jemandem«, wiederholte Salim. »Sein Name tut nichts zur Sache. Er würde dir nichts sagen.«

»Aber es ist wichtig, dass du dich in Begleitung eines Tempelritters mit ihm triffst«, vermutete Robin.

Salim zog eine Grimasse. »Manchmal frage ich mich, ob ich mich wirklich darüber freuen soll, dass du so klug bist«, seufzte er.

»Das musst du entscheiden«, gab Robin ruhig zurück. »Mir würde es schon reichen, wenn du meine Frage beantwortest.«

»Du musst überhaupt nichts tun«, sagte Salim. »Und auch nichts sagen. Es reicht, wenn du dabei bist.«

»Wenn ein *Tempelritter* dabei ist«, verbesserte ihn Robin.

»Schild und Waffenrock eines Templers genügen schon«, erwiderte Salim gereizt. »Du brauchst dir keine Gedanken zu machen. Ich plane die Verschwörung. Der Mann wird uns helfen.«

»Uns?«

»Mir«, räumte Salim gepresst ein. »Ich kann mit Abbé fertig werden, aber nicht mit allen.«

»Und erst recht nicht mit Jeromé«, sagte Robin.

»Wenn es nicht anders geht, werde ich ihm die Kehle durchschneiden«, sagte Salim lachend. Er schien – obwohl er sie nicht ansah – zu spüren, wie sie erschrak, denn er lachte noch einmal, lauter und unecht, schüttelte den Kopf und sagte: »Nein, keine Angst. Es war nur ein Scherz. Jeromé ist ein schwieriger Gegner, aber berechenbar. Ich weiß, wie ich mit ihm umzugehen habe.« Er hob den Arm. »Siehst du die Bäume da vorne? Dahinter liegt ein kleiner See. Wer zuerst im Wasser ist, hat gewonnen!«

Er ließ Shalima lospreschen, und nachdem ihm Robin eine Sekunde lang wütend hinterher gestarrt hatte, folgte sie ihm. Wirbelwind griff kräftig aus und doch fiel sie langsam, aber stetig zurück, und als Salim schließlich den Wald erreichte und zwischen den Bäumen verschwand, betrug der Abstand zwischen ihnen fast eine halbe Meile.

Robin fluchte ungehemmt, beugte sich im Sattel vor und versuchte, Wirbelwind irgendwie zu noch schnellerer Gangart anzuspornen. Vielleicht gelang es ihr sogar, aber sie holte Salim trotzdem nicht ein. Als sie den See erreichte, war Salim bereits im Wasser und schwamm mit kräftigen Zügen auf das gegenüberliegende Ufer zu.

Sie zügelte den Hengst, fiel mehr aus dem Sattel, als dass sie absaß, und befreite sich mit einiger Mühe von Mantel, Wappenrock und dem schweren Kettenhemd. Anschließend schlüpfte sie aus den Stiefeln.

Als sie auch das Baumwollhemd über den Kopf streifen wollte, teilte sich das Unterholz hinter ihr und eine dunkelhaarige, in Lumpen gekleidete Gestalt trat heraus. Der Mann war einen guten Kopf größer als sie und von kräftigem Wuchs und trotz seines abgerissenen Äußeren spürte Robin sofort, dass er kein Herumtreiber oder Bettler war.

Dann erkannte sie ihn.

Als sie ihn das letzte Mal gesehen hatte, war es dunkel gewesen und er hatte Kleider wie die getragen, die sie selbst gerade abgelegt hatte, aber sie erkannte ihn trotzdem ohne jeden Zweifel wieder. Es war einer der vier angeblichen Tempelritter, die ihr Dorf überfallen hatten.

Der Mann erkannte sie im gleichen Moment wie sie ihn. Ein halb erschrockener, halb ungläubiger Ausdruck erschien auf seinem Gesicht. Er machte einen Schritt in ihre Richtung, hob den Arm und blieb wieder stehen, als er die Kleidungsstücke sah, die sie gerade abgelegt hatte.

»Na, wenn das keine Überraschung ist«, grinste er. »Unser kleines Bauernmädchen. Sie ist offenbar nicht nur zu hartnäckig, um zu sterben, sondern spielt jetzt auch noch den Ritter. Anscheinend liebt sie gefährliche Spiele.«

Robin sah sich hastig nach Salim um. Er war verschwunden.

»Warum machst du nicht weiter, Kleines?«, fragte der Mann grinsend. »Ich wollte dich nicht beim Baden stören. Zieh dein Kleid ruhig aus.«

Seine Augen glitzerten, aber irgendwie spürte Robin, dass sein Blick nicht so lüstern war, wie es den Anschein haben sollte. Er wollte ihr Angst machen, das war alles.

»Was wollt Ihr von mir?«, fragte sie.

»Ich? Nichts.« Der Mann zuckte mit den Achseln. »Gernot und Otto verlangt es nach deiner Gesellschaft, um es einmal so auszudrücken. Sie haben einen hübschen Preis auf deinen Kopf ausgesetzt ... und zwar *nur* auf deinen Kopf. Ich denke, ich werde ihn mir verdienen.« Er zuckte erneut mit den Schultern und nutzte die gleiche Bewegung, um unauffällig einen weiteren Schritt näher zu kommen. »Ich kann dich natürlich auch lebendig bei ihnen abliefern – oder dich auch laufen lassen. Es liegt ganz bei dir. Wenn du ein bisschen nett zu mir bist ...«

»Lieber sterbe ich!«, sagte Robin.

»Ganz wie du meinst, Kleines.«

Der Mann stürzte sich ohne Vorwarnung auf sie. Robin prallte zurück, tat so, als würde sie kopflos davonstürzen und wandelte die Bewegung im letzten Moment in ihr genaues

Gegenteil um. Genau, wie Salim es ihr gezeigt hatte, ergriff sie die vorgestreckte Hand des Angreifers, knickte blitzschnell in der Hüfte ein und nutzte den eigenen Schwung des Mannes, um ihn über die Hüftknochen abrollen zu lassen. Der Rest schien fast ohne ihr Zutun zu geschehen: Der Mann verlor auf fast magische Weise den Boden unter den Füßen, flog im hohen Bogen durch die Luft und überschlug sich gut anderthalbmal, ehe er mit einem erstickten Schrei im Gras landete. Robin war kaum weniger überrascht als er – was sie indes nicht daran hinderte, ihm auf der Stelle nachzusetzen und ihn mit beiden Händen in die Höhe zu reißen, als er sich aufzurappeln versuchte. Sie ließ sich nach hinten fallen, setzte den linken Fuß gegen seine Brust und schleuderte den Mann zum zweiten Mal durch die Luft, während sie über die Schultern abrollte.

Diesmal schlug er noch härter auf und blieb einen Moment liegen. Blut lief aus seiner Nase, als er sich hochstemmte. Aber seine Augen loderten vor Wut und Robin wurde klar, dass sie ihn auf diese Weise nicht besiegen würde. Sie konnte ihn noch ein Dutzend Mal kreuz und quer über die Lichtung werfen, aber wenn er ihr nicht den Gefallen tat, sich einen Knochen zu brechen oder sich auf andere Weise schwer zu verletzen, war es trotzdem um sie geschehen. Er war einfach zu stark für sie.

Der Mann richtete sich umständlich auf. Robin hob die Hände und nahm eine leicht geduckte Haltung an. Ihre Gegenwehr musste den Burschen wohl doch beeindruckt haben, denn er stürzte sich nicht sofort wieder auf sie, sondern zog ein Messer aus dem Gürtel.

»Dann eben nicht«, sagte er. »Trage ich dich eben zu Gernot. Das macht keinen Unterschied.«

Er machte einen Schritt auf sie zu, als sich die Oberfläche des Sees unmittelbar neben ihm in einer glitzernden Fontäne aus Schaum und spritzendem Wasser teilte. Salim katapultierte sich aus dem See heraus wie ein fliegender Fisch, prallte gegen den Mann und riss ihn dann durch sein pures Ungestüm von den Füßen. Irgendwie wechselte das Messer seinen Besitzer, noch bevor die beiden aneinandergeklammert zu Boden fielen.

Salim ließ dem falschen Tempelritter keine Chance. Er versetzte ihm zwei, drei blitzartige Hiebe gegen Hals und Kehle, ließ sich zur Seite fallen, als der andere zurückzuschlagen versuchte, und drosch ihm aus der gleichen Bewegung heraus den Ellbogen ins Gesicht.

Der Kampf dauerte nur Augenblicke. Salim war deutlich kleiner als sein Gegner. Er wog vermutlich nur wenig mehr als die Hälfte, und dass er nackt war, ließ seine Bewegungen ungelenk und irgendwie hilflos erscheinen. Trotzdem verging nur ein Moment, bis der vermeintliche Templer reglos am Boden lag, während Salim auf seiner Brust hockte und ihm sein eigenes Messer an die Kehle setzte.

»Bring ihn nicht um!«, sagte Robin erschrocken.

»Keine Angst, den Spaß überlasse ich dir«, knurrte Salim. Er wedelte ungeduldig mit der freien Hand. »Schnell! Sieh dich um, ob er allein war oder ob noch mehr von diesen Kerlen in der Gegend sind.«

Robin schluckte trocken. Der Mann erlangte das Bewusstsein allmählich zurück, und als er die Augen öffnete, zog Salim das Messer mit einer raschen Bewegung über sein Gesicht und fügte ihm eine klaffende Schnittwunde zu. Der Mann keuchte vor Schmerz und Salim schlug ihm den Messergriff gegen die Schläfe. Nicht hart genug, um ihm das Bewusstsein zu rauben, aber doch so fest, dass er benommen zurücksank.

»Großer Gott, was tust du?!«, keuchte Robin entsetzt.

»Ich sorge nur dafür, dass er mich ernst nimmt – und meine Fragen beantwortet«, knurrte Salim. »Und jetzt geh endlich! Der Kerl gehört zu Ottos Bande, und wo einer ist, da sind die anderen vielleicht auch nicht weit!«

Robin wandte sich schaudernd um und floh regelrecht vom Seeufer. Nicht einmal so sehr, weil sie tatsächlich Angst hatte, dass sich noch mehr von Ottos Halsabschneidern in der Umgebung herumtrieben, sondern weil sie nicht sehen wollte, was Salim seinem Gefangenen antat.

Aber sie wusste es und das machte es fast genauso schlimm, als wäre sie dabei geblieben und hätte zugesehen.

Als sie den Waldrand erreichte, hörte sie die Schreie. Zuerst war es beinahe nur ein Keuchen, das sich rasch zu einem gellenden Laut und schließlich zu einem schrillen Kreischen steigerte, das sich kaum noch menschlich anhörte. Robin schlug entsetzt die Hände über die Ohren.

Dann brachen die Schreie abrupt ab; auf eine Weise, die beinahe noch schlimmer war.

Robin blieb noch eine Weile reglos stehen, dann nahm sie die Hände herunter und ging langsam zum Seeufer zurück.

Salim kniete am Wasser und wusch sich die Hände im See, als sie ihn erreichte. Der Mann lag ein kleines Stück neben ihm auf dem Gesicht. Der Sand unter ihm hatte sich dunkel gefärbt. Er war tot.

»Warum hast du das getan?«, fragte sie leise.

Salim sah sie nicht einmal an, sondern bückte sich nach seinen Kleidern und begann sich anzuziehen. »Ich habe nichts anderes getan als das, was er mit dir getan hätte«, sagte er. »Du hättest weglaufen sollen. Ich habe dir gesagt, dass du nicht stark genug bist, um gegen einen Kerl wie ihn zu kämpfen.«

»Du hast ihn gefoltert.«

»Nur ein bisschen.« Salim schlüpfte in seinen Mantel. »Er wollte nicht freiwillig reden, also musste ich seine Zunge lockern.«

»Hast du wenigstens erfahren, was du wissen wolltest?«, fragte Robin bitter.

»Ja«, antwortete Salim. »Aber es gefällt mir nicht. Zieh deine Kleider wieder an. Wir müssen weiter.«

Robin warf noch einen langen Blick auf den reglos daliegenden Leichnam, aber dann bückte sie sich und begann Stiefel und Kettenhemd anzuziehen. Sie beeilte sich, war aber wohl nicht schnell genug, Salims ungeduldigen Blicken nach zu urteilen.

»Interessiert es dich gar nicht, was er mir erzählt hat?«, fragte Salim.

»Nein«, antwortete Robin knapp.

»Das sollte es aber«, fuhr Salim unbeeindruckt fort. »Es geht nämlich um dich. Wenigstens zum Teil. Gernot hat ein hübsches Sümmchen auf deinen Kopf ausgesetzt.«

»Ich weiß«, sagte Robin. »Er hat es mir gesagt.«

»Aber anscheinend hast du ihm nicht richtig zugehört. Ich sagte: *Gernot*. Nicht Otto. Die beiden treffen sich in zwei Stunden, gar nicht weit von hier. Ich weiß nicht, wozu, aber ich wette, sie hecken irgendeine neue Gaunerei aus. Wir müssen herausfinden, was es ist.«

»Wir?«

»Wir«, bestätigte Salim. »Ich würde dich viel lieber zurückschicken, aber das wäre viel zu gefährlich. Es ist besser, du bleibst in meiner Nähe. Keine Angst – ich habe nicht vor, den Helden zu spielen. Ich will nur herausfinden, was sie vorhaben. Das ist alles.«

Nur einen Augenblick später saßen sie wieder in den Sätteln und galoppierten weiter nach Süden.

KAPITEL 34

Salim hatte sie entweder belogen oder er verstand unter *nicht weit von hier* etwas vollkommen anderes als sie. Sie ritten Stunde um Stunde nach Süden und hielten nur einmal kurz an, um die Pferde zu tränken. Danach setzten sie ihren Weg fort. Sie mussten schon viele Meilen von der Komturei entfernt sein, aber Salim ritt stur immer weiter, bis sich der Tag neigte und die Sonne ihren Abstieg zum Horizont begann und sich allmählich rot färbte.

Obwohl sie mehr als einen halben Tagesritt hinter sich gebracht hatten, waren sie keiner Menschenseele mehr begegnet. Ein- oder zweimal hatte Robin Rauch in der Ferne gesehen und einmal hatten sie eine Straße gekreuzt, die dicht vor dem Horizont in einer kleinen Stadt mündete. Ihr fiel dabei auf, dass Salim nicht in direkter Linie nach Süden ritt, sondern sich beinahe in Schlangenlinien bewegte, fast als folge er einer Spur. Aber wenn er es tat, dann vermochte sie sie nicht zu entdecken.

Vielleicht eine halbe Stunde vor Einbruch der Dämmerung hielt Salim plötzlich an und hob hastig die Hand. Auch Robin zügelte ihr Pferd und sah ihn fragend an. »Was ist los?«

Statt zu antworten, deutete der Tuareg mit dem Arm nach vorne. Robin blickte konzentriert in die angegebene Richtung und nach einem Moment erblickte sie eine Anzahl winziger heller Punkte, von denen sie nicht ganz sicher war, ob sie sich bewegten oder nicht.

»Wer ist das?«, fragte sie.

»Bruder Horace und ein paar andere, fromme Krieger, die er zur Verstärkung mitgebracht hat«, sagte Salim abfällig. »Jedenfalls nehme ich es an. Jeromé wollte ihnen entgegenreiten.«

»Wozu?«

»Um Abbé anzuschwärzen, wozu sonst?«, fragte Salim. »Aber das spielt jetzt keine Rolle. Ich glaube, ich kenne ihr Ziel. Hinter jenem Wäldchen dort liegt ein kleines Gasthaus. Wenn ich einen Hinterhalt planen würde, dann dort.«

»Einen Hinterhalt? Aber wozu denn?«

Salim seufzte. »Manchmal stellst du ziemlich naive Fragen. Gernot will unser aller Tod. Hast du das noch immer nicht begriffen?«

»Doch«, antwortete Robin. »Ich verstehe nur nicht, warum.«

»Ich auch nicht«, sagte Salim. »Jedenfalls nicht ganz. Ich werde ihn fragen, wenn ich ihm das nächste Mal begegne, verlass dich darauf. Los! Hoffen wir, dass wir nicht zu spät kommen!«

Sie sprengten los.

Salim nahm nun keine Rücksicht mehr darauf, in Deckung zu bleiben, sondern ließ seine Stute in gerader Linie auf das halbe Dutzend winziger weißer Pünktchen am Horizont zupreschen, so schnell, dass Robin alle Mühe hatte mitzuhalten. Es gefiel ihr nicht. Salim hatte ihr immer wieder eingeschärft, wie wichtig es war, den Vorteil der Überraschung wie eine Trumpfkarte in der Hand zu halten. Jetzt aber gab er leichtfertig diesen Vorteil preis. Ihre donnernden Hufschläge mussten eine halbe Meile weit zu hören sein, und wenn Otto und seine Männer wirklich irgendwo dort vorne auf der Lauer lagen, dann hatten sie sie wahrscheinlich schon längst entdeckt. In ihrem weißen Mantel und auf einem Pferd mit strahlend weißer Schabracke war sie vermutlich so deutlich zu sehen wie eine Fackel in einer Neumondnacht. Es musste wirklich viel auf dem Spiel stehen, wenn Salim ein so hohes Risiko einging, das auch sie gefährdete. Sie fragte sich nur, was. Dass es ihm um die Rettung von Bruder Horace und seinen *frommen* Kriegern ging, konnte sie sich kaum vorstellen. Bisher hatte sie nicht den Eindruck gewonnen, dass Salim viel um das Leben eines Tempelritters gab.

Die Reiter verschwanden nach einer Weile aus ihrem Blickfeld und Salim lenkte Shalima etwas weiter nach links, vermutlich, um den Wald zu umgehen und ihnen den Weg abzuschneiden; oder, wenn möglich, noch vor ihnen das Gasthaus zu erreichen. Robin glaubte jedoch nicht, dass sie rechtzeitig ankommen würden. Der Weg war viel weiter, als sie geglaubt hatte. Obwohl sie ihre Pferde so schnell ausgreifen ließen, wie es nur ging, schien der Wald noch keinen Deut näher gekommen zu sein und die Sonne hatte den Horizont mittlerweile berührt. Die Schatten wurden länger und ein erster Hauch von Grau mischte sich in ihr Licht.

Es wurde dunkel, bis sie den Wald erreichten, und sie brauchten eine weitere Stunde, um ihn zu umgehen. Dann endlich sahen sie wieder Licht vor sich.

Robin atmete erleichtert auf. Sie hatte tapfer mit Salim mitgehalten, aber nun war sie am Ende ihrer Kräfte. Kettenhemd und Schild schienen Zentner zu wiegen und ihr Atem ging so schnell, dass sie beim Luftholen keuchte. Auch Wirbelwind war vollkommen erschöpft, denn der tapfere Hengst musste schließlich nicht nur ihr Gewicht tragen, sondern auch das zusätzliche des schweren Kettenpanzers, der sich unter seiner Schabracke verbarg.

Trotzdem wollte sie schneller reiten, um das restliche Wegstück möglichst schnell hinter sich zu bringen, aber Salim fiel ihr rasch in den Arm und schüttelte den Kopf. »Wir müssen jetzt vorsichtig sein«, flüsterte er. »Sie sind hier. Ich kann sie spüren!«

Robin lauschte angestrengt. Sie hörte ihre und Salims Atemzüge, ihre eigenen, dumpfen Herzschläge und die vielfältigen Geräusche des Waldes, der sie umgab, aber sonst nichts. Salim hatte wohl schärfere Sinne als sie.

»Steig ab«, fuhr er im Flüsterton fort. »Wir gehen das restliche Stück zu Fuß. Und keinen Laut!«

Robin gehorchte, warf aber einen sehnsüchtigen Blick zu dem warmen Lichtschein am Ende des Weges. Er versprach Geborgenheit und Wärme und sie fühlte sich so müde. Sie wollte nicht mehr kämpfen. Es war zuviel passiert. Sie wünschte sich, sie hätte die Komturei nie verlassen.

Sie waren ihrem Ziel auf vielleicht hundertfünfzig oder zweihundert Schritte nahe gekommen, als Salim abermals stehen blieb und den Zeigefinger über die Lippen legte. »Bleib hier«, flüsterte er. »Rühr dich nicht!«

Er reichte ihr Shalimas Zügel, drehte sich wieder herum und schien dann einfach zu verschwinden, wie ein Schatten, der von einer schwarzen Steinmauer verschluckt wurde.

Robin musste wieder daran denken, wie er sich einmal selbst genannt hatte: *Schattenkrieger*. Sie verstand plötzlich ein bisschen mehr, was er damit gemeint haben mochte. Und es machte ihr Angst.

Es verging eine Weile, dann hörte sie einen sonderbaren, erstickten Laut, fast wie ein Seufzen, gefolgt vom Rascheln von Blättern und dann dem leisen Brechen eines einzelnen Astes. Kurz darauf kam Salim zurück. Er sagte nichts, aber sie verspürte einen leisen, salzigen Geruch, der ihn umgab und den sie nach einer Sekunde voller Schrecken als den von Blut identifizierte.

»Und?«, fragte sie mühsam beherrscht.

»Ein Wachtposten«, antwortete er. »Aber nur einer. Er wird uns nicht verraten.«

Robins Hände begannen für einen Moment zu zittern. Sie hatte sich sofort wieder unter Kontrolle, doch was sie nicht unterdrücken konnte, das war das tiefe Entsetzen, mit dem sie die Kälte in Salims Stimme erfüllte. Er hatte soeben einen Menschen getötet. Vermutlich hatte er keine Wahl gehabt – zumindest von seinem Standpunkt aus –, aber das machte es nicht besser. Sie hätte es sogar ertragen, Triumph in seiner Stimme zu hören, aber was sie zutiefst erschütterte, das war die vollkommene Teilnahmslosigkeit in seiner Stimme.

»Wir lassen die Pferde besser hier zurück«, fuhr Salim im Flüsterton fort. »Es ist nicht mehr weit.«

Robin nickte knapp. Sie war froh, dass es so dunkel war, dass Salim ihr Gesicht nicht erkennen konnte. Dicht hinter dem Tuareg führte sie ihr Pferd ein Dutzend Schritte weit in den Wald hinein und machte Wirbelwind an einem Baum fest. Sie wollte zum Weg zurückgehen, aber Salim schüttelte lautlos den Kopf und deutete in den Wald hinter sich. Mit der gleichen Bewegung befestigte er den Schleier vor seinem Gesicht, so dass er nun vollends unsichtbar zu werden schien.

Auf einen weiteren Wink Salims hin löste sie den Schild vom Sattelgurt, befestigte ihn an ihrem linken Arm und stülpte sich den schweren Topfhelm über, dann folgte sie ihm.

Ohne Salims Hilfe hätte sie vermutlich schon nach wenigen Schritten hoffnungslos die Orientierung verloren. Hier drinnen im Wald war es so finster, dass sie kaum die Hand vor Augen erkennen konnte, und ihr Helm, der nur einen schmalen, kreuzförmigen Sehschlitz hatte, behinderte sie noch zusätzlich. Robin hatte das Gefühl, stundenlang durch fast vollkommene Dunkelheit zu gehen, geführt von einem Gespenst, das dunkler als die Nacht war.

Nach einer Ewigkeit – die kaum fünf Minuten gedauert haben mochte – wurde es vor ihnen grau. Sie näherten sich dem Waldrand. Salim gab ihr mit Gesten zu verstehen, dass sie zurückbleiben sollte, eilte voraus und winkte ihr erst zu, als er sich davon überzeugt hatte, dass vor ihnen alles ruhig war.

»Wir sind zu spät gekommen«, murmelte Salim. »Verdammt!«

Robin blickte gebannt durch die Zweige des dornigen Busches, hinter dem sie Deckung gesucht hatten. Das Gasthaus lag vor ihnen, noch zwanzig oder dreißig Schritte entfernt, und im ersten Moment fragte sie sich, ob sie vielleicht am falschen Haus angekommen waren. Es sah nicht aus wie ein Gasthaus – obwohl sie zugeben musste, dass sie noch niemals ein Gasthaus gesehen hatte. Aber sie hätte es sich anders vorgestellt. Es war überraschend klein und aus massiven Steinquadern erbaut. Auf der ihr zugewandten Seite gab es nur die Tür und ein schmales Fenster, vor dem ein massiver, hölzerner Laden lag, und das flache Dach war mit Stroh gedeckt und mit großen Steinen beschwert. An der Rückseite war eine offene Remise angebaut, in der sie fünf Pferde mit weißen Schabracken zählte.

»Wieso zu spät?«, fragte sie.

Salim bedeutete ihr erschrocken, leiser zu sein, dann deutete er auf einen Punkt ein Stück hinter und neben dem kleinen Steinbau. Robin sah erst nach einer Weile etwas, was ein menschlicher Umriss sein konnte, oder auch nicht.

»Da drüben sind noch mehr«, flüsterte Salim. Sein Arm deutete hierhin und dorthin, aber Robin sparte sich bald die

Mühe, in die angedeutete Richtung zu sehen. Salim hatte deutlich bessere Augen als sie.

»Ich zähle acht«, flüsterte er. »Aber es können auch mehr sein.«

Acht? Robin identifizierte mittlerweile mit Mühe und Not zwei Gestalten. Sie schienen etwas zu tragen, aber sie konnte nicht erkennen, was.

»Diese Hunde!«, keuchte Salim. »Das ... das ist teuflisch!«

»Was?«, fragte Robin.

Salim brauchte nicht mehr zu antworten. Plötzlich erwachte die Dunkelheit rings um das Gasthaus zu schattenhaftem Leben und Robin begriff, dass die Falle nicht nur sorgsam vorbereitet, sondern auch geradezu teuflisch ausgedacht war. Drei oder vier Paare dunkel gekleideter Gestalten, die jeweils einen wuchtigen Balken oder vielleicht auch einen Baumstamm zwischen sich trugen, lösten sich vom Waldrand und rannten auf das Gebäude zu. Sie erreichten es nahezu gleichzeitig und Robin hörte ein mehrfaches dumpfes Poltern. Beinahe gleichzeitig glomm auf der anderen Seite des Gebäudes ein winziger Funke auf, der rasch zu einer lodernden Fackel wurde.

»Großer Gott!«, entfuhr es Robin, als sie endgültig begriff, was die Angreifer vorhatten. Sie senkte die Hand auf das Schwert und wollte aufspringen, aber Salim riss sie fast gewaltsam zurück.

»Bleib hier«, zischte er. »Es sind zu viele. Das wäre Selbstmord!«

»Aber wir müssen etwas tun!«, keuchte Robin.

Eine zweite Fackel loderte auf, dann flogen zwei Funken sprühende Wurfgeschosse durch die Nacht. Eine der Fackeln verfehlte ihr Ziel, aber die andere landete zielsicher auf dem Dach des Gasthauses.

»Warte hier!«, sagte Salim. »Ich versuche sie abzulenken. Du musst irgendwie die Tür aufmachen. Aber tu nichts, bevor ich zurück bin!«

Er verschwand, bevor Robin ihn zurückhalten konnte. Für einen Moment geriet sie in Panik und das Gefühl der Hilflosigkeit wurde so schlimm, dass es fast wehtat.

Aus dem Gasthaus drangen mittlerweile Schreie und dumpfe Schläge, als die Ritter das Feuer bemerkten und wohl auch begriffen, dass sie in einen Hinterhalt gelockt worden waren, und versuchten, das Gebäude zu verlassen. Sie konnten es nicht. Die Baumstämme, die die Angreifer herbeigeschleppt hatten, blockierten sowohl die Tür als auch die schweren Fensterläden.

Wo blieb Salim?

Ihr Blick irrte zum Dach und im ersten Moment war sie erleichtert, als sie sah, dass das Strohdach keineswegs in hellen Flammen stand, wie die Angreifer zweifellos gehofft hatten. Vermutlich war das Dach feucht. Es brannte nur mit kleinen, bläulichen Flammen. Dann aber sah sie den schweren Rauch, der in trägen Schwaden über das Dach kroch und mit Sicherheit auch in das Gebäude eindrang. Die Männer dort drinnen würden vielleicht nicht verbrennen, aber qualvoll ersticken. In das dumpfe Hämmern und die Schreie mischte sich bereits ein immer lauter werdendes, qualvolles Husten.

Robin konnte nicht mehr still sitzen bleiben. Sie sprang auf, zog das Schwert aus der Scheide und machte einen Schritt, blieb dann aber stehen. Sie zählte mittlerweile mehr als acht Gestalten. Salim hatte Recht: Es *wäre* Selbstmord, irgendetwas zu unternehmen, ganz gleich, was. Sie konnte nichts anderes tun, als hilflos zuzusehen, wie die Männer in dem Haus dort drüben qualvoll starben.

Plötzlich barst der Waldrand nicht weit von ihr entfernt auseinander und ein schwarzes Gespenst brach hervor. Salim hatte sich so weit über den Hals seines Pferdes gebeugt, dass das Tier und er fast zu einem einzigen, rasenden Schatten zu verschmelzen schienen. Er hatte den Schild erhoben und das tödliche silberne Rad eines Morgensternes kreiste über seinem Kopf.

Der Angriff kam so überraschend, dass der erste von Ottos Männern nicht einmal begriff, was ihn umbrachte. Salims Morgenstern fand mit tödlicher Sicherheit sein Ziel und zerschmetterte seinen Schädel und noch bevor er zu Boden fiel, sprengte Salim bereits an dem zusammenbrechenden Körper vorbei und attackierte einen zweiten Mann. Dem gelang es zwar, seinen eigenen Schild in die Höhe zu reißen und zwischen sich und den heruntersausenden Morgenstern zu bringen, aber der Hieb war so gewaltig, dass er den Schild einfach zerschmetterte und seinen Arm brach. Der Mann wurde zurückgeschleudert und Salim sprengte weiter und attackierte schon wieder den nächsten Feind. Für einen Moment sah es fast so aus, als könnte er das knappe Dutzend Männer ganz allein besiegen.

Natürlich konnte er es nicht und er wollte es auch gar nicht. Der ganze Sinn seines selbstmörderischen Überfalles war, die Angreifer vom Haus wegzulocken, und es gelang ihm tatsächlich. Shalima pflügte durch die Reihen der Männer wie ein toll gewordener Schlitten durch ein Kornfeld. Drei, vier Männer warfen sich entsetzt zur Seite, um Salims tödlicher Waffe zu entgehen, der Rest setzte mit wütendem Gebrüll zur Verfolgung an. Für einen Augenblick war vor der Tür des brennenden Gasthauses niemand mehr.

Robin rannte los.

Sie war gute zwanzig oder fünfundzwanzig Schritte von der Tür entfernt und es war schier unmöglich, dass sie diese Strecke zurücklegen sollte, ohne aufgehalten zu werden, aber das Wunder geschah: Salims Ablenkung war so erfolgreich, dass sie das Haus unbehelligt erreichte. Im vollen Lauf und ohne innezuhalten warf sie sich gegen den Baumstamm, der schräg gegen die Tür gerammt worden war.

Der Anprall schleuderte sie zurück und zu Boden. Der Baumstamm zitterte nicht einmal, aber Robin sah aus den Augenwinkeln, wie mindestens zwei der Angreifer herumfuhren und mit gewaltigen Sätzen in ihre Richtung rannten, und über ihr fing das Dach des Gasthauses nun doch Feuer, und das mit einem einzigen, krachenden Schlag. Flackerndes, rotes Licht erhellte von einer Sekunde auf die andere die nähere Umgebung und ein Schwall intensiver Hitze schlug ihr entgegen und nahm ihr den Atem, als sie aufsprang. Brennendes Stroh und Funken regneten auf sie herab. Robin riss schützend den Schild über den Kopf, ignorierte die beiden Männer, die in ihre Richtung rannten, und zerrte und riss mit verzweifelter Kraft an dem Balken.

Diesmal bewegte er sich. Aber nicht weit genug. Die Männer hatten den Balken nicht einfach gegen die Tür gelehnt, sondern sein anderes Ende regelrecht in den Boden hineingerammt, und das verzweifelte Anrennen der im Haus gefangenen Tempelritter gegen die Tür machte alles nur noch schlimmer.

Robin warf sich noch einmal und mit verzweifelter Kraft gegen die Barrikade, sah eine Bewegung aus den Augenwinkeln und warf sich instinktiv herum. Eine Schwertklinge hackte dicht neben ihr in den Balken. Robin wirbelte herum, riss ihren Schild in die Höhe und stieß damit zu, genau wie Salim es ihr gezeigt hatte. Das Ergebnis war verblüffend: Der Mann stolperte zurück, ließ seine Waffe fallen und stürzte zu Boden, aber schon war der zweite Angreifer heran und schlug zu.

Robin parierte seinen Hieb mit hochgerissenem Schwert, drehte die Klinge um eine Winzigkeit und vollführte eine kreiselnde, blitzschnelle Bewegung aus dem Handgelenk, als das Schwert Funken sprühend an ihrer eigenen Waffe entlangglitt. Das Schwert wurde dem Angreifer aus der Hand gerissen und flog im hohen Bogen davon und Robin war mit einem blitzschnellen Schritt hinter ihm und trat ihm wuchtig in die Kniekehle. Der Angreifer stolperte und fiel mit hilflos rudernden Armen gegen den Balken, und wozu Robins Kräfte nicht gereicht hatten, das vollendete sein Anprall: Der Balken rutschte zur Seite und die Tür des Gasthauses flog auf und prallte mit solcher Wucht gegen die Wand, dass sie zersplitterte. Lodernder Feuerschein und eine brodelnde Rauchwolke quollen aus der Tür, dann taumelte eine Gestalt in einem rußgeschwärzten, weißen Wappenrock ins Freie, brach in die Knie und übergab sich qualvoll.

Die Gefahr war noch nicht vorbei. Irgendwo, am anderen Ende der Welt, wie es schien, kämpfte Salim gegen mehrere Männer zugleich, aber der Großteil der Angreifer hatte mittlerweile gesehen, was geschah, und stürmte heran.

Auch der Mann, den Robin zuerst niedergeschlagen hatte, war schon wieder auf den Beinen und hatte sein Schwert aufgelesen.

Robin erstarrte, als sie in sein Gesicht sah. Es war finster, brutal und von einer langen Narbe gezeichnet, die über Stirn, Auge und Wange bis zum Mundwinkel hinunter reichte.

Es war Otto, Gunthar von Elmstatts ehemaliger Waffenmeister.

Da sie selbst einen Helm trug, war es unmöglich, dass er sie erkannt hatte, aber das hinderte ihn nicht daran, sie sofort und mit hassverzerrtem Gesicht anzugreifen.

Es gelang Robin, seine beiden ersten Schläge mit mehr Glück als Können zu parieren, aber schon sein dritter Hieb war so hart, dass er ihren rechten Arm lähmte und das Schwert aus ihren gefühllosen Händen glitt. Otto schrie triumphierend auf und riss seine Waffe zum entscheidenden Schlag in die Höhe, und wie aus dem Nichts wuchs eine riesenhafte Gestalt in Weiß und Rot neben Robin auf. Ihr Schwert bewegte sich so schnell, dass es zu einem fließenden Schatten zu werden schien, und enthauptete Otto. Sein Schädel flog davon und rollte wie ein grausiger Ball über den Boden, während sein kopfloser Torso noch einen Moment reglos, ja, sogar mit erhobenem Schwert, stehen blieb und dann stocksteif nach vorne kippte, um Robin im Zusammenbrechen unter sich zu begraben. Sie schrie vor Entsetzen und Ekel. Ottos Leichnam lag wie eine Zentnerlast auf ihr und drohte sie zu ersticken, als wollte er noch im Tode seine Rache an ihr vollziehen, und sein Blut lief warm und klebrig über ihre Hände.

Als es ihr endlich gelungen war, sich ihrer grausigen Last zu entledigen, hatte sich das Blatt gewendet. Mindestens vier, wenn nicht mehr Tempelritter waren auf dem Schlachtfeld erschienen, auch wenn sie ihren Gegnern an Zahl noch immer hoffnungslos unterlegen waren, so war der Kampf doch damit entschieden.

Die Tempelherren schlachteten ihre Gegner regelrecht ab. Das Gemetzel – denn mehr war es nicht – dauerte nur noch wenige Augenblicke, dann lagen die meisten Angreifer tot oder schwer verwundet am Boden und die wenigen Überlebenden suchten ihr Heil in der Flucht.

Nur den wenigsten gelang es. Die Templer, außer sich vor Wut, setzten ihren Gegnern nach und holten die meisten ein, bevor sie den rettenden Wald erreichen konnten. Robin schätzte, dass nicht mehr als zwei oder drei der Rache der Krieger in Weiß und Rot entkamen.

»Seid Ihr verletzt, Bruder?«

Robin hörte die Worte zwar, aber es dauerte eine Weile, bis sie auch nur begriff, dass die Frage ihr galt. Müde hob sie den Kopf und blickte in ein bärtiges, schweißglänzendes Gesicht, aus dem ein dunkles Augenpaar voller Sorge auf sie herabblickte.

»Ich ... glaube nicht«, murmelte sie. Sie hob die Hände und versuchte den Helm abzustreifen, schaffte es aber nicht. Ihr rechter Arm war noch immer gelähmt.

»Wartet, ich helfe Euch«, sagte der Tempelritter. Beinahe sanft zog er Robin den Helm ab und riss dann verblüfft die Augen auf, als er in ihr Gesicht sah.

»Oh!«, entfuhr es ihm. »Ihr seid ...«

»... nicht verletzt«, fiel ihm Robin hastig ins Wort. Ihr Herz hämmerte. Der Templer sah sie direkt an und er *musste* einfach erkennen, wen er vor sich hatte.

Dann wurde ihr klar, was er wirklich sah: Sie war über und über mit Ottos Blut besudelt. Ihr Wappenrock war mehr rot als weiß und auch ihr Gesicht fühlte sich klebrig an. Der Helm, den der Templer noch in den Händen hielt, schimmerte in hellem Rot.

»Mir fehlt nichts«, versicherte sie mit zitternder Stimme. Sie war zu matt und ihr Hals schmerzte zu sehr für langwierige Erklärungen, und so deutete sie nur mit einer Kopfbewegung auf den blutenden Torso, der neben ihr lag. Der Blick des Tempelritters folgte der Bewegung und er verstand.

»Habt Ihr ... mich gerettet?«, fragte sie mühsam.

»Ich habe nur einen geringen Teil der Schuld zurückgezahlt, in der wir Euch gegenüber stehen«, antwortete der Ritter. »Ohne Euch wären wir alle elendiglich verbrannt. Mein Name ist Horace. Und Eurer?«

»Robin«, antwortete Robin erschrocken. Horace? Das war Horace, dessen bloße Anwesenheit die ganze Komturei in Angst und Schrecken versetzt hatte? Sie rettete sich in einen nur zum Teil gespielten Hustenanfall und Horace legte den Helm aus der Hand und stand auf.

»Ruht Euch aus, Bruder Robin«, sagte er. »Was hier noch zu tun ist, darum kümmern wir uns jetzt.«

Bruder Robin schloss zum Zeichen ihres Einverständnisses kurz die Augen und Horace wandte sich endgültig um und ging. Robin blieb noch einen Moment reglos sitzen, um neue Kraft zu schöpfen, dann hob sie müde die Hände und versuchte, sich wenigstens das ärgste Blut aus dem Gesicht zu wischen, machte damit aber vermutlich alles nur schlimmer. Sie stand umständlich auf, wobei sie fast krampfhaft versuchte, nicht in die Richtung des kopflosen Leichnames neben sich zu blicken. Eine Mischung aus Ekel und dumpfer Verzweiflung hatte sie gepackt. Sie wünschte sich weg, weit, weit weg, und sie hatte plötzlich Angst vor sich selbst. Als sie sich nach Schild und Schwert bückte, musste sie all ihre Selbstbeherrschung aufbieten, um die Waffen an sich zu nehmen. Es war nicht das erste Mal, dass sie Tempelritter im Kampf beobachtete. Sie wusste, wozu diese hochtrainierten und von heiliger Besessenheit erfüllten Krieger Gottes in der Lage waren. Aber diesmal war sie nicht nur Opfer oder unbeteiligte Zeugin gewesen, sondern hatte an dem Kampf teilgenommen. Dass sie selbst niemanden getötet hatte, machte es keinen Deut besser. Sie betrachtete das Schwert in ihrer Hand eine Zeit lang, ehe sie es in die Scheide schob. An der bläulich schimmernden Klinge klebte Blut, Ottos Blut, das aus seinen zerschnittenen Halsschlagadern wie eine Fontäne überall hin gespritzt war – wie um ihr zu zeigen, dass sein Blut an ihrem Schwert klebte, ob sie es nun wahrhaben wollte oder nicht.

Was hatte Salim gesagt? Du bist unter dem Schwert aufgewachsen ...

Was, dachte sie schaudernd, wenn er mit diesem harmlosen Scherz der Wahrheit näher gekommen war, als sie beide in diesem Moment gewusst hatten? Vielleicht war es die Wahrheit gewesen und vielleicht hatte der englische Soldat ihr mehr hinterlassen als ein rostiges Schwert und einen alten Schild.

Sie bückte sich nach dem Helm, klemmte ihn unter den linken Arm und drehte sich müde herum.

Der Kampf war vorüber und die fünf Tempelritter kümmerten sich nun gegenseitig um ihre Verletzungen, die zum allergrößten Teil aus Brandwunden und eher leichten Schnittwunden zu bestehen schienen. Dann aber sah sie, dass der Sieg vielleicht doch nicht so triumphal gewesen war, wie es im ersten Moment den Anschein gehabt hatte: Zwischen den Leichen der Angreifer lag auch eine reglos ausgestreckte Gestalt in Weiß.

Sie ging hin und stockte mitten im Schritt, als sie den Toten erkannte.

Es war Jeromé.

Sein Gesicht war rußgeschwärzt, aber nur zum Teil zu erkennen. Jemand hatte ihm den Schädel eingeschlagen.

»Es tut mir Leid, Robin«, sagte Horace hinter ihr. »Er war Euer Freund?«

Robin deutete ein Kopfschütteln an. Ihre Kehle war wie zugeschnürt, aber es war nicht der Anblick des Toten, der sie so erschütterte, nicht einmal der der grauenhaften Verletzung. Es war der Ausdruck in seinen Augen. Keine Furcht oder Schmerz. In Jeromés weit aufgerissenen, für immer erloschenen Augen stand ein Ausdruck fassungsloser Verblüffung – als hätte er seinem Mörder im allerletzten Moment ins Gesicht geblickt und könnte einfach nicht glauben, was er sah...

»Er war wohl *niemandes* Freund, nach allem, was ich gehört habe«, fuhr Horace fort. »Aber er war ein guter Christ und ein tapferer Mann. Wir werden für ihn beten.«

Robin nickte nur. Sie versuchte unbeholfen, das Kreuzzeichen zu schlagen, so wie sie es bei Abbé und den anderen gesehen hatte, kam aber durcheinander und ließ die Hand wieder sinken, und Horace drehte sie mit sanfter Gewalt zu sich herum und sah ihr ernst ins Gesicht. Hatte er etwas gemerkt?

»Unter all diesem Blut und Schmutz verbirgt sich noch ein sehr junger Mann, habe ich Recht?«, fragte er. Robin schwieg und Horace wurde noch ernster und fuhr mit leiser, teilnahmsvoller Stimme fort: »Es war Euer erster Kampf, habe ich Recht? Bisher habt Ihr Eure Klingen nur mit Euren Brüdern gekreuzt.«

Robin nickte. Sie schwieg noch immer.

»Ihr braucht Euch Eurer Gefühle nicht zu schämen«, sagte Horace mit einem verzeihenden Lächeln. »Ihr habt nun Blut an den Händen und Ihr fragt Euch, ob Ihr damit Schuld auf

Eure Seele geladen habt, denn Gott der Herr sagt, du sollst nicht töten. Ich kenne diese Gedanken. Ich selbst habe mir diese Frage immer und immer wieder gestellt und es hat lange gedauert, bis ich eine Antwort gefunden habe.«

»Und wie lautet sie?«, murmelte Robin.

Horace schüttelte leicht den Kopf. »Ein jeder muss diese Frage für sich selbst beantworten«, sagte er. »Du musst beten, Bruder. Vielleicht wird dir im Zwiegespräch mit Gott offenbar, was ich dir nicht sagen kann.« Er lächelte aufmunternd. »Aber bedenke dies: Es ist nicht Gottes Wille, dass wir einander töten. Aber es kann auch nicht sein Wille sein, dass wir tatenlos zusehen, wie andere getötet werden. Ohne dein Eingreifen hätte keiner von uns überlebt.«

»Das war ich nicht allein.« Robin wandte sich vollends um, damit sie den Ausdruck schrecklicher Überraschung in Jeromés Augen nicht mehr sehen musste. »Ohne Salim hätte ich es nicht geschafft. Er hat sie abgelenkt, damit ich die Tür öffnen konnte.«

»Ach ja, der Sarazene«, sagte Horace. Er lachte, aber es klang irgendwie ... falsch. »Wer hätte gedacht, dass ausgerechnet ich mein Leben einmal einem Muselmanen verdanken sollte. Sind Gottes Wege nicht manchmal rätselhaft? Wäre es nicht Häresie, so könnte man glauben, dass er über einen subtilen Humor verfügt, nicht wahr?«

»Das ... könnte man«, antwortete Robin vorsichtig. »Aber es steht uns nicht zu, über seine Ratschlüsse zu urteilen.«

»Gewiss nicht«, bestätigte Horace. Er gab sich einen Ruck und wechselte das Thema. »Wo ist der Sklave überhaupt?«

Ein jäher Schrecken durchfuhr Robin. Sie hatte Salim schon eine geraume Weile nicht mehr gesehen. Was, wenn auch er verwundet oder gar getötet worden war?

Sie fand jedoch nicht einmal Zeit, den Gedanken weiter zu verfolgen, denn gerade in diesem Moment trat Salim auf Shalimas Rücken aus dem Wald heraus. Eine reglose Gestalt lag quer vor ihm über dem Sattel.

Robin, Horace und die anderen Tempelritter eilten ihm entgegen. Salim glitt mit einer lautlosen Bewegung aus dem Sattel und wartete, bis sie heran waren, ehe er zusammen mit einem der anderen Templer den reglosen Körper von Shalimas Rücken hob und vorsichtig ins Gras bettete.

Horace sog scharf die Luft ein, als er das Gesicht des Mannes sah. »Gernot! Das ist doch... Gernot von Elmstatt!« Er fuhr herum und wandte sich mit zornig blitzenden Augen an Salim. Seine Hand klatschte auf den Schwertgriff. »Was hast du ihm angetan, Heide?«

»Ich habe ihn im Wald gefunden«, antwortete Salim ruhig, »nicht weit von hier. Sie haben ihn gefoltert – zweifellos, um Euren Treffpunkt aus ihm herauszupressen.«

Gernot stöhnte leise, als wolle er etwas dazu sagen. Sein Gesicht war verschwollen und er blutete aus verschiedenen, tiefen Schnittwunden, die nicht so aussahen, als stammten sie von einem Schwertkampf. Seine Hände waren mit einem groben Strick zusammengebunden. Als Salim sich zu ihm hinunterbeugte, um seine Fesseln zu durchtrennen, öffnete er die Augen und versuchte etwas zu sagen. Es gelang ihm nicht. Blut lief aus seinem Mund.

»Versucht nicht zu reden, Herr!«, sagte Salim. »Ich werde ihnen alles erklären.« Er stand auf und wandte sich wieder an Horace.

»Er hat mir alles erzählt, aber es ging wohl über seine Kräfte. Sie haben ihm übel mitgespielt. Darf ich fortfahren?«

Für Horace schien das gar nicht so selbstverständlich zu sein, denn er zögerte einen fühlbaren Augenblick, ehe er sich zu einem Nicken durchrang.

»Gernot bekam Kunde von einem geplanten Hinterhalt, der Euch galt«, fuhr Salim fort. »Er brach auf, um Euch zu warnen, aber er fiel den Verrätern in die Hände. Hätte ich ihn nicht gefunden, so wäre er jämmerlich verblutet.«

»Ist das wahr?«, fragte Horace.

Gernot nickte und rang sich eine Bewegung ab, die man mit einiger Fantasie als Nicken auslegen konnte, und Robin war nun vollkommen fassungslos. Wieso dachte sich Salim eine derart haarsträubende Geschichte aus, um Gernot zu schützen? Als sie Salim gerade aus dem Wald hatte kommen sehen, da war sie fest davon überzeugt gewesen, dass er Gernot umgebracht hatte.

»Also gut«, sagte Horace. Er wirkte nicht sehr zufrieden und die Blicke, mit denen er Salim maß, waren beinahe schon feindselig. Vielleicht glaubte er dem Tuareg nicht. Aber vielleicht war es ihm auch nur unangenehm, in der Schuld eines Moslems zu stehen. »Verbindet seine Wunden. Und dann lasst uns die Toten begraben und für ihre Seelen beten.«

KAPITEL 35

Der Morgen dämmerte bereits, als sie zur Komturei zurückkehrten. Es hatte bis lange nach Mitternacht gedauert, ein gutes Dutzend flacher Gräber am Waldrand auszuheben, in denen sie Ottos Männer, aber auch den Schankwirt und seine Frau beerdigten, die bei dem Feuer den Tod gefunden hatten, und, zu Robins Überraschung, auch Bruder Jeromé. Anschließend hatten Horace und seine Brüder gut zwei Stunden im Gebet zugebracht, wobei sie keinen Unterschied zwischen Feind und Freund gemacht hatten, so wenig wie damals Abbé, als er Helle, Olof und Jan den letzten Segen gab. Und so wenig wie die letzten Ruhestätten an der alten Kapelle, an der alles Unglück begonnen hatte, unterschieden sich diese Gräber voneinander. Als Robin, die mit gesenktem Blick dagestanden und so getan hatte, als ob sie auch betete, sich endlich herumdrehte und zu ihrem Pferd ging, hätte sie nicht mehr sagen können, wer in welchem Grab lag. Es spielte wohl auch keine Rolle.

Sie hatten den Rückweg zur Komturei so schnell bewältigt, wie sie konnten, aber das war nicht sehr schnell gewesen. Keiner von ihnen hatte noch viel Kraft. Auf den letzten Meilen wäre Robin mehrmals fast im Sattel eingeschlafen und ihr Kettenhemd schien mittlerweile eine Tonne zu wiegen und mit jedem Schritt Wirbelwinds schwerer zu werden. Trotz des baumwollenen Unterkleides war sie überall wundgescheuert und ihr rechter Arm schmerzte noch immer.

Der Hof war hell erleuchtet. Hinter jedem Fenster brannte Licht und auf dem Hof selbst brannten zahlreiche Fackeln, die, dem Grad ihres Herunterbrennens nach zu schließen, die Dunkelheit die ganze Nacht über vertrieben hatten. Robin überlegte, ob der Grund für diese Aufregung möglicherweise Salims und ihr Verschwinden war, glaubte es aber nicht. Außerdem war es ihr im Grunde egal. Sie war unendlich müde und sie wollte nur noch schlafen.

Bis dahin aber sollte noch viel Zeit vergehen.

Ihr Kommen musste bemerkt worden sein, denn als sie durch das Tor ritten, kam ihnen eine aufgeregte Menschenmenge entgegen, die von Bruder Abbé angeführt wurde. Er sah übernächtigt und blass aus und seine fahrigen Bewegungen verrieten, dass er wahrscheinlich die ganze Nacht über kein Auge zugetan hatte.

»Bruder Horace!«, rief er schon von weitem. »Gelobt sei der Herr! Ihr könnt Euch nicht vorstellen, in welch großer Sorge ich gewe…«

Er brach mitten im Satz ab, erstarrte mitten in der Bewegung und riss ungläubig die Augen auf, als er Robin sah, die unmittelbar neben Horace ritt. Und vor allem, was sie *trug*.

»Robin«, murmelte er. Dann verfinsterte sich sein Gesicht. »Was erdreistest du dich?! Du wirst auf der Stelle…«

Horace unterbrach ihn. »Ich bitte Euch, Bruder Abbé, geht nicht zu streng mit Bruder Robin ins Gericht. Ohne ihn wäre wohl keiner von uns noch am Leben.«

Abbé starrte sie mit offenem Mund an. »Bruder Robin?«

»Er ist ein tapferer Bursche und ein mutiger Kämpfer vor dem Herrn«, fuhr Horace fort. »Aber der Schreck steckt ihm noch in den Knochen. Es war das erste Mal, dass er einen wirklichen Kampf erlebt hat.«

»Ja, das… war gewiss hart«, murmelte Abbé. Er war noch blasser geworden. Es fiel ihm sichtbar schwer, überhaupt zu reden. Bevor er weitersprach, warf er einen fast ängstlichen Blick in die Runde. Er suchte nach Heinrich und Xavier, begriff Robin. Die beiden anderen Tempelritter befanden sich jedoch nicht auf dem Hof.

»Was… was ist geschehen?«, fuhr er unsicher fort. »Wir hörten von einem Kampf und ihr alle seid voller Blut.«

»Es ist vornehmlich das Blut unserer Gegner«, antwortete Horace. Er stieg ächzend vom Pferd. »Was Ihr gehört habt, entspricht der Wahrheit – auch wenn ich mich frage, wieso schlechte Nachrichten sich immer so viel schneller verbreiten als gute. Der Verräter Otto hat uns in einen Hinterhalt gelockt. Er hat mit dem Leben dafür gezahlt.«

»Otto ist tot?«, vergewisserte sich Abbé.

»Er fiel von meiner Hand«, bestätigte Horace.

»Und Gernot?«

Horace wirkte leicht irritiert. Aber er antwortete nicht sofort, sondern machte eine befehlende Handbewegung, woraufhin Salim und Gernot aus dem Torgewölbe traten. Gernot hatte sich im Laufe der Nacht wieder genug erholt, um aus eigener Kraft im Sattel sitzen zu können. Sein Gesicht hatte sich jedoch blau und grün verfärbt und sein rechtes Auge war vollkommen zugeschwollen.

»Er ist verletzt«, sagte Horace überflüssigerweise. »Doch es ist nicht so schlimm, wie es aussieht. Er hat Glück gehabt. Er ist dem Verräter in die Hände gefallen, wie Ihr seht. Hätte ihn Euer Sklave nicht rechtzeitig gefunden, so wäre er wohl jetzt tot.« Er maß Abbé mit einem nachdenklichen Blick. »Aber wieso fragt Ihr nach ihm?«

»Gunthar von Elmstatt ist auf dem Weg hierher«, antwortete Abbé. Robin konnte sehen, wie sich die Gedanken hinter seiner Stirn schier überschlugen. »Als ich von Eurer Ankunft hörte, dachte ich erst, er wäre es.«

»Ihr könnt ihn beruhigen«, antwortete Horace. »Sein Sohn wird wieder gesund werden.« Er zögerte. »Ich fürchte, ich habe auch schlechte Nachrichten, Bruder Abbé. Unser Bruder Jeromé ... er fand den Tod im Kampf gegen die Verräter.«

»Jeromé?« Abbé erschrak. »Jeromé ist tot.«

»Er gab sein Leben, um die unseren zu beschützen«, sagte Horace. In Robins Ohren klang es wie etwas, das er irgendwann einmal auswendig gelernt hatte und nun herunterleierte.

»Er hat gekämpft wie ein Löwe«, fügte Salim hinzu. »Aber die Übermacht war einfach zu groß.«

Abbé starrte ihn an, doch Salims Blick blieb vollkommen ausdruckslos.

»Lasst uns das bitte alles zu einem späteren Zeitpunkt besprechen«, sagte Horace. »Es war eine sehr anstrengende

Nacht und ein sehr langer Ritt. Meine Brüder bedürfen der Ruhe – und vielleicht einer kleinen Stärkung. Und ich muss mit Euch und den anderen reden.«

»Selbstverständlich.« Abbé drehte sich herum und begann heftig zu gestikulieren. »Rasch. Bereitet die Zimmer für unsere Gäste vor. Und macht Wasser heiß und bereitet ein kräftiges Frühstück. Jemand soll saubere Kleider bringen. Und kümmert euch um die Pferde!«

Er hätte vielleicht noch die nächste halbe Stunde damit verbracht, Befehle zu erteilen, hätte Horace ihn nicht unterbrochen. »Gemach, Bruder«, sagte er lächelnd. »Ein einfaches Bett und eine warme Suppe mögen für den Anfang genügen. Macht Euch nicht zu viele Umstände.«

»Es sind keine Umstände.« Abbé hob die Stimme und rief über die Schulter zurück: »Ihr habt Bruder Horace gehört! Kümmert euch um unsere Gäste!« Seine Stimme wurde leiser, als er sich wieder direkt an Horace wandte. »Man wird Euch Eure Zimmer zuweisen und frische Kleider bringen. Wenn Ihr mich in der Zwischenzeit entschuldigen wollt: Ich möchte mich gerne persönlich um Gernot kümmern. Seinen Vater und mich verbindet eine langjährige Freundschaft.«

»Natürlich«, sagte Horace.

Abbé trat an Gernots Pferd und streckte die Hand aus. »Salim, hilf mir.«

Mit vereinten Kräften hoben sie Gernot vom Pferd. Der junge Adelige war so schwach, dass er kaum auf eigenen Beinen stehen konnte. Salim und Abbé mussten ihn stützen. Als sie sich herumdrehten und langsam losgingen, sagte er: »Und Ihr, seid so gut und folgt mir auch, Bruder Robin.«

KAPITEL 36

Sie brachten Gernot nicht ins Haupthaus, wie Robin ursprünglich angenommen hatte, sondern in einen kleinen Raum in dem benachbarten Wirtschaftsgebäude. Weder Abbé noch Salim oder Robin sagten auch nur ein einziges Wort. Schweigend führte Abbé sie in ein kleines, fensterloses Zimmer, das nur mit einem Tisch und einem einzelnen Stuhl möbliert war. Wenig sanft setzten sie Gernot darauf ab. Abbé entzündete eine Kerze, überzeugte sich recht grob davon, dass Gernot noch bei Bewusstsein war, und drehte sich dann brüsk herum, um den Raum zu verlassen. »Mitkommen«, sagte er schroff.

Sie folgten ihm. Abbé zog die Tür mit einem Knall hinter sich zu und fuhr Robin ohne weitere Vorwarnung an: »Was hast du dir dabei gedacht? Im Namen Jesu Christi und der Mutter Maria, weißt du eigentlich, was du da angerichtet hast?«

»Sie kann nichts dafür«, sagte Salim und Abbé fuhr auf dem Absatz herum und richtete seinen gesamten Zorn nun auf ihn. »Das mag vielleicht sogar stimmen!«, schnappte er. »Sie ist nur ein dummes Bauernmädchen, das nicht weiß, was es tut. Dafür weißt du es umso besser – oder solltest es wenigstens! Ist dir nicht klar, dass du mit diesem albernen Spiel unser aller Sicherheit aufs Spiel setzt?«

»Es ist nichts geschehen«, antwortete Salim.

»*Aber es hätte!*«, brüllte Abbé. Er verlor nun vollends die Beherrschung. »Großer Gott, Salim! Ausgerechnet Horace! Hast du denn überhaupt nichts verstanden? Du bringst uns alle in Gefahr! Du...«

Er brach ab. Etwas in seinem Blick änderte sich. Aus dem Schrecken in seinen Augen wurde etwas Neues, Schlimmes. Er trat einen Schritt zurück, sah Robin an, dann wieder Salim, dann noch einmal Robin und schließlich wieder den Tuareg. Er keuchte.

»Es war kein ... Leichtsinn«, murmelte er. »Und es war auch kein Versehen. Du ... du hast das mit Absicht getan! Du hast das alles so geplant!«

»Ich habe es mir etwas weniger dramatisch vorgestellt«, antwortete Salim. »Aber so ist es vielleicht noch besser.«

»*Besser?!*« Abbé schnappte hörbar nach Luft. »Wenn Bruder Horace auch nur *ahnt*, wer *Bruder Robin* ist, dann ist alles aus!«

»Aber er ahnt es nicht«, antwortete Salim ruhig. »Und er wird es auch nicht erfahren, wenn Ihr es ihm nicht sagt. Wenn Ihr für Xavier und Heinrich garantiert, kann nichts passieren.«

»Xavier und Heinrich hängen genauso am Leben wie ich«, sagte Abbé mit einer wegwerfenden Bewegung. »Aber sie sind nicht die Einzigen, die Robin kennen! Was, wenn Jeromé bereits mit ihm gesprochen hat?«

»Wenn es so wäre, dann wären wir nicht hier«, sagte Salim.

»Na, dann können wir uns ja glücklich schätzen, dass er gerade noch rechtzeitig gefallen ist, wie?«, fragte Abbé böse. »So verbirgt sich in den meisten schlimmen Nachrichten sogar noch etwas Gutes! Was erdreistest du dich, Sklave? Hast du ihn getötet?«

Salim zuckte ob dieser ungeheuerlichen Anschuldigung nicht einmal mit der Wimper. »Er fiel in der Schlacht«, sagte er.

»Ja, und Gernot wurde von Ottos Männern entführt und übel zusammengeschlagen!«, sagte Abbé giftig. Robin hatte ihn noch nie so aufgebracht erlebt. »Genug jetzt. Wir reden später darüber. Denke nicht, dass du so einfach davonkommst. Doch jetzt müssen wir den Schaden begrenzen, so weit dies noch möglich ist.« Er atmete so schnell, als wäre er eine Meile oder zwei gelaufen. »Dieser Unsinn mit Bruder Robin hört auf der Stelle auf! Ihr beide werdet die Komturei verlassen, noch bevor wir mit dem Morgengebet beginnen!«

»Bruder Horace wird nicht begeistert sein«, sagte Salim. »Er schien mir einen Narren an Robin gefressen zu haben.«

»Lass Bruder Horace ruhig meine Sorge sein«, sagte Abbé kalt. »Er und die anderen bleiben höchstens drei Tage. Irgendetwas wird mir schon einfallen, um euer Verschwinden zu erklären. Vielleicht kommen wir alle noch einmal mit dem Schrecken davon. Dieser Mummenschanz ist vollkommener Wahnsinn. Es *muss* aufhören!«

Salim wollte noch etwas sagen, aber Abbé schnitt ihm mit einer Geste das Wort ab. »Und jetzt kümmern wir uns um unseren Gast. Wenigstens in diesem Punkt scheinst du ja ausnahmsweise deinen Verstand benutzt zu haben!«

Sie gingen wieder in die Kammer zurück. Gernot hatte sich halbwegs aufgerichtet und starrte blicklos in die Kerzenflamme. Als sie eintraten, sah er jedoch auf und zog eine Grimasse, die zwar keinerlei Ähnlichkeit damit hatte, trotzdem aber wohl so etwas wie ein höhnisches Lächeln sein sollte.

»Bruder Abbé, der Hüter der Wahrhaftigkeit«, sagte er spöttisch. »Und wenn das nicht der tapfere Ritter Robin ist! Ich freue mich schon auf Horaces Gesicht, wenn er seinen Rock hochhebt und einen Blick darunter wirft.«

Abbé nickte fast unmerklich und Salim ging zu Gernot und schlug ihm so hart mit der flachen Hand ins Gesicht, dass er vom Stuhl fiel.

Abbé wartete, bis Salim Gernot hochgerissen und roh wieder auf den Stuhl gestoßen hatte, dann sagte er kalt: »Wollt Ihr weiterleben oder soll ich Salim erlauben, Euch die Kehle durchzuschneiden?«

»Er hat schon so viel an mir herumgeschnitten, dass es darauf kaum noch ankommt«, murmelte Gernot. Seine geschwollenen Lippen machten es ihm schwer zu sprechen und er schien große Schmerzen zu haben. »Außerdem werdet Ihr mich doch sowieso umbringen, oder?«

»Das liegt ganz bei Euch«, sagte Abbé. Robin hatte noch nie eine solche Kälte in seiner Stimme gehört. »Euer Vater wird in kurzer Zeit hier eintreffen. Soll ich ihm sagen, dass sein Sohn den ehrenvollen Tod auf dem Schlachtfeld fand, oder zieht Ihr es vor, mit ihm zusammen nach Burg Elmstatt zurückzukehren?«

Gernot sah ihn verwirrt an, aber auch ein wenig misstrauisch. Er schwieg.

»Es gibt einen einzigen Grund, aus dem Ihr noch am Leben seid, Gernot«, fuhr Abbé fort. »Dieser Grund ist Euer Vater.

Ihn und mich verbindet eine langjährige, tiefe Freundschaft. Ich bezweifle ehrlich gesagt, dass Euch die Bedeutung dieses Wortes klar ist, aber für mich bedeutet es viel. Ich kenne Euren Vater, Gernot, und ich weiß, dass es ihm das Herz bräche, wenn er erführe, *wer* hinter diesem hinterhältigen Plan steckt. Es würde ihn töten und das lasse ich nicht zu.«

»Ich verstehe gar nicht, wovon Ihr redet«, sagte Gernot trotzig.

»Ich rede von dem Überfall auf Robins Dorf«, antwortete Abbé. »Ich rede von jener Nacht hinter der alten Kapelle, in der Robin Euch und Otto belauscht hat. Sie hat gesehen, wie Ihr Gundolfs Leichnam dort abgelegt habt, so dass der Anschein entstehen musste, er wäre bei der Verfolgung der falschen Tempelritter in einen Hinterhalt geraten und getötet worden. Habt Ihr ihn umgebracht, Gernot? Klebt das Blut Eures eigenen Bruders an Euren Händen oder habt Ihr diese Arbeit auch Eurem Schlächter Otto überlassen?«

Gernot schnaubte. »Ihr seid ja verrückt, alter Mann!«

»Robin hat alles gehört«, fuhr Abbé unbeeindruckt fort. »Sie hat gehört, wie Ihr Otto den Befehl gegeben habt, Euch am linken Arm zu verletzen. Sie weiß auch, dass der Mann, der in Gundolfs Rüstung ins Dorf ritt, nicht Euer Bruder war, denn der lag zu diesem Zeitpunkt bereits tot hinter der Kapelle. Und sie erinnert sich auch noch, wie Ihr Otto den Befehl gegeben habt, ihr die Kehle durchzuschneiden.«

Gernot lachte. »Dieser Narr. Ihr wisst doch, was man sagt: Wenn du sicher sein willst, dass etwas erledigt wird, dann tu es selbst. Ihr habt nur ein Problem, alter Mann: Sie ist eine Bauerndirne. Ein dummes Kind, das sich für einen Ritter ausgibt. Wer würde ihr schon glauben?«

»Ich«, sagte Abbé. »Und Euer Vater auch. Ich glaube, er ahnt die Wahrheit bereits. Er will es nur noch nicht wahrhaben.«

»Weil er ein sentimentaler alter Trottel ist!«, sagte Gernot verächtlich.

Abbé hob die Hand und Salim schlug Gernot wieder. Diesmal fiel er nicht vom Stuhl, sank aber stöhnend nach vorne und hätte fast die Besinnung verloren.

»Und ich werde dafür sorgen, dass er sie auch niemals erfährt«, fuhr Abbé fort, als wäre nichts geschehen. »Eher töte ich Euch.«

»Was wollt Ihr von mir, alter Mann?«, stöhnte Gernot.

»Ich will, dass Ihr mir zuhört«, antwortete Abbé kalt. »Ohne Wenn und Aber. Wir werden bei der Geschichte bleiben, auf die wir uns geeinigt haben. Es war Otto, der für den Überfall auf das Dorf verantwortlich war. Es war ebenso Otto, der Euren Bruder ermordet hat, und er hat auch den Mord an Robins Familie und ihren Freunden befohlen. So wie er in der vergangenen Nacht den Überfall auf Bruder Horace angeführt hat. Er fand dabei den Tod. Ihr habt also nichts zu befürchten. Er kann sich nicht mehr verteidigen. Das ist die Geschichte, die Euer Vater von mir hören wird. Es liegt bei Euch, ob Ihr sie bestätigen könnt oder ob Ihr dann bereits tot seid.«

Gernot schwieg eine geraume Weile und starrte fast die ganze Zeit Robin an, nicht Abbé. »Warum sollte ich Euch trauen?«, fragte er schließlich.

»Weil Ihr gar keine andere Wahl habt«, antwortete Abbé. »Wenn ich Euren Tod wollte, dann wärt Ihr jetzt nicht hier. Glaubt Ihr, es ist Salim leicht gefallen, Euch am Leben zu lassen? *Ich* habe es ihm befohlen.«

»Und was ... muss ich dafür tun?«, fragte Gernot stockend.

»Nichts anderes als das, worin Ihr Übung habt«, antwortete Abbé. »Ihr müsst lügen. Ihr werdet unsere Geschichte bestätigen.«

»Und ich werde natürlich vergessen, wer sich unter dem Kettenhemd Eures Bruders Robin wirklich verbirgt«, sagte Gernot hämisch. »Und vor allem, *was*. Habt Ihr am Ende selbst ein Auge auf sie geworfen, Bruder Abbé? Sie ist ein hübsches Ding und ...«

Diesmal schlug Abbé ihn, nicht mit der flachen Hand, wie Salim es getan hatte, sondern mit der Faust. Gernot fiel nach hinten und in Salims Arme und diesmal verlor er tatsächlich das Bewusstsein, wenn auch nur für einen kurzen Moment.

»Robin und Salim werden Euch und Euren Vater nach Burg Elmstatt begleiten«, fuhr Abbé fort. »Sie werden dort bleiben, bis Bruder Horace und seine Begleiter uns wieder verlassen haben, was in spätestens zwei oder drei Tagen der Fall sein wird. Danach werden sie unbehelligt hierher zurückkehren. Diese Komturei wird in wenigen Wochen aufgelöst und wir alle werden fortgehen. Aber seid versichert, dass ich dafür Sorge getragen habe, dass man Euch im Auge behält, Gernot. Solltet Ihr es wagen, Hand an Robin zu legen, oder sollte ihr auch nur das Geringste zustoßen, so wird Euer Vater erfahren, was sich wirklich zugetragen hat.«

»Das ist … alles?«, fragte Gernot misstrauisch.

»Das ist alles«, bestätigte Abbé. »Bis auf eine Frage: Warum?«

Gernot verzog verächtlich die Lippen. »Das würdet Ihr ja doch nicht verstehen, alter Mann.«

»Ist es wegen Eures Bruders?«, fragte Abbé. »Gregor?«

Gernot schwieg.

»Ihr hasst uns«, sagte Abbé. »Ihr hasst uns und Ihr hasst vor allem mich, weil Ihr glaubt, dass es meine Schuld ist. Aber das ist es nicht. Es war Gregors freier Wille, in den Orden einzutreten.«

»Sein freier Wille?« Gernot lachte hysterisch. »Dieser tumbe Narr weiß nicht einmal, was freier Wille ist! Jahrelang hat mein Vater ihm von Euch und Eurem verfluchten Orden vorgeschwärmt. Gebete tagein, tagaus und dann diese Geschichten vom heiligen Krieg gegen die Heiden. Dem Ruhm, den die erhalten, die in die Schlacht gegen die Ungläubigen ziehen! Die Ehre und die Belohnung der ewigen Glückseligkeit! Jahrelang hat er es ihm eingehämmert, immer und immer wieder! Am Schluss konnte er gar nicht anders, als um Aufnahme in den Orden zu bitten!«

»Er war einer unserer Besten, Gernot«, sagte Abbé leise.

»Und was hat es ihm genutzt?« Gernot schrie jetzt beinahe. »Er ist tot! Er ist in Euer dreimal verfluchtes Heiliges Land gezogen und dort verblutet! Er starb, noch bevor er Jerusalem auch nur gesehen hatte, und Ihr habt das Kreuzzeichen gemacht und meinem Vater Euer Bedauern ausgedrückt und das war alles! Ihr habt meinen Bruder umgebracht und den Großteil unseres Vermögens genommen und Ihr fragt mich, warum ich Euch hasse?«

»Ist es das?«, fragte Abbé ruhig. »Das Geld?«

»Unser Geld«, verbesserte ihn Gernot. »Elmstatt war niemals reich, aber wir waren wohlhabend und konnten der Zukunft ohne Sorge entgegensehen. Und jetzt? Wart Ihr in den letzten Jahren einmal auf Burg Elmstatt? Wir leben kaum besser als die Bauern, deren Lehnsherren wir sind. Im Winter müssen wir manchmal Hunger leiden!«

»Ich habe niemals etwas von Eurem Vater verlangt«, sagte Abbé. »Alles, was er uns gegeben hat, war eine freiwillige Spende an den Orden.«

»Nachdem Ihr ihm den Verstand verwirrt habt mit Eurem ewigen Gerede vom Lohn Gottes und der himmlischen Glückseligkeit!«, sagte Gernot hasserfüllt. »Ihr habt uns alles genommen! Unsere Familie, unsere Zukunft, unser Vermögen!«

»Und deswegen habt Ihr versucht, uns in Misskredit zu bringen«, flüsterte Abbé entsetzt. »Ihr habt beinahe fünfzig Menschenleben ausgelöscht. Ihr habt einen Krieg begonnen, der Elmstatt die Vernichtung hätte bringen können, und Ihr habt Euren eigenen Bruder getötet – nur weil Ihr *Rache* wollt?«

»Wieviel Blut klebt an Euren Händen, Abbé?«, fragte Gernot böse. »Wie viele tausend habt Ihr in den Tod geschickt, um eine Ruine und ein altes Holzkreuz zu erobern, das vermutlich noch nicht einmal echt ist?«

Abbé wurde blass. Für einen kurzen Moment begann er am ganzen Leib zu zittern und für einen Augenblick war Robin fast sicher, dass er Gernot nun auf der Stelle töten würde.

Aber er beherrschte sich und sagte nur nach einer langen Pause und mit einer Stimme, in der nicht das mindeste Gefühl war: »Wie habt Ihr Euch entschieden, Gernot – wollt Ihr leben oder sterben?«

»Ich glaube nicht an das Leben nach dem Tod«, sagte Gernot.

»Weil Ihr allen Grund habt, Euch davor zu fürchten«, vermutete Abbé. »Wir sind uns also einig?«

»Ihr habt mein Wort«, sagte Gernot spöttisch. »Mein Ehrenwort.«

»Was immer das Wort wert sein mag«, murmelte Abbé. »Salim! Sorge dafür, dass sich jemand um seine Wunden kümmert. Und bringe ihm saubere Kleider. Er stinkt.«

KAPITEL 37

Gunthar kam ungefähr eine Stunde später und noch bevor eine weitere Stunde vorüber war, verließen Robin und Salim in seinem Gefolge die Komturei. Es war ein sehr sonderbarer Abschied gewesen; ein Abschied, der im Grunde keiner war, denn Abbé hatte ihr nicht einmal Zeit gegeben, Tobias Lebewohl zu sagen, und es war auch eine sonderbar schweigsame Prozession, die durch das Tor ritt und sich nach Norden wandte. Gunthar war in Begleitung eines Dutzends Männer gekommen, Krieger in Rüstungen und Waffen, und von irgendeiner Erleichterung, seinen letzten ihm gebliebenen Sohn wiederzusehen, war ihm nichts anzumerken. Im Gegenteil: Sein Gesicht war wie Stein und er beschränkte sich bei dem, was er sagte, auf knappe Anweisungen und saß unnatürlich steif und kerzengerade aufgerichtet im Sattel. Obwohl Gernot direkt neben ihm ritt, würdigte er ihn keines Blickes. Es musste wohl so sein, wie Abbé gesagt hatte: Gunthar ahnte die Wahrheit, aber er *wollte* sie nicht sehen. Robin empfand ein tiefes, sehr ehrliches Mitleid mit dem alternden Ritter. Was musste es für ein Gefühl sein, von einem Moment auf den anderen alles zu verlieren?

Sie beantwortete ihre Frage gleich selbst: Sie kannte es. Sie kannte es nur zu gut.

Sie waren ungefähr eine halbe Meile von der Komturei entfernt und Salim drehte sich zum zweiten Mal im Sattel herum und sah zu dem Rechteck aus weiß gekalkten Wänden zurück. Es sah aus, als suche er etwas.

»Fällt dir der Abschied so schwer?«, fragte Robin bitter. »Aber vielleicht gewöhnst du dich ja schon einmal daran.«

Salim blinzelte. In ihrer Stimme war ein feindseliger Klang.

»Ich meine: wo ihr doch sowieso gehen werdet – in wenigen Wochen und für mich ja bereits gesorgt ist.« Sie deutete mit einer Kopfbewegung auf Gunthar und Gernot, die an der Spitze der kleinen Kolonne ritten. »Ich wundere mich beinahe, dass ich nicht auf Burg Elmstatt verbracht werde. Sie brauchen doch bestimmt noch eine gute Küchenmagd.«

Salim setzte zu einer Antwort an, sagte dann aber doch nichts, sondern ließ Shalima etwas langsamer traben, so dass sie langsam ans Ende der Truppe zurückfielen. Erst, als sie außer Gunthars Hörweite waren, sagte er: »Du hast gewusst, dass wir nicht hier bleiben.«

»Und du hast gesagt, dass ich mitkommen werde!«, sagte sie scharf.

Aber das stimmte so nicht. Salim hatte sie *gefragt*, ob sie ihn begleiten wollte, aber sie war ihm die Antwort auf diese Frage bis jetzt schuldig geblieben. Sie las in seinen Augen, dass er im Moment wohl genau dies dachte.

Doch er sprach es nicht aus, sondern sah noch einmal zur Komturei zurück und lächelte dann traurig. »Ich habe es versucht.«

Robin lachte schrill. »Indem du mich als *Tempelritter* verkleidet hast? Und du hast wirklich geglaubt, mit dieser ...« Sie suchte nach Worten. »... völlig kindischen Idee durchzukommen?«

»Wenn sie so kindisch ist«, sagte Salim ruhig, »warum hast du dann seit Wochen mit mir geübt?«

Robin starrte ihn an und sie fühlte, wie sich ihre Augen mit heißen Tränen zu füllen begannen; Tränen des Zorns und der Hilflosigkeit, die sie nicht zurückhalten konnte und auch nicht wollte. Auch Salim sagte nichts, sondern sah sie nur an und wartete auf eine Antwort auf seine Frage. Aber sie konnte sie nicht beantworten. Die Wahrheit war: Sie hatte niemals darüber nachgedacht. Sie hatte niemals darüber nachdenken *wollen*.

»Wie hätte ich dich sonst mitnehmen sollen?«, fragte Salim, nachdem eine geraume Weile vergangen war. »Als meine Mätresse?«

Sie wusste nicht genau, was dieses Wort bedeutete, aber sie ahnte es allein durch die verächtliche Art, auf die er es aussprach.

»Nein!«, antwortete sie heftig. »Aber als ... als Ritter? Was hätte ich tun sollen? An deiner Seite in die Schlacht reiten?«

»Unsinn!«, widersprach Salim. »Es wäre nur für die Zeit gewesen, bis wir in Akko angelegt hätten. Danach ...« Er ballte zornig die Faust. »Ach, was rede ich. Du willst mir doch gar nicht zuhören, habe ich Recht? Du suchst nur jemanden, an dem du deinen Ärger auslassen kannst. Aber dafür bin ich mir zu schade.«

Er knallte mit den Zügeln und Shalima machte einen erschrockenen Satz. Mit wenigen Schritten war er wieder an der Spitze der Kolonne und begann mit Gunthar zu reden – genauer gesagt, er redete und Gunthar beschränkte sich darauf, zuzuhören und dann und wann mit einem Nicken oder einer Handbewegung und einem Achselzucken zu reagieren.

Robin wäre am liebsten zu ihm geritten und hätte ihn um Verzeihung gebeten. Sie war ungerecht zu ihm gewesen. Es war genau so, wie er gesagt hatte: Ihr war wehgetan worden und sie hatte einfach nur jemanden gesucht, an dem sie ihren hilflosen Zorn und ihren Schmerz abreagieren konnte. Es hatte nicht viel geholfen. Im Gegenteil. Sie hatte ausgerechnet dem Menschen wehgetan, der ihr auf der ganzen Welt am meisten bedeutete. Vielleicht dem Einzigen, der ihr überhaupt noch etwas bedeutete ...

Und wieder einmal fragte sie sich, warum man den Wert von etwas erst dann wirklich begriff, wenn man in Gefahr geriet, es zu verlieren. Aber sie fand auch diesmal keine Antwort.

Salim, der an der Spitze der Gruppe blieb, fuhr damit fort, sich in regelmäßigen Abständen herumzudrehen und zur Komturei zurückzublicken, obwohl sie mittlerweile so weit entfernt waren, dass sie sie kaum noch sehen konnten. Dann und wann tat Robin dasselbe. Sie waren etwa seit einer Stunde unterwegs, als sie einen Reiter gewahrte, der sich ihnen in scharfem Tempo näherte; eine winzige, weiße Gestalt, die am Anfang kaum, dann aber immer rascher herankam und in der

Robin schließlich einen Tempelritter erkannte. Salim, der den Reiter natürlich auch gesehen hatte, wechselte noch ein paar Worte mit Gunthar, ließ sein Pferd dann allmählich zurückfallen und gab Robin ein Zeichen, dasselbe zu tun.

»Wer ist das?«, fragte Robin.

»Woher soll ich das wissen?«, fragte Salim. »Ich habe auch keine besseren Augen als Ihr, Bruder Robin.«

Dass er sie so ansprach, mochte ein Scherz sein, aber er beantwortete ihre Frage trotzdem schon beinahe allein. Salims Gesicht blieb unbewegt, aber sie sah, wie schwer es ihm fiel, nicht zufrieden auszusehen.

»Hast du doch«, behauptete Robin. »Außerdem hast du die ganze Zeit auf ihn gewartet – oder warum sonst hast du dich dauernd herumgedreht?«

»Weil mir der Abschied so schwer gefallen ist«, sagte Salim spöttisch. Dann maß er sie mit einem langen, kritischen Blick, mit dessen Ergebnis er nicht allzu zufrieden zu sein schien.

»Mach dein Haar ein bisschen durcheinander«, sagte er. »Außerdem solltest du es dir schneiden, sobald wir zurück sind – und möglichst, bevor wir mit Horace sprechen. Er mag ja ein Narr sein, aber er hat Augen, um zu sehen. Verdammt, ich vergesse immer, was für ein hübsches Mädchen du bist.«

Das Kompliment glitt in diesem Moment von ihr ab, ohne sie zu berühren. Sie antwortete, fast ohne darüber nachzudenken, mit etwas, was Jan zu ihr gesagt hatte: »Es gibt auch hübsche Knaben.«

»Dann wollen wir hoffen, dass Horace das auch denkt«, murmelte Salim.

»Warum habt ihr bloß alle solche Angst vor Horace?«, fragte Robin. »Man könnte meinen, er wäre der oberste aller Tempelritter!«

»Das ist er nicht, aber er ist auch nicht weit davon entfernt«, antwortete Salim ernst. »Und vielleicht wird er es eines Tages sogar. Außerdem ist er ein Fanatiker. Völlig verrückt in mancher Hinsicht.« Er lachte, aber es klang nicht besonders amüsiert. »Ich glaube, für ihn besteht zwischen einem Weib und dem Satan kein allzu großer Unterschied. Wenn er wüsste, wer ihm gestern Nacht wirklich das Leben gerettet hat, würde er sich wahrscheinlich noch nachträglich in sein Schwert stürzen. Und wenn er wüßte, dass sich seit vier Wochen eine Frau in der Komturei aufhält, würde er alle Decken, Wände und Fußböden in allen Zimmern mit Weihwasser abschrubben lassen – und Abbé anschließend die Haut vom Leibe reißen, um damit trockenzuwischen.« Er atmete hörbar ein und sah dem näher kommenden Ritter einen Moment wortlos, aber mit wachsender Sorge entgegen.

»Spiel einfach den Erschöpften«, sagte er. »Nach der vergangenen Nacht hast du jedes Recht dazu. Sieh zu Boden und antworte möglichst einsilbig.«

Er wirkte plötzlich sehr nervös, so, dachte Robin, als hätte er mit einem Male Angst vor seinem eigenen Plan. Vielleicht war sie ja gut beraten, dasselbe zu empfinden.

Sie mussten nicht mehr lange warten. Der Reiter näherte sich schnell und Robin erkannte ihn als einen der Tempelritter, die in Horaces Begleitung gekommen waren. Sie wusste seinen Namen nicht.

»Bruder Robin«, sagte er keuchend. Er atmete fast so schwer wie sein Pferd, dem flockiger, weißer Schaum von den Nüstern tropfte. Er musste wie der Teufel geritten sein, um sie einzuholen. »Bruder Horace befiehlt Eure sofortige Rückkehr!«

Robin wollte widersprechen, fing aber im letzten Moment einen warnenden Blick von Salim auf. Sie neigte nur das Haupt und sagte mit leiser Stimme, deren erschöpfter Klang nur zum Teil gespielt war: »Ich werde Gunthar unterrichten.«

Der Ritter machte eine herrische Geste. »Das erledige ich. Reitet zurück. Die Zeit drängt! Ich hole Euch schon ein.«

Er sprengte los. Robin blickte ihm nach und wandte sich dann mit einem fragenden Blick an Salim. »Die Zeit drängt?«

Salim hob die Schultern. Er sah sehr besorgt aus. Wortlos drehte er Shalima herum und ritt los. Robin folgte ihm.

KAPITEL 38

Sie benötigten nur einen Bruchteil der Zeit, um zur Komturei zurückzukehren. Salim und der fremde Krieger sprangen aus den Sätteln, kaum dass sie den Hof erreicht hatten, aber Robin zügelte Wirbelwind lediglich und deutete auf den Turm, in dem ihr Zimmer lag.

»Ich will mich nur ein wenig frisch machen«, sagte sie. »So will ich Bruder Horace nicht unter die Augen treten.«

Sie ritt weiter, bevor der Templer noch Gelegenheit fand zu widersprechen, sah aber aus den Augenwinkeln, wie Salim erbleichte, und fast im selben Augenblick wurde ihr klar, dass ihre Worte möglicherweise ein schwerer Fehler gewesen waren. Immerhin spielte sie die Rolle eines Tempelritters und die Zellen der frommen Brüder lagen im Haupthaus, direkt neben Bruder Abbés *Officium*. Aber nun war es zu spät, diesen Fehler rückgängig zu machen.

Sie sprengte über den Hof, sprang vom Pferd und rannte in ihre Kammer hinauf, wobei sie immer zwei oder drei Treppenstufen auf einmal nahm. Hastig riss sie sich die Kutte vom Leib, schlüpfte in Unterhemd und Kettenhemd und legte auch noch Wappenrock und Mantel an. Beides war voller Schmutz und eingetrocknetem Blut, aber sie fühlte sich trotzdem jetzt wohler. Es war genau das, als was Abbé es am Morgen bezeichnet hatte: ein alberner Mummenschanz. Aber es musste reichen, um Horace zu täuschen.

Falls er die Wahrheit nicht längst wusste. Vielleicht war das ja der Grund, weshalb er auf ihrer Rückkehr bestanden hatte ...

Sie würde es erfahren.

Robin legte den Waffengurt an und ließ als Einziges den Schild dort, wo er war. Am liebsten hätte sie auch noch den

Helm aufgesetzt, aber das wäre des Guten wohl doch etwas zuviel gewesen und so klemmte sie ihn sich nur unter den linken Arm und machte sich auf den Rückweg.

Drei oder vier Bedienstete kamen ihr entgegen, als sie den Hof überquerte. Die meisten senkten den Blick und gingen einfach weiter, aber einer blieb überrascht stehen und starrte sie aus aufgerissenen Augen an. Robin ging schneller weiter, bevor er noch etwas sagen konnte. Aber der kleine Zwischenfall machte ihr klar, was für ein Irrsinn dieser Mummenschanz war. Es *konnte* einfach nicht funktionieren. Es war vollkommen unmöglich, dass sie damit durchkam. Horace und die anderen mussten schon blind sein, um auf diese alberne Verkleidung hereinzufallen.

Sie erreichte das Haupthaus und stürmte die Treppe hinauf, so schnell es ihr schweres Kettenhemd zuließ. Die Tür zum *Officium* stand offen und sie hörte schon von weitem die Stimmen der Templer, die erregt durcheinandersprachen. Robin atmete tief ein, sammelte all ihren Mut und dachte an etwas, was Salim ihr einmal gesagt hatte, nämlich dass Angriff oft die beste Verteidigung sei.

Ohne weitere Umstände platzte sie in die Versammlung hinein und wandte sich an Abbé, der am Ende der langen Tafel saß. »Bruder Abbé!«, rief sie mit erhobener Stimme. »Das ist ungeheuerlich! Seht Euch meine Kleider an! Ich hatte befohlen, sie zu säubern, aber diese faulen Knechte haben sie nicht einmal angerührt!«

Alle Gespräche im Raum verstummten. Abbé starrte sie aus hervorquellenden Augen an und wurde kreidebleich und Xavier und Heinrich, die zu seinen Seiten saßen, sahen aus, als träfe sie gleich der Schlag. Heinrich japste hörbar nach Luft.

»Robin?«, murmelte Abbé schließlich. »Was... was tust du hier? Du solltest doch mit...«

»Das ist meine Schuld, Bruder.« Horace stand auf und wandte sich mit einer verzeihungheischenden Geste an Abbé und die beiden anderen. »Ich habe seine Rückkehr befohlen. Bitte verzeiht, dass ich Euch nicht informiert habe.«

Abbé wurde immer nervöser. Seine kurzen, fleischigen Finger begannen mit der Tischplatte zu spielen und sein Blick wanderte flackernd zwischen Robin und Horace hin und her. Er sah aus, als litte er Höllenqualen.

»Ich ... ich habe Robin nach Elmstatt geschickt, um ...«, begann er, wurde aber augenblicklich von Horace unterbrochen.

»Mir ist klar, warum Ihr Bruder Robin in solcher Hast weggeschickt habt«, sagte er. »Immerhin gibt es ein Geheimnis zu bewahren, nicht wahr?« Er lächelte, aber es wirkte so falsch, wie es nur ging. Abbé wurde noch blasser und auch Robin hatte plötzlich einen bitteren Kloß im Hals. Horace wusste es. Er wusste alles. Es war närrisch gewesen, sich nur eine Sekunde lang einzubilden, dass sie mit dieser Täuschung durchkommen könnten. Gestern Nacht, in der Hitze des Gefechts, vielleicht und auch danach, in der Dunkelheit. Aber jetzt, im hellen Tageslicht? Lächerlich!

»Er ist nicht eingeweiht, habe ich Recht?«, fragte Horace. »Ihr habt es bisher versäumt – oder auch gar nicht gewollt. Ihr wisst, dass das gegen den Schwur verstößt, den wir gemeinsam geleistet haben. Doch es ist dumm zu glauben, dass er Jahre unter Euch zubringen könnte, ohne dass er das eine oder andere mitbekäme. Und es ist noch dümmer zu glauben, dass Ihr ihn jetzt einfach so wegschicken könntet, nur damit ich es nicht merke.«

Robin verstand kein Wort mehr, aber sie hatte auch noch niemals einen Menschen erblickt, dem seine Erleichterung so deutlich anzusehen war wie Abbé in diesem Moment.

»Herr«, murmelte er, »ich versichere Euch, dass wir ...«

Horace unterbrach ihn erneut.

»Das spielt jetzt keine Rolle«, sagte er. »Die Zeit drängt, Abbé. Wir sind nicht nur hergekommen, um auf dem Weg Station zu machen, und ich habe Bruder Robin nicht nur zurückbeordert, weil er uns allen das Leben gerettet hat und ich ihm meine Dankbarkeit ausdrücken wollte.« Er machte eine entsprechende Geste. »Setzt Euch, Robin. Von nun an gehört Ihr zu uns.«

Robin gehorchte. Ihr Herz hämmerte und sie sah hilflos zu Abbé hin, aber dessen Gesicht hatte schon wieder einen Ausdruck angenommen, als hätte er gerade ein Gespenst gesehen. Die Heinrichs und Xaviers übrigens auch.

»Ihr habt den Eid auf das Kreuz geleistet und Euer Leben und Euer Wohlergehen in die Hände des Ordens gelegt«, fuhr

Horace fort, nachdem sie Platz genommen hatte. »Nun aber muss ich einen weiteren Eid von Euch verlangen.«

»Herr!«, sagte Abbé beinahe beschwörend. »Robin wusste nichts von ...«

»Er wird es erfahren«, unterbrach ihn Horace, diesmal scharf und in einem Ton, der deutlich machte, dass er einen weiteren Einwand nicht mehr ungestraft hinnehmen würde. »Ihr werdet ihn in alles einweihen, sobald wir aufgebrochen sind. Die Zeit bis zu unserer Ankunft in Akko ist mehr als ausreichend.«

»Aufgebrochen?«, fragte Robin. Was hatte er gesagt? Akko?

»Ich muss dir deinen heiligsten Eid abverlangen, dass nichts von dem, was du in diesem Kreise hören oder später erfahren und erleben wirst, jemals über deine Lippen kommt.«

»Das gelobe ich«, sagte Robin feierlich. Sowohl die Reaktion auf Horaces als auch auf Abbés Gesicht machte ihr deutlich, dass dies nicht unbedingt die Worte waren, die sie erwartet hatten, aber zumindest Horace gab sich für den Moment damit zufrieden.

»Herr, bitte«, murmelte Abbé. »Ich weiß, es steht mir nicht zu, Eure Entschlüsse zu kritisieren, aber ... ich halte es nicht für gut. Es steht zuviel auf dem Spiel, um ...«

»Ihr sagt es, Abbé«, unterbrach ihn Horace. »Und sogar mehr, als Ihr in diesem Moment wisst. Nun, da auch Bruder Robin einer der unseren ist, kann ich offen reden. Ich bin hierher gekommen, um Euch davon in Kenntnis zu setzen, dass unser sofortiger Aufbruch notwendig geworden ist. Schlechte Nachrichten haben mich erreicht.«

»Schlechte Nachrichten?« Abbés Blick wanderte unsicher zwischen Horace und Robin hin und her. Er sah nicht so aus, als könne er sich im Moment eine *noch schlechtere* Nachricht vorstellen.

»König Amalrich ist gestorben«, sagte Horace. »Jerusalem ist nun ohne Herrscher und die Kräfte, die seinen Sohn auf den Thron heben wollen, sind leider stärker geworden, als wir fürchteten. Wir müssen zurück. Unser Bündnis ist in Gefahr.«

»Amalrichs Sohn?«, keuchte Xavier. »Balduin, dieses aussätzige, debile Kind, soll König von Jerusalem werden? Das ist lächerlich!«

»Es spielt keine Rolle«, antwortete Horace. »Die Krätze frisst schon jetzt an ihm. Er wird nicht lange leben. Die Frage ist, wieviel Schaden die, die hinter ihm stehen, während der Jahre seiner Regentschaft anrichten.«

»Und wen sie nach ihm auf den Thron heben«, sagte Abbé düster.

»Wir können uns alle vorstellen, wer das sein wird«, bestätigte Horace. »Deshalb müssen wir schnell handeln. Es gilt zu verhindern, dass Balduin zum König von Jerusalem gekrönt wird. Ihr alle wisst, was das für uns bedeutet.«

»Den Untergang«, murmelte Heinrich.

»Vielleicht nicht ganz«, wehrte Horace ab. »Aber Tatsache ist, dass die, die Amalrichs Sohn auf dem Thron sehen möchten, uns nicht wohlgesonnen sind. Unser persönliches Schicksal liegt in Gottes Hand und ich bin sicher, dass er über uns wachen wird. Doch unsere Sache ist in Gefahr.« Er ließ seinen Blick in die Runde schweifen. »Deshalb werden wir morgen bei Sonnenaufgang die Komturei verlassen und nach Köln aufbrechen, wo wir uns mit unseren Brüdern vereinigen werden. Odo von Saint-Amand selbst wird möglicherweise zu uns stoßen. Von dort aus reiten wir weiter nach Süden. Vielleicht kommen wir noch rechtzeitig, um das Schlimmste zu verhindern. Wenn uns die Winde günstig gesonnen sind, können wir Akko noch vor dem Herbst erreichen.«

»Morgen schon?«, murmelte Abbé.

»Mein Plan war heute abzureisen«, antwortete Horace. »Aber die Nacht war für uns alle anstrengend. Keiner von uns hat Schlaf oder auch nur Ruhe gefunden. So habt Ihr bis morgen Zeit, Eure Angelegenheiten in Ordnung zu bringen.«

Robin starrte ihn an. Ihr Herz schlug hart und schwer und ein sonderbares, vollkommen neues Gefühl begann sich in ihr auszubreiten. Sie sah Horace an.

»Akko?«, murmelte sie.

»Jerusalem«, antwortete Horace lächelnd. »Ihr werdet die heilige Stadt der Christenheit sehen, Bruder Robin. Ich freue mich schon darauf, zusammen mit Euch in der Grabeskirche zu beten.«

Wolfgang Hohlbein

Der Meister der Fantasy.

Das Netz
01/9684

Azrael
01/9882

Hagen von Tronje
01/10037

Saint Nick
01/10147

Das Siegel
01/10262

Im Netz der Spinnen
01/10507

Azrael: Die Wiederkehr
01/10558

*Der Magier –
Der Erbe der Nacht*
01/10820

*Der Magier –
Tor ins Nichts*
01/10831

*Der Magier –
Der Sand der Zeit*
01/10832

Die Nacht des Drachen
01/13005

Odysseus
01/13009

Wyrm
01/13052

Die Templerin
01/13199

New Fantasy Selection
01/13445

Das Teufelsloch
01/13570

Drachenfeuer
01/13276

Spiegelzeit
01/13313

Unterland
01/13499

Die Prophezeiung
01/13675